D1262240

Miguel Sousa Tavares est originaire de Porto. Il a exercé la profession d'avocat avant de se consacrer définitivement au journalisme. Il est aujourd'hui un des journalistes les plus connus de la télévision et de la presse écrite. Lauréat de nombreux prix parmi lesquels le Prix national du reportage pour un film de 52 minutes sur l'histoire de la colonisation de l'Amazonie et le prix du Festival de cinéma et de télévision de Rio de Janeiro, il a écrit plusieurs livres – documents, chroniques politiques, contes pour enfants. *Equador* est son premier roman.

Miguel Sousa Tavares

EQUADOR

ROMAN

Traduit du portugais
par Geneviève Leibrich

Éditions du Seuil

TEXTE INTÉGRAL

TITRE ORIGINAL
Equador
ÉDITEUR ORIGINAL
Officina do Livro

ISBN 978-2-7578-0265-6
(ISBN 2-02-066951-X, 1re publication)

Équateur : ligne qui divise la Terre en hémisphère Nord et hémisphère Sud. Ligne symbolique de démarcation, de frontière entre deux mondes. Contraction possible de l'expression « *é com a dor* » (c'est avec la douleur), « *é cum-a-dor* », en ancien portugais.

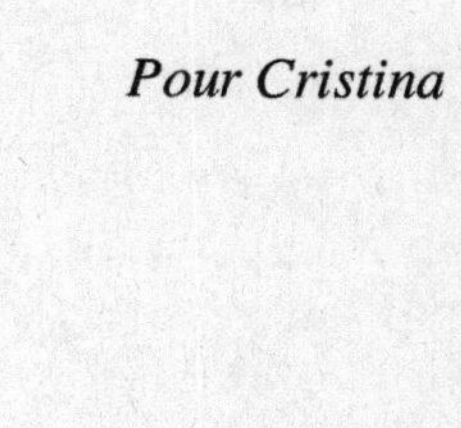

Pour Cristina

I

Après coup, une fois les événements survenus, il est presque inévitable qu'on réfléchisse à ce qu'aurait pu être la vie si les choses s'étaient déroulées différemment. S'il avait su ce que le destin lui réservait par la suite, peut-être Luís Bernardo Valença n'aurait-il pas pris le train en cette matinée pluvieuse de 1905, à la gare du Barreiro.

Mais à présent, adossé au dossier confortable du siège en velours cramoisi de la première classe, Luís Bernardo regardait le paysage défiler tranquillement par la fenêtre, voyant la plaine parsemée de chênes-lièges et d'yeuses, si caractéristique de l'Alentejo, s'installer peu à peu et le ciel pluvieux qu'il avait laissé à Lisbonne se trouer timidement de clairières par où il apercevait déjà un soleil d'hiver réconfortant. Il s'efforçait d'occuper ces heures de voyage paresseuses jusqu'à Vila Viçosa par la lecture du *Mundo*, son quotidien habituel, vaguement monarchique, ouvertement libéral et, comme son nom l'indiquait, se préoccupant de l'état du monde et des « élites qui nous gouvernent ». Ce matin-là, le *Mundo* faisait état d'une crise dans le gouvernement français à cause de l'augmentation des coûts de construction du canal de Suez que l'ingénieur Lesseps avait creusé sans relâche, comme un fou furieux, laissant une facture sans délai d'achèvement des travaux en vue. L'on y mentionnait aussi un anniversaire de plus du roi Édouard VII, fêté dans l'intimité de la famille royale, et l'on y énumérait les messages reçus de tous les rois, rajas, scheiks, roitelets et chefs tribaux de cet immense empire où, rappelait le *Mundo*, le soleil ne se couchait jamais. En ce qui concernait le Portugal, le journal annonçait une nouvelle expédition punitive contre les indigènes à l'Est de l'Angola, dans l'intérieur, un épisode supplémentaire de cet immense imbroglio dans lequel la colonie semblait avoir beaucoup de mal à survivre. Et à São Bento, une nouvelle prise de bec avait eu lieu entre les députés du Partido Regenerador, de Hintze Ribeiro, et les Progressistas, de José Luciano de Castro, à propos de la « liste civile » du Palais – le budget public consacré aux dépenses de fonctionnement de la maison royale, qui ne semblait jamais suffire pour couvrir ses frais. Luís Bernardo abandonna le journal sur le siège vide à côté de lui pour réfléchir à ce qui l'avait poussé à prendre ce train.

Il avait trente-sept ans, était célibataire et se conduisait aussi mal que les circonstances et sa naissance le lui permettaient – plusieurs choristes et danseuses de réputation douteuse, d'occasionnelles vendeuses dans des magasins de la Baixa, deux ou trois vertueuses dames mariées de la société et une soprano allemande fort disputée, qui faisait beaucoup jaser et qu'il n'avait pas été le seul à fréquenter pendant les trois mois où elle avait chanté sur la scène du théâtre S. Carlos. C'était donc un homme porté à courir le jupon, mais enclin également à la mélancolie. À vingt-deux ans, il avait abandonné les cours de droit à Coimbra, mais au grand chagrin de son père, décédé depuis, sa carrière au barreau n'était pas allée au-delà d'un bref stage dans le cabinet d'un avocat de renom à Coimbra, d'où il était reparti essoufflé et débarrassé à tout jamais de cette prétendue vocation. Il était retourné à sa Lisbonne de toujours, où il avait pratiqué divers métiers, jusqu'au jour où il hérita de son père le poste d'associé principal de la Compagnie insulaire de navigation : trois navires, d'environ trois mille tonneaux chacun, transportant des cargaisons et des passagers entre l'île de Madère et les Canaries, l'archipel des Açores et les îles du Cap-Vert. Les bureaux de l'Insulaire étaient situés dans un immeuble au bout de la rue de l'Alecrim et ses employés étaient éparpillés dans les quatre étages de l'édifice pombalin. Lui-même était installé dans un vaste salon dont les deux larges fenêtres donnaient sur le Tage qu'il surveillait au fil des jours, des mois et des années avec la vigilance d'un gardien de phare. Au début, Luís Bernardo avait nourri l'illusion qu'il contrôlait de là une armada atlantique et quasiment une partie du destin du monde : à mesure que lui parvenaient les télégrammes ou les communications radio de ses trois uniques navires, il mettait à jour leur position à l'aide de petits drapeaux qu'il piquait sur l'immense carte de toute la côte occidentale de l'Europe et de l'Afrique qui occupait tout le mur du fond. Puis il se désintéressa graduellement de la position du *Catalina*, du *Catarina* et du *Catavento*, il cessa de planter diligemment les petits drapeaux sur la carte, bien qu'il continuât à assister religieusement aux départs et aux arrivées des navires de l'Insulaire à la Rocha Conde de Óbidos. Il lui était arrivé une fois seulement, par esprit d'aventure ou par obligation professionnelle, d'embarquer à bord d'un de ses navires : un voyage aller et retour tempétueux et inconfortable jusqu'à Mindelo, à São Vicente, pour y trouver une terre qui lui avait semblé désolée et complètement dépourvue de tout ce qui pouvait intéresser un Européen de son temps. On lui avait expliqué que ce n'était pas exactement l'Afrique, mais plutôt un morceau de lune tombé dans la mer, et cela ne l'encouragea pas à aller plus loin, à la rencontre de cette fameuse Afrique d'où tant de récits extatiques lui parvenaient.

Il se cantonna pour toujours dans son bureau de la rue de l'Alecrim et dans sa maison à Santos où il vivait seul avec une vieille gouvernante héritée de ses parents et qui n'arrêtait pas de proclamer que « le jeune monsieur devait se marier », plus une auxiliaire de cuisine, une fille de la Beira Baixa, laide comme un porc-épic. Il déjeunait invariablement dans son club habituel, au Chiado, et dînait au Bragança ou au Cercle ou tranquillement chez lui, il jouait aux cartes le soir avec des amis, faisait des visites, fréquentait occasionnellement le théâtre S. Carlos, les fêtes au Turf ou au Jockey. Il avait des relations, était spirituel, intelligent, brillant causeur. Les événements dans le monde le passionnaient. Il les suivait de près grâce à un abonnement à une revue anglaise et à une publication française et il connaissait donc bien ces deux langues, ce qui était rare à Lisbonne en ce temps-là. Il s'intéressait à la question coloniale, il avait tout lu sur la conférence de Berlin et, quand le problème de l'outre-mer commença à faire l'objet de discussions publiques enflammées, à la suite de l'*ultimatum* anglais, il publia deux articles dans le *Mundo*, qui furent largement cités et discutés à cause de leur analyse équilibrée et d'une rare froideur au milieu de la fureur patriotique et antimonarchique qui sévissait dans la plupart des esprits et qui contrastait avec l'apparente complaisance du roi D. Carlos. Il y prônait un colonialisme moderne, de nature mercantile, fondé sur une exploitation efficace des richesses, que le Portugal serait capable de réaliser grâce à des entreprises conçues pour être actives en Afrique, administrées avec professionnalisme et avec une « attitude civilisatrice », et non plus « livrées à des gens qui, n'étant personne ici, se comportent là-bas comme des satrapes, plus mal encore que les naturels, et nullement comme des Européens provenant de la civilisation du progrès et censés servir leur pays ».

Ses articles donnèrent lieu à des discussions enfiévrées entre « européens » et « africanistes », et la célébrité dont il bénéficia alors l'incita à aller plus loin. Il publia un opuscule dans lequel il réunit les chiffres afférents aux dix dernières années de commerce d'importation en provenance des colonies d'Afrique pour étayer sa conclusion que ce commerce en était encore à ses débuts pour l'Europe, qu'il ne suffisait pas aux besoins du pays et que par conséquent il y avait une sous-utilisation flagrante des potentialités d'exploitation rationnelle et intelligente des richesses de l'outremer. « Il ne suffit pas de proclamer au reste du monde que l'on possède un empire, concluait-il, il faut aussi expliquer pourquoi on mérite de l'avoir et de le conserver. » Le débat qui s'ensuivit fut violent et intense et, de l'autre côté de la tranchée, « l'africaniste » Quintela Ribeiro, propriétaire d'immenses domaines à Moçâmedes, décida de riposter dans le *Clarim*, demandant : « Que connaît monsieur Valença à l'Afrique ? » et, retournant la phrase contre son auteur, il concluait : « Il ne suffit pas de proclamer au reste du monde, comme ce Valença, que l'on possède une tête. Il faut aussi expliquer pourquoi on mérite de l'avoir et de la conserver. »

La phrase de Quintela Ribeiro et la discussion publique suscitée par les interventions de Luís Bernardo se muèrent en une sorte de carte de visite pour ce dernier, car à vrai dire beaucoup de gens à Lisbonne estimaient que c'était aussi du gaspillage qu'un homme de son âge, de son intelligence et aussi averti que lui passe le plus clair de son temps à contempler le Tage par une fenêtre et à arpenter le pavé de la ville en quête d'aventures galantes.

Tout cela c'était déjà du passé et remontait à plusieurs

mois. Luís Bernardo était retourné, non sans soulagement, à sa vie habituelle et paisible de tous les jours : le désagrément d'être au centre d'une polémique publique lui avait paru plus grand que l'éventuelle célébrité et l'admiration qu'il en avait retirées et qui s'étaient traduites par un accroissement des invitations à des dîners où il était invariablement obligé d'écouter des opinions stupides sur le « problème de l'outre-mer » qui s'achevaient immanquablement par la sempiternelle question :

« Et vous, Valença, qu'en pensez-vous ? »

En cet instant, précisément, dans le train de Lisbonne pour Vila Viçosa, Luís Bernardo pensa à l'étrange convocation qui lui avait été adressée par le roi à travers son secrétaire particulier, le comte d'Arnoso, pour qu'il vienne déjeuner ce jeudi au palais de Vila Viçosa. Bernardo de Pindela, comte d'Arnoso, un des membres du groupe célèbre des « Vaincus de la vie » qui avait tellement agité la vie intellectuelle du pays il y avait quelques années et qui lui avait fait l'honneur insigne d'une visite dans son bureau à l'Insulaire, s'était borné à lui transmettre l'invitation, ajoutant simplement :

« Vous m'excuserez, mon cher, mais vous comprendrez que je ne puisse vous révéler ce que Sa Majesté a l'intention de vous dire. Je sais qu'il s'agit d'un sujet important et que le roi souhaite que la rencontre demeure secrète. D'ailleurs, vous verrez qu'une promenade à Vila Viçosa vous fera du bien et vous purifiera de l'atmosphère de Lisbonne. De surcroît, je peux vous garantir qu'on y mange fort bien. »

Et le voilà donc en train de se rendre au palais ducal des Bragance, au milieu de ce néant qu'était l'Alentejo, où Sa Majesté le roi D. Carlos passait tous les ans la majeure partie de l'automne et de l'hiver à ce sport qu'était la chasse où, selon les langues républicaines de la capitale, il s'employait à se reposer des rares moments où il daignait s'occuper des affaires du royaume. Luís Bernardo avait presque le même âge que le roi, mais, contrairement à celui-ci, il était maigre et élégant et s'habillait avec la sobriété négligente, seulement en apparence, caractéristique des vrais *gentlemen*. D. Carlos de Bragance avait l'air d'un niais travesti en roi ; d'un prince déguisé en bourgeois. Tout dans sa personne, dans sa façon de s'habiller, de marcher, trahissait son attitude face à la vie : il se souciait de son apparence, mais pas au point que cela se transforme en incommodité ; il était au courant de la mode, de ce qui se passait en dehors des murs du palais, mais il ne renonçait pas à ses propres critères ; passer inaperçu l'angoissait, être trop remarqué, montré du doigt, l'embarrassait. Sa qualité était de ne pas nourrir de trop grandes ambitions, son défaut de ne probablement en nourrir aucune. Et pourtant, lorsqu'il s'examinait lui-même, essayant de garder une distance raisonnable pour s'analyser, Luís Bernardo reconnaissait, sans pour autant pécher par excès de vanité, qu'il était à maints égards au- dessus du milieu qu'il fréquentait : il était mieux élevé que ceux qui étaient immédiatement en dessous, plus intelligent et cultivé, moins futile que ceux au-dessus de lui. Les années passèrent ainsi, et avec elles sa jeunesse. Il avait été dans l'amour comme dans la vie : les femmes qu'il trouvait vraiment irrésistibles lui semblaient toujours hors d'atteinte ; celles qui étaient disponibles lui paraissaient toujours décevantes. Il avait été fiancé, une fois, à une fille très jeune, jolie, douée, avec une merveilleuse poitrine d'adolescente qui jaillissait de décolletés dont il ne détachait pas le regard et sur laquelle il avait promené les mains à deux reprises, plongé le nez et qu'il avait dénudée pour mieux la scruter sans la moindre pudeur. Il lui avait même offert une bague de fiançailles, une date avait été fixée entre sa tante Guiomar, qui faisait office de mère, et son beau-père putatif, mais il avait finalement renoncé devant l'ignorance de sa fiancée qui confondait Berlin avec Vienne et qui croyait que la France vivait toujours sous un régime monarchique. Il imagina toutes les années qui l'attendaient à côté de cette petite poitrine de tourterelle, l'hébétude des soirées, la sottise des conversations, la jovialité des déjeuners dominicaux chez le beau-père, et il battit en retraite, insulté par le père de la petite poitrine de tourterelle qui hurlait en plein Cercle d'où il sortit en catimini, vexé, mais soulagé, se disant à juste titre que tout serait oublié après quinze jours de médisances dont il serait la cible et qu'ensuite il aurait de nouveau toute la vie devant lui. Et c'est à cela que se résumèrent ses tentatives de ce que les autres appellent « la vie à deux ».

Là, dans le train pour Vila Viçosa, il rendait grâce à la Providence d'être un homme seul, libre et maître de son destin. Il étira ses longues jambes jusqu'à la place en face de lui, sortit de la poche de sa veste son porte-cigarettes en argent d'où il retira une cigarette des Açores, fine et longue, chercha dans la poche du gilet une boîte d'allumettes et alluma la cigarette dont il aspira lentement et sensuellement la fumée. Il était un homme libre : il n'était pas marié, pas affilié à un parti, n'avait ni dettes ni crédit, ni fortune ni difficultés financières, n'avait ni le goût de la futilité ni la tentation de la démesure. Quoi que ce soit que le roi ait à lui dire, à lui proposer, à lui ordonner, le dernier mot lui appartiendrait toujours. Combien d'hommes de sa connaissance pouvaient se vanter de la même chose ?

* * *

Ce soir, par exemple, il avait son dîner d'amis habituel à l'hôtel Central. Un groupe hétérogène, d'hommes entre trente et cinquante ans, qui se retrouvaient pour dîner tous les jeudis, louant la cuisine recherchée du Central et discutant des nouvelles du monde et des maux du royaume. Un rituel d'hommes, à l'image de Luís Bernardo lui-même : sérieux sans être ennuyeux, insouciants sans être légers.

Ce soir-là, toutefois, il avait une raison très particulière qui le poussait à attendre avec impatience le dîner et il avait donc décidé de revenir par le train de cinq heures, espérant que les retards coutumiers des chemins de fer ne l'empêcheraient pas d'arriver à l'heure au Central. Luís Bernardo s'attendait à ce que João Forjaz, un des membres du groupe des jeudis et son ami de toujours depuis les bancs de l'école, lui apporte un message de sa cousine Matilde. Il avait fait la connaissance de Matilde l'été dernier, à Ericeira, lors d'une soirée chez des amis communs, une nuit de clair de lune, comme dans les romans d'amour. Lorsqu'il vit João traverser le salon et se diriger vers lui avec Matilde à son bras, il sentit un frisson et eut la prémonition d'un danger imminent.

« Luís, je te présente ma cousine Matilde, dont je t'ai parlé il y a quelque temps. Matilde, voici Luís Bernardo Valença, l'esprit le plus sceptique de ma génération. »

Elle sourit de l'observation de son cousin et regarda Luís Bernardo droit dans les yeux. Elle était presque aussi grande que lui, qui était déjà de haute taille, et avait des gestes et un sourire de petite fille. Elle n'a pas plus de vingt-six ans, pensa-t-il. Mais elle était déjà mariée et mère de famille, il le savait. Il savait aussi que son mari était à Lisbonne et qu'elle passait des vacances là avec ses deux enfants. Il s'inclina et baisa la main qu'elle lui tendait. Il aimait regarder les mains qu'il baisait : celle-ci avait des doigts longs et minces et il y déposa un baiser juste un tout petit peu plus long que ne l'exigeait la simple courtoisie.

Il leva les yeux et elle soutint son regard. Et de nouveau elle sourit :

« C'est quoi, un esprit sceptique ? Est-ce la même chose qu'un esprit fatigué ? »

João répondit pour lui :

« Fatigué, Luís ? Non, il y a des choses dont il ne se fatigue jamais, pas vrai, Luís ?

– Oui. Je ne me fatigue jamais de voir une jolie femme, par exemple. »

Cela n'avait pas l'air d'être un simple compliment, mais presque une déclaration d'ouverture des hostilités. Un silence embarrassant flotta dans l'air et João en profita pour battre en retraite :

« Bon, vous voilà présentés l'un à l'autre. Tirez au clair cette histoire de scepticisme pendant que je vais chercher quelque chose à boire. Toutefois, chère cousine, attention, je ne sais pas si ce sceptique ambulant semblera une compagnie très recommandable aux yeux de ce salon. Quoi qu'il en soit, je reviendrai vite, je ne vous abandonnerai pas dans cette situation difficile. »

Elle le regarda s'éloigner et, malgré son assurance étudiée, Luís Bernardo crut détecter soudain une ombre légère dans son regard, une préoccupation imprévue dans le ton de sa voix :

« Serions-nous dans une situation difficile ? »

Luís Bernardo sentit qu'il avait dit quelque chose d'inconvenant avec sa phrase sur les jolies femmes et qu'il l'avait effrayée. Il répondit avec douceur :

« Sûrement pas. Pas pour moi, et je ne vois pas pourquoi ce devrait l'être pour vous. Vous ne me connaissez pas, évidemment, mais je peux vous dire que mon objectif dans la vie n'est pas de faire du mal aux autres. »

Cette déclaration fut faite d'un ton si sincère qu'elle parut se détendre instantanément.

« Alors, très bien. Mais dites-moi donc, par simple curiosité, comment il se fait que mon cousin pense que vous puissiez être une compagnie pas très recommandable ?

– Il a dit “aux yeux de ce salon”. Et comme vous le savez, des yeux de salon ne sont jamais innocents, même lorsque ce qu'ils voient est authentiquement innocent. En l'occurrence, je suppose que toute l'inconvenance se réduit au fait que vous êtes mariée et que je suis célibataire et que nous soyons tous les deux ici en train de bavarder par une nuit fantastique.

– Ah ! Vous voulez parler des convenances. Les éternelles convenances ! Qui sont apparemment l'essence des choses, dans le monde où nous vivons.»

Ce fut le tour de Luís Bernardo de la regarder droit dans les yeux. Ce regard la troubla, il semblait empreint d'un découragement subit, d'une solitude désemparée, qui attirait et faisait peur. Et quand il parla, ce fut de nouveau sur le ton de sincérité absolue qui l'avait désarmée auparavant.

«Écoutez, Matilde. Les convenances et tout le reste ont sûrement un rôle dans la société et je ne prétends pas changer le monde ni les règles qui, apparemment, assurent aux gens, sinon une vie heureuse, du moins tranquille. Je souhaite souvent que les règles ne soient pas aussi nombreuses, ni telles que la vie en vienne à se confondre avec ses apparences. Mais j'estime qu'à la limite nous avons toujours le choix. En tout état de cause c'est mon cas et je me considère donc un homme libre. Mais je vis au milieu des autres et j'accepte leurs règles, qu'elles soient ou non les miennes. Je vais vous dire une chose : vous êtes la cousine préférée de João, et João est depuis toujours mon meilleur ami. Il est naturel que nous ayons déjà parlé de vous et il parle toujours de vous avec enthousiasme et tendresse. Je ne vous cacherai pas qu'à cause de cela j'étais curieux de vous connaître et, maintenant que j'ai fait votre connaissance, je peux témoigner que vous êtes bien plus belle que dans ses descriptions et qu'en outre votre beauté me semble intérieure aussi bien qu'extérieure. Ce compliment fait, je ne souhaite nullement vous embarrasser : je vais vous raccompagner auprès de João, j'ai été très heureux de faire votre connaissance, la nuit dehors est magnifique. »

Il inclina la tête avec élégance, fit un pas, attendant qu'elle le rejoigne. Mais au lieu de cela, il entendit sa voix chaude, légèrement voilée, mais étonnamment ferme.

« Attendez un peu ! Que fuyez-vous donc ? Que peut fuir, finalement, un homme qui se proclame libre ? Essayez-vous de me protéger ?

– C'est peut-être bien le cas. Et où serait le mal ? »

Lui aussi voulait paraître ferme, mais à présent c'était lui qui se sentait peu assuré. Quelque chose lui échappait.

« Non, c'est très chevaleresque de votre part. Je vous remercie infiniment. Mais je n'aime pas qu'on me protège de dangers inexistants. Excusez-moi, mais en l'occurrence et au milieu de cette conversation votre préoccupation est presque offensante pour moi. »

"Mon Dieu, mais où cela va-t-il mener ?" se demanda-t-il. Il était planté là sans savoir que dire ni que faire. Devait-il rester, devait-il s'en aller ? "Quelle absurdité ! J'ai l'air d'un marmot intimidé par un adulte. Pourquoi João ne vient-il pas me tirer de cet embarras ?"

« Dites-moi une chose, Luís Bernardo. » Elle avait rompu le silence, elle reprenait le jeu, et il répondit presque craintivement :

« Oui ?

– Puis-je vous poser une question personnelle ?

– Faites...

– Pourquoi ne vous êtes-vous jamais marié ? »

"Diable, ça va de mal en pis", pensa-t-il.

« Parce que cela ne s'est jamais trouvé. Que je sache,

il n'existe pas de loi qui oblige tout le monde à se marier.

– Non, il n'en existe pas, n'empêche que c'est étrange. Écoutez, c'est mon tour de vous révéler un secret qui d'ailleurs ne doit pas en être un pour vous. Plusieurs amies m'ont aussi parlé de vous, de temps en temps et sur un ton de mystère. Elles vous ont décrit comme un bel homme, intelligent, cultivé, d'une compagnie agréable, vivant dans l'aisance. Elles prétendent que vous avez la réputation d'être un homme à femmes, le mystère ne réside donc pas là. Quel est alors le mystère de votre célibat ?

– Il n'y a aucun mystère. Je ne suis jamais tombé amoureux, par conséquent je ne me suis pas marié. C'est aussi simple que ça.

– C'est étrange… insista-t-elle, comme si tout cela la rendait soudain vraiment perplexe.

– Qu'est-ce qui est étrange : que je ne sois jamais tombé amoureux ou que je ne me sois jamais marié, même sans être amoureux ? »

Luís Bernardo avait repris l'initiative et il prononça ces paroles d'un ton de défi. Elle accusa le coup et rougit, irritée contre elle-même et contre lui. Serait-il en train de la défier ?

« Non, ce qui est étrange c'est que vous ne soyez jamais tombé amoureux… d'une femme que vous puissiez aimer, que vous puissiez épouser. »

Luís Bernardo avait parlé si vite, le regard qu'il surprit lui parut si dépourvu d'assurance qu'il regretta immédiatement ce qu'il venait de dire. Mais c'était dit et le silence régna entre eux, comme si, par un accord tacite, ils avaient décidé de déclarer une trêve.

João reparut finalement pour les sauver du silence pesant qui s'était installé entre eux. Luís Bernardo en profita aussitôt pour aller se mettre au frais, il prit rapidement congé avec une phrase de circonstance et un signe de tête et sortit dans le clair de lune qui avait chassé la brume habituelle. La mer d'Ericeira semblait s'être apaisée, elle aussi avait déclaré une trêve, on entendait au loin la musique d'une fête populaire et par une fenêtre ouverte donnant sur l'avenue sortaient un brouhaha de voix et des éclats de rire d'une famille qu'on devinait heureuse. Soudain, Luís Bernardo désira presque ce genre de bonheur qui ne se pose pas de question. Il eut envie d'aller à la rencontre de la musique du bal populaire, de choisir une fille du coin pour danser dans ses bras, la sentir toute raide et légèrement empourprée quand il la frôlait, humer l'odeur de son eau de Cologne bon marché dans les cheveux pendant que, soudain illuminé par une lucidité inattendue, il lui murmurait à l'oreille : « Veux-tu te marier avec moi ? » Cette idée le fit sourire, il se dit qu'il réfléchirait mieux à la question le lendemain, il alluma une cigarette dans l'obscurité et, se dirigeant vers l'hôtel où il était descendu, il n'entendit plus que ses propres pas.

Il passa les deux semaines suivantes à Ericeira entre les matinées sur la plage, les déjeuners dans les gargotes de pêcheurs au bord de la mer où l'on mangeait à la bonne franquette le meilleur poisson du monde, et les après-midi dans le salon de l'hôtel ou aux terrasses des cafés sur la place centrale du bourg, à lire les journaux, à faire son courrier ou à bavarder avec João Forjaz et encore deux ou trois amis. Le soir, s'il n'était pas invité, il dînait ponctuellement à l'hôtel à huit heures et demie, seul ou en compagnie de João ou de quiconque se présentait inopinément. Dans la salle à manger de l'hôtel il y avait toutes sortes de gens caractéristiques de la vie sociale ultra-paisible d'un hôtel de villégiature. Des jeunes couples dont les enfants, quand ils en avaient, étaient confiés à la bonne qui dînait avec eux à l'office, des familles au grand complet – les grands-parents, les fils et les filles, les gendres et les brus et les petits-enfants adolescents – qui occupaient les deux tables centrales dans la salle à manger, et des messieurs solitaires, certains de passage, d'autres encore en vacances comme lui, d'autres des officiers au service de la reine D. Amélia qui passait là l'été, elle aussi. Luís Bernardo était fasciné par l'imagination du chef de cuisine qui, tous les jours et sans jamais répéter un seul mets, inscrivait au menu trois potages, trois entrées, trois plats de poisson, trois de viande et trois desserts. Une fois le dîner terminé, il allait avec les autres messieurs au bar ou au fumoir où lui aussi fumait un cigare et faisait rouler son cognac français dans le verre lourd qu'il serrait entre ses doigts. Il restait assis à regarder les autres ou acceptait de faire une partie de dés ou de dominos, jeu au demeurant qui l'ennuyait mortellement. À un certain moment de la soirée, les célibataires s'en allaient vivre leur vie et il ne restait plus que les hommes mariés. Leur destination n'était guère variée : le casino où le programme était fondamentalement identique – cigares, cognac, jeu, conversation, une routine brisée uniquement par les deux bals d'été habituels, au début et à la fin d'août. Il y avait aussi une autre solution, semi-clandestine, semi-officielle, dont personne ne parlait ouvertement et que tous évoquaient à mi-voix : la visite aux salons de madame Júlia ou de madame Imaculada. Il se disait chez les messieurs que madame Júlia avait davantage de filles nouvelles, mais que celles de madame Imaculada étaient plus fiables. La fréquentation commençait aux alentours de minuit et se poursuivait jusqu'à l'aube. Des hommes mariés et des célibataires, des gens bien et respectables, même des pères qui emmenaient leurs fils encore presque imberbes accomplir la noble tâche qu'était leur initiation à la condition masculine. Les aventures nocturnes des messieurs de la société estivale d'Ericeira étaient inévitablement un des sujets infaillibles de la conversation susurrée entre les dames le matin dans les cabines de bain sur la plage.

« On dit qu'hier, rien que chez madame Imaculada, il y avait deux comtes et un marquis ! Où va-t-on, grand Dieu ? s'exclamait Mimi Vilanova du haut de son veuvage irréprochable d'une voix doucereuse qui était unanimement tenue pour la voix de la vertu sur les plages d'Ericeira.

– Ce n'est pas mon mari qu'on aura vu là-bas, il passe les nuits à mes côtés », s'empressait aussitôt de dire une femme mariée, encore peu habituée aux coutumes du pays. Et les dames se taisaient, secouant la tête d'un air de dépit. Mais cela ne dépassait jamais le stade des insinuations, car à la vérité même les « filles » n'ouvraient jamais la bouche, sachant que le secret était la clé de leur négoce, et les messieurs eux aussi, même ceux qui ne fréquentaient pas ces lieux, ne violaient jamais la règle d'or de la solidarité masculine pour tout ce qui touchait aux aventures extra-conjugales.

Luís Bernardo, certes, était allé là-bas deux fois, en compagnie de João et d'autres. Une fois chez madame Júlia et l'autre chez madame Imaculada, tranquille, insouciant, comme peu d'hommes le sont dans ces circonstances : il n'avait de comptes à rendre à personne, pas même à sa conscience. Et donc, s'il pouvait satisfaire des désirs physiques sans nuire le moins du monde à son esprit, il se rendait là-bas avec le même naturel que s'il allait dîner avec des amis.

Mais il y avait un ennui qui s'installait pendant ces journées d'été et qui l'oppressait encore plus que toutes ces matinées nuageuses qui éloignaient les enfants et les baigneurs du sable et de la mer. Les jours étaient trop longs, vu l'oisiveté omniprésente. C'était comme un vice sans plaisir, un calme si stupide et si dépourvu de sens qu'il l'énervait et le plongeait dans un état d'aboulie permanente. Il se promenait le jour, se traînait la nuit, se demandait souvent ce qu'il faisait là, regardait les jours passer, dans l'attente secrète et absurde de quelque chose de vague dont il savait que cela ne se produirait jamais.

Pendant ces deux semaines, il n'avait revu Matilde que deux fois. D'ailleurs il ne l'avait même pas vue : il l'avait entrevue, elle était passée au loin, hors de portée. La première fois à un concert dans le jardin public, après le dîner. Elle se promenait avec un groupe et lui se trouvait avec João et deux autres amis. Elle avait salué João et l'avait embrassé affectueusement et ensuite seulement elle avait semblé remarquer Luís Bernardo : « Tiens, c'est vous ? Vous êtes toujours en vacances ? » Il se borna à répondre stupidement : « Apparemment », et se mit à souhaiter qu'elle lui demande au moins jusqu'à quand. Mais Matilde poursuivit son chemin, avec un léger sourire en guise d'adieu, et elle se perdit dans la foule de dames, d'enfants et de messieurs. La deuxième fois, il l'aperçut au bal du casino, il venait tout juste d'entrer dans le salon où l'on dansait, après une halte au bar où il avait eu les mêmes conversations que d'habitude avec les mêmes interlocuteurs qu'à l'accoutumée. Il s'était appuyé au chambranle de la porte pour observer le paysage d'un regard circulaire, quand soudain il la vit. Elle était éblouissante, dans une robe longue, jaune et blanche, à bretelles, qui frôlait le sol, ses cheveux relevés couronnés par une tiare ornée de brillants, sa peau brune légèrement hâlée par le soleil. Elle dansait une valse très lente entre les bras de son mari et paraissait encore plus grande et plus aérienne. Elle regardait en direction de Luís Bernardo, mais elle ne l'avait pas encore aperçu. Elle souriait à quelque chose que son mari lui disait à l'oreille. Quand elle croisa enfin son regard rivé sur elle, l'espace d'un instant elle eut un air perdu, comme si elle ne le reconnaissait pas, puis elle lui adressa un salut imperceptible avec les yeux, même pas un signe de tête. Son cavalier tournoya subitement et elle disparut du champ visuel de Luís Bernardo qui la perdit de vue au milieu du salon rempli de couples heureux qui dansaient par une nuit d'été.

Luís Bernardo tourna le dos au bal et au casino et sortit fumer une cigarette. Il tenta d'analyser ce qu'il ressentait. De la colère, oui, de la colère – une colère stupide, sans raison ni légitimité. De l'envie, une envie irrationnelle qu'il ne contrôlait pas. Et une tristesse, un vide, qui venait du plus profond de lui-même, d'une voix qui lui disait : « Tu ne seras jamais heureux comme ça, tu n'auras jamais une femme comme ça que tu puisses dire tienne. Chacun fait son destin et tu as fait le tien. Tu ne vis pas de ton bonheur, mais de ce que tu réussis à dérober au bonheur des autres. » Soudain il se dégoûta lui-même. Sa vie le dégoûta, sa personne, sa liberté qu'il admirait tant. Le bal était gâché. Les vacances étaient devenues insupportables. Il se sentait un animal étrange, un oiseau de proie au milieu d'un troupeau heureux – stupidement et incompréhensiblement heureux. Il quitta le bal au moment où celui-ci commençait à s'animer et il s'en retourna d'un pas pressé à l'hôtel. À la réception il demanda qu'on lui prépare sa note pour le lendemain matin, il consulta l'horaire des chemins de fer et alla se coucher, se défaisant seulement de sa veste et dormant tout habillé sur le couvre-lit et avec la fenêtre ouverte qui donnait sur la mer.

Il se réveilla avant tous les autres pensionnaires pour prendre le train de dix heures et demie à Mafra. Les enfants en bas âge prenaient le petit déjeuner à l'office en compagnie des bonnes, les adultes dormaient encore à cause du bal de la veille. Il descendait distraitement l'escalier menant au rez-de-chaussée quand soudain son cœur bondit dans sa poitrine et il s'arrêta, stupéfait par ce qu'il voyait : dans la cage d'escalier, immobile, le regardant avec le même air pétrifié, se tenait Matilde, vêtue d'une robe blanche dont le haut, légèrement décolleté, lui permettait de voir sa poitrine haleter comme un animal blessé.

On aurait dit deux statues se regardant mutuellement. Luís Bernardo rompit le silence :

« Matilde ! Vous ici, à cette heure ! ? Je vous aurais imaginée en train de dormir, après la nuit d'hier !

– Et vous, Luís, que vous est-il arrivé hier ? Vous avez disparu…

– Oui, je ne suis pas un grand amateur de bals. Je n'y faisais rien et donc je suis parti.

– Vous n'y faisiez rien ? Que voulez-vous dire par là, qu'est-on censé faire dans un bal, sinon danser ?

– Je n'ai vu personne avec qui danser…

– Oh là là, quel homme exigeant ! Vraiment personne ?

– Je vous ai vue et vous m'avez paru très heureuse.

– Oui, je dansais avec mon mari… » Luís Bernardo s'efforça en vain de déceler un signe, bon ou mauvais, dans le ton avec lequel elle avait prononcé ces paroles. Rien : c'était comme si elle s'était bornée à donner la réponse la plus naturelle du monde. Il soupira, s'invitant à revenir à la réalité. Il la revit, ravissante, insouciante et heureuse, dans les bras de l'homme qu'elle avait épousé. Dans un monde où il n'avait aucune place et qui ne lui appartenait pas.

« Très bien, Matilde, mais vous ne m'avez toujours pas dit ce que vous faites ici de si bon matin.

– Je suis venue dire au revoir à une tante qui prend le train de dix heures et demie pour Lisbonne.

– Alors, nous voyagerons ensemble car je prends le même train.

– Vous allez à Lisbonne ?

– Oui, les vacances sont finies pour moi… » Il hésita, puis ajouta : « … Après le bal d'hier soir. »

Matilde garda le silence. Elle le regarda dans les yeux et il crut y lire un regard de pitié. Il se sentit désemparé et ridicule. Il était huit heures du matin et il se tenait là, muet, dans la cage d'escalier sombre d'un hôtel, et il contemplait une femme qui l'avait ensorcelé sur une terrasse, une nuit de pleine lune. Il lui tendit la main :

« Bon, il ne nous reste plus qu'à nous dire adieu, n'est-ce pas ? »

Elle serra la main qu'il lui tendait. La main de Matilde était froide, la sienne brûlante. Un simple serrement de main, qui dura le temps exact des choses banales. Elle ne semblait pas pressée…

« Adieu, Luís Bernardo. À un de ces jours.

– Bonne fin de vacances.

– Merci. » Elle commença à gravir les marches dans sa direction.

Instinctivement, Luís Bernardo s'effaça pour lui céder le passage. Ils se croisèrent sans se regarder, mais il la sentit passer si près de lui qu'un frisson lui parcourut tout le corps. Il se mit à descendre les marches et entendit les pas de Matilde s'éloigner derrière lui. S'éloigner pour toujours de sa vie. Chaque pas les séparait l'un de l'autre et un nœud lui serrait à présent la gorge. Il était presque arrivé à la partie de l'escalier où il ne pourrait plus la voir ni même entendre ses pas. Il s'arrêta soudain, pivota sur lui-même et, avant même de pouvoir se dominer, il l'appela d'une voix sourde :

« Matilde !

– Oui ? » Elle aussi s'était immobilisée. À présent, leurs positions étaient inversées, elle le regardait d'en haut et lui levait la tête pour la dévisager.

« Ne vous reverrai-je plus jamais ?

– Moi ? Je ne sais pas. Qui sait ? Ceux qui ne meurent pas se rencontrent, n'est-il pas vrai ? »

“Je renonce, pensa-t-il. Cette femme est un glaçon.

Cette conversation est absurde, cette entreprise est de la folie et ne peut finir que dans le ridicule."

« Non, il ne suffit pas d'être vivant. Tout dépend de comment on est vivant. On ne trouve pas seulement ce que l'on trouve, mais aussi ce que l'on cherche. Nous ne sommes pas des feuilles emportées par le vent, nous ne sommes pas des bêtes à la dérive. Nous sommes des êtres humains, dotés d'une volonté propre.

– Et votre volonté, Luís Bernardo, c'est de me rencontrer de nouveau ?

– Oui, Matilde. Ma volonté c'est de vous rencontrer de nouveau.

– Et à quelle fin, si je puis le demander ?

– Je ne sais pas très bien à quelle fin, ni même pourquoi. Peut-être pour reprendre une conversation inachevée, une nuit de clair de lune ?

– Il y a tant de conversations qui restent inachevées ! Est-il sage d'essayer de les reprendre ? Ne vaut-il pas mieux les laisser là où on les a abandonnées ?

– Matilde, vous posez beaucoup de questions, mais vous apportez peu de réponses.

– Comme si je pouvais répondre, Luís ! » Son soupir fut si profond, son bruit paraissait venir de si loin qu'il eut peur un instant, absurdement, que ce soupir réveille l'hôtel endormi et qu'une masse de têtes apparaisse à la porte des chambres pour voir ce qui avait pu causer ce soupir de femme qui les avait tirés du sommeil. "De toute façon, pensa-t-il, il n'y a plus rien à dire."

À certains moments de sa vie, Luís Bernardo s'était étonné de sa capacité à foncer tout droit lorsqu'il se sentait acculé, quand il était poussé dans une impasse d'où la raison ne pouvait plus le débusquer. En cet instant, sans même se rendre compte de ce qu'il faisait, comme si son corps se mouvait indépendamment de sa tête, il monta lentement les marches vers elle, sans détacher ses yeux des siens. Matilde ne bougea pas d'un millimètre, elle le regarda s'avancer vers elle, elle le sentit s'approcher d'elle, placer ses deux mains sur ses épaules, se pencher et poser ses lèvres sur sa bouche. Elle ferma les yeux, immobile, une main toujours posée sur la rampe et l'autre bras le long du corps. Elle attendit qu'il s'éloigne de sa bouche et d'elle, mais il augmenta doucement la pression du baiser et, sans qu'elle comprenne comment, sa bouche de sèche était devenue humide et elle sentit la langue de Luís Bernardo pénétrer doucement dans sa bouche à elle, rencontrer sa langue et s'y attarder durant ce qui lui parut être une éternité. Puis il s'écarta enfin, déposa un baiser très doux sur sa bouche, elle l'entendit dire tout bas « Adieu, Matilde », elle entendit ses pas commencer à descendre jusqu'à toucher les dalles de pierre du rez-de-chaussée et disparaître. Alors seulement elle ouvrit les yeux et s'assit lentement sur la dernière marche et regarda devant elle, la tête vide de toute pensée, si longtemps qu'elle ne savait pas si quinze minutes ou une heure s'étaient écoulées.

* * *

Évora. Midi. Le train était à l'arrêt dans la gare, au cœur même de l'Alentejo. Une vingtaine de passagers étaient descendus et une dizaine étaient montés. Sur le quai, des vendeurs de boissons et de nourriture vantaient à grands cris leurs marchandises le long des wagons. Ils vendaient du fromage de brebis, des saucisses, du miel, des fruits, des herbes médicinales. Une gitane, flanquée de trois enfants en haillons et sales, tendait la main vers les fenêtres d'où les passagers s'éloignaient, incommodés. Plus loin, une vieille femme vêtue de noir des pieds à la tête avait monté un étal par terre, avec des fruits secs dans des petits casiers en bois. Deux hommes adossés au mur de la gare et s'appuyant sur un bâton regardaient en silence, comme s'il n'y avait rien de plus intéressant qu'assister à l'arrêt du train en provenance de Barreiro.

"Voilà la patrie dans toute sa splendeur !" pensa Luís Bernardo. Lui aussi était debout à la fenêtre de son wagon. Il étira les bras et les jambes, secouant la torpeur qui s'était emparée de lui au bout de quatre lentes heures de voyage. Il restait à peine une heure et quelques avant d'arriver à Vila Viçosa, sur l'embranchement inauguré récemment – d'après les mauvaises langues, pour servir exclusivement Sa Majesté le roi D. Carlos et sa famille. Il avait déjà lu tous les journaux apportés de Lisbonne, il avait dormi pendant une brève demi-heure et il ne savait plus à quoi occuper le temps. Il se rassit et alluma une cigarette à l'instant même où, avec un cahot brusque, le train démarra lentement, laissant peu à peu derrière lui les maisons blanches d'Évora. Il revint en pensée à Matilde et aux trois mois qui s'étaient écoulés depuis ses adieux sur l'escalier du Grand Hôtel à Ericeira. Un automne entier s'était interposé entre eux depuis lors.

Matilde vivait à Vila Franca de Xira, dans une propriété appartenant à la famille de son mari, près de Lisbonne. Mais c'était comme si elle habitait en province. Dans des circonstances normales, plus d'un an pourrait s'écouler avant qu'ils ne se rencontrent fortuitement : on ne rencontre pas ce qu'on ne cherche pas. Il lui avait écrit une lettre en octobre qu'il avait confiée à la discrétion et aux bons soins de son cousin João, ce qu'il avait aussitôt regretté. João avait protesté sincèrement contre ce rôle d'entremetteur que Luís Bernardo lui faisait jouer. Il allégua que sa cousine était mariée et qu'il respectait beaucoup son mari. Il demanda à Luís Bernardo ce qu'il recherchait avec ce jeu enfantin et dangereux. Luís Bernardo avait eu beaucoup de mal à le convaincre de remettre la lettre et le pire de tout est que lui-même avait senti que le jeu n'en valait pas la chandelle. Il lui avait écrit une lettre sans originalité, sans âme, insignifiante, et quand il avait demandé à João quelle avait été la réaction de Matilde en la recevant, celui-ci avait répondu avec un haussement d'épaules : « Elle n'a pas réagi. Elle l'a mise dans sa poche sans faire de commentaires, elle n'a même pas demandé ce que tu devenais. » Le 1er novembre, jour des morts, il se souvenait très bien de la date, c'était un dimanche, jour de congé des domestiques et il était seul chez lui, il regardait par la fenêtre la pluie qui tombait sans désemparer. Il errait dans son appartement avec la sensation très nette de l'inutilité absolue du temps, il s'imaginait dans cette même maison dans vingt ans, les mêmes meubles sous une fine couche de poussière impossible à enlever, se regardant dans la glace et y voyant ses cheveux devenus blancs, avec des rides soucieuses, les lames du plancher craquant à son passage, le portrait de ses parents dans son cadre d'argent l'interpellant du fond des temps, son bureau l'attendant les lundis matin, le *Catalina*, le *Catarina* et le *Catavento* chaque année plus poussifs, et il s'assit à son secrétaire avec une ramette de feuilles blanches et se mit à écrire longuement à Matilde. Il se livra corps et âme, confessa tout, courut tous les risques et à la fin il lui demanda pardon et écrivit que, s'il ne recevait pas de réponse, il ne la dérangerait plus jamais.

Elle répondit à la fin de ce même mois. João vint lui remettre la lettre dans son bureau de la rue de l'Alecrim.

« Tiens, prends. Matilde m'a demandé de te faire parvenir cette lettre. Je pressens que tout ça finira mal et que je ne me pardonnerai jamais ce rôle de pigeon voyageur. »

Luís Bernardo garda le silence. Il aurait dû dire quelque chose pour le rassurer, pour défendre Matilde et déguiser l'importance que cette lettre avait pour lui, mais il ne prononça pas un mot. Il attendit, avec une impatience presque impossible à déguiser, que João s'en aille et ensuite il se livra au plaisir d'ouvrir la lettre sans se presser, attentif à tous les détails, la consistance du papier, sa pliure, son odeur.

«Luís Bernardo,

Je réponds à votre deuxième lettre, pas à la première. Je réponds au baiser que vous m'avez donné dans l'escalier, pas aux jeux de mots avec lesquels vous avez cherché à étourdir une pauvre niaise, loin de ces pièges dans lesquels vous semblez fort expert. Je réponds non pas à votre art de la séduction, mais à ce côté perdu qu'il m'a semblé déceler dans votre regard – et je suis peut-être bien présomptueuse. Enfin, je réponds non pas au mal que vous pouvez me faire, mais au bien que j'ai cru entrevoir au tréfonds de vous.

De cet homme-là je n'ai rien à craindre, car il ne me fera pas de mal. Ou est-ce que je me trompe, Luís Bernardo ? N'est-il pas vrai que vous ne me ferez pas de mal ? Que nous pourrons simplement achever une conversation interrompue une nuit de pleine lune, sur une terrasse à l'orée de l'été ?

Oui, je sais que je pose trop de questions, mais si votre réponse à toutes ces questions est oui, je vous ferai signe par l'entremise de João afin que nous nous revoyions. Jusque-là n'entreprenez rien. Et quand l'heure de venir sonnera, si c'est pour faire du mal, ne venez pas. Je ne vous en respecterai que davantage. Et je garderai de vous un souvenir qui me sera toujours cher.

M.»

Le signe était arrivé la veille. Quand il rencontra João en sortant de la Brasileira, au Chiado, et que celui-ci lui dit, comme si c'était la chose la plus prévisible du monde :

« J'ai là pour toi un message de Matilde. Je te le donnerai demain au dîner, à l'hôtel Central. Tu iras, n'est-ce pas ? »

Que de choses, pensa-t-il. Que de choses l'attendaient ce jour-là : un roi et une princesse.

II

Ce matin-là, à Vila Viçosa, D. Carlos avait ouvert les yeux un peu avant sept heures, réveillé par son valet de chambre. Il avait fait un saut rapide dans la salle de bains, s'était habillé dans ses appartements, contigus à ceux de la reine, et comme toujours il avait requis l'aide du domestique pour chausser les bottes étroites, à tiges à mi-mollet, avec des lacets – une opération exigeant une gymnastique que les cent dix kilos du roi ne lui permettaient guère d'exécuter. Teixeira, le pharmacien du bourg, se présenta comme à l'accoutumée pour faire la barbe de Sa Majesté avec un rasoir bien aiguisé, doté d'une lame en acier de Sheffield – rituel qu'il accomplissait avec une dextérité insurpassable et qui procurait au roi un plaisir visible.

Vêtu, coiffé et parfumé à l'eau de Cologne, D. Carlos traversa de son grand pas lourd l'antichambre qui reliait les chambres royales, la chapelle et la salle à manger, et il descendit à l'étage inférieur, le premier étage du palais, celui des salons. Il alla directement au « salon vert », ainsi appelé à cause du damas vert qui tendait les murs et où ses compagnons de chasse l'attendaient déjà en se réchauffant près de la cheminée en marbre. La table du petit déjeuner était mise et les serviteurs se tenaient au garde-à-vous derrière, attendant le signal du début du service. D. Carlos fit un grand geste avec la main et lança, de bonne humeur :

« Bonjour, messieurs ! Mettons-nous à table, les perdrix n'attendent pas ! »

Outre le roi, il y avait douze convives à la table du petit déjeuner : le marquis-baron d'Alvito, le vicomte d'Asseca (père), le comte de Sabugosa, Manuel de Castro Guimarães, le comte de Jiménez y Molina, D. Fernando de Serpa, Hugo O'Neil, Charters de Azevedo, le colonel José Lobo de Vasconcelos, officier d'ordonnance, et le major Pinto Basto, aide de camp. En plus de ceux-ci, le comte d'Arnoso, secrétaire particulier du roi, et le comte de Mafra, médecin de la famille royale, qui n'accompagneraient pas le roi à la chasse, préférant passer la matinée à d'autres activités. Il manquait le prince D. Luís Filipe, qui ne ratait jamais une chasse, mais qui avait été retenu à Lisbonne par une cérémonie à l'École de guerre.

On servit du jus pressé des oranges de Vila Viçosa – les meilleures du monde, de l'avis général – du thé, des toasts avec du beurre, du fromage de brebis fumé, de la confiture de pêches et des œufs brouillés au jambon. Au café, certains messieurs allumèrent leur premier cigare de la journée, mais ils n'eurent pas le loisir de rester à table pour le savourer. Tous descendirent rapidement au rez-de-chaussée où ils enfilèrent des vêtements chauds pour affronter ce matin glacial de décembre, éclaboussé de givre de tous côtés. Sur la grande place devant la façade principale du palais des ducs de Bragance attendaient trois *breaks* pour les chasseurs, deux autres voitures appelées *chars à bancs* pour les secrétaires, les portefaix préposés aux carnassières, plus les armes et les munitions choisies la veille, et une remorque avec les chiens, déjà très excités, flairant tout, leurs sens en état d'alerte. D. Carlos avait chargé le Tomé, son « secrétaire » particulier lors de toutes les chasses, d'apporter l'étui contenant la paire de Holland and Holland, un cadeau de Léopold, roi des Belges, et la paire de Purdeys, fabriqués à la mesure de son bras et commandés à Londres l'année précédente : le roi choisirait de tirer avec les Holland ou les Purdeys en fonction du déroulement de la chasse. Il pourrait même ne faire feu qu'avec une seule arme toute la matinée, car ce genre de décision avait parfois davantage à voir avec les superstitions ou les manies du tireur qu'avec un vrai savoir scientifique.

Ce matin-là, la petite troupe de chasse du roi du Portugal allait organiser une battue pour chasser la perdrix dans un endroit situé à quelque cinq kilomètres du bourg, un terrain légèrement ondulé et traversé par deux rivières, à moitié cachées par des cistes, où poussaient des yeuses et des chênes-lièges. Il y aurait quatre battues à partir de deux endroits différents. Les perdrix seraient d'abord rabattues vers une position où les attendraient les chasseurs, puis vers la position initiale à partir de la direction opposée – entre une battue et une autre, les tireurs auraient seulement à effectuer une volte de 180 degrés. Dernièrement, courbé à cause de son excédent de poids, le roi préférait les battues aux chasses où il fallait marcher pendant des kilomètres, escalader des pentes et descendre dans des vallées, les pieds enterrés dans la boue, glissant sur des cailloux, pour suivre la cadence des chiens lancés à la poursuite du gibier qui, lui, fuyait toujours plus loin.

La petite armée de rabatteurs, des pauvres hères souvent pieds nus, recrutée dans le bourg pour une demi-douzaine de pièces de monnaie et une pièce de gibier chacun, attendait les chasseurs dans le premier des endroits signalés. Pendant que la suite venue du palais procédait au tirage au sort des « portes » pour la battue – avec un roulement à chaque battue – et au déchargement des armes et des sacs de cartouches, pendant qu'on descendait les chiens de la remorque et qu'on chargeait les portefaix de tout l'attirail des chasseurs, les rabatteurs se dirigeaient vers le point de départ de la battue, à deux ou trois kilomètres de distance des «portes».

La brume qui s'élevait du givre dans les champs commençait tout juste à se dissiper, mais le froid était encore cruel. Accompagné du Tomé, du portefaix et de deux chiens – Djebe, un *pointer* tacheté roux et blanc, et Divor, un *épagneul breton* gris – D. Carlos se dirigea vers la «porte» qui lui était échue en partage, un abri rudimentaire fait de branches d'yeuses superposées derrière lequel il espérait que les perdrix ne l'apercevraient que lorsqu'elles seraient déjà à une distance de tir raisonnable.

Les perdrix se faisaient rarement attendre pendant plus d'une demi-heure à chaque battue: il arrivait parfois que l'une ou l'autre se présente en solitaire, on n'entendait même pas encore les cris des rabatteurs, mais le gros des perdrix arrivait seulement à la fin de la battue, quand il ne leur restait plus qu'à s'envoler en direction des chasseurs embusqués. Pendant ce temps, D. Carlos aimait à s'asseoir sur son siège portatif en toile, à allumer la première cigarette de la matinée et à méditer en silence, les chiens à ses pieds, et les fusils, déjà chargés par le Tomé, prêts à être empoignés au premier froissement d'ailes d'une perdrix en train de s'envoler. Il pensa aux affaires qui le préoccupaient, comme le télégramme reçu la veille du gouverneur du Mozambique. Celui-ci voulait, et certainement à juste titre, avoir les pleins pouvoirs pour gouverner la province, sans avoir à se calquer sur les humeurs et les ingérences du ministre de l'Outre-Mer et des hommes politiques de Lisbonne. Au fond, c'était la même histoire que celle que Mouzinho de Albuquerque avait vécue là-bas, bien des années auparavant, quand, nommé commissaire du royaume, il avait fini par devoir présenter sa démission en se voyant trahi par un décret qui, contre la volonté du roi, mais avec sa signature, l'avait privé du pouvoir de décider localement en cas d'urgence, sans avoir au préalable à se plier à la vanité des hommes politiques du Terreiro do Paço. D. Carlos admirait le courage et les qualités militaires de Mouzinho, son patriotisme et sa loyauté envers le roi. Il avait senti de loin que Mouzinho avait raison dans cette querelle, mais il savait aussi, sans se faire d'illusions, qu'il pourrait très difficilement le soutenir contre le gouvernement sans provoquer une nouvelle crise politique, ce que les temps ne conseillaient nullement. « Brouillé avec le gouvernement par amour du roi ; brouillé avec le roi par amour de la patrie. » Et voilà que, presque dix ans plus tard, l'histoire se répétait : il continuait à assister, impuissant, aux égarements d'une politique d'outre-mer qui était le prétexte d'une querelle publique permanente, au lieu d'être une question nationale réunissant un consensus général. D. Carlos soupira et, mal à l'aise, chassa cette pensée.

Jamais comme à présent la monarchie et la maison royale n'avaient été assujetties à des attaques aussi nombreuses et aussi venimeuses. Pas un jour ne passait sans que la presse républicaine ne s'acharne contre le roi, la reine, les princes, l'institution royale. D. Carlos ouvrait les journaux et se voyait attaqué de toutes parts, caricaturé, ridiculisé, purement et simplement injurié. Tout servait de prétexte : si le roi intervenait dans la politique, c'était parce qu'il ambitionnait le pouvoir absolu et il ne faisait que gêner le gouvernement ; s'il se maintenait délibérément à l'écart, c'était parce que le pays lui était indifférent et qu'il ne s'intéressait qu'aux chasses dans l'Alentejo et aux mondanités. Le parti républicain prospérait à mesure que le mécontentement populaire grandissait, l'autorité de l'État était sapée chaque jour davantage, à la merci du premier démagogue de bistrot venu, et les quelques amis auxquels il pouvait faire confiance n'avaient aucune influence politique, ou, s'ils en avaient une, ils la perdaient vite parce qu'ils étaient ses amis. Il était le roi d'un royaume où il se sentait seul et trahi de tous côtés, le maître d'un empire que les grandes nations – les maisons royales aux familles desquelles il appartenait par les liens du sang – convoitaient sans pudeur ni la moindre gêne. L'Angleterre profiterait du moindre prétexte pour lui ravir l'ensemble de l'empire d'un seul coup, et avec lui son trône. Mouzinho avait eu raison de dénoncer les manœuvres des Anglais en Rhodésie et en Zambie, mais ces gens stupides ici ne comprenaient pas que plus le roi était faible, plus l'empire était menacé. Et de même pour ce qui était de S. Tomé et Príncipe, dont le café et le cacao gênaient les exportations anglaises du Gabon et du Nigeria. Et, à propos de S. Tomé, il se souvint du déjeuner prévu ce même jour avec ce jeune homme qu'on lui avait tellement recommandé, Valença. Au début, D. Carlos avait fait la grimace à la mention de son nom : il avait lu les articles de cet homme et il lui avait semblé qu'il n'était ni sérieux ni au fait du sujet qu'il traitait. Mais le conseiller royal avait insisté sur son nom, faisant valoir les avantages d'avoir un homme jeune, qui n'était engagé ni dans la politique ni dans les partis, sûrement intelligent et désireux de jouer un rôle. Le roi avait fini par se laisser convaincre :

« C'est bon. Faites-le venir à Vila Viçosa, je vais bien l'observer pour voir s'il m'inspire confiance. Tenez, Bernardo, invitez-le donc à déjeuner ici, un jour calme. Écoutez, renseignez-vous pour savoir si ce type chasse, ce serait déjà un bon signe. »

Mais non, l'enquête sommaire du comte d'Arnoso montra que Luís Bernardo Valença n'avait aucune prouesse cynégétique à son actif : il fut donc juste invité à déjeuner. “Cela sera sûrement très ennuyeux, pensa D. Carlos. Je ne sais même pas si j’en viendrai à évoquer le sujet proprement dit ou si je m’en tiendrai aux prolégomènes.”

Deux coups de feu venus d’une des portes à gauche retentirent : les perdrix avaient commencé à sortir, elles sortaient toujours d’abord des extrémités car c’était là qu’arrivaient en premier les rabatteurs, dans un mouvement en fer à cheval. Mais le plus grand nombre s’envolerait au centre et à la fin. On entendait déjà au loin les cris des rabatteurs, qui balayaient les fourrés pour effrayer les perdrix qui s’y terraient. Sur le mamelon en face, on entendit les cris d’une perdrix qui se sentait acculée et D. Carlos se leva instinctivement et saisit un des fusils Holland apprêtés par Tomé. Il braqua l’arme devant lui, à hauteur de la taille, sentant le froid de l’acier poli contre sa main droite, pendant qu’avec la gauche il caressait doucement le bois de la crosse. Soudain, tout s’était effacé de sa tête, il ne restait plus en cet instant que lui et son arme qui se fondaient en un seul corps, attentif à tous les signes et les bruits venant des fourrés. L’adrénaline lui montait à la bouche, son cœur battait plus fort, le matin tout entier était suspendu à cet instant qu’il devinait de plus en plus proche. Il resta ainsi dix bonnes minutes, sans que rien se produise : le roi, son « secrétaire », ses chiens et son arme, muets, dans l’attente, immergés dans la nature, dans l’attitude éternelle du chasseur guettant sa proie, comme il en a toujours été depuis la nuit des temps, depuis que le premier chasseur s’est embusqué pour essayer de surprendre la première bête chassée.

Il regardait à droite, dans la direction où il avait entendu une perdrix cacaber il y a peu, mais ce fut sur la gauche que la première bête apparut, silencieuse, lancée de l’avant à toute vitesse, dans un vol à une vingtaine de mètres du sol. D. Carlos fut le premier à l'apercevoir du coin de l'œil, la devinant plus qu'il ne la voyait, il porta l'arme à la hauteur de son visage, la cala contre son épaule gauche. Il la déplaça pendant quelques brèves secondes, jusqu'à ce que le canon gauche de l'arme, suivant la ligne de vol de la perdrix, l'ait dépassée d'environ un mètre et alors il tira. Atteint en plein vol, l'oiseau continua encore sa trajectoire, ailes éployées, planant au-dessus d'un monde qui soudain s'était fermé à lui, puis, comme s'il avait heurté un mur, il se laissa choir à la verticale directement sur le sol où il atterrit avec un bruit sec et étouffé. D. Carlos n'eut même pas besoin de s'assurer qu'il était mort et pas seulement blessé : sa façon d'interrompre son vol et de se précipiter à terre tête en bas était un indice certain que le tir avait été mortel. Tomé siffla tout bas en signe d'approbation, tout en tendant au roi l'autre arme chargée de deux cartouches. Ce soir-là, comme en maints autres, dans la taverne sur la place centrale de Vila Viçosa, il se chargerait de témoigner de l'habileté de Sa Majesté D. Carlos, consolidant la réputation d'excellent tireur dont jouissait le chef de la maison de Bragance.

Peu après, tout se précipita à mesure que les rabatteurs se rapprochaient de plus en plus de l'endroit où les chasseurs attendaient derrière leurs abris. Les perdrix commencèrent à arriver – isolées, par paires, en bandes de quatre ou cinq. Elles volaient de l'avant, dans toutes les directions, les unes plus haut, les autres rasant presque le sol – et c'étaient d'ailleurs les plus difficiles parce qu'elles se confondaient avec la végétation et ne devenaient visibles qu'au tout dernier moment. Des coups de feu retentissaient sans arrêt, parfois une même perdrix était tirée successivement par deux ou trois portes, certaines échappaient comme par miracle à tous les tirs, mais la majorité disait adieu au ciel devant cette barrière de plombs, pendant qu'une odeur de poudre s'élevait de la terre et que les armes devenaient brûlantes dans les mains des chasseurs. Jambes bien plantées sur le sol, regardant toujours devant lui, même lorsqu'il tendait une arme derrière lui pour que Tomé la recharge et qu'il en recevait une autre chargée, D. Carlos tirait avec une précision et une suavité de gestes dignes d'un roi. La première battue se termina avec douze perdrix et un lièvre, récupérés avidement par Djebe et Divor, dès que le Tomé les lâcha en leur ordonnant : « Cherche, cherche ! »

À midi la chasse était terminée et une nappe de perdrix recouvrait le sol où les « secrétaires » les avaient déposées, afin que les chasseurs les contemplent avec leur habituel sentiment d'orgueil. D. Carlos avait tué trente-cinq perdrix et deux lièvres, utilisant pour ce faire deux cartouchières de vingt-cinq cartouches. Le roi était euphorique, et l'enthousiasme et la marche de retour vers les voitures lui avaient rougi le visage. Rien ne lui donnait plus de plaisir que ces matins de chasse entre amis. Tout lui plaisait, même la phase finale de la fête : les commentaires des chasseurs, les prouesses que chacun décrivait aux autres, les compliments qu'il recevait de tous, les conversations entre rabatteurs et « secrétaires », l'agitation nerveuse des chiens qui rôdaient sans cesse autour de la scène, le rangement des perdrix dans des sacs en grosse toile, l'étripage des lièvres sur place pour qu'ils n'aient pas un goût désagréable quand on les cuisinerait, les armes rangées dans leurs étuis, les chasseurs se débarrassant des cartouchières et de leurs vestes épaisses pour s'asseoir par terre à l'ombre d'un arbre, autour d'une nappe rouge à carreaux sur laquelle un domestique avait préalablement disposé du pain, des olives assaisonnées, du fromage de brebis fumé, du gros saucisson, du jambon, du vin blanc et du café.

* * *

Une calèche tirée par un seul cheval attendait Luís Bernardo à la gare de Vila Viçosa. Un employé du palais se présenta à lui. Sa fonction consistait précisément à accueillir les visiteurs du roi. Il prit place dans la voiture à côté de Luís Bernardo et donna l'ordre au cocher de se mettre en route. C'était la première fois que Luís Bernardo allait à Vila Viçosa et il fut aussitôt ébloui par la beauté du bourg, avec ses maisons d'un ou deux étages seulement, blanchies à la chaux, avec des encadrements de portes et de fenêtres en marbre provenant des carrières à la sortie de l'agglomération, des balcons en fer forgé, des fontaines également en marbre, de larges trottoirs bordés de rangées d'orangers croulant sous les oranges à cette époque de l'année, une vaste place centrale en face du château et du jardin public qui l'entourait. On y avait une impression d'espace, d'ampleur, il y régnait une harmonie manifeste entre l'architecture et l'air paisible avec lequel les habitants du lieu qui conversaient en petits groupes à la porte des commerces ou qui circulaient à pied sur les trottoirs semblaient laisser le temps s'écouler sans se presser inutilement. Vila Viçosa avait été manifestement construite pour qu'on y vive à l'intérieur comme à l'extérieur de ses portes, pour être aimée par sa population aussi bien au soleil qu'auprès de la cheminée.

Adossé contre le siège, dans la calèche ouverte, Luís Bernardo regardait la petite ville défiler lentement, promenant les yeux sur chaque détail, s'étonnant de la beauté des lignes des édifices, regardant avec curiosité les gens sur les trottoirs et essayant de deviner la nature de leur vie quotidienne. Bercé par cette sensation inattendue de bien-être et de confort que cette froide matinée de décembre ne démentait nullement, il se prit à penser qu'il comprenait maintenant pourquoi D. Carlos semblait se sentir bien mieux ici qu'à Lisbonne, dans les salons du palais des Necessidades, sa résidence officielle. Ils entrèrent au trot sur la place du palais des ducs de Bragance et Luís Bernardo eut soudain le souffle coupé en découvrant cette authentique place du palais dont le côté au fond, au ponant, était entièrement occupé par le palais à quatre étages, parfait dans sa géométrie rectangulaire. La façade était tout entière en marbre, d'un ton rose-brun, tandis que, formant un angle droit avec cette façade du côté droit, une élégante construction blanchie à la chaux, encadrée de cyprès, accueillait les appartements royaux, comme si elle était simplement la maison de la domesticité du palais.

Il était arrivé depuis une dizaine de minutes et avait été conduit dans un petit salon au premier étage avec une cheminée où brûlait un feu de bois et il s'y était appuyé pour contempler les tableaux sur les murs tendus de brocart jaune, lorsqu'il aperçut une agitation de voitures sur la vaste place en face du palais, signalant l'arrivée d'un cortège. Regardant discrètement par la fenêtre, il reconnut le roi qui descendait de la première voiture en compagnie de deux autres personnages. Immédiatement après, il entendit des pas qui se dirigeaient vers son salon et vit entrer le comte d'Arnoso. Celui-ci s'enquit de son voyage et lui annonça que Sa Majesté venait de rentrer d'une matinée de chasse et qu'elle le recevrait dès qu'elle se serait changé. Puis il s'assit pour lui tenir compagnie et tous deux échangèrent des banalités en attendant le roi.

L'attente ne fut pas longue. Dix minutes plus tard, annoncé par ses pas pesants sur le carrelage en terre cuite et par la voix sonore avec laquelle il donnait un ordre à quelqu'un, D. Carlos faisait lui aussi son apparition. Il était vêtu avec discrétion d'un costume en laine grise, un gilet en daim vert bouteille et une cravate de la même teinte. Le visage légèrement rougeaud, le cheveu vieil or, les yeux d'un bleu intense trahissaient le mélange de sangs d'une Europe plus septentrionale qui coulait dans ses veines. La voix était grave, le serrement de main un tantinet distrait, mais les yeux ne cessèrent de le regarder bien en face pendant qu'il le saluait. L'ensemble était imposant, ne serait-ce qu'en raison de la corpulence du roi et parce qu'il se trouvait face à l'homme qui était au centre de toutes les conversations politiques des Portugais, qu'une partie du pays vénérait alors que l'autre le haïssait. Ils ne s'assirent pas. Une fois les formalités de circonstance accomplies, le roi, après qu'il l'eut remercié d'avoir pris la peine de venir à Vila Viçosa, lui dit :

« Eh bien, mon cher, comme vous le savez certainement, je reviens de la chasse et les chasseurs ont un appétit vorace. D'ailleurs, avec ou sans chasse, j'ai cette réputation qui, heureusement, est avouable... contrairement aux autres », et D. Carlos sourit franchement, tandis que Luís Bernardo, gêné, ne savait pas s'il devait sourire aussi d'un air entendu ou si, au contraire, il devait faire semblant de ne pas deviner à quelles autres réputations le roi se référait. Mais le pays tout entier savait que Sa Majesté D. Carlos ne chassait pas seulement des perdrix, des lièvres, des cerfs ou des sangliers à Vila Viçosa, mais aussi, racontait-on, des servantes, des filles de fermiers, des épouses de certains notables du bourg et des jeunes vendeuses de magasins. D'ailleurs, dans ce domaine, le roi et lui partageaient les mêmes goûts.

« Bien, poursuivit l'amphitryon, j'espère que votre voyage vous aura donné faim à vous aussi car vous verrez qu'on mange très bien dans cette région. C'est un déjeuner d'hommes, venez, je vais vous présenter le reste de la compagnie. Si vous n'y voyez pas d'inconvénient, nous déjeunerons d'abord à la bonne franquette et nous parlerons ensuite tous les deux en privé du sujet pour lequel je vous ai fait appeler ici. »

C'était effectivement un déjeuner uniquement entre hommes. Pendant les heures qu'il passa à Vila Viçosa, Luís Bernardo ne réussit même pas à savoir si la reine D. Amélia s'y trouvait également : on racontait qu'elle vivait réfugiée parmi ses dames d'honneur, ses amies et ses cousines françaises qui lui rendaient visite à Lisbonne ou à Sintra et à qui elle se plaignait d'être maintenant « passée du stade des chambres séparées à celui des palais séparés ».

Les quatorze hommes présents étaient disposés de part et d'autre d'une immense table qui aurait pu accueillir une cinquantaine de personnes. Le roi s'installa au centre d'un des côtés et fit signe à Luís Bernardo de s'asseoir du côté opposé, en face de lui. Un menu était posé à chaque place et tous s'empressèrent de le lire avec intérêt. Tout le monde savait que D. Carlos attachait beaucoup d'importance à ces menus et parfois même, à Vila Viçosa ou à bord du yacht royal *Amélia*, il les écrivait lui-même, les accompagnant d'un dessin de sa propre main. Ce jour-là, le *chef* de Vila Viçosa proposait aux messieurs de l'étage du haut :

Potage de tomates
Œufs à la Périgueux
Escalopes de foie de veau aux fines herbes
Filet de porc frais rôti
Langue et jambon froids
Épinards au velouté
Petits gâteaux de plomb

Quand la soupe de tomates chaude et le vin blanc de Vidigueira furent servis, les chasseurs secouèrent leur torpeur et la conversation commença à s'animer. Luís Bernardo remarquerait comment l'on évita soigneusement d'évoquer ce que quelqu'un avait qualifié en passant de « petite politique portugaise ». Les convives se mirent plutôt à parler de la partie de chasse du matin, puis abordèrent les histoires concernant le bourg. Le père Bruno était soupçonné d'avoir engrossé encore une de ses paroissiennes – d'après les cancans locaux, ce serait déjà la deuxième en un peu plus d'un an – mais selon l'opinion majoritaire cette histoire ne serait qu'un simple bruit lancé par les habituelles grenouilles de bénitier de l'église de Nossa Senhora da Conceição, qui estimaient, et fort légitimement, que dès lors que le bel homme qu'était le père Bruno ne pouvait être, du moins simultanément, la propriété de chacune d'entre elles – qui avaient consacré des dizaines d'années aux soins de la sacristie et au confort des curés qui y défilaient – il devait être considéré comme *res publica et nulius*. Une altercation s'était aussi produite entre un gitan et un commerçant au marché et cela avait fini par des coups de feu, une bousculade et un grand émoi pendant la matinée, mais, heureusement, il n'y avait eu ni blessé ni mort. La police municipale avait appréhendé le gitan et l'avait présenté au juge d'instruction, lequel avait ordonné de façon parfaitement salomonienne qu'on aille aussi quérir le commerçant, après quoi il les fit enfermer tous les deux dans la prison cantonale. Il se trouvait toutefois que ledit commerçant était le fournisseur habituel du palais en prunes d'Elvas, dont le roi était fort friand, ce qui poussa D. Carlos à s'exclamer, mi-grave mi-badin : « J'espère que vous vous rendez compte, monsieur le juge, du préjudice qu'un séjour prolongé de cet homme en prison pourrait causer à tous ! »

Avec le vin rouge, la conversation devint plus sérieuse et porta sur la situation internationale – tout un univers de promesses. Quelqu'un évoqua les nouvelles préoccupantes qui arrivaient de Saint-Pétersbourg. La révolution et le chaos semblaient s'installer, des attentats perpétrés par des anarchistes se succédaient, le *Potem-*

kine, le croiseur le plus important encore entre les mains de la Marine impériale, avait tourné ses canons contre le pouvoir même du tsar, les termes de la capitulation russe devant le Japon, devenue inévitable après le désastre naval de Tsushima où trente-quatre des trente-sept navires de la deuxième escadre russe du Pacifique, envoyés de Saint-Pétersbourg, avaient été coulés, causant la consternation et une indignation générale. Le Japon avait gardé Port-Arthur, l'île de Sakhaline, la Corée et une partie de la Mandchourie. Pour la première fois, une puissance asiatique avait battu en mer une puissance occidentale, et la dimension de la défaite avait été telle que maintenant le Japon était la principale puissance navale de tout le Pacifique : la Russie avait purement et simplement disparu du théâtre des opérations, ses deux escadres avaient été décimées dans le Pacifique, l'une n'était même pas parvenue à combattre ; l'autre avait été anéantie au cours d'une unique bataille ; l'Angleterre se retirait graduellement de l'Extrême-Orient pour faire face à ce que beaucoup estimaient être une menace grandissante de l'Allemagne et elle demeurait fidèle au principe qui avait toujours constitué la doctrine de son amirauté, à savoir que la puissance navale anglaise devait à tout moment et au minimum être le double de celle de son ennemi le plus direct. Face à la puissance navale japonaise, il ne restait plus que l'opposition théorique et naissante des États-Unis, dont le président Theodore Roosevelt s'était constamment efforcé de faire en sorte que la balance entre la Russie et le Japon ne penche jamais de façon décisive en faveur d'un de ces deux pays.

« Et tout cela, déclara D. Carlos, à cause de la stupidité et de l'arrogance de ce crétin d'amiral Rojdestvenski !

– On raconte, répliqua le comte de Sabugosa, qu'il n'a même pas mis au point le plan de bataille avec ses officiers. Qu'en pleine bataille, aucun navire n'a reçu la moindre instruction de l'amiral. Chacun était livré à son sort !

– J'ai connu cet olibrius quand il était attaché naval à Londres, a repris D. Carlos, c'était un type antipathique, arrogant, qui se pavanait comme si le salon de Buckingham était le pont de commandement de son cuirassé. Je me souviens qu'Édouard m'a dit : "Si toute la Marine impériale est comme ce manche à balai couvert de médailles, le tsar ne tardera pas à avoir des ennuis !" »

Ensuite la conversation porta sur la situation en Afrique du Nord, où tout semblait bouleversé depuis la visite du Kaiser Guillaume II au Maroc et les discours enflammés qu'il avait prononcés et qui remettaient en cause le protectorat français ainsi que les bases de « l'Entente cordiale » elle-même entre Paris et Londres. Le Kaiser inquiétait tout le monde : il était évident qu'il voulait quelque chose de l'Afrique. Mais le plus préoccupant était qu'il semblait vouloir aussi quelque chose de l'Europe, et quelque chose de grand. Ici, dans ce paisible bourg de Vila Viçosa, le ton de la conversation devint grave lorsqu'on parla du Kaiser : les verres de vin furent portés à la bouche avec une lenteur qui était un signe de préoccupation, les convives hochaient la tête pour manifester un accord circonspect. Le Kaiser représentait une menace supplémentaire pour un monde qui ici, toutefois, semblait plongé dans une paix éternelle.

Luís Bernardo se borna à faire une ou deux remarques ne prêtant pas à controverse, juste pour montrer qu'il suivait les thèmes avec attention et en connaissance de cause, mais sans vouloir faire étalage d'une autorité particulière en la matière. Mais il se sentait bien dans sa peau, à l'aise dans cette atmosphère : on y parlait des grands de ce monde, il était assis en face d'un roi et prenait part à la conversation. Il suivait tout avec attention, mais sans crispation, son regard errait de temps en temps sur les murs magnifiques tapissés d'*azulejos* ou sur le plafond en bois de cèdre de cette ravissante salle à manger. Rien que le privilège de participer à ce déjeuner compensait l'incommodité du voyage et, comme D. Carlos avait dit, l'on mangeait merveilleusement bien. Le roi lui-même, maintenant qu'il le voyait en personne, lui semblait très différent du portrait ridicule qu'en faisait la propagande républicaine : il était manifestement d'une culture bien au-dessus de la moyenne, il était bien informé et s'intéressait aux événements – qu'ils soient locaux ou qu'ils concernent l'Extrême-Orient – il avait des opinions fermes, mais il ne prétendait pas les imposer et il se contentait du respect naturel que sa personne paraissait inspirer à son entourage.

On servit avec le café un porto Delaforce de 1848, tous deux excellents. Ensuite, D. Carlos se leva difficilement et toute la troupe le suivit à l'étage du dessous, dans un petit salon chauffé par deux feux de cheminée où les attendaient une table avec différents cognacs et une boîte de cigares en argent, dont presque tous se servirent à tour de rôle. Les derniers journaux, arrivés par le même train que Luís Bernardo, se trouvaient sur une autre table et la petite assemblée se dispersa, les uns se plongèrent dans la lecture de la presse sur les canapés, d'autres bavardèrent debout autour des cheminées et d'autres encore fumèrent simplement leur cigare. Comme dans le salon d'un club : la même oisiveté masculine délicieuse, servie par toute une gamme de menus plaisirs. Le déjeuner avait été fort agréable, la nourriture excellente, le palais était beau et digne, plus adapté au rang d'un duc que d'un roi, et pour cette raison même plus accueillant, et Vila Viçosa était éblouissante : le déplacement avait valu la peine. Mais l'heure de l'addition était arrivée, se dit Luís Bernardo. D. Carlos se leva du canapé où il était installé et lui demanda de le suivre. Tous trois – le roi, le comte d'Arnoso et lui-même –

traversèrent plusieurs salons en enfilade du premier étage jusqu'à une salle à l'arrière, avec une fenêtre s'ouvrant sur un balcon qui donnait sur un jardin.

C'était un petit salon, lui aussi chauffé par un feu de bois et qui semblait être le cabinet de travail du roi : un long secrétaire occupait la moitié de l'espace et était recouvert de piles de papiers superposées et de journaux, quatre fauteuils de cuir étaient disposés en demi-cercle dans un coin et les murs étaient ornés d'un portrait à l'huile du roi, d'un autre de la reine et de plusieurs aquarelles, parmi lesquelles certaines représentaient le yacht *Amélia* et étaient l'œuvre de D. Carlos lui-même. Luís Bernardo prit place dans un fauteuil face à D. Carlos et au comte d'Arnoso, lequel assisterait en silence à toute la conversation, intervenant juste occasionnellement pour préciser un détail dans le discours du roi. De là où il était assis, Luís Bernardo pouvait voir le jardin par la porte ouvrant sur le balcon et entendre le bruit de l'eau de plusieurs fontaines. Bien que la porte fût fermée, le parfum du verger d'orangers et de citronniers parvenait jusqu'à lui et pour la première fois de sa vie il se prit à désirer lui aussi une vie champêtre où tout serait aussi réglé et paisible que dans ce jardin méditerranéen.

« Avant toute chose, mon cher Valença – la voix sonore de D. Carlos coupa court à ses rêveries et le fit presque sursauter – je souhaite vous remercier à nouveau d'avoir bien voulu accepter mon invitation. Je regrette seulement que mon fils Luís Filipe ne puisse être des nôtres. Le prince héritier aurait été ravi de faire votre connaissance, d'autant plus qu'il s'intéresse très particulièrement à l'affaire qui nous réunit ici.

– C'est moi qui remercie Votre Majesté de ce déjeuner et d'avoir pu visiter cette maison et cette région magnifiques.

– C'est très aimable de votre part et le fait que Vila

Viçosa vous ait plu est une garantie de votre sensibilité et de votre bon goût. Mais, mon cher Valença, le temps n'est plus où les rois appelaient et où les gens accouraient ni où le roi pouvait convoquer quelqu'un pour lui dire qu'il lui confiait une mission. Je commencerai donc par cela, c'est-à-dire exactement par la fin : je vous ai fait venir ici, non pas pour vous confier une mission, puisque aujourd'hui d'aucuns pensent que servir le roi n'est pas servir la patrie, mais pour vous adresser une invitation que vous pourrez simplement considérer comme telle, mais qui, pour moi, revient à servir le roi et à servir le Portugal. »

D. Carlos fit une pause et le regarda de ses yeux bleus pénétrants. Pour la première fois Luís Bernardo se sentit mal à l'aise : quelque chose avait changé soudain et c'était leur statut à tous les deux. Maintenant, c'était le roi qui parlait à un de ses sujets, quels que soient la courtoisie dont il faisait montre ou le respect qu'il témoignait à sa personne.

« Comme j'ai dit, je commencerai par la fin : je voudrais que vous acceptiez le poste de gouverneur de la province d'outre-mer de S. Tomé et Príncipe. Ce poste, ou cette charge, comme vous préférerez l'appeler, prendrait effet dans deux mois et aurait une durée minimum de trois ans, renouvelable uniquement si nous-mêmes et le gouvernement y voyons un intérêt. Vous jouirez de tous les avantages inhérents à cette charge en vigueur dans la colonie et j'imagine qu'ils ne sont pas pléthoriques, juste suffisants. Vous gagnerez plus qu'un ministre à Lisbonne, moins qu'un ambassadeur à Paris ou à Londres : dans votre cas, et vous me permettrez cette indélicatesse (fruit des renseignements préliminaires qu'il m'a fallu recueillir à votre propos), vous n'en serez ni plus riche ni plus pauvre. Et avant que vous ne manifestiez votre stupéfaction devant cette invitation, laissez-moi vous dire que, comme vous l'imaginez sûrement, votre nom n'est pas apparu par hasard : plusieurs personnes, dont je fais grand cas, m'ont parlé de vous comme étant l'homme indiqué pour cette fonction et j'ai eu moi-même l'occasion de lire ce que vous avez écrit sur notre politique outre-mer et j'ai le sentiment qu'actuellement vous prônez avec conviction les idées qui doivent être prônées. J'ai également été sensible au fait que vous êtes un homme neuf, sans allégeance à une politique ou à un parti, que vous parlez anglais (je vous expliquerai plus tard pourquoi c'est important), que vous êtes au courant des affaires internationales et qu'en raison de vos activités vous savez comment fonctionne l'économie des colonies, et notamment celle de S. Tomé et Príncipe. »

Luís Bernardo ne profita pas de la nouvelle pause de D. Carlos pour parler. Il lui parut plus avisé de continuer à se taire, d'ailleurs il n'aurait pas su encore quoi dire, tant cette proposition lui semblait absurde et même incompréhensible. Cependant, il avait été aussitôt sur ses gardes, la nuance subtile de ce que le roi avait dit de ses idées sur la politique d'outre-mer, par exemple, ne lui avait pas échappé : il n'avait pas dit qu'il était d'accord avec les idées de Luís Bernardo en la matière, il s'était borné à déclarer qu'il avait le sentiment qu'« actuellement » c'étaient les idées qui « devaient être prônées ». La fameuse distinction entre servir le roi et servir le pays.

D. Carlos avait changé de ton et de posture. Il avait étiré ses jambes, il avait cessé de le regarder fixement et contemplait à présent le bout de son cigare, comme s'il y apercevait soudain quelque chose de plus important et de plus urgent. Avant de se remettre à parler, il poussa un soupir de résignation, comme quelqu'un qui s'apprête une fois de plus à répéter des évidences ennuyeuses.

« Avant que vous ne me donniez une réponse, mon cher Valença, et parce que je pense que vous êtes un patriote et que les raisons nationales d'une politique vous préoccupent ou vous intéressent, laissez-moi vous dresser un tableau de la situation. Comme vous le savez, certaines personnes pensent que le Portugal n'est pas en mesure, ni sur le plan des ressources économiques ni sur celui des ressources humaines, de maintenir un empire colonial et que par conséquent nous ferions mieux de vendre nos colonies. Les puissances intéressées ne manquent pas d'ailleurs : le Kaiser ou mon cousin Édouard nous soufflent à l'oreille depuis une dizaine d'années que ce serait la meilleure solution pour nos finances et nos problèmes internes. Mais moi je ne suis pas de cet avis : je ne suis pas convaincu qu'une réduction de l'ampleur des problèmes contribue à accroître la grandeur des nations. Si je vendais ce palais que j'ai hérité de générations successives de ducs de Bragance, je résoudrais certainement un problème : mais je ne suis pas certain que j'en serais plus heureux ni plus accompli. Il y a aussi des gens qui pensent que dans une monarchie constitutionnelle le roi n'a pas à se préoccuper de ce genre de question ni à s'en mêler : il serait ainsi le seul de tous les Portugais à qui la dimension de la nation serait indifférente. Je serais roi, non pas de ce que j'ai reçu en partage, mais de ce que l'on estimerait que le pays doit être. C'est là une question beaucoup plus profonde et plus vaste, sur laquelle je ne veux pas me prononcer à présent, et si cela correspondait à ma façon de voir, il serait plus digne que j'abdique de mes fonctions. Je regrette simplement que ce qui devrait être clair ici soit vaseux et que dans cette vase l'on ait sacrifié les efforts de Portugais à qui le pays doit tant, comme mon cher ami Mouzinho, qui est mort pour avoir cru qu'en servant le roi il servait la patrie. »

"Les fontaines continuent à couler dehors, je les entends", pensait Luís Bernardo. Mais c'était bien le seul bruit qu'on entendait en ce moment. Un silence peiné s'était installé dans le salon. Comme tout le monde, Luís Bernardo avait été très frappé par le suicide, demeuré inexpliqué, de Mouzinho de Albuquerque, survenu trois ans auparavant. Comme tout le monde aussi, il savait que D. Carlos nourrissait une admiration sans bornes pour Mouzinho, fort bien exprimée dans les paroles avec lesquelles il avait communiqué au président du Conseil sa décision de nommer le « héros de Chaimite » précepteur du prince héritier, Luís Filipe : « Je ne pourrais donner en exemple à mon fils davantage de courage, davantage d'amour pour son roi, davantage de loyauté à sa patrie. » Mais cet amour et cette loyauté n'avaient compté pour rien, lorsque, sept ans plus tôt, le roi avait signé le décret présenté par le gouvernement, qui réduisait de façon humiliante les pouvoirs du commissaire royal d'alors au Mozambique, sachant d'avance que Mouzinho n'accepterait pas pareille gifle publique et qu'il présenterait sa démission, ce qu'il fit effectivement. Par la suite, la rumeur publique attribua à sa fonction de précepteur du prince, jugée mineure, le dénouement tragique de la carrière de Mouzinho à l'âge de quarante-six ans. Pour Mouzinho de Albuquerque, qui écrivit un jour : « J'ai la certitude d'avoir servi le roi et le pays du mieux que j'ai pu et su et mieux que la plupart de mes contemporains », il était légitime de penser que le roi qu'il avait servi ainsi et qui le portait tellement aux nues en privé l'avait abandonné publiquement et sacrifié au jeu de la politique intérieure et des intérêts politiques mesquins du moment. Dans les paroles de D. Carlos, Luís Bernardo voyait donc bien plus une lamentation sur lui-même, un repentir sorti des profondeurs de sa conscience, qu'un blâme adressé aux autres. Parmi eux trois, peut-être que seul Bernardo de Pindela, comte d'Arnoso, secrétaire particulier de D. Carlos, mais aussi un ami d'enfance, le confident et le correspondant de Mouzinho à tout moment, connaissait toute la vérité et aurait été en mesure de se prononcer avec une justice parfaite. Mais le comte d'Arnoso gardait le silence, regardant quelque chose au fond de la salle, comme s'il n'avait pas entendu les dernières paroles de son roi : d'ailleurs, jamais personne n'entendrait de sa bouche quoi que ce soit qui, de près ou de loin, ne serve la cause de son souverain. De nouveau, ce fut D. Carlos qui brisa le silence :

« Et maintenant, venons-en à S. Tomé et Príncipe. Comme vous le savez, mon ami, S. Tomé est la plus petite de nos colonies et ne peut se comparer qu'à Timor. Elle produit uniquement deux choses, du cacao en abondance et un peu de café. Mais c'est assez pour qu'elle se suffise à elle-même et même pour qu'elle donne à l'État et aux agriculteurs un revenu non négligeable. Toute l'agriculture est fondée sur la main-d'œuvre que nous importons, d'Angola surtout, mais aussi du Cap-Vert, pour le travail dans les plantations : le grand problème de S. Tomé est le manque de bras. Mais la chose fonctionne et apparemment pas mal, comme vous le savez sûrement. Le cacao est d'excellente qualité, le café aussi est très bon – d'ailleurs c'est celui que nous avons bu aujourd'hui au déjeuner – et la production est généralement élevée. La chose fonctionne si bien que nous représentons une menace pour les compagnies anglaises en concurrence avec nous sur le marché du cacao et qui ont des exploitations au Nigeria, au Gabon et dans les Antilles britanniques. Je suppose que vous savez tout cela et que je ne vous annonce là rien de neuf ?

– En effet, Votre Majesté, je suis au courant des chiffres et je sais que nous sommes en concurrence avec les Anglais – à présent Luís Bernardo se sentait sur un terrain connu.

– Eh bien voilà : Soveral, notre ambassadeur à Londres,

qui est peut-être l'étranger le plus influent à la cour et dans la presse anglaise, nous a écrit qu'il était de plus en plus alarmé par la campagne que les compagnies de cacao anglaises ont lancée contre S. Tomé et Príncipe. Et je ne viole aucun secret d'État si je vous dis aussi que le marquis de Soveral est très ami du roi, comme je le suis moi-même, et que c'est sur la foi de cette amitié et à cause d'elle qu'Édouard m'a fait parvenir un message personnel disant que nous devrions prêter attention au problème et faire quelque chose. Afin que la situation n'arrive pas à un point où il se trouve forcé par son gouvernement d'agir ou de consentir à ce que celui-ci agisse contre nous.

– Mais que réclament donc les Anglais ? demanda Luís Bernardo.

– Cela a commencé par une plainte présentée il y a quelques années par une compagnie anglaise qui produit du cacao en Afrique occidentale anglaise, mais qui importe aussi du cacao de S. Tomé et qui s'appelle Cadbury. La Cadbury, qui transforme son cacao en chocolat, se plaint que nous faisons une concurrence déloyale aux colonies anglaises car nous emploierions dans les plantations de S. Tomé de la main-d'œuvre esclave recrutée en Angola.

– Et c'est la vérité ? demanda de nouveau Luís Bernardo.

– Bon, il semblerait que cela dépende du point de vue, de ce que l'on entend par main-d'œuvre esclave. Nous, nous considérons que ces gens ont un contrat de travail, mais le problème c'est que tous les ans nous engageons en moyenne trois mille travailleurs pour les plantations de S. Tomé et Príncipe et que les bateaux qui les amènent s'en retournent vides. Pour les Anglais, c'est synonyme d'esclavage : si les travailleurs sont recrutés en Angola et qu'ils ne retournent pas chez eux, c'est parce qu'ils ne sont pas libres. Il ne manque plus que nous soyons traités de négriers. Le ministre des Colonies a expliqué à l'ambassadeur que lesdits "esclaves" étaient payés, mieux traités et bien mieux logés que les travailleurs sur les plantations anglaises en Afrique ou dans les Antilles et que, sur le plan de la santé, la meilleure garantie était le fait que plusieurs de nos plantations avaient leur propre hôpital, entièrement équipé, ce qui est impensable dans le reste de l'Afrique. Mais cela n'a servi à rien : éperonnée par l'Association des commerçants de Liverpool, la presse anglaise nous est tombée sur le dos et ne nous a plus lâchés. »

D. Carlos se leva alors et s'en fut chercher un journal sur sa table de travail. Il le tendit à Luís Bernardo, déjà ouvert à une page où un titre tout en haut annonçait en grosses lettres : « *Slavery still alive in Portuguese African colonies.* » Il se rassit et reprit :

« Là-bas à Londres, Soveral a pris les mesures habituelles : il a invité à dîner plusieurs rédacteurs en chef influents de Fleet Street pour voir s'il arriverait au moins à arrêter l'esclandre. Mais même lui n'y est pas parvenu. Bref, nous avons fini par devoir accepter les pressions du gouvernement anglais et recevoir un certain Joseph Burtt, l'envoyé de l'Association des commerçants, pour tirer l'affaire au clair. L'homme est arrivé au début de l'année dernière et il s'était si bien préparé qu'il s'était même donné la peine d'apprendre le portugais. Il est venu à Lisbonne où il a été reçu par tout le monde : par le ministre, par les représentants des propriétaires des plantations, par des journalistes, par tous ceux qu'il a souhaité rencontrer.

– Oui, je me souviens d'en avoir entendu parler, l'interrompit Luís Bernardo, et qu'a conclu ce Joseph Burtt ?

– L'homme n'est pas idiot : il n'a rien conclu ici. Il a demandé l'autorisation d'aller à S. Tomé et Príncipe, puis en Angola, afin d'être en mesure de présenter un rapport solidement argumenté à ses mandants. Nous en avons discuté entre nous, c'est-à-dire moi-même, le gouvernement et les propriétaires de S. Tomé : impossible d'éviter le voyage de cet homme sans montrer que nous avions peur d'une inspection sur place. Sinon, il était sûr et certain que la campagne en Angleterre allait hausser le ton jusqu'à l'hystérie et que le gouvernement anglais finirait par recourir à des formes de pression draconiennes et inacceptables qui auraient des effets dévastateurs sur le climat politique ici. »

"Ce serait un *ultimatum* de plus !" pensa Luís Bernardo, qui n'osa cependant pas prononcer tout haut le vocable maudit qui devait tellement tourmenter Sa Majesté le roi D. Carlos.

« Pour résumer, poursuivit le roi, il nous a semblé que nous aurions tout à perdre et très peu ou rien du tout à gagner si nous répondions par la négative. Nous lui avions à peine donné notre autorisation que déjà il s'embarquait sans tarder pour S. Tomé. Il est resté là-bas ainsi qu'à Príncipe jusqu'au mois dernier et à présent il se trouve en Angola. Sauf qu'entre-temps il a déjà envoyé un rapport préliminaire à Londres, au Foreign Office, à propos de ce qu'il avait vu à S. Tomé. Soveral a réussi à bouger à temps et a eu un rendez-vous privé avec le ministre, qui lui a donné le rapport à lire. Personne d'autre n'y a encore jeté les yeux et le marquis me dit qu'il faudrait que personne d'autre ne le voie jamais.

– Tout cela est évidemment confidentiel et il le gardera pour lui – intervint le comte d'Arnoso, qui sortit enfin de son mutisme – mais nous avons reçu une lettre de lui il y a une semaine dans laquelle il nous dit que, si le rapport est divulgué tel quel, nous serons exposés au monde entier comme étant la dernière nation esclavagiste sur la planète. Et cela ne sera que l'aspect moral des dommages…

– Heureusement, reprit D. Carlos, le Portugal a à

Londres le meilleur ambassadeur qui se puisse concevoir. Soveral a réussi à parvenir à un accord avec le ministre, lord Balfour: ce rapport préliminaire restera enfermé à double tour au Foreign Office, sous prétexte qu'il lui manque encore la partie relative à l'Angola pour être complet. Cela nous donne un répit, un peu de temps pour tenter de corriger les impressions recueillies par monsieur Burtt.

– En nommant un nouveau gouverneur ?

– Pas uniquement en nommant un nouveau gouverneur, ce serait trop simple. Ce qu'il nous faut, c'est mettre à profit ce répit pour convaincre les Anglais, sinon de la mauvaise foi de monsieur Burtt, du moins du caractère dépassé de ses informations. Et comment nous y prendrons-nous ? C'est là qu'intervient la nécessité que le nouveau gouverneur, en plus des qualités indispensables à sa fonction, sache parler anglais correctement. La contrepartie à l'accord négocié par Soveral, c'est que le Portugal accepte l'installation à S. Tomé et Príncipe d'un consul anglais résident. Nous allons accepter car nous n'avons pas le choix.

– Et ce que Votre Majesté attend du nouveau gouverneur, c'est qu'il convainque le consul anglais que l'esclavage n'existe pas dans les îles ?

– Ce que j'attends de vous – D. Carlos accentua bien le « de vous » – c'est que vous réussissiez à faire trois choses: convaincre les planteurs d'accepter toutes les mesures que le nouveau gouverneur entend prendre afin que le consul anglais n'ait pas de raisons de confirmer le rapport de monsieur Burtt. En deuxième lieu, qu'il fasse cela avec la pondération nécessaire, pour ne pas déclencher une insurrection dans les îles et ne pas compromettre leur prospérité. Et troisièmement, qu'il garde poliment l'Anglais à distance, en lui accordant toute l'attention indispensable, mais en lui faisant clairement comprendre que c'est le Portugal et le gouverneur qui commandent là-bas, le gouverneur qui représente le pays et son roi.»

Cela dit, D. Carlos essaya de rallumer son cigare qui s'était éteint. Il se leva et alla à la fenêtre, regarda le jardin comme s'il pensait déjà à autre chose. Apparemment, il avait dit tout ce qu'il jugeait nécessaire et il attendait maintenant une réponse. Luís Bernardo continuait à ne savoir que dire. Tout cela lui paraissait si imprévu, si loin de tout ce qu'il avait pu imaginer quant à l'objectif de cette rencontre ce jour-là, avec les conséquences que cela entraînerait pour sa vie, qu'il lui semblait même irréel d'être assis là, dans un salon du palais ducal de Vila Viçosa, en train de recevoir du roi la mission d'aller gouverner deux misérables îlots lointains sur l'équateur.

«Comme Votre Majesté le comprendra, j'ai besoin de temps pour réfléchir à votre invitation, et même, avant d'envisager une réponse, de mieux préciser la portée des attributions que vous m'avez fait l'honneur de me considérer capable d'exercer, commença-t-il à dire avec hésitation.

– Vous ne disposez pas de beaucoup de temps, mon cher Valença. Il me faut une réponse dans une semaine. Toutes les précisions de nature politique dont vous aurez besoin, vous devrez me les demander maintenant. Après, évidemment, il vous faudra aussi parler avec le ministre et toute une série de personnes que nous vous indiquerons et que nous jugerons utile que vous entendiez. Quant au reste, les détails du voyage, de l'installation, etc., Bernardo s'en chargera.»

Bernardo de Pindela estima que le moment était venu d'intervenir et de se porter au secours du roi :

«Le temps presse d'autant plus qu'hier nous avons reçu une dépêche de la part de l'ambassadeur anglais disant que le consul qui sera nommé à S. Tomé a déjà été choisi ainsi que la date de son arrivée, prévue pour le début d'avril. Nous sommes à la fin de l'année et nous pensons qu'il faut que le nouveau gouverneur soit installé à S. Tomé au moins un mois avant l'arrivée du consul anglais pour prendre le pouls de la situation. Comme nous considérons que, si vous acceptez cette mission, il vous faudra au moins deux mois pour mettre votre vie en ordre, plus les quinze jours du voyage, vous voyez, Valença, qu'il est urgent que vous nous donniez votre réponse. Ne serait-ce que si, contrairement à ce qu'espère Sa Majesté, elle s'avérait négative, il nous faudrait trouver encore plus rapidement quelqu'un pour vous remplacer. »

Don Carlos s'était rassis et il le regarda de nouveau bien en face :

« Nous sommes pratiquement entre vos mains, mon cher Valença. Je déteste présenter les choses de cette façon, mais il y a des moments où les événements nous dépassent tous. Croyez, cependant, que je suis parfaitement conscient de l'immense sacrifice que je vous demande et de l'énorme courage qu'il vous faudra pour l'accepter. Mais croyez aussi que ce n'est pas pour moi que je vous le demande, mais bien pour notre pays. Maintenant que je vous connais, que je vous ai vu, je suis entièrement convaincu que vous êtes l'homme indiqué pour cette mission et que l'on m'a bien conseillé. Vous ne pouvez savoir le soulagement que m'apporterait une réponse positive de votre part. »

C'était donc cela. Un véritable piège. L'addition, finalement, se révélait bien plus lourde qu'il n'aurait jamais pu l'imaginer. Comment dit-on non à un roi ? Avec quels mots, quelles excuses, quelles raisons insurmontables ?

« Je m'engage auprès de Votre Majesté à répondre dans le délai d'une semaine que vous m'avez octroyé. Je vous demande de bien vouloir comprendre que c'est le maximum que je puis promettre pour l'instant. Il y a des choses qui ne dépendent pas seulement de moi : j'ai une vie qu'il me faudra bouleverser, abandonner, je dois essayer d'organiser un tant soit peu les choses pendant mon absence. Et je dois accepter de tout quitter pour partir à l'autre bout du monde, dans un pays où il n'y a personne et où m'attend, si j'ai bien compris, une mission pratiquement impossible.

– Pourquoi impossible ? »

Ce fut le tour de Luís Bernardo de regarder le roi dans les yeux. S'il disait non, il importait que D. Carlos se rende compte que la tâche était quasiment inacceptable. S'il disait oui, probablement n'aurait-il plus l'occasion de parler au roi, et il convenait de mettre dès maintenant les choses au point.

« Si j'ai bien compris ce que Votre Majesté m'a dit, il existe effectivement une certaine forme de travail forcé à S. Tomé. Et ce que l'on attend du nouveau gouverneur, c'est que cela ne soit pas trop visible pour l'Anglais, de façon à ne pas nous exposer à des représailles de la part de notre fameux allié. Mais en même temps l'on s'attend à ce que rien d'essentiel ne change, afin de ne pas compromettre le fonctionnement de l'économie locale.

– Non, ce n'est pas cela. Nous avons aboli officiellement l'esclavage depuis longtemps, et nous avons une loi qui date de deux ans et qui stipule les règles du travail par contrat dans les colonies et dont le régime n'a rien à voir avec une forme quelconque d'esclavage. Je souhaite que cela soit très clair : le Portugal ne pratique ni ne tolère l'esclavage dans ses colonies. Cela c'est une chose ; une autre est de nous soumettre à ce que les Anglais, et pour des raisons qui ne sont pas principalement altruistes, veulent faire passer pour de l'esclavage et qui pour nous n'est qu'une forme de recrutement de travailleurs selon les coutumes locales qui n'ont pas nécessairement à correspondre à ce qui se fait en Europe. Quelqu'un croit-il, par exemple, que les Anglais traitent leurs serviteurs en Inde comme ils les traitent en Angleterre ?

– Dois-je donc conclure que notre interprétation de la situation doive l'emporter sur la leur ?

– Elle doit l'emporter sur la leur, mais elle doit être expliquée et présentée d'une façon telle que leur façon de voir les choses finisse par coïncider avec la nôtre. En l'occurrence, tout dépendra évidemment de la manière dont vous réussirez à vous entendre avec le consul anglais. Ce point est déterminant. Comme l'est d'ailleurs la capacité d'expliquer aux colons ce qui est en cause et quelles sont les nouvelles règles du jeu. Dites-moi sincèrement si j'ai été clair maintenant ? »

Avant de répondre, Luís Bernardo attendit un instant, soupira pensivement et donna au roi la réponse sincère qu'il avait demandée.

« Je pense que Votre Majesté a été aussi claire qu'elle a jugé bon de l'être.

– Alors nous sommes d'accord. Il ne nous reste plus qu'à attendre votre réponse. Je vous demande instamment de bien réfléchir et d'apporter une réponse aussi généreuse que possible. »

D. Carlos se leva, signifiant que la conversation était terminée. Maintenant le seul désir de Luís Bernardo était de partir de là et d'être seul pour réfléchir. Mais le roi se sentit obligé de faire un dernier geste :

« J'espère que vous resterez pour dîner et que vous passerez la nuit ici, cela me ferait grand plaisir.

– Je vous remercie, Votre Majesté, mais si vous ne le prenez pas en mauvaise part, j'aimerais attraper le train de cinq heures, car j'ai un rendez-vous pour le dîner ce soir. »

D. Carlos le raccompagna jusqu'à l'escalier, le comte d'Arnoso jusqu'au rez-de-chaussée, à la porte d'entrée. Il fit appeler une calèche pour l'emmener à la gare et, avant de se séparer de lui, il lui posa la main sur l'épaule et lui dit :

« Je fais miennes les paroles de Sa Majesté, mais avec beaucoup plus d'emphase, ce que son rang ne lui permet pas : vous êtes l'homme tout indiqué pour cette tâche et beaucoup de choses très importantes pour notre pays dépendent de son bon accomplissement. Je crois que vous avez compris la gravité de tout ce qui est en jeu : le jour où nous perdrons la première colonie sera le début inéluctable de la fin de l'empire et, avec lui, du trône, du royaume et, peut-être même, du pays. Nous nous attendons à ce que l'Espagne vienne nous engloutir. Maintenant tout peut commencer à recommencer ou tout peut commencer à finir. Le roi ne peut pas vous dire cela en face mais, si des hommes comme vous ne sont pas disponibles, il sera la première victime et, après lui, le Portugal. Luís Bernardo, réfléchissez bien à cela : qu'est-ce que la vie peut vous offrir de plus grandiose ? »

Luís Bernardo grimpa dans la calèche et regarda la montre dans la poche de son gilet : il était presque cinq heures de l'après-midi. Le soleil déclinait déjà à l'horizon et la journée, qui avait été si claire, s'assombrissait. Le froid envahissait le bourg et de la fumée s'élevait des cheminées des maisons. Les gens devaient être assis autour des âtres où ils fumaient les saucissons et chauffaient les marmites du dîner sur la braise. Il devait y avoir des hommes fatigués assis devant le feu, des enfants installés sur leurs genoux, des femmes vieillies avant l'heure, penchées sur des marmites. Des chiens lovés dans la chaleur du carrelage tiédi. Des vieillards somnolant sur leurs bancs en bois en attendant le dîner. Ou des ivrognes, des traîne-misère, titubant au-dessus du comptoir dans les tavernes, buvant un dernier verre avant de rentrer chez eux. Maintenant les rues du bourg étaient presque désertes, seules quelques ombres noires passaient, estompées, le long des murs blancs. La cloche de l'église tinta, annonçant cinq heures moins le quart et, soudain, tout cela lui parut d'une tristesse profonde, comme si quelque chose d'irrémédiable flottait dans l'air. Ce même jour il s'était surpris à souhaiter inexplicablement une vie ainsi, dans la province, où rien n'arrivait jamais et où le temps semblait si lent qu'il était presque possible de croire à l'éternité. Mais dans la gare l'attendait le train qui le ramènerait dans la grande ville désordonnée qui était son seul univers connu, celui qu'il aimait et comprenait.

Dans le train, il ferma les yeux et s'endormit presque instantanément. Il rêva qu'il était en Afrique, sous un soleil torride, avec des palmiers, des insectes, des Nègres qui criaient dans une langue incompréhensible et une profusion de couleurs qui explosaient partout. Et il se trouvait là, au milieu de la poussière et du chaos, en train de surveiller les travaux d'édification du palais des ducs de Bragance que Sa Majesté le roi D. Carlos lui avait ordonné de construire sous les tropiques.

III

Luís Bernardo prit un fiacre en sortant du vapeur du Barreiro, à l'arrêt du Terreiro do Paço. Il était déjà très en retard pour son dîner, mais il espérait arriver encore à temps pour le café et les digestifs. Il ne ratait ces dîners hebdomadaires à l'hôtel Central que dans les cas d'impossibilité absolue. Non pas qu'ils fussent particulièrement amusants ou instructifs, mais parce que c'était une occasion de se retrouver entre amis, dans une atmosphère détendue où l'on parlait entre hommes, de femmes, de politique et aussi de chevaux. À l'occasion, l'on y faisait également des affaires, l'on y échangeait des livres, l'on y racontait ses voyages, l'on y mettait à jour les ragots et l'on y obtenait des faveurs ou des contacts dans les domaines propres à chacun. Parfois, ces dîners étaient utiles, d'autres fois rigoureusement inutiles. De toute façon, à Lisbonne, il n'y avait guère de meilleure manière de passer la soirée. Le cousin Basílio, dans le roman d'Eça de Queiros, avait déjà déclaré que c'était une ville où «il n'y avait nulle part où manger une aile de perdrix et boire une coupe de champagne à minuit». Par opposition au groupe dont Eça faisait partie, les «Vaincus de la vie», ils s'étaient dénommés eux-mêmes les «Survivants» – voulant signifier par là qu'avec moins d'angoisse et sûrement moins d'éclat aussi ils étaient déterminés à tirer de la vie à Lisbonne au début du XXe siècle tout le parti possible. C'était surtout cela que Luís Bernardo appréciait dans ce groupe hétérogène : ils n'étaient pas des moralistes, ils n'avaient pas juré de sauver la patrie, ils ne croyaient pas dans un monde parfait et ne se tenaient pas pour une école de vertu ni pour un exemple à suivre. Ils vivaient avec ce qu'il y avait et de ce qu'il y avait. Nulle part ailleurs que là, peut-être, ne discutait-on aussi calmement, par exemple, de la sempiternelle querelle entre monarchie et république. La thèse prédominante chez les « Survivants », c'était que la solution des problèmes de la nation ne passait pas par la forme constitutionnelle du régime : avec la monarchie ou avec la république, le peuple continuerait à être ignorant et misérable, les élections seraient toujours contrôlées par les « caciques » de la province qui avaient la capacité de faire élire la majorité des députés aux « Cortes », l'appareil de l'État continuerait à être pourvu par les relations personnelles ou les fidélités politiques et jamais par le mérite individuel, et le pays – avec ses comtes inutiles et ses marquis ou avec ses démagogues républicains enflammés – continuerait infailliblement à être la proie d'idées rétrogrades et de forces conservatrices pour qui la modernité était synonyme du diable lui-même. Ce qui manquait au Portugal, c'était une tradition de citoyenneté, un désir de liberté, le goût de penser et d'agir de façon autonome : le malheureux travailleur des champs disait et faisait ce que son patron lui ordonnait, celui-ci répétait ce que le « cacique » local lui imposait, qui à son tour rendait des comptes de vassal aux grands dignitaires de leur parti à Lisbonne. Les choses pouvaient bouger au sommet de la pyramide, mais tout le reste, jusqu'à la base, restait immuable. La maladie était trop profonde pour qu'un simple coup d'État constitutionnel puisse lui apporter un remède.

Quand Luís Bernardo arriva, tous étaient déjà à table depuis deux heures et l'on servait le dessert, des crêpes Suzette, une spécialité de l'hôtel Central. Il s'assit à une place libre au bout de la table, à côté de João Forjaz et en face de monsieur Veríssimo – António Pedro de Athayde Veríssimo, un curieux personnage, financier et intellectuel, philanthrope et bon père de famille, et cependant agnostique militant et amant attitré de Bertha de Sousa, qui faisait fureur au théâtre des variétés à Lisbonne avec des attributs qui échappaient à la compréhension de Luís Bernardo : des jambes courtes et cylindriques comme des troncs et des hanches en forme de pneus d'automobile, un visage de jeune villageoise promue au rang de *starlette* de la scène. Mais, en vrai *gentleman* qu'il se targuait d'être, en homme épris des arts et des lettres qu'il cultivait comme s'il s'agissait d'un sacerdoce, monsieur Veríssimo ne mentionnait jamais ni ne permettait que soit évoquée la position privilégiée conquise par lui auprès de la femme que, allez savoir pourquoi, la moitié des hommes de Lisbonne brûlait de connaître plus intimement. De même pour ce qui était des affaires : de véritables légendes couraient sur son instinct infaillible pour des investissements qui se révélaient immanquablement rentables. Il achetait à la baisse, vendait à la hausse, découvrait des filons là où les autres ne voyaient rien, mais jamais un mot ne lui échappait à propos de tout cela lors des dîners du jeudi. Et s'il était implacable dans les affaires, le bruit courait aussi que par exemple Filipe Martins, le plus jeune du groupe, assis à l'autre bout de la table, n'avait pu finir ses études de médecine à Coimbra que grâce à une bourse d'études que monsieur Veríssimo lui avait versée, année après année, en hommage au père défunt du jeune homme avec qui il avait conclu des marchés autrefois.

« Alors, raconte un peu, que te voulait cet homme ? »

demanda João Forjaz, dès que Luís Bernardo se fut assis à côté de lui. Il se référait au voyage de son ami à Vila Viçosa, dont celui-ci n'avait parlé qu'à lui.

« Il m'a proposé de changer radicalement de vie. De m'enterrer vivant, au service de la patrie. Et toi, as-tu des nouvelles pour moi ?

– J'en ai, j'en ai. Rassure-toi, j'en ai.

– Bonnes ou mauvaises ?

– Ça dépend du point de vue : pour moi elles sont mauvaises ; pour toi sans doute sont-elles bonnes. Mais nous en parlerons plus tard. J'ai le sentiment que nous avons beaucoup à nous dire. »

Et ils participèrent tous les deux à la conversation générale, au moment où les serveurs se précipitaient vers Luís Bernardo pour lui servir le hors-d'œuvre, un classique de l'hôtel Central, suivi d'un turbot grillé au four, avec un hachis d'herbes et des pommes de terre « Princesse », accompagné d'un vin blanc de Colares. On discutait des attributs de Lucília Simões, la jeune actrice à la mode qui jouait depuis trois mois devant une salle comble au théâtre D. Amélia, dans le rôle merveilleux de Lorenza Feliciani Balsamo, dans *Le Grand Cagliostro*. Quelqu'un cita l'*Ilustração portuguesa* pour répondre à la question de savoir si Lucília était belle ou non : « Belle ? Beaucoup plus que cela : avec son petit grain de beauté sur le visage, ses narines frémissantes à la moindre émotion, Lucília Simões a vraiment la *beauté du diable* ! »

La conversation alla crescendo : l'on passa de son petit grain de beauté à son buste, et de Lucília Simões à la fille d'un gentilhomme ruiné qui avait été vue souvent dernièrement au théâtre S. Carlos et dans le café Brasileira, promenant ses yeux langoureux autour d'elle, comme si elle arborait un écriteau sur le front disant d'un ton suppliant : « Sauvez mon cher petit papa ! » Peu à peu, Luís Bernardo se détacha des paroles et des rires des autres convives. À demi absent, il se sentait planer. Il pensait à Matilde et à ce qu'elle avait arrangé avec son cousin João Forjaz, à Sa Majesté D. Carlos et son palais de Vila Viçosa et au rêve qu'il avait eu dans le train. Mais, bien que ne participant plus à la conversation, il se sentait réconforté, physiquement et mentalement, de se trouver là parmi ses amis, les entendant dans un bruit de fond qui le berçait, comme s'il était encore dans le train, comme si toute cette journée-là n'avait d'autre signification que le sentiment que c'était autrui et les événements qui l'entraînaient, sans qu'il fasse un geste pour arrêter le cours des choses.

Quand ils passèrent au salon pour les *brandies* et les cigares – Luís Bernardo ayant sauté le canard rôti au four et les crêpes pour rattraper son retard – il chercha João du regard, mais avant de pouvoir le localiser il fut pris par le bras par monsieur Veríssimo qui l'entraîna à part et lui demanda s'ils pourraient avoir tous les deux un entretien privé. Ils s'assirent au fond du bar, dans les fauteuils de cuir râpé qui avaient accueilli des générations de conversations privées, toutes importantes, et Luís Bernardo émergea de sa torpeur confortable, réveillé par la curiosité de ce geste si peu habituel chez monsieur Veríssimo.

« Mon cher ami, commença le financier, je vous épargnerai tous prolégomènes. Quand je discute d'affaires, j'aime aller droit au but : envisageriez-vous de vendre votre société ? »

Luís Bernardo le regarda comme s'il voyait une apparition. "Ce n'est pas possible ! Mais quel jour est-ce donc aujourd'hui ? Quel jour extraordinaire où tous semblent vouloir me proposer de liquider sommairement ma vie ?"

« Excusez-moi, cher monsieur, mais votre question est si inattendue que je ne sais même pas si je l'ai bien comprise : vous m'avez demandé si je voulais vendre ma société – tout entière ?

– Oui : les navires, les bureaux, les délégations, les employés, les stocks, le portefeuille de clients et d'agents. Toute l'affaire.

– Et pourquoi voudrais-je vendre ?

– Cela, je ne le sais pas, et je n'ai pas à le savoir. Je vous demande simplement si vous seriez disposé à vendre. Parfois, nous achetons et nous vendons, d'autres fois nous restons assis sur les choses jusqu'à la fin des temps. Je ne sais pas quelle est votre philosophie en la matière, mais comme vous le savez, acheter et vendre est mon activité. Les seules choses dont je ne me défais pas, ce sont les livres, les tableaux et les enfants. Tout le reste a un prix – si le prix atteint tel seuil, je vends, tel autre, j'achète. Je vous demande de ne pas prendre ombrage de ma question, c'est juste une proposition commerciale.

– Je ne prends pas ombrage, je suis seulement abasourdi. J'ai cette société depuis quinze ans, comme vous le savez. J'en ai fait ma vie et il ne m'est jamais venu à l'esprit de la vendre. C'est une chose totalement... comment dire, irréelle, absurde.

– Bien sûr, je comprends parfaitement. Je ne m'attendais pas à ce que vous me donniez une réponse comme ça, au pied levé.

– Mais dites-moi une chose, monsieur : vous voulez acheter ma société pour vous-même ?

– Non, je ne vous tromperai pas sur ce point. Mon métier, comme je vous l'ai dit, c'est d'acheter et de vendre. Il se trouve que j'ai un client étranger qui serait intéressé, je pense, d'avoir une affaire de ce genre à Lisbonne, et j'ai l'intention de vous l'acheter pour la lui revendre ensuite. En faisant un certain bénéfice, évidemment.

– Et permettez-moi de vous demander, monsieur, si vous avez déjà une idée du montant de l'offre que vous seriez disposé à me faire ?

– Bien entendu. Je me suis dit que vous ne seriez pas prêt à me soumettre une proposition et, en fait, je préfère ne pas y aller par quatre chemins. J'ai étudié un peu votre entreprise, j'ai obtenu des informations ici et là, je me suis renseigné sur l'état des navires, par exemple, et j'ai fait mes comptes. À mon avis, mon cher Valença, votre société doit valoir quelque quatre-vingt mille réis. Et moi, je suis disposé à vous en offrir cent. »

Luís Bernardo garda le silence, réfléchissant à ce qu'il venait d'entendre. L'offre était effectivement généreuse. Bien qu'il ne fût pas préparé à une offre d'achat, il avait parfois essayé d'évaluer la valeur de sa société et n'était jamais arrivé à des chiffres comme quatre-vingt mille réis. Peut-être à soixante-dix, peut-être à soixante-quinze, mais jamais aux quatre-vingt estimés par son interlocuteur. Et il lui offrait encore vingt au-dessus de ce chiffre. S'il était vendeur, ce serait une occasion tombée du ciel. Mais il n'était pas vendeur. À moins que...

« Monsieur, comme je vous ai dit, je m'attendais à tout, aujourd'hui, sauf à une proposition de ce genre. Je vais y réfléchir, à cause du respect que j'éprouve pour votre personne. Pour quand vous faut-il une réponse ?

– Oh, prenez votre temps : dans deux, trois semaines, dans un mois. Prenez tout le temps de réfléchir. Le plus important, si nous parvenons à un accord, c'est de faire tous les deux une bonne affaire. Et une bonne affaire est celle où nous nous séparerons aussi bons amis qu'avant. »

Ils revinrent auprès des autres et João Forjaz se porta à la rencontre de Luís Bernardo.

« Où étais-tu passé ? Aujourd'hui, on dirait que tu cultives le mystère.

– On dirait qu'aujourd'hui mon existence en a eu assez d'être routinière et prévisible. Toutes sortes de choses m'arrivent.

– Mais quoi donc ? Raconte.
– Laisse-moi d'abord aller chercher un cognac, j'en ai bien besoin. Et je pense qu'il vaudrait mieux que nous allions parler ailleurs. »

Ils allèrent dans le grand salon à l'entrée de l'hôtel, à moitié vide à cette heure, à l'exception de deux clients qui parlaient français à la réception et qui avaient tout l'air d'arriver de la gare du Rossio, par le *Sud-Express* de Paris. Ils s'assirent dans un coin du salon, chacun avec son lourd verre de cognac à la main. Luís Bernardo alluma une cigarette.

« Donne-moi d'abord le message de Matilde que tu as pour moi.
– Non, raconte-moi d'abord ce qui s'est passé à Vila Viçosa.
– Excuse-moi, mais mon intérêt est plus fort et plus légitime que ta curiosité...
– Plus légitime ?
– Ça va, João, épargne-moi les sermons et transmets-moi le message de Matilde.
– Bon, puisque tu n'arrives pas à te dominer, je vais te rendre compte sans cérémonie de ma mission d'entremetteur. Voilà : Matilde arrive demain à Lisbonne, en compagnie de Marta Trebouce, aussi de Vila Franca, et qui est, semble-t-il, sa confidente dans les grands moments. Le prétexte est d'accompagner Marta qui a des affaires à Lisbonne. Elles y resteront deux jours et descendront à l'hôtel Bragança. Je me suis occupé moi-même de leurs réservations aujourd'hui : Matilde sera dans la chambre 306 et Marta dans la 308, mais en fait elles vont échanger leur chambre. Au cas où le diable se mettrait de la partie. Et si quelqu'un frappe à la porte de Marta en demandant Matilde, elle dira que c'est la chambre à côté et, comme les deux chambres communiquent, elle aura le temps de prévenir Matilde. Et si Matilde était accompagnée, ce qui ne sera pas le

cas, j'espère – et João lança un regard cynique en coin à Luís Bernardo – l'accompagnateur en question aura tout le loisir de déménager dans la chambre de Marta, laissant le champ libre à Matilde.

– Fort ingénieux, certes ! Je n'aurais jamais eu l'idée d'une stratégie aussi simple et aussi parfaite.

– Et sais-tu qui est l'auteur de ce plan ? Eh bien, tu te trompes, je n'ai pas pris la peine de l'ourdir pour toi : c'est entièrement l'œuvre de Matilde. »

Luís Bernardo retint un sifflement. La froideur mûrement pesée avec laquelle Matilde avait planifié les choses était une surprise – une de plus, en ce jour de surprises sans fin. À vrai dire, il ne savait même pas s'il ne trouvait pas cette dernière surprise un peu choquante.

« Bon, Luís, tu as reçu ton message et tu connais le plan des opérations. Si tu veux aller de l'avant, il ne te reste plus qu'à réserver demain une chambre pour une ou deux nuits dans ce même hôtel, sous prétexte que tu as des travaux chez toi ou quelque chose du même genre. Ensuite, à partir de dix heures du soir, la Dame aux camélias t'attendra. Mais si tu veux un conseil d'ami vraiment sincère, n'y va pas : écris une lettre pour expliquer que tu as changé d'avis pour les motifs les plus nobles – tu sais très bien le faire – et je la remettrai.

– João, je te remercie de tout ce que tu as fait, y compris de ce conseil, que je sais être celui d'un ami. Mais j'ai jusqu'à demain pour y réfléchir et je vais le faire dans la solitude. Je te promets que si j'arrive à la conclusion que tout cela est futile, que ce n'est qu'une chimère qui est déjà allée trop loin et qui peut causer le malheur ou la perte de Matilde, je n'irai pas. Je le promets. »

Un silence se fit entre eux. Puis Luís Bernardo leva son verre et le heurta contre celui de João :

« Tchin, tchin. Quelle joie d'avoir un ami comme toi. »

João sourit, un peu à contrecœur. Il y avait longtemps, lors d'un épisode où Luís Bernardo l'avait déçu, celui-ci lui avait dit une chose qu'il n'avait jamais oubliée : « N'attends jamais de moi que je sois fidèle à des qualités que je n'ai pas. Tu peux compter sur celles que j'ai, là, je ne te décevrai jamais. » Et c'était vrai, il s'en était rendu compte. Pour le bien comme pour le mal.

« Et Vila Viçosa ? Raconte-moi un peu ce qui s'est passé.

– Eh bien, ce qui s'est passé à Vila Viçosa, c'est que j'ai fait un déjeuner excellent, suivi d'une conversation en tête à tête, pendant une heure, avec le roi et son secrétaire, Bernardo de Pindela. Pour résumer, Sa Majesté veut que dans un délai d'une semaine, impossible à proroger, je lui dise si j'accepte de partir dans deux mois et pour trois ans à S. Tomé et Príncipe, où m'attend le poste de gouverneur, sur nomination royale, avec la mission de convaincre un consul anglais qui sera envoyé là-bas que, contrairement à ce qu'affirment la presse et les commerçants anglais, il n'y a pas de travail forcé à S. Tomé. En même temps je devrai convaincre les colons portugais que l'esclavage est terminé et que leurs travailleurs doivent devenir des hommes entièrement libres – même de s'en aller sans que cela affecte la prospérité des plantations.

– Mon cher, mais c'est exactement ta thèse ! Le roi t'a pris au mot !

– Quelle thèse ?

– Comment ça, quelle thèse ? Mais celle que tu as défendue publiquement, dans les journaux et dans les salons, à savoir que nos colons étaient incapables de tirer un profit économique des colonies sans recourir à des méthodes dépassées depuis longtemps par l'histoire. Tu as là une excellente occasion de prouver la justesse de tes théories.

– Ne te moque pas de moi, João ! Ne vois-tu pas que ce que l'on attend de moi, c'est que je réussisse à faire en quelques mois ce qui aurait dû être fait il y a des dizaines d'années ? Et tu ne mesures pas la dimension du sacrifice personnel qui est exigé de moi – que j'abandonne tout, ma maison, mon pays, ma vie, mes amis, mon travail, pour aller m'enterrer au bout du monde, où il n'y a personne à qui parler et où le bonheur consiste à ne pas être liquidé à toute vitesse par le paludisme, par la mouche tsé-tsé, par la variole ou par la fièvre jaune ?

– Il n'y a pas de fièvre jaune à S. Tomé.

– Ne change pas de sujet, João ! Je voudrais bien te voir à ma place !

– Si j'étais à ta place, j'irais. Ou plutôt, si j'étais à ta place, je me sentirais moralement obligé d'y aller.

– *What a friend!*

– Luís, je te dis cela précisément en tant que ton ami, et la preuve c'est que si tu vas là-bas, je promets d'aller te rendre visite au moins une fois.

– Une fois !... João, te rends-tu compte qu'il s'agit de passer trois ans exilé dans des îles au milieu de l'Atlantique, à huit mille kilomètres de Lisbonne, où les journaux, le courrier et les nouvelles n'arrivent qu'une ou deux fois par mois ! Quant à l'opéra, au théâtre, aux bals, aux concerts, aux courses de chevaux, à une simple promenade au bord du Tage, inutile d'y penser, il n'y a rien ! Rien que la forêt et la mer, la mer et la forêt ! Avec qui est-ce que je parlerai, déjeunerai, dînerai et, aussi, à qui ferai-je la cour – à une Noire ?

– C'est une mission au service du pays. Et la plupart des missions ne sont pas une ambassade à Rome ou à Madrid.

– Mais pas non plus un exil sous l'équateur !

– Écoute, Luís, réfléchis bien. C'est un poste qui t'apportera du prestige, qui te donnera la satisfaction du devoir accompli, tu en reviendras avec une autorité reconnue par tous et, bon sang, c'est un défi à cette monotonie sans grandeur dans laquelle nous vivons. D'autre part, Luís, tu n'as vraiment rien, excepté tes amis, qui te retienne ici : ni femme, ni enfants, ni parents, ni fiancée, que je sache ; tu n'as aucune carrière ni poste enviable que tu laisses derrière toi, juste ta société et tu pourras sûrement trouver quelqu'un qui soit capable de la gérer en ton absence – toi-même, une fois là-bas, tu pourras même obtenir davantage de contrats et dans de meilleures conditions pour tes bateaux.

– Bon, à ce propos, je dois te dire que je viens de recevoir une proposition extraordinaire de Veríssimo qui veut que je lui vende l'entreprise. On dirait que ce type a deviné que ce pourrait être le moment opportun.

– Sérieusement, il veut t'acheter ta société ? À un bon prix ?

– Meilleur que je n'aurais jamais osé en demander.

– Luís, mais c'est un cadeau du Ciel, c'est même un signe du destin. Tu as la solution à tout : tu acceptes le poste à S. Tomé, qui te donnera du prestige et sûrement des émoluments que tu accumuleras car tu n'auras pas à quoi les dépenser ; tu vends ton entreprise, tu fais une excellente affaire et tu n'auras pas à t'en occuper tant que tu seras là-bas et tu laisses ici l'argent dans la banque Burnay ou ailleurs, cela te rapportera et, quand tu reviendras, tu seras un homme riche ; et par la même occasion l'imbroglio avec ma cousine Matilde sera résolu. Tout s'enchaîne !

– Qu'est-ce que ta cousine Matilde a à voir avec tout cela ?

– Luís, réfléchis bien : crois-tu que ce soit raisonnable de te lancer dans quelque chose avec elle, de probablement gâcher sa vie, de causer un scandale dont personne ne sortira indemne, alors que tu envisages peut-être de t'en aller dans deux mois ? Tu lui ferais ça ?

– Mais qui te dit que j'envisage de m'en aller ? C'est toi qui l'envisages pour moi !

– Bien sûr que tu l'envisages, sinon tu aurais dit immédiatement non au roi.

– On ne dit pas aussi facilement non à un roi : ce n'est pas la même chose que de dire non à Veríssimo.

– Bien sûr que non, mais la vérité c'est que si l'idée te semblait totalement inacceptable, tu n'aurais pas l'indélicatesse d'attendre une semaine pour donner une réponse que tu sais depuis le début être négative.

– Eh bien, João, il ne te reste plus qu'à m'embarquer sur le bateau et à m'expédier sous les tropiques ! J'ai l'impression que ce qui te séduit le plus dans cette affaire c'est la possibilité de m'éloigner de Matilde…

– Non, ce n'est pas cela, Luís. Je pense que tu dois t'éloigner de Matilde que tu t'en ailles ou que tu restes. Et j'estime, pour des raisons totalement différentes, que tu dois partir, et je te le dis en tant qu'ami. Mais je dois te dire aussi autre chose : j'espère que tu auras assez le sens de l'honneur pour ne rien entreprendre avec Matilde tant que tu n'auras pas la certitude absolue de refuser l'invitation du roi.

– Excuse-moi, João, mais c'est là un sujet qu'il nous appartient à tous deux, à Matilde et à moi, de trancher. Ce que mon honneur me dit c'est que si demain, ou plus tard, je vais la voir et que si je n'ai pas encore pris de décision par rapport à S. Tomé, je la mettrai d'abord au courant de ce qui se passe.

– Bon, je pense que c'est le mieux qu'on puisse faire aujourd'hui. Viens, nous allons rejoindre les autres et demain nous reparlerons de tout ça plus calmement. »

Le lendemain, Luís Bernardo arriva dans les bureaux de l'Insulaire de navigation vers dix heures du matin. Il demanda qu'on recherche et qu'on lui amène le capitaine Valdemar Ascêncio, commandant du *Catalina*, actuellement à l'ancre au large de la mer de Paille, en face de Lisbonne, et qui, avant de travailler pour l'Insulaire, avait navigué entre Lisbonne et S. Tomé. Puis il ordonna à sa secrétaire de transmettre tous les dossiers de la journée à son chef de bureau, il se fit apporter les classeurs contenant les derniers rapports et les comptes de la compagnie ainsi que les rapports du ministère de la Marine et de l'Outre-Mer avec une description annuelle des cargaisons transportées de et vers S. Tomé, y compris la liste des passagers avec leur provenance. Il ordonna à sa secrétaire, qui s'étonnait qu'il n'ait pas encore touché aux journaux posés sur sa table de travail et dont la lecture était le premier rituel tous les matins, de ne l'interrompre sous aucun prétexte, sauf pour la visite d'Ascêncio. Ensuite, il inscrivit sur une feuille de papier le nom de toutes les personnes de sa connaissance ayant un lien quelconque avec S. Tomé et Príncipe.

Vers midi, tiré d'un sommeil profond de marin à terre, le capitaine Ascêncio se présenta. Une expérience déjà assez longue de ce milieu avait appris à Luís Bernardo qu'il ne faut jamais juger de l'efficacité d'un officier de la marine marchande à l'aspect qu'il a à terre. Autrement, il aurait renvoyé le capitaine Ascêncio en le voyant entrer. Incommodé physiquement par l'apparence du personnage, il abrégea et alla droit au but, lui demandant ce qui, à son avis, pourrait pousser quelqu'un venant de Lisbonne à passer un long séjour à S. Tomé et Príncipe, expliquant que la question lui avait été posée par un ami qui envisageait d'aller passer un certain temps dans les îles.

« Tout, répondit le commandant du *Catalina* le plus naturellement du monde.

– Tout ? Non, voyons un peu : il n'y a rien à S. Tomé, il n'y a même pas de nourriture ?

– Si, il y a de la nourriture, monsieur Valença. C'est même la seule chose qui ne manque pas là-bas. Il y a de l'excellent poisson et en abondance, des fruits qu'il n'y a qu'à cueillir dans les arbres, des poules, des porcs, des *matabalas*, une espèce de pomme de terre, mais moins savoureuse, de la farine de manioc. Mais il n'y a pas de riz ni de légumes du potager, ça non.

– Et le reste, les autres choses ?

– Le reste ? Il n'y a rien.

– Rien du tout ? Que manque-t-il, par exemple ?

– Eh bien… nous parlons d'un monsieur, n'est-ce pas ? D'un monsieur comme monsieur Valença, qui veut aller vivre là-bas, pas vrai ?

– Oui, un monsieur.

– Eh bien, pour un monsieur il n'y a rien. Il n'y a ni encre ni papier à lettres, il n'y a pas de lames de rasoir, il n'y a pas de nappes ni de serviettes, il n'y a pas de couverts ni de vaisselle, il n'y a pas de costumes ni de souliers, il n'y a pas de harnachement pour les chevaux, il n'y a pas de bougies de cire, il n'y a pas de vin ni d'alcool, sauf une horrible eau-de-vie distillée sur place, il n'y a pas de papier pour faire des photographies, il n'y a pas d'instruments de musique, il n'y a pas de marmites en fer pour la cuisine ni de fers à repasser. Il n'y a rien, monsieur.

– Du tabac, il y en a ?

– Il y en a parfois. Il vient des Açores ou de Benguela. »

Accablé, il prit congé d'Ascêncio et, sans grand enthousiasme ni inspiration, il se mit à dresser une liste de ce que quelqu'un, pas lui, emporterait à S. Tomé si ce quelqu'un acceptait un jour d'aller vivre là-bas pendant trois ans.

Il s'attela ensuite à la lecture des journaux du jour en commençant par *O Século* qu'il avait toujours trouvé un bon journal, bien informé, avec des reportages intéressants, bien écrits, avec des sources d'information fiables et des analyses sérieuses. Dernièrement, toutefois, *O Século* glissait nettement dans le camp républicain, même s'il était encore très loin du ton pamphlétaire de *A Luta* ou de *A Vanguarda*, avec leurs insultes quotidiennes à la famille et à l'institution royales. Mais *O Século* se ralliait de plus en plus à l'air du temps, et l'air du temps était avec les républicains, surtout depuis que ceux-ci avaient ajouté à leur cause la défense des pauvres et des exploités, à la suite de la grande grève ouvrière de 1903 dans la ville de Porto que le gouvernement avait tenté de réprimer en envoyant la Garde et le croiseur *D. Amélia* contre les travailleurs du textile. Et, bien que Luís Bernardo fût du bout des lèvres un partisan de la monarchie – plus par héritage familial que par conviction assumée – certains arguments des républicains lui semblaient relever du bon sens. Depuis 1890 – date de l'*ultimatum* anglais – le pays avait sombré dans une crise profonde : politique, économique, culturelle, sociale. Avec la fin de l'esclavage au Brésil, les envois d'argent des émigrants, qui jusque-là équilibraient les comptes extérieurs du royaume, avaient cessé. Tout ce qui était indispensable à la modernisation du pays était importé, et les seules vraies exportations étaient le liège et les conserves de poisson. Des petits secteurs, comme le vin de Porto ou le cacao de S. Tomé, représentaient une infime contribution contre l'immense déficit commercial. Tous les ans, le budget présentait un déséquilibre de cinq à six millions de réis, à rajouter à une dette flottante de quatre-vingt mille. Plus des trois quarts de la population de cinq millions et demi d'habitants vivaient à la campagne, mais l'agriculture, entièrement fondée sur une main-d'œuvre bon marché et misérable, n'arrivait même pas à éviter la faim. Quatre-vingts pour cent de la population étaient analphabètes, quatre-vingt-dix pour cent n'avaient pas accès à des soins médicaux et étaient exposés aux maladies et aux épidémies, absolument comme au Moyen

Âge. Le Portugal était le pays le plus arriéré de l'Europe, le plus inculte, le plus pauvre, le plus triste. Même au sein de l'élite, il n'arrivait pas grand-chose en dehors des révoltes cycliques des étudiants à Coimbra contre les examens ou la saison lyrique au théâtre S. Carlos qui durait les trois mois d'hiver, un point c'est tout. Une aristocratie dilettante et rétrograde estimait que le monde, en dehors du S. Carlos, se réduisait aux courses de chevaux organisées par le Turf, aux soirées dans la « Parada » à Cascais, dans les maisons à Ericeira ou les propriétés à Sintra pendant l'été. Elle était juste un peu incommodée par les « nouveaux riches », les « intellectuels » et les républicains qu'elle savait cependant circonscrits à un espace physique exigu, délimité par une demi-douzaine de cafés à Lisbonne. Quant au peuple, il croyait comme toujours aux desseins de la Providence, aux sermons de Notre Sainte Mère l'Église prêchant la résignation à la volonté divine qui ordonnait son immense misère et la richesse patrimoniale, hautaine et inutile, des seigneurs et des fils aînés des grandes familles du pays.

Mais la rhétorique démagogique des républicains répugnait tout autant à Luís Bernardo. Le mal du pays, tous les maux du pays ne résidaient, à son avis, ni dans l'institution monarchique, ni dans la personne de D. Carlos. Le mal résidait dans « l'alternance » au pouvoir des deux partis qui se succédaient à São Bento et à toutes les charges de l'État, se servant eux-mêmes et leurs proches au lieu de servir le pays. Le mal était dans le *caciquisme* électoral, dans les élections préarrangées entre les deux grands partis, dans l'absence du sentiment du devoir et du sens de l'État. Maintenant, par exemple, l'opposition était dirigée par Hintze Ribeiro, du parti Regenerador, et le gouvernement par le parti Progressista de José Luciano de Castro, lequel, bien que paralytique et officiellement retiré de la vie publique, continuait à avoir la haute main sur les affaires et le gouvernement. Le roi se bornait à les laisser faire, comme il était approprié et exigé d'un monarque constitutionnel. En ce moment, on l'accusait d'être indifférent à l'état de la nation et à la condition des Portugais ; mais, s'il décidait de s'immiscer dans les affaires concrètes de la gouvernance, de mettre fin au monopole des partis et d'appeler les meilleurs, qu'il choisirait lui-même, pour gouverner, ces messieurs de la presse et de la politique lui tomberaient dessus en le traitant de « tyran » et d'« usurpateur ». Personne d'autre que D. Carlos n'était en mesure d'influer positivement sur la politique extérieure du Portugal – comme le prouvaient les visites qu'il avait reçues du roi d'Angleterre, Édouard VII, d'Alphonse XIII d'Espagne ou, cette même année, du Kaiser Guillaume II et du président français. Mais n'importe quelle initiative diplomatique du roi se heurtait invariablement à l'envie et à la méfiance du gouvernement et à la médisance de la presse. Et il en était de même en ce qui concernait les colonies dont le pays avait seulement découvert l'existence avec l'*ultimatum*, duquel D. Carlos lui-même avait d'ailleurs été accusé – car on le soupçonnait de ne pas partager le sentiment patriotique qui s'était soudain emparé du cœur de tous les Portugais, quand la « perfide Albion » n'avait pas accepté de céder quelques milliers de milles carrés en Afrique pour que le territoire de l'Angola puisse s'unir à celui du Mozambique, étendant ainsi d'une côte à l'autre l'empire africain du Portugal qu'aucun Portugais ne connaissait, où il n'habitait pas et où l'autorité de Lisbonne ne s'était jamais fait sentir et ne pourrait se faire sentir pendant les prochaines décennies. En opposition à ce patriotisme de café, Luís Bernardo avait senti dans sa conversation à Vila Viçosa avec D. Carlos que le roi pensait la même chose que lui sur ce sujet : à savoir qu'il ne servait à rien de proclamer un empire que l'on n'occupait pas, que l'on n'administrait pas, que l'on ne civilisait pas. Tous les ans le Trésor public perdait trois millions de réis à cause des colonies, ce qui n'empêchait pas la classe politique du pays de soupirer encore après la « carte-des-colonies-coloriée-en-rose ». Les planteurs de l'Afrique avaient exigé et obtenu l'application de droits de douane à l'importation de produits étrangers en concurrence avec leurs produits africains : le peuple était perdant, car il achetait plus cher ce qu'il aurait pu acheter meilleur marché si la concurrence n'avait pas été faussée ; l'État était perdant, car il touchait moins d'un côté que ce qu'il accordait de l'autre sous forme d'exemptions ; seuls les planteurs d'Afrique étaient gagnants. Henrique Mendonça, grand planteur de S. Tomé, avait inauguré récemment son palais somptueux sur la plus haute colline de Lisbonne où il donnait des fêtes dont le luxe faisait jaser la ville entière. Visiblement, le commerce colonial l'avait enrichi, mais le pays se ruinait, année après année, avec ses colonies : qu'était donc cette politique d'outre-mer ? Au Mozambique, et par l'entremise de Mouzinho, D. Carlos avait essayé d'imposer la prédominance de l'État et de l'intérêt public. Mais pendant un an et demi, entre des campagnes militaires et des faits d'armes, Mouzinho s'était heurté aux intérêts privés des grandes compagnies qui, depuis Lisbonne et avec l'aide du gouvernement, faisaient tout pour saper son action et saboter ses efforts. Et, à l'insu de D. Carlos, mais avec son silence et son assentiment, Mouzinho avait fini par renoncer.

Luís Bernardo avait écrit tout cela dans les deux articles qui avaient fait tant de bruit et il l'avait développé plus tard, chiffres à l'appui, dans son opuscule sur l'économie des colonies. Lui qui vivait des colonies – quoique pas comme producteur, mais simplement comme transporteur – était convaincu que le Portugal gâchait les possibilités que lui offrait son empire africain si convoité. Le Mozambique et S. Tomé, bien qu'à des échelles très différentes, étaient des territoires d'une immense richesse agricole. L'Angola, comme on le découvrait peu à peu, associait à l'agriculture une richesse infinie de minerais et de matières premières. Mais tout était à faire, à exploiter, à organiser. Seul l'Angola commençait maintenant à se peupler timidement, mais ceux qui allaient là-bas, fuyant la misère des campagnes du Minho ou du Trás-os-Montes, semblaient n'avoir d'autre rêve ni d'autre but que d'assumer la très ancienne vocation des Portugais à vendre des produits d'épicerie à tous les peuples du monde partout où des navires occasionnels les amenaient sur ordre du sabre ou du goupillon.

Avec un profond soupir, il écarta le journal. Indéniablement, comme l'avait dit João, il manquait au pays et dans sa vie à lui quelque chose de grandiose. La politique, comme mode de vie, ne l'avait jamais attiré. Il avait coutume de dire que, dans la vie, ou bien l'on fait quelque chose de vraiment important, ou alors il vaut mieux ne rien faire du tout. Vivre au gré du courant, comme il le faisait, savourant les choses bonnes et agréables et évitant avec adresse les pièges, les entraves, les engagements. Il détestait les dogmes et les fanatismes, dans la religion comme dans la politique, dans la vie sociale comme dans le travail. Rien ne lui avait encore semblé assez important pour l'amener à se déranger sérieusement, à troquer le confort de sa vie pour l'inconfort d'une ambition. Nombre d'intellectuels de son temps pensaient comme lui, mais paraissaient souffrir de cette absence de grandes causes et d'ambitions comme si c'était un mal : lui tenait cela pour un privilège.

Mais à présent il y avait cette question de S. Tomé. Par délicatesse, il n'avait pas dit aussitôt au roi qu'il s'était trompé dans son choix, que manifestement il n'était pas l'homme pour cette mission. Mais il n'avait pas l'intention de gâcher sa vie par délicatesse, comme avait écrit Rimbaud. Il avait accepté de feindre qu'il allait réfléchir à l'offre du roi, mais en fait il avait quitté Vila Viçosa avec la ferme intention de passer ces quelques jours à penser seulement à la meilleure façon de se soustraire à une obligation, qu'au demeurant il ne ressentait pas comme telle. Et c'est ce qu'il avait commencé à faire depuis ce matin, confortant sa conviction que, pour ce qui était de la vie, S. Tomé était un exil et que, quant à la mission, elle était impossible. Une fois les informations nécessaires recueillies, son refus dûment argumenté, il écrirait à Sa Majesté pour décliner l'invitation, tout en ajoutant qu'il serait néanmoins à la disposition du roi pour d'autres postes au service du pays pour lesquels Sa Majesté le jugerait éventuellement qualifié. Après quoi la vie reprendrait son cours normal.

* * *

Matilde regarda sa montre pour la dixième fois : il était dix heures cinq et derrière la porte de la chambre pas un bruit ne se faisait entendre dans le corridor au troisième étage de l'hôtel Bragança.

"Se peut-il qu'il ne vienne pas ?" Cette question simple, le doute, lui causa un frisson d'horreur et d'humiliation. Et pourtant, elle aurait été incapable de dire si elle préférait que Luís Bernardo vienne ou non. S'il ne venait pas, elle pourrait sortir de là indemne, sa vie serait sauve, elle aurait la tranquillité d'un avenir connu devant elle. Elle avait ses enfants, elle avait son mari, elle avait une vie légère et agréable dans la propriété de Vila Franca, une existence ordonnée, avec ses rituels quotidiens, sans angoisse, sans secrets inavouables, sans peur, sans terreur, sans cette suffocation qui lui dévorait à présent la poitrine. S'il ne venait pas, tout se réduirait à une illusion dans une nuit d'été, à un bref instant où elle avait perdu sa lucidité dans un baiser volé sur les marches d'un escalier d'hôtel. Mais rien de plus : il n'y aurait pas cette chambre d'hôtel, cette trahison préméditée, cette rencontre d'ombres, où elle-même était enfermée comme si elle se cachait d'elle-même et du monde aux aguets derrière la fenêtre. Elle n'aurait pas à souffrir de ce cauchemar, qu'elle devinait déjà, consistant à avoir un visage pour le jour et un autre pour la nuit, un visage pour les autres, tous les autres, et un autre pour les tréfonds d'elle-même. Demain matin, elle sortirait de là en souriant au jour, intacte, fidèle, égale à elle-même. Au plus profond d'elle-même.

Mais s'il ne venait pas... S'il ne venait pas, elle resterait couchée là toute la nuit, comme si elle avait été violée et abandonnée, un vêtement usé et rejeté, un événement fortuit, une équivoque, un malentendu. Elle se sentirait une traîtresse trahie, répudiée par l'objet même de sa trahison. Demain matin, il laisserait probablement un billet à la réception de l'hôtel – prétextant un événement imprévu de dernière minute ou, pire encore, disant qu'il était arrivé à la conclusion qu'il valait mieux pour tous les deux s'en tenir là. Oui, elle sortirait dans la rue la tête haute : finalement, rien ne s'était passé ! Elle s'était exposée et il avait fui, elle allait s'abandonner et il l'avait repoussée. Le soir, chez elle, elle regarderait son mari avec un sentiment de honte profonde et d'humiliation : "Je ne peux même pas me dire à moi-même que je t'ai trompé. C'est pire que cela : j'étais prête à te tromper et j'ai été rejetée. Je t'ai néanmoins trompé, en étant trompée." Et elle affronterait sa délicatesse habituelle, ses gestes d'amour civilisés, son rituel d'homme bien élevé au lit, avec une indescriptible sensation de souillure intérieure.

Dix heures vingt. Elle entendit des pas dans le couloir, des doigts qui frappaient à une porte, mais pas à la sienne. Elle entendit des voix et des rires de gens qui ne se cachaient pas, qui s'attendaient et se retrouvaient sans crainte, sans code de brigands. Il n'y avait plus qu'une solution : fuir d'ici immédiatement, aller chercher Marta dans la chambre voisine, faire rapidement les valises, payer à la réception et s'enfuir. Mais s'enfuir où, à cette heure ? "Du calme, Matilde, du calme. Réfléchis calmement !" Elle se rassit sur le lit et se vit, sans le vouloir, dans le miroir de la coiffeuse : elle était belle, désirable, une fleur prête à être cueillie : aucun homme sain d'esprit ne dédaignerait une femme pareille, qui s'offrait ainsi. Et, soudain, la lumière se fit dans son esprit : elle partirait le lendemain, prendrait la lettre de cet homme à la réception, mais elle ne l'ouvrirait pas. Elle la joindrait à une lettre qu'elle-même lui écrirait et qu'elle lui ferait parvenir par l'entremise de João. Elle lui dirait qu'elle s'était repentie de tout et qu'elle avait décidé de quitter l'hôtel à la hâte, avant l'heure indiquée pour le rendez-vous. À la fin de la matinée elle avait fait chercher ses bagages à l'hôtel et elle avait reçu la lettre de Luís Bernardo qu'elle lui rendait sans la lire, encore qu'elle imaginât qu'il lui disait être déconcerté après s'être rendu à un rendez-vous d'où finalement elle était absente. De la sorte, elle renverserait la situation et, si elle rencontrait un jour Luís Bernardo, elle n'aurait pas à se sentir honteuse devant lui. Cela ne résolvait pas tout, mais cela résolvait quelque chose d'essentiel. Tout à coup elle se dit : "Et s'il venait quand même ?" S'il venait, elle ferait en sorte que ce soit une simple rencontre d'amis, organisée par quelqu'un qui a juste envie de mieux connaître l'autre, mais que les circonstances obligent à user de précautions et de supercheries hors du commun. Elle en profiterait pour lui expliquer, sans que cela ait l'air trop compliqué, que le baiser d'Ericeira ne signifiait rien, il avait provoqué en elle une stupéfaction telle qu'elle n'avait même pas eu le temps de réagir. Ensuite elle pourrait même ajouter avec indifférence : « Je ne dirai pas que cela a été désagréable, mais cela n'aura pas de suite. »

Cette fois elle entendit distinctement des pas sur les dernières marches de l'escalier et qui s'engageaient dans le corridor, étouffés, mais rapides, les pas de quelqu'un qui souhaite arriver à destination sans être surpris. Son cœur commença à battre rapidement même avant qu'elle n'entende les pas s'arrêter devant la porte de sa chambre et, après une pause brève, deux coups retentir doucement contre le bois. Elle resta assise sur le lit, pétrifiée, regardant fixement la porte, comme dans un rêve ou un cauchemar. Un nouveau coup retentit et elle se rendit compte qu'elle devait ouvrir la porte avant qu'une autre ne s'ouvre dans le corridor. Elle tira le verrou de sûreté, tourna la poignée, recula de deux pas pendant qu'elle ouvrait la porte et vit, sans vraiment le voir, Luís Bernardo qui entrait, sans rien dire. Elle la referma immédiatement, tira instinctivement le verrou de sûreté et s'adossa à la porte, restant un long moment sans le regarder. Elle le trouva beau, avec un air canaille et inaccessible. Il était vêtu d'un costume noir, d'une chemise blanche à col haut et d'une cravate vert sombre, avec un nœud discret et une petite épingle de nacre entre le col et le gilet. Ses cheveux noirs étaient en désordre et un peu longs, comme les portent les hommes qui ont l'habitude de se coiffer avec les doigts, une fine moustache prolongeait sa bouche et ses yeux marron, liquides, souriaient d'un air conquérant, mais un conquérant qui aurait quelque chose d'enfantin, de gamin des rues à qui l'on aurait offert un cadeau. Contrairement à ce qu'elle avait planifié froidement, elle ne réussit pas à éviter de sourire en le regardant.

Mais c'était un sourire pour elle-même, pas pour lui : « Parmi tous les hommes au monde, Matilde, celui-ci est sûrement le dernier à qui une femme puisse faire confiance. »

Il lui tendit les mains et elle lui donna les siennes avec un grand naturel. Il sourit et elle fit de même, de nouveau ce même sourire qu'il ne parvint pas à déchiffrer avec certitude. Toujours en silence, ils se regardèrent en se tenant les mains, sans savoir comment sortir de cette situation. Puis il l'attira à lui, mais elle évita sa bouche et son visage et elle s'appuya simplement doucement contre son épaule. Il insista, mais elle n'écarta pas le visage de son épaule.

« Matilde...

– Ne dites rien, Luís. Ne dites rien pour le moment.

– Mais j'ai quelque chose à vous dire, Matilde.

– Moi aussi. Nous avons tous les deux des choses à dire, mais maintenant j'aimerais juste rester ainsi un instant. »

Matilde sentit que cette position n'était pas très confortable pour lui : aucun homme ne se sent à l'aise très longtemps, debout, avec une femme dans les bras. Il la serra contre lui et elle put se rendre compte comme leurs corps s'ajustaient bien l'un à l'autre. Elle s'aperçut qu'il devait sentir la même chose, que sa poitrine à elle s'était complètement collée à la sienne, qu'elle était sur le point de se laisser aller. Elle ferma les yeux quand il lui tira la tête en arrière et, dans l'obscurité, elle le laissa plonger dans sa bouche et y rester, ses deux bras pendant le long de son corps, tandis que la main de Luís Bernardo l'enlaçait par la taille et l'écrasait contre lui.

Luís Bernardo recula avec elle jusqu'au bord du lit, sans lâcher sa taille ni sa bouche. Il l'assit sur le lit et s'agenouilla à ses pieds, n'interrompant qu'alors ce baiser interminable. Il plaça ses mains bien ouvertes sur la poitrine de Matilde, sans brusquerie ni pudeur, comme un enfant qui s'empare d'un jouet avec plaisir. D'une main, il défit le nœud de son corsage et commença lentement à le déboutonner. Matilde n'avait toujours pas ouvert les yeux, elle ne voulait pas voir ses seins en dehors de la chemise, ni les mains de Luís Bernardo les explorer impudiquement, ni ensuite sa langue chaude en lécher les mamelons. Elle était nue, exposée, offerte. Elle ne résista pas davantage, elle posa une main sur la nuque de Luís Bernardo, sentit ses cheveux fins entre ses doigts et l'attira contre sa poitrine avec force.

« Oh, mon Dieu !

– Matilde – il avait levé la tête – il faut que je vous dise une chose et il faut que je vous la dise tout de suite : il se peut que je doive partir d'ici.

– Maintenant ? » Elle avait enfin ouvert les yeux et elle essayait de comprendre ce qu'il voulait lui dire.

« Non, pas maintenant. Il est possible que je doive quitter le Portugal dans deux mois et pour trois ans.

– Mais pour aller où, Luís ? Et pourquoi ?

– Je ne peux pas tout vous dire, Matilde, je suis soumis à une obligation de confidentialité. Je peux seulement vous dire que c'est pour S. Tomé et Príncipe et en mission d'État. Je ne peux pas en dire plus, mais j'ai promis à João et à moi-même que je vous dirais cela avant que quelque chose d'irrémédiable ne se passe entre nous.

– Quelque chose d'irrémédiable ? Mais désormais quel peut être le remède ? »

Il resta silencieux et la regarda. Il ne savait quoi dire. Il n'avait pas prévu que les choses se passeraient ainsi.

« Irrémédiable, Luís ? » Elle lui saisit le visage à deux mains, comme si elle voulait l'obliger à la regarder en face. « Irrémédiable ? Je suis ici, terrée dans une chambre d'hôtel comme un bandit, à demi nue, complètement abandonnée entre vos bras, et seule la passion explique ma présence ici, et vous trouvez que tout cela a un remède ? Comment ? Allons-nous interrompre cette scène en attendant que vous sachiez si vous quittez le Portugal et, si vous ne le quittez pas, allons-nous la reprendre à l'endroit où nous l'avons laissée ?

– Oh non, mon amour ! Je voulais juste vous dire que je ferai tout ce que vous voudrez, seulement ce que vous voudrez.

– Alors, faites, Luís. Faites tout ce que je veux, tout ce que nous voulons tous les deux. Désormais, en tout cas pour moi, tout est irrémédiable. »

Luís Bernardo était le deuxième homme de sa vie. Elle était mariée depuis huit ans, elle n'avait jamais connu d'autre homme et n'avait jamais pensé le faire. Luís Bernardo était le deuxième homme qui l'embrassait, qui la dévêtait, qui parcourait tout son corps avec ses mains et sa bouche, le deuxième homme qu'elle voyait nu, dont elle touchait le corps, d'abord avec honte, puis possessivement, comme si elle voulait l'apprendre par cœur à tout jamais. Étendue sur le dos, elle se surprit à contempler stupidement les fleurs sur le papier peint de la chambre, la couleur des contrevents à la fenêtre, la coiffeuse où les objets de toilette lui rappelaient soudain que c'était elle qui était là, bien qu'il lui semblât impossible que ce fût elle qui s'abandonnait nue, qui gémissait intérieurement de plaisir, qui écartait sans le vouloir les jambes pour qu'un homme qui n'était pas le sien entre en elle. Elle se sentit perdue vis-à-vis d'elle-même, à la dérive, en train de tomber dans un puits sans fond, elle était le puits et cet homme en avait touché le fond, tout était humide, tout était liquide et tout finissait dans ses yeux inondés de larmes et dans la douleur profonde avec laquelle elle planta ses ongles dans son dos, avec laquelle elle l'attrapa par les cheveux et cria tout bas, comme s'il pouvait la sauver :

« Luís Bernardo ! Luís Bernardo ! »

IV

Le bruit monotone des moteurs du *Zaire* le maintenait dans une sorte de torpeur à demi consciente, que la monotonie égale du paysage qu'il voyait défiler de sa chaise de toile sur le pont arrière accentuait encore davantage. Les journées de beau temps qu'il avait attrapées au cours de son voyage depuis Lisbonne, il les avait passées là, sur cette partie du navire, regardant l'écume qui semblait se diriger vers Lisbonne, vers chez lui, se former sous l'hélice, pendant que, prisonnier du destin vers lequel ce bateau le transportait, il allait dans la direction opposée, s'éloignant inexorablement, un mille marin après l'autre.

Pour ne pas sombrer dans la tristesse, il s'était consacré à la lecture d'une masse de livres et de documents sur S. Tomé et Príncipe reçue du ministère de l'Outre-Mer et il passait à cette occupation les interminables heures de loisir entre les repas – uniques moments où la table du commandant, dans une salle à manger contenant une vingtaine de personnes, officiers de bord et passagers, était tout ce qui restait du monde connu qu'il avait laissé derrière lui. Au ministère, le ministre avait insisté pour lui remettre personnellement le dossier préparé à son intention, accompagné des doctes conseils de Son Excellence et de la récapitulation de ce qu'était

« la politique outre-mer du gouvernement » – une espèce de nébuleuse, avec quelques idées logiques et rigoureusement inutiles et d'autres, visionnaires, absolument impraticables. Il le savait et le ministre itou. Le roi, lui au moins, voulait regarder loin ; le ministre, cependant, se contenterait d'un entrefilet dans les journaux du lendemain où l'on dirait qu'il avait reçu le nouveau gouverneur nommé à S. Tomé et Príncipe « à qui il avait transmis les orientations les plus fermes concernant la politique appliquée et à appliquer par le gouvernement dans les territoires d'outre-mer, et dont les îles de S. Tomé et de Príncipe, du fait de leur développement indiscutable ces dernières années dans tous les domaines, étaient la démonstration éclatante de la justesse d'orientations parfaitement tracées ». Son Excellence était persuadée qu'il se sentirait très bien à S. Tomé et ne doutait pas du zèle et du succès avec lesquels il mènerait à bien sa mission. Son Excellence lui avait souhaité bonne chance, l'avait accompagné en haut de l'escalier du ministère et Luís Bernardo s'était vu lui-même descendre l'escalier comme si ce n'était pas lui qui le descendait et il s'était senti presque chassé de Lisbonne et de sa propre vie. « Je suis tombé dans un piège : un sacré piège ! »

Au moins, maintenant, cet interminable voyage touchait à sa fin : demain, en fin de matinée, ils seraient à l'ancre au large de la ville de S. Tomé. Depuis qu'ils avaient quitté Benguela deux jours auparavant, il constatait que l'air devenait de plus en plus lourd, que la brise fraîche de l'Atlantique avait été remplacée par une couche d'humidité flottant au ras de l'eau, à mesure qu'ils s'approchaient de la ligne de l'équateur. Le navire avançait au milieu d'une brume au-delà de laquelle un monde inconnu l'attendait. Il se dit que tout cela devait avoir terrorisé les marins portugais du XVIe siècle, quand ils cessaient d'apercevoir la côte de l'Afrique et qu'ils naviguaient en plein océan désert en direction du territoire ténébreux d'Adamastor.

Il avait quitté Lisbonne à l'aube, un matin de mars, après avoir fait embarquer son bagage la veille : une valise pleine de remèdes préparés par son ami des rencontres du jeudi, le Dr Filipe Martins, deux valises pleines de livres, à raison d'un par semaine pendant cent cinquante semaines, un gramophone et quelques-uns de ses disques préférés – Beethoven, Mozart, Verdi, Puccini – une malle de vêtements pour les tropiques, son service de porcelaine et son service personnel de couteaux en argent, deux douzaines de caisses de vin et une de cognac, huit caisses de cigares achetées à la Havaneza, au Chiado, du papier à lettres, des stylos et de l'encre pour trois ans, ses cannes préférées et son secrétaire avec sa chaise qui était finalement la seule chose qui lui rappellerait désormais tout ce qu'il avait laissé derrière lui.

La décision de partir ne fut pas prise soudainement, sous l'empire d'une impulsion. Il l'avait prise progressivement, insensiblement, comme si au fond, depuis le début, depuis cet après-midi à Vila Viçosa, le destin lui avait échappé des mains et que désormais ce n'était plus sa volonté qui le commandait. Plus tard, il sentit qu'en fait il avait été la victime d'un guet-apens, vers lequel tous semblaient s'être unis pour le pousser là où il se trouvait maintenant. Ç'avaient été les paroles du roi, appuyées par le comte d'Arnoso ; les arguments de João, le faisant se sentir honteux de dire non au roi ; la proposition d'achat de l'Insulaire, si extraordinairement tombée du ciel, juste à ce moment-là. Il s'était senti assiégé, poussé, de plus en plus enfermé dans un cercle de circonstances d'où il ne pouvait plus s'enfuir, du moins honorablement. Ç'avait été un défi à son esprit d'aventure et à son goût des découvertes, à son sens du devoir patriotique et à son sentiment de servir une cause noble, à la cohérence de ses idées et de son caractère et par-dessus tout, comme l'avait dit João, le besoin de donner, par la grandeur d'un geste inattendu et altruiste, une légitimation à une vie jusque-là simplement confortable et oisive. C'est ainsi qu'il avait été cerné de tous côtés.

Mais Matilde avait fini elle aussi par peser beaucoup sur cette décision, ou cette non-décision, et c'était la partie la moins noble de toute cette affaire. Seul à seul avec sa conscience, Luís Bernardo reconnaissait froidement que S. Tomé lui permettait de fuir dignement Matilde. Oui, car il avait voulu la fuir et il n'avait pas d'autre façon que celle-là de le faire décemment. Comme tous les séducteurs professionnels, ce qui l'attirait c'était le jeu des approches, la tentation irrésistible de l'objet impossible, cette façon de frôler tous les dangers, ce frisson du scandale et du désir conjugués, le triomphe final de la séduction, la dépouille de la conquête à ses pieds – les vêtements éparpillés par terre, la femme nue, mariée, d'un autre homme, abandonnée entre ses bras, gémissant de plaisir et de terreur devant la découverte des limites inexplorées de sa propre sexualité. Mais après, après avoir quitté cette nuit-là la chambre de Matilde et l'hôtel le lendemain matin, il lui était resté, comme toujours, simplement l'orgueil du chasseur comblé et un désir impérieux de partir loin, comme le bandit qui veut s'éloigner au plus vite de la maison qu'il vient de cambrioler, afin de ne pas être démasqué et dénoncé. Le soir suivant il était retourné à l'hôtel Bragança pour y retrouver encore une fois Matilde. Ils avaient employé les mêmes précautions, le même stratagème, ils s'étaient étreints avec la même passion que la veille, Matilde s'était donnée à lui encore plus intensément et avec davantage de liberté, ayant perdu une partie de ses terreurs initiales, et lui l'avait aimée pendant des heures d'affilée, savamment, sans se presser, savourant pleinement cette nuit. Mais, dans son for intérieur, Luís Bernardo pressentait déjà que c'était probablement la dernière nuit. Pendant qu'il la caressait, qu'il l'embrassait, qu'il la dévêtait, qu'il la possédait, il prenait congé d'elle, secrètement, mais lucidement. Il ne se trompait pas lui-même, et à elle il avait laissé le choix la veille, l'informant que cela pourrait n'être qu'une brève rencontre, sans avenir ni conséquence. Pour cette raison même, il s'était attardé si longtemps auprès d'elle, jusqu'au lever du jour, jusqu'à ce qu'ils entendent au-dehors les premiers cris des vendeurs ambulants, annonçant le lait frais, les légumes ou les journaux, ou le vacarme des premiers tramways transportant les lève-tôt se rendant à une nouvelle journée de travail. Ils avaient même bavardé longuement, elle lui avait parlé de ses enfants et de sa vie à Vila Franca, elle lui avait parlé de son mari et du respect et de l'amitié qu'elle éprouvait pour lui, et il l'avait écoutée en silence, couché à côté d'elle et parcourant tout son corps nu de sa main droite, comme s'il la sculptait, comme s'il voulait l'imprimer à tout jamais dans chacun de ses sens et dans sa mémoire. "Je me souviendrai souvent de cette nuit quand je serai à S. Tomé", pensa-t-il, désirant que la nuit se prolonge tout le long du jour pour avoir le temps d'épuiser à fond sa passion.

Mais il ne l'épuisa pas : il s'en dépouilla en recourant à la raison et au bon sens. Pour tous les motifs du monde cela devait s'arrêter là : combien de fois encore réussiraient-ils à se retrouver ainsi, seul à seul ? Et combien de fois faudrait-il pour qu'ils soient découverts et que le scandale éclate ? Et puis, à supposer qu'ensuite les choses se déroulent anormalement bien, son mari la chasserait et exigerait au minimum que lui, Luís Bernardo, la recueille, elle et ses enfants. Était-ce cela qu'il voulait, était-ce là l'avenir qu'il souhaitait, vivre pour toujours avec une femme répudiée par sa famille et par la société, être un couple que personne ne recevait, que personne ne fréquentait, affrontant la haine des enfants de l'autre chez lui, les cancans de la rue, des voisins, de son club – à condition que son club ne l'ait pas délicatement invité à démissionner? Mais il ne pouvait pas non plus la quitter comme cela, invoquer la raison après en avoir appelé à sa folie, prétendre la protéger du scandale et de ses conséquences après avoir prêché la passion contre les convenances. Cela équivaudrait à l'avoir utilisée, puis à la jeter dehors. Matilde ne méritait pas cela, João ne le lui pardonnerait jamais, il ne cesserait jamais de le mépriser. Lui-même, tout en sachant que c'était le mieux et le plus sensé qu'il puisse faire, se sentirait si sale intérieurement que pas même le souvenir de ces deux nuits d'amour intense ne parviendrait à laver cette souillure.

Il ne lui restait que la fuite. Mais une fuite dans la dignité, et mieux encore, avec une aura de romantisme, de sacrifice, d'héroïsme. S. Tomé était un prétexte qui tombait du ciel: soudain, tout se renversait en sa faveur, en faveur de l'image et du souvenir qu'elle garderait à tout jamais de lui. Il partait – ah, ce maudit destin – contre son gré, arraché aux bras de sa bien-aimée, au service du pays et du roi, afin que le monde ne puisse pas dire que le Portugal pratiquait encore l'esclavage et afin d'être l'homme qui mettrait fin à cette indignité, si d'aventure la calomnie se révélait être la vérité. Il était comme le soldat qui partait à la guerre et qui avait vécu ses dernières nuits d'amour. João se chargerait d'apporter à Matilde la lettre d'adieu de Luís Bernardo:

«Matilde,

Ce dont je vous ai parlé s'est réalisé et je partirai bientôt très loin de vous et de tout ce que j'aime. Je puis à présent vous révéler ce dont il s'agit dans la mesure où cela sera annoncé dans les journaux dès demain : j'ai été nommé par Sa Majesté le roi gouverneur de S. Tomé et Príncipe, avec la mission de mettre fin aux vestiges de l'esclavage qui pourraient encore exister là-bas et, même si cela doit peiner certains, de convaincre l'Angleterre, son opinion publique et le monde que le Portugal est une nation civilisée où des pratiques de ce genre n'ont pas et ne peuvent pas avoir cours. La nature de la mission, son urgence et son importance à plusieurs titres pour le pays, la façon dont le roi en a appelé à mon sens du devoir, et la cohérence que je me sens moi-même dans l'obligation de conserver par rapport aux idées et aux positions que je proclame publiquement depuis longtemps, ne m'ont laissé aucune latitude pour ce qui serait un refus déshonorant.

Pour cette raison, je m'apprête à accepter la liquidation sommaire et expéditive de tout ce qui a constitué ma vie jusqu'à présent. J'abandonne ma maison, ma famille et mes amis ; j'abandonne des avantages et des conforts, des habitudes sociales et culturelles, sans lesquels je n'imagine même pas ce que peut être la vie quotidienne. J'abandonne mon travail, mon affaire, je vends ma compagnie précipitamment, pour aller me claquemurer dans une île au milieu de la mer à l'autre bout du monde, où les condamnés préféraient mourir plutôt que d'aller là-bas et vers où, d'après ce que soutiennent les Anglais, les Nègres eux-mêmes n'embarquent que de force. Mais je ne me plains pas de tout cela, car il y a des moments où le destin s'impose à notre volonté et où des raisons plus hautes que les motifs personnels doivent l'emporter sur tout le reste : servir mon pays de mon mieux en une heure où cela s'avère nécessaire et être digne de celui qui m'a jugé digne d'accomplir cette tâche est indubitablement une de ces occasions où l'on n'a pas le choix et où la liberté n'existe plus.

Ce dont je me plains – cela me désespère – c'est de vous avoir enfin rencontrée et de vous perdre aussitôt. De vous avoir appartenu, comme jamais aucun homme ne vous a jamais appartenu et ne vous appartiendra jamais, et de devoir partir. D'avoir vu en vous un puits d'amour et de sentiments sans fond – dont j'avais toujours soupçonné l'existence, mais dont je n'apercevais pas l'entrée – et de n'avoir de vous presque aussitôt plus que le souvenir de deux nuits aussi brèves et intenses que seront longs et vides les jours sans vous qui désormais m'attendent. Ne le prenez pas en mauvaise part si je vous dis que finalement il aurait mieux valu que je ne vous rencontre pas. Il aurait mieux valu que je ne me perde pas dans votre regard, dans vos gestes, dans votre voix, dans votre intelligence, dans votre corps. Il aurait mieux valu que je n'emporte pas d'ici ce poids sur mon âme qui m'accompagnera avec mes bagages, ce poids de la mémoire qui pendant des jours et des jours et des nuits d'affilée me hantera là-bas, sur l'équateur. Il aurait mieux valu que rien n'arrive pour que je ne me demande pas jusqu'à la fin de mes jours comment aurait été une vie entière passée à vos côtés.

Je vous prie de mémoriser cette lettre et de la déchirer, ainsi que les autres que je vous ai écrites. Je vous le demande sincèrement. Pour que vous continuiez à vivre, pour que vous soyez heureuse auprès de ceux que vous aimez et qui vous aiment, pour que vous ne perdiez pas votre jeunesse, ni votre sourire, ni votre regard à lutter contre l'inéluctable. C'était écrit ainsi et nous n'aurions pu agir différemment. Et je vous demande aussi, quand l'idée vous en viendra, de prier pour moi – pour me délivrer des dangers et des fièvres et de toutes ces choses évidentes – mais aussi pour me délivrer de ce mal absolu que sera la vie sans vous à tout jamais et de la terreur de ne plus jamais connaître le bonheur.

Matilde, je vous promets que vous n'apprendrez pas par moi ce que furent les jours, les mois, les années de l'exil qui m'attend. Vous ne saurez pas ce que j'ai souffert sans vous, vous n'entendrez pas parler de mes larmes, de mon désespoir. Par respect pour vous, je garderai cette distance infranchissable qui s'est interposée entre nous. Inutile de nous tromper, inutile que je vous trompe : on ne revient pas de S. Tomé. Priez pour moi, et si vous m'aimez un tant soit peu, tâchez d'être heureuse.

Adieu pour toujours,

Luís. »

Ensuite, tout se passa très rapidement et les journées furent aussi occupées que peuvent l'être celles de quelqu'un qui, en l'espace de deux mois, doit mettre toute sa vie en ordre, dire adieu à toutes ses connaissances et préparer la nouvelle vie qui l'attend. Il demanda à être reçu par le comte d'Arnoso, à qui il déclara qu'il acceptait l'invitation du roi. Deux jours plus tard, sa nomination fut annoncée dans tous les journaux, accompagnée d'une courte biographie, et dans certains cas, comme dans celui du *Jornal das Colónias*, d'un commentaire, ni bon ni mauvais, sur sa nomination : on disait qu'il n'avait pas l'expérience du terrain, mais que ses idées sur l'administration de l'outre-mer étaient connues, lesquelles, si elles étaient appliquées localement avec toute la prudence et la pondération nécessaires, pourraient s'avérer utiles pour le bien-être de la colonie et pour les intérêts du Portugal. Il fut reçu par plusieurs ministres, celui de l'Outre-Mer, celui des Affaires étrangères et de la Guerre, étant donné que la province de S. Tomé et Príncipe incluait aussi dans sa juridiction le fort de S. João Baptista de Ajudá, au Dahomey. Il perdit d'innombrables heures dans des déjeuners, des dîners et des séances de travail avec des propriétaires terriens de S. Tomé et leurs anciens administrateurs de plantations. Avec des médecins, des juges et des prêtres qui avaient vécu à S. Tomé et avec ses deux prédécesseurs dans ce poste : à la fin, il ne parvenait plus à digérer toutes ces informations, toutes ces opinions, tous ces conseils, il était déjà fatigué avant même de se mettre en route. Le reste de ces deux mois fut passé à mettre de l'ordre dans sa vie privée et dans le processus bureaucratique compliqué qu'était la vente de l'Insulaire avec tous ses actifs. Il avait fait une excellente affaire, mais à l'heure de céder son bureau et l'entreprise où il avait passé le plus clair de son temps pendant les quinze dernières années, il eut le cœur serré d'angoisse et de nostalgie : il octroya une gratification à ses collaborateurs les plus proches ou les plus loyaux et il tint à dire adieu à tous ses employés, les uns après les autres. Il ne savait pas ce que serait sa vie le jour où il reviendrait, il savait seulement que pour l'instant il était riche et qu'ensuite il serait riche et libre. Dans l'intervalle, sa vie, telle qu'il la connaissait, serait en suspens. Mais puisqu'il partait, il valait mieux le faire en fermant les portes derrière lui.

Le plus pénible de tout, cependant, fut de prendre congé des amis. Ces adieux s'étalèrent sur des nuits entières, soit lors de fêtes privées, soit lors de dîners qui duraient jusqu'à l'aube, soit encore pendant les spectacles au S. Carlos, dont la saison était à son apogée. À deux reprises aussi, la soirée se termina dans le bordel de D. Maria dos Prazeres dont les locaux et les « petites » étaient les plus fréquentés par les messieurs de sa classe. Une indiscrétion de ses amis, au demeurant délibérée, fit que D. Maria se mit à l'appeler cérémonieusement « monsieur le gouverneur ». Et il ne sut pas s'il devait rire, avoir honte ou s'angoisser de ce traitement :

« Monsieur le gouverneur veut-il choisir la petite ou accepte-t-il une suggestion de ma part, parmi les nouvelles de la maison ? »

Monsieur le gouverneur ne savait pas s'il préférait consommer toutes les nouvelles, les unes après les autres, comme s'il prenait congé des femmes pour toujours, ou s'il préférait rester à bavarder avec D. Maria dos Prazeres, cédant à cette mélancolie sur laquelle l'estimable dame gloserait ensuite avec les amis du gouverneur : « Monsieur le gouverneur est bien cafardeux ! Ça m'a tout l'air d'une histoire de femme : quand un homme rejette des petites comme les miennes, ça veut dire que son cœur est bien mal en point. »

Il décida de passer sa dernière fin de semaine dans la forêt du Bussaco, un de ses lieux favoris. « Je veux emporter le Bussaco dans mes yeux et dans mon âme ! » déclara-t-il d'un ton si tragique que João Forjaz, Filipe Martins et Mateus Resende, ses amis les plus proches, s'empressèrent de dire qu'ils l'accompagnaient. Ils avaient envisagé de faire une escapade à Coimbra, pour « une bamboche comme autrefois », mais personne ne réussit à l'arracher du balcon de l'hôtel, où il passa deux matinées et un après-midi à regarder fixement la forêt, énonçant des considérations philosophiques du genre : « Tout ce dont un homme a besoin pour être heureux ici, c'est une femme et un bon livre ! » En revanche et confirmant ainsi sa thèse, il se jeta sur le menu de l'hôtel avec un appétit de condamné, dévorant tout ce qui figurait sur la liste et insistant pour terminer invariablement par le cochon de lait grillé. Pour le plus grand plaisir de ses amis, il invoqua sa nouvelle condition d'homme riche sans destination particulière à donner à son argent pour offrir les boissons pendant toute la fin de semaine, indifférent au prix des meilleurs vins des célèbres caves du Bussaco. Il mangea, but et fuma comme si le salut de son âme en dépendait et il dut être traîné jusqu'au train dans un état parfaitement inconvenant pour un gouverneur nommé par le roi.

Tout cela arriva à sa fin par un matin ensoleillé de mars qui faisait déjà pressentir le printemps avec sa lumière incomparable. Lisbonne était bien jolie en cette matinée où il embarqua à bord du *Zaire* et où il dit adieu à ceux qui avaient tenu à l'accompagner en cette heure d'affliction : une demi-douzaine de ses amis de toujours, ses deux bonnes à qui sa maison serait confiée pendant son absence, et le directeur général du ministère de l'Outre-Mer (le ministre avait été retenu par la préparation d'un débat aux Cortes, prévu pour ce même après-midi). Le roi lui avait fait parvenir, sur le quai d'embarquement, un message par porteur, un billet court le remerciant de son « geste patriotique » et lui souhaitant le meilleur succès possible dans l'accomplissement de la mission qu'il lui avait confiée. Et ce fut tout : la patrie, son univers, toute sa vie, restèrent lentement derrière, pendant que le *Zaire* s'éloignait du quai, dans le dock de la Fundição, manœuvrant pour éviter les bancs de sable du Bugio. Lisbonne se réduisait peu à peu à un point de plus en plus insignifiant à l'horizon. Appuyé au bastingage, regardant sans vraiment voir, il caressait le bois du garde-corps comme s'il tentait de retenir tout son passé qui s'enfuyait à l'horizon. Une brise fraîche venue du large le fit soudain frissonner et il se retira dans sa cabine où l'attendait la série complète des journaux du matin. Les journaux de Lisbonne, avec leurs nouvelles d'un monde auquel il avait cessé d'appartenir.

V

Après les escales à Mindelo, qu'il connaissait déjà, et à Sal, dans l'archipel du Cap-Vert, Luanda apparut à l'horizon et lui sembla être une véritable métropole. Une dizaine de vapeurs d'un gros tonnage étaient à l'ancre dans la baie ou à quai, et il y avait un affairement frénétique dans le port en proie à un tourbillon de chargements et de déchargements, de transactions, de rencontres et d'adieux. Il était difficile d'imaginer qu'à l'intérieur du territoire l'armée coloniale s'efforçait encore péniblement de combattre des tribus armées d'arcs et de lances, sur une étendue de terre dont les Portugais avaient à peine commencé à appréhender l'immensité une vingtaine d'années plus tôt, lorsque la conférence coloniale de Berlin avait établi le principe selon lequel la possession effective des territoires l'emportait sur le droit de la découverte. L'Angola était dix fois plus grand que le Portugal, cent fois plus grand que S. Tomé et Príncipe : sa colonisation effective, de même que celle du Mozambique, semblait manifestement au-delà des possibilités physiques, humaines et financières d'un pays aussi petit que le Portugal. Pendant des années, l'Angleterre et l'Allemagne avaient comploté secrètement pour mettre chacune la main sur un morceau de l'empire colonial portugais : le prétexte était la situation financière désespérée du pays, qu'elles se proposaient de secourir avec des prêts qui avaient pour hypothèque les deux colonies. Compte tenu des opinions divisées, D. Carlos avait réussi à imposer sa volonté, rejetant les offres empoisonnées et, à leur place et profitant de ce que la guerre anglo-boer avait éclaté et de ce que l'Angleterre avait besoin d'utiliser le port de Beira au Mozambique pour débarquer des hommes et des armes, il avait négocié avec Londres le traité de Windsor. Du jour au lendemain, l'Angleterre, qui avait rabaissé de façon humiliante les velléités portugaises en ce qui concernait la « carte-des-colonies-coloriée-en-rose » et qui avait comploté avec l'Allemagne pour liquider l'empire de Lisbonne, reconnaissait maintenant que le Portugal était son « allié le plus ancien » et s'engageait solennellement à utiliser en cas de besoin la Royal Navy pour aider le Portugal à défendre ses possessions outre-mer.

Mais les Anglais se trouvaient en Angola et en nombre. Livingstone était passé par Luanda en chemin pour Londres, après un de ses voyages pour trouver la source du Nil. À la Royal Geographic Society, qui avait financé ses voyages, il avait pris soin d'omettre sa rencontre au fin fond de l'Angola avec l'explorateur portugais Serpa Pinto, prétendant au contraire qu'il n'avait rencontré aucun Européen dans les immenses forêts de l'Angola. À Luanda, il y avait un ministre résident anglais, un consul, des agents maritimes, un attaché militaire et deux agents itinérants dont la fonction, non officielle, consistait à veiller à l'interdiction effective du commerce des esclaves.

Dans l'agitation de l'arrivée, en plein quai, Luís Bernardo entendit parler anglais derrière lui et il se retourna à temps pour voir deux dames élégantes s'éloigner en compagnie d'un monsieur coiffé d'un casque colonial blanc qui ordonnait à des *coolies* de prendre les bagages à main sur un ton qui trahissait sa familiarité avec les mœurs locales.

Luís Bernardo était attendu sur le quai par le secrétaire du gouverneur qui se chargea rapidement de tous les détails concernant son bagage. Son Excellence le gouverneur n'avait pu venir en personne, comme il l'aurait souhaité, car il était retenu par des affaires urgentes, mais il l'attendait au palais, où il était bien entendu invité pendant les deux jours de sa brève escale. Ils partirent dans une automobile décapotable – une des rares qui circulaient alors dans la ville – au milieu du tohu-bohu des rues du centre et à travers un rideau de poussière qui formait comme une bulle suspendue au-dessus de la ville. Jusqu'à ce qu'ils s'éloignent du centre et que disparaisse progressivement le chaos hétérogène de gens, de bêtes, de véhicules en tout genre et les centaines de boutiques et d'échoppes de tailleurs, de barbiers, de réparateurs de bicyclettes, de merceries, de cabinets médicaux, d'épiceries et de pharmacies promettant la guérison de la diarrhée et autres « maladies internes ». Luís Bernardo était encore à moitié étourdi, il continuait à sentir le sol osciller comme s'il était toujours à bord, mais il était accablé par la chaleur, l'humidité, la poussière, le vacarme à terre. Quand ils commencèrent à s'engager sur les larges avenues à moitié désertes du quartier européen, avec ses trottoirs bordés à intervalles réguliers d'arbres, le secrétaire du gouverneur profita du calme qui s'était instauré pour lui tendre deux télégrammes reçus de Lisbonne et qui lui étaient destinés.

Le premier venait de Matilde et était totalement inattendu : il n'avait jamais reçu de réponse à la lettre qu'il lui avait envoyée pour lui dire adieu, il n'avait pas reçu d'elle le moindre message par l'entremise de João. Il le lut deux fois, sans savoir très bien que penser. D'une part c'était une chose qui lui semblait étrange tant elle était lointaine ; d'autre part c'était réconfortant de le recevoir ici, où tout lui était hostile et étranger, comme si c'était une main tendue, un baiser, un lien qui l'avait suivi par-delà la mer. C'était daté du jour de son départ, neuf jours plus tôt : « J'ai appris aujourd'hui par João que tu avais embarqué. C'était mieux de l'avoir appris ainsi. Je prie Dieu qu'il te protège. Matilde. » Une larme absurde lui embruma les yeux, mais elle était due à la poussière, au regret de la lumière de Lisbonne, à l'incertitude de ce qui l'attendait ; sûrement pas au souvenir du visage, de la peau, du corps, de la voix douce de Matilde répétant tout bas « Oh, mon amour ! » en l'attrapant par les cheveux.

Le deuxième télégramme était officiel, il portait le tampon du ministère et était signé par son secrétaire général :

« J'ai l'honneur de communiquer à Votre Excellence que le 19 du mois en cours le général Ayres d'Ornellas e Vasconcelos a pris possession de ce ministère, qui s'appelle désormais de la Marine et de l'Outre-Mer. STOP. Signale en outre que sur information ministre d'Angleterre M. David Jameson, membre Indian Civil Service, ex-gouverneur provincial Inde Britannique, désigné consul anglais à S. Tomé et Príncipe. STOP. Arrivera pour occuper poste première semaine juin, vapeur et date indiqués ultérieurement. STOP. Veuillez prévoir installation permanente convenable et préparer climat politique selon instructions reçues. STOP. Nouveau ministre envoie ses meilleurs compliments et vœux de succès pour mission confiée à Votre Excellence. »

Ah, Lisbonne, les bras tentaculaires de Lisbonne et de son infatigable activité politique ! “Voilà que je quitte Lisbonne avec un ministre, se dit-il, et qu'avant même d'arriver à mon poste le ministre a déjà changé !” Personne ne pouvait dire au moins que celui-ci n'était pas l'homme indiqué pour la fonction : Ayres d'Ornellas avait été un des généraux de Mouzinho lors de la campagne du Mozambique et il connaissait à fond l'outremer. Qui sait, s'il avait été ministre à ce moment-là, Luís Bernardo n'aurait peut-être pas été confirmé au poste de gouverneur de S. Tomé – il s'en était fallu de dix jours, seulement de dix jours...

Le gouverneur de l'Angola était lui aussi chiffonné par la nomination du nouveau ministre, mais, contrairement à Luís Bernardo, c'était la continuité de ses propres fonctions qui semblait le préoccuper.

« Savez-vous que nous avons un nouveau ministre ? » lui demanda-t-il, sans même lui donner le temps de s'asseoir, juste après lui avoir souhaité la bienvenue. « Ces changements constants dans le ministère sont toujours une source de confusion et de paralysie. Avant que le nouveau ministre soit au courant des affaires, nous sommes sans instructions, nous ne savons pas ce qu'il veut. Remarquez que cela n'a rien à voir avec la personne du général Ayres, pour qui j'éprouve le plus grand respect, j'estime même qu'il était difficile de faire un meilleur choix. Mais c'est le temps, cher ami, le temps qu'on perd avec tout cela, l'incertitude, alors que ce qu'il nous faut ici ce sont des certitudes, de la continuité, une politique claire, qui n'oscille pas au gré des soubresauts politiques de Lisbonne. Nous autres gouvernons pour des années, eux pour des mois. Dans votre cas, par exemple, les instructions que vous avez reçues du ministre précédent sont-elles encore valables ? »

Luís Bernardo le regarda comme si la question lui semblait extravagante. Le personnage – petit, à moitié chauve, avec des yeux bruns minuscules, des plaques de sueur sur le visage et la poitrine – lui était désagréable. Ses façons de dictateur minable qui avait l'air d'insinuer en permanence qu'il possédait une connaissance privilégiée du pays, une science certaine née de l'expérience, correspondaient exactement au profil du fonctionnaire colonial qu'il avait vomi dans ses écrits. L'autre le savait-il ? Il décida de répondre à sa question embarrassante d'un ton détaché :

« Bon, vous savez, j'ai été choisi directement par Sa Majesté le roi et c'est de lui que j'ai d'abord reçu mes instructions. Que je viens d'ailleurs de voir confirmées par le nouveau ministre, dans un télégramme que son secrétaire m'a remis à l'instant même.

– Eh bien, évidemment, c'est déjà une certaine garantie. Vous savez, ici on raconte que vous avez été choisi par le roi pour affronter l'Anglais qu'on va vous envoyer là-bas, à S. Tomé. Vous parlez couramment l'anglais, n'est-ce pas ? »

Le changement de ton, évident dans la façon dont la dernière phrase avait été énoncée, n'échappa pas à Luís Bernardo. Le gouverneur de l'Angola avait cessé imperceptiblement de le traiter comme un collègue, mais bien plutôt du haut de son piédestal, comme s'il lui disait : « Moi, je suis un professionnel, vous un simple interprète, moi, je gouverne un continent en Afrique, vous, vous allez diriger deux entrepôts de cacao au milieu de l'Atlantique. » D'un signe de tête il confirma que oui, il parlait l'anglais.

« Écoutez, mon cher, quelquefois il vaudra mieux faire semblant de ne pas parler l'anglais si bien que cela. Il ne faut pas trop discuter avec ces types. Ou bien on élève la voix ou bien on feint de ne pas les comprendre. De toute façon il convient qu'ils se rendent compte que c'est encore nous qui commandons dans nos colonies. Vous êtes sûrement d'accord avec moi…

– Bien sûr, cela va de soi, s'empressa d'acquiescer Luís Bernardo.

– Figurez-vous que ce n'est pas aussi évident que

cela. Ces types viennent pour invoquer des traités et des accords passés avec nous et, forts de cela, ils revendiquent le droit de fourrer leur nez partout.

– Le traité de 1842... » Luís Bernardo se référait au traité conclu avec l'Angleterre, sur la base duquel les Anglais étaient autorisés à inspecter les navires en provenance des ports d'Afrique s'ils soupçonnaient qu'ils transportaient des esclaves.

« Celui-ci et d'autres choses. Ils veulent fourrer le nez partout. Ici, à Luanda, nous avons des Anglais dans tous les coins qui, en dehors de Luanda, ont des informateurs sur tout ce qui se passe dans la province. Mais imaginez un peu que nous nous avisions d'aller inspecter les navires anglais qui emmènent des Noirs d'Accra dans leurs colonies des Antilles !

– On ne les soupçonne pas d'être des esclaves...

– Non ? Et pourquoi pas ? Écoutez, mon cher, vous venez d'arriver et, excusez-moi de vous le dire, moi j'ai déjà plusieurs années d'Afrique et je connais très bien la question : un Noir qui part d'ici pour S. Tomé sait aussi bien ce qui l'attend qu'un Noir qui quitte le Ghana pour la Jamaïque. Il n'y a aucune différence.

– Combien sont partis d'ici pour S. Tomé l'an dernier ? »

Luís Bernardo regretta sa question dès qu'il l'eut posée. L'autre le regarda en coin, d'un air légèrement méfiant.

« Vous connaissez sûrement les chiffres : il en est parti quatre mille. Tous enregistrés et ayant reçu un document émis à S. Tomé pour travailler là-bas.

– Un contrat de travail pour une durée déterminée ?

– Quels contrats de travail ? Ça vous regarde, là-bas à S. Tomé, c'est pour ça que vous avez un curateur, dont la fonction est justement de contrôler tout cela. Moi, ici, je ne m'occupe pas de ces questions et je souhaite que les choses soient bien claires : le gouvernement de l'Angola ne passe de contrat avec personne pour aller où que ce soit, pas plus que le gouvernement de S. Tomé ni le gouvernement du royaume. Je me borne à vérifier que les citoyens du territoire portugais de l'Angola désirent aller travailler ou embarquer ou passer des vacances sur le territoire portugais de S. Tomé et Príncipe, et, comme la circulation est libre à l'intérieur des territoires portugais, je n'ai plus rien à voir avec cette question, je ne peux même pas m'opposer à une affaire négociée librement entre des individus et des compagnies privées.

– Mais Votre Excellence elle-même vient de dire qu'ils n'ont pas la moindre idée de ce qui les attend... ?

– Oh, mon ami, cessez de m'appeler Votre Excellence et dites-vous bien que ce n'est pas mon problème, mais le vôtre. Je vous raconte simplement comment les choses se passent et j'espère d'ailleurs que ce n'est pas une nouveauté pour vous. Maintenant, si vous estimez que S. Tomé peut continuer à exploiter les plantations de cacao et avoir les mêmes revenus qu'avant sans importer d'ici, de la forêt, des Noirs qui ne sont d'aucune utilité pour nous, libre à vous. Entendez-vous avec les planteurs et faites-moi savoir si vous voulez que je ne laisse plus embarquer qui que ce soit. C'est vous qui connaissez les instructions données par Lisbonne et par le roi. En ce qui concerne S. Tomé, je fais ce qu'on me demande. Si pourvoir aux besoins en main-d'œuvre de S. Tomé c'est servir le pays, je facilite les choses comme je peux et je n'enfreins aucune loi, comme ça a toujours été le cas jusqu'à présent. Si maintenant les choses ont changé, je vous le répète, faites-le-moi savoir.

– Non, bien sûr que non ! » Luís Bernardo sentait qu'il s'était laissé piéger. « Il est évident que S. Tomé va continuer à devoir importer des travailleurs pendant encore longtemps si ici on n'en a pas besoin, il s'agit simplement de faire les choses dans les règles. Car, comme vous le savez, toute cette histoire avec les Anglais, les accusations des commerçants de Liverpool et de Birmingham selon lesquelles nous importerions de la main-d'œuvre esclave de l'Angola vers S. Tomé, tout cela nous cause beaucoup de tort dans la presse et l'opinion publique anglaises, et, si cela continue, nous risquons de voir décréter un boycottage des importations de cacao sur le marché anglais et ensuite américain – ce qui serait tragique pour S. Tomé. Ce serait la fin de la colonie. »

Le gouverneur de l'Angola le regarda en face : c'était un regard de renard, rampant, méfiant.

« Hum… »

Il se leva et alla jusqu'à la porte-fenêtre menant au balcon qui donnait sur le jardin. Il s'appuya à la balustrade et resta quelques instants ainsi, un petit homme contemplant l'Afrique entière. Puis il se retourna et, adossé au balcon, mains croisées sur le ventre, il regarda Luís Bernardo. Un Napoléon des tropiques, jaugeant l'ennemi.

« Les Anglais ! Ces hypocrites, ces prétentieux d'Anglais ! Si pleins de préoccupations humanitaires qu'ils ne distinguent pas un Noir d'un Jaune ! Dites-moi un peu, Valença, existe-t-il un Anglais qui ait baisé une Noire ? Non ? Mais nous, oui, bon sang ! Savez-vous comment nous peuplons et occupons cette terre immense qu'est l'Angola ? Pas avec l'armée, qui s'enfuit à peine arrive-t-elle. Pas avec des familles de colons, car qui serait assez fou pour amener sa femme et ses enfants dans la forêt où il n'y a pas un signe de vie civilisée ? Non, pas comme ça ! Savez-vous comment nous occupons ces terres ?

– Dites-le-moi.

– Avec des malheureux venus du Minho et de l'Alentejo, avec des natifs en guenilles du Trás-os-Montes qui débarquent ici sans un traître sou en poche et à qui, nous, gouvernement, offrons des titres de propriété, que les pauvres diables n'arrivent même pas à déchiffrer et pour des propriétés dont ils savent encore moins où elles se trouvent. Mais c'est de la terre qui leur appartient, eux qui n'ont jamais eu ni feu ni lieu de leur vie ! Alors, les malheureux se mettent en route, Dieu sait comment, demandant où se trouve la ferme Nova Esperança dans le district d'Uíge ou la ferme Paraíso dans le Quanza Norte. Et si, par miracle, ils réussissent à arriver sains et saufs à destination et à prendre possession de ce qui n'est que forêt vierge, si, par miracle, ils réussissent à survivre et à planter quelques pommes de terre et à vendre des colifichets aux Noirs, où est leur famille ? Eh bien, leur famille ce sont les femmes noires qu'ils achètent au chef du village, un sac de haricots pour une femme, un porc pour deux femmes. Le curé, le mariage, l'enregistrement des enfants ? Mais bon sang ! Il s'agit de survivre et les malheureux se tiennent pour très heureux d'avoir une, deux ou trois Noires qu'ils appellent leurs femmes et ils savent parfaitement qu'ils ne sortiront jamais de ce trou. Et nous, gouvernement, nous nous tenons pour très heureux d'avoir des natifs du Trás-os-Montes qui s'établissent dans la forêt et tout ce que nous demandons c'est qu'ils apprennent le portugais à leurs petits mulâtres d'enfants ! Voilà comment nous occupons l'intérieur de l'Angola et tout le reste est bel et bon pour ces fameux traités et pour les conversations de salon entre diplomates. J'aimerais bien voir un Anglais dans son joli costume de flanelle blanche sorti de King's Road, n'est-ce pas, vivre dans cette putain de ferme nommée Nova Esperança et se tourner vers sa femme noire pour lui demander “*Oh, dear, do you care for a drink ?*” – comme vous voyez, moi aussi je baragouine l'anglais. »

Et le gouverneur de l'Angola se tut, satisfait, regardant

son hôte de haut. Il avait été éloquent, d'une éloquence dévastatrice. Honteux, Luís Bernardo gardait le silence. Il se sentait même angoissé. "Mon Dieu, mais que faisje là, qu'ai-je à voir avec tout cela, avec ce petit Napoléon des tropiques, avec ces natifs du Trás-os-Montes vivant en concubinage avec leurs Noires de la forêt, avec cette humidité, avec cette chaleur démente, avec cette sauvagerie présente partout et chez tout le monde – Blancs, Noirs ou Anglais ?"

« Vous savez, mon cher ? » Le gouverneur revenait à la charge, sûr de lui et triomphant, ne voulant pas laisser retomber l'effet que son discours avait visiblement causé sur Luís Bernardo. « Vous savez qui a le mieux compris comment traiter les Anglais, qui les a le plus sérieusement combattus ? C'est mon illustre prédécesseur à ce poste, le général Calheiros e Menezes. Vous en avez déjà entendu parler, j'imagine ? »

Oui, Luís Bernardo connaissait l'histoire du général Calheiros e Menezes, vraie légende pour les planteurs de S. Tomé et dont la correspondance officielle figurait dans le dossier qu'on lui avait remis au ministère, à Lisbonne. En 1862, vingt ans après la signature du traité avec l'Angleterre, les commissaires anglais en Angola étaient allés se plaindre au gouverneur de ce que les navires portugais s'adonnaient au commerce et au transport d'esclaves de la brousse angolaise vers les plantations de S. Tomé et Príncipe, en violation flagrante du traité de 1842. Calheiros e Menezes leur avait répondu par écrit, répétant les arguments habituels : que les supposés esclaves étaient tous des hommes libres ou affranchis ; qu'ils étaient rémunérés et pouvaient rentrer chez eux quand ils voulaient, bien qu'il fût évident qu'ils préféraient rester à S. Tomé plutôt que de retourner à la barbarie dans laquelle ils vivaient en Angola ; qu'ils avaient tous des documents et des passeports, et que sur le plan juridique ils étaient juste des travailleurs migrants se rendant d'une partie du territoire portugais dans une autre. En passant, le général demandait aux Anglais pourquoi ils n'allaient pas plutôt inspecter les navires français qui se consacraient en totale liberté au trafic des esclaves de la Guinée vers les Antilles. Les Anglais sont revenus à la charge, rappelant qu'ils n'avaient pas signé de traité avec la France, mais qu'ils en avaient signé un avec le Portugal et qu'en vertu de ce traité ils exigeaient que soit mis fin au transport des Angolais vers les îles de S. Tomé et Príncipe. Calheiros e Menezes resta inflexible dans ses raisons et leur renvoya la lettre qu'ils lui avaient fait parvenir, disant qu'à l'avenir il recevrait seulement les « informations » qu'ils souhaitaient lui soumettre et qu'il vérifierait par l'entremise du consul anglais. En attendant et faisant droit aux demandes instantes des planteurs des îles qui avaient vu la population de travailleurs noirs réduite de moitié par l'épidémie de variole survenue plusieurs années auparavant, le général intensifia le rythme des envois de travailleurs, esclaves ou non, vers S. Tomé. Et, prévoyant les protestations des Anglais à Lisbonne, il expliquait au ministre : « Afin que Votre Excellence puisse juger des sacrifices auxquels la pénurie de bras oblige les propriétaires de S. Tomé, il convient de signaler que, comme ils ne peuvent pas se procurer de Noirs en qualité d'esclaves ou d'affranchis, ils doivent engager à grands frais de la main-d'œuvre libre, et ils vont jusqu'à acheter des esclaves ou des affranchis à qui ils donnent la liberté, les emmenant en tant qu'hommes libres et s'exposant à les voir oublier à S. Tomé la faveur de la liberté reçue en Angola et à ce qu'ils signent un contrat de travail avec celui qui leur donnera la meilleure rémunération. Pareils efforts doivent être par conséquent soutenus. » Sur pression des Anglais, Calheiros e Menezes fut destitué au bout de dix-sept mois de gouvernement en Angola et les « transferts » furent limités, d'abord à quatre Nègres par navire, puis à zéro – ce qui poussa le ministre des Colonies alors en exercice à faire preuve d'imagination et à autoriser l'envoi à S. Tomé de travailleurs venant d'autres colonies portugaises : du Mozambique et même de la lointaine Macao, dans la mer de Chine ! Ensuite, après un laps de temps décent, nécessaire pour calmer les Anglais, tout recommença comme avant et l'Angola redevint un grand exportateur de main-d'œuvre vers S. Tomé.

Rien, pratiquement, n'avait changé depuis, en presque quarante-cinq ans. Les faits étaient les mêmes et aussi les justifications invoquées. En tant que juriste de formation, Luís Bernardo reconnaissait la maîtrise de l'architecture légale montée pour justifier des raisons déjà alléguées il y avait presque un demi-siècle par les Portugais : effectivement, de quel droit une nation étrangère serait-elle autorisée à s'immiscer et à protester contre le fait que des citoyens portugais, identifiés comme tels dans leur passeport respectif, changent de lieu de résidence et de travail à l'intérieur du territoire portugais ? Si d'aventure les Portugais du Minho voulaient émigrer vers l'Algarve (et certains l'avaient fait dans des époques antérieures), quelle légitimité avait l'Angleterre pour venir s'ingérer dans cette affaire ? Or le Portugal était aussi bien le Minho et l'Algarve que l'Angola, le Mozambique, Macao ou S. Tomé. Certes, on pouvait contre-argumenter que cette légitimité découlait du traité signé avec l'Angleterre, lequel conférait justement à celle-ci le droit de vérifier que cette émigration entre colonies (qu'on appelait « provinces » dans la langue officielle) n'était plus une façon de cacher ce qui n'était qu'un trafic sordide d'esclaves entre une colonie qui avait de la main-d'œuvre en abondance et une autre où celle-ci était d'une rareté dramatique – car les îles étaient désertes au moment où elles avaient été découvertes par les Portugais au XVIe siècle. Mais, rétorquait l'argumentation juridique, comment pouvait-on considérer comme esclaves des Nègres soustraits à l'esclavage par des propriétaires de S. Tomé qui les achetaient et les payaient à des gens qui, eux, les maintenaient dans l'esclavage à l'intérieur de la brousse angolaise où l'autorité de l'État ne se faisait pas encore sentir, pour les emmener ensuite travailler à S. Tomé – où ils étaient logés, nourris, où ils recevaient une assistance médicale et un salaire ? Mais, d'autre part, un esclave libéré à condition d'être emmené immédiatement pour travailler loin de son village et des siens sans qu'on soit assuré que cela correspondait vraiment à sa volonté pouvait-il être considéré comme un homme libre ?

Les questions étaient trop nombreuses et toutes renvoyaient à des réponses fort peu claires. Il y avait des moments où tout lui semblait se résumer à des fioritures juridiques, des jeux de mots et de savantes distorsions de faits qui n'auraient pas dû susciter de doutes. Mais une lassitude, une torpeur, une indolence intellectuelle s'emparaient peu à peu de son intelligence à mesure qu'il s'approchait de sa destination à un moment où, au contraire, tout aurait dû devenir évident pour lui. Il se sentait prisonnier d'une déliquescence physique et mentale, comme si la chaleur, l'humidité, la fatigue du voyage et le dépaysement l'empêchaient de voir clairement ce qui à Lisbonne, parmi ses amis et dans les conversations de café, en commentant les nouvelles dans les journaux et en écoutant l'opinion des autres, lui avait toujours paru d'une évidence cristalline. Il était, avait toujours été et continuerait à être, quoi que le destin lui réservât, un homme aux convictions faites et inébranlables dans tout ce qui lui semblait essentiel : il était contre l'esclavage, en faveur d'une colonisation s'appuyant sur des procédés et des méthodes modernes et civilisés – car cela seul garantissait, en plein XXe siècle, le droit de possession qui avait été justifié autrefois par la découverte ou par la conquête. Il croyait que, comme cela était inscrit dans la Constitution américaine, tous les hommes naissaient libres et égaux, et que seuls l'intelligence, le travail et l'effort – et aussi, il fallait le reconnaître, la chance – pouvaient légitimement entraîner une différence. Cela, et non pas la force, l'arbitraire, l'ignominie. Mais, se demandait-il à lui-même, ce qui dérangeait vraiment l'Angleterre était-ce l'esclavage ou la défense de leurs intérêts dans les colonies ? Les Anglais, les Français, les Hollandais traitaient-ils mieux les Nègres ou tout cela n'était-il qu'une immense hypocrisie permettant au plus fort de dicter sa loi ?

Il eut encore plusieurs jours pour réfléchir à tout cela, pendant que le *Zaire* descendait la côte de l'Angola, mouillait dans le port de Benguela pendant une demi-journée et passait au large de Moçâmedes, mettant ensuite le cap sur l'ouest, enfin en route pour sa destination. Les longues heures monotones passées à regarder défiler la côte angolaise lui avaient permis de se rendre compte de la différence et de l'étendue de cette terre, comparée à S. Tomé. L'Angola avait un million deux cent quarante-six mille sept cents kilomètres carrés de superficie, alors que S. Tomé en avait huit cent trente-quatre et Príncipe cent vingt-sept. Dans les deux petites îles de l'équateur il y avait seulement quarante-cinq mille Nègres, presque tous importés d'Angola, et environ mille cinq cents Blancs – mille trois cents à S. Tomé et pas plus de deux cents à Príncipe. Sur ceux-là, Luís Bernardo imaginait que quelque cinq cents devaient diriger et gérer les plantations, deux cents devaient travailler dans l'administration publique, la police et les forces armées, et trois cents environ devaient être des commerçants, des religieux ou exercer d'autres métiers ; les autres étaient les femmes et les enfants. Comparé à ces chiffres, l'Angola avait recensé un demi-million d'habitants juste dans les districts côtiers, Luanda, Lobito, Benguela, Moçâmedes, et un nombre difficile à calculer avec exactitude dans tout son immense intérieur, presque entièrement inconnu – peut-être plus de deux millions d'habitants.

Les problèmes des deux provinces étaient nécessairement différents. Tandis que l'Angola était riche dans plusieurs domaines, S. Tomé dépendait entièrement de deux produits, le café et le cacao – dont il produisait annuellement près de trente mille tonnes, se situant avant Accra, avec sa production de dix-huit mille tonnes, et les deux Cameroun, avec trois mille, et juste après Bahia, qui produisait trente-trois mille tonnes par an, mais d'une qualité inférieure à celle de S. Tomé. C'était encore une grande différence entre l'Angola et S. Tomé : l'un était riche en promesses à tenir et en richesses à exploiter, l'autre avait trouvé son filon et, grâce à cette unique richesse, l'île était prospère et se suffisait à elle-même.

Quant au reste, comme le lui avait dit le capitaine Ascêncio à Lisbonne, il n'y avait presque rien à S. Tomé. Il n'y avait pas une seule automobile et, logiquement, pas un seul mètre de route digne de ce nom sur toute l'île. Le meilleur moyen de locomotion et de transport du cacao entre les plantations et la ville était les bateaux de cabotage de plusieurs plantations. L'éclairage public n'existait que dans la capitale, au centre de celle-ci, avec des lampadaires à pétrole, lequel était importé de Russie. Il n'y avait pas d'élevage de bétail, ni de flotte de pêche, pas même artisanale. Il y avait le télégraphe, mais juste dans les postes publiques, et cinquante-deux téléphones sur toute l'île, exclusivement intérieurs et parmi lesquels trente-quatre étaient au service de l'administration – peut-être pour que certains fonctionnaires puissent prévenir qu'ils rentraient déjeuner chez eux. Il n'y avait aucune usine ni industrie digne de ce nom, à l'exception du séchage et de l'emballage du cacao. Il n'y avait pas de théâtre, pas d'animatographe, pas de salle de concerts, pas d'orphéon. Luís Bernardo, qui avait lu la liste exhaustive de toutes les importations des îles dans les vingt dernières années, était arrivé à la conclusion qu'il y avait un seul piano dans la province, importé par le mari d'une dame nostalgique, l'année précédente.

"Il doit être plus excitant, pensa-t-il, d'être l'intendant d'une propriété agricole dans le Douro." Mais ce qui l'angoissait le plus, ce n'était même pas l'absence de distractions, pour laquelle il s'était déjà préparé mentalement. C'était l'angoisse dont est pris l'homme qui s'apprête à s'enfermer pour trois ans sur une petite île perdue dans l'immensité de la mer et couverte de forêt vierge, où tout devait être d'une monotonie quotidienne désespérante. Pour une raison ou pour une autre, S. Tomé avait été, jusqu'à il y a une quarantaine d'années, la colonie pénale favorite où l'on envoyait les pires bannis du royaume. Quelle prison plus parfaite que celle-là aurait-on pu lui donner à gouverner ?

VI

Le *Zaire* jeta l'ancre dans la baie d'Ana Chaves, en face de la ville, à environ cinq cents mètres de la jetée qui défendait la route côtière des eaux de l'Atlantique. Il n'y avait pas de port ni même de quai d'amarrage dans la ville de S. Tomé : cargaisons et passagers étaient transportés à terre dans de simples gabares à rames qui, lorsque la mer était agitée, rendaient cette courte traversée plus hasardeuse que le voyage lui-même sur l'immensité de l'océan.

Comme tous les passagers et les membres de l'équipage, Luís Bernardo s'était appuyé au bastingage et contemplait la ville et l'agitation humaine que l'on apercevait aux alentours de la zone de débarquement. Le *Zaire* avait salué la terre avec trois coups de sifflet stridents qui avaient dû s'entendre dans toute l'île, indication traditionnelle de « gouverneur à bord ». On avait répondu de la terre par trois autres coups de sifflet venus de la Capitania et par une salve de dix-sept coups de feu tirés de la forteresse de S. Sebastião. L'on avait soudain l'impression que toute la ville se mettait à converger vers la jetée.

Le quarante et unième gouverneur de S. Tomé et Príncipe et de S. João Baptista de Ajudá contemplait le spectacle, mi-fasciné mi-angoissé. Il avait sorti ses valises, les avait confiées au chambellan et s'apprêtait à débarquer avec la pompe et l'aplomb exigés par les circonstances. Il apercevait la ville entière à ses pieds, à gauche le palais du gouvernement, la construction la plus visible et la plus imposante, dominant une vaste place qui semblait le lieu le plus étendu de la ville, déjà presque à l'extrémité. En face, sur l'avenue principale, les palmiers se balançaient avec le vent et c'étaient eux, surtout, qui rappelaient au nouveau venu qu'il se trouvait en Afrique, encore qu'en haute mer et en plein sur la ligne de l'équateur. Mais, au fond, les toits des maisons en tuiles lusitaniennes et à deux pentes lui disaient que c'était là une terre portugaise et, malgré l'appréhension qui le dévorait, Luís Bernardo fut ému par ce spectacle et se sentit étrangement en terre familière. Il était enivré par l'odeur suffocante de chlorophylle venue de la terre, engourdi par l'humidité lourde de l'air, angoissé par le bruit de la foule qui l'attendait sur la jetée. Il regarda sa montre : elle marquait deux heures trente-deux minutes. "Une heure de moins qu'à Lisbonne", pensa-t-il, s'efforçant aussitôt de chasser ces pensées. Il poussa un profond soupir, regarda autour de lui, là où les montagnes disparaissaient dans la brume humide, et il lança aussi un coup d'œil derrière lui, là où le bleu de la mer se confondait avec un horizon lointain, et il dit tout bas, comme s'il se récitait un poème : « Je vais m'attacher à tout ça ! Je vais aimer tout ça ! »

La chaloupe qui lui était destinée, décorée de guirlandes de fleurs, s'était amarrée au *Zaire* et à bord tous attendaient qu'il prenne une initiative. D'un pas ferme et étudié, il se dirigea vers la passerelle du navire sur laquelle le commandant l'attendait.

« Ma mission prend fin ici. Maintenant c'est à vous de jouer.

– Vous ne descendez pas à terre ?

– Non. Nous resterons ici seulement une paire d'heures et je connais bien le pays : je vais en profiter pour mettre mes papiers en ordre.
– Bien. Alors, adieu, commandant. Et merci pour toutes vos attentions.
– Je vous en prie, ce fut un plaisir pour moi. Bonne chance, monsieur, vous allez en avoir bien besoin. »

Luís Bernardo prit congé de lui avec une solide poignée de main et descendit l'échelle du *Zaire* avec une dignité aussi peu oscillante que possible. Dès qu'il mit pied à terre, un petit bonhomme en costume noir, avec gilet, cravate et chemise blanche dont le col était déjà taché de sueur, s'avança vers lui. Il avait l'air d'être âgé d'une quarantaine d'années et se présenta : il se nommait Agostinho de Jesus Júnior et était secrétaire général du gouvernement, ce qui signifiait là-bas secrétaire du gouverneur. Quatorze années à S. Tomé et, « avec Votre Excellence, le quatrième gouverneur que j'ai l'honneur de servir ». Il transpirait la sueur, le respect, la lassitude et la flagornerie : c'était visiblement un de ces Portugais qui étaient venus en Afrique plein d'ambitions et de rêves et qui y restaient, leurs ambitions complètement bridées et leurs rêves transformés en un regard fugitif jeté sur la distance impossible qui les séparait de la patrie. Les Agostinho de l'Afrique ne retournaient jamais chez eux.

Luís Bernardo fut aussitôt présenté par le secrétaire général aux autres Blancs qui l'attendaient, rangés par ordre d'importance administrative et représentant, apparemment, la totalité des notables de l'île : le délégué du gouvernement dans l'île de Príncipe, un jeune d'une trentaine d'années qui lui parut nerveux et sympathique, appelé António Vieira ; le vicaire général de S. Tomé et Príncipe, monseigneur José Atalaia, dépendant hiérarchiquement de l'évêque de Luanda et pour l'instant trempé dans sa soutane blanche, avec une main moite et un regard de vieux renard ; Jerónimo Carvalho da Silva, maire de S. Tomé et nommé par le ministre de l'Outre-Mer, chauve comme un œuf, empressé et zélé, « entièrement au service de Votre Excellence » ; le major d'artillerie Benjamim das Neves, commandant de la garnison militaire de S. Tomé et Príncipe, le capitaine José Valadas Duarte, le deuxième officier exerçant le commandement, et le capitaine José Arouca, chef de la garde ; le curateur général de S. Tomé et Príncipe, représentant officiel des travailleurs nègres des plantations, l'influent Germano André Valente, maigre comme une branche sèche, au regard fuyant et prononçant une demi-douzaine de paroles de bienvenue, mûrement pesées. Luís Bernardo le regarda droit dans les yeux, mais l'autre resta impassible, semblant observer quelque chose par-delà les yeux du nouveau gouverneur. Suivirent le responsable de la santé publique, un jeune homme d'une vingtaine d'années à l'air maladif et qui devait manifestement être un stagiaire envoyé de Lisbonne ; le juge, Anselmo de Sousa Teixeira, qui lui, en contraste, avait cinquante ans bien sonnés et un air débonnaire ; le procureur du roi, João Patrício, au teint jaunâtre et au visage désagréable, marqué par la petite vérole, et les deux avocats de l'île : le vieux Segismundo Bruto da Silva, qui faisait aussi office de notaire et de conservateur de l'état civil et des hypothèques et qui avait de façon générale un air d'homme à tout faire, et l'extraordinaire solution de rechange à la disposition des demandeurs, qui répondait au nom impossible de Lancelote da Torre e do Lago, vêtu d'un fantastique costume vert salade agrémenté d'une cravate lilas et coiffé d'un chapeau de paille rouge foncé. Après le défilé des autorités, suivit celui des représentants de la société civile : le président de l'Association des commerçants de S. Tomé et propriétaire de la pharmacie Faria, l'établissement commercial le plus connu de la ville, de l'île et de la colonie, monsieur António Maria Faria, plus deux ou trois commerçants de poids, deux médecins, un ingénieur des ouvrages hydrauliques et des travaux publics, plus deux curés et, enfin, une douzaine d'administrateurs des plantations les plus importantes de l'île, dont il ne réussit pas à entendre les noms et encore moins à les mémoriser. « Soyez le bienvenu, monsieur le gouverneur », « C'est un plaisir », « Bonne chance, monsieur le gouverneur », « Soyez très heureux à S. Tomé » – chacun le saluait avec les formules d'usage, les uns étaient sincères, d'autres simplement curieux, et d'autres encore probablement emplis de méfiance. Mais il les remerciait tous également, essayant de se concentrer sur la tâche impossible consistant à retenir tous les noms et à les associer à des visages et à des fonctions.

Les présentations durèrent une bonne demi-heure, debout, en pleine chaleur de midi. Ensuite, la fanfare militaire joua l'hymne national et aussitôt après défila le contingent militaire, composé de deux corps d'armée, de quatre-vingts hommes chacun, l'un constitué de soldats de la métropole, l'autre de recrues indigènes, commandés par un sous-lieutenant et encadrés par deux sergents de la métropole. La sueur coulait à présent à grosses gouttes sur sa tête, le long de son cou et sur sa poitrine. Sa chemise collait à son dos et le costume d'alpaga crème qu'il avait fait venir de Saville Row avait perdu une bonne partie de son élégance discrète et de l'effet qu'il était censé produire. Il était exténué, étourdi par cette odeur végétale enivrante qui rendait l'atmosphère encore plus lourde et plus liquide. Il ne savait pas ce qui allait suivre et il commençait à avoir peur de s'évanouir sur le quai, et qui plus est en ce premier moment si capital et qui ne reviendrait plus jamais.

« Si Votre Excellence veut bien me suivre... » D'un geste de la main le secrétaire général lui indiqua qu'il fallait à présent avancer. Et Luís Bernardo commença à marcher sur le ponton, aussi raide que possible, saluant à droite et à gauche d'un sourire et d'un signe de tête, sans savoir vraiment où il se dirigeait. Il se sentait malheureux et stupide, perdu dans cette confusion organisée, dans cette chaleur démentielle, dans cette vapeur de chlorophylle. Arrivé au bout du ponton, il comprit qu'il devait monter dans la calèche tirée par deux chevaux bais qui l'attendait avec un laquais noir assis devant et vêtu d'une livrée grise complètement ridicule. Il se laissa choir sur la banquette avec un soulagement mal déguisé et il demanda à son ombre fidèle qui n'avait jamais cessé de le suivre à un pas de distance :

« Et maintenant ?

– Maintenant, si Votre Excellence le veut bien, nous allons nous diriger vers le palais où monsieur le gouverneur pourra se reposer du voyage et me donner audience dès qu'il y sera disposé.

– Alors, en route. »

Ils partirent au milieu d'une petite foule, à présent de Blancs et de Noirs mêlés, qui le lorgnaient comme s'il était un animal inconnu dans ces parages. Luís Bernardo eut alors un geste que monsieur Agostinho de Jesus Júnior n'attendait visiblement pas et qui n'était pas dans les traditions du protocole : il se leva et ôta sa veste qu'il posa sur la banquette tout en déboutonnant le col de sa chemise et en desserrant le nœud de sa cravate. Puis il se rassit et sourit aux passants les plus proches sur le trottoir qui continuaient à le dévisager sans ciller, comme si chacun de ses gestes devait être fixé pour la postérité. Il se carra sur la banquette et, soudain plus détendu, il sourit aussi à Agostinho, assis à côté de lui.

« Dites-moi donc un peu le nom des rues en passant, mon bon, pour que je m'habitue... »

Ils prirent l'avenue côtière où se détachait le bâtiment

de la douane et ils tournèrent à droite dans la rue Conde de Valle Flor qui semblait être la plus large et la plus mouvementée de la ville. Ils s'engagèrent ensuite dans la rue Matheus Sampaio, au coin de laquelle Agostinho attira son attention sur la brasserie Elite, « la mieux fréquentée de la ville » ("Comme si le choix était très grand !" pensa-t-il). Ils tournèrent alors dans la rue Alberto Garrido, ou rue du Commerce, qui à cette heure n'avait pas encore retrouvé sa fréquentation habituelle, dès lors que beaucoup de ses clients revenaient seulement maintenant du quai où ils étaient allés attendre le nouveau gouverneur. Ils débouchèrent ensuite sur la place General Calheiros, avec son sympathique kiosque à musique, suivie de la rue qui portait le même nom et où étaient situées la maison Vista Alegre et la pharmacie Faria, deux points de référence pour la ville. La rue se terminait devant la cathédrale, très laide, qui écrasait tout à la ronde. Une nouvelle place surgit, avec deux constructions se faisant face : la mairie, une structure carrée, brunâtre et fort peu élégante, et l'édifice où étaient logés le tribunal et la poste, un bel édifice colonial, de couleur crème, avec des fenêtres vénitiennes d'un bleu délavé sur la façade du premier étage et un porche recouvert de tuiles qui faisait de l'ombre au-dessus de l'entrée et du rez-de-chaussée. Après quoi, ils s'engagèrent sur une large avenue, ouverte à droite sur un espace où était installé le marché municipal, presque désert à cette heure, et à partir de là ils s'éloignèrent déjà du centre, les maisons et les gens commençant à se faire plus rares. Les chevaux se mirent alors à trotter en descendant l'avenue et, sans que le secrétaire général ait eu besoin de le lui dire, Luís Bernardo aperçut tout au bout sa destination, le but de son voyage : le palais du gouvernement, à droite pour qui descendait l'avenue et à l'endroit où celle-ci décrivait une ample courbe vers la gauche, formant une sorte de coude par rapport à la rue, et face à celle-ci. Une place déserte se trouvait là, avec un vague jardin et un kiosque au milieu : le palais était à droite, le kiosque au milieu, la mer à gauche, par-delà un parapet en pierre qui serpentait le long de la côte – puis l'avenue se perdait après la courbe, suivant apparemment le littoral et s'éloignant de la ville, laquelle avait déjà presque disparu à cet endroit. Luís Bernardo regardait, sans bien savoir encore que penser : sa nouvelle résidence était un édifice massif, d'une forme étrange, une ligne brisée qui ne donnait pas une façade principale très nette. Elle comportait deux étages et était peinte de la même couleur brune que la mairie, mais c'était un brun plus vif, légèrement ocre, et les angles de la construction et les grandes fenêtres ogivales étaient rehaussés de blanc. Une grille tout autour enfermait un jardin regorgeant d'arbres et une guérite avec une sentinelle signalait le portail ouvert au milieu de la grille qui faisait office d'entrée principale. Luís Bernardo entra par là pour prendre possession de sa charge.

Un nouveau comité d'accueil, constitué par la domesticité du palais, l'attendait à la porte. Devant, dans une livrée de coton entièrement blanche, avec des boutons dorés étincelants, se tenait un Noir de haute taille, aux larges épaules, d'une soixantaine d'années, mais avec des cheveux déjà presque entièrement blancs et clairsemés. Une fois de plus ce fut Agostinho de Jesus qui fit les présentations :

« Voici Sebastião, le chef des domestiques, qui sera donc une espèce d'officier d'ordonnance pour Votre Excellence. Sebastião est entré ici tout petit, comme garçon de courses, et il est ici… depuis combien d'années, Sebastião ?

– Depuis trente-deux ans, monsieur Agostinho.

– Quel âge avez-vous donc ? demanda Luís Bernardo.

– J'ai quarante et un ans, monsieur le gouverneur. »

Il semblait avoir vingt ans de plus, mais Luís Bernardo remarqua son sourire ouvert, un sourire d'enfant auquel deux rangées entières de dents d'une blancheur immaculée et un regard vif, dépourvu d'ombres, donnaient un air affable qui séduisait d'emblée. Luís Bernardo lui adressa lui aussi un large sourire et lui tendit la main :

« Enchanté de faire votre connaissance, Sebastião. Je suis sûr que nous nous entendrons très bien. »

Il y eut un instant d'hésitation, pendant lequel Luís Bernardo resta la main tendue dans le vide. Sebastião lança un regard du coin de l'œil au secrétaire général dont l'embarras momentané n'échappa pas au nouveau venu. Puis il se décida rapidement et serra la main que Luís Bernardo lui tendait, murmurant « Merci beaucoup, monsieur le gouverneur », dont le caractère protocolaire se dissipait de nouveau dans le sourire qui brillait dans ses yeux et sur ses lèvres. Avec un plaisir visible, il entreprit ensuite de lui présenter sa petite armée de domestiques : Mamoun, le cuisinier, et Sinhá, sa femme et aide de cuisine ; Doroteia, femme de chambre et domestique « extérieure », chargée aussi du linge du gouverneur, une jeune beauté noire, avec un corps de liane et un regard baissé et timide ; Tobias, cocher et valet d'écurie, qui les avait conduits en calèche depuis le môle ; et un gamin, filleul de Sebastião, appelé Vicente et qui faisait office de garçon de courses et de « bon à tout faire ». Luís Bernardo les salua tous d'un signe de tête et avec quelques mots de circonstance auxquels ils répondirent par une petite révérence, les yeux fixés à terre.

Le secrétaire général expliqua alors que les appartements du gouverneur étaient situés à l'étage supérieur, à l'exception du salon de réception ou de bal qui, lui, était au rez-de-chaussée et dont l'accès se faisait par une porte latérale. Le secrétariat du gouvernement était installé en bas. Là, Luís Bernardo y disposait aussi d'un bureau particulier, et Agostinho de Jesus plus une douzaine de fonctionnaires y travaillaient tous les jours. Dès que monsieur le gouverneur lui ferait l'honneur de visiter les installations du rez-de-chaussée et le recevrait pour une première audience, il lui présenterait les employés du secrétariat général du gouvernement. Mais, pour l'heure, il supposait que Son Excellence souhaitait se reposer un peu, prendre un bain et manger un morceau. Il s'apprêtait donc à le laisser seul, jusqu'au moment où Son Excellence le ferait appeler, quand bien même ce serait en dehors des heures d'audience, car il habitait tout près de là. Luís Bernardo s'empressa d'accepter cette suggestion et resta à la porte, le regardant s'éloigner à pas menus. Les domestiques étaient déjà rentrés à l'intérieur, seul Sebastião l'attendait à l'entrée. Luís Bernardo resta encore immobile un moment à l'extérieur, contemplant la place déserte et écoutant la rumeur de la ville au loin. L'air continuait à être imprégné d'une odeur végétale intense, mais à présent l'humidité s'était nettement atténuée et un ciel bleu perçait à travers la brume. Une légère brise salée arrivait même de la mer et tout semblait soudain extraordinairement calme. Et, pour la première fois depuis longtemps, l'angoisse qui le rongeait chaque fois qu'il pensait à S. Tomé et Princípe était remplacée par une joie subite et incompréhensible qui le surprit, à la façon d'une bonne nouvelle. Il se retourna et pénétra à l'intérieur, disant :

« Allons, Sebastião, allons visiter la maison ! »

Tous les bois nobles de l'île – câmbala, joca, cipó, ocá – avaient été utilisés abondamment dans la maison, depuis l'escalier menant à l'étage supérieur jusqu'aux portes à panneaux et aux contrevents des fenêtres donnant sur un balcon, en passant par les parquets. Le bois avait une teinte uniforme et douce, d'un brun sombre et patiné, après des dizaines d'années de couches de cire superposées. Et Luís Bernardo remarqua que le plancher ne craquait pas sous ses pas, mais émettait un bruit solide de bois massif et ancien. À partir du *lobby*, l'appartement se déployait dans trois directions: à gauche vers les chambres; en face, du côté de la mer, vers les salons; et à droite, vers la cuisine et les quartiers de la domesticité. Le salon principal servait d'espace de réception, avec un mobilier correspondant à ce à quoi l'on pouvait s'attendre pour le gouverneur de la plus petite des possessions outre-mer du Portugal: le tissu des fauteuils et des canapés avait perdu sa couleur initiale, qui avait dû être vieux rose et qui maintenant n'était plus que vieille, l'immense miroir au cadre en bois sculpté, qui occupait la moitié d'un mur latéral, ne permettait de voir que des ombres estompées entre les taches que l'humidité y avait installées au fil des ans, et le lustre qui pendait du plafond semblait provenir d'une vente aux enchères d'une famille de la classe moyenne à Lisbonne. D'une façon générale, tout était parfaitement hétéroclite et ce qui sauvait l'ensemble c'était la mer en arrière- fond des deux immenses fenêtres allant jusqu'à terre. Un petit salon beaucoup plus accueillant se trouvait à côté et Luís Bernardo demanda à Sebastião d'y installer sa table et le gramophone apporté de Lisbonne. Dans la direction opposée, contiguë au salon, se trouvait la salle à manger destinée aux banquets officiels, laquelle, contrairement au salon, était bien plus simple et belle: une longue table en bois sur toute la longueur de la pièce pouvait accueillir trente couverts, elle était flanquée d'un côté des mêmes fenêtres avec un balcon donnant sur la mer et, de l'autre, d'une fresque représentant une scène dans une plantation, avec la maison de maître, les habitations indigènes de la *sanzala* et l'intendant blanc donnant des ordres aux travailleurs nègres, une forêt de cacaoyers en arrière-plan. Une armature rectangulaire en bois entourant un drap brodé était suspendue au plafond au-dessus de la table comme s'il s'agissait d'une voile latine : tirée par un domestique de part et d'autre de la table, elle fonctionnait comme un gigantesque éventail qui permettait de rafraîchir les convives pendant les repas et qui, comme Luís Bernardo le constaterait par la suite, était un instrument essentiel dans chaque demeure d'administrateur de plantation et une marque indispensable de son importance sociale. Entre la salle à manger et la cuisine se trouvait un office aux murs recouverts de vaisseliers jusqu'au plafond qui contenaient les deux services appartenant au palais et dont l'unique fenêtre donnait sur une petite véranda, elle aussi tournée vers la mer. Luís Bernardo fit ajouter une table pour quatre personnes et informa Sebastião qu'il prendrait là, et non pas dans l'immense salle à manger, tous ses repas, petit déjeuner inclus.

Il apporta aussi des changements aux chambres. Elles étaient au nombre de trois, la plus grande était immense et donnait sur la mer, avec un lit en palissandre à deux places et deux meubles indo-portugais d'un style qu'il abominait personnellement. Il dédaigna donc la chambre principale et décida de s'installer plutôt dans une des deux petites chambres à l'arrière qui donnaient sur le jardin du palais et d'où provenait un vacarme d'oiseaux inconnus qui pourrait fort bien faire office de réveille-matin tous les jours. Il y avait à côté une salle de bains tout à fait acceptable, avec une baignoire en zinc, mais sans eau courante, et une douche semi-artisanale, alimentée par un réservoir de cinquante litres qu'il actionnerait lui-même en tirant une chaîne d'acier suspendue au réservoir. Il incomberait à Doroteia de remplir le réservoir de la douche ou la baignoire avec de l'eau froide ou chaude, selon ce que son maître lui demanderait.

Ces détails réglés, Luís Bernardo s'assit pour se reposer un peu sous l'auvent devant les salons et qui était à l'ombre toute la journée. Il accepta le jus d'ananas que Sebastião lui offrait et il alluma une cigarette, contemplant la baie avec ses rares mouvements de navires, la moitié desquels étant à mettre au compte du *Zaire*, qui s'apprêtait à lever l'ancre. Surmontant l'indolence qui s'était emparée de lui, il banda ses forces pour aller voir la cuisine et échanger avec Mamoun et Sinhá des informations sur ses préférences culinaires et leurs capacités dans ce domaine. Il apprit que le palais du gouverneur disposait d'un terrain en dehors de la ville d'où arrivaient chaque jour des fruits et des légumes frais. Il avait aussi son propre élevage de porcs, de poules, de dindons et de canards. Le poisson du marché était abondant, quotidien et peu cher. Le café de l'île était excellent et le reste arrivait régulièrement de l'Angola: le riz, la farine, le sucre et, sur commande, la viande de bœuf. De ce côté-là, même pour un gourmet comme lui, habitué à bien manger, le tableau semblait plus que satisfaisant. Pourtant, et contrairement à l'attente générale dans la cuisine et aux protestations selon lesquelles « monsieur le gouverneur devait être affamé à cette heure », il ordonna qu'on lui apporte simplement des œufs au plat et du gros saucisson, du café très fort et un grand verre d'eau, le tout sur la véranda. Et quinze minutes plus tard, après avoir pris une douche froide et s'être changé, il s'assit sur la véranda pour être servi pour la première fois par un Sebastião très conscient de son rôle, bien que visiblement attristé par le manque de substance, alimentaire et formelle, de ce déjeuner. Il allait commencer à manger lorsqu'il s'aperçut que Sebastião n'avait pas bougé. Il se tenait toujours là, debout, tranquille, surveillant attentivement chacun de ses mouvements. Cela lui parut inconfortable pour tous les deux.

« Sebastião…
– Oui, monsieur le gouverneur ?
– Tout d'abord : je ne veux pas que tu m'appelles "monsieur le gouverneur", on dirait que tu ne parles pas à une personne, mais à un monument.
– Bien, patron.
– Non, Sebastião, patron ne va pas non plus. Voyons un peu : tiens, appelle-moi docteur, ça te va ?
– Oui, dôteur.
– Bon, maintenant, nous allons régler encore autre chose : quand je mangerai, tu viendras seulement quand je t'appellerai. Je n'arrive pas à manger en présence d'une statue qui me regarde.
– Oui, dôteur.
– Et maintenant, Sebastião, j'ai envie de bavarder. Prends donc une chaise et assieds-toi, car je n'arrive pas non plus à bavarder avec quelqu'un qui reste debout.
– Je dois m'asseoir, patron ?
– Docteur. Oui, assieds-toi, allez, va ! »

Avec réticence, Sebastião tira une chaise et s'assit à une distance respectable de la table de Luís Bernardo, après avoir lancé un coup d'œil autour de lui pour s'assurer que personne ne le voyait. Il faisait manifestement un effort pour comprendre et pour s'adapter à la personnalité de son nouveau maître.

« Dis-moi un peu : quel est ton nom complet ?
– Sebastião Luís de Mascarenhas e Menezes. »

Luís Bernardo siffla tout bas, retenant une envie de rire aux éclats : son *butler* des tropiques, égaré dans deux îles perdues sur la côte occidentale de l'Afrique, d'un noir on ne pouvait plus noir, grâce à la volonté de Dieu et grâce au soleil de chaque jour, portait deux des noms les plus anciens et les plus illustres du lignage portugais. Les Mascarenhas et les Menezes n'avaient jamais mis pied en Afrique, où très peu de personnes civilisées avaient vécu, mais bien dans les plaines mythiques de Goa et de la province portugaise des Indes où les nobles de l'empire servaient depuis le XVIe siècle. Ils avaient embarqué avec Vasco de Gama, combattu avec Afonso de Albuquerque et D. Francisco de Almeida, ils avaient été des guerriers et des jésuites, des gouverneurs et des vice-rois et, dernièrement, des magistrats et des bâtisseurs. Un Mascarenhas et un Menezes de chaque génération partaient au loin, certains pour rester là-bas dix ans ou davantage, d'autres pour ne jamais revenir et être ensevelis dans les cimetières de Pangim, de Diú ou de Lautolim où, aujourd'hui, leurs pierres tombales sont gravées en anglais : « *To the memory of our beloved...* » Sebastião était peut-être un petit-fils ou un fils d'un arrière-petit-fils d'un Mascarenhas ou d'un Menezes, lequel avait un jour fait naufrage le long de la côte de l'Afrique ou des îles de l'équateur, en route pour les Indes. Ou alors il avait simplement hérité des noms des propriétaires auxquels ses ancêtres avaient appartenu, comme cela arrivait parfois en Afrique avec les anciens esclaves. Ou encore, il était le descendant d'un « affranchi » – les premières générations d'habitants de l'île, au XVIe siècle, les enfants des premiers colons venus de la métropole et des premiers Nègres venus du continent, une « aristocratie » locale métisse, et qui, de fait, avaient été les premiers maîtres des îles, bien que celles-ci eussent commencé par être la propriété des capitaines donataires auxquels les rois du Portugal faisaient don de leurs lointaines et inhospitalières possessions équatoriales, avec pour unique contrepartie l'engagement de les occuper, les peupler et les défricher. Mais Luís Bernardo qui, à une heure et demie de l'après-midi, avait commencé à regarder Sebastião avec sympathie, le regardait maintenant aussi avec respect.

« Eh bien, Sebastião, c'est un nom illustre.
– C'est vrai, patron.
– Docteur.
– Pardon, dôteur. C'est un nom hérité de mes ancêtres, qui viennent du Cap-Vert. Mais on m'a dit que la paternité vient de Goa.
– Très probablement. Et dis-moi une chose : tu es marié ?
– Non. Je l'ai été, mais maintenant je suis veuf. Depuis quinze ans.
– As-tu des enfants ?
– J'en ai deux, dôteur. Un travaille dans la plantation Boa Entrada, il est préposé au magasin. C'est un bon travail, avec des responsabilités. L'autre est une fille, elle est mariée et vit à Príncipe, je ne l'ai pas vue depuis deux ans.
– Et tu ne t'es pas remarié ?
– Non, une femme ça coûte cher et ici je suis bien, je n'ai pas besoin de femme.
– Et le secrétaire, monsieur Agostinho, est-il marié, lui ? »
Sebastião ne répondit pas immédiatement, il détourna le regard. Luís Bernardo comprit qu'il allait recevoir une réponse en code.
« Oui, il est marié… avec une dame d'ici.
« Ah… » "avec une Noire", pensa Luís Bernardo.
« Mais le père de sa femme était portugais… » s'empressa de préciser Sebastião.
"Une mulâtresse", conclut Luís Bernardo.
« Et cela fait une différence ici, parmi les Portugais ?
– Parmi les Blancs, dôteur ? Bien sûr que ça fait une différence. Un Blanc est un Blanc, un Noir est un Noir, mais un mulâtre, ici, ne baise la main de personne et ne donne pas non plus sa main à baiser. Le mieux est de rester chacun chez soi, vous comprenez, dôteur ? »
Luís Bernardo avait fini ses œufs et bu son café.

Il s'étira sur sa chaise et se leva péniblement. Il se sentait pris d'une indolence absolue, d'une envie de suivre le courant, d'être commandé, au lieu de commander.

« Dis-moi, Sebastião, à quelle heure dîne-t-on ici ?

– À l'heure que vous voudrez, patron. Mais habituellement, on dîne après la pluie, vers sept heures et demie.

– Après la pluie ? Mais il pleut donc à heure fixe ?

– En dehors de la saison sèche, il pleut toujours après le coucher du soleil. Et vers sept heures du soir, la pluie s'arrête.

– Très bien, je dînerai alors à sept heures et demie. Ici.

– Non, patron, pas ici.

– Pas patron, docteur. Et pourquoi pas ici ?

– À cause des moustiques. Pardon, dôteur. »

Surmontant sa paresse, Luís Bernardo ordonna que Vicente allât avertir monsieur Agostinho de Jesus qu'il descendrait dans une heure à l'étage du bas pour voir de quoi le secrétariat du gouvernement avait l'air et il consacra cette heure à défaire ses bagages et à ranger ses affaires, avec la collaboration de Sebastião et de Doroteia. Pendant que celle-ci suspendait ses costumes sur des cintres et se baissait pour aligner ses chaussures dans l'armoire de la chambre, Luís Bernardo ne pouvait s'empêcher de lui lancer de temps en temps un regard de connaisseur éclairé. Elle se déplaçait comme une tige de fleur sous l'eau, avec des mouvements éthérés et dansants, montrant certaines parties de son corps marron foncé, à la peau légèrement luisante. Les plis et les ouvertures de sa robe en coton jaune à ramages laissaient parfois entrevoir un bout de cuisse ferme et humide de sueur ou la naissance de la poitrine qui se soulevait, élastique, au rythme de sa respiration quelque peu haletante. Lorsque le regard de Doroteia rencontra le sien et qu'il décela clairement un éclat d'innocence sauvage dans le blanc de ses yeux, Luís Bernardo ressentit un choc et regarda ailleurs, chasseur à son tour chassé. Il se souvint d'une de ses dernières conversations avec João à Lisbonne, quand il se plaignait de l'abstinence sexuelle à laquelle il s'imaginait condamné du fait de son exil volontaire à S. Tomé, lui qui avait tellement l'habitude du réconfort apporté par les femmes. Et João lui avait répondu, mi-sérieux mi-moqueur : « Toi ? Mais qu'est-ce que tu racontes ? Au bout d'un mois, je te promets que les Noires te sembleront des mulâtresses, et au bout de trois mois, des blondes aux yeux bleus ! » Et le voici à présent, au bout de trois heures, en train de lancer déjà des regards avides à sa femme de chambre, que la nature avait dotée d'un corps de déesse grecque, peint en noir. Il sortit de la chambre furieux contre lui-même et s'exclamant intérieurement : « Mais bon sang, Luís, tu es le gouverneur de cet endroit, pas un visiteur de passage ! »

* * *

Agostinho de Jesus Júnior avait déjà connu et servi trois gouverneurs de S. Tomé et Príncipe et de S. João Baptista de Ajudá – où que ce dernier lieu se trouvât. Le premier était un colonel qui avait dû sa nomination à un « piston » politique et qui pensait pouvoir dissimuler sa stupidité effarante sous toute une collection de formalismes et de cérémonials aussi ridicules que sa personne. Ce fut de lui et de sa fréquentation qu'Agostinho avait hérité cette propension aux salamalecs hiérarchiques qui affectait comme une maladie vénérienne toute l'administration publique portugaise, même sous les cieux lointains des tropiques. Le deuxième était un pauvre diable, veuf et alcoolique, qui n'avait aucun bien au soleil, mais qui, contrairement au premier, avait au moins la lucidité de ne jamais se prendre au sérieux et d'être tristement conscient de son incompétence absolue pour sa fonction : chacun faisait de lui ce qu'il voulait et, confronté à son inertie, Agostinho avait appris en réalité à gouverner dans l'ombre, maniant avec dextérité les petites ficelles des petites intrigues du petit palais – un goût qui lui collait à la peau. Mais le troisième était venu, incarnation même de l'imbécile fini qui, heureusement, était retourné à Lisbonne pour y mourir avant la fin de son mandat, échauffé par tant de hurlements, tant de menaces de fouet, tant d'ordres vociférés aux quatre vents. Après quoi et après quatorze années de service colonial, deux crises de paludisme presque fatales, une femme mulâtresse devenue obèse et inintéressante avec les années et deux enfants tardifs couleur caramel, Agostinho de Jesus n'aspirait plus qu'à servir un gouverneur normal et compréhensif, une occupation paisible et sans histoires, et attendre tranquillement les années qui lui manquaient pour pouvoir prendre sa retraite. Il aurait peut-être alors assez d'économies et de courage pour rentrer dans sa patrie, acheter quelques arpents de terre dans le Minho et une petite maison en granit avec une cheminée pour l'hiver et une récolte de pommes de terre afin que sa grosse épouse ait de quoi s'occuper pendant qu'il passerait ses journées à jouer aux dominos avec ses compatriotes dans la taverne du village, accédant de temps en temps et à contrecœur à la demande de raconter de nouveau ses aventures en Afrique. Oh oui, dormir de nouveau sans moustiques et sans se réveiller inondé de sueur, sentir de nouveau le froid et le vent sec et les quatre saisons de l'année ! Oublier cette terre maudite qu'est l'Afrique et les années perdues à regarder la mer et à compter chaque sou pour le retour. Il connaissait l'histoire de beaucoup d'hommes comme lui qui ne voulaient plus rentrer au pays et qui étaient partis au fin fond de l'Angola ou du Mozambique, qui avaient ouvert des petites échoppes en pleine forêt vierge, défriché et ensemencé des terrains, qui s'étaient engagés dans l'armée ou dans les travaux publics, qui s'étaient mis en ménage avec des femmes noires et avaient semé des enfants dans les environs, qui s'étaient « cafréisés » au point de ne plus savoir d'où ils venaient ni pourquoi ils étaient venus. Mais pas lui : il avait détesté cette terre depuis le premier jour où il y avait mis les pieds et il n'y avait pas eu un seul jour, pas un seul, dans l'éternité de ces quatorze années, où il n'avait pas regardé la mer avant de se coucher, se demandant si le destin lui accorderait un jour le bonheur de revenir là d'où il était venu.

Maintenant Agostinho était inquiet, il ne savait que penser et qu'attendre du nouveau gouverneur. Il lui semblait trop jeune pour ce poste et l'on racontait dans la colonie qu'il n'était jamais allé en Afrique et qu'il avait des idées « d'intellectuel » sur l'outre-mer. Ce geste d'enlever sa veste en plein cortège dans la ville et de saluer le majordome en lui serrant la main lui paraissait de mauvais augure. « Ou bien c'est un type sympathique ou bien c'est un salopard déguisé en type sympathique », les deux hypothèses laissant présager des problèmes. Il avait reçu son message de l'attendre au secrétariat à cinq heures et il était arrivé en avance pour vérifier encore une fois que tout était en ordre et d'une propreté immaculée dans le cabinet qui attendait le nouveau gouverneur. Tout était impeccable et il n'avait rien à craindre, et pourtant il se sentait mal à l'aise, rempli d'une inquiétude dont il ne parvenait pas à déceler la cause.

Il guida Luís Bernardo dans sa visite des dépendances du secrétariat général et il le présenta aux employés : un Blanc au visage desséché et aux yeux injectés de sang à cause des fièvres, et dix natifs de S. Tomé, dans la version la plus humble du plus humble des fonctionnaires publics portugais, pour qui la possession et la conservation d'une simple gomme ou d'un tampon était une tâche de la plus haute responsabilité pour la sauvegarde du patrimoine de la patrie. Ensuite, tous deux s'enfermèrent dans le cabinet du gouverneur et pendant une longue heure harassante Agostinho de Jesus procéda à un inventaire minutieux de l'état de la gestion administrative de la colonie : mouvements du personnel, exécution du budget, ordres de service en vigueur et en cours d'exécution ou encore à appliquer, état de conservation du patrimoine et remplacement des équipements, collecte des impôts, plan d'exécution des travaux publics, relations et échanges de correspondance avec le ministère à Lisbonne, avec la mairie de l'île, avec le délégué du gouvernement dans l'île de Príncipe, avec l'administrateur du district de Benguela en Angola et avec le gouvernement général de l'Angola. Au bout d'une heure, Agostinho de Jesus semblait plus enthousiaste et emballé que jamais, mais Luís Bernardo oscillait entre une somnolence dévastatrice et un énervement croissant, sur le point d'exploser. Dès qu'il en eut l'occasion, il interrompit le flot torrentueux :

« Bon, ça suffit comme ça, monsieur Agostinho, ça suffit amplement ! Vous allez me donner les dossiers, je les emporterai chez moi et je les étudierai. Maintenant, abordons l'essentiel.

– L'essentiel ?

– Oui, la politique. Car je suis sûr que la gestion administrative du gouvernement, le personnel, les finances, le fisc, tout cela ne saurait être confié à de meilleures mains que les vôtres. Et cela continuera comme par le passé. Vous allez me gérer ça jour après jour, m'épargnant les détails, et de temps à autre, disons tous les trois mois, nous nous réunirons et vous ferez le point de la situation. Il faut que vous compreniez que je ne suis pas venu ici pour examiner des comptes d'épicier, pour décider si le troisième clerc doit être promu à deuxième clerc ou s'il faut acheter un nouveau cheval pour remplacer la vieille jument : sinon, je serais resté chez moi, où j'ai aussi des problèmes de ce genre à régler et que je ne règle pas. Ce que je veux c'est que vous me donniez des renseignements sur ce qui concerne directement ma mission ici : la situation politique de la colonie, le climat général et les vrais problèmes qui se posent. M'avez-vous compris ? »

Non, manifestement le secrétaire général ne comprenait pas, ou préférait ne pas comprendre, ce que souhaitait le gouverneur. Sa bouche s'ouvrit progressivement, apparemment de stupéfaction authentique, et maintenant il se grattait la nuque, sans savoir comment reprendre le fil de la conversation.

« La situation politique, le climat, monsieur le gouverneur ?

– Oui, monsieur Agostinho, exactement cela : la situation politique, le climat. Comment tout cela se présente-t-il ?

– Eh bien, monsieur le gouverneur, ici tout le monde est occupé à travailler, personne n'a le temps ni l'envie de faire de la politique.

– Qui ça, tout le monde ? Les Portugais ?

– Oui, évidemment, les Portugais.

– Et les Noirs ?

– Les Noirs ? » Agostinho de Jesus Júnior était à présent authentiquement stupéfait, ou alors il était le meilleur acteur du monde.

« Oui, les Noirs, monsieur Agostinho. Sont-ils satisfaits des conditions de travail dans les plantations, pensent-ils retourner en Angola lorsque leur contrat de travail arrivera à terme, a-t-on une idée du nombre de ceux qui voudront rentrer chez eux et de la façon dont ils le feront ? » Luís Bernardo parlait avec tout le calme dont il réussissait à faire preuve, s'efforçant de déterminer si l'homme était vraiment stupide ou faisait semblant.

« Eh bien, monsieur le gouverneur, sur ce sujet, le mieux serait de parler à monsieur le curateur. C'est lui, comme vous le savez, qui est chargé de ce genre de questions. Moi, je vis ici en ville et je m'occupe uniquement du secrétariat général qui n'a rien à voir avec ces problèmes. Et heureusement, si vous me permettez de le dire.

– Oui, bien entendu, je parlerai au curateur dès que possible. Mais je voulais savoir de votre bouche ce qu'on en dit en ville et dans la colonie portugaise. Comment on voit les instructions du gouvernement du royaume dans ce domaine, quelle est l'atmosphère parmi les Nègres, ce qu'on attend de ma mission, etc. C'est cela que j'appelle le climat politique. »

Agostinho de Jesus garda le silence, se bornant à secouer la tête négativement. Il regardait devant lui et ce regard et son silence étaient un défi. À présent, Luís Bernardo se rendait compte qu'il n'était pas si stupide que cela. Il venait de le défier sans mot dire, sachant clairement que ce silence équivalait à une déclaration sans appel : « Ne compte pas sur moi, quelle que soit ton intention. » Au moins, la situation était claire, et cela dès le premier jour. Il se leva et se dirigea vers la fenêtre. Il alluma lentement une cigarette, tira trois ou quatre bouffées, jusqu'à sentir que l'autre derrière lui commençait à être mal à l'aise. Alors il se retourna et le dévisagea avec un sourire :

« Bon, alors changeons de sujet. Que fait un nouveau gouverneur lorsqu'il assume ses fonctions ? J'aimerais donner un dîner pour une vingtaine ou une trentaine de personnes : le curateur, le maire, l'évêque, le juge et les principaux propriétaires ou administrateurs de plantations. C'est l'habitude ?

– Oui, c'est l'habitude, mais monsieur le gouverneur devra d'abord donner la réception officielle de présentation, avec ou sans bal.

– Avec bal ? » L'idée d'un bal officiel à S. Tomé, avec de grosses natives du Minho dansant la valse en dégoulinant de sueur et lui-même ouvrant le bal (en invitant qui à danser, l'évêque ?) fut plus forte que son désir de retenue et il lâcha deux éclats de rire retentissants qui effarèrent le secrétaire général. « Un bal, monsieur Agostinho, on donne habituellement un bal, ici, au palais ? »

L'autre hocha affirmativement la tête, muet et stupéfait, tandis que Luís Bernardo semblait avoir perdu définitivement tout contrôle sur lui-même et essuyait avec un mouchoir les larmes de l'hilarité qui continuait à le secouer scandaleusement.

« Mais y a-t-il des femmes pour le bal ? Et un orchestre ? Et des partitions ? Et que danse-t-on par ici ?

– On danse les mêmes danses que dans la métropole, je suppose. L'orchestre est celui de la garnison militaire et il a des partitions modernes. Et les femmes – ici la voix d'Agostinho s'altéra, montrant combien le mot « femme » pouvait être offensant – sont les dames les plus respectables de la colonie, obligatoirement les épouses des autorités ou de ces messieurs les administrateurs des plantations et leurs filles en âge adéquat. »

Luís Bernardo tourna le dos à la scène, car il se montrait discourtois et il avait peur d'éclater une nouvelle fois de rire. Il parla le dos tourné, d'une voix aussi sérieuse que possible.

« Très bien, monsieur Agostinho, il y aura donc un bal. Aujourd'hui nous sommes mardi, pensez-vous que nous pourrions le fixer pour samedi prochain et envoyer les invitations dès demain ?

– Certainement. » Agostinho était de nouveau maître de la situation. « Nous avons ici des invitations déjà imprimées, il n'y aura plus qu'à les remplir et envoyer trois ou quatre employés les distribuer demain. Si vous le permettez, je dresserai moi-même la liste que je soumettrai ensuite, bien entendu, à l'approbation de Votre Excellence.

– Parfait, parfait. Et il s'agirait de combien de personnes, monsieur Agostinho ?

– De cent trente-six, monsieur le gouverneur.

– Cent trente-six ? Vous n'oubliez personne, j'espère, monsieur Agostinho. Je n'aimerais pas offenser qui que ce soit par inadvertance.

– Sûrement pas : la liste est déjà constituée, c'est celle qui a été utilisée pour la cérémonie d'adieu du prédécesseur de Votre Excellence.

– Très bien, très bien. Et tant que nous y sommes, j'aimerais que vous me dressiez aussi une liste ne dépassant pas trente personnes pour le dîner dont je vous ai parlé et que je voudrais donner quelques jours plus tard.

– Très bien, monsieur le gouverneur.

– Bon, ce sera tout pour aujourd'hui, vous pouvez rentrer chez vous. Nous nous reverrons demain ici.

– Avec la permission de monsieur le gouverneur, j'ai encore quelques affaires à régler ici. Je vous souhaite une bonne nuit. »

Il se retira à petits pas, un peu courbé, comme une virgule, fermant doucement la porte derrière lui. Luís Bernardo regarda la porte en silence. Il prit les dossiers et sortit, laissant ostensiblement la porte du cabinet ouverte. Il alla dans le jardin et huma le parfum des fleurs. Il entendit dans la baie le signal sonore avec lequel le *Zaire* annonçait son départ pour Benguela, Luanda et Lisbonne : il eut l'impression qu'un ami lui disait adieu, que désormais sa solitude serait totale. Le soleil avait disparu, bien que la nuit ne fût pas encore complètement tombée. Mais une nappe épaisse de nuages gris s'était étendue au-dessus du jardin et avait fait taire le chant des oiseaux qu'il avait entendu toute la journée en arrière-fond. Un coup de tonnerre retentit au loin sur la colline et l'atmosphère chargée de vapeur semblait maintenant prête à exploser. Il s'était arrêté au milieu du jardin pour contempler la scène, mais il ne tarda pas à sentir l'attaque des moustiques sur son cou, son visage, ses bras et ses mains. Il fit demi-tour pour rentrer dans la maison, mais avant qu'il n'ait le temps d'arriver à la porte, ce fut comme si une vanne géante s'était ouverte dans le ciel juste au-dessus de sa tête ou qu'une digue s'était rompue. Une pluie formée de gouttes grosses comme des grains de raisin s'abattit en cascade, étouffant tous les autres sons et les derniers rayons du soleil mourant à l'horizon. Des flaques se formèrent instantanément par terre qui se transformèrent ensuite en petits lacs et en ruisseaux qui coulaient dans toutes les directions. Une nuit grise s'était installée dans le jardin qui exhalait à présent une odeur de terre détrempée, de végétation naufragée, comme si soudain la vie entière s'était interrompue sous ce déluge. Luís Bernardo, étourdi, ne bougea pas : il n'avait jamais vu pleuvoir ainsi auparavant, il ne s'était jamais rendu compte que la pluie pouvait être l'anéantissement de toute la nature, plutôt qu'un élément de la nature elle-même. Il regarda sa montre dans la poche de son gilet en lin : il était six heures vingt de l'après-midi. Et il rentra dans la maison, trempé jusqu'à l'âme.

Sebastião l'attendait à la porte, une lampe à pétrole à la main, et il le guida jusqu'à sa chambre. De mauvaise humeur, Luís Bernardo réclama immédiatement un bain chaud que Sebastião s'empressa d'organiser, pendant que, profondément irrité contre lui-même, il se dépouillait de ses vêtements saturés d'eau. Il s'était conduit comme un imbécile, un idiot achevé : il s'était montré affable avec une personne qui, manifestement, ne le méritait pas et ne le souhaitait pas. Il avait tenté une complicité déplacée avec quelqu'un qui n'était qu'un subordonné, hiérarchiquement et spirituellement, et qui ne le soutiendrait jamais ni qui que ce soit d'autre. "Ça n'aurait pas pu commencer plus mal!" se dit-il. Il s'était prémuni contre tous les pièges, contre tous les faux pas dont les plus prévisibles étaient les erreurs qu'il pourrait commettre en tentant de partager la solitude inhérente à sa fonction. Et dès le premier jour, avec le premier et le plus improbable de ses interlocuteurs, il était tombé dans le piège enfantin consistant à rechercher un complice et un allié pour qui il représentait tout ce que l'autre enviait et méprisait. Il n'était pas un «visiteur occasionnel» – comme on appelait dans l'île ceux qui venaient à S. Tomé uniquement pendant la saison sèche, quand tout était plus supportable, à commencer par le climat – mais pour quelqu'un qui, comme Agostinho de Jesus Júnior, avait dans la peau quatorze années de service résigné et silencieux sur cette terre d'exil inhabitable, il représentait le plus indésirable des fléaux que la colonie puisse accueillir: l'homme politique venu de Lisbonne, avec des visées de réforme, de changement, et une pensée libre. Agostinho – Luís Bernardo le savait et l'avait senti, et voilà pourquoi il ne se le pardonnait pas – avait vu arriver et repartir plusieurs gouverneurs comme lui. Il les avait vus arriver, s'adapter ou renoncer, puis repartir. Tandis que lui, Agostinho, restait, attendant le suivant: contrairement à eux, il n'avait jamais eu la possibilité du retour.

Le bain tiède avait réussi à le calmer. Il avait pris la décision solennelle de toujours rester sur le qui-vive et de ne plus jamais dévoiler ses batteries à quiconque. «On ne peut pas se montrer faible avec les faibles, on ne peut pas se dispenser d'exercer toute l'autorité dont on dispose, que celle-ci soit naturelle ou simplement *ex officio.*» Il sortit du bain avec une tout autre disposition d'esprit et, à la grande joie de Sebastião, il dîna avec un appétit enthousiaste et beaucoup de plaisir dans l'office qu'il avait fait transformer en salle à manger personnelle. Il mangea des rougets à la banane, frits dans de l'huile de palme, et du poulet rôti avec des *matabalas* coupés en rondelles, un tubercule qui remplaçait ici les pommes de terre frites. Comme dessert, une papaye au four et du café, dont il s'habituerait à sentir l'odeur aromatique et intense dans la maison dès le matin, à peine moulu, et dont la saveur ne tarderait pas à lui sembler insurpassable. Comme c'était la première nuit et que la pluie avait cessé, laissant une fraîcheur en suspens dans l'air, il s'assit sur la véranda du salon qui donnait sur la baie, il alluma un cigare et apprit à Sebastião comment lui servir du cognac dans un verre ballon tiré du service de verres du palais. Il s'appuya au dossier d'un fauteuil en osier capitonné, allongea les jambes sur la balustrade, écouta les bruits qui venaient du centre de la ville et se laissa aller.

À dix heures du soir, quand la maison fut plongée dans l'obscurité et le silence, il alla dans son bureau et s'assit devant le secrétaire pour écrire sa première lettre d'exilé. À João.

« São Tomé e Príncipe, 22 mars 1906, 22 heures.

Très cher João,

Je suis arrivé (aujourd'hui), j'ai très peu vu et je n'ai rien vaincu – bien au contraire. Je ne sais pas si je vaincrai les îles ou si ce sont elles qui me vaincront. Tout ce que je sais c'est que j'ai la sensation étrange qu'une éternité s'est écoulée depuis que j'ai quitté Lisbonne, une éternité depuis qu'aujourd'hui, de très bon matin, j'ai débarqué ici, à S. Tomé.

J'ai reçu les honneurs habituels, j'ai été présenté à qui de droit, j'ai pris possession de ce qui me revenait, je me suis installé – moi, mes rares biens et la nostalgie qui me ronge déjà – dans la maison qui m'attendait, appelée pompeusement "le palais". Je viens de dîner, de fumer un cigare et de siroter un cognac sur la véranda en regardant la mer et la nuit tropicale, si différentes de toutes celles que nous connaissons. J'aurais beaucoup désiré que tu puisses être ici avec moi, vivant en même temps que moi tout cela, qui me semble si différent, si intense, si primitif et si dangereux. Je m'efforce de penser que le roi savait ce qu'il faisait en me choisissant – même si je ne comprends pas les raisons de ce choix – (et maintenant que j'ai accepté et que je suis ici, je peux te le dire sincèrement). Si quelque chose a un sens dans toute cette confusion, c'est bien que je dois rester fidèle à ce que je suis et à ce que je pense, sans me transformer en quelqu'un d'autre que ni toi ni moi ne reconnaîtrions plus tard.

Mais aujourd'hui, en cette première nuit, je ne veux pas te parler de cela. Je voudrais juste te faire part de la première impression que ressent un Portugais ingénu qui va directement du Chiado dans un village en pleine forêt vierge, à la dérive au milieu de l'Atlantique, à la latitude de l'équateur : il se sent oppressé par la pluie, liquéfié par la chaleur et par l'humidité, dévoré vif par les moustiques, écrasé par la peur. Et je ressens, João, une solitude immense, sans borne.

Quand tu recevras cette lettre, une autre éternité se sera déjà écoulée et tout ce que j'éprouve à présent se sera peut-être accentué ou modifié – en mieux ou en pire. Mais comme je n'ai personne à qui parler et que je voulais te faire part "à chaud" de ce que j'ai ressenti en débarquant sur cette terre d'exil, je t'envoie ces brèves lignes, où tu remarqueras que rien d'irrémédiable n'est encore arrivé et que je ne suis ni ébloui ni anéanti. Je regarde, j'écoute, je hume : comme si je venais de voir le jour. Où que tu te trouves maintenant, souhaite-moi des lendemains heureux.

Ton ami le plus lointain.

Luís Bernardo. »

VII

Le vendredi, la veille du bal, la ville de S. Tomé bruissait déjà de commentaires et d'histoires sur le nouveau gouverneur, colportés de bouche en bouche, d'échoppe en échoppe. Pendant ses premiers jours de gouvernement, le gouverneur n'était pas encore monté dans les plantations et n'avait pas non plus – à la grande consternation du secrétaire – passé beaucoup de temps dans le secrétariat du palais. Au lieu de cela, il s'était promené de long en large dans la ville, il était entré dans les magasins, avait salué les commerçants et bavardé avec les clients, était apparu soudain au marché du matin où il avait acheté des paniers d'osier et une carapace de tortue ouvragée, il avait interrompu des conversations de vieillards dans le jardin public, était allé jusqu'à la jetée pour regarder les pêcheurs décharger le poisson à l'aube, et on racontait même – mais une bonne partie de ces histoires avait déjà l'air de pures fabulations – qu'il s'était immiscé dans des jeux de négrillons en pleine rue, finissant par jouer à la toupie avec eux. Ce qu'il y a de plus sûr, c'est que, enfreignant les règles du protocole, il avait rendu visite sur leur lieu de travail, et avec un bref préavis remontant à la veille ou même à quelques heures seulement, au maire, au juge, au procureur du roi, au responsable de la santé et à monseigneur José Atalaia, dans la cathédrale. Il avait rencontré dans la rue le major Benjamim das Neves, le commandant militaire de l'île, et il l'avait emmené déjeuner au palais le plus naturellement du monde. Mais ce que l'on racontait de plus extraordinaire c'était qu'au milieu de ses visites et de ses déambulations dans la ville le gouverneur, toujours accompagné de Vicente, le garçon de courses du palais, avait encore trouvé le temps d'aller deux fois à la plage. On l'avait vu une fois sur la plage des Sept Vagues et une autre sur la plage des Coquillages, avec les bretelles de son costume de bain abaissées jusqu'à la taille, comme un simple pagne, se baignant et nageant sans s'arrêter ou s'étendant au soleil sur le sable. Et à vrai dire, contrairement aux colons résidant à S. Tomé, qui allaient rarement à la plage ou qui fuyaient le soleil, et dont la peau était d'une teinte jaunâtre, le gouverneur, au bout de quelques jours, ressemblait à un Indien, brûlé qu'il était par le soleil et avec des traces de sel sur le visage et dans les cheveux. Tout cela était véritablement surprenant et il n'était pas étonnant que le Dr Luís Bernardo Valença ait réussi en si peu de temps à bouleverser la placidité des esprits et à devenir le sujet de toutes les conversations dans la colonie. On ne savait pas très bien ce qu'en pensaient les Nègres, ni même si ce sujet retenait leur attention, mais les Blancs ne parlaient pas d'autre chose entre eux et ils étaient partagés entre l'ébahissement, l'étonnement et la méfiance. Sans compter que même les occupations nocturnes du gouverneur étaient elles aussi un sujet de conversation. Tous les soirs, à partir de l'heure du dîner, on pouvait apercevoir sa silhouette au loin, sur le balcon principal du palais où deux chandelles brûlaient et où brillait le bout de son cigare, pendant que se répandait dans le jardin la musique de disques qu'il écoutait interminablement sur son gramophone – en soi une excentricité unique sur toute l'île. Les Blancs s'arrangeaient pour trouver un prétexte pour passer devant le palais afin de voir de leurs propres yeux et d'entendre de leurs propres oreilles si ce que l'on racontait était vrai. Mais dès le deuxième soir, plusieurs Nègres, chassés vainement par la sentinelle de garde, étaient venus s'installer derrière les grilles du jardin et écoutaient dans un silence religieux l'étrange musique triste que le gramophone du gouverneur déversait dans la nuit équatoriale. Dans les boutiques des Blancs et dans les échoppes des Nègres, on glosait plus particulièrement sur une musique chantée sur des tons de lamentation qui déchiraient le cœur et que la voix du peuple attribuait à Luís Bernardo lui-même, lequel ferait sortir du gramophone les gémissements silencieux avec lesquels il contemplait la mer à la nuit tombée. Mais non, lui-même expliqua ce que c'était lorsque Sebastião, assez gêné, lui rapporta le bruit qui courait en ville – finalement il s'agissait simplement d'une musique appelée « opéra ». Et comme pour parler de musique il n'avait pas non plus d'interlocuteurs, il expliqua à Sebastião que ce qui impressionnait tellement l'auditoire était une aria intitulée « Era la notte », d'un opéra appelé *Otello*, chantée par un Napolitain qui avait pour nom Enrico Caruso et écrite par un compositeur qui s'appelait Giuseppe Verdi, lequel était aussi un combattant pour l'indépendance et la liberté de l'Italie. Sebastião écouta tout cela d'un air fort pénétré et le vendredi suivant la ville connaissait déjà la véritable histoire de cette musique qui fendait le cœur de ceux qui l'écoutaient : c'était un « opra », une musique qui ne pouvait être entendue que la nuit sur cette machine et qui était chantée par un ami de monsieur le gouverneur, gouverneur lui aussi de l'Italie. C'était, avait expliqué Sebastião, comme si tous les deux se parlaient au téléphone.

Au milieu de tout cela, le « bal d'ouverture », fixé au

samedi, plongeait les messieurs dans une curiosité croissante et les dames dans une anxiété incontrôlée. L'invitation ne précisait pas la tenue, ce qui accroissait encore l'angoisse générale. Et le fait qu'il s'agissait d'un gouverneur encore jeune, bien de sa personne et célibataire, qui se baignait à moitié nu sur la plage et qui écoutait de la musique la nuit sur un gramophone, sur un balcon donnant sur la rue, alimentait un climat d'inquiétude profonde, notamment chez les dames. Deux questions agitaient toutes les têtes: «Comment serait-il habillé?» et «Comment s'attend-il à ce que nous soyons habillées?». Les couturières de l'île n'avaient pas assez de mains pour répondre aux commandes de dernière heure et le magasin de tissus et de «patrons» de monsieur Faustino fit presque autant d'affaires en trois jours que pendant les trois derniers mois. Les calèches et les *breaks* furent soigneusement nettoyés, astiqués et cirés, les messieurs dans les plantations sortirent leurs plus beaux costumes de malles sentant la naphtaline, les officiers de l'armée firent polir les boutons, les dragonnes et les médailles, jusqu'à ce que leur éclat éblouisse les yeux, et les autorités civiles arrêtèrent presque le service public, afin que leurs titulaires et les épouses puissent faire face à cette situation d'urgence. Après tout, la colonie pensait à l'unanimité qu'il s'agissait d'un événement mondain qui ne s'était plus vu depuis cinq ans et qui, étant donné les circonstances, revêtait une importance particulière, même sur le plan politique – ou surtout sur le plan politique. On regrettait seulement que le bal eût été fixé avec un préavis de quatre jours, ce qui avait pris tout un chacun au dépourvu.

Le bal du gouverneur Valença fut un succès, même pour les plus exigeants et les plus enclins à la médisance. Fixé à huit heures du soir, ce fut le moment précis où la pluie s'arrêta, permettant ainsi à l'illumination faite de coupelles remplies de cire de briller dans toute sa splendeur et de baliser le parcours depuis l'entrée et le jardin jusqu'à la salle de bal. À l'intérieur, une fantastique décoration florale ornait les tables, où les places étaient marquées, et délimitait la piste de danse et la scène où l'orchestre du cantonnement militaire joua des musiques judicieusement choisies par le gouverneur lui-même, lequel avait dû déployer une diplomatie d'une rare habileté pour débarrasser les partitions de tout ce qui pouvait ressembler à des marches militaires ou à des charges de cavalerie. Un bataillon de domestiques en livrée d'un blanc irréprochable servait sans relâche des boissons de toutes espèces et des apéritifs qui mirent les invités en gaieté, en attendant le moment de passer à table pour dîner.

Luís Bernardo se tenait à la porte du salon – et cela ferait l'objet de commentaires pendant bien des années – pour recevoir ses invités, vêtu d'un impeccable habit à queue de pie, d'une chemise blanche à plastron et d'une discrète bande bleu ciel au-dessus de la taille. Presque une provocation. « Une extravagance ! » déclarèrent les hommes ensuite. « Quelle élégance éblouissante ! » se chuchotaient mutuellement les dames. Même Agostinho de Jesus Júnior était impressionné et s'attacha à rester constamment à deux pas derrière Luís Bernardo, pendant que celui-ci, très à l'aise et souriant, recevait les invités à la porte et les faisait fondre les uns après les autres avec des phrases du genre : « Comme je suis heureux que vous ayez pu venir ! »

Le Chiado, le Cercle, le Jockey Club, même une touche parisienne, semblaient s'être transplantés momentanément cette nuit-là sur l'équateur en la personne du nouveau gouverneur envoyé par le roi D. Carlos. Le comte de Souza Faro, le seul aristocrate résidant dans les îles, administrateur de la plantation Água Izé, une des plus grandes de S. Tomé, était lui-même agréablement surpris et quand il entra, s'adressant à Luís Bernardo sur un ton de complicité sociale qu'il avait si peu l'occasion d'utiliser dans ces parages, il s'exclama :

« Mon cher, j'espère que vous aurez dit à l'orchestre de nous épargner ces horribles marches héritées des campagnes napoléoniennes ! »

Au dîner, Luís Bernardo, qui avait étudié la question avec des raffinements de stratège, assit à sa table monseigneur Atalaia, le comte de Souza Faro, le vieux Dr Segismundo Bruto da Silva et sa modeste épouse, le colonel João Baptista et son épouse, également modeste et silencieuse, administrateur de la plantation Boa Entrada, la deuxième quant à ses dimensions et la plus productive de l'île, et la veuve D. Maria Augusta da Trindade, propriétaire et intendante résidente de la plantation Nova Esperança, une femme à la trentaine bien sonnée et encore dotée d'attributs que le vaste décolleté de sa robe d'un vert criard documentait abondamment, bien que la médisance fatale de la ville ne trouvât rien de plus concret à lui attribuer que des intentions à confirmer et des désirs à satisfaire. Elle était d'ailleurs la continuatrice d'une lignée de femmes conquérantes, entièrement maîtresses d'elles-mêmes et de leurs amours, que la colonie préservait comme des légendes, à commencer par la lointaine Ana Chaves, concubine de roi et agricultrice qui, bannie à S. Tomé, donna un nom à sa baie et à une de ses collines, ou par Maria Correia, plus proche de nous, née il y a cent ans, mariée au Brésilien José Ferreira Gomes qui avait apporté le cacao du Brésil à S. Tomé et à qui, selon le folklore, elle n'avait pas été fidèle de son vivant et encore moins après son décès. Quant à la contemporaine et débordante de vie D. Maria Augusta da Trindade, à qui Luís Bernardo adressait de temps en temps son sourire le plus galant, l'on racontait qu'elle dirigeait sa plantation avec la détermination d'un homme et passablement plus de compétence que beaucoup d'entre eux. S'efforçant de ne pas regarder son décolleté, Luís Bernardo avait remarqué aussi que son visage et sa silhouette étaient loin d'être déplaisants, bien au contraire, il y avait quelque chose de juvénile dans son regard et dans ses gestes, quelque chose d'ardent et d'indompté, qui lui paraissait après seulement cinq nuits passées à S. Tomé aussi naturel que cette humidité qui leur coulait à tous le long de la poitrine.

Il fit un effort pour se concentrer sur la conversation qui se déroulait à table. Elle portait sur le vicomte de Malanza, Jacinto de Souza e Almeida, décédé il y avait moins de deux ans et peut-être l'homme le plus prestigieux et le plus intelligent de toute la colonie. Luís Bernardo avait évidemment déjà entendu parler du vicomte et il connaissait l'histoire de sa célèbre famille, sans doute le lignage le plus illustre de S. Tomé et Príncipe et à qui l'archipel devait le plus. Les Souza e Almeida n'étaient pas blancs, mais mulâtres, et ils n'étaient originaires ni des îles ni du royaume, mais du Brésil. Lorsque la plus grande et la plus riche des colonies de l'empire portugais accéda à l'indépendance en 1822, Manuel de Vera Cruz e Almeida, natif de Bahia, fut l'un des nombreux Portugais à partir s'installer dans l'île de Príncipe, laquelle à l'époque n'était guère plus qu'un caillou semi dépeuplé et sauvage. Son fils aîné, João Maria de Souza e Almeida, avait à peine plus de six ans lorsqu'il débarqua à Príncipe avec ses parents, et dix-sept ans quand il perdit son père. À l'époque, il était déjà responsable du Trésor à S. Tomé et très bientôt il étendit ses activités à Benguela, en Angola, où il commença à acheter et à cultiver des terres avec un zèle et un succès remarquables. Il devint rapidement un des plus grands propriétaires du district, dans lequel il occupa toutes les charges publiques jusqu'à celle de gouverneur et où, par-delà ses compétences et sa capacité de travail reconnues par tous, il devint célèbre car il n'accepta jamais d'être rémunéré pour l'une quelconque des fonctions qu'il exerça – au contraire, à Benguela comme à S. Tomé, il fut le plus généreux et le plus accessible des donateurs, toujours prêt à contribuer au financement des bonnes œuvres et des améliorations publiques. À peine âgé de vingt-trois ans, à Benguela, il s'engagea dans l'expédition militaire contre les Dembos qui dévastaient les frontières de la province : il équipa sa propre troupe, fournit les vivres et commanda ses gens avec tant de bravoure qu'il reçut « la Tour et l'Épée », la plus haute décoration militaire portugaise, réservée uniquement à des exploits héroïques sur un champ de bataille. Mais ce qui marqua définitivement sa vie fut l'implantation scientifique de la culture du cacao à S. Tomé et à Príncipe, à laquelle il consacra une œuvre minutieuse imprimée qui devint la bible de tous les cultivateurs locaux. Il introduisit aussi et enseigna la culture du café, du tabac et du coton, allant jusqu'à importer et offrir les semences aux agriculteurs locaux. Mais, contrairement à nombre de « bâtisseurs d'empires », à qui la détermination à accomplir une œuvre donne parfois un caractère irascible et cruel, João Maria était un homme affable et accessible avec tous, toujours prêt à servir et à aider autrui ou la chose publique. Très justement, le roi D. Luiz l'anoblit, le faisant baron d'Água Izé, pair du royaume, gentilhomme chevalier de la Maison royale et membre du Conseil royal : il fut le premier homme à sang bleu et à peau noire de l'aristocratie portugaise. Il mourut en 1869, après avoir réuni toutes ses propriétés de S. Tomé dans le domaine d'Água Izé, y établissant le système des « dépendances », lequel se généralisa ensuite dans toutes les grandes propriétés de l'île car il était le plus rationnel. Il laissa pour continuer son œuvre son fils Jacinto, né à Príncipe dans la plantation Papagaio, que son père avait commencé par envoyer étudier à Lisbonne, mais qu'il fit revenir quand il eut quatorze ans pour l'aider à administrer ses terres. Quand son père mourut, Jacinto, le futur vicomte de Malanza, avait vingt-quatre ans et il avait déjà hérité de son père la passion pour l'agriculture coloniale. Il confia Água Izé à l'administration de son frère, prit des échantillons de bois et de semences de plantes natives des îles et entreprit un long voyage d'étude et de prospection dans plusieurs pays européens où il faisait analyser ses échantillons et où il recueillait des informations et des données utiles sur d'autres cultures susceptibles d'être introduites à S. Tomé. À son retour, il se lança dans la tâche cyclopéenne consistant à déboiser, défricher et planter les propriétés vierges héritées de son père à l'extrême sud-ouest de l'île, une zone connue sous le nom de terrains de S. Miguel. C'était une région absolument inhospitalière, où la forêt dictait sa loi, au climat torride et insalubre, sans la moindre route ni le moindre chemin d'accès, et sans aucun point de débarquement par voie maritime. Mais ce fut là qu'il établit les deux nouvelles plantations de S. Miguel et de Porto Alegre, cette dernière traversée par le bras de mer de Malanza, où il introduisit la culture du cacao dans des conditions d'exploitation exemplaires et où il créa un champ d'acclimatation pour cultiver toutes les espèces possibles de plantes tropicales. Il traversa sans encombre la confusion terrible qui suivit la déclaration de libération des esclaves en 1875, puis aussitôt après l'épidémie de variole qui balaya comme un incendie tout le sud de l'île, avec de grands dommages et pertes en vies humaines. En 1901, D. Carlos, à l'instar de ce que son père avait fait avec feu le baron d'Água Izé, conféra à Jacinto le titre de noblesse de vicomte de Malanza – le lieu de son plus grand haut fait pour le bien de S. Tomé. Jusqu'à sa mort, trois ans plus tard, le vicomte ne cessa jamais ses activités intenses, non seulement d'agriculteur tropical, mais aussi de savant et de spécialiste de la flore et de la préparation de la terre sous les tropiques. Il mourra cependant sans réaliser son rêve de voir créée à S. Tomé une école coloniale agricole. À sa mort, Água Izé, la plantation qui avait donné du prestige à sa famille et un titre nobiliaire à son père, passa aux mains de la Companhia do Príncipe e do BNU et était à présent administrée par le comte de Souza Faro, assis à la table. De son vivant, Jacinto avait été, tout comme son père, un homme qui symbolisait pour Luís Bernardo la lutte contre la stagnation, l'idée que la science, l'éducation et les améliorations techniques et scientifiques représentaient la solution d'avenir pour remplacer le travail forcé des Nègres dans les plantations. Dommage qu'il ne soit plus en vie, car Luís Bernardo aurait pu trouver en lui et dans son prestige l'allié naturel dont il devinait qu'il aurait un besoin pressant.

Il remarqua toutefois que l'évocation de la personne du vicomte de Malanza ne suscitait pas les éloges auxquels on aurait pu s'attendre normalement. Certes, aucun des présents ne parlait de lui sans faire montre d'abord d'une attitude d'estime. Mais il y avait dans les appréciations une absence de chaleur, un manque d'enthousiasme, et qui plus est une absence de regrets. Comme si, au fond, la disparition du vicomte inspirait plus de soulagement que d'éloges. Ou peut-être imaginait-il tout cela. Peut-être.

Le dîner, constitué de deux plats, était entre-temps arrivé à sa fin. L'on avait servi le dessert et le café et c'était le tour du porto. L'heure des discours, ou plutôt de son discours, était arrivée et il avait soigneusement planifié ce moment. Il se leva après avoir frappé trois fois avec son couteau sur son verre en cristal rempli de porto pour réclamer l'attention de tous. Il attendit que le silence s'établisse progressivement, puis il prit la parole. Il déclara en substance que c'était un honneur et un privilège que de pouvoir servir le Portugal en servant S. Tomé et Príncipe. Que tout ce qu'il avait lu et appris au sujet des îles lui avait donné la certitude qu'il s'agissait là de terres qui exaltaient le génie colonisateur des Portugais, lesquels, partant de rien et alors que tout se liguait contre eux, avaient arraché à la forêt, dans des conditions d'adversité extrême, ce qui aujourd'hui était une terre fertile, cultivée et prospère, une source de richesse pour ses agriculteurs et pour l'État et un motif d'orgueil pour la nation. Il était donc conscient de sa responsabilité, qui consistait à garder S. Tomé et Príncipe sur la voie du progrès, à une époque où de nouvelles réalités se faisaient jour et, avec elles, de nouvelles difficultés, de nouveaux efforts, mais aussi de nouvelles espérances. Il était prêt aux efforts, il croyait profondément aux espérances et il était disposé à partager les difficultés et même, pour ce qui était de ses difficultés personnelles, à demander et à accepter de bon gré l'aide de tous. « Cette terre, dit-il en guise de conclusion, est une terre faite pour les hommes de bonne volonté et je n'aspire à rien d'autre qu'à être un de ces hommes-là. » La salle applaudit spontanément et alors, justifiant sa réputation déjà bien établie de personnage imprévisible, le nouveau gouverneur appela Sebastião et les cuisiniers pour qui il sollicita une ovation, « car cette terre est une terre de travail et le travail de ce dîner est à porter à leur crédit ». Et, au milieu des sourires et des commentaires, il réussit à arracher une deuxième ovation, encore que moins spontanée.

Son discours terminé, Luís Bernardo fit signe à l'orchestre qui, comme prévu, attaqua une valse lente. Il se leva et, devant les convives qui attendaient, il contourna la table et tendit la main à D. Maria Augusta da Trindade :

« Me ferez-vous l'honneur d'ouvrir le bal avec moi ? »

Luís Bernardo avait aussi répété ce geste. Il savait qu'une invitation adressée à l'unique dame seule dans toute la pièce, alors que lui-même était célibataire, ne manquerait sûrement pas de faire jaser encore davantage dans l'île. Mais qui aurait-il pu inviter à danser sans blesser d'autres susceptibilités ? Il n'avait simplement pas prévu que D. Maria Augusta serait encore une femme relativement éclatante et appétissante – tout au moins pour cette petite île perdue au large de l'Afrique. Et il n'avait pas prévu non plus qu'elle rougirait en se levant pour l'accompagner et en prenant la main qu'il lui tendait.

C'est ainsi que commença le bal et il n'aurait pas pu mieux débuter : Luís Bernardo était probablement l'homme le moins indiqué pour la fonction de gouverneur des îles du cacao, mais ici, dans une salle de bal à S. Tomé, il n'y avait pas un homme qui pût rivaliser avec son élégance et ses dons de danseur, perfectionnés par vingt années de salles de bal à Lisbonne. Dans ses bras, entraînée par les virevoltes harmonieuses de son corps, Maria Augusta, bien qu'assez lourde, se sentait glisser comme si elle se trouvait sur une patinoire glacée et non pas dans les trente-cinq degrés de chaleur avec quatre-vingt-dix pour cent d'humidité qui régnaient dans cette pièce, bien que toutes les fenêtres fussent ouvertes pour laisser passer les courants d'air inexistants. Elle dissimula sur son visage l'émotion qu'elle ressentait en maintenant un demi-sourire inaltérable sur ses lèvres qu'elle adressait à la salle et non à son cavalier. Mais elle ne pouvait la dissimuler dans sa poitrine et il la sentait en l'effleurant légèrement de la sienne et en haletant au rythme de sa respiration inquiète. Vu d'en haut, c'était un beau spectacle pour un homme qui ne s'était pas approché d'une femme à moins de dix mètres de distance depuis presque un mois. Mais il se comporta de façon irréprochable : il ne la regarda qu'une fois et il dansa avec elle uniquement cette valse. Ensuite il invita aussi à danser deux dames mariées plus âgées et d'une réputation fermement établie que d'ailleurs aucun homme ne se serait senti enclin à vouloir troubler.

Ces trois valses expédiées, Luís Bernardo disparut de la piste de danse jusqu'à la fin de la soirée, à la grande déception de maintes dames. Au lieu de cela, il se consacra avec diligence et diplomatie au rôle d'amphitryon modèle, circulant d'un bout à l'autre du salon, entamant une conversation ici et là, s'enquérant auprès de ses invités de leur impression de la réception, surveillant discrètement le va-et-vient des domestiques et le répertoire des musiciens, remplissant le verre des messieurs ou ramassant un éventail que les dames laissaient tomber à son passage, peut-être intentionnellement. Vers une heure du matin, il se posta aux alentours de la porte, commençant à faire ses adieux à ses invités les uns après les autres. À deux heures et demie – ce qui là-bas était presque le point du jour – les derniers couples et les derniers messieurs, déjà assez ivres, se retirèrent et il put enfin ôter son habit, déboutonner sa chemise, demander un dernier cognac à Sebastião et se retirer sur son inévitable balcon donnant sur la baie. La réception avait été un succès.

* * *

La première obligation officielle ayant été remplie, le gouverneur ayant été présenté à la colonie, Luís Bernardo était à présent impatient d'assumer réellement ses fonctions. Il voulait se rendre sans plus tarder dans les plantations, visiter l'intérieur de l'île, bref s'occuper enfin de ce qui l'avait amené ici. Mais il savait qu'ici aussi il y avait un rituel à respecter : l'hospitalité était la première des traditions dans les plantations de

S. Tomé, mais, comme il s'agissait de la première visite du gouverneur, il fallait observer certaines règles. Et ces règles passaient par une invitation en bonne et due forme, quand bien même celle-ci serait envoyée à sa demande. Ce fut avec contrariété qu'il dut accepter une suggestion de son secrétaire d'ajourner au samedi suivant le dîner avec les administrateurs des principales exploitations, car le dimanche était le seul jour chômé dans les plantations et il serait malvenu d'inviter à dîner des hommes qui viendraient de loin, à cheval ou en calèche, et qui devraient faire de nuit le voyage de retour et se lever le lendemain vers quatre heures et demie du matin. Il devrait donc attendre encore une semaine, mais au moins il profita du moment des adieux lors du bal pour lancer officiellement les invitations à dîner à ceux qui figuraient sur sa liste soigneusement établie.

Il y avait des dizaines de plantations à S. Tomé et il ne pouvait pas inviter tous leurs administrateurs – d'ailleurs cela n'aurait pas présenté un grand intérêt. Dans les petites plantations, les propriétaires, descendants d'anciens esclaves affranchis ou de bannis restés dans l'île, étaient aussi leurs intendants et n'avaient aucune importance sur le plan politique : ce que les grands administrateurs feraient, ce qu'ils décideraient, vaudrait pour ceux-là sans qu'il soit nécessaire de les consulter. Parmi les principales plantations, dont beaucoup appartenaient à des compagnies, les propriétaires étaient par définition absents : certains passaient encore plusieurs mois par an à S. Tomé, d'autres y faisaient juste un saut pendant la saison sèche, d'autres encore n'y avaient jamais mis les pieds et n'avaient aucune intention de le faire – ils étaient juste de grands actionnaires d'entreprises agricoles installées à S. Tomé ou à Príncipe, qui se bornaient à lire les rapports annuels, à participer à l'assemblée générale qui avait lieu tous les ans et aux réunions convoquées par le ministre. Mais c'étaient eux, les absents, qui commandaient en réalité à S. Tomé et à Príncipe à partir des rapports et des informations que leur envoyaient de là-bas leurs directeurs ou administrateurs résidents. C'était avec ces derniers que Luís Bernardo souhaitait dîner, c'était avec eux que sa mission devrait être menée à bonne fin.

Son projet était de procéder à une première visite dans toutes les plantations de l'île, puis de faire de même à Príncipe. Ce n'était pas une mince affaire : même si l'île était petite, il n'y avait que quelques maigres dizaines de kilomètres de routes praticables sur lesquelles il était possible de circuler en charrette. La majorité des plantations devraient être visitées à cheval ou par mer, à bord de bateaux qui cabotaient le long de l'île. La navigation le long de la côte était en fait le moyen le plus pratique pour aller de la ville dans les plantations, car celles-ci avaient été établies de préférence sur le littoral, avançant ensuite à l'intérieur de la forêt, jusque-là où le défrichement et les cultures étaient arrivés : le centre de l'île était de la forêt vierge, exactement comme les Portugais l'avaient trouvé en 1400, avec ses hauts pics volcaniques qui se dressaient comme des aiguilles et dont le plus haut était le pic de S. Tomé, avec ses 2142 mètres de hauteur, mais dont on apercevait rarement la cime, éternellement enveloppée de nuages et de brouillard. Dans cette zone centrale dense, qui occupait la majeure partie de la superficie de S. Tomé, se trouvait le royaume de l'*óbó* – la forêt vierge – un labyrinthe inextricable et touffu d'arbres gigantesques : jacquiers, ocás, cipós, micondós, marupás, palétuviers, bégonias. Dessous, enroulées autour des arbres, escaladant désespérément leur tronc et leurs branches dans un effort vital visant à atteindre la lumière par-delà cette perpétuelle chape liquide en suspension, poussaient les lianes : la lemba-lemba, la corde d'eau, la corde-piment, la liane rampante. Dans le sous-bois, ou suspendu aux branches des arbres, prêt à se laisser tomber sur l'homme passant en dessous par inadvertance, vivait le terrible serpent noir dont la morsure était un baiser mortel, rapide et déchirant : les anciens racontaient que le seul homme ayant échappé à la mort après avoir été mordu par un serpent noir était un Nègre qui s'était enfui de la plantation Monte Café et qui habitait aujourd'hui à Angolares avec un bras en moins. En sentant la morsure du serpent sur son bras, il avait réagi comme l'éclair en brandissant aussitôt son coupe-coupe, une première fois pour couper la tête de son ennemi, une deuxième fois pour sectionner son propre bras au ras de l'épaule – et il avait survécu. Car la forêt vierge était le territoire obscur où se réfugiaient les Nègres qui s'enfuyaient dans un moment de folie, après un crime commis sur la plantation, ou à cause d'un désir insensé de liberté, et qui les accueillait dans son étreinte mortelle, peut-être libre, mais liquide et sombre. Personne d'autre, en possession de sa raison, ne s'aventurait jamais dans cet univers opaque et oppressant au-delà de quelques petits pas. Luís Bernardo connaissait seulement de la forêt vierge ce que Sebastião lui en avait dit le jour où il lui avait avoué son envie d'y faire une expédition. Les yeux de Sebastião s'étaient ouverts tout grands d'une terreur authentique et sa voix avait même tremblé : « Dôteur, faites pas ça, par votre âme ! L'*óbó* est hanté, c'est la terre des serpents, du tonnerre, des éclairs, des revenants. Beaucoup de Noirs fous ont voulu aller vivre dans la forêt vierge, mais aucun n'est revenu : on dit qu'ils se transforment en serpents, eux aussi. »

Luís Bernardo devrait donc voyager le long de la côte, contournant l'*óbó*, à droite et à gauche de la ville de S. Tomé, pour visiter les plantations qu'il voulait inspecter. Une trentaine de plantations en tout, avec leurs « dépendances » respectives. Il y avait les grandes, les plus grandes entre les principales : Rio do Ouro, Boa Entrada, Água Izé, Monte Café, Diogo Vaz, Ponta-Figo et Porto Alegre, le domaine fondé par le vicomte de Malanza à l'extrême sud-ouest de l'île, en plein sur la ligne de l'équateur, face à l'îlot des Tourterelles. Il y avait aussi S. Miguel et Santa Margarida parmi les plus grandes, les plus importantes sur sa liste avec des noms de saints : S. Nicolau, Santo António, Santa Catarina, Santa Adelaide. Une des choses qui séduisaient le plus Luís Bernardo étaient les noms fantastiques des plantations. Parmi les grandes il y en avait toute une série dont les noms évoquaient le souvenir d'autres lieux, certains absolument inimaginables : Vila Real, Colónia Açoriana, Novo Brasil, Nova Olinda, Novo Ceilão, Bombaim. Mais les plus extraordinaires étaient celles qui avaient des noms d'états d'âme : Amparo, Perseverança, Esperança, Caridade, Ilusão, Saudade, Milagrosa, Generosa, Fraternidade, Aliança, Eternidade. Qui sait, peut-être un poète sans autre occupation dans ces parages avait-il été engagé pour donner un nom aux plantations à la mesure des rêves de ceux qui les avaient fondées. Peut-être Costa Alegre, ce poète que Luís Bernardo lisait maintenant le soir avant de se coucher, fils bien-aimé de S. Tomé, noir comme la nuit, dont la vie avait été écourtée par sa passion brûlante pour une Blanche, et qui avait écrit des vers douloureux comme les suivants :

Si les esclaves sont achetés,
Ô Blanche d'au-delà des mers,
Homme libre, je suis l'esclave
Acheté par ton regard.

Ou bien :

L'ombre couleur de mon corps
Suit ton corps dans la rue :
De loin ou de près, telle une ombre,
Mon âme suit ton âme.

* * *

Par une fin d'après-midi, Luís Bernardo rentrait en ville à cheval, toujours en compagnie de Vicente qui lui servait de guide, d'interprète avec les Nègres qui parlaient à peine le portugais, ou simplement d'interlocuteur pendant les heures creuses. Mais Vicente avait vite appris qu'il y avait des moments où le patron aimait à bavarder et d'autres où il n'était pas enclin à l'écouter et où il préférait rester silencieux, plongé dans ses pensées. C'était justement un de ces moments-là. Luís Bernardo chevauchait devant, au pas, à quelques mètres de Vicente, regardant distraitement le paysage qui défilait au rythme de sa monture. Ils revenaient d'une visite à Nossa Senhora das Neves, la plus distante des agglomérations de l'île. Pendant cette semaine, en attendant les visites dans les plantations qu'il désirait tellement faire, Luís Bernardo en avait profité pour se rendre dans toutes les bourgades de l'île, tâche facilitée par leur proximité de la capitale, à l'exception de Nossa Senhora das Neves. Excepté cette dernière et la ville-capitale elle-même, les habitats humains à S. Tomé se résumaient à quatre petits villages : Trindade, Madalena, Santo Amaro et Guadalupe, tous situés à l'est de la ville, vers l'intérieur, mais dans un rayon ne dépassant pas les trente kilomètres. C'étaient des hameaux tristes, sans aucun édifice public intéressant, habités par quelques Blancs qui commerçaient avec des Nègres à l'aspect misérable.

En passant à côté d'une des cases qui s'élevaient le long des chemins – de simples constructions en bois couvertes de branches de palmier ou de boue solidifiée par le soleil – l'attention de Luís Bernardo sembla attirée par quelque chose que Vicente trouva mystérieux. Le gouverneur avait arrêté son cheval et regardait deux enfants nus se baigner dans un ruisseau qui, à cause des pluies, coulait tout à côté de la cabane. De la fumée s'en échappait par un trou dans la toiture précaire et s'élevait dans l'air, se mêlant aux senteurs de la forêt. La mère des enfants sortit alors sur le seuil, une femme d'un âge indéterminé, habillée d'un vêtement bariolé, dans des tons de jaune criard et de rouge, qui lui tombait jusqu'aux pieds. Luís Bernardo la salua d'un «Bonjour!» auquel elle répondit par un monosyllabe incompréhensible. Vicente s'empressa de lui parler en créole, lui disant quelque chose qui la poussa à regarder Luís Bernardo avec une certaine crainte, baissant la tête en signe de respect et répétant sa salutation incompréhensible. Luís Bernardo ne paraissait pas très bien savoir ce qu'il voulait et continuait à regarder, contemplant à présent les gamins qui avaient eux aussi arrêté leurs ébats dans l'eau et qui attendaient. Se décidant, il dit à Vicente d'expliquer à la femme qu'il aimerait visiter sa maison. Vicente ouvrit de grands yeux, mais Luís Bernardo insista: «Dis-lui!» En entendant cette requête, la femme se lança dans un discours interminable et prolixe qu'elle adressa à Vicente, accompagné de grands gestes, désignant l'intérieur de sa maison et la route, en direction de la ville.

«Dôteur, elle dit que…

– Je sais très bien ce qu'elle dit. Dis-lui que je veux vraiment visiter sa maison et que je lui donnerai un réis en cadeau.»

Il descendit de cheval, tendit les rênes à Vicente et porta la main à la poche de sa veste dont il sortit une poignée de piécettes qu'il tendit à la femme. Celle-ci regarda les pièces de monnaie, sembla encore hésiter, puis les serra dans sa main fermée en s'écartant de la porte pour qu'il puisse entrer.

La chaleur et le remugle dans la case étaient suffocants. Une odeur désagréable, de farine brûlée, de forêt et de crasse, dans cet intérieur enveloppé d'un nuage de fumée qui montait du sol en terre battue où brûlait un feu très bas sur lequel était posée une marmite en terre cuite. L'air était presque irrespirable, nauséabond et raréfié. Au début, venant de la clarté de l'extérieur, Luís Bernardo ne distingua rien. Puis, au fur et à mesure que ses yeux s'habituaient à la pénombre voilée de fumée, il regarda autour de lui et aperçut, éparpillées par terre ou sur une table en bois rustique, une série d'ustensiles de cuisine et d'instruments de travail, de la quincaillerie, de grandes écuelles en terre cuite et des paillasses à même le sol. Il sentit la sueur lui inonder le visage et lui couler le long de la poitrine et du dos, ses jambes soudain se dérobèrent et il contint à grand-peine une subite envie de vomir. Il pensa que c'était la fièvre et, l'espace d'une seconde, il se crut perdu, déjà contaminé par le paludisme, et, rassemblant ses forces, il se dépêcha de sortir dans la lumière et à l'air libre qui lui sembla délicieusement frais. Tous se taisaient et le regardaient. Il marcha d'un pas aussi ferme que possible et remonta sur son cheval que Vicente tenait par les rênes. Il porta tant bien que mal deux doigts à son chapeau, prenant congé de la femme, et poursuivit son chemin au trot.

Cent mètres plus loin, il se remit au pas et attendit Vicente.

« Connais-tu ces gens, Vicente ?

– Oui, patron, je les connais.

– Où est l'homme, dans les plantations ?

– Non, patron. Il est en ville, il travaille à la Poste. »

Luís Bernardo garda de nouveau le silence. Il pensait à ce que Vicente venait de lui dire : le chef de cette masure n'était pas un simple travailleur dans une plantation, c'était un Noir de la ville, un employé des postes. C'étaient la maison et la famille d'un fonctionnaire de l'administration publique de S. Tomé. La misère et la tristesse de ce décor l'avaient choqué. Aucun Blanc ne réussirait à survivre dans des conditions aussi dégradantes. Le gouverneur venait de voir de ses propres yeux ce dont aucun discours officiel à Lisbonne ne se préoccupait. Il avait failli vomir en découvrant le côté caché de la « mission de progrès et de développement conduite par le Portugal à S. Tomé et Príncipe ». Certes, l'on pouvait avancer l'argument contraire : le soir du bal, dans une conversation à sa table, quelqu'un avait dit : « Donnez à un Nègre une maison de Blanc, avec des murs en maçonnerie, des lavabos et tout le tremblement, en un tournemain il la transformera en taudis. » Il était vrai aussi que personne ne souffrait de la faim dans les îles, comme le prouvaient les corps sveltes, à l'aspect sain, qu'il croisait le long des routes et dans les agglomérations. Les gens ne souffraient pas de la faim car la nature ne le permettait pas : l'arbre à pain, que le baron d'Água Izé avait aussi introduit dans les îles, poussait tout seul et donnait à profusion toute l'année un fruit qui était aussi du pain. Tous les autres fruits étaient également à portée de la main qui les cueillait dans les arbres, à commencer par les sept magnifiques variétés de bananes existantes, parmi lesquelles les préférées de Luís Bernardo étaient la « banane d'or » et la « banane-pomme » qui, comme son nom l'indiquait, avait à la fois un goût de banane et un goût de pomme. Le poisson était tellement abondant qu'il avait vu de ses propres yeux des hommes pêcher sur la plage près de la jetée, se bornant à lancer leurs filets là où les vagues se brisaient sur le sable et à les retirer remplis de poissons et de crevettes, sans même avoir à mouiller autre chose que leurs jambes. L'abondance était telle que les indigènes dédaignaient les langoustes, prétendant qu'elles étaient ensorcelées, et à S. João dos Angolares, vers le sud, par les nuits de pleine lune, couches après couches des calmars énormes venaient s'échouer sur le sable que les femmes se contentaient de recueillir vivants dans des seaux en bois. Des porcs à demi sauvages erraient sur les plages ou jaillissaient soudain de la forêt et n'appartenaient à personne. Et pour ceux qui aimaient chasser, S. Tomé était un paradis de tourterelles, de grives et autres oiseaux comestibles. Il y avait enfin le manioc qui, ici, comme dans toute l'Afrique, était l'aliment préféré et substantiel des Nègres. À S. Tomé, personne ne réussissait à mourir de faim. Mais alors, pourquoi, puisqu'ils ne connaissaient pas les sécheresses qui frappaient d'autres régions d'Afrique, puisqu'ils n'étaient pas forcés de transhumer en quête d'aliments, les Nègres de S. Tomé ne vivaient-ils pas dans des conditions décentes ? Par paresse innée, comme le soutenaient les Blancs, ou à cause de l'insensibilité de ces derniers, comme de rares esprits s'aventuraient à le dénoncer ?

Lui, cependant, au bout de presque deux semaines, se trouvait dans une forme physique et une santé qu'il n'aurait jamais imaginées. La brève défaillance dont il avait été la proie pendant sa visite de la case avait été un épisode ponctuel. Il est vrai qu'il continuait à souffrir terriblement du climat, mais peu à peu il s'y habituait et ne trempait plus que deux chemises par jour. Le pire était les nuits, où, sous l'inévitable moustiquaire, la chaleur devenait encore plus intense et plus stagnante. Mais, comme tous les Européens en Afrique, il apprenait rapidement, lui aussi, à dormir peu, se couchant vers minuit, après son rituel fait de musique et de cognac sur le balcon qui mettait dignement fin à la journée, et se levant vers cinq heures du matin, dès que la clarté du jour commençait à entrer par la fenêtre et qu'il entendait, venant du jardin, les premiers cris des perroquets, le sifflement du « San Niclá » ou le son curieux produit par l'« ossóbó », lequel, s'il ressemblait à un pleur, annonçait la pluie. L'heure de la pluie, invariablement en fin d'après-midi, était son moment préféré. Elle annonçait la cessation du travail, la boisson fraîche qui l'attendait sur la terrasse, la douche froide qui précédait le dîner. Elle faisait taire tous les bruits à la ronde, elle noyait la chaleur suffocante de l'atmosphère et elle faisait monter dans l'air une odeur de terre mouillée qui écartait pendant quelques instants cette capsule géante de chlorophylle dans laquelle tous vivaient sur cette île. C'était comme si le ciel tout entier crevait tout à coup, incapable de se retenir plus longtemps, à la façon du plaisir amoureux différé jusqu'à l'ultime instant. Alors, l'île entière se libérait de cette suffocation, de l'agonie des heures passées dans la sueur, de ces journées d'une violence sans trêve. En ville, portes et volets des boutiques se fermaient, le greffier bouclait le tribunal, le responsable de la santé publique, le maire et tous les fonctionnaires regagnaient leurs pénates ou s'attardaient dans la brasserie Elite, écoutant la pluie tomber ou bavardant, et le curé émergeait de la sacristie pour célébrer la messe de six heures dans la cathédrale à l'intention d'une assemblée de dames dévotes qu'il saluait invariablement par les mots : « *Introibo ad altare Dei...* » À quoi elles répondaient : « *Ad Deum qui laetificat juventutem meam* » – mais, à la vérité, la jeunesse invoquée n'était plus qu'une salutation désabusée, enterrée à tout jamais dans ce lieu d'exil inclément, adouci uniquement de façon éphémère par la pluie. Le long des chemins de terre, à présent instantanément inondés, les Nègres de la ville, les fonctionnaires des postes ou les employés des boutiques rentraient chez eux, dans de simples cases en bordure de la forêt, où une marmite bouillait sur un feu et où un remugle lourd, qu'aucun Blanc ne supporterait, les attendait immanquablement. Plus loin, plus haut, dans les plantations, les travailleurs s'étaient déjà retirés depuis longtemps dans la *sanzala*, ils avaient déjà cuisiné et dîné, et leurs chants d'adieu se confondaient maintenant avec le bruit de la pluie dehors. Et sur le balcon de son palais, un verre de *gin-tonic* à la main et chassant les moustiques avec un éventail en paille tressée, le nouveau gouverneur de S. Tomé et Príncipe regardait à travers la pluie comme s'il réussissait à voir ce que personne d'autre ne parvenait à distinguer.

* * *

« Dites-nous donc un peu, gouverneur, quelles sont au juste les instructions que vous apportez de Lisbonne ? »

Le colonel Mário Maltez se carra sur sa chaise, alluma un cigare et regarda dans le blanc des yeux Luís Bernardo de l'autre côté de la table. C'était un regard intimidateur. Le colonel était un homme intimidant : à mi-chemin entre cinquante et soixante ans, grand, lourd, sanguin, avec des veines qui palpitaient et une abondante chevelure blanche, d'énormes mains velues, des doigts épais et déplaisants. Il avait participé aux campagnes de Mouzinho au Mozambique et l'on racontait qu'il avait même pris part directement à la célèbre bataille de Chaimite, à la suite de laquelle le roi Gungunhana, chef des insurgés, avait été capturé. Au Mozambique il avait servi sous Ayres d'Ornellas, un des généraux de Mouzinho et actuel ministre de la Marine et de l'Outre-Mer, ce qui lui donnait sûrement un poids politique que Luís Bernardo ne pouvait se permettre de dédaigner. De plus, il était encore l'intendant résident de Rio do Ouro, la plus grande plantation de l'île, en superficie et nombre de travailleurs – une armée de deux mille trois cents âmes. Le fait que ce soit lui qui «eût ouvert les hostilités» dès que le café et les *brandies* eurent été servis, amenant la conversation sur le sujet qui les réunissait tous là, montrait bien qu'il était le chef naturel des planteurs.

Avant de répondre, Luís Bernardo approcha de lui un chandelier du milieu de la table pour allumer lui aussi un cigare et faire ainsi une pause délibérée. Le dîner avait été excellent: filets de soles farcis de crevettes, porc rôti à l'ananas et riz au four, glace à la banane et café. Un vin blanc de Colares et un rouge de la Bairrada, de la réserve particulière du gouverneur lui-même, et un porto Quinta do Noval de 1832, de la cave du palais. La première bouffée qu'il tira de son cigare, un Hoyo de Monterrey, lui sembla délicieuse, absolument somptueuse: le cigare était humide sans être mou, il se consumait à la perfection et laissait passer l'air librement. Il en regarda l'extrémité incandescente et répondit, toujours sans lever les yeux:

«Bon, colonel, comme je pense que vous le savez, mes instructions et ma nomination elle-même émanent de Sa Majesté le roi et ont été confirmées ensuite par le précédent ministre.

– Et avez-vous déjà reçu confirmation de ces instructions par l'actuel ministre?»

Le colonel était malin, mais Luís Bernardo n'était pas stupide non plus. Il leva les yeux maintenant et lui fit face:

«Mes instructions émanant directement du roi, un changement de ministre n'a pas à entraîner leur confirmation. Je peux toutefois vous dire que j'ai reçu à Luanda la nouvelle du remaniement ministériel par un télégramme du secrétaire général du ministère, m'enjoignant, et je suppose sur ordre du nouveau ministre, de procéder conformément aux instructions reçues à Lisbonne.

– Bien, mais enfin quelles sont-elles, ces instructions si mystérieuses ? s'interposa le comte de Souza Faro, comme s'il voulait faire remarquer qu'il n'était pas un simple interlocuteur passif.

– Elles n'ont rien de mystérieux, monsieur le comte. Il s'agit d'assurer les conditions permettant à S. Tomé et Príncipe de continuer à être une colonie prospère pour tous et en même temps de démentir, par les faits, les accusations qui, comme vous le savez, nous ont été lancées par certains milieux influents en Angleterre à propos de la main-d'œuvre étrangère.

– Et Sa Majesté le roi et les ministres pensent que ces accusations sont fondées ? demanda le colonel Maltez qui retrouva sa position de chef.

– Ils ne pensent rien, ou plutôt la question ne se pose pas pour le moment. Ce qui importe c'est ce que pensera le consul anglais que nous recevrons ici dans un mois. Ce qui importe c'est ce qu'il verra, ce qu'il conclura et ce qu'il écrira dans les rapports qu'il enverra en Angleterre.

– Et pourquoi cela importe-t-il ? » répliqua de l'autre bout de la table un petit homme au visage inexpressif, qui était l'administrateur de la plantation Monte Café.

Luís Bernardo se retourna sur sa chaise pour regarder le nouvel intervenant dans la conversation. C'était l'un des quinze administrateurs de plantations qu'il avait soigneusement choisis pour le dîner, auxquels il avait adjoint les autorités qui, de loin ou de près, pouvaient avoir quelque chose à voir avec la vie dans les plantations : le curateur général, le délégué du gouvernement à Príncipe, le juge et le procureur. Il était satisfait de constater que la conversation devenait générale, même si le ton semblait devenir plus celui d'un interrogatoire que d'un échange de vues.

« Il se peut qu'avec du temps, des efforts et des investissements adéquats, S. Tomé puisse remplacer sans grands dommages le marché des exportations vers les îles Britanniques. Mais pour le moment, comme on le sait, la suspension temporaire ou le boycottage de ce marché du cacao entraînerait le chaos et, dans certains cas, la ruine des exploitations dont vous êtes les administrateurs. Or, voilà précisément ce qui serait en jeu si, par malheur, nous ne réussissions pas à convaincre les Anglais de l'absence de fondement de leurs accusations.

– À savoir ? demanda le colonel avec brusquerie.

– À savoir – Luís Bernardo fit une pause quasiment théâtrale et promena lentement son regard autour de la table – si nous ne parvenons pas à les convaincre que le travail forcé n'existe pas à S. Tomé et Príncipe. »

Pendant tout le dîner, Germano André Valente, le curateur général, avait évité le regard de Luís Bernardo, assis à deux places de lui à sa droite, et il avait gardé le silence jusque-là. Déjà le jour de son arrivée, quand il lui avait été présenté, Luís Bernardo avait remarqué son regard fuyant et le peu d'enthousiasme avec lequel il l'avait salué. Lors de la réception officielle, par hasard ou délibérément, il ne s'était jamais trouvé à proximité du gouverneur et à présent il semblait vouloir continuer à demeurer aussi invisible que possible. Mais, malgré le désir qu'il en avait, Luís Bernardo ne pourrait pas toujours l'éviter : Germano Valente avait pour fonction officielle de vérifier et de faire rapport sur les conditions de travail dans les plantations et sur la légalité des contrats de travail, de superviser l'importation et le rapatriement des travailleurs et de représenter simultanément les intérêts de la main-d'œuvre et des patrons. Il faisait ses rapports et était directement responsable devant le gouvernement de Lisbonne, ce qui pouvait entraîner un chevauchement de ses compétences avec celles du gouverneur lui-même – mais il n'était jamais arrivé jusqu'à présent que le gouverneur et le curateur exposent publiquement leurs divergences de vues sur ce qui se passait dans les plantations. Pourtant, dans le silence qui était tombé après les dernières paroles du gouverneur, pendant que tous semblaient contempler distraitement la fumée des cigares qui flottait au-dessus de la table, ce fut Germano Valente qui reprit le fil de la conversation :

« En quoi consiste le travail forcé pour Votre Excellence ? »

Luís Bernardo n'apprécia guère le ton de cette interpellation et il ne mâcha pas ses mots :

« Monsieur le curateur, pour moi, et non seulement pour moi, mais aussi pour la communauté des nations et pour les traités internationaux, le travail forcé consiste en quelque chose dont vous trouverez la définition dans une publication que j'ai consacrée à ce sujet et que vous connaissez sûrement. »

Même du coin de l'œil, il constata avec satisfaction que l'autre avait instantanément rougi et qu'il s'était soudain raidi, accusant le coup. Il poursuivit :

« Pour le monde entier, et par conséquent y compris le gouvernement portugais, travail forcé veut dire travail imposé à un travailleur contre sa libre volonté.

– Alors, mon cher, le travail forcé n'existe pas à S. Tomé. » C'était de nouveau le comte de Souza Faro qui parlait et Luís Bernardo commençait à apprécier la faculté qu'il semblait posséder d'intervenir chaque fois pour détendre l'atmosphère.

« Les travailleurs dans les plantations, contrairement à ce qui se passe dans certaines colonies anglaises ou françaises – le colonel Maltez se pencha au-dessus de la table pour donner plus de poids à ses paroles – ne sont pas embarqués de force, ils sont tous payés et reçoivent le salaire minimum défini par la loi, comme vous le savez certainement, ils ont un horaire de travail, ils se reposent le dimanche, ils bénéficient de soins médicaux, sont logés et nourris par la plantation. Vous appelez ça du travail forcé ?

– Voyons les choses de plus près – Luís Bernardo conservait un ton de voix suave, comme s'il ne s'apercevait pas de l'existence d'un conflit latent – je ne vous accuse pas. Je me borne simplement à vous faire part des accusations que d'autres, et qui ont le pouvoir de vous causer du tort, vous lancent. Je répète une nouvelle fois que ce n'est pas moi que vous devrez convaincre, mais monsieur David Jameson, le prochain consul d'Angleterre à S. Tomé et Príncipe. »

Souza Faro se leva de table et se mit à déambuler dans la pièce, autre façon élégante de détendre l'atmosphère. Il parla en allant et venant. Luís Bernardo sentit en lui un éventuel allié :

« Il sera difficile de convaincre l'Anglais si nous ne commençons pas par nous convaincre nous-mêmes…

– Que faut-il faire pour vous convaincre, gouverneur ? » Cette fois ce fut l'un des directeurs, resté silencieux jusque-là, qui prit la parole.

« Il est évident que je devrai me rendre sur place pour pouvoir me faire une opinion : jusque-là je ne pense rien. Mais si, avec votre autorisation que je sollicite ici, je pouvais commencer dès demain mes visites des plantations – de toutes les plantations de S. Tomé et de Príncipe, sans exception, petites ou grandes, pauvres ou riches – je crois que dans deux mois je serai en mesure de répondre à cette question avec tout le sérieux nécessaire.

– Cela veut-il dire que jusque-là tout ce que je viens de déclarer n'a aucune valeur pour vous ? » Le colonel Maltez ne lâchait pas prise.

« Pas le moins du monde. Cela veut dire que je ne serais pas sérieux, à mes propres yeux, vis-à-vis de vous et, surtout, vis-à-vis de celui qui m'a nommé à ce poste, si je me formais une opinion, dans un sens ou dans un autre, sur la seule base de ce que j'ai lu ou entendu. Colonel, ce que vous venez de me déclarer, je l'enregistre en tant qu'information, laquelle, bien qu'incomplète, me sera certainement utile.

– Incomplète en quoi ?

– Par exemple, colonel, vous avez dit que les travailleurs des plantations embarquent de leur plein gré, qu'ils sont rémunérés comme prévu par la loi, nourris, logés, traités…

– Exactement.

– … mais vous n'avez pas dit s'ils sont également libres de partir quand ils le veulent.

– De partir ?

– Oui, de partir, de s'en aller, de travailler dans une autre plantation, de retourner dans leur pays d'origine.

– Oui, ils sont libres de partir », interrompit le curateur Germano Valente. Et Luís Bernardo s'adressa à lui directement :

« Alors, pourquoi ne partent-ils pas ? Pourquoi chaque année deux ou trois mille débarquent-ils et une ou deux douzaines seulement retournent-ils en Angola ?

– Parce qu'ils ne le veulent pas ! » Le ton de voix du colonel Maltez ressemblait à une déclaration de guerre en bonne et due forme. Luís Bernardo jugea plus sage d'ignorer le défi. Il se leva lui aussi, signalant ainsi que le dîner ou, tout au moins, la conversation politique étaient terminés.

« Bon, alors s'il en est ainsi, il n'y aura pas de problèmes. Messieurs, je tiens à vous remercier tous d'être venus et, avec votre autorisation, je vais vous distribuer à la sortie un calendrier avec les dates des visites que j'ai l'intention de faire dans les plantations et qui, sauf empêchement de votre part ou raison de force majeure de ma part, ne seront pas modifiées. Je vous demande pardon de la promptitude avec laquelle je souhaite les commencer, mais pour des raisons que vous comprendrez sûrement j'aimerais les terminer avant l'arrivée du consul anglais.»

Le même soir, après le départ de tous et après sa demi-heure de contemplation sur le balcon, il s'assit à son secrétaire et écrivit un court billet à João :

« Cher ami,

J'ai reçu aujourd'hui à dîner les administrateurs des principales plantations et le personnage sinistre qu'est le curateur général. La guerre va commencer et il est hautement improbable que je puisse en sortir sain et sauf. Comme j'aimerais que tu puisses être ici aujourd'hui pour me conseiller ! »

VIII

Une cloche commença à sonner dans son rêve. Elle sembla tout d'abord venir de loin, d'un horizon distant, puis elle devint de plus en plus nette et intense, jusqu'à l'obliger à se réveiller. Il s'aperçut qu'aucune lumière n'entrait par les fentes de la fenêtre, signe qu'il faisait encore nuit, et en voulant se tourner sur le côté pour continuer à dormir il se rendit compte que son oreiller était trempé de sueur et que ses cheveux étaient mouillés. Ce devait être l'été. Ce devait être la cloche de l'église d'Alvor sonnant les matines, il devait être étendu sur une couchette dans le yacht de son ami António Amador. Ils étaient sans doute allés jusqu'à l'Algarve, c'était l'été et ils étaient en vacances, la mer transparente de la ria d'Alvor l'attendait dehors, il y plongerait pour se réveiller complètement. Mais tout cela dans quelque temps, pour l'instant il pouvait continuer à dormir : tout était évident et paisible, c'était un moment léger, sans présages.

Mais la cloche continuait à sonner et son rythme n'était pas celui d'une invitation, mais plutôt d'un commandement. Il semblait à présent entendre des voix au-dehors et une clarté encore très ténue entrait par la fenêtre. Il tâtonna dans l'obscurité et trouva les allumettes sur la table de chevet. Il en alluma une et regarda les aiguilles de sa montre qu'il avait laissée sur la table, à portée de main : il était quatre heures trente du matin et il se réveilla alors pour de bon.

Il écarta la moustiquaire, se leva du lit et alla ouvrir les volets. Dehors, le ciel était encore piqueté d'étoiles et seule une légère luminosité s'élevait de derrière la montagne, d'où le matin chassait la nuit. La cloche s'était enfin tue et des silhouettes sombres traversaient précipitamment l'esplanade, montrant que le signal du réveil avait été entendu dans la plantation Porto Alegre. Luís Bernardo aspira le parfum encore nocturne et suave de la vanille et la fragrance naissante de la « rose folle », cette fleur inconstante de l'équateur, qui le matin est blanche, à midi rose, et rouge à la fin du jour, de la couleur du soleil qui se noie dans la mer. La nuit se dissipait rapidement, mais au lieu de la lumière du jour elle engendrait une brume blanche, comme du coton liquide, qui flottait à ras de terre. L'on réussissait à distinguer à travers elle, à l'arrière-plan, les contours des habitations de la *sanzala* où un va-et-vient grandissant de silhouettes noires, estompées par le brouillard, s'intensifiait graduellement. D'une des habitations s'éleva soudain et sans raison un cantique traînant et triste, une voix psalmodiant dans un dialecte de l'Angola une mélopée qui donnait la chair de poule, reprise bientôt en chœur par d'autres voix. Le cantique enfla et envahit toute la *sanzala*, il traversa l'esplanade et arriva jusqu'à la maison de maître, jusqu'à la fenêtre où Luís Bernardo contemplait le matin naissant. C'était un cantique pleurant le matin qui surgissait, enveloppé de brouillard, le soleil qu'ils avaient laissé derrière eux, la mer sans retour qu'ils devinaient de là sans jamais l'apercevoir, la nuit qui s'achevait, engloutissant en elle tous les rêves. Mais non, ce n'était pas un cantique, mais bien plutôt une lamentation chantée. Une lamentation pleurant un monde perdu, qui ne survivait que dans le souvenir de jours heureux. Ils pleuraient leur autre Afrique, celle des plaines à perte de vue, de l'herbe brûlée par le soleil, des animaux y courant en liberté, de la forêt où le lion guette le zèbre et où le léopard poursuit silencieusement l'antilope, des rivières traversées dans des pirogues fragiles au milieu de crocodiles et d'hippopotames endormis, des nuits dans la savane, écoutant les cris de la forêt et réchauffant leur peur à un feu allumé entre des pierres. Une Afrique pour un horizon sans fin et non pas cette prison de cinquante kilomètres sur trente, cette suffocation gluante et toujours humide, ces sentiers étroits au milieu de la forêt, avec leur éternelle odeur nauséeuse de cacao, cette cloche qui retentissait tous les jours et invariablement à quatre heures du matin, à six heures du soir et à neuf heures la nuit, emprisonnant leur temps, toujours inexorablement semblable et prévisible, comme si Dieu les avait marqués à leur naissance avec un horaire que rien, ni la joie ni la tragédie, ni la fête ni la douleur, ne pourrait modifier. Et ici, à cette fenêtre donnant sur l'esplanade centrale de la plantation Porto Alegre, que l'effort titanesque du baron d'Água Izé avait fondée dans un lieu où aucun homme ne choisirait de vivre, Luís Bernardo fit une découverte absolument inattendue. Il découvrit qu'il avait déjà entendu cette mélopée. Il l'avait entendue dans une autre langue, mais c'était exactement la même : à l'Opéra de Paris, quatre années plus tôt, lorsqu'il avait assisté au *Nabucco* de Verdi. C'était le « *Va, pensiero* », le cantique des esclaves hébreux.

Une demi-heure plus tard, le gouverneur de S. Tomé présida depuis la véranda de la maison, en compagnie de l'administrateur de la plantation, au « rassemblement du matin ». Quelque sept cents Noirs, divisés en groupes de dix hommes, pieds nus et sommairement vêtus, tous avec une plaque suspendue au cou avec le nom de la plantation et le numéro du contrat, saluaient comme des gladiateurs, levant le bras en l'air, avec leur inséparable coupe-coupe – une courte dague qui leur servait pour tout, pour couper du bois, ouvrir un chemin dans la forêt ou décapiter le serpent noir, s'ils arrivaient à le surprendre à temps. Une fois le décompte effectué par le contremaître et deux assistants, l'administrateur indiqua d'un signe de tête au contremaître qu'il pouvait lancer le cri de « En route ! » et toute l'armée des ombres noires se mit silencieusement en branle, disparaissant presque instantanément dans la végétation touffue. Cinq minutes plus tard, toute l'exploitation agricole était déserte, l'on n'entendait plus que les cris des enfants et les voix des femmes qui ce jour-là avaient été dispensées du travail dans les plantations, le bruit des locomotives de la « ligne Decauville » partant recueillir le cacao, le vacarme des scies et des enclumes dans les ateliers, celui de la cognée des bûcherons dans les bois. À mesure que la forêt était ainsi réveillée de son sommeil, des nuées d'oiseaux s'envolaient dans toutes les directions pour gagner d'autres parages. À huit heures du matin, le travail serait interrompu pendant une demi-heure pour « tuer le ver », pour le premier repas du jour. Après, vers onze heures et demie, le déjeuner était distribué sur le lieu de travail et, une heure plus tard (ou peut-être davantage, selon l'humeur du contremaître et les résultats de la dernière cueillette), l'on reprenait le travail jusqu'à six heures du soir, invariablement l'heure où le soleil se couchait. Ce n'était ni beaucoup ni peu, c'était le maximum permis par la nature – du lever au coucher du soleil.

À midi, quand la cloche de l'exploitation sonna trois fois pour le déjeuner dans la maison de maître, Luís Bernardo avait déjà perdu trois litres de sueur en parcourant les installations les plus proches. Il avait visité les divers ateliers – menuiserie, ferronnerie, ferblanterie – il avait vu la maison du contremaître, deux baraques de la *sanzala*, de quatre mètres sur quatre, avec des fenêtres dans chaque mur de façon à profiter du moindre courant d'air pour rafraîchir l'atmosphère, il était entré dans la crèche où une quarantaine de petits enfants et une femme semblaient ne rien faire du tout et il avait visité l'hôpital de l'exploitation, avec des armoires en bois renfermant une profusion de flacons étiquetés et solennellement alignés, une table basse avec des instruments chirurgicaux métalliques aux formes étranges et sinistres comme c'est presque toujours le cas des instruments médicaux et ensuite l'immense infirmerie, avec des fenêtres de chaque côté de la salle et des lits de fer peints en crème le long des murs, une cinquantaine en tout. Un médecin résident, d'un âge indéchiffrable et avec un air de résignation absolue qu'il n'essayait même pas de déguiser, l'accompagna pendant sa visite qui, visiblement, avait été préparée. La majeure partie des lits avait des draps relativement propres, trois infirmières noires portaient des uniformes récemment amidonnés, le sol était encore humide du lavage matinal, les murs étaient blanchis de frais et aucun malade ne gémissait sur les lits. Tout aurait été parfait, n'étaient un relent fluctuant de formol et une odeur de mort, d'abandon, de silence définitif, de résignation, qui imprégnaient l'air et les sens, sans laisser place à la moindre illusion : de tous les endroits du monde qu'il avait vus, jamais aucun ne lui avait transmis une sensation aussi dévastatrice de solitude. Luís Bernardo écouta en silence toutes les explications que le médecin et l'administrateur lui donnèrent, sans leur poser de question, marchant à la même allure qu'eux le long de l'infirmerie et s'efforçant de ne pas regarder les yeux des malades, recroquevillés sur les lits comme des bêtes capturées.

Avant le déjeuner, il alla encore voir les grandes surfaces empierrées où l'on disposait les « plateaux » de bois pour sécher le cacao au soleil, qui étaient rentrés immédiatement par les femmes à la première goutte de pluie. Avant cela, le cacao qui arrivait en bas dans les wagons de la « ligne Decauville » – une innovation récente des principales plantations – était décortiqué par les femmes et les enfants, dans une opération appelée « cassage » du cacao. Puis, à la contrariété visible de l'intendant, Luís Bernardo insista pour aller voir de ses propres yeux en quoi consistait le déjeuner des travailleurs. « Cela fait partie de mes fonctions », conclut-il d'un ton péremptoire, et l'administrateur n'eut plus qu'à le suivre. Ce jour-là – et comme il le constaterait presque tous les jours et dans toutes les plantations – le déjeuner des travailleurs se résumait à une écuelle de farine cuite et à un litre d'eau, servi dans des brocs en laiton.

Dans la maison de maître, ils, c'est-à-dire l'administrateur, le contremaître, le médecin et lui, mangèrent pour le déjeuner du porc frit avec des haricots et un gâteau à la banane et à la vanille, suivis d'un café et d'un *brandy*, qu'il refusa. Ce fut un moment de détente, après une matinée passée à transpirer : Luís Bernardo avait remplacé sa chemise en coton blanc trempée par une autre et dans la salle à manger une brise rafraîchissante était produite par le grand éventail au-dessus de la table que deux serviteurs, chacun posté à un bout de la pièce, avaient fait glisser dans l'air pendant tout le repas. Ils sortirent ensuite sur la véranda qui entourait la maison et d'où l'on pouvait apercevoir l'ensemble de l'exploitation, avec ses constructions en maçonnerie blanche avec toits de tuiles portugaises, d'une architecture simple et dépouillée, qui rappelaient tellement à Luís Bernardo certains villages de l'intérieur du Portugal. L'on était si bien sur la véranda qu'il faillit s'abandonner au sommeil, à la fatigue et à la chaleur qui venait de l'esplanade centrale et qui, ici, malgré tout, était atténuée par l'ombre produite par l'auvent. Ce fut même l'insistance avec laquelle l'administrateur de Porto Alegre s'efforça de le convaincre de faire une sieste qui finit par le rappeler à ses devoirs. Il demanda qu'on lui selle un cheval et il partit vers les plantations où, de nouveau trempé de sueur, il s'engagea sur les sentiers entre les cacaoyers ou sur certaines allées plus larges bordées de palmiers. Une armée de fourmis trimait au milieu de la plantation, se confondant parfois avec les arbres eux-mêmes. Elles nettoyaient, coupaient l'herbe, creusaient des trous, cueillaient et rassemblaient les cabosses que d'autres transportaient sur le dos dans des paniers jusqu'à la voie ferrée qui ressemblait presque à celle d'un train en miniature. Il n'aperçut ni gourdin ni fouet ni autre chose dont il avait entendu parler entre les mains des sous-surveillants ou « chefs de forêt ». Tout semblait bien réglé et normal, comme une vulgaire ligne de montage dans une usine, avec la seule différence que cette usine était à l'air libre, dans une chaleur étouffante et une humidité insupportable. "C'est sans doute ainsi qu'on a aussi construit les pyramides, c'est ainsi qu'on édifie les empires", se dit-il.

Au bout de deux heures, il laissa son cheval à un des assistants et retourna à l'exploitation dans la « Decauville », assis sur une montagne de cabosses dans un des wagons remorqués par la petite locomotive à vapeur. À la sonnerie de la cloche de six heures, exactement au coucher du soleil, les travailleurs commencèrent à converger de tous les points de la plantation en direction du grand espace central. Ils arrivaient seuls ou en groupes, coupe-coupe ballant, épaules courbées, avançant d'un pas las. Ils se laissaient choir à terre et restaient là, assis ou couchés, sans presque parler, une fatigue extrême transparaissant dans chacun de leurs gestes. À six heures et demie, le surveillant ordonna le rassemblement du soir pour un nouveau comptage des têtes, au cas où quelqu'un, pris d'un accès de folie, aurait fui pour toujours les obligations de son contrat, la légalité et la « sécurité » de la vie dans la plantation, troquant tout cela pour l'obscurité de la forêt hérissée de danger et n'offrant aucun avenir radieux. Le dénombrement des têtes effectué, ils défilèrent pour recevoir le dîner qu'ils iraient cuisiner dans la *sanzala* : du poisson séché, du riz et des bananes, pour eux et pour leur famille – s'ils en avaient une. Suivant la scène de son poste d'observation sur la véranda de la maison de maître, Luís Bernardo se souvint de la description idyllique de ce qui allait suivre, sortie de la plume d'un des propriétaires de plantations à S. Tomé et qu'il avait lue quelque part : « Une fois donné le signal de la dispersion, ils se retirent dans la *sanzala* où ils mangent, se distrayant ensuite, bavardant ou dansant jusqu'à la sonnerie de la cloche qui annonce le moment du repos à neuf heures. Les jours de congé, où il leur est permis habituellement de se coucher plus tard, il n'est pas rare qu'ils s'amusent à organiser de grandes séances de tam-tam, donnant libre cours à leur sentiment de joie dans des danses et des mouvements désordonnés. Nul souci ne les préoccupe pour ce qui est de leur subsistance ou de celle de leur famille, dans la mesure où tous se trouvent à la charge de leur patron qui leur fournit la nourriture trois fois par jour, des vêtements, un logement, des soins médicaux, un salaire sous forme d'argent et un transport aller et retour dans leur port d'origine... Avec tous ces avantages et privilèges, et vu l'intérêt et l'aide paternelle dont ils bénéficient dans tous les autres domaines de la vie, tant de la part de leur patron que de celle du curateur, les travailleurs jouissent d'une existence relativement enviable et pour cette raison même, lorsque leur contrat prend fin, alors qu'ils connaissent un bien-être qu'ils étaient loin de trouver dans le pays dont ils sont natifs, les indigènes angolais préfèrent fixer leur résidence dans les îles plutôt que de retourner en Angola… » Luís Bernardo sourit au souvenir de cette citation qu'il avait entièrement mémorisée. Il vit les centaines d'hommes, recrus de fatigue, anéantis, se traîner en silence vers leur logis dans la *sanzala*, coupe-coupe pendant au bout d'une main, ration de la nuit dans l'autre, et il se demanda si l'auteur de ces mots voulait par hasard faire passer pour un « sentiment de joie » la mélopée poignante qu'il avait entendue de leur bouche tôt le matin. Il imagina cet homme à Paris, en cet instant même, peut-être installé au Bristol ou au Crillon, se préparant à dépenser en une soirée aux Folies-Bergère en compagnie d'une quelconque grisette ce qu'une de ces âmes qui travaillait dans sa plantation, comblée « d'avantages et de privilèges » et « d'aide paternelle », ne réussirait jamais à gagner pendant toute sa vie, jour après jour, du lever au coucher du soleil.

Luís Bernardo resta appuyé à la balustrade de la véranda, plongé dans ses pensées, après que tous se furent retirés et que l'esplanade centrale demeura presque déserte. Les premiers panaches de fumée s'élevaient des constructions de la *sanzala* et il semblait, maintenant que les deux mondes étaient séparés – le blanc et le noir – que la paix et l'ordre des choses naturelles étaient descendus sur l'exploitation agricole. Mais ce fut seulement une apparence de paix éphémère : un silence venu des entrailles de la terre s'était élevé du cœur de la forêt et avait envahi l'*óbó* où tous les bruits s'étaient tus, comme à un signal secret. De loin, dans le silence qui s'était ainsi installé, l'on entendit alors le chant de l'*ossóbó*, et ce fut lui qui avertit le garde de service. En un clin d'œil, la cloche de l'exploitation retentit de façon désespérée et aussitôt une multitude de femmes émergea de la *sanzala* pour rentrer précipitamment les plateaux de cacao. Un souffle de vent venu de la mer monta jusqu'à l'*óbó* et tout le feuillage, y compris la cime des arbres, certaines à plus de trente ou quarante mètres de hauteur, frissonna à son passage, comme si une tragédie se produisait. Trois minutes plus tard, une pluie battante, avec des gouttes grosses comme des pierres, s'abattit et soudain le ciel tout entier explosa en coups de tonnerre et en éclairs qui illuminaient la nature comme s'il faisait de nouveau jour. Un déluge venu des hauteurs inonda la terre rouge. De vieux arbres craquaient avec la tempête, se fendaient dans un fracas apocalyptique et s'écroulaient au-dessus des taillis, tombant graduellement par terre et frôlant au cours de leur chute ceux qui restaient debout, comme s'ils leur disaient adieu. Le ciel entier, la forêt, la terre, gémissaient et criaient, fustigés par le vent et par la tempête déchaînée. De l'*óbó* arrivait le grondement de rivières qui s'étaient formées instantanément et qui coulaient de façon torrentueuse et celui de cascades endormies, à présent réveillées avec violence. Luís Bernardo était pétrifié par la beauté et l'horreur de ce spectacle : on lui eût dit que c'était la fin du monde qu'il l'eût cru.

La fin du monde, cette effroyable bataille livrée dans le ciel entre l'eau et le feu, dura à peine un peu plus d'une demi-heure. Ensuite, peu à peu, la colère divine s'apaisa, la pluie se raréfia, la fulgurance des éclairs s'éloigna et le fracas du tonnerre s'entendait à présent de plus loin, au-dessus de la mer. L'instant d'après, tout était fini : le silence s'empara de nouveau du monde pendant quelques brèves minutes, puis l'*óbó* se peupla des cris aigus des oiseaux de nuit, du frôlement des bêtes tapies dans la végétation, du doux bruit de l'eau coulant le long des flancs de la montagne. De la fumée avait recommencé à monter des cheminées de la *sanzala*, les cris des enfants reprenaient et allaient crescendo, peu après une mélopée s'éleva d'une des maisons et se propagea aux autres, un simple murmure chanté et envoûtant. Pris d'une tristesse subite et dévastatrice, Luís Bernardo tourna le dos à l'esplanade et rentra se changer pour le dîner.

Le lendemain, de bon matin, il embarqua au point de mouillage du domaine de Porto Alegre pour aller voir une autre plantation. Désormais, pendant les semaines à venir, toutes ses journées seraient identiques, réglées par la sonnerie de la cloche des exploitations agricoles, à table avec des étrangers, visitant des ateliers, des hôpitaux et des cultures, écoutant les mélopées à faire dresser les cheveux sur la tête de ces Nègres arrachés à l'Angola qui garantissaient la prospérité des îles et la richesse dont les propriétaires de ces domaines profitaient au loin. À l'embarcadère, monsieur Feliciano Alves, l'administrateur de l'exploitation, lui demanda enfin :

« Alors, monsieur le gouverneur, que pensez-vous ?

– Je pense que tout cela est impressionnant, monsieur Feliciano.

– Vraiment ? Et eux, vous les trouvez aussi maltraités qu'on le raconte là-bas, à Lisbonne ?

– Cela dépend. Pour vous, et peut-être pour moi, ils ne sont pas très maltraités. Il y a assurément pire en Afrique. Mais si on leur posait la question à eux, la réponse serait peut-être différente.

– Quelle réponse, monsieur le gouverneur ?

– Je ne sais pas, monsieur Feliciano. Vous êtes-vous déjà imaginé à leur place ?

– À leur place… ?

– Oui, vous êtes-vous imaginé travaillant dix heures par jour dans la plantation, vous levant au son de la cloche et vous endormant quand la cloche vous l'ordonne, et gagnant deux réis cinquante centimes par mois ?

– Oh, monsieur le gouverneur, j'ai du mal à en croire mes oreilles. Chacun a sa place, ce n'est pas nous qui avons fait le monde, c'est Dieu. C'est lui, que je sache, qui a fait les Blancs et les Noirs, les riches et les pauvres.

– Eh bien, vous avez raison, monsieur Feliciano. Il se trouve que, ces derniers temps, ma foi est légèrement ébranlée. »

Et il embarqua à bord de la petite gabare à vapeur, laissant monsieur Feliciano Alves visiblement en proie à l'appréhension.

* * *

En trois semaines, il retourna uniquement trois fois en ville, pour dormir dans le palais du gouvernement, changer de vêtements, expédier les affaires urgentes et lire les communications officielles arrivées de Lisbonne. Sa correspondance privée l'attendait aussi, une lettre de João lui donnant des nouvelles de leurs amis et connaissances et renouvelant sa promesse d'aller lui rendre visite « dès que ta solitude deviendra tellement intolérable que je ne supporterai plus le remords d'avoir aidé à te convaincre d'accepter cet exil au service de la patrie ». Les journaux de Lisbonne étaient également arrivés, avec leurs nouvelles qui semblaient provenir d'une autre planète. L'agitation politique, les rumeurs à propos d'une conspiration, les jérémiades de la province remplissaient les premières pages, tandis que les correspondants à Londres relataient la visite du roi D. Carlos en Angleterre : il avait passé trois semaines entre Windsor, Balmoral et Blenheim, la résidence du duc de Marlborough, entre des parties de chasse, des représentations théâtrales, des concerts et des soirées de bridge, interrompus uniquement par quelques rares visites à des régiments. Le calendrier de Sa Majesté ne faisait pas état d'un seul rendez-vous de travail avec le Premier ministre, lord Balfour, chef du Foreign Office, avec les responsables du ministère des Colonies, avec des financiers, des importateurs ou des journalistes – rien, apparemment, susceptible d'intéresser le Portugal. Il ne put s'empêcher de se demander si à un moment ou à un autre, entre une partie de chasse et un concert, D. Carlos avait pensé à la mission qu'il lui avait confiée et à ce qu'elle pourrait signifier pour les relations du pays avec l'Angleterre.

Le plus réconfortant dans ses retours chez lui était de constater que Sebastião et tout le personnel semblaient avoir regretté son absence, le traitant comme s'il était un soldat de retour du front pour se reposer à l'arrière. De la cuisine arrivaient des messages insistants de Mamoun et Sinhá invitant « monsieur le gouverneur à leur dire ce qu'il avait envie de manger pour le dîner » et son moindre souhait se transformait aussitôt en dîner, comme si ses désirs avaient été déjà devinés. Doroteia souriait à la vue du tas de linge sale qu'il jetait par terre dans sa chambre et elle alignait soigneusement sur la commode toute une série de chemises propres et repassées à emporter avec lui le lendemain matin. Et elle passait, glissant silencieusement et en souriant entre la chambre à coucher, la pièce contiguë où il s'habillait et la salle de bains, préparant le lit, ramassant le linge sale, faisant couler le bain, gazelle noire toute de blanc vêtue, chaque fois plus belle, chaque fois plus tentante, chaque fois plus irrésistible, il avait envie de l'attraper au passage, de l'attirer à lui pour sentir son corps ferme et svelte contre le sien, de passer la main sur sa peau de satin noir et lui dire dans le creux de l'oreille, en une manière d'ordre, mais aussi de requête : « Veux-tu être ma blanchisseuse ? » comme le voulait la coutume qui s'était instaurée dans les îles entre les hommes blancs et les gazelles noires. Le soir, après le dîner, tandis qu'il se dirigeait vers la terrasse, un verre de *brandy* ou de porto à la main, Sebastião lui demandait sur un ton de connaisseur averti : « Monsieur le gouverneur veut-il que je lui mette le disque du monsieur italien qui chante ou le disque de musique du monsieur allemand ? » et Luís Bernardo répondait, amusé par la question, le disque de Giuseppe ou le disque de Wolfgang.

En trois semaines, il visita plus de trente exploitations, les unes simplement pendant une demi-journée, d'autres, les plus grandes ou les plus éloignées, pendant un jour entier. Il arrivait en bateau, le moyen de transport le plus rapide et le plus expéditif, quand les plantations étaient situées à proximité de la côte, ou à cheval ou en charrette, quand elles étaient à l'intérieur des terres, enfoncées dans la forêt, sur les flancs de la montagne, atteignables uniquement par de longs voyages pénibles sur des sentiers et des chemins qui devaient être nettoyés et débroussaillés presque tous les jours, car la nature exubérante ne tardait pas à les engloutir. Mais cela lui permit de connaître l'île comme peu l'avaient fait avant lui : il escalada ses pics d'où l'on apercevait la mer par temps clair, il traversa des rivières à cheval, descendit dans des vallées abruptes jusqu'à l'obscurité de la forêt, longea des cascades et même, une fois, se baigna dans les eaux froides et transparentes d'un lac alimenté par une chute d'eau. La carte de l'île n'avait plus de secret pour lui et il situait correctement les domaines et les embarcadères, les plages, les rivières, les pics.

Il avait commencé ses visites en allant du sud vers le nord et il avait donc laissé pour la fin celle qu'il prévoyait être une des plus désagréables et difficiles – la visite du domaine Rio do Ouro, administré par le colonel Mário Maltez, dont les propos lors du dîner au palais avaient révélé toute l'animosité qu'il pouvait attendre de ce personnage. Mais, à sa grande surprise, lorsqu'il arriva à Rio do Ouro, en début d'après-midi, le colonel n'était pas là pour l'attendre : on lui dit qu'il avait dû s'absenter en ville pour des affaires urgentes. Plus bizarre encore, il avait demandé au curateur Germano Valente, qui jusqu'alors n'avait jamais daigné l'accompagner ni être présent lors de l'une de ses autres visites dans les exploitations agricoles, de le remplacer. Luís Bernardo ne savait pas quoi penser exactement de cela, mais il lui semblait évident que l'absence du colonel dénotait un manque de courtoisie à son égard : il n'y avait, à S. Tomé, aucune affaire dont l'urgence justifiât qu'un administrateur de plantation ne reçoive pas personnellement un nouveau gouverneur venant visiter pour la première fois ses domaines. D'autre part, la présence du curateur, uniquement dans cette exploitation et en représentation ou en remplacement de l'intendant, semblait grosse d'un message clair : à savoir que tous deux étaient unis face à un éventuel conflit avec le gouverneur et que le curateur répondait personnellement des conditions de travail dans cette plantation. Luís Bernardo ne laissa pas paraître ses sentiments, mais il bouillait intérieurement de rage et d'humiliation. Hésitant entre tourner immédiatement les talons et s'en aller ou bien effectuer la visite comme si de rien n'était, il finit par opter pour un moyen terme, il se laissa guider dans les installations de l'exploitation sans poser de questions ni commenter les explications fournies en cours de route par le contremaître en chef. Rio do Ouro, avec ses trente kilomètres de périmètre, était la plus grande et la plus impressionnante des exploitations qu'il avait vues jusque-là. Les équipements étaient imposants, les machines, y compris la « ligne Decauville » installée récemment, étaient aussi modernes que possible, les plantations étaient parfaitement entretenues et bien alignées, et l'organisation du travail apparemment exemplaire : il n'était pas étonnant que l'exploitation produisît deux cent trente mille arrobes de cacao par an, que son propriétaire, le comte de Valle Flor, se chargeait de dépenser parcimonieusement à Lisbonne ou à Paris. Le contremaître débitait ses chiffres à perdre haleine, comme s'il débitait les huit béatitudes évangéliques, il décrivait l'état de chaque plantation, le rendement de chaque hectare, la production de chaque équipe de travail. Le curateur, toujours à deux pas derrière, se taisait lui aussi, comme s'il savait déjà tout cela par cœur ou comme si rien de cela ne l'intéressait vraiment. Les chiffres, toutefois, explosaient dans la tête de Luís Bernardo comme autant de vérités incontournables, irréfutables. La chaleur, qui avait atteint son apogée et qui annonçait la pluie rédemptrice de la fin de l'après-midi, renforçait en lui cette sensation de l'inutilité du moindre doute ou inquiétude et lui donnait simplement envie d'une trêve, d'une reddition honorable : de l'ombre, une chaise, une limonade fraîche. Et même, si nécessaire, la présentation d'excuses, en échange de cette trêve. Lors du « rassemblement » de la fin de l'après-midi, une armée noire à perte de vue s'aligna sur l'esplanade centrale, des hommes ni heureux ni défiants, tout juste évidents, comme les deux cent trente mille arrobes, comme le million deux cent mille réis par an, comme la certitude que Dieu avait fait le monde ainsi, avec des Noirs et des Blancs, et qu'un jour de plus venait de s'écouler sur ce point minuscule dans l'univers qu'était l'exploitation agricole de Rio do Ouro sur cette île maudite de S. Tomé. À la fin du rassemblement des travailleurs, Luís Bernardo fit appel à ce qui lui restait comme énergie et comme orgueil et il demanda qu'on lui selle son cheval et celui de Vicente pour retourner en ville. Ce fut enfin son tour de jouir de la surprise du curateur et du contremaître :

« Comment ? Votre Excellence ne reste pas pour le dîner et pour la nuit ?

– Non, merci beaucoup, mais moi aussi j'ai des affaires urgentes à régler en ville.

– Mais le dîner et les appartements de Votre Excellence ont été préparés sur l'ordre exprès de monsieur le colonel Maltez... !

– Je n'ai pas eu le plaisir de rencontrer monsieur le colonel... Dites-lui de ma part que je le remercie infiniment de son offre, mais que cela sera pour une prochaine fois, pour quand monsieur le colonel sera présent.

– Et monsieur le gouverneur va partir ainsi, de nuit, dans le noir, descendre là en bas ?

– Mais oui. Nous disposons d'encore une demi-heure de lumière et si vous me faites la faveur de trouver quelqu'un qui puisse nous accompagner avec une lanterne et qui reviendra demain, le chemin se fera sans peine. »

Et ils partirent, accompagnés par deux Nègres qui marchaient à pied devant eux avec deux lampes à pétrole, coupe-coupe dans la main droite. Ils avancèrent en silence, sans encore allumer les lampes, pendant une vingtaine de minutes, jusqu'à ce que la pluie les surprenne au moment où ils allaient attaquer l'escalade du mont Macaco, coupant à droite sur un sentier débouchant de l'autre côté du mamelon et rejoignant la route menant à l'agglomération de Santo Amaro. La forêt prenait fin à cet endroit et ensuite le chemin ne présentait plus aucune difficulté jusqu'à S. Tomé, même de nuit.

Quand la pluie devint si violente que le chemin était indiscernable, Luís Bernardo décida de s'arrêter. Vicente et lui descendirent de leur monture qu'ils attachèrent au tronc d'un arbre proche et ils s'abritèrent à côté, sous des arbustes au bord du chemin. Vicente déroula une toile cirée qu'il emportait pour ce genre de circonstances et il l'étendit au-dessus des arbustes. Les deux Nègres de Rio do Ouro étaient toujours debout, sous l'averse. Luís Bernardo leur fit signe de venir s'abriter eux aussi, mais ils ne semblaient pas avoir compris. Il cria à l'un d'eux, à travers le vacarme du déluge :

« Toi, là-bas, comment tu t'appelles ? »

Le Nègre hésita, mais finit par répondre :

« On m'appelle Josué, patron.

– Eh bien, Josué, venez donc vous abriter là-dessous tous les deux. »

Tous deux le regardèrent sans mot dire, comme si ce n'était pas à eux que Luís Bernardo s'adressait.

« Allez, venez donc ici, je vous l'ai déjà dit ! »

Ils s'entre-regardèrent, essayant de comprendre s'il s'agissait d'un ordre ou d'une invitation. Mais Luís Bernardo s'était déjà écarté sur le côté, sous la toile cirée, de façon à leur permettre de s'asseoir eux aussi. Ils s'avancèrent timidement et en silence, ils s'assirent et continuèrent à garder les yeux fixés sur la forêt au-dehors, comme s'ils n'étaient pas présents. Luís Bernardo remarqua que Josué avait une cicatrice profonde, qui commençait à l'épaule et descendait dans le dos, lequel lui faisait face. Des gouttes de sueur, qui se confondaient avec les gouttes de pluie, leur coulaient le long du torse, et leur odeur, qui se mêlait à celle de la forêt inondée, rendait l'air presque irrespirable dans cet espace improvisé et exigu. Le Dr Valença, nommé par le roi gouverneur de S. Tomé et Príncipe, et qui, au cours d'une partie de chasse royale à Vila Viçosa, avait été enjoint d'abandonner sa vie à Lisbonne, avec tout son confort, était réfugié sous une toile cirée crasseuse, à l'abri d'une pluie torrentielle, dévoré par les moustiques et dégoulinant de sueur, en compagnie de trois Noirs qui ne lui étaient rien, à cause d'un sursaut d'orgueil dans l'accomplissement de sa mission. Ou peu importe à cause de quoi. Car en cet instant, au milieu des bois, la seule mission qui lui semblait importante consistait à attendre la fin de la pluie, remonter à cheval et escalader la colline dans l'obscurité de la forêt, avec ses cris, ses frôlements de bêtes rampantes, ses ombres ténébreuses, et atteindre le bourg le plus proche et ensuite, sur un chemin déjà plus sûr, chevaucher encore pendant environ trois heures, jusqu'à pouvoir s'étendre dans la baignoire et sur le lit de sa maison dans l'île. Une fatigue venue des tréfonds de son être, une tristesse pesante et une lassitude infinie s'étaient emparées de lui et menaçaient de le laisser là pour toujours, prostré, vaincu, ayant échoué dans sa mission et oublié son orgueil. Il rentrerait dans le palais du gouverneur, de ce gouverneur qu'il était, il s'assiérait à son secrétaire et écrirait une lettre, une unique missive, au roi : « Je renonce. Ce que Votre Majesté m'a demandé est au-dessus de mes forces. » Et il retournerait à Lisbonne et à la vie qu'il connaissait et aimait à bord du prochain navire. La presse et les ennemis du roi mettraient sa réputation en pièces. La patrie, ou ce qui passait pour telle, prendrait acte de sa désertion. Mais, au moins, il reviendrait vivant et pourrait se remettre à vivre. Il aurait échappé à cet enfer vert, à la solitude de ces tropiques, à la tristesse invincible de ces gens. Il quitterait l'Afrique.

L'obscurité avait à présent tout englouti autour d'eux. La forêt était une tache noire, épaisse, que le vent parcourait en rafales à ras de terre. Un des Nègres de Rio do Ouro avait allumé une lanterne et une odeur de pétrole envahit le refuge de ces hommes. Elle lui parut absurdement réconfortante et familière. C'était l'odeur des nuits de pêche au large de Sesimbra, dans le bateau d'António Amador. L'odeur de la maison de sa grand-mère, dans son enfance, quand il entendait la voix des bonnes dans la cuisine, la toux de son père dans la chambre, annonçant la mort qui rôdait autour de lui, l'odeur qui s'attardait dans le corridor lorsque sa mère passait, une lampe à la main, éperdue, entre la chambre déjà envahie par la mort et la vie qui émanait de la cuisine que déjà plus personne ne gouvernait. Sa mère, si loin, si seule, si perdue, dans cette forêt obscure qu'étaient confusément ses souvenirs d'enfance. Une odeur de pétrole, un homme qui agonisait sous l'emprise de la tuberculose, une femme qui ne trouvait plus aucun sens à sa vie et qui errait dans un corridor, et des voix qui provenaient de l'arrière de la maison où la vie se cachait, et un enfant, lui, entortillé dans un drap de lin et dans de lourdes couvertures de flanelle, à l'abri des maux et des tempêtes, attentif à tout, dans l'obscurité protectrice de sa chambre. « Il y a quelqu'un ? » Il répéta la question, encore et encore, pendant plusieurs nuits, quand tout lui semblait encore plus sombre et plus lointain. Mais non, il n'y avait jamais personne pour lui répondre.

Il chercha dans la poche de son gilet une cigarette qu'il alluma avec son briquet à essence. La flamme illumina pendant quelques instants le visage de Josué qui s'était retourné en entendant le claquement du briquet. C'était un visage dur, mais encore enfantin. La souffrance et une gaieté incompréhensible se mêlaient dans le blanc de ses yeux. Il avait une façon soumise, mais loyale de pencher le visage, quand il se tournait pour écouter la pluie. Luís Bernardo éprouva un frisson de tendresse pour lui. “Dans le monde entier, en ce moment même, il n'y a personne dont je sois plus proche. Ni amis, ni femmes, ni amours, ni famille. Il n'y a que cet homme qui partage avec moi deux mètres carrés d'abri contre la pluie.” Il tendit la main et toucha l'épaule avec la cicatrice de façon à le faire se retourner de nouveau.

« D'où es-tu, Josué ? »

De nouveau le même étonnement sur son visage. La même hésitation. La peur.

« Je suis de Bailundo, patron.

– Et quand es-tu arrivé de là-bas ? »

Il baissa la tête, comme s'il se rendait. Devait-il vraiment répondre ?

« Ça fait longtemps, patron.

– Depuis combien de temps ?

– Beaucoup... Beaucoup de temps, j'ai oublié – un sourire triste illumina ses dents blanches.

– Et tu as toujours été ici, dans la plantation Rio do Ouro ? »

Josué fit oui de la tête. La réponse était apparemment si évidente qu'il n'était même pas nécessaire de parler. Luís Bernardo remarqua que son compagnon n'avait pas bougé, ne s'était pas retourné et qu'il continuait à regarder devant lui. Josué était à moitié de biais, mal à l'aise et visiblement désireux que cet interrogatoire prenne fin. Il remarqua aussi que le même malaise se faisait jour chez Vicente, assis à côté de lui et en proie à une certaine nervosité. Mais il revint à la charge :

« Et tu as signé un contrat de travail ? »

De nouveau il fit oui de la tête, et si vite qu'il semblait avoir deviné la question.

« Tu l'as vraiment signé, Josué ?

– Oui, patron.

– Tu sais signer ton nom, Josué ? »

Cette fois, il ne bougea même pas, comme s'il n'avait pas entendu la question. Luís Bernardo se sentit presque inhumain lorsqu'il glissa la main dans sa poche, en sortit son stylo et son petit bloc-notes, chercha une page blanche et lui tendit le tout :

« Signe ton nom ici, Josué. »

L'homme secoua la tête et garda le silence, les yeux rivés au sol.

« Sais-tu quand ton contrat finit, Josué ? »

Nouveau secouement de tête, nouveau silence. On n'entendait que le bruit de la pluie, à présent plus légère.

« Tu as de la famille ici ?

– J'ai une femme et deux enfants, patron. »

Luís Bernardo était arrivé à la fin de son interrogatoire. Il n'avait plus qu'une question à poser et il eut du mal à le faire :

« Josué, sais-tu que les contrats de travail ne durent que cinq ans ; quand ils arrivent à la fin, tu peux partir, si tu veux. Quand ton contrat finira, tu as envie de retourner dans ton pays ? »

Le silence pesait à présent comme du plomb. Il avait cessé de pleuvoir, la vie, restée en suspens, semblait reprendre son cours dans la forêt. Le Nègre qui accompagnait Josué commença à se lever et Josué voulut le suivre, mais Luís Bernardo le retint par le bras et l'obligea à lui faire face :

« Tu en as envie, Josué ? Tu as envie de retourner chez toi ? »

Il leva enfin les yeux. Dans la pénombre ambiante, Luís Bernardo crut apercevoir une larme qui voilait le blanc de ses yeux quand Josué le regarda en face. La réponse qui s'échappait de sa bouche était si basse que Luís Bernardo dut tendre l'oreille pour l'entendre :

« Je ne sais pas, patron. Je ne sais rien de tout ça. Avec votre permission... » Et il sortit, soulagé et anxieux, de sous la toile cirée, comme si la liberté se trouvait au-dehors.

IX

L'Anglais avait retardé son voyage : il n'arriverait finalement qu'à la fin du mois de juin. Cela donnait à Luís Bernardo, qui avait mis plus longtemps que prévu à visiter toutes les exploitations de l'île, un répit supplémentaire pour voir ce qui restait à voir à S. Tomé et faire aussi un saut sur l'île de Príncipe, où trois jours suffiraient pour visiter la ville et la demi-douzaine de plantations qui s'y trouvaient. Entre-temps, le ministère lui avait redemandé, de Lisbonne, de prévoir pour le consul anglais des installations adéquates, ce qu'il avait déjà fait, ordonnant de nettoyer, de peindre et de redécorer succinctement une maison du gouvernement qui avait servi précédemment de résidence au maire de la capitale. C'était une petite construction située à la sortie de la ville, pas très loin du palais du gouvernement, et qui avait vue sur la mer et un beau jardin tranquille, et dont l'architecture coloniale, aux lignes simples et droites, lui donnait une dignité dépassant ses dimensions. L'Anglais, précisait le ministère, arriverait accompagné de sa femme, mais n'avait ni enfant ni suite. "Bizarre !" pensa Luís Bernardo. Qui était donc ce consul qui arrivait directement des Indes où il avait été en poste précédemment, uniquement accompagné de sa femme, et qui voyagerait par la route du Cap à bord d'un vapeur anglais ?

D'autres nouvelles, arrivées aussi de Lisbonne, lui parurent d'une grande importance politique : le major Paiva Couceiro, un autre des hommes de Mouzinho et le compagnon d'armes du ministre Ayres d'Ornellas, avait été nommé gouverneur de l'Angola, en remplacement du petit Napoléon dont il avait fait la connaissance lors de son escale dans ce pays à son arrivée de Lisbonne. Lui-même, personnellement, n'avait toujours échangé aucune correspondance, ni officielle ni privée, avec le nouveau ministre. Il était vrai aussi que jusqu'à présent, hormis de courts télégrammes traitant de questions ponctuelles, il n'avait envoyé que deux rapports depuis son arrivée. Le premier rendait compte, pour ainsi dire, de son installation et des premiers contacts qu'il avait établis avec les autorités et les dignitaires locaux. Le second faisait état de ses impressions après avoir visité pratiquement toutes les exploitations agricoles de S. Tomé et après avoir tenu, convoquée par lui, une première réunion officielle avec le curateur général.

Ç'avait été une réunion tendue, qu'il avait convoquée encore sous le coup de l'humiliation et de la rage ressenties lors de sa visite à Rio do Ouro. Dès que Germano André Valente, avec son habituel regard fourbe, se fut assis en face de lui, dans son cabinet au rez-de-chaussée du palais, il attaqua sans préambule :

« D'abord et avant tout, monsieur le curateur, j'aimerais savoir ce que vous faisiez à Rio do Ouro. »

L'autre le dévisagea le plus calmement possible, comme s'il n'attendait que cette question :

« Mais je vous ai déjà expliqué alors, monsieur le gouverneur, que j'étais là pour vous recevoir, à la demande de monsieur le colonel Maltez, vu qu'il ne lui était pas possible de le faire personnellement.

– Mais êtes-vous le représentant du gouvernement ou celui de monsieur le colonel Maltez ? »

Germano Valente remua sur sa chaise, enfin mal à l'aise. Cela semblait outrepasser ce qu'il avait prévu.

« Pourquoi me demandez-vous cela, monsieur le gouverneur ?

– C'est moi qui pose les questions et j'aimerais que vous répondiez. » Luís Bernardo parlait d'un ton posé, sans élever la voix.

« Je représente le gouvernement, évidemment.

– Parfait. Là-dessus au moins, et fort heureusement, nous sommes d'accord. Car en vous voyant là-bas remplacer l'administrateur de l'exploitation, j'ai eu l'impression par moments que vous aviez oublié la fonction qui est la vôtre, monsieur le curateur. »

Il vit le curateur se mordre la lèvre pour ne pas répondre. Il le sentit clairement faire un effort considérable pour se dominer. Il avait attaqué sans ménagement le curateur, qui avait perdu momentanément le ton de défi dont il avait toujours fait preuve à son égard. Ton de défi remplacé à présent par une haine muette qui transparaissait dans son immobilité étudiée. "Cet homme, pensa-t-il, me hait depuis la première fois qu'il a posé les yeux sur moi. Et moi, je le hais depuis la première fois où il m'a regardé."

« Comme vous devez le savoir, ce dernier mois j'ai visité une quarantaine d'exploitations. » Il fit une pause pour que l'autre comprenne bien que le gouverneur pensait que le curateur faisait en sorte d'être au courant de ses moindres mouvements. « Et, dans toutes ces exploitations, j'ai eu l'occasion, de temps en temps, de parler à des travailleurs nègres.

– Ah oui... ? dit Germano Valente en prenant un air faussement détaché.

– Oui, poursuivit Luís Bernardo comme s'il n'avait pas entendu l'interruption, et, parmi tous ceux à qui j'ai parlé, je n'en ai pas trouvé un seul qui soit en possession d'une copie du contrat de travail passé avec l'exploitation. J'en ai trouvé certains qui juraient avoir signé, mais ne pas avoir gardé de copie du contrat, d'autres qui juraient aussi avoir signé, mais qui, comme je l'ai découvert sans peine, ne savaient pas écrire leur propre nom, et d'autres qui ne comprenaient même pas de quoi je parlais. »

Luís Bernardo se tut : il jouait au poker avec cet homme et attendait maintenant sa réaction.

« Eh bien, si vous avez des doutes, j'ai en ma possession, comme il m'incombe, une copie de tous les contrats signés par les travailleurs des exploitations de S. Tomé et Príncipe, depuis que des contrats ont été imposés par la loi. » Le curateur avait retrouvé son ton de défi.

« Ah, très bien, c'est exactement ce que je voulais savoir ! Verriez-vous un inconvénient à me faire tenir ces copies, afin de dissiper certains doutes ? »

Germano Valente garda le silence pendant quelques instants qui semblèrent interminables à Luís Bernardo :

« Monsieur le gouverneur, voilà bien une chose que je ne ferai pas.

– Que vous ne ferez pas ! Et pourquoi donc ?

– Parce que cela relève de mes attributions et seulement des miennes. Vous êtes mon supérieur sur le plan politique, mais pas sur le plan administratif. En ce qui concerne mes fonctions spécifiques, je ne vous dois aucune obédience hiérarchique. Si je vous faisais tenir ce que vous me demandez, je vous permettrais de contrôler mon travail. Or, comme vous le savez, j'en suis directement responsable auprès du ministère et non pas du gouverneur.

– Très bien. Je ne peux pas vous arracher cela par la force et, par conséquent, je me bornerai à signaler à Lisbonne que je ne suis pas en mesure d'évaluer adéquatement la situation des conditions d'emploi des travailleurs dans les plantations à cause de votre manque de coopération.

– Monsieur le gouverneur, vous signalerez à Lisbonne ce qu'il vous plaira. »

Ce soir-là, Luís Bernardo s'assit à son secrétaire et rédigea un long rapport destiné au ministre. C'était son premier rapport politique, sa première grande évaluation de la situation qu'il avait trouvée sur place et dont, faisait-il ressortir, il ne rendait compte qu'après s'être senti en mesure d'écrire en toute connaissance de cause.

Il commençait par rappeler au ministre que ses impressions étaient entièrement libres et indépendantes, dans la mesure où il n'était pas un fonctionnaire de carrière et qu'il n'avait pas brigué le poste qu'il occupait actuellement. *« Au contraire, comme Votre Excellence le sait sûrement, ce fut la sollicitation personnelle et instante de Sa Majesté et son invitation à servir mon pays qui me poussèrent à abandonner ma vie et mes intérêts à Lisbonne pour assumer cette charge que je n'ai nullement désirée, ni ambitionnée, ni même imaginée. Je resterai donc ici uniquement et aussi longtemps que qui de droit estimera que mon travail peut s'avérer utile au service du pays : mais pas un jour de plus. Votre Excellence me permettra donc de lui dire, en toute loyauté et franchise, qu'elle n'entendra de moi, et à tout moment, que ce que je pense exactement et ce dont je témoigne ici, sans aucune dissimulation ni réserve mentale dictées par des considérations d'opportunité, de protection de tiers ou, encore moins, concernant ma propre position. »*

Ensuite, il rendait compte au ministre du marathon intense qu'il avait mené à bonne fin depuis son arrivée dans le but de faire personnellement la connaissance de toutes les notabilités locales, tous les propriétaires ou administrateurs de plantations et de visiter toutes les exploitations et agglomérations de l'île. *« S. Tomé n'a désormais plus aucun secret pour moi, du moins dans sa partie visible »*, concluait-il.

« En ce qui concerne le plus important de ma mission, c'est-à-dire la situation des travailleurs nègres dans les plantations – finalement le motif de l'actuelle controverse à propos de ces îles et la raison de mon envoi ici – je ne peux malheureusement pas en dire de même : ce qui est visible n'est pas suffisant pour tirer des conclusions fondées. Je suis allé sur place, j'ai vu, demandé, enquêté, mais, comme il fallait s'y attendre et comme je le comprends, je me suis heurté chez les Portugais de ces exploitations à une réticence naturelle à me fournir des renseignements et des données qui, à leur avis, pourraient éventuellement être utilisés contre leurs propres intérêts. Cela dit, cette même réticence me semble déjà plus difficile à comprendre chez le curateur général dont l'attitude invariablement inamicale à mon égard et dont le refus de me laisser avoir accès aux contrats passés entre les entités patronales et les travailleurs des plantations m'empêchent de connaître exactement la situation juridique de ces derniers qui est, ainsi que Votre Excellence le sait, au cœur même de nos démêlés avec certains secteurs en Angleterre, étant donné l'oreille que leur prête le gouvernement de Sa Majesté britannique.

D'après ce que j'ai pu constater personnellement et sur quoi il m'incombe de témoigner personnellement auprès de Votre Excellence, ce que je puis dire c'est qu'il est certain que les conditions de vie et de travail dans les exploitations agricoles de S. Tomé, compte tenu de la violence du climat, de la dureté considérable du travail et de la durée des horaires, quand on les compare aux avantages, c'est-à-dire à la rémunération salariale reçue en échange, permettent de conclure que ce travail est à la limite extrême de ce qui est humainement supportable : aucun travailleur portugais, pour misérable et désespérée que soit sa situation dans le pays, n'accepterait d'émigrer ici dans ces conditions de travail et de rémunération.

L'on rétorquera – et force est d'en accepter la vérité – qu'il existe sûrement des situations pires en Afrique, ou dans d'autres colonies, africaines ou sud-américaines, appartenant à l'Europe. Il est certain qu'un nombre assez élevé d'exploitations sont équipées, par exemple, de leur propre hôpital, certaines disposent même de leur propre médecin, et qu'une assistance est fournie aux travailleurs dans la maladie, qu'ils sont nourris et logés sur leur lieu de travail. Au vu de cette situation, d'aucuns ajouteront même : "Et par-dessus le marché ils sont payés !" Si l'on accepte effectivement que de semblables conditions représentent un horizon suffisant pour un être humain, fût-il un Nègre, alors je dirai à Votre Excellence que nous n'avons pas à nous préoccuper. Mais ce ne fut pas pour être d'accord avec cette façon de voir, bien au contraire, que l'on a jugé bon de me choisir pour exercer les fonctions que j'exerce.

Toutefois, ce n'est même pas cela qui est essentiellement en cause. Ce qui est en cause, ce n'est pas de savoir si les patrons des exploitations jugent suffisantes et adéquates les conditions qu'ils accordent à leurs travailleurs, mais bien plutôt de connaître l'opinion de ces derniers. Ces émigrés de l'Angola sont-ils dans les plantations de S. Tomé parce que, en dépit de tout, ils ne jugent pas leur situation si insupportable ni leur paie si dérisoire, et parce qu'ils savent qu'ils ne trouveront nulle part sur le continent de meilleures conditions travail et de vie, ou sont-ils là, purement et simplement, parce qu'ils ne peuvent pas s'en aller ? En d'autres termes et pour parler crûment : sont-ils ici de leur plein gré ou sont-ils obligés de rester – et, dans ce cas, sont-ils effectivement des travailleurs esclaves ?

Certes, il existe, comme Votre Excellence le sait et comme je me permets de le lui rappeler, un encadrement légal qui écarte totalement la possibilité du travail forcé : la Loi du 29 avril 1875 a décrété la fin de l'esclavage dans toutes les possessions de la Couronne portugaise ; la Loi du 29 janvier 1903 a institué, ici dans les îles, le Fonds de rapatriement, alimenté par la moitié de la rémunération des travailleurs dans les exploitations agricoles et destiné à financer leur retour, en même temps qu'elle stipule une durée de cinq ans pour les contrats de travail – ce qui signifie que dans moins de deux ans les contrats passés dans le cadre de ladite loi arriveront à terme et que l'on aura alors la preuve de son efficacité. Ce qui pose problème, ce sont les travailleurs, et ils représentent l'immense majorité, qui étaient déjà ici avant la promulgation de cette loi et qui n'ont même pas de contrat. Le problème est de savoir, si même en décomptant l'énormité que représente la moitié du salaire qu'ils perçoivent, somme destinée à financer leur retour dans leur pays d'origine au bout de leur séjour de cinq ans à S. Tomé, cette moitié sera suffisante pour financer leur transport et celui de la famille qu'entre-temps ils ont naturellement constituée ici.

Il importe donc de savoir si tous les travailleurs sont actuellement couverts par un contrat de travail, comme l'ordonne la loi ; s'ils ont signé un contrat en pleine connaissance de cause et de leur libre gré et s'ils en connaissent la date d'échéance ; et si, cette date étant échue, au cas où ils souhaiteraient rentrer chez eux dans leur pays, ils seront effectivement libres de le faire et disposeront des moyens financiers nécessaires. Car, si au bout de cinq ans de travail dans les plantations (qui pour la majorité d'entre eux seront en fait dix, vingt ou trente ans !) les Angolais ne savent pas qu'ils peuvent s'en aller, s'ils ne sont pas libres de le faire ou s'ils ne disposent pas de l'argent nécessaire, alors il sera très difficile de conclure autre chose que l'évidence, à savoir que nous nous trouvons devant un travail perpétuel, contre la volonté du travailleur, c'est-à-dire un travail forcé, bien que rémunéré.»

Et Luís Bernardo concluait par un message adressé directement au ministre : dès lors que tout se fondait sur l'application de la loi régissant les conditions contractuelles du travail dans les plantations et que ladite application incombait au curateur général, c'était de lui que le gouvernement devait exiger le respect le plus rigoureux et le plus strict de la loi. Dans le cas contraire, donnait-il à entendre, le gouverneur pourrait difficilement mener à bon terme, tout seul, la mission qui lui avait été confiée. *« Et ma mission, si j'ai bonne mémoire des paroles que Sa Majesté m'a adressées en me confiant cette charge, consiste à garantir que personne au monde ne puisse affirmer que l'esclavage persiste, sous quelque forme que ce soit, dans les territoires d'outre-mer administrés par le Portugal. »*

C'était un long rapport, qui serait donc envoyé par le vapeur normal et non par voie télégraphique. Il mettrait pas mal de temps à parvenir entre les mains d'Ayres d'Ornellas, mais Luís Bernardo estimait que cet inconvénient serait contrebalancé par l'avantage d'avoir clarifié d'emblée avec le nouveau ministre sa façon de comprendre les règles du jeu. Il se trouvait ici, non pas par intérêt personnel, mais par désir de servir le pays ; il était venu ici, non pas pour changer ses idées à propos d'un type d'exploitation coloniale qu'il jugeait indéfendable, ni pour pactiser avec la situation actuelle, évitant les conflits, mais justement pour mettre fin à ce qu'elle comportait de plus intolérable ; si cela ne correspondait pas aux idées du gouvernement, il était clair qu'il n'était pas la personne indiquée pour ce poste et il appartenait à qui de droit de le remplacer par quelqu'un d'autre ; et si, d'autre part, dans tout ce qui dépendait de l'appui et de la collaboration du gouvernement – surtout en ce qui concernait les instructions à donner au curateur général – il ne bénéficiait pas de cet appui et de cette collaboration qui lui étaient dus, il ne pourrait pas être tenu pour responsable du résultat de sa mission. Il savait que le ton de son rapport était presque à la limite de ce qui était acceptable pour un supérieur hiérarchique. C'était comme s'il disait : « Voilà quelles sont mes conditions : si vous les acceptez, très bien, si vous ne les acceptez pas, ayez l'obligeance de me le faire savoir. » Car, autrement, à quoi bon sa présence ici ? Si rien n'était à changer, pourquoi serait-on allé le chercher ? N'importe quel colonel ou général oisif, n'importe quel administrateur colonial souhaitant ardemment bénéficier d'un avancement aurait mieux fait l'affaire, à la satisfaction de tous ou de presque tous...

Il avait aussi reçu dans le courrier de Lisbonne une coupure de journal provenant de *O Século* et reproduisant un article publié à Liverpool par *The Evening Standard* dans lequel un certain colonel J.A. Willye dissertait sur les conditions de vie des Nègres dans les plantations de S. Tomé et Príncipe. Déjà au ministère, à Lisbonne, il avait entendu parler de ce fameux colonel, retraité du service des Indes et à qui le ministère des Affaires étrangères avait décidé de payer un « voyage d'études » à S. Tomé, plaçant de grands espoirs dans les résultats de ce voyage et de cet investissement. Mais, comme si souvent ou comme presque toujours quand l'on confond information et propagande achetée, le résultat de la visite du colonel s'était traduit par un texte si pathétique qu'il aboutissait finalement au contraire de ce que l'on escomptait : « Le Noir de l'Angola a une nature parfaitement animale : il n'a ni foyer ni famille. Il est comme un singe que l'on transporte dans un jardin zoologique, évidemment avec la différence que ces jardins sont situés dans des climats plus mortifères pour la vie simiesque. » Luís Bernardo avait lu ce texte et ne savait pas s'il fallait en rire ou s'indigner de cette preuve de stratégie politique. "Qui que ce soit qui ait imbibé cet Anglais de *gin-tonic* sur les vérandas des maisons de maître, pensa-t-il, cet homme a rendu un mauvais service au Portugal." Un esprit libéral quoique sceptique, tel que le sien, repensait soudain à la phrase d'adieu prononcée par l'administrateur du domaine de Porto Alegre, le premier qu'il eût visité : c'est Dieu qui a créé le monde et pas les hommes. C'est lui qui a créé les riches et les pauvres, les Noirs et les Blancs, et il n'appartient pas aux hommes de modifier certaines choses dans l'œuvre divine. Effectivement, certaines choses ne pourront jamais être changées. Mais aussi, comme avait dit à l'Assemblée nationale française son idole, Victor Hugo : « Je déclare qu'il y aura toujours des malheureux, mais qu'il est possible de faire en sorte qu'il n'y ait plus de miséreux. »

* * *

Il savait qu'aucun autre gouverneur avant lui ne s'était consacré à son travail avec autant d'empressement et de diligence. Pendant ses deux premiers mois à S. Tomé on l'avait assurément peu vu dans son cabinet au palais du gouvernement, mais, en revanche, l'île entière avait été arpentée par lui, lors de son infatigable marathon dans les plantations, bourgades et chemins de S. Tomé. Personne avant lui, il en avait la certitude, aucun fonctionnaire ni administrateur de domaine, aucun voyageur de passage, n'avait essayé de connaître aussi vite et aussi exhaustivement ce morceau de forêt tropicale à la dérive dans l'Atlantique. Il avait d'abord été mû par la curiosité et la conviction que c'était la façon la plus adéquate de commencer à s'acquitter de sa mission ; ensuite par une espèce d'obstination, de persévérance ou la vanité de pouvoir dire n'importe où, chaque fois que l'on mentionnerait une plantation ou un pic de l'île, qu'il avait été là et qu'il savait de quoi l'on parlait. Bien des personnes pouvaient dire qu'elles connaissaient bien l'île, peu, sinon personne, pourraient dire dorénavant qu'elles la connaissaient aussi bien que le gouverneur lui-même : ce serait là désormais son principal atout politique. Avoir réussi cet exploit en à peine deux mois après son arrivée était à tous égards un succès notoire.

Bien qu'au bout d'un certain temps les paysages et l'atmosphère des plantations soient devenus uniformément familiers et presque toujours pareils, les constructions, notamment les maisons de maître, n'avaient jamais cessé de l'étonner. Il était toujours émerveillé par leur architecture aux longues lignes droites, leurs murs d'un blanc immaculé, leurs toitures aux tuiles romaines comme dans les villages du Portugal, leurs chéneaux en laiton le long des avant-toits pour évacuer les eaux pluviales, leurs planchers aux grandes lattes, leurs lourdes portes en bois sombre, patinées par le vernis et les ans. Il imaginait le nombre de voyages nécessaires par bateau pour importer d'Europe tout ce qu'il voyait là et qui n'était pas fabriqué dans les îles, les poignées de porte en porcelaine blanche, les services de faïence dans les vaisseliers des offices et des salles à manger, les lits de style D. Maria et D. José dans lesquels il avait dormi plusieurs fois, les brocs et les bassines de faïence dans les chambres à coucher, les crucifix et les tableaux représentant des saints ou des paysages étrangers et absurdes, les casseroles en fer et en cuivre des cuisines, les miroirs en cristal des salons, les canapés en velours ou en cuir vieilli, les lustres à pendeloques des plafonds, les potiches et les vases de Canton, les meubles des Indes en bois noir ajouré, les deux pianos à queue qu'il avait aperçus dans deux salons et même le gramophone dans le salon d'une autre plantation, prouvant que le sien n'était pas le seul dans l'île. Lorsque, comme cela arrivait souvent dans les grandes exploitations, les administrateurs n'en étaient pas aussi les propriétaires, les maisons de maître restaient inhabitées toute l'année en attendant la visite des propriétaires pendant l'été, la saison sèche. Dans ce cas, les administrateurs et leur famille vivaient dans une maison à proximité, la deuxième en importance de l'exploitation, et ils réactivaient uniquement pour Luís Bernardo, l'espace d'un jour, la salle à manger et le salon de la maison de maître et, lorsqu'il restait pour la nuit, une des chambres d'invités, invariablement à l'étage supérieur. Il découvrait dans certaines maisons des signes laissés par le passage saisonnier des propriétaires, lors des dernières vacances passées par eux dans la plantation – revues anciennes abandonnées dans le salon, papier à lettres comportant le nom du propriétaire et du domaine sur le secrétaire dans le bureau, bouteilles de porto et de cognac rangées dans le buffet de l'office, jouets d'enfant oubliés dans l'une des chambres du haut et vêtements en lin ou coton blanc, des vêtements d'homme, suspendus dans l'armoire de la chambre où il dormait. La nuit, avant de s'endormir, Luís Bernardo imaginait souvent ce qu'étaient ces gens, cette famille, les propriétaires de ce domaine. Comment se passaient leurs vacances là, tous les ans, ou tous les deux ou trois ans, se sentaient-ils exilés pendant trois mois, se réveillant aux ordres du « rassemblement du matin », s'endormant aux bruits venus de la forêt ? Comment réagissaient-ils face à l'ennui, aux heures lourdes, à la chaleur, à la monotonie du sablier qui égrenait leurs jours ? Faisaient-ils des promenades à cheval, exploraient-ils l'orée de la forêt, en écoutaient-ils les oiseaux, se baignaient-ils dans l'eau fraîche des cascades, descendaient-ils jusqu'à la mer, nageaient-ils entre les tortues et les barracudas dans les eaux tièdes de la plage, rêvaient-ils le soir sur la véranda, respirant l'odeur de fumée qui montait des cheminées du quartier indigène, étourdis par les effluves de la lampe à pétrole sur laquelle les insectes nocturnes venaient s'écraser, pensaient-ils quelquefois, et avec quels sentiments, à cette armée d'ombres qui dormaient la nuit dans la *sanzala* et qui partaient au point du jour dans les plantations d'où elles extrayaient, du lever au coucher du soleil, ce fruit magique qu'était le cacao et qui leur assurait, à Lisbonne, collèges et demeures somptueuses, club pour le père et robes de Paris pour la mère, nurses anglaises et voyages à Séville et à Paris, « baignoire » au théâtre S. Carlos pendant la saison, chevaux au Jockey Club et automobile que le père venait de commander au *stand* des Restauradores ?

À force d'habiter leur absence, Luís Bernardo avait fini par les déchiffrer, par les connaître. Il réussissait à voir ce qu'ils voyaient, à imaginer ce qu'ils imaginaient, à ressentir ce qu'ils ressentaient. Non, personne à présent ne connaissait les choses comme il les connaissait. Il avait vu les Nègres et leur résignation silencieuse, il avait vu leur corps, leurs muscles tendus à la limite de leur capacité, de l'épuisement, il avait vu leur regard d'enfant, tantôt effrayé tantôt confiant, parfois défiant, dans un sursaut d'orgueil enfoui très profondément ; il avait vu leur sourire éclatant, franc, ouvert, quand soudain quelqu'un les appelait par leur nom, les traitait en êtres humains. Il avait vu les Blancs, les « résidents », les fonctionnaires, les prêtres, les militaires, les administrateurs, les contremaîtres et leurs épouses à tous, dans leur importance et médiocrité respectives, leur lassitude ou leur vanité, leur volonté qui résistait encore ou leur reddition totale et définitive. Et il avait vu, perçu, compris les signes du passage des absents, de ceux qui en définitive étaient les maîtres des îles, ceux pour qui tous les autres abandonnaient ce qui leur restait encore d'illusion et d'espoir dans cette tâche inhumaine entreprise à S. Tomé et à Príncipe.

Il avait tout vu et tout fait avec la conscience et la lucidité propres à un nouveau venu dont la clairvoyance et la volonté n'ont pas encore été consumées par la fièvre des îles. Propres à quelqu'un qui savait encore ce qu'il était venu faire là, dans quel but et pour quelle raison. Dans l'extrême suffocation de ce climat, dans cette prison d'odeurs qui faisaient tourner la tête, dans cette vision humaine de l'enfer, le corps accusait vite la fatigue et la violence des conditions de vie. Son corps s'amollissait, trempait les draps la nuit, criait grâce face à la lumière du jour et à sa chaleur, mais son esprit demeurait encore alerte et attentif, fidèle à tout ce qu'il avait laissé derrière lui et concentré sur la mission qui l'avait amené là. S'il n'en avait pas été ainsi, rien n'aurait valu la peine.

Mais il y eut un jour, un seul, où Luís Bernardo buta contre la force des circonstances. Finalement, aucun homme, pas même le gouverneur, n'est d'acier. Cela se passa lors de sa visite du domaine Nova Esperança appartenant à la veuve Maria Augusta da Trindade, qui lui avait fait l'honneur (ou était-ce l'inverse ?) d'ouvrir le bal avec lequel il s'était présenté à S. Tomé et au cours duquel il avait reçu toute la communauté locale portugaise. C'était une de ses dernières visites de plantation. Nova Esperança était située à proximité du bourg de Trindade, qu'il avait traversé la veille, le matin, après sa visite aventureuse et tendue du domaine de Rio do Ouro. Il arriva à l'heure du déjeuner, vers midi, au zénith de la chaleur, de mauvaise humeur et prêt à exploser au moindre signe de défi. Il n'avait pas la moindre envie de visiter encore d'autres constructions et d'autres plantations, d'écouter encore d'autres explications à propos d'innovations agricoles, d'autres plaintes concernant l'incertitude des récoltes, les prix sur le marché international ou sur la main-d'œuvre fainéante et dispendieuse. Mais, au lieu de cela, la veuve le reçut comme un ami de longue date.

Elle l'entraîna immédiatement dans la cuisine de la maison où elle lui servit une limonade fraîche pour adoucir l'inconfort de la route et elle lui montra le poulet rôti aux piments sur le feu, dont apparemment elle supervisait elle-même la cuisson. Elle le présenta à son contremaître, monsieur Albano, homme dont la cinquantaine se lisait sur son visage jaune, marqué par un paludisme solidement enraciné au fil des années. C'était un type taciturne et renfrogné, avec un regard méfiant. Maria Augusta raconta qu'elle l'avait hérité de son père, qu'il était resté chez elle, toujours en qualité de contremaître, pendant les six années où elle avait été la jeune épouse d'un officier de la garnison locale venu directement de Lamego. Sa mère était morte lorsqu'elle avait trois ans et, fille unique, elle avait toujours vu en monsieur Albano une sorte de grand frère : c'était lui qui la conduisait tous les matins à l'école primaire de Trindade, lui qui allait la chercher l'après-midi, l'attendant avec deux chevaux à l'ombre d'un arbre, lui qui la protégeait des colères de son père, lui qui, à Noël, pensait à cueillir un jeune arbre qu'il installait sur l'esplanade centrale et que tous deux décoraient comme une sorte de sapin de Noël exilé sous les tropiques. Monsieur Albano – racontait-elle pendant qu'il écoutait sans mot dire, les yeux fixés sur son assiette de soupe – avait été ensuite son témoin de mariage, puis son appui le plus ferme lorsque le lieutenant Matos, de Lamego, était décédé dans une agonie de fièvre et de diarrhée, après six années de plantation et de mariage, sans même, soupirait-elle, lui avoir laissé quoi que ce soit qui le perpétuât – ni enfants, ni fortune, ni pension digne de ce nom, ni maison quelque part au Portugal qui justifiât qu'après la mort de tous les siens elle rentrât enfin là d'où ses grands-parents étaient venus un jour. Si bien qu'ayant décidé d'aller une fois au Portugal, s'étant tracé un itinéraire initiatique comme l'eût fait n'importe quel étranger, étant allée à Lamego chercher vainement les racines et les raisons de feu son époux, ayant tenté de débusquer à Lisbonne et à Castelo Branco des parents à elle qui l'avaient reçue comme on reçoit un animal exotique venu d'Afrique, elle était revenue dare-dare à Nova Esperança où se trouvait le seul être qui l'accompagnait depuis l'enfance, où elle connaissait le chant de chaque oiseau et où, à la grande stupéfaction de Luís Bernardo, il put vérifier qu'elle connaissait chaque travailleur noir par son nom. Tout ce qui lui appartenait était là et il ne servait à rien de chercher un autre univers, car elle n'en avait pas. Mais, comme il le découvrirait aussi ensuite, et contrairement aux apparences, elle ne vivait pas coupée du monde : elle était abonnée à des revues portugaises et françaises. Elle avait appris le français avec une Française quand elle était petite, la femme du gouverneur de l'époque. Elle avait fait venir des librairies de Lisbonne plusieurs des dernières nouveautés littéraires, elle avait lu Eça de Queiroz, Antero de Quental, Camilo Castelo Branco, Victor Hugo, Molière et même Cervantès. Les dames de la société locale la détestaient et inventaient constamment des ragots à son sujet, mais visiblement elle n'acceptait pas de se déclarer vaincue alors qu'elle était encore vivante, contrairement à tant d'autres dames de l'île.

Pendant le déjeuner, elle fut la seule à parler, avec un plaisir qu'elle ne cacha pas. En l'écoutant, Luís Bernardo se dit qu'elle serait déplacée à Lisbonne. Elle parlait plus à table qu'il ne convenait à une dame du monde. Elle « s'exposait » trop, physiquement, pour une dame, veuve de surcroît, de sa condition et de son âge – elle devait avoir trente-sept, trente-huit ans, pensa-t-il. Elle était grande, avec une poitrine abondante et saillante, dans laquelle plongeait un médaillon avec un portrait, peut-être du défunt mari, et que, d'un geste distrait, tantôt elle sortait, tantôt elle rentrait tout en parlant. Ses cheveux, noirs et longs, étaient sommairement coiffés, retenus en haut de la tête par une barrette en écaille de tortue, d'où s'échappaient deux mèches rebelles qui lui retombaient de part et d'autre du visage. Ses gestes, en mangeant et en parlant, étaient très peu contrôlés, contrairement à ce que l'on attendait d'une dame à la réputation inattaquable. Et sa robe jusqu'aux pieds en coton blanc imprimé de roses rouges, avec un léger et grossier décolleté carré allant des épaules à la naissance de la poitrine, serait simplement ridicule dans les quartiers du Chiado ou de la Baixa. Le visage était simple, quoique agréable, mais avec des traits rudes, des yeux noirs et un teint un peu sombre, exactement à l'opposé de ce qui était à la mode. Bref, ce n'était pas une dame à accompagner sur le Passeio Público ou dont on pouvait fréquenter ouvertement le salon. Mais ici, si loin de toutes les règles habituelles, son apparence, ses manières et sa conversation firent à Luís Bernardo l'effet d'une agréable distraction. Elle dégageait quelque chose de familier et de reposant, comme si elle était une cousine éloignée à qui l'on rend visite dans sa ferme de province. Quelque chose de sain, de primitif, d'apaisant et de simple.

Toujours accompagnés du silencieux Albano, ils firent une promenade à cheval dans la plantation après le déjeuner. La saison sèche approchait, il ne faisait déjà plus la même chaleur qu'un mois auparavant, l'humidité ne coulait déjà plus directement du ciel le long du corps. Maria Augusta s'arrêtait fréquemment pour bavarder avec les femmes ou les travailleurs de la plantation. Elle s'enquérait des maladies, demandait des nouvelles des enfants, sollicitait une cruche d'eau. Parfois, ils s'éloignaient des rangées de cacaoyers afin qu'elle lui montre un élément précis du paysage ou de la vue ou pour se remémorer avec monsieur Albano un épisode lointain vécu à cet endroit et que seuls eux deux gardaient en mémoire. Les installations de l'exploitation étaient beaucoup moins modernes et moins industrialisées que dans d'autres plantations qu'il avait déjà visitées. Il n'y avait pas de voie ferrée, la *sanzala* et les équipements agricoles étaient beaucoup plus réduits, le rythme de travail clairement moins intense : Maria Augusta n'avait pas l'ambition de visiter Paris tous les printemps ni d'acheter une demeure dans le quartier du Principe Real.

Ils revinrent au pas, sans se presser, conversant de façon détendue. À sa demande, Luís Bernardo lui avait parlé de sa famille, de son travail et de sa vie à Lisbonne. Ils évoquèrent même la situation politique au Portugal et il lui expliqua dans les grandes lignes ce qu'était ce pays qui était aussi le sien, mais qu'elle ne connaissait presque pas. À aucun moment il ne se sentit le gouverneur en visite d'inspection, mais plutôt comme s'il était le fameux cousin rendant visite à une parente éloignée dans son village. Dès la première demi-heure il avait exigé qu'elle cesse de l'appeler « monsieur le gouverneur » et, n'était la fausse note qu'était le troisième personnage qu'il continuait à appeler monsieur Albano, lequel lui rendait la monnaie de sa pièce en le traitant de « monsieur le gouverneur », on eût pu croire en les voyant revenir tous les trois vers la maison de maître en fin d'après-midi qu'il s'agissait d'un groupe de trois amis rentrant d'une promenade à cheval. Ils assistèrent au « rassemblement » vespéral, puis Luís Bernardo alla pour la première fois dans la chambre qui lui avait été attribuée pour la nuit, la première d'une enfilade de six chambres qui occupaient tout l'étage supérieur. Comme il l'avait prévu, c'était une chambre très simple, sans aucun luxe, donnant sur l'arrière de l'esplanade et avec vue sur la montagne derrière laquelle le soleil venait de se cacher. Il prit une douche froide dans l'unique salle de bains de l'étage, se sécha rapidement les cheveux avec la serviette éponge, se mit quelques gouttes de l'eau de Cologne qu'il avait apportée et enfila un simple pantalon, une chemise blanche et un gilet en lin beige avec des boutons en ivoire. Il glissa un cigare dans la poche supérieure du gilet et descendit sur la véranda.

Maria Augusta se fit attendre une demi-heure avant de descendre elle aussi. Pour passer le temps, il but un *gin-tonic* et tenta vainement de bavarder avec monsieur Albano. Le personnage ne lui déplaisait pas, mais l'inverse n'était pas vrai : une méfiance évidente transparaissait dans son regard et ses propos. Luís Bernardo n'aurait su dire si elle le visait lui en particulier ou si elle englobait toute l'humanité.

« Votre famille est ici, monsieur Albano ? »

Monsieur Albano le regarda en coin, importuné par cette ingérence dans sa vie privée.

« Non, je n'ai pas de famille.

– Vous n'êtes pas marié ?

– Non, monsieur le gouverneur, je ne suis pas marié. »

Luís Bernardo réfléchit à la sécheresse de la réponse et au personnage lui-même : quel pouvait bien être le statut actuel de monsieur Albano dans la plantation et par rapport à sa propriétaire. Par exemple, où habitait-il, dans la maison de maître, comme membre de la famille, ou dans une résidence annexe, en tant que contremaître et rien d'autre ? Il décida d'élucider la question :

« Dites-moi un peu, monsieur Albano : de quoi est mort le mari de D. Maria Augusta, le lieutenant Matos ?

– Il est mort des fièvres.

– Et il y a combien de temps ?

– Cela fera cinq ans en novembre. » Monsieur Albano ressemblait à un officier de l'état civil débitant des inscriptions sur un registre. Comme un témoin dans un tribunal, il répondait aux questions prévues dans le formulaire de déposition parce que c'était obligatoire.

« Et elle n'a jamais envisagé de se remarier ?

– Elle… ?

– Oui, D. Maria Augusta.

– Je ne sais pas. Cela la regarde. Vous pourriez peut-être lui poser la question au dîner. »

Alors que l'atmosphère entre les deux hommes commençait à devenir tendue, Maria Augusta fit enfin son apparition, sanglée dans une robe plissée quelque peu jaunie, avec un plastron en dentelle transparent et, par-dessus, un corselet lacé qui lui remontait la poitrine. Le modèle était conforme aux canons de la mode dont elle devait avoir connaissance grâce aux revues qu'elle recevait de Lisbonne, mais les couleurs et la façon étaient d'un goût douteux. Toutefois, il se dégageait d'elle une odeur de lotion de bain et elle s'était habillée visiblement pour l'occasion. Monsieur Albano était le seul à ne pas avoir pris de bain et à ne pas s'être changé : pour lui c'était un jour comme n'importe quel autre.

Mais elle, de toute évidence, avait voulu donner au dîner un ton d'apparat. C'était la première fois, avoua-t-elle, qu'elle avait l'honneur de recevoir à dîner, à sa table, dans sa plantation, le gouverneur de S. Tomé et Príncipe, et elle regrettait seulement que ce soit un repas si peu apprêté et si restreint. Elle alluma les chandelles, fit servir les mets par deux servantes qui portaient un tablier amidonné et une coiffe sur la tête, offrit un vin blanc parfaitement acceptable pour accompagner un plat de crevettes à la sauce piquante entouré de purée et un pagre rôti au four avec des *matabalas* et des oignons frits. Après le pudding et la salade de fruits, elle fit servir le café sur la véranda, sur un plateau avec des verres pour le porto et des ballons pour le cognac. C'était une nuit étoilée, calme et sans nuages, parfois même avec une brise très légère qui agitait doucement le feuillage des arbres de l'autre côté de l'esplanade et qui emplit soudain Luís Bernardo d'une nostalgie des étés au Portugal. Assis au fond d'un fauteuil d'osier, parmi des coussins de toile cousus à la main, fumant avec un plaisir tranquille son Partagas, Luís Bernardo poussa tout bas un soupir qui pouvait être de bien-être comme de résignation. Maria Augusta devait l'avoir entendu car elle lui demanda :

« Vous avez le mal du pays ? »

Il sourit, ne souhaitant pas révéler ses faiblesses :

« Quelquefois, mais ce n'est pas très grave. Ce sont surtout les soirs, qui sont très différents.

– Vous verrez, on finit par s'habituer. »

Un silence s'instaura entre eux tous. Ou plutôt entre eux deux, car monsieur Albano, lui, n'avait pas ouvert la bouche, regardant d'un air absorbé quelque chose d'extraordinaire qu'il semblait avoir découvert sur ses bottes. Monsieur Albano était de trop : tous le sentaient, à commencer par lui-même qui au bout de vingt minutes n'avait pas apporté la moindre contribution à la conversation ni à l'enchantement de cette nuit et qui décida de prendre congé :

« Vous voudrez bien m'excuser, monsieur le gouverneur, mais il faut que je me lève demain à quatre heures du matin… »

Luís Bernardo se leva lui aussi pour le saluer et il remarqua le signe de tête silencieux qu'il adressa à Maria Augusta, quelque chose entre l'intimité et l'éloignement, entre la résignation et la protection.

Restés seuls, ils gardèrent le silence, savourant l'absence de l'élément superflu et ne sachant pas très bien comment commencer à profiter de cette intimité à deux tant attendue. Ce fut Luís Bernardo qui les tira de l'impasse :

« Que faites-vous d'habitude, par une nuit comme celle-ci ? »

Ce fut le tour de Maria Augusta de soupirer. Il vit sa poitrine se soulever au-dessus du corselet, ses yeux sombres briller à la lumière de la lampe proche. Il sentit le corps de cette femme se laisser aller, une chaleur s'en dégager, un désir mal dissimulé lui monter des jambes le long du ventre, de la poitrine, et briller dans son regard. Sa voix était rauque, elle venait de loin, d'une infinité de nuits sur la véranda comme celle-ci :

« Je pense à la vie. À ce qu'elle a été, à ce qu'elle aurait pu être, à ce qu'elle sera encore. Que croyez-vous que je puisse faire d'autre ?

– Et cela a un sens ?

– Quoi ? La vie ? Ma vie ?

– Oui.

– Ne me demandez pas cela. On ne se pose pas ce genre de questions ici. À quoi cela servirait-il ? Vous êtes ici seulement de passage, dans un ou deux ans vous retournerez au Portugal. Votre vie est là-bas, ici, vous ne faites que passer. Mais ce n'est pas mon cas : je vis ici et j'y suis pour toujours. C'est ce que le destin m'a réservé. Je n'ai rien choisi et je ne suis pas en mesure de choisir. Je prends ce qui passe et quand j'y parviens : ce sont les choses qui viennent à moi et non moi qui cours après. Vous comprenez ce que je veux dire ? »

Luís Bernardo la regarda dans la pénombre. Elle lui faisait pitié : le destin, en réalité, l'avait abandonnée là, bien qu'il fût évident qu'elle méritait plus et aspirait à davantage qu'à cet exil. Elle l'émouvait : elle l'avait reçu sans prétention, sans mise en scène, sans méfiance. Elle avait surveillé elle-même dans la cuisine le déjeuner et le dîner avec lesquels elle l'avait reçu, elle lui avait raconté l'histoire de sa vie, sans complexe ni besoin de s'affirmer. Toute la journée elle avait été contente de le recevoir, non pas comme une propriétaire de domaine de plus accueillant le gouverneur, mais simplement comme une femme qui reçoit un homme et s'efforce de lui faire plaisir. "Ici, pensa-t-il, rien n'est pareil. Tout semble plus pressant, tout est plus rapide, plus direct, plus simple." Combien de fois revêtirait-elle cette robe plissée et ce corselet qui retenait une poitrine prête à jaillir dehors ? Combien de fois allumerait-elle ces chandeliers, combien de fois ordonnerait-elle à ses servantes d'endosser leur uniforme amidonné ? Combien de fois encore irait-elle chercher la bouteille de porto *Vintage* dans le placard de l'office ? Combien de fois aurait-elle un homme civilisé avec qui converser en une nuit étoilée paisible sur la véranda de la maison dont elle avait hérité, comme on hérite d'une prison ?

« Oui, je crois vous comprendre. »

Elle se leva et resta debout devant lui. « Je prends ce qui passe et quand j'y parviens. » Cette phrase remplaçait toute formule d'adieu.

« Luís, ce fut un honneur que de vous recevoir ici, à Nova Esperança, en votre qualité de gouverneur. C'est vrai, croyez-moi. Mais ce fut aussi un plaisir de vous accueillir en tant que personne. J'aimerais vous revoir... aujourd'hui, ou quand vous voudrez. Bonne nuit. »

Elle disparut et Luís Bernardo resta assis dans le fauteuil en osier, jambes étendues sur la balustrade de la véranda, cigare allumé dans l'obscurité de la nuit. Des chauves-souris traversaient la véranda en vols silencieux, attirées par la lumière de la lampe et s'écartant d'elle au dernier moment. Il écouta le crissement ininterrompu des grillons dans la forêt et le cri des oiseaux de nuit défendant leurs territoires de chasse. À un certain moment il lui sembla entendre un bruit de pas étouffé et il se leva silencieusement pour épier. Il ne s'était pas trompé : au même instant monsieur Albano passait sous la véranda de la maison. Leurs regards se croisèrent entre la lumière et l'obscurité.

« Tout va-t-il bien, monsieur Albano ?

– Il me semble que oui, monsieur le gouverneur. »

Le cigare avait été fumé jusqu'au bout. Le verre de porto était vide. La lumière de la lampe faiblissait, Maria Augusta était sortie de la salle de bains et il avait entendu la porte de sa chambre au fond du couloir se refermer doucement. Il se leva et chercha dans l'air une odeur, fût-elle lointaine, de marée. Mais non, aucun appel ne venait de la mer. Seuls les signes d'une nuit qui s'achevait au milieu de la forêt dans une odeur intense de cacao, de sueur qui avait cessé de couler, de désir d'homme, réprimé au bout d'un corridor. Il souffla sur la mèche de la lampe, entra dans la maison et, sans faire de halte, entendit le bruit de ses propres pas avancer sur le sol du corridor et s'arrêter un bref instant à la porte de la chambre du fond. Il sentit le froid de la poignée dans sa main quand il la tourna. Il respira profondément et entra doucement, comme un voleur.

X

«*Mr. Jameson, Sir! The Captain sent for you: we are there, Sir!*»

En fait il ne dormait pas lorsqu'il entendit les coups frappés à la porte de sa cabine et le mousse de service qui l'appelait. Un pressentiment l'avait fait se réveiller quelques minutes plus tôt et il avait deviné que l'heure de la rencontre que le hasard lui avait réservée était arrivée. Il se leva, essayant de ne faire aucun bruit, pour ne pas réveiller sa femme, Ann, qui dormait comme une enfant à côté de lui dans la cabine. Pour la millième fois, en sept ans de mariage, il contempla l'image d'Ann endormie, étrangère à tout, et pour la millième fois il la trouva ravissante, avec ses cheveux blonds qui retombaient sur son cou en une cascade désordonnée, son nez long et droit, sa grande bouche qui esquissait un demi-sourire en plein rêve, son bras svelte posé à l'endroit qu'il occupait il y a un instant, la courbe parfaite de son sein qui apparaissait par le décolleté de sa chemise de nuit en lin blanc. Il eut envie de retourner au lit, de se blottir contre elle et de se réveiller beaucoup plus tard, dans une vie et un jour qui ne seraient pas aussi chargés de nuages.

Il enfila à la hâte un manteau imperméable et un pantalon par- dessus son pyjama et sortit de la cabine tout doucement, refermant la porte avec une précaution infinie. Après qu'il eut gravi les deux volées d'escalier jusqu'au pont du *HMS Durban*, le froid du matin naissant s'abattit sur son corps encore chaud du corps d'Ann. Le capitaine McQuinn était appuyé au bastingage du navire, son éternelle pipe entre les dents et une tasse de café dans chaque main. Il regardait droit devant lui et lui tendit une tasse en l'entendant approcher.

« *Well, this is it* » et il tendit la main qui tenait la tasse vers l'est, en direction de la terre.

Il regarda lui aussi, mais au début il ne distingua rien à travers la brume qui flottait sur la mer et la demi-obscurité qu'un soleil timide venu de cette direction n'était pas encore parvenu à dissiper. Ensuite, peu à peu, en fixant l'horizon indiqué par McQuinn, il commença à discerner les contours d'un mont, puis d'un autre et encore d'un autre : et c'était tout. Il sentit son cœur se serrer dans sa poitrine : c'était cela S. Tomé et Príncipe, cela et rien d'autre, trois monts juxtaposés, dérivant dans la mer et enveloppés de brouillard. C'était cela sa destination pour les prochaines années, le trou infect où ses actions, son inconscience, son manque de retenue avaient conduit son mariage et sa carrière fulgurante aux Indes.

Il regarda, pétrifié, buvant ce café chaud à petites gorgées, en silence, sans rien trouver à dire. À Bombay, il avait étudié attentivement sur une carte l'emplacement des îles, il avait lu la description de l'archipel dans la dernière édition de la *Geographic Universal Encyclopedia*, il avait lu, et ce n'était presque rien, tout ce qu'il avait pu trouver à propos des îles dans les rapports du ministère de la Marine et du Foreign Office. Il avait appris l'essentiel et n'attendait rien de différent. Malgré tout, à mesure que le *HMS Durban* approchait de la terre et que la petitesse désespérante et la solitude de ce pays se révélaient sans fard, David Jameson ne pouvait s'empêcher d'éprouver un sentiment profond et angoissé de défaite. Dans les tréfonds de lui-même et encore sans raison apparente, une petite lueur d'espoir l'avait maintenu dans un état d'esprit supportable pendant ces vingt longs jours de traversée, avec escale à Zanzibar, à Beira, à Lourenço Marques et dans la ville du Cap : l'espoir que la situation ne fût pas aussi mauvaise qu'annoncée, que la vue de l'île représentât au moins une image de vie tropicale exubérante, d'un lieu d'affectation acceptable pour un temps de régénération. Mais non : S. Tomé – l'île et la ville, qu'il entrevoyait maintenant plus nettement – apparaissait à ses yeux sans le moindre subterfuge ni aucune possibilité de se faire des illusions. C'était un lieu de bannissement. Un bannissement, certes, avec le titre honorifique de consul de Sa Majesté britannique, une maison, qu'il espérait décente, l'attendant en ville et les privilèges inhérents à sa fonction. Mais cela qui, pour quelqu'un en début de carrière, pourrait sembler une simple situation passagère, un poste dans un endroit exotique et paradisiaque, pour lui, qui avait eu le *Raj* à ses pieds, était une défaite humiliante et impossible à déguiser.

Il sentit une présence sur sa droite : Ann était arrivée silencieusement et s'était appuyée au bastingage, scrutant elle aussi la terre sans mot dire et d'un regard inexpressif. Elle avait enfilé une robe de chambre sur sa chemise de nuit, ses cheveux étaient ébouriffés, comme si l'instant était trop grave pour se soucier des apparences. La lumière douce du matin naissant – l'unique heure du jour où le soleil est délicat sous les tropiques – accentuait la pureté de ses traits, le vert liquide de ses yeux, la beauté intégrale et nue de son visage. David était écrasé par sa joliesse, comme s'il ne l'avait jamais vue auparavant sous une lumière aussi évidente, et il était ému par sa sérénité. Il voulut parler, mais il ne trouvait rien à dire, il ne savait même pas comment commencer.

« Ann… »

Elle se tourna et lui fit face. Il fut aveuglé par le vert de ses yeux, il eut envie de pleurer, de se jeter à ses pieds, de lui demander pardon pour la centième fois, de la supplier de partir, de l'implorer de rester. Mais avant qu'il ne réussisse à dire quoi que ce fût, elle lui saisit la main et elle lui dit si bas qu'il craignit presque de ne pas l'avoir entendue :

« Je ne t'abandonnerai pas, David. J'ai promis de ne jamais te quitter. »

* * *

David Lloyd Jameson n'était pas né dans un berceau en or. En réalité, il avait fait tout son chemin grâce à sa persévérance, son courage et ses efforts personnels. Son père tenait un petit magasin à Édimbourg, un entrepôt rudimentaire de produits d'Orient, tapis de Shiraz et de Boukhara, lanternes et soies des Indes, paravents du Japon, chaises en bois peint du Népal et du Tibet. L'orientalisme était encore à ses débuts et il n'était pas facile de vendre à la société conservatrice d'Édimbourg quoi que ce soit qui ne fût pas Tudor ou victorien. Son négoce ne permettait de mener qu'une existence décente et modeste : David fit toutes ses études à l'école et au lycée publics. Les gravures, miniatures et dessins des Indes que son père recevait l'avaient fasciné depuis son enfance et l'idée mythique du *Raj* devint peu à peu une obsession, un projet, un destin qui, lorsqu'il eut dix-huit ans, devint impossible à contrecarrer par la force ou la raison. Les Indes étaient devenues son unique objectif, son unique horizon, son unique projet d'avenir. Durant quatre années d'affilée il se présenta à l'Indian Civil Service – le cadre de l'administration publique du vice-royaume – et durant quatre années d'affilée il fut recalé. D'autres que lui auraient renoncé, ils auraient compris que les postes disponibles étaient attribués en fonction de la naissance, des relations ou du degré d'influence. Pas lui : chaque année, à chaque refus, il redoublait d'efforts, il essayait de comprendre ce qui n'avait pas marché, il s'efforçait d'accumuler davantage de qualifications. Il devint une encyclopédie de l'histoire, de la géographie, de la sociologie de l'Inde. Il engagea un professeur de hindi et apprit à parler couramment la langue. Il devint un spécialiste de l'interprétation des *Upanishad*. Il engagea un professeur d'arabe et apprit les fondements de la langue et du Coran. Sa persévérance fut finalement récompensée : par un froid matin de décembre, la brume de la mer enveloppant encore Édimbourg, le courrier lui apporta la lettre tant désirée de l'Indian Bureau. Il avait été détaché à Bangalore, dans le Sud de l'Inde, dans l'État du Mysore, en qualité de troisième officier de liaison avec le gouvernement local qui, aux termes des accords passés entre la Couronne britannique et les cinq cent soixante-quinze États princiers des Indes, appartenait au maharaja de Bangalore. Il avait vingt-trois ans et venait, sans le savoir, d'être envoyé au cœur même de l'Inde mythique, de ce fantastique territoire des mille et une nuits dont parlaient les textes et les gravures des livres dans le magasin de son père. C'était comme s'il était entré directement à l'intérieur des livres en tant que personnage des histoires qu'ils relataient.

David Jameson se passionna pour l'Inde dès le premier instant où il mit pied à terre, entrant par la célèbre Indian Gate, à Bombay, la porte des vice-rois qui symbolisait la possession des Indes et par laquelle tout serviteur du *Raj* devrait faire son entrée dans le Joyau de l'Empire, comme signe de bon augure, mais aussi de loyauté et de dévouement à la tâche qui l'attendait.

Les Indes britanniques, que Sa Majesté la reine Victoria protégeait et aimait tendrement depuis les corridors sombres de Buckingham, étaient un territoire immense et ingouvernable par nature, qui s'étendait des contreforts de l'Himalaya au détroit de Ceylan, de la mer de Bengale à la mer d'Oman, habité par cent vingt millions d'hindous, quarante-quatre millions de musulmans, cinq millions de catholiques et quatre millions de sikhs, et gouverné par soixante-dix mille Anglais, lesquels administraient directement les deux tiers du territoire et les quatre cinquièmes de la population, le reste étant du ressort des cinq cent soixante-quinze principautés autonomes, gouvernées par les rajas, maharajas et nababs, à la loyauté desquels l'Angleterre devait le succès de cette mission démentielle consistant à gouverner les Indes. Certaines principautés ne dépassaient pas la superficie du quartier de Chelsea, d'autres étaient plus vastes que l'Écosse, mais, plus qu'à leur étendue géographique, l'importance politique des principautés se mesurait au nombre de leurs sujets, de leurs éléphants et de leurs chameaux, et aussi au nombre des tigres chassés par le prince régnant et surtout – du point de vue anglais – au nombre de soldats de l'armée privée qu'ils réussissaient à entretenir et, en cas de besoin, à mettre au service de l'armée de Sa Majesté britannique.

À Bangalore, la légation anglaise était une véritable ambassade en territoire allié : elle avait essentiellement pour tâche d'assurer la loyauté du maharaja, sa générosité à l'égard des besoins financiers de l'administration du *Raj*, les relations de bon voisinage avec le prince voisin de façon à éviter le fléau des guerres fratricides, si courantes en Inde et qui gênaient tellement la bonne administration du territoire et, finalement, l'accomplissement de la tâche première du colonisateur qui consistait à éveiller chez le maharaja et parmi les membres de sa cour une attirance pour les valeurs de la race et de la civilisation anglaises – une imitation de justice impartiale, un sens de la hiérarchie et du respect du droit coutumier, une éducation anglaise, avec beaucoup d'histoire et de géographie et de portraits de l'horrible reine Victoria dans toutes les salles de classe, en même temps qu'un enthousiasme pour des sports profondément ennuyeux tels que le polo et le cricket. En compensation, l'Angleterre exigeait peu : elle fermait les yeux devant l'application des lois et des coutumes locales, à moins que le différend n'impliquât des sujets ou des intérêts anglais ; les Anglais étaient racistes comme les Français à Pondichéry, mais, en revanche, ils étaient libéraux en matière de religion, ils n'avaient pas la prétention absurde de rallier les Indes à la foi chrétienne, comme les Portugais à Goa ; et, en échange de la fidélité et de la générosité à l'égard de la Couronne britannique, mises à l'épreuve et vérifiées régulièrement, les Anglais accordaient de temps à autre le titre de Sir ou une décoration bien étincelante à l'un de ces maharajas qui possédaient déjà tout ce que la fortune peut acheter.

David resta trois ans à Bangalore. Il tua deux tigres lors de chasses organisées par les maharajas et d'innombrables pièces de gibier de moindre importance avec la paire de Purdeys achetée de deuxième main auprès du second commandant des lanciers de la reine. Il remporta le championnat de polo de l'État du Mysore dans une équipe mixte indo-britannique, avec des chevaux prêtés par les écuries du maharaja de Bangalore. Il essaya – comme c'était aussi la tradition parmi les administrateurs locaux de l'Indian Civil Service – quelques-unes des incroyables positions de l'acte sexuel représentées sur les fresques des temples avec les concubines renvoyées du harem du maharaja, et il voyagea partout à l'intérieur de l'État pour promouvoir l'application de la bonne, de la tranquille, de la fiable justice britannique.

Sa fascination pour les Indes ne cessa jamais de grandir, dans l'exacte mesure où crût son admiration pour la sage gestion des affaires du *Raj*, telle que pratiquée par l'administration britannique. Sa mission achevée, ses bons services, sa connaissance de la langue et du milieu local, de même que sa jeune ambition ne passèrent pas inaperçus dans les rapports internes et il fut appelé à Delhi pour faire partie du gouvernement central du vice-roi, justement dans le service des relations avec les principautés autonomes.

Au début, il s'ennuya à mort à Delhi. Relégué dans un bureau et confiné dans un rôle de figurant dans les réceptions officielles offertes aux maharajas, il lui manquait tout ce qu'il avait eu à Bangalore : la chasse, l'aventure, les nuits de campement dans la brousse, les conversations avec les vieux sages dans les villages, les orgies sexuelles avec les concubines du maharaja, bref, l'exercice direct et proche du pouvoir et de l'influence. Mais ensuite il commença peu à peu à être envoyé dans les principautés pour des missions qui étaient un mélange de diplomatie et d'espionnage et où ses facultés d'observation et de prévision commencèrent à être dûment appréciées et prises en compte, chaque fois plus haut, jusque dans le cabinet du vice-roi. Cela lui donna la possibilité fantastique de voyager presque dans l'Inde entière, lors de missions qui duraient parfois cinq ou six semaines, au cours desquelles il se déplaçait en train, en bateau, à dos de chameau, d'éléphant ou de cheval. Partout où il arrivait, il était la voix du vice-roi, lequel à son tour était la voix de la reine elle-même, laquelle à son tour représentait tout l'Empire britannique. Il était à l'aise dans les salons, dans la brousse, dans les parties de polo ou de chasse au tigre, au club des officiers anglais ou dans les discussions en hindi avec les autorités autochtones. Il appartenait à une espèce rare d'Anglais de l'Empire qui avaient la faculté d'être hybrides, conscients de leur supériorité impériale, mais observateurs et respectueux des coutumes locales. Si le mets favori du maharaja était le serpent, il en mangeait avec la même délectation que s'il mangeait un soufflé à la perdrix au Raffles ; si un dignitaire local avait l'habitude de vomir sur la table après le repas, il assistait impavide au spectacle, comme s'il s'agissait d'un *gentleman* en train de remplir sa pipe dans son club à Hampstead ; quand le maharaja de Barahtpur l'invita à assister à l'exécution d'un pauvre bandit de grand chemin condamné à être pendu devant une foule hurlante, il fut présent, sans manifester d'émotion ni de désagrément. Avec son chef à Bangalore et dès le début de son envoi en Inde il avait appris une maxime dont il avait fait son code de conduite personnel : « Notre mission n'est pas de changer les Indes, elle est de les gouverner. » Cette façon d'aborder les Indes, cette philosophie, cette capacité de comprendre et de mettre les choses en perspective, qui transparaissaient de façon lapidaire dans les rapports qu'il envoyait au gouvernement central, devinrent de plus en plus remarquées, de plus en plus appréciées, de plus en plus citées. À vingt-neuf ans, David Jameson était déjà quelqu'un, un nom qui passait de bouche en bouche parmi le personnel résident à Delhi et dans le cercle des intimes du vice-roi. La perspective de destinées plus hautes flottait dans l'air et il le sentait. Il regardait la carte de cette immense possession et il voyait un continent entier fourmiller de vie, de tragédies, d'aventures, de conflits à régler, de décisions cruciales à prendre, de missions épineuses à mener à bonne fin, de gloires à cueillir. Tout cela palpitait, frissonnait, semblait prêt à exploser. Et il avait envie d'engloutir la carte, d'engloutir l'Inde entière.

Ce fut alors qu'Ann fit sa connaissance. Un dimanche après-midi, lors des rencontres anglaises assommantes dans le « All India Cricket Club » de Delhi où les conversations étaient exactement les mêmes depuis deux cents ans, seule la génération variait, mais pas les noms de famille des personnages participant aux conversations. Contrairement à David, Ann venait d'une famille qui fréquentait le « All India Cricket Club » de Delhi depuis quatre générations. Mais pour Ann, l'avenir n'était pas en Inde, il se trouvait en Angleterre. Le colonel Rhys-More lui avait réservé un avenir différent et particulier, avec un lord de passage en Inde, que la beauté, l'intelligence, l'éducation parfaite et les qualités mondaines de sa fille ne laisseraient pas d'attirer, le moment venu, et de compenser largement l'insuffisance de sa dot et l'absence de titre de noblesse de la famille. Quatre générations d'ancêtres voués au service des Indes et deux frères enrôlés dans l'armée qui combattait aux frontières du *Raj* dans les défilés traîtres de la Khyber Pass, de même que sa vertu et ses qualités naturelles, faisaient d'elle, aux yeux du colonel et de son épouse, un parti très acceptable et tout à fait recommandable. Ann n'avait pas été élevée pour connaître et aimer l'Inde, mais bien la lointaine Angleterre où elle n'avait jamais mis les pieds. On lui avait appris que le pays où elle était née et où elle avait grandi était juste un lieu de passage qui devait la mener aux rues, aux restaurants, aux salons, à la vie de cette ville mythique de Londres qu'elle ne connaissait que par les revues auxquelles le colonel était abonné avec la dévotion inébranlable d'un serviteur désireux d'être au courant de tout ce qui concernait son maître.

Tout cela s'effondra en un seul jour. Le jour où elle fit la connaissance de David Jameson. Sa distance programmée, sa retenue inculquée s'écroulèrent comme un château de sable sous l'effet de la frénésie, de l'ambition, de la vie qui jaillissaient du regard, de la voix, des gestes, de la véhémence incontrôlée qui émanaient de lui. Pendant les cinq heures où ils bavardèrent, dansèrent, dînèrent et feignirent vainement de s'intéresser à d'autres choses ou à d'autres personnes, elle apprit davantage sur l'Inde que tout ce qu'elle avait pu absorber en vingt-cinq ans de vie dans ce pays.

Il était joueur : un joueur de cartes impénitent, vice largement cultivé lors des soirées dans le club des officiers anglais à Bangalore, et joueur en ce qui concernait sa propre vie. L'Inde avait confirmé son penchant pour les coups audacieux, les paris élevés, sa confiance dans les déterminations du destin, son goût du risque et des attitudes outrancières. C'était comme s'il n'avait pas de temps à perdre, comme si tout devait être joué dans chaque partie de cartes, à chaque occasion, à chaque brèche ouverte par autrui : il avait hâte de vivre, de forcer le destin, au lieu d'attendre que la fortune vienne frapper à sa porte. C'était ce qui faisait son charme, ce qui expliquait le besoin compulsif qu'éprouvaient tant de femmes de s'approcher de lui, ce qui désarmait ses adversaires, ce qui laissait les autres – ceux qui étaient en compétition avec lui dans la carrière, dans l'amour ou à la table de jeu – dans l'incapacité de parer ses coups, de le suivre dans ses mises. C'est exactement ce qui mit Ann à ses pieds ce même soir. Alors qu'il la ramenait chez elle, dans un *rickshaw* couvert tiré par un sikh à qui il avait donné discrètement l'ordre de ne pas se presser, il lui prit soudain la main, plongea les yeux au fond des siens et lui dit : « Nous pouvons observer les conventions et nous en tenir là pour l'instant ou nous pouvons d'ores et déjà ne plus perdre de temps. De toute façon vous êtes la femme de ma vie et je ne sortirai plus jamais de la vôtre. Le choix vous appartient, celui de différer ou non à plus tard ce qui est inévitable. » Elle comprit qu'il avait raison, qu'il était inutile d'ajourner ce qui n'avait déjà plus de solution ni de fin prévisible. Elle se rendit donc et abandonna dans cette nuit chaude et humide de Delhi tout ce qu'elle avait vainement accumulé en fait d'enseignements et de prudence, de retenue et de projets d'avenir. Ce fut comme si elle était vraiment née cette nuit-là et comme si toute sa vie précédente n'avait été qu'un exercice inutile de prévention contre le destin. Et il cueillit tout. Pas avec la délicatesse avec laquelle on cueille une fleur dans un jardin, mais avec la voracité de l'homme qui dévore le jardin tout entier.

En moins de deux mois et sous la menace d'un scandale latent, Ann Rhys-More et David Jameson étaient mariés. Et avec le passage des mois, la grossesse prénuptiale si redoutée, qui avait terrorisé le colonel son père, s'avérerait être un danger infondé : David était stérile, comme le révélerait une consultation médicale de routine. La syphilis, qu'il avait contractée dans le bordel du maharaja de Bangalore et qu'il croyait guérie sans autre séquelle que le souvenir des douleurs lancinantes qu'il avait éprouvées et des traitements humiliants auxquels il avait dû se soumettre, avait laissé à tout jamais une marque indélébile sur son corps et sur son amour-propre. Ce fut malgré tout Ann qui supporta le mieux la nouvelle : « Je ne troquerai pas l'homme que j'aime et que j'admire le plus pour un père en puissance », se dit-elle à elle-même et expliqua-t-elle à ses amies et à ses parents. Ce fut donc la première fois qu'Ann se promit à elle-même de ne jamais abandonner son mari.

Le colonel, lui, prit très mal la nouvelle. D'abord, parce qu'il apprit qu'il n'aurait pas de petits-enfants de sa fille (« les seuls petits-enfants dont nous pouvons avoir la certitude que ce sont bien les nôtres », comme il avait l'habitude de dire). Ensuite, parce que la révélation du libertinage passé de son gendre (par-dessus le marché, avec les putains d'un maharaja !) ne faisait que conforter l'impression négative qu'il avait des façons et de la conduite trop libres de ce gendre. Il n'aimait pas la manière intempestive dont il était entré dans la vie de la famille, la plaçant devant le fait accompli, contrariant ainsi tous les projets que sa femme et lui avaient légitimement nourris pour leur fille unique. Il n'appréciait pas sa hâte, sa façon de brûler les étapes dans son parcours d'officier des Indes, d'obtenir avant même d'avoir trente ans un poste prestigieux et une position d'influence auprès du vice-roi lui-même. Il lui en avait particulièrement coûté d'avoir dû discuter avec son gendre la question de savoir si la famille avait ou non suffisamment de poids social pour oser inviter le vice-roi au mariage de leur fille – et d'avoir perçu, dans les propos subtils de Jameson, que l'invitation était acceptable et que lord Curzon assisterait au mariage, non pas à cause de la famille de la mariée, mais à cause de la personnalité du marié. En six ans passés aux Indes, ce jeune arriviste était parvenu là où lui-même n'avait jamais rêvé d'aboutir à la fin de toute une vie consacrée au service de la Couronne dans ce pays et où ses fils, occupés à défendre les frontières de l'Empire loin des cabinets du gouvernement et des salons des maharajas, ne parviendraient jamais. Sans compter que ce blanc-bec de Jameson n'avait ni nom ni fortune qui pussent lui servir de recommandation. Ce qui rendait son style encore plus inadmissible et désespérant aux yeux du colonel.

« Dis-moi une chose, ma fille, demanda-t-il à Ann un jour où il ne réussit pas à se contrôler, ton mari n'aurait-il pas une fortune personnelle, gardée bien secrète ?

– Non, père. Pas que je sache.

– N'aura-t-il pas au moins hérité quelque chose de son père, là-bas en Écosse ?

– Non, son père – qui est encore vivant d'ailleurs, comme vous le savez – n'est qu'un commerçant qui mène une vie assez aisée, mais pas plus. David a dû attendre quatre ans avant d'obtenir un poste dans le Civil Service, bien qu'il ait toujours été un des candidats les mieux préparés. Mais pourquoi me demandez-vous cela, papa ?

– Parce que ton mari, je ne sais pas si tu es au courant, joue au poker au Regent's avec des mises très élevées. Les gens jasent énormément : comment quelqu'un sans fortune se permet-il de jouer aussi gros ?

– Mais il gagne, n'est-ce pas, papa ?

– Oui, pour ce qui est de gagner il gagne. Mais parce que très peu d'hommes peuvent ou sont disposés à miser des sommes aussi élevées. On dirait que quelqu'un le protège… »

Malgré l'insinuation contenue dans les paroles de son père, Ann ne put s'empêcher de sourire :

« Son audace supplée à son manque de fortune, père.

– Peut-être. Ou alors il a trop d'audace et pas assez d'humilité.

– Allons, papa, vous savez très bien que tout cela ce sont des propos de personnes envieuses. David ira loin dans la vie parce qu'il est intelligent, entreprenant et capable de courir des risques là où les autres en sont incapables. Et parce qu'il a la faculté de comprendre les Indes et leurs habitants, ce que les autres ne se donnent même pas la peine d'essayer de faire : combien d'officiers de l'Indian Civil Service savent parler couramment comme lui le hindi et l'arabe ? Vous savez bien que c'est pour cette raison qu'une grande carrière l'attend, ce que les envieux ne lui pardonnent pas. Vous devriez plutôt être fier qu'il soit votre gendre et heureux qu'il soit le mari de votre fille. »

Le colonel resta pensif un instant, regardant de la véranda le petit jardin planté de rosiers et de bougainvillées que sa femme soignait avec un soin jaloux d'Anglaise loin de son île. Oui, il était ici depuis presque soixante ans et il ne parlait ni hindi ni arabe. Il n'avait jamais chassé de tigres, jamais visité le palais du vice-roi, ni assisté au banquet d'un maharaja, ni, assurément, jamais fréquenté les concubines d'un prince. Mais que quelqu'un ose prétendre qu'il ne connaissait pas les Indes !

Pour nombre d'Anglais au service des Indes, qu'ils soient en poste ou de passage à Delhi, Ann Rhys-More était le joyau du « Joyau de la Couronne ». Sa beauté était douce comme un matin du Hertforshire, lumineuse comme la tombée du jour dans le Rajasthan. Elle avait un sourire et des traits d'adolescente, un corps de femelle féconde, prête à être cueillie, des yeux verts et humides de femme hors du temps et de la mode. Elle était gaie ou grave, extravertie ou réservée, chaleureuse ou distante, spontanée et libre ou calmement observatrice et intelligente. Le premier homme à qui elle se donnerait cueillerait toute l'ardeur de ce corps, de ce regard, de cette chaleur, de ce calme, de ce sourire qui se dessinait sur une bouche qui rendait les hommes fous. Cet homme fut David Jameson, qui arriva comme un pillard et repartit comme un conquérant. Elle connut une nouvelle naissance avec lui : elle se donna à lui dès le premier instant, sans la moindre réserve, pudeur ou crainte ; elle devint son ombre et sa lumière, sa reine et son esclave, comme l'avait été, cinq cents ans plus tôt, la femme de l'empereur moghol Shah Jahan – Mumtaz Mahal, la « Joie du Palais » – à la mémoire de qui il dédia l'extraordinaire Taj Mahal, à Agra, non loin de Delhi, et qu'Ann avait visité, éblouie qu'un homme eût pu aimer un jour une femme au point de faire bâtir pour elle un monument que la poussière des siècles ne réussirait jamais à ternir.

S'il l'avait pu, David aurait lui aussi fait ériger pour elle un Taj Mahal où il la célébrerait comme la joie de son palais, le sens de sa vie. Ils s'aimaient comme personne ne s'aimait dans les Indes entières. À l'aube de ce magique XXe siècle auquel les sages prédisaient une splendeur inégalée dans toute l'histoire de l'humanité, les Indes britanniques vivaient prisonnières de leur fidélité à leur distante impératrice, la sérénissime et éternelle reine Victoria, qui ne mourrait que deux ans après le mariage d'Ann et de David. Aucun écho ni aucune influence de ce qui avait pu cependant changer dans les îles Britanniques n'était parvenu jusqu'ici : les Indes entières restaient fidèles et attachées aux instructions et aux enseignements que pendant plus de cinquante ans l'auguste reine Victoria avait dispensés à ses sujets du *Raj*. Parmi ces enseignements ne figurait pas la forme d'amour effréné et sensuel que tous observaient dans le couple Ann Rhys-More et David Lloyd Jameson. Ils se dévoraient littéralement l'un l'autre à la vue de tous, sans faire de cela un secret ni se gêner devant leurs amis, voisins ou collègues de travail. Dans les salons, au club, lors des dîners officiels, dans les *garden-parties* de la société coloniale, même à la messe du dimanche, leur relation physique, sensuelle et, apparemment, d'un plaisir inextinguible était comme un aimant pour tous les regards et le sujet de toutes les conversations à mi-voix. C'était encore pire chez eux, entre leurs quatre murs. David était un joueur, il aimait tous les jeux, depuis les jeux de table jusqu'aux jeux du lit, du primitivisme animal des jeux de la chasse à la subtilité intellectuelle des jeux de mots dans les conversations de salon. Il avait initié Ann à la connaissance et au plaisir des sculptures de pierre et des miniatures érotiques hindoues et il n'en fallut pas beaucoup pour qu'à la lueur de chandelles éparpillées sur le sol de leur chambre et dans une alcôve défendue par une moustiquaire qui accentuait encore l'érotisme de l'atmosphère ils se mettent à reproduire toutes les positions qu'ils avaient vues au frontispice des temples ou dans les livres anciens qu'il collectionnait. Ann explora minutieusement chaque centimètre du corps de David, ce corps d'homme qu'on lui avait appris à n'épier qu'à travers des paupières mi-closes et en cachette, et elle connut les limites de son propre plaisir, plaisir qu'on lui avait affirmé être inexistant et d'ailleurs fort ennuyeux. Quant à David, il savait qu'on le regardait en médisant et en l'enviant lorsqu'il quittait ses collègues de bureau à la fin de la journée pour rentrer chez lui où l'attendait une forme de plaisir et de folie sexuelle qu'un homme de sa condition n'était censé trouver qu'en dehors de son foyer et avec des femmes spécialement entraînées à cet effet. Mais ce havre familial, qui le restituait chaque matin à ses obligations professionnelles avec un sourire révélateur, loin de briser son élan habituel, ne faisait que le renforcer. Il continuait à se porter volontaire pour tous les voyages d'inspection des gouvernements dans les différents États de l'Inde ou de représentation, qui le gardaient pourtant éloigné de chez lui et d'Ann pendant de longues périodes, il continuait à être minutieux et clairvoyant dans tous les rapports qu'il rédigeait et qui étaient devenus pratiquement la doctrine du cabinet, il continuait à passer des soirées à la table de poker du club, jusqu'à ce que tous, excepté lui, capitulent devant la fatigue, le *brandy* ou la malchance au jeu. Et il continuait à accepter toutes les invitations à des expéditions de chasse, qu'il s'agisse de gros ou de petit gibier, qu'elles occupent un jour entier ou toute une semaine. Dans les corridors du gouvernement général on disait que ses talents ou son ambition étaient à l'étroit à Delhi et que bientôt, inéluctablement, une autre mission lui écherrait loin de cette ville et où il serait maître de ses propres décisions. Lui-même n'attendait que cela et déguisait mal son impatience.

Les Indes britanniques, qui excluaient les territoires gouvernés directement par les principautés autonomes, étaient divisées en sept provinces, chacune étant dotée d'un gouverneur. Mais si les gouverneurs étaient essentiellement les représentants du vice-roi dans les provinces, avec des fonctions de représentation et de magistrature suprême, le véritable gouvernement des Indes reposait sur les épaules d'environ huit cents *district officers* ou *collectors* qui administraient les districts en quoi les provinces étaient subdivisées. Ils étaient tous anglais, constituaient l'élite de l'Indian Civil Service et ils se faisaient très souvent conseiller par des autochtones, plus directement en contact avec les populations et leurs problèmes. Ils devaient s'occuper de tout, depuis le recouvrement des impôts jusqu'à l'administration de la justice, en passant par les travaux publics et les projets d'irrigation et d'adduction d'eau. À trente ans, David était encore trop jeune pour pouvoir aspirer à un poste de *district officer*, bien que ses trois ans dans une principauté et ses quatre années au gouvernement central, avec des missions dans presque tous les territoires de l'Inde, lui eussent donné une expérience diversifiée que bien peu possédaient.

Ainsi, lorsqu'un matin il fut appelé dans le bureau du vice-roi lui-même et qu'il constata avec appréhension qu'il s'agissait d'une entrevue en tête à tête avec lord Curzon, il comprit que son proche avenir serait en jeu dans les minutes qui allaient suivre.

« J'ai un travail pour vous, Jameson. » Lord Curzon parlait toujours sur le ton de l'homme qui ne doute pas de ce qu'il va dire, comme s'il trouvait pénible de toujours devoir être aussi catégorique. « Mais cette fois il ne s'agit pas d'une mission de courte durée, mais bien d'un poste dans lequel je souhaite vous détacher. »

David garda le silence, mains croisées, humides de sueur.

« Comme vous le savez, j'ai décidé de redéfinir les frontières de l'État du Bengale que sa superficie et sa population rendent pratiquement ingouvernable.

Jusqu'à aujourd'hui, je ne crois pas qu'il y ait un seul gouverneur qui ait connu toutes les limites du Bengale. J'ai donc décidé de rogner ses frontières et d'ajouter un bout à chacun des États voisins. C'est l'Assam qui a le plus bénéficié de ce redécoupage : cet État est passé de cent trente-neuf mille kilomètres carrés à deux cent soixante-dix mille et de six millions d'habitants, presque tous hindous, à trente et un millions, dont treize millions sont hindous et dix-huit millions musulmans. J'ai enlevé au géant pour donner au nain – chacun pourrait donc sortir gagnant de l'opération. Mais, comme vous pouvez l'imaginer, puisque vous connaissez le pays, cela a déclenché une vive contestation et une révolte larvée entre les deux communautés et de toutes les deux contre nous.

Profitant de cette redéfinition des frontières du nouvel État – qui s'appellera dorénavant Assam et Bengale du Nord-Est – j'ai également jugé bon de mettre fin au mandat de l'actuel gouverneur. J'estime qu'il convient à quelqu'un de plus neuf et de plus jeune, qui ait une certaine expérience et une compréhension des deux communautés, qui parle hindi et arabe, qui ait déjà fait montre, encore qu'à un autre niveau, de savoir-faire dans le règlement des conflits locaux. Après avoir longuement réfléchi à la question et consulté les membres de mon cabinet, je suis arrivé à la conclusion que vous pourriez être ce quelqu'un – à condition que vous vous sentiez à la hauteur de cette tâche. Je sais que vous pouvez m'objecter que vous êtes trop jeune pour occuper une des plus hautes fonctions, après la mienne, dans la hiérarchie administrative de l'Inde, et qu'il serait peut-être plus sage et plus normal que vous commenciez votre carrière sur le terrain à un poste de *district officer*. Mais nous avons aussi pesé cette objection à votre nomination et, si nous ne l'avons pas retenue, ce n'est pas à vous à la prendre en considération. Ainsi que je vous l'ai déjà dit, la seule objection valable que vous pourriez m'opposer serait de ne pas vous sentir capable d'assumer cette tâche. Alors, c'est oui ou c'est non ?»

Ce n'était pas là une question à poser à un joueur. Cela représentait peut-être un bond de dix ans dans sa carrière, c'était une occasion politique unique, qui ne se présenterait plus jamais. Avec tous les risques que cela impliquait, en cas d'échec. Mais refuser signifierait s'aliéner les bonnes grâces du vice-roi, croupir à Delhi, en attendant que soit vacant un quelconque poste lointain de *district officer*. Et vu son caractère et son ambition, ce serait une décision qu'il regretterait toute sa vie. Comme il le savait fort bien, il est des moments où l'on ne peut que jouer, car les deux as que l'on a dans la main ne se représenteront peut-être plus pendant toute la durée du jeu, encore que l'expérience lui eût enseigné que deux as est une configuration traîtresse, qui mène rarement à la victoire. David Jameson répondit donc aussi vite que la surprise lui permit de le faire :

« Je crois que vous pouvez compter sur moi, Sir.

– Très bien, parfait. Je n'en attendais pas moins de vous, Jameson. Mais vous rendez-vous bien compte de ce que cela signifie, des difficultés qui vous attendent là-bas ?»

David profita de cette unique perche que Curzon lui tendait pour se prémunir contre d'éventuels préjudices futurs :

« Je crois m'en rendre compte, Sir, et ce n'est pas cela qui me préoccupe. La seule chose qui me préoccupe légèrement c'est mon manque d'expérience en matière de gouvernement local, de ce que cela implique sur le plan des tâches concrètes.

– Oh, pour ce qui est de cet aspect des choses, je comprends votre préoccupation, mais vous n'avez aucune raison de vous inquiéter. En ce qui concerne le travail administratif et l'application de la justice, vous connaissez les lois et il s'agit juste de les mettre en pratique. Quant au reste, quant aux tâches du gouvernement, vous disposerez de l'aide et de l'expérience d'une excellente équipe de *district officers* et des membres du Conseil consultatif qui resteront en fonction. L'essentiel est le flair politique et diplomatique, la fermeté et, en même temps, l'impartialité avec lesquels on exerce le pouvoir ; il faut avoir des objectifs clairs et une bonne dose de bon sens et de persévérance pour les mener à bonne fin. Voilà pourquoi je voulais quelqu'un ayant votre profil. Vous verrez que tout se passera très bien, mon garçon. »

Et ce fut tout. Lord Curzon se leva, lui donna une tape sur l'épaule et le raccompagna à la porte. Au-delà de cette porte, la vraie porte des Indes s'ouvrait à lui. À l'âge de trente ans, il lui incombait de gouverner un territoire plus grand que la Belgique et la Hollande réunies et avec autant d'habitants que toute l'Angleterre. En rentrant chez lui, son étourdissement se mua en euphorie, l'euphorie céda la place à un orgueil mal contenu, puis l'orgueil se changea en une sérénité apparente quand il entra au salon et affronta le regard anxieux d'Ann :

« Alors… ?

– L'Assam.

– L'Assam ? En qualité de quoi ?

– De gouverneur. »

Elle poussa un cri de stupéfaction et de joie, se leva impétueusement et se jeta à son cou.

« Nous allons être heureux, n'est-ce pas ?

– Très, très heureux. »

* * *

Lord Curzon ne s'était pas trompé : David Jameson était l'homme indiqué au poste indiqué. Un mois après son arrivée, il avait déjà cerné tous les problèmes urgents et pris le pouls de la situation. Il s'était penché sur les principaux conflits, avait parlé aux personnes idoines en temps voulu et désamorcé les tensions. Il avait laissé à Ann les détails de l'installation matérielle dans le palais et l'organisation et la planification des premiers dîners officiels et des sorties publiques. Il passait toutes ses journées dans son bureau ou sur le terrain, visitant la caserne de la police, le tribunal, l'hôpital, les institutions locales, et elle l'attendait jusqu'à l'aube, non pas pour renouer avec leur mariage interrompu, mais pour lui rendre compte des questions de protocole qu'elle avait prises en main, instinctivement et naturellement. Il approuvait tout les yeux fermés, content et épuisé, trop content pour poser des questions ou manifester des doutes, trop épuisé pour tenter de retrouver cette atmosphère de débridement sexuel de leurs premiers mois de mariage, dans les longues nuits tranquilles de Delhi. Mais ce fut aussi une époque merveilleuse où tous deux, sans pratiquement se voir ni se parler pendant des journées entières, travaillaient en vue d'un objectif commun. Elle était heureuse et fière de sentir qu'elle l'aidait, et lui était immensément reconnaissant et orgueilleux de ce qu'elle faisait. Au bout de trois mois, ayant établi les bases et la routine du gouvernement central de l'État, ayant imposé son autorité de façon naturelle et évidente aux Anglais, aux hindous et aux musulmans, David entreprit de voyager dans les vingt-cinq districts de l'État d'Assam et du Bengale du Nord-Est, devenu maintenant un État impressionnant. Il passait des jours entiers loin de Goalpar, capitale et siège du gouvernement, et pratiquement la seule ville digne de ce nom de toute la province. Pendant qu'il voyageait sur tout le territoire, Ann s'acquittait dans toutes les règles de l'art des différentes tâches incombant à la première dame d'un gouvernement provincial dans les Indes anglaises : elle visitait des écoles et des hôpitaux, elle inaugurait des asiles et des orphelinats, elle recevait à tour de rôle et pour le thé les principales dames de la société locale hindoue, musulmane et de la colonie anglaise. Dans le palais du gouverneur, avec sa véranda donnant sur le Brahmapoutre qui prenait sa source dans l'Himalaya et qui coulait majestueusement, elle avait imposé un style sans lourdeur et sans prétention, avec une prépondérance d'osier, de verre et de cristal. Les meubles lourds en bois sombre ajouré et les vaisselles imposantes en argent tarabiscoté avaient été relégués ailleurs. Elle traitait avec la même délicatesse innée ses invitées, le personnel de maison et les rosiers du jardin qui s'étendait jusqu'aux berges du fleuve. Son grand luxe était la musique : il y avait deux musiciens résidents qui jouaient du sitar et des timbales quelque part dans une pièce éloignée de la maison. On ne les voyait pas et ils ne gênaient pas les conversations. À la fin de la matinée ou à l'heure du thé, de suaves notes de musique s'exhalaient toujours des entrailles secrètes de la maison et elles se mêlaient au parfum de jasmin de la véranda et des fleurs fraîches, encore humides de rosée, qui étaient cueillies tous les matins et placées dans les innombrables vases éparpillés dans chaque pièce. Pendant les heures chaudes, de minces stores en bambou étaient abaissés devant les portes et les fenêtres, donnant lieu à un jeu de lumières et d'ombres sur le plancher en bois verni et à une danse liquide sur les murs blancs des salons. C'était comme si toute la maison flottait, bercée par une brise impalpable qui suspendait le temps et les drames qui se déroulaient à l'extérieur.

David – aux oreilles de qui les échos enthousiastes de l'effet causé par les réceptions d'Ann offertes aux épouses des notables de Goalpar arrivaient sans cesse – adorait rentrer à la maison. Après des jours et des jours passés dans la poussière et la chaleur suffocante sur les routes du territoire, après la tension de situations risquées où il lui fallait tout son sang-froid et tout son tact pour désarmer des haines irrationnelles qui menaçaient d'enflammer sans raison logique une petite communauté ; après l'horreur de devoir envoyer aux travaux forcés dans les mines de charbon un condamné pour vol, pendant que sa femme et ses enfants se jetaient à ses pieds pour implorer sa clémence, qu'il ne pouvait ni ne devait accorder ; après la terreur sensuelle de jours et de nuits passés à suivre la trace d'un léopard qui terrorisait un village, dormant à la belle étoile sur un sol sableux, avec pour oreiller une pierre réchauffée dans le feu, écoutant le frôlement de reptiles invisibles ou de serpents qui contournaient le cercle de feu ; après toute cette fatigue, après la poussière et la sueur, après la peur et les remords, après avoir si souvent joué avec sa vie et celle des autres, il fondait d'étonnement, de tendresse et de désir quand il rentrait chez lui et prenait possession de l'ombre, de la musique, des parfums et de cette prodigieuse déesse à l'abondante chevelure blonde, aux yeux verts et à la poitrine généreuse et palpitante qui l'attendait. Après le bain, il buvait toujours un *gin-tonic* sur la véranda, avant de passer dans la salle à manger aux persiennes à lattes de bois entrouvertes qui laissaient passer la fraîcheur de la nuit, les parfums du jardin et le chant des oiseaux de nuit. Lui, comme il convenait à un officier ou *gentleman* anglais à l'heure du dîner et en n'importe quel endroit du *Raj*, en *smoking* blanc, et Ann, en robe longue, décolletée jusqu'aux limites de l'acceptable, ses yeux brillant à la lueur des chandelles comme ceux d'un léopard en une nuit de guet.

Il avait rêvé de tout cela et il l'avait obtenu. Il avait d'ailleurs obtenu bien plus qu'il n'avait jamais osé rêver. Il avait cet immense territoire de l'Assam et du

Bengale du Nord-Est et ses trente et un millions d'âmes à gouverner et pour qui il était le représentant direct et personnel du lointain empereur des Indes, Édouard VII, et par conséquent l'incarnation vivante de la sagesse, de l'honnêteté et de la justice. Il lui incombait d'être l'exemple de ce que Kipling avait dit quand il avait écrit que la tâche de gouverner les Indes avait été placée, par un étrange dessein de la Providence, entre les mains de la race anglaise. Et à cause de cette tâche écrasante, de cette fascinante aventure politique, il bénéficiait d'un traitement princier, d'un palais à sa disposition à la fin du jour ou d'un voyage et d'une véritable princesse qui l'attendait sur le balcon du palais, ou dans la fraîcheur ombreuse de la maison ou dans le coton très pur du lit conjugal.

Il était évidemment discutable que ce fût la Providence qui eût choisi l'Angleterre pour gérer les destinées de l'Inde : après tout, les Portugais étaient arrivés là les premiers, et les Français après eux et avant les Anglais. Bombay, porte d'entrée des Anglais aux Indes, n'était devenue anglaise que parce que les Portugais l'avaient offerte à l'Angleterre en guise de dot lors du mariage de Catherine de Bragance avec Charles II, et la Couronne ne s'était installée officiellement dans son vice-royaume que quelques décennies plus tôt, attirée par les affaires prospères des commerçants de thé de la City. Il était également douteux qu'une grande partie des Anglais détachés aux Indes, soit dans l'armée, soit dans le Civil Service, eussent ressenti de la même façon cet appel de la Providence qui les aurait prétendument invités à relever un défi aussi démesuré. Mais en revanche, ceux qui entraient en contact avec David Jameson ne doutaient pas qu'il fût taillé pour le travail et les fonctions qui lui incombaient à présent. Il y avait en lui une soif de connaissances et un enthousiasme pour toutes les tâches relevant de sa charge, y compris certaines que d'autres, à sa place, eussent dédaignées, et dont le bruit se répandit peu à peu comme une légende dans tout l'Assam et le Nord du Bengale. La première année de gouvernement de l'Assam et du Bengale du Nord-Est fut un succès pour David Jameson. Les officiers anglais l'admiraient, lui faisaient une confiance aveugle et s'efforçaient de l'imiter et d'accomplir tout ce qu'il exigeait, aussi impossibles que fussent ces exigences. Les notables locaux le respectaient et reconnaissaient son sens de la justice et de l'impartialité, souvent mis à l'épreuve dans des situations concrètes. Les malheureux voyaient en lui leur dernière chance et une forme humaine d'autorité à laquelle ils n'étaient pas habitués. Et Ann, sa femme, éteignait en lui tout désir d'une autre femme, elle s'occupait de tout pendant ses absences, rendait chacun de ses retours inoubliable, elle était une amie, une conseillère, une amante, discrète et intime quand il la voulait pour lui seul, exubérante et délicieuse quand il souhaitait que son éclat s'impose à tous.

Lorsque son style et son autorité se furent définitivement imposés, lorsque le gouvernement de l'État obéit à des règles préétablies que tous connaissaient et que personne n'osait enfreindre, lorsque les urgences et les imprévus se réglèrent d'eux-mêmes, David commença alors à s'offrir un répit et une certaine distance.

* * *

Jamais auparavant il n'avait existé et il n'existera peut-être jamais plus une caste aussi extraordinaire que celle des princes indiens. Qu'ils fussent hindous – maharajas et rajas – ou musulmans – nizams et nababs – chacun d'eux était célèbre pour une extravagance absolue dont personne n'avait encore jamais entendu parler. Peu avant la fin du siècle, le nizam de Hyderabad, avec ses seize noms propres et ses sept titres de noblesse, était tenu pour l'homme le plus riche et le plus avare du monde. Il régnait sur un pays de quinze millions de sujets, dont seuls deux millions étaient musulmans comme lui, et parmi ses richesses fabuleuses et soigneusement dissimulées figurait le « Koh-i-Nor », l'extraordinaire diamant de deux cent quatre-vingts carats qui avait été le joyau de la couronne de l'empire moghol des Indes. Il possédait vingt-deux services de table pour deux cents personnes chacun, y compris deux en argent et un en or massif, mais il ne donnait qu'un banquet par an et mangeait tous les jours assis par terre, dans une simple assiette en laiton. Il avait une salle de bains personnelle entièrement revêtue d'or, d'émeraudes, de marbre et de rubis, dans laquelle il ne prenait jamais de bain pour économiser l'eau. Mais, en revanche, il avait une armée privée qui était toujours à la disposition des Anglais, et donc la tunique qu'il endossait pendant des mois d'affilée arborait la Star of Indias ou le Most Eminent Order of the Indian Empire. Pour la possession du « Koh-i-Nor », symbole de l'empire des Indes, un jeune prince, son descendant, avait fini par être exilé pour toujours en Angleterre et confié à la protection de la reine Victoria – lui et son diamant. Buphinder Sing, *le Magnifique*, septième maharaja de Patiala, n'était pas le plus riche, mais il était assurément le plus imposant de tous les princes indiens, avec son mètre quatre-vingt-dix de haut et son poids de cent quarante kilos. Tous les jours il engloutissait vingt kilos de nourriture, y compris trois poulets au thé de cinq heures et trois femmes de son harem après le dîner. Pour satisfaire ses deux principales passions – le polo et les femmes – son palais abritait cinq cents pur-sang anglais et trois cent cinquante concubines, servies par une armée de parfumeurs et d'esthéticiens chargée d'en préserver l'aspect affriolant, vu l'appétit vorace de

Sir Buphinder. Il avait aussi sa corporation privée de spécialistes en aphrodisiaques chargée de lui permettre de faire face à une tâche aussi ardue. Au fil des ans tout fut essayé dans le régime alimentaire du maharaja pour stimuler son appétit sexuel : des concentrés d'or, d'argent et d'épices, de la cervelle de singe décapité vivant et même du radium. Finalement, Sa Très Haute Excellence mourrait, prostrée, de la maladie la plus incurable : l'ennui. Le maharaja de Mysore vivait lui aussi obsédé par ses capacités érectiles : la légende voulait que le secret de son pouvoir et de son prestige résidât pour ses sujets dans la qualité des érections de leur prince, et donc, une fois par an, pendant les fêtes de la principauté, le maharaja s'exhibait à son peuple en plein état d'érection sur le dos d'un éléphant. Pour ce faire, lui aussi recourait à toutes sortes d'aphrodisiaques recommandés par d'occasionnels spécialistes. Sa ruine fut consommée quand il fit confiance à un charlatan qui l'assura que la meilleure garantie pour pouvoir bénéficier d'une érection assurée était la poudre de diamant. Sa Très Haute Majesté ruina le trésor royal en avalant thé après thé de diamant pour garder son sceptre toujours brandi. Le maharaja de Gwalior, lui, était plutôt obsédé par la chasse : il avait tué son premier tigre à l'âge de huit ans et n'avait plus arrêté ensuite – à quarante ans il avait tué mille quatre cents tigres, dont les peaux revêtaient entièrement les pièces de son palais. Quand les trains firent leur apparition, cette invention des Européens suscita une véritable fascination chez lui et chez les autres princes de sa caste. Certains firent construire des trains entiers à Birmingham, avec des wagons décorés de velours français, d'acajou anglais et de lustres de Venise, pour parcourir une ligne de trois kilomètres de long allant du palais au pavillon d'hiver. Plus visionnaire en matière de transports, le raja de Denkannal avait fait construire une voie ferrée de deux cents kilomètres présentant la particularité d'avoir des rails en argent : l'ensemble des forces armées du raja dut être détaché, jour et nuit, pour surveiller l'intégrité de la voie ferrée de Denkannal. Quant au maharaja de Gwalior, il imagina la plus courte et la plus extraordinaire de toutes les voies ferrées de l'Inde : il s'agissait d'un train miniature, lui aussi avec des rails en argent massif, qui avait son origine dans l'office du palais et qui pénétrait dans la salle à manger par une ouverture dans le mur. Là, assis devant un tableau de commande hérissé de boutons, le maharaja faisait rouler le train tout autour de la longue table, lançant des coups de sifflet, allumant des lumières et le forçant à s'arrêter devant chaque invité pour que celui-ci se serve du wagon-whisky, du wagon-porto ou du wagon-tabac.

Comparé à tous ces potentats et à bien d'autres qui gouvernaient d'immenses territoires autonomes de l'Inde, Narayan Singh, le raja de Goalpar, était le prince discret d'une principauté discrète. Il avait hérité de son père un goût pour la chasse, pour le luxe et pour les femmes, mais sans les mêmes excès, avec une retenue et le style d'un homme qui se sentait tributaire d'une éducation universitaire reçue à Oxford et d'une mère française qui l'avait emmené passer les étés de son adolescence sur la Côte d'Azur, pendant que son père restait dans l'Assam à chasser le tigre et à dévorer son harem bien mal dissimulé. Narayan était ce qu'à l'aube du siècle l'on aurait pu appeler un prince indien moderne. Il parlait l'anglais et le français avec une prononciation parfaite (contrairement à l'arabe, dont il ne parlait pas un traître mot et dont il méprisait d'ailleurs profondément la culture). Il était abonné à des revues et recevait des livres de l'Europe, il aimait vivre entre la culture hybride d'une Inde primitive, instinctive, où tous les privilèges étaient accordés à un prince, et le raffinement d'un monde civilisé où régnaient le bon goût et la discrétion. Et il était aussi à l'aise sur le dos d'un éléphant, dans une chasse au tigre dans les forêts humides de l'Assam, que dans un salon de thé parmi des officiers anglais et des étrangers de passage. Son royaume était pratiquement virtuel, il se bornait à son beau palais de Goalpar et à un millier d'hectares à la périphérie de la ville et autant dans le nord de l'État. Cela le dispensait de toute tâche gouvernementale ou de faire preuve d'habileté diplomatique avec les Anglais. Il était un sujet fidèle et un monsieur hautain chez lui. Sa fortune et son goût ne lui permettaient pas les extravagances ridicules de tant d'autres princes, mais ils lui concédaient le luxe de parcourir le monde, de collectionner des objets d'art, de dormir dans les meilleurs hôtels et d'être toujours, à Londres ou à Paris, à Venise ou à New York, un invité d'honneur que l'on se disputait et que l'on regardait avec intérêt ou même envie. Il gérait ses vices comme si ceux-ci étaient un luxe et ses besoins avec élégance. Il avait le même âge que David Jameson, était bel homme, avec des yeux noirs profonds, une peau plus claire que d'habitude chez les Indiens, une moustache élégamment incurvée à chaque extrémité. Il éprouvait un plaisir particulier à ne jamais se vêtir de façon prévisible : il pouvait aussi bien s'habiller comme un prince indien, en tunique claire avec des boutons d'ivoire ou de nacre au-dessus d'un pantalon serré, que revêtir l'habit rude et primitif du chasseur de l'Assam ou un irréprochable costume trois pièces confectionné à Saville Row, accompagné d'une canne à pommeau d'argent : «*a man for all seasons*», comme disaient ses détracteurs-admirateurs. Il tirait le meilleur des circonstances de sa vie et par conséquent, comme c'est si souvent le cas avec ce genre d'hommes, son vrai défaut, son vice authentique, était le cynisme. Il était cynique avec autrui, avec lui-même, avec la vie.

« La beauté écrase la royauté. Encore que dans ce cas-ci la lutte soit inégale : l'éblouissante beauté de votre épouse, Lady Ann, ne pouvait qu'écraser ma frêle royauté de parchemin. Il importe que vous sachiez que c'est un honneur et un plaisir que de vous avoir, votre mari et vous, à ma table. » Après quoi Narayan Singh se mit debout, leva sa coupe de porto et fit un geste circulaire de salutation à l'adresse de la table entière, regardant un instant David Jameson, de l'autre côté de la table, puis, s'inclinant un peu de côté, il heurta légèrement avec sa coupe celle d'Ann.

« C'est un plaisir, rétorqua-t-elle, que d'être accueillie par un amphitryon tel que Votre Altesse. »

Il fit un geste vague de la main, comme pour dire : « Laissons là les formules de courtoisie, ce que je veux dire c'est que votre compagnie m'est agréable. » Et Narayan Singh était effectivement un amphitryon accompli. Ses invités étaient triés sur le volet, en fonction de leur qualité, jamais de leur quantité. L'atmosphère et la décoration des salons et de la salle à manger étaient d'un luxe discret et intime. Pas plus de quatre ou cinq plats n'étaient servis, mais tous délicieux, et la conversation était toujours utile et instructive, que l'on parlât de la situation locale, de l'Inde ou des nouvelles en provenance de l'Europe. Le raja gérait de main de maître la composition des invités, le temps exact pendant lequel il s'attardait à bavarder avec chaque couple ou chaque groupe d'invités, le moment pendant lequel tous se mêlaient ou pendant lequel les messieurs se retiraient pour fumer des cigares entre eux après le dîner. De la musique se faisait entendre au moment voulu, les tables de jeu s'ouvraient dès qu'il pressentait que certains invités avaient envie de faire une partie de *whist*. Les domestiques se déplaçaient comme des ombres et ne laissaient jamais qui que ce soit avec un verre vide à la main, et à partir de onze heures du soir il y avait toujours un dîner froid servi dans un petit salon contigu au salon principal. Les terrasses et les jardins du palais restaient toujours illuminés par des candélabres et des torches jusqu'à ce que le dernier invité parte de sa propre initiative, jamais à un signe d'impatience du raja. Quand ils le recevaient à leur tour dans le palais du gouvernement, Ann et David s'efforçaient d'être à la hauteur des réceptions du raja, mais ils avaient bien conscience qu'ils n'y parvenaient pas : savoir recevoir est un don particulier, qui se cultive, mais dont la perfection est inimitable.

Narayan Singh passait la moitié de l'année – la période de la mousson, de la chaleur et des pluies – en voyage à l'étranger. Ses retours à Goalpar étaient toujours célébrés par des réceptions qui marquaient l'ouverture officielle de la saison normale. Au bout de deux ans, David se rendit compte qu'il mesurait le temps en fonction de la présence ou de l'absence du raja dans la ville. De gouverneur, invité à titre officiel, il devint un familier du palais du raja, et bientôt le familier se transforma en ami. Lorsque la routine s'installa dans la gestion des affaires publiques – signe que David avait mené à bon terme sa mission – lorsque même les plus importantes des questions courantes n'eurent plus rien d'imprévisible et qu'il put déléguer quasiment toutes les tâches quotidiennes, la compagnie de Narayan, les visites dans son palais ou les parties de chasse avec lui devinrent pour David un antidote infaillible contre l'ennui. Tous deux partageaient la conviction que l'Inde – cet immense continent de trois cent cinquante millions d'habitants, divisés par communautés, croyances religieuses, races et castes à l'intérieur des races – n'était pas gouvernable par les Indiens eux-mêmes, mais par un pouvoir étranger, impérial et centralisateur. Livrée à elle-même, l'Inde succomberait fatalement à ses démons, à ses haines et à ses fanatismes. Il était essentiel que l'association entre l'aristocratie locale, constituée par les princes hindous, musulmans ou sikhs, gardiens de la tradition et de l'ordre immuable des choses, et l'administration centrale anglaise, avec son minimum de justice et de démocratie possible, reste solide et inébranlable, car elle était la garante de la paix civile dans ce pays par définition ingouvernable.

À Goalpar, capitale de l'État de l'Assam et du Bengale du Nord-Est, cette association reposait pour beaucoup sur la cordialité des relations entre le raja Narayan Singh et le gouverneur David Lloyd Jameson. Deux hommes, nés sur des continents différents, mais rapprochés par l'âge, par leurs goûts et par une attirance réciproque pour la culture de l'autre, communiant dans les mêmes idées sur le gouvernement d'un territoire où l'un représentait l'autorité par la naissance et la tradition et l'autre par son mérite et le droit impérial.

Il devint habituel qu'en dehors des cérémonies officielles ou des dîners protocolaires le gouverneur fréquente souvent, presque quotidiennement, les soirées du raja. Le travail quotidien terminé, ainsi que le dîner en tête à tête avec Ann dans le palais du gouvernement, David buvait encore un *brandy* sur la véranda et demandait à sa femme la permission de s'absenter pour se rendre au palais royal du raja, situé à guère plus d'un quart d'heure de chez eux en calèche. Au début, ces absences systématiques surprirent Ann et la laissèrent même un peu appréhensive. Puis elle comprit qu'il s'agissait juste d'une sorte de rituel masculin, avec une vague pincée d'affaires d'État, mais rien de grave ni d'important. Une façon pour lui de combattre l'impatience issue de son énergie, apparemment inépuisable. Il revenait toujours à l'aube, mais il n'était pas rare qu'il la réveille pour faire l'amour, avec la même fièvre que vers la fin de l'après-midi parfois, dans la lumière tamisée par les rideaux de soie blanche suspendus à la fenêtre qui donnait sur les jardins. D'autres fois, il rentrait épuisé et elle l'entendait juste se déshabiller à la diable et se laisser choir comme un poids mort sur le lit à côté d'elle : ces fois-là, elle ne lui parlait même pas, elle faisait semblant de dormir et elle le laissait plonger instantanément dans le sommeil. Mais elle n'avait jamais l'impression qu'il rentrait ivre ou débraillé et, jamais, quelle que fût l'heure à laquelle il était revenu, il ne manquait de se lever à six heures et demie du matin, pour être ponctuellement dans son cabinet à huit heures. N'importe qui d'autre aurait déjà rendu les armes au bout d'une semaine de ce régime, mais David semblait spécialement résistant, ce qui lui permettait non seulement de passer constamment des nuits blanches, mais aussi de supporter les longues marches exténuantes dans la forêt, fusil à l'épaule, dans ces expéditions de chasse qui duraient parfois plusieurs jours d'affilée et pour lesquelles il partait toujours avec une joie d'enfant en quête d'aventures.

Comme toutes les femmes de la colonie anglaise de Goalpar, Ann avait elle aussi entendu parler du harem du raja, pas très fourni au regard des normes en vigueur parmi les princes de l'Inde, mais, disait-on, choisi avec un raffinement de connaisseur. Elle se disait aussi que dans ces réunions d'hommes chez le raja, le harem devait être à la disposition des quelques invités triés sur le volet. Mais cela, curieusement, ne l'inquiétait pas. Le fait de savoir qu'il était stérile était évidemment rassurant pour son orgueil de femme, mais il ne s'agissait pas seulement de cela : elle puisait de l'assurance dans la façon dont il continuait à l'aimer, pas comme au début, certes, mais d'une manière de plus en plus raffinée et passionnée qui la poussait à dédaigner et à ignorer ce qui pouvait bien se passer au cours de ces réunions privées entre hommes que David fréquentait lors de presque toutes ses soirées disponibles.

Et le plus étrange encore était qu'Ann avait raison de ne pas s'inquiéter: il ne se passait rien dans ce domaine lors des visites de David au palais de Narayan. Il est vrai que les femmes du harem étaient là, elles servaient les boissons aux invités, s'exposaient à leurs galanteries, dansaient occasionnellement pour eux la danse du voile ou la danse du ventre, après quoi, habituellement, elles finissaient nues. Dès le premier soir, Narayan avait fait comprendre subtilement à David que toutes les femmes de son harem, y compris ses favorites, étaient à sa disposition. Certains invités en profitaient, les uns de temps en temps, d'autres systématiquement. Mais rien ne se passait dans le salon principal, à la vue de tous, c'eût été jugé indélicat: il y avait des pièces tout autour, avec des alcôves munies de coussins de velours et de draps de satin, éclairées aux chandelles, où les concubines du harem du raja distrayaient les invités qui le souhaitaient, d'abord en les massant avec de l'huile de cèdre et des essences exotiques et ensuite en s'enquérant délicatement de leurs préférences sexuelles. Mais David ne s'était jamais retiré dans une de ces pièces. Il consentait occasionnellement, avec une ardeur qui n'était qu'une marque de courtoisie envers son amphitryon, à ce que l'une des plus jolies jeunes filles du harem vienne se frotter contre lui, le câliner, le caresser doucement quand il était assis seul sur un canapé ou appuyé contre des coussins. Il lui rendait la pareille, effleurant ses seins sous la soie fine du sari, le contour de ses hanches ou la peau satinée de ses jambes, ses poignets délicats ou sa langue humide. Et il s'en tenait là – car la dignité de sa fonction lui imposait cette retenue devant autrui ou, peut-être encore plus, l'orgueil qu'il éprouvait à être marié à Ann, montrant ainsi que, malgré la magnificence de l'offre, il avait encore mieux chez lui. Narayan, lui non plus, ne se retirait jamais en présence de ses hôtes avec une concubine de son harem. Bien entendu, il n'avait pas besoin de le faire devant eux, car s'il entretenait un harem c'était bien parce qu'il en jouissait, mais la dignité de son rang de prince lui imposait la même retenue que celle que, visiblement, il admirait et respectait chez David.

Essentiellement, ce que ce petit groupe – deux ou trois Anglais, un commerçant musulman réputé du coin et sept ou huit représentants de la haute société hindoue locale – faisait pendant ces soirées chez le raja, c'était boire, fumer, converser et, surtout, jouer. Les enjeux étaient élevés, on jouait toute la nuit, on gagnait et perdait des sommes considérables, toujours courtoisement et avec l'indifférence apparente de l'homme qui joue pour passer le temps et non pour faire tourner la roue du destin. Les joueurs entraient, sortaient et entraient de nouveau dans le jeu, à la grande table octogonale de poker, au gré des coups du sort ou du hasard, ou de leurs pressentiments. Mais il y avait toujours, au milieu de la nuit, une pause pour le souper, où tous passaient dans la pièce voisine pour se restaurer et bavarder, pendant que les serviteurs vidaient les cendriers et remettaient la salle de jeu en ordre. Après le souper, il appartenait à chacun de décider s'il continuait à jouer ou s'il s'arrêtait là – restant à converser avec un autre invité qui s'était également désisté, se retirant dans une alcôve voisine avec une femme choisie dans le harem pour se consoler de la malchance ou pour démentir le dicton qu'amour et jeu ne sont pas régis par la chance, ou simplement rentrant chez lui et arrêtant là la soirée. Mais les règles établies entre eux stipulaient que celui qui commençait à jouer devait continuer jusqu'au souper, à moins de perdre brutalement ; et que celui qui recommençait à jouer après le souper devait aller jusqu'au bout. Mais surtout, l'offense mortelle – et qui entraînait le fait de ne plus jamais être invité – c'était de commencer à jouer, de gagner et de se retirer avant le moment prévu. Car cela signifiait qu'on était là pour gagner de l'argent avec ses amis et non pas pour passer une soirée civilisée entre *gentlemen*.

* * *

Le surintendant de la police de Goalpar, Alistair Smith, avait déjà quinze ans d'Inde et quatre dans ce poste. C'était un bon poste et il aimait son travail et la ville. Il ne s'imaginait pas vivant dans un autre pays que l'Inde, mais il désirait qu'après l'Assam et Goalpar une place plus agréable lui soit réservée, peut-être à Bombay, ou même dans la capitale. Non que le travail fût particulièrement ardu ni les crimes nombreux : les cas vraiment graves n'étaient pas très fréquents et l'on n'avait pas eu vent d'infiltrations de bandits venus d'autres États. Quand l'Assam avait été adjoint au Nord-Est du Bengale par décision du vice-roi, il y avait eu des moments de tension très vive entre les communautés hindoues et musulmanes et Alistair Smith avait craint le pire. Il avait mis alors ses forces en état d'alerte et de tension maximales vingt-quatre heures sur vingt-quatre. Mais l'arrivée du nouveau gouverneur, la fermeté, l'impartialité dont il avait fait montre à l'égard des deux communautés et le talent diplomatique qu'Alistair Smith avait rapidement découvert chez David Jameson apaisèrent les esprits et s'avérèrent décisifs pour que le nouvel État pût naître sans convulsions et recouvrer très vite la normalité. Alistair pensait que ce choix d'un gouverneur bien qu'apparemment jeune et sans trop d'expérience avait été particulièrement judicieux en ceci qu'il portait sur une personne dotée d'une qualité rare parmi les hauts responsables de l'Indian Civil Service et qui était de ne pas seulement parler l'anglais, mais aussi le hindi et l'arabe tel que pratiqué aux Indes. Il éprouvait pour le gouverneur du respect et de la confiance, deux sentiments généralement partagés par la communauté administrative anglaise de l'Assam et par les notabilités locales, et qui était la seule façon d'avoir la certitude que l'autorité s'établissait naturellement, du haut vers le bas, tout au long de l'infinie chaîne de commandement qui régissait ces trente et un millions d'habitants.

Dans son bureau au commissariat central de police, dans la partie haute de la ville, Alistair Smith était anormalement inquiet en ce dimanche où, bien que ce fût jour de repos, il était allé au commissariat, transportant un paquet enveloppé dans de la toile à sac avec lequel il s'était enfermé à clé dans son bureau, demandant au planton de service de ne pas le déranger. Il posa le contenu du paquet sur une table face à son secrétaire et alla s'asseoir derrière celui-ci, contemplant ce que lui-même, sans être accompagné d'un garde, était allé récupérer dans un magasin de bijoux et d'antiquités du quartier juif. Il s'agissait d'une paire de candélabres en argent massif, à trois branches et incrustés d'or et de rubis. À leur base, chacun comportait une inscription qui, lue bout à bout, composait la phrase « *aeterna fidelitas* – Shrinavar Singh, 1888 ». Shrinavar Singh était le père et le prédécesseur de l'actuel raja de Goalpar et la phrase « *aeterna fidelitas* » représentait sûrement un engagement de loyauté à la Couronne anglaise. Cette paire de candélabres, dont il n'osait même pas estimer la valeur, ne pouvait que provenir du palais du gouverneur. À cette pensée, Alistair Smith sentit un frisson glacé lui parcourir le corps. Il enveloppa de nouveau soigneusement les candélabres dans la toile à sac, ordonna qu'on lui prépare une voiture et, contre toutes les règles de l'éducation et de la hiérarchie, il décida d'aller déranger le gouverneur chez lui, un dimanche après-midi.

Ann et David étaient dans le jardin, profitant de la

brise légère de la fin de l'après-midi qui arrivait avec l'humidité du fleuve tout proche. Un serviteur venait d'apporter un plateau avec du thé et des *scones* pour Ann et une cruche de limonade fraîche pour David. Il était étendu sur une chaise longue en osier, un verre de limonade posé par terre à côté, et il lisait le *Times of India*, sautant de temps en temps une ligne à cause de la torpeur qui s'était emparée de lui, tel un chat lézardant au soleil. Elle était assise sur une simple chaise, elle aussi en osier, un livre refermé depuis longtemps était posé sur la table, et elle écoutait le bruissement des eaux du Brahmapoutre, ces eaux sacrées qui, croyait-elle dans ses rêveries métaphysiques, protégeaient aussi son mariage et l'éternité d'instants magiques et paisibles comme celui-ci. Elle regardait David distraitement, avec tendresse et soulagement, et pour la millième fois elle se prit à regretter que cet homme, son mari, ne puisse lui donner un enfant qui serait en cet instant en train de jouer sur le gazon et qui constituerait le couronnement de cet après-midi parfait.

Deux ans et demi s'étaient écoulés depuis leur arrivée dans l'Assam. Au début, le temps avait passé très vite, quand David arpentait l'État dans une frénésie de tout connaître et de tout organiser qui l'éloignait de la maison pendant de longues semaines. Elle l'avait parfois accompagné au cours d'un de ces voyages et elle avait éprouvé la même fatigue que lui. Elle avait pressenti l'importance de sa mission et elle avait appris à l'admirer encore davantage – l'énergie, la détermination, l'obstination dont il faisait preuve chaque fois. Ensuite, les choses s'étaient stabilisées, les voyages de David s'étaient espacés et ils avaient disposé de plus de temps pour être ensemble et se faire des amis à Goalpar, malgré ses visites constantes au raja, lorsque celui-ci était en ville – « ta mousson personnelle », comme elle disait, dans un mélange d'ironie et de reproche. Le temps avait alors commencé à passer plus lentement et Ann imaginait parfois que David serait peut-être transféré ailleurs d'ici deux ans et elle essayait de deviner ce que l'avenir leur réservait. Ce qui était sûr c'est que jamais David ne quitterait l'Inde et qu'elle ne quitterait jamais David. Mais, entre deux affectations, ils auraient sûrement le temps et l'occasion d'aller en Angleterre pour qu'elle fasse enfin la connaissance de cette patrie qui n'était la sienne que par le baptême. Goalpar n'aurait été alors, quand ils dresseraient finalement un bilan, qu'un temps de transit et d'apprentissage, mais aussi le temps où en tête à tête l'un avec l'autre, loin de la famille et des amis de Delhi, ils auraient tranquillement consolidé leur mariage. Ç'avait été une époque plus solitaire pour elle, qui s'était fait peu de vraies amies à Goalpar. Elle était trop libre pour les conventions locales, elle supportait mal les conversations des dames de la colonie, les soupirs et les sous-entendus avec lesquels elles se plaignaient, sans vraiment jamais le dire, de la monotonie de leur mariage et de l'ennui de leur vie conjugale. David avait un État à administrer, des problèmes à résoudre tous les jours, il avait la chasse et ses déplacements sur tout le territoire, il avait ses soirées masculines chez le raja. Elle n'avait rien de cela. Elle se distrayait en lisant ou en se promenant dans le jardin. Ses grands moments solitaires de plaisir étaient les séances de massage qu'Ariza, sa femme de chambre, lui faisait et qui frôlaient les limites extrêmes de la sensualité. La nuit, David cueillait les fruits de cette transe contrôlée et chaque fois il s'étonnait et se délectait de la sexualité libre, presque animale, de son épouse. Jamais aucune femme ne l'avait autant excité qu'Ann : qu'elle fût, de surcroît, son épouse légitime était une rareté sociale à l'époque et un cadeau dont il remerciait le ciel.

Maintenant, en cet instant précis, Ann le regardait dodeliner de la tête sur son journal, comme si elle observait un fauve au repos. Il y avait dans ses yeux un éclair de malice possessive qui parcourut son corps, comme le vent parcourait le feuillage des saules sur la rive du Brahmapoutre. Et ce fut dans la torpeur du sommeil de David et dans celle des pensées d'Ann que Joghind, le *butler* du palais, vint annoncer la visite inattendue de l'*honorable* Alistair Smith, qui demandait l'autorisation d'interrompre le repos dominical de Leurs Excellences avec une affaire qui exigeait une attention immédiate.

David se réveilla instantanément, écarta les nombreuses pages du *Times of India* et cria presque à Joghind :

« Mais fais-le donc entrer immédiatement !

– Veux-tu que je m'en aille, mon chéri ? lui demanda Ann, légèrement effrayée.

– Non, non, ce n'est pas nécessaire, il ne s'agit sûrement pas d'un secret d'État. »

Alistair Smith entra, képi à la main, se répandant en excuses et serrant la main du gouverneur dans sa main humide de sueur. David lui offrit un siège et dit :

« Asseyez-vous là, Alistair. Voulez-vous boire quelque chose, du thé, de la limonade ?

– Je boirai une limonade avec plaisir, Sir. »

Ann fit un geste en direction de Joghind, qui se précipita pour apporter un autre verre et qui disparut aussitôt après, sur un signe de David.

« Quelle affaire vous amène ici aujourd'hui, Alistair ? Et quel paquet mystérieux apportez-vous là ? »

Alistair Smith avala une gorgée de limonade, comme pour se donner du courage. Il fixait la pointe de ses souliers réglementaires, se demandant s'ils étaient suffisamment bien graissés pour qu'il se présente avec eux chez le gouverneur. On eût dit un gamin venant demander pardon pour une bêtise quelconque.

« L'affaire qui m'amène ici, Sir, concerne précisément le contenu de ce paquet. » Et il se mit à défaire la toile à sac, puis les journaux qui enveloppaient les précieux candélabres. Il s'y prenait maladroitement, avec des mains tremblantes, ce qui ne faisait qu'accroître l'impatience de David et l'appréhension d'Ann. Il réussit enfin à retirer tous les papiers d'emballage et prit un candélabre dans chaque main. Ann étouffa une exclamation de surprise.

« Reconnaissez-vous cela, Sir ?

– Évidemment, répondit Ann, sans attendre la réaction de David, ce sont les candélabres du salon rouge, un cadeau du précédent raja, pendant le gouvernement de Sir John Percy ! Où les avez-vous trouvés, Mr. Smith ? »

David lui fit signe de la main de se taire.

« Dans la boutique d'un juif qui fait le commerce des antiquités, de l'argent, de l'or et des pierres précieuses. Un certain Isaac Rashid, fort connu ici en ville.

– Je connais très bien Mr. Rashid, moi aussi j'ai acheté des objets dans son magasin. » Ann ne parvenait plus à se contenir. « Et comment se fait-il que Mr. Rashid ait en sa possession des objets qui appartiennent à ce palais et à la Couronne ?

– Ann, s'il te plaît ! » David était devenu livide, de rage, pensa- t-elle. « Laisse donc monsieur le surintendant expliquer sans l'interrompre.

– Sir, la première chose que je vous demanderai c'est si vous vous étiez aperçu de l'absence de ces candélabres ? »

Cette fois, malgré son ordre précédent, David lança un regard interrogateur à Ann.

« Non... non, commença-t-elle, mais cela fait plusieurs jours que je ne suis pas entrée dans le salon rouge. Ou alors, si j'y suis entrée, je ne l'ai pas regardé avec attention. Voyez-vous, nous ne nous attendons pas à ce qu'il manque quelque chose, à moins que cela n'ait été retiré pour être nettoyé. Mais attendez un instant. Joghind ! Joghind ! Viens ici !

– *Yes, Ma'am ?*

– Joghind, tu ne t'étais pas aperçu de l'absence de ces candélabres dans le salon rouge ? »

Le domestique baissa les yeux et dit, après un bref silence :

« Si, Ma'm, je m'en étais aperçu.

– Mais quand donc ?

– Avant-hier.

– Avant-hier ? Et tu ne m'as rien dit ? »

Joghind, *butler* du palais du gouverneur depuis quatorze fidèles et irréprochables années, baissa de nouveau la tête et garda le silence. Ann le regardait, sans pouvoir croire à ce qui se passait. Et ce fut David qui intervint :

« Allons, Joghind, dis-moi pourquoi tu n'as rien dit à madame quand tu t'es aperçu de l'absence des candélabres.

– Sir, j'ai pensé que madame ou monsieur le gouverneur les avait emportés pour les faire évaluer ou pour les faire restaurer. Pour une raison de ce genre.

– Et il ne t'est pas venu à l'esprit – Ann était de plus en plus troublée – qu'ils avaient pu être volés par quelqu'un du personnel ou par quelqu'un qui serait entré ici sans qu'on s'en aperçoive ?

– Non, Ma'm, je me suis assuré que rien de cela n'était arrivé.

– Et comment t'en es-tu assuré ? Mais alors, comment les candélabres ont-ils abouti dans un magasin du quartier juif, pour y être mis en vente, j'imagine, n'est-ce pas, Mr. Smith ?

– Oui, répondit l'homme ainsi interpellé, ils étaient effectivement en vente et c'est un ressortissant anglais qui les a reconnus en entrant dans le magasin et qui a alerté le commissariat de police.

– Bien, Joghind, tu peux te retirer.» David semblait décidé à présent à prendre l'affaire en mains. «À ce que je vois, Alistair, nous sommes devant un cas tout à fait courant, avec la seule différence qu'il concerne le patrimoine de ce palais. Mais vos services sauront certainement débrouiller très vite ce mystère. Étant donné ce qui est en cause, je pense que la plus grande discrétion s'impose. Nous deux exclusivement allons nous occuper de cette affaire. Demain, dès que vous aurez de nouveaux éléments d'information, vous passerez me voir dans mon bureau. Me suis-je bien fait comprendre ?

– Oui, Sir... mais il y a encore une chose...

– Non, Alistair, demain, dans mon bureau. Entre nous deux seulement. Est-ce clair ?»

À présent le visage et les cheveux clairsemés d'Alistair étaient eux aussi couverts de sueur. Il continuait à tenir un candélabre dans chaque main, comme s'il avait envie d'aller les jeter dans le fleuve pour se débarrasser de ce tourment. Il déglutit sa salive à deux reprises, mais pas même la main tendue de David ne le poussa à partir.

«Et... les candélabres, Sir ?

– Qu'ont-ils, ces candélabres ?

– Ils sont la preuve du délit, Sir...

– Du délit ?» David commençait à perdre son sang-froid. «Mais vous ne savez même pas encore s'il y a eu délit !

– Ils sont la preuve de l'acte, Sir.

– De l'acte ? Et alors ?

– Alors, je dois les remporter avec moi, Sir. Et les garder comme preuve, jusqu'à ce que les faits soient établis et l'instruction close.»

Pour la première fois, David se sentit mal à l'aise. Le mot «instruction» résonna comme un tir d'avertissement dans son cerveau. Il regarda Alistair Smith dans les yeux : depuis le jour où il avait fait sa connaissance et où il l'avait vu travailler, même sans avoir eu besoin de lire sa fiche personnelle, il avait été convaincu qu'Alistair était un homme sérieux, zélé dans l'accomplissement de ses devoirs, fidèle à la loi et respectueux des procédures. Obéissant à l'autorité et loyal envers ses supérieurs. Un policier modèle, en des temps qui avaient été troublés et qui pourraient fort bien un jour le redevenir.

« Voyons, Alistair, dit-il d'une voix remarquablement calme, il n'y a aucun doute que ces candélabres appartiennent au palais, n'est-ce pas ?

– Non, Sir. Il n'y a aucun doute qu'ils appartiennent au palais. Ils ont déjà été identifiés comme tels par quatre personnes et plusieurs dizaines d'autres pourraient aussi le faire sans hésiter une seconde.

– Alors, si leur appartenance est indiscutable, leur place est ici et c'est ici que vous devez les laisser maintenant, indépendamment d'une éventuelle réquisition provisoire, ultérieurement, à des fins d'identification et en tant que preuve, le cas échéant. Sommes-nous bien d'accord ? »

Seule une légère hésitation se fit jour dans le regard attristé du surintendant. Puis, en silence, il tendit les candélabres à David, s'inclina en direction d'Ann et du gouverneur, et prit congé.

« Alors, à demain, Sir. »

David le regarda s'éloigner dans le jardin, en direction de la sortie. Il remarqua soudain que le surintendant de police semblait avoir vieilli trop vite pendant ces deux dernières années et demie : ses épaules s'étaient légèrement voûtées et son pas n'était plus aussi ferme que dans son souvenir. Il tendit avec un soupir les candélabres à Ann, posa une main sur son épaule et dit :

« Bon, rentrons à la maison. Quelle affaire désagréable ! »

* * *

Quelque chose, pourtant, semblait avoir changé dans l'attitude et dans l'expression du surintendant Alistair Smith lorsqu'il entra dans le bureau du gouverneur le lendemain matin. Il était le même fonctionnaire loyal, diligent et obéissant à son supérieur, mais il n'était plus un homme effrayé par ses propres responsabilités.

« Sir, j'aimerais commencer par vous prier de bien vouloir m'excuser d'être allé chez vous hier pour vous parler de cette affaire. Je comprends maintenant que, comme vous l'avez dit vous-même, monsieur le gouverneur, elle doit effectivement être traitée par nous deux.

– J'accepte vos excuses, Alistair. Ne vous préoccupez plus pour cela. Allons donc directement au sujet qui nous occupe. Qu'avez-vous à me dire ?

– Sir, ne savez-vous vraiment pas ce que j'ai à vous dire ?

– Non, Alistair, j'attends que vous me le disiez. À quelles conclusions êtes-vous arrivé ? »

Alistair Smith respira profondément. Il éprouvait une véritable sympathie pour David Jameson, comme homme et comme gouverneur. Il admirait son œuvre dans l'Assam, sa personnalité, ses qualités de chef et d'homme d'État. Mais il y avait maintenant cette affaire terrible et il avait réfléchi toute la nuit à la façon de l'éviter et il n'avait pas trouvé de solution. Les subterfuges n'avaient plus leur place. Il se demandait comment le gouverneur réagirait et il espérait sincèrement que celui-ci ne rendrait pas tout encore plus embarrassant.

« Sir, il n'y a que deux hypothèses : soit quelqu'un a volé les candélabres et est allé les vendre à Mr. Isaac Rashid, soit quelqu'un les lui a vendus sans les avoir volés.

– Et quelle est l'hypothèse qui vous paraît la plus

probable, Alistair ? » David avait allumé une cigarette et il contemplait d'un air apparemment distrait la fumée qui s'enroulait en direction du rai de lumière en provenance de la fenêtre.

« Ce n'est pas une hypothèse, Sir, c'est une certitude : les candélabres n'ont pas été volés.

– Et qu'est-ce qui vous amène à conclure cela avec autant de certitude ?

– Plusieurs raisons, que je pourrais vous expliquer, si nécessaire, Sir. Mais la principale c'est que personne n'oserait les voler et que jamais Isaac Rashid, qui est un commerçant réputé ici, ne s'aventurerait à receler des objets volés dans le palais du gouverneur et dont il connaît parfaitement l'origine.

– Dans ce cas, ils lui ont été vendus, et par quelqu'un qui avait le pouvoir de le faire.

– Exactement, Sir.

– Et par qui ? » David était maintenant debout, devant la fenêtre d'où l'on apercevait la place centrale de Goalpar, et il tournait le dos à Alistair. Il écouta sans frémir la réponse, qu'il avait déjà devinée et qui fut énoncée dans son dos.

« Par vous, Sir. »

David tourna alors sur ses talons et fit face à son chef de la police :

« Et pour quelle somme ai-je vendu les candélabres à Mr. Rashid ?

– Pour cinquante mille livres, Sir. La valeur des dettes que Votre Excellence a contractées au jeu, dans le palais du raja.

– Je vois que vous êtes bien renseigné sur ma vie privée, Alistair.

– Cela fait partie de mes fonctions, Sir. Pas votre vie privée, mais seulement ce qu'elle peut comporter de compromettant pour le gouvernement de l'État et pour les intérêts britanniques. »

La voix d'Alistair Smith tremblait légèrement et David crut voir l'ombre d'une larme voiler son regard. Quant à lui, il se sentait plongé dans une sorte de brouillard irrationnel, comme s'il flottait à l'intérieur d'un cauchemar. "Voilà un homme sérieux", pensa-t-il, mais cela ne dissipa nullement le brouillard. Rien à présent ne dissiperait ce brouillard, cette nausée.

« Alistair, je pense que cela ne sert plus à rien d'essayer de vous berner. Vous avez fait votre travail avec compétence, comme je m'y attendais. Il ne me reste plus qu'à en appeler à un éventuel sentiment de sympathie personnel que vous pourriez éprouver à mon égard. Comme vous le comprendrez, l'ébruitement de cet incident entraînerait mon déshonneur et la fin de ma carrière. Pourrais-je compter sur votre aide et votre amitié pour tenter d'éviter cette catastrophe ?

– Sir, j'ai toujours nourri pour vous la plus grande admiration et la loyauté la plus solide. Je pense que Votre Excellence a été ce qui pouvait arriver de mieux à cet État, lorsque vous y avez été envoyé. Je ferai tout ce qui est en mon pouvoir pour vous aider, dès lors que cela ne nous déshonorera ni ne nous discréditera tous les deux. Dites-moi ce que vous souhaitez que je fasse.

– Quelles preuves a Rashid que c'est moi qui lui ai vendu les candélabres ?

– La quittance signée par Votre Excellence.

– Ah, pauvre de moi, j'avais oublié cela !... Mais il a été aussi écrit et signé par tous deux que j'avais un délai d'un mois pour lui racheter les candélabres au prix de vente.

– C'est vrai, Sir, j'ai lu les papiers. Mais le hic c'est qu'il exige que les candélabres lui soient retournés et il a l'intention de les garder exposés dans son magasin pendant ce mois et par la suite, si entre-temps Votre Excellence ne les rachète pas. Et de la sorte toute la ville saura qu'il peut vendre légalement des candélabres qui furent offerts par l'ancien raja de Goalpar à la Couronne anglaise en signe de loyauté envers l'Angleterre.

– Alors, Alistair, tout ce que je vous demande c'est d'obtenir de lui que les candélabres restent dans le palais pendant toute la durée de ce mois en attendant que je trouve les cinquante mille livres.

– J'ai tenté d'obtenir cela ce matin, Sir, avant de venir ici. J'ai passé une heure à essayer de convaincre ce juif, mais il n'a pas cédé.

– Pourquoi ? Qu'est-ce que cela lui coûte ? C'est juste le désir de me détruire ?

– Il dit, Sir, qu'il a été dénoncé par un Anglais comme receleur d'une pièce volée dans le palais du gouverneur et qu'il est soupçonné et accusé d'avoir commis ce crime. Il dit que sa réputation de commerçant honnête est en jeu et que la seule façon de la laver c'est de démontrer que l'accusation est infondée et que, pour ce faire, il faut qu'il récupère les candélabres et qu'il les expose de nouveau dans son magasin. De plus, il menace d'intenter un procès pour vol à la police de Goalpar, parce qu'elle a retiré de son magasin des pièces qui lui appartiennent, pour lesquelles il a payé cinquante mille livres et possède tous les documents nécessaires prouvant que la vente a été effectuée légalement. Et – je vous demande pardon de répéter textuellement ses paroles – il menace aussi de dénoncer la police de Goalpar dans les journaux pour l'avoir accusé d'un faux crime dans le but de couvrir le vrai criminel – Alistair Smith s'interrompit, embarrassé – qui en l'occurrence serait Votre Excellence... »

David sentit le monde s'écrouler autour de lui. Dans son acte désespéré, il avait tout prévu, sauf qu'un Anglais entrerait dans la boutique du juif, qu'il reconnaîtrait les candélabres et irait dénoncer l'affaire à la police. Son histoire, son Inde ne pouvaient s'achever ainsi, à cause d'une nuit de folie à une table de jeu.

« Alistair ! Il doit être possible de faire quelque chose ! Rashid doit accepter un compromis, me laisser le temps de résoudre le problème, de trouver l'argent nécessaire pour mettre fin à ce cauchemar !

– J'ai déjà tout essayé, Sir, croyez-moi. Si je possédais ces cinquante mille livres, fussent-elles tout l'argent accumulé en trente années d'Inde et toute ma retraite, je vous jure que je vous les prêterais à l'instant même. Pour moi il n'y a rien de plus triste que voir le plus brillant des gouverneurs que j'ai connus détruit par un simple marchand d'antiquités juif.

– Mais quel délai m'accorde-t-il donc ? Il doit tout de même m'accorder un délai !

– Vingt-quatre heures, Sir.

– Vingt-quatre heures ?

– Oui. Il veut les cinquante mille livres ou les candélabres d'ici demain soir.

– Et vous, Alistair, quel délai m'accordez-vous ?

– Je regrette, Sir, croyez que je le regrette profondément, mais je n'ai rien de mieux à vous offrir. Si Votre Excellence ne réussit pas à mettre la main sur cinquante mille livres d'ici demain soir, je devrai aller au palais récupérer les candélabres et les apporter à Mr. Rashid. Je n'ai pas le choix, sous peine de voir les rôles s'inverser et la police être accusée de vol. Cela provoquerait deux scandales au lieu d'un.

– Et quand votre rapport sera-t-il envoyé à Delhi ?

– Dans deux ou trois jours. »

Un silence de honte s'abattit sur tous les deux. Tout ce que l'Angleterre prétendait symboliser en Inde, de vertu, de sérieux, de sens du service public, venait d'être mis en pièces dans ce bureau, entre deux hommes complices dans l'appréciation lucide de ce drame, mais inexorablement séparés quant à ses conséquences. Le gouverneur le plus brillant de l'Assam, le cadre le plus prometteur de l'Indian Civil Service, avait été abattu à une table de jeu et avait dû s'agenouiller devant un commerçant d'antiquités. L'étendue du désastre rendait toute parole superflue.

David se laissa tomber dans un fauteuil, accablé par la situation. Il trouva péniblement la force de terminer la conversation avec un minimum de dignité.

« Alistair, je vous suis reconnaissant de votre discrétion et de ce que vous avez tenté de faire pour me sauver. Je vous communiquerai ma réponse d'ici vingt-quatre heures et, à moins que les miracles n'existent, je vous donnerai carte blanche pour que vous procédiez comme l'exigera votre devoir. Maintenant, si vous n'y voyez pas d'inconvénient, j'aimerais rester seul. »

* * *

« Ce n'est pas possible, David ! Tu as perdu cinquante mille livres au jeu chez le raja ?

– Oui, je les ai perdues, Ann. Malheureusement, c'est vrai.

– Et à qui les dois-tu ?

– Peu importe à qui. Quelle importance cela a-t-il ? J'ai perdu, c'est tout.

– À qui les dois-tu, David ? » Ann criait si fort à présent que David eut peur que les serviteurs ne l'entendent. « Qui te les a fait perdre, David ? Dis-le-moi, j'ai le droit de connaître les noms de ceux qui vont détruire ma vie !

– Ann, cela n'a pas d'intérêt : c'est moi qui ai détruit ta vie. Je suis le seul coupable.

– Dis-le-moi, David, tu vas devoir me le dire, sinon je le demanderai à tout le monde.

– Ça n'avancera à rien, mon amour. Malheureusement, cette maudite nuit, j'ai perdu constamment et je dois de l'argent à tous, à deux Anglais et à trois Indiens de Goalpar. J'ai perdu sans arrêt, ce fut une nuit où j'ai eu toutes les mauvaises cartes. Un cauchemar : j'ai voulu me défendre, j'ai voulu croire que la chance allait tourner, que je ne pouvais pas continuer à avoir cette malchance, une partie après l'autre, et que grâce à un coup du sort je pourrais au moins réduire mes pertes à une somme raisonnable qui me permettrait de négocier leur paiement. Mais non : à chaque nouvelle partie le cauchemar se répétait, comme si les choses avaient été prévues d'avance, et lorsque je suis arrivé à cinquante mille livres le raja nous a interdit de continuer à jouer.

– Ah oui, il l'a interdit ? Et lui, combien a-t-il gagné à tes dépens ?

– Il n'a pas joué ce soir-là.

– Comment, Son Altesse est restée en dehors du jeu, il a assisté à ta ruine et il s'est contenté de dire "Assez !" quand il a jugé qu'elle suffisait ?

– Non, Ann, il n'a pas joué parce qu'il n'avait pas envie. Cela nous est arrivé à tous.

– Pauvre idiot ! Si brillant dans tant de domaines et si naïf à la table de jeu ! Ne vois-tu donc pas qu'il a joué tout le temps, même quand il restait en dehors du jeu ? Lui, ça lui était indifférent de perdre ou de gagner cinquante mille livres en une nuit. Son véritable jeu consistait à jouer avec vous, à pouvoir faire votre fortune ou votre malheur. Et il a fait ton malheur : c'était cela son jeu à lui. »

David la regarda, effaré. Cela ne lui était jamais venu à l'esprit. Il n'avait jamais imaginé que c'était elle, et non pas lui, la plus lucide et la plus intelligente des deux.

« Sais-tu ce que tu vas faire maintenant, David ? Sais-tu quelle est la seule chose qui te reste à faire ? » Ann s'était levée et elle allait et venait dans la vaste chambre à coucher qu'ils occupaient dans le palais du gouvernement. « Tu vas exiger du raja de Goalpar, de l'Honorable Narayan Singh, de Son Altesse sans peur et sans reproche, loyal sujet de la Couronne anglaise et ton compagnon de chasse, de jeu et de je ne sais quoi encore, qu'il couvre jusqu'à demain la dette de jeu que tu as contractée dans le casino clandestin qu'il a monté dans le palais de ses respectables ancêtres. Voilà ce que tu vas faire ! »

Un long silence suivit les paroles fiévreuses d'Ann. Elle attendait une réponse et David tarda suffisamment à répondre pour qu'elle eût la certitude qu'il ne lui donnerait pas la seule réponse possible. Il poussa un profond soupir et parla si bas qu'elle fut tentée d'imaginer qu'elle avait mal entendu.

« Non, Ann, c'est là une des choses que je ne ferai certainement pas. Les autres, ce serait de commanditer l'assassinat du salaud de juif qui me fait chanter ou de démettre Alistair de ses fonctions de chef de la police et d'essayer d'étouffer la procédure d'enquête qu'il a entamée. Je ne ferai aucune de ces choses.

– Et pourquoi pas, si je peux savoir ?

– Parce que c'est une question d'honneur.

– D'honneur ? » Ann fit le geste de jeter un chiffon par terre. « Ton honneur est maintenant égal à zéro. Ou plutôt il vaut cinquante mille livres. Invente-les, ces cinquante mille livres ou débrouille-toi pour te les faire effacer, afin de récupérer ton honneur. »

David ressentit cette humiliation comme si une lame ultra-fine se glissait sous sa peau. Il avait été humilié par un vulgaire commerçant juif, par le chef de la police sous ses ordres et maintenant par sa propre femme. Il ne lui restait plus qu'à tirer un trait, une ligne de démarcation pour mettre fin à tout cela.

« Ann, je ne ferai rien de cela. Je ne vais pas demander à cinq personnes de me rendre cet argent ni de m'exonérer de ma dette, car les dettes de jeu sont des dettes d'honneur. Et je ne demanderai pas non plus au raja de Goalpar, sujet et allié de la Couronne anglaise, de m'offrir ou de me prêter cinquante mille livres, que je ne serai jamais en mesure de rembourser, pour sauver ma carrière et ma réputation. Si je le faisais, je trahirais de nouveau mes obligations et mon successeur représenterait un gouvernement éternellement en dette avec le raja et ses descendants. Je préfère ma honte à cet acte de déloyauté.

– Que vas-tu faire, alors ?

– Rien. Il n'y a rien que je puisse faire, d'ici à demain, pour éviter ce désastre. Malheureusement, les miracles n'existent pas. Demain je dirai à Alistair qu'il m'est impossible de rembourser ma dette et j'enverrai à Delhi ma démission et les raisons de celle-ci.

– Et après ? »

David la dévisagea en silence. Deux grosses larmes coulaient sur son visage, mais il continua à la regarder, impavide. Il constata une nouvelle fois comme elle était belle et hors du commun et il tressaillit en pensant qu'elle était sienne. Sa femme.

« Après, mon amour, cela dépendra de toi. Si tu restes avec moi, je passerai le reste de mes jours à essayer de mériter ton pardon pour mes fautes. Et je saurai accepter tout ce que tu pourras me faire comme mal, soit par légèreté, soit par vengeance, car ce sera le prix à payer pour le déshonneur que je vous ai apporté, à toi et à ta famille. Je ne te dis pas cela d'un cœur léger, ce n'est pas non plus une demande de pardon présentée à la hâte. Au contraire, j'ai beaucoup pensé à nous depuis hier, et mon seul désir maintenant c'est de me battre pour ce qui me reste, c'est-à-dire toi. Si tu ne me quittes pas, nous recommencerons notre vie, d'une autre façon, ailleurs, n'importe où, et je ferai n'importe quoi. Si tu m'abandonnes, je te comprendrai et je l'accepterai sans protester. Et j'assumerai seul mon destin. Je pense que c'est tout ce que je peux te dire en cet instant. Je n'ai rien de plus à t'offrir, je ne peux te faire aucune promesse. Je veux juste que tu saches que je t'aime, chaque jour davantage, et que je suis affreusement triste de ce que je t'ai fait.»

Ann sortit de la chambre, elle traversa les salons à peine éclairés par des chandelles déjà à moitié fondues et elle ne put éviter un sourire ironique en constatant que les six bougies des candélabres de la tragédie brûlaient encore dans le salon rouge. Elle traversa la véranda et sortit dans les jardins où la lumière de la pleine lune dessinait par terre des taches claires et les ombres de mystères à déchiffrer. Comme pendant ces dernières années, elle entendit le murmure du fleuve sacré qui coulait au bas des jardins et elle respira le parfum nocturne des rosiers humides qui flottait dans l'air. Elle pensa à la paix des années passées dans cet endroit, à l'intimité établie avec chaque arbre et chaque parfum du jardin, elle pensa à sa tristesse de ne pas avoir un enfant qu'elle pourrait border dans son lit et à qui elle confierait des secrets et des angoisses qu'il n'entendrait pas dans son sommeil, elle pensa à son héros stérile qu'elle aimait et admirait malgré tous ses défauts et toutes ses faiblesses, elle pensa au vide d'une existence où rien – ni un enfant, ni un clair de lune dans un jardin, ni le parfum nocturne des roses – ne pourrait être partagé avec lui et, quand elle sentit le froid se glisser sous sa robe comme un frisson de solitude, elle rentra dans la maison et se dirigea vers la chambre où elle trouva David toujours dans la même position, assis sur le canapé, la tête entre les mains, avec les mêmes deux grosses larmes en suspens, comme si elles l'attendaient.

«Je ne t'abandonnerai pas, David. Je ne t'abandonnerai jamais. Fais ce que tu crois devoir faire.»

* * *

Le reste fut simple et expéditif. Le lendemain matin, il envoya un télégramme à Delhi demandant à renoncer à son poste, pour les raisons exposées dans le rapport factuel du chef de la police de Goalpar, qu'il expédiait conjointement. Et dès qu'il reçut en retour le télégramme du gouvernement général acceptant sa démission, avec effet immédiat, ils firent leurs bagages, gratifièrent les domestiques du palais de ce qu'ils avaient, David rédigea une lettre de remerciement à tous les fonctionnaires du gouvernement de l'État et ils voyagèrent de nuit dans l'express pour Agra et Delhi, montant dans le wagon en se tenant par la main, comme s'ils n'étaient pas deux bandits s'enfuyant de la ville.

À Delhi, David Jameson se présenta dans le bâtiment du gouvernement général où il fut reçu par un directeur général qui ne parvint pas à dissimuler un éclair méchant dans son regard quand il lui demanda :

« Alors, mon cher, vous venez présenter votre démission ?

– Non, je viens me présenter et attendre mes ordres. S'il y a contestation de la démission, je déciderai si je me défends ou non. Jusque-là, je considère que je me suis présenté au service. »

Il fut renvoyé chez lui et prié d'attendre les décisions. Un long mois pénible dans la maison de ses beaux-parents où il se sentait incapable de sortir dans la rue, incapable d'affronter les regards en coin et les silences pesants de l'estimable colonel Rhys-More. Au bout de ce mois, qui lui sembla une éternité, à sa grande consternation il fut convoqué directement pour une audience avec le vice-roi.

Trois ans plus tard, il entrait de nouveau dans ce bureau d'où l'Inde était administrée et d'où il était sorti à l'époque avec la sensation indescriptible de faire partie de la fine fleur de ceux qui étaient destinés à gouverner vraiment ce pays. Lord Curzon, soit par distraction, soit pour marquer la différence entre les deux audiences, le reçut cette fois sans même se lever de son bureau.

« Entrez, David. Asseyez-vous là, j'irai droit au fait. Pour éviter les détails et les déclarations grandiloquentes, totalement inutiles dans votre cas, je dirai simplement que, comme vous pouvez l'imaginer, je me sens trahi personnellement, après l'immense confiance que je vous ai faite et l'occasion incomparable que je vous ai offerte et que tant d'autres convoitaient et méritaient également. Mais, malgré les circonstances déshonorantes – pour vous et pour nous tous – de votre départ du gouvernement de l'Assam, je me suis efforcé d'être juste et d'opter pour la solution qui pourrait le mieux servir les intérêts de notre pays. J'avais deux possibilités : soit vous traduire en justice à cause de votre comportement et vous expulser du service pour l'avoir déshonoré, soit prendre en considération le fait qu'en dépit de vos vices il est indiscutable que, précédemment aussi bien que maintenant, vous avez prouvé que vous étiez capable de servir avec talent et compétence. J'ai donc opté pour la deuxième solution, mais vous comprendrez aisément qu'il n'y a plus de place pour vous en Inde, pas même en tant que préposé au nettoyage dans ce palais. »

Lord Curzon fit une pause, afin que l'affront fût dûment ressenti, comme il le fut. Il avait devant lui un homme en lambeaux et il pouvait considérer qu'il avait appliqué le plus vexant des châtiments et passer à la phase suivante.

« Il se trouve qu'entre-temps, poursuivit-il sur le même ton de mépris peiné, le ministère des Colonies a fait circuler une annonce dans tous les territoires demandant un candidat pour un poste de consul dans un trou appelé S. Tomé et Príncipe. Savez-vous où cela se trouve ?

– Non, Sir, je ne crois pas en avoir jamais entendu parler.

– Eh bien, c'est sans doute pour cette raison qu'aucun candidat ne s'est manifesté pour ce poste. Les uns parce qu'ils ne savent pas où cela se trouve et les autres parce qu'ils le savent et ne veulent pas aller là-bas. S. Tomé et Príncipe sont deux petites îles appartenant aux Portugais, situées quelque part au large de la côte occidentale de l'Afrique. Je crois qu'elles ont trente mille habitants, dont un pour cent sont des esclavagistes blancs et quatre-vingt-dix pour cent des esclaves nègres que les autres mènent à coups de trique et en les mettant au pain et à l'eau. De surcroît, elles bénéficient du plus mauvais climat de la planète et des pires maladies que l'on puisse imaginer.

– Excusez-moi de vous interrompre, Sir, mais pourquoi le ministère veut-il un consul là-bas ?

– Pour s'assurer, en se prévalant d'un quelconque traité, que les Portugais mettront fin à leur marché local d'esclaves qui, semble- t-il, fait une concurrence déloyale à nos exportations en provenance de cette partie de l'Afrique. C'est une espèce de policier que nous souhaitons envoyer là-bas. Bref, pour parler sans ambages, c'est là votre deuxième et sûrement dernière chance : le poste est à vous, si vous en voulez. Si vous n'en voulez pas, j'espère que vous m'épargnerez la corvée d'un procès public pour vous révoquer du service des Indes. Et croyez bien que je vous offre là une issue tout à fait généreuse. Donc, que répondez-vous ? Voulez-vous S. Tomé ou voulez-vous retourner chez vous, la queue entre les jambes ?

– Je veux S. Tomé, Sir. »

XI

Ce que Londres avait fait savoir à Lisbonne et ce que Lisbonne avait transmis à S. Tomé à propos du consul anglais, c'était simplement que celui-ci arriverait accompagné de sa femme, que le couple n'avait pas d'enfant et n'amènerait pas de personnel, et que le représentant d'Édouard VII viendrait directement des Indes, où il avait été en poste précédemment. Conformément aux instructions reçues, Luís Bernardo s'était efforcé de leur trouver une maison qui lui parut convenir parfaitement à un couple de ce statut. Et il avait engagé pour eux un jardinier, une cuisinière et une autre fille, comme « internes » à leur service. Bien entendu, aucun de ces employés ne parlait anglais, mais c'était là un problème que Mr. et Mrs. Jameson devraient résoudre eux-mêmes.

Il se mit à essayer d'imaginer avec curiosité quelle espèce de personnage les Anglais lui enverraient pour cette mission, qui consisterait partiellement à espionner le gouverneur de S. Tomé et partiellement à être son allié, dans une cause prétendument commune consistant à garantir que le travail forcé n'existait pas dans l'île. Il imagina que ce personnage ne pourrait être qu'un jeune en début de carrière ou un bureaucrate devenu insupportable et dont la carrière était bloquée en Inde, ou un vieux colonel à la retraite et qui avait accepté S. Tomé pour arrondir sa pension.

Ce fut donc avec la plus grande stupéfaction qu'il vit débarquer de la chaloupe qui les avait amenés du bateau à l'ancre au large ce couple jeune et brillant, habillé de vêtements tropicaux aux tons clairs, d'une élégance aussi sobre que rare dans ces parages. Encore que visiblement étourdis par vingt jours de navigation, ils débarquèrent d'un pied ferme, comme ferme aussi fut la poignée de main que David donna à Luís Bernardo. David le remercia de son accueil avec un sourire ouvert et il paraissait sincèrement content de se trouver à S. Tomé. Quant à Ann, la première chose qui frappa Luís Bernardo fut évidemment sa beauté presque troublante. Elle était grande et altière, avec des cheveux blonds négligemment emprisonnés dans un chapeau de paille vert clair qui laissait s'échapper quelques mèches encadrant un visage qui n'avait pas l'habituel teint délavé des Anglaises, mais plutôt un ton légèrement cuivré par le soleil des Indes et le sel des océans qu'elle venait de traverser. Elle avait un nez droit un peu long et sa bouche, elle aussi grande et bien dessinée, s'ouvrait sur un demi-sourire qui découvrait des dents blanches. Tout le visage était illuminé par un regard doux, des yeux bleu-vert, qui regardaient ses interlocuteurs droit dans les yeux, comme s'ils renfermaient toute l'innocence ou toute l'audace du monde. En dépit de la chaleur qui régnait déjà à cette heure matinale, la main qu'elle tendit à Luís Bernardo était fraîche et douce, à l'image, pensa-t-il, de la femme elle-même.

Assis maintenant à la table dans la salle à manger qu'il utilisait rarement, Luís Bernardo devisait de façon détendue avec les nouveaux venus que par courtoisie protocolaire il avait invités à dîner chez lui au palais du gouvernement le jour même de leur arrivée. Pour rompre la glace initiale, il avait opté pour un dîner dénué de tout formalisme, entre eux trois seulement, dans la grande salle dont les portes-fenêtres s'ouvraient sur la terrasse, avec son odeur de marée. C'était déjà le début de la saison sèche, qui, au point exact où passait la ligne de l'équateur, était comme un mélange de l'été dans les deux hémisphères. L'humidité, de jour comme de nuit, avait atteint un degré supportable et, bien que la chaleur fût plus forte, elle était moins lourde et moins étouffante.

« Vous êtes arrivés à la meilleure époque pour visiter S. Tomé, dit-il. Vous aurez trois mois pour vous accoutumer au climat avant qu'il ne devienne insupportable. Mais alors, vous serez mieux préparés. J'espère qu'on vous a déjà informés que ce pays est aussi beau qu'il est parfois désespérant.

– Qu'est-ce qui est le plus insupportable, gouverneur ? » demanda Ann, qui n'avait pas cessé de participer à la conversation, s'efforçant de faire en sorte qu'elle se déroule vraiment entre trois interlocuteurs, contribuant ainsi à détendre l'atmosphère et à la rendre plus agréable.

« Eh bien, Mrs. Jameson... commença Luís Bernardo, mais il fut interrompu par David.

– J'ai une suggestion préalable à vous faire, gouverneur. Étant donné que nous allons être ensemble ici pendant deux ans et que par sympathie et obligation professionnelle nous allons nous fréquenter assidûment, que penseriez-vous si nous nous appelions d'ores et déjà par nos prénoms ? »

Ann sourit et Luís Bernardo fit de même. Il était indéniable que le couple était sympathique et civilisé, un peu plus jeune que lui-même qui avait trente-huit ans (David avait trente-quatre ans et Ann venait d'en avoir trente). Une rareté, une bouffée d'air frais dans le climat pesant de S. Tomé. Et un baume pour lui qui, si souvent le soir, dînait seul, sans personne avec qui converser en dehors de Sebastião, lequel avait l'habitude diplomatique de ne parler que lorsqu'il était interpellé par son maître, gardant un silence si absolu lorsqu'il sentait que Luís Bernardo n'était pas d'humeur à bavarder que c'était comme s'il n'était pas présent.

« Je pense que c'est une excellente idée, David. Je pense même que c'est la seule façon de nous comporter qui ne soit pas ridicule. Je lève mon verre à cette idée ! – et il brandit son verre de vin blanc, imité aussitôt par Ann et David.

– Et alors, pour revenir à ma question, Luís – elle prononçait « Louiss » et laissait tomber le Bernardo qui, apparemment, devait lui sembler trop difficile – qu'est-ce qui est le plus insupportable à S. Tomé ? »

Luís Bernardo ne répondit pas tout de suite, comme s'il réfléchissait à la question pour la première fois.

« Le plus insupportable, Ann ? Eh bien, le climat, indéniablement. Les fièvres, l'humidité, le paludisme, dans le pire des cas. Ensuite… – et il fit un geste large, suggérant qu'il se référait à l'île entière – la solitude, le marasme, la sensation que le temps s'est arrêté et que les gens sont figés dans le temps.

– La solitude dont vous parlez doit être encore plus pénible pour vous qui êtes seul ici…

– Oui, c'est vrai, encore que je m'y sois préparé avant de venir ici.

– Vous n'êtes pas marié, Luís ? demanda David.

– Non.

– Vous ne l'avez jamais été ?

– Non, jamais. »

Un silence se fit entre eux. Aucune intimité, pour inhospitalières que soient les circonstances qui recommandent son instauration, ne se crée en un seul soir. Par obligation d'amphitryon, ce fut Luís Bernardo qui rompit le silence, mettant fin au dîner et les invitant à passer sur la terrasse, « sa » terrasse, pour y boire un *brandy* et profiter de la légère brise nocturne.

« Je n'aimerais pas que vous interprétiez mal mes propos et je ne voudrais pas qu'ils gâchent votre arrivée à S. Tomé et Príncipe : tout n'est pas insupportable, comme vous le découvrirez. Les îles sont belles, les plages superbes et la forêt est une expérience extraordinaire. Il manque ici tout ce qui fait le monde tel que nous le connaissons en Europe et dans les pays civilisés, mais, en échange, on trouve ici la pureté d'un monde primitif, originel, à l'état brut. »

Cette nuit-là, avant de s'endormir dans un nouveau lit, dans une maison inconnue et dans un pays étranger, Ann se tourna vers David et lui demanda :

« Que penses-tu de lui ?

– Qu'il sera désagréable de l'avoir pour adversaire.

– Est-il fatal de l'avoir pour adversaire ?

– D'après les instructions que j'ai reçues, oui. Il s'agit apparemment d'un monsieur envoyé pour une mission impossible, au service d'une cause indéfendable. Je ne sais quelles raisons l'ont poussé à venir ici et à accepter cette mission.

– Peut-être une raison analogue à celle qui nous amène ici », répondit-elle impitoyablement, et David se tut, ne trouvant rien à rétorquer. Consciente de la dureté de ses paroles, Ann se lova contre lui et ce fut ainsi, sans autres paroles, qu'ils s'endormirent pour cette première nuit sous l'équateur.

* * *

Pendant les semaines suivantes, Luís Bernardo fit tout ce qui était en son pouvoir pour faciliter la vie des nouveaux venus. En partie parce qu'il pressentait que, s'il gagnait leur sympathie, cela faciliterait l'accomplissement de sa mission, qui consistait essentiellement à édulcorer au maximum le rapport que le consul anglais enverrait à Londres le moment venu et dont dépendrait en grande mesure l'avenir du commerce extérieur de S. Tomé. Et en partie aussi, parce que Ann et David lui étaient authentiquement sympathiques et presque la seule compagnie fréquentable depuis de longs mois. C'est ainsi que, intéressé et serviable, il s'occupa de leur installation, dénicha pour David un Nègre de Zanzibar qui parlait arabe et qui devint son interprète d'arabe en portugais, convainquit aussi une dame professeur au lycée local qui parlait un anglais à peine passable de donner des cours de portugais au couple en fin d'après-midi. Il transmit à David toutes les informations que celui-ci lui demanda et que lui-même jugea pouvoir lui communiquer, remarquant d'ailleurs que David avait la courtoisie de ne jamais aborder de sujets ni poser de questions susceptibles de relever de la compétence exclusive du gouverneur de l'île. Il organisa pour eux un dîner de présentation aux autorités de l'île et aux administrateurs des domaines, auquel à peine la moitié d'entre eux assista – fait dont Luís Bernardo prit dûment note, mais qu'il cacha à David – et où pas un seul des présents, en dehors de lui, ne parlait anglais. Cela, plus la beauté éblouissante d'Ann, qui semblait tombée d'une autre planète, au milieu des quelques dames qui vinrent au dîner, contribua à faire de cet événement mondain, si rare dans l'île, un fiasco impossible à déguiser. Enfin, il usa de son influence pour que la presse locale – le *Boletim de S. Tomé e Príncipe* – annonce l'arrivée du consul anglais, non pas en la présentant comme le débarquement d'un ennemi, mais d'un homme qui venait évaluer sur place les conditions de travail et qui, avec un peu de bonne volonté et de bonne foi de part et d'autre, reconnaîtrait sûrement les efforts déployés par les colons portugais dans des conditions particulièrement difficiles et pénibles, que d'autres, installés confortablement dans leurs lointains bureaux de la City, ne soupçonnaient même pas et n'étaient pas en mesure de juger adéquatement.

Ensuite, fatalement, le consul anglais souhaita aller sur le terrain. Il voulait visiter personnellement les célèbres plantations de cacao que la presse de Fleet Street stigmatisait comme étant les derniers vestiges dans le monde dit civilisé de cette barbarie qu'était l'esclavage. Là, Luís Bernardo se heurta à son premier dilemme, il dut décider s'il l'accompagnerait ou le laisserait partir seul, s'il devait proposer sa compagnie ou laisser David le suggérer. À force d'hésiter, il opta pour une solution intermédiaire diplomatique : il s'offrit à accompagner le consul à condition que ce dernier le jugeât bon ou à le laisser livré à lui-même s'il l'estimait préférable. Comme il l'avait prévu, David répondit lui aussi en bon diplomate : il acceptait volontiers et avec gratitude la compagnie du gouverneur lors de ses premières visites aux plantations où Luís Bernardo pourrait lui servir de guide, d'interprète et de présentateur extraordinairement utile. Mais, une fois sa période d'adaptation terminée, et dès qu'il se jugerait capable d'évaluer lui-même les choses, il n'abuserait plus du temps ni de l'amabilité du gouverneur pour s'acquitter d'une tâche qui finalement incombait à lui seul. Luís Bernardo avait sûrement autre chose à faire et il ne le dérangerait que si des circonstances exceptionnelles requéraient aussi sa présence.

Avant que les choses n'en arrivent à ce point et avant que l'Anglais ne se lance tout seul dans sa tournée de S. Tomé et Príncipe, Luís Bernardo jugea bon d'écrire une lettre confidentielle à tous les administrateurs de plantations qu'il leur fit parvenir par un courrier personnel, les uns après les autres, jusqu'à ce que tous fussent dûment notifiés.

« Monsieur,

Comme vous le savez, monsieur David Jameson, consul d'Angleterre dans ces îles, a pour mission – suite à un accord intervenu entre son gouvernement et le nôtre – d'évaluer les conditions de travail dans les plantations de S. Tomé et Príncipe et de faire rapport à ce sujet aux autorités britanniques. Nous espérons qu'il sera ainsi en mesure de démentir certaines affirmations préjudiciables à cette colonie et à notre pays qui ont été diffusées dans la presse anglaise et qui ont trouvé un écho auprès des plus hautes instances du gouvernement anglais.

J'ai offert à monsieur Jameson de l'accompagner dans chacune des visites qu'il a l'intention d'effectuer dans vos plantations dans le cadre de sa mission, jouant ainsi un rôle de médiateur qui pourrait à mon sens s'avérer utile pour nos intérêts. Mais il est évident, et cela est conforme au statut inhérent à sa mission, qu'il est libre d'accepter ou de refuser mon offre. Je pense qu'il l'acceptera très probablement au début et qu'ensuite il se passera de ma présence. Je ne puis m'y opposer. Je vous prierai donc de ne point faire obstacle à ces visites. Je pense qu'il n'y aura pas de visites « surprises », j'ai essayé au demeurant de les éviter, demandant au consul de notifier son arrivée préalablement, dans des délais appropriés, à chaque administrateur de plantation. Quoi qu'il en soit, je me permets d'attirer votre attention avec insistance sur l'importance que les visites du consul auront pour le rapport final qu'il ne manquera pas d'envoyer à Londres et pour ses conclusions dont dépendent tellement l'économie de ces îles et la prospérité des exploitations que vous dirigez. L'impression qu'il aura sur place est donc tout à fait fondamentale. La façon dont il sera reçu et la manière dont vous répondrez à ses questions sont donc déterminantes.

Dans l'espoir d'avoir été suffisamment explicite et que vous saurez comprendre toute l'importance de l'enjeu, je vous demande de bien vouloir garder cette démarche pour vous et de me signaler tout fait ou toute impression dont vous pourriez avoir connaissance, susceptibles de s'avérer pertinents. Pour le reste et comme toujours, je reste à votre disposition pour tout éclaircissement supplémentaire.

Que Dieu vous garde.

Le gouverneur, Luís Bernardo Valença. »

* * *

Côte à côte, Luís Bernardo et David rentraient à cheval d'une visite au domaine d'Água Izé par la route qui serpentait le long du littoral. Ils avaient donc la mer constamment sous les yeux, sur leur droite. C'était l'été et la soirée était magnifique. Le trajet de la plantation à la ville était court et ils avançaient au pas, sans être pressés d'arriver, jouissant de ce rare instant où le paysage s'adoucissait et où la vie elle-même semblait s'imprégner de douceur. Luís Bernardo pensait à la lettre de João reçue la veille et lui annonçant sa visite imminente. Il avait embarqué depuis quatre jours et d'ici une semaine il serait à S. Tomé. Luís Bernardo était euphorique à l'idée de recevoir enfin son ami, de mettre tous ses écrits à jour, d'avoir quelqu'un avec qui partager pendant quelque temps la maison, les repas et la terrasse. Il fut tiré de ses pensées par David qui lui posait une question :

« Luís, pourriez-vous répondre sincèrement à une question ?

– Je pense que oui, je ne vois pas pourquoi je ne le pourrais pas.

– Que pensez-vous du travail des Nègres dans les plantations ?

– Ce que j'en pense ? Comment cela ? Sous quel angle ?
– Sous l'angle humain.
– Bon, sous l'angle humain, c'est comme vous avez vu : le travail est dur, brutal, quasiment bestial. C'est un travail que ni vous ni moi ne supporterions. Mais à quoi d'autre peut-on s'attendre en Afrique et pas seulement en Afrique ? Vous avez dû voir la même chose ou pire en Inde.
– Bien sûr, Luís. Mais la question, la question directe que je voudrais vous poser – en tant qu'homme, notez bien, pas en tant que gouverneur – c'est la suivante, estimez-vous qu'il s'agit de travail forcé ou non ? »
Luís Bernardo le regarda à la dérobée. Était-ce une question d'ami ou de consul ?
« David, je m'en remets aux faits et au côté juridique du problème : les travailleurs sont ici avec un contrat de travail, ils sont rémunérés et libres de partir à la fin de leur contrat.
– Et combien d'entre eux partent ? Combien sont partis cette dernière année ? »
Voilà l'éternelle question, la question qu'il se posait à lui-même et qu'il posait au curateur.
« Ma réponse sincère, David, c'est que très peu sont partis, je ne peux pas dire combien en toute certitude, mais très peu…
– Aucun…
– Je ne connais pas les chiffres par cœur, David.
– Allez, Luís, avouez en ami : aucun n'est parti, car ils ne sont pas libres de partir, sauf sur le papier. Vous le savez très bien…
– David, la loi sur le rapatriement est toute récente, comme vous le savez. Ce n'est qu'en 1908, dans environ un an et demi, que les premiers contrats établis dans le cadre de cette loi viendront à échéance. Ce n'est qu'alors que nous pourrons commencer à juger.

– Et que ferez-vous alors, quand vous constaterez que rien n'a changé ?

– Je ne sais pas si c'est ce qui arrivera. Vous anticipez. Je pourrais vous répondre, hypothétiquement, que si je constate que le nombre de travailleurs rapatriés en Angola ou dans leur pays d'origine continue à être identique à ce qu'il était pendant les années précédentes, j'irai enquêter personnellement et je découvrirai pourquoi – si nécessaire, en parlant à chacun des travailleurs qui aura renouvelé son contrat, de façon à déterminer s'il l'a fait librement et en pleine connaissance de cause. Et si je découvre qu'ils ont été trompés, je prendrai les mesures qui s'imposent. J'aimerais beaucoup, personnellement, que vous n'en doutiez pas. »

Ils étaient arrivés à présent en haut d'une éminence d'où l'on pouvait apercevoir toute la petite ville qui s'étalait autour de la baie. Le crépuscule commençait à tomber, mais David parvint encore à voir du coin de l'œil le visage de Luís Bernardo où une ombre d'abandon, plus que de solitude, s'était installée. Lui-même était là pour une dette d'honneur, purgeant une peine, mais pourquoi Luís Bernardo était-il dans ce pays ? Par défi, par point d'honneur, par obstination ou par un besoin absurde d'expiation ? Sa mission à lui était facile : il lui suffisait d'observer, de tirer des conclusions et de faire rapport sur ce qu'il avait vu. Il lui suffisait d'être honnête, rien d'autre n'était exigé de lui. Mais Luís Bernardo avait pour mission de changer un état de chose qui s'était installé depuis très longtemps dans les mœurs locales, de modifier la mentalité de gens qui n'avaient rien à voir avec lui et qui ne comprenaient même pas très bien pourquoi il était là, pour que lui, David, à la fin, soit assailli de suffisamment de doutes pour ne pas tirer de conclusions trop tranchantes ni définitives, permettant ainsi à S. Tomé et Príncipe de gagner encore quelque temps. Et si tout cela échouait, comme c'était à prévoir, rien de ce qui avait attiré Luís Bernardo ici, quelle qu'en soit la nature, n'aurait de sens. Il aurait perdu plusieurs années, rien de plus. Mais lui-même ne pouvait lui promettre de tricher en cas de besoin : tous deux savaient cela. Il pouvait tout juste lui dire qu'il lui faisait confiance.

« Je sais cela, Luís. Je n'attends pas autre chose de vous. Reste à savoir si on vous laissera faire – ici et à Lisbonne.

– Si on ne me laisse pas faire, cela facilitera les choses pour moi, n'est-ce pas ? » La voix de Luís Bernardo était empreinte de tristesse. « Je n'ai pas besoin de S. Tomé et Príncipe. Je n'en ai absolument pas besoin. C'est cela mon atout, c'est la liberté qui me reste à l'intérieur de cette prison. »

L'espace d'un instant, David imagina Luís Bernardo démissionnant, renonçant à son poste et rentrant à Lisbonne. Rien de plus facile : il avait effectivement cette liberté et peut-être cette tentation. Il s'imagina alors restant seul sur cette île avec Ann et obligé de supporter le remplaçant de Luís Bernardo, un colonialiste de carrière, mal embouché et déplaisant, avec qui les conflits seraient inévitables et constants et la coexistence impossible. Un mois seulement s'était écoulé depuis leur arrivée et Luís Bernardo était devenu – pour lui, mais aussi pour Ann – une planche de salut, une île au milieu de l'île. Il n'ignorait pas que ce sentiment était partagé, mais la grande différence était que lui-même était emprisonné là par châtiment, lequel ne prendrait fin que lorsque d'autres le jugeraient bon, tandis que Luís Bernardo était prisonnier par orgueil et sens du devoir, et qu'il pourrait se libérer dès que sa mission s'avérerait impossible.

Ils étaient arrivés à la résidence du consul. Ann vint les accueillir à la porte quand elle entendit le pas des chevaux. Elle tenait une lampe à gaz à la main et elle était vêtue d'une robe rose foncé, très décolletée, qui laissait voir des gouttelettes humides sur sa peau hâlée. Elle sourit à Luís Bernardo :

« Alors, Luís, vous continuez à servir d'*escort-boy* à mon mari ?

– Oh, il ne se perdrait pas sans moi, Ann. Nous nous tenons de temps en temps compagnie. Je pense d'ailleurs que c'est plutôt lui qui m'escorte… – et il regarda David avec un sourire pacificateur – afin de m'empêcher de m'écarter du droit chemin.

– Oh, ça m'a l'air plein de sous-entendus. Ce sont bien des propos d'hommes.

– Des propos d'hommes qui n'ont pas vu la moindre femme, dit David. J'ai l'impression que la seule femme qui mérite qu'on parle d'elle dans un rayon de cinq cents milles nautiques à la ronde, c'est toi, ma chère épouse.

– Bien, mais j'espère ne pas être le thème de votre conversation. »

Luís Bernardo lui fit une révérence théâtrale.

« Ce serait une conversation sans intérêt, faite uniquement d'éloges et de tant d'éloges qu'elle en deviendrait monotone. »

Elle lui rendit son geste, esquissant un signe de tête pour le remercier de ses compliments, mais sur le mode comique.

« Luís, voulez-vous rester dîner avec nous ? demanda David en s'avançant vers l'entrée et en plaçant une main sur l'épaule d'Ann.

– Je vous remercie, David, mais il faut que je passe à la maison pour jeter un coup d'œil sur les dossiers du jour. Lisbonne m'a peut-être envoyé des nouvelles urgentes et sensationnelles !

– Venez donc boire un verre après le dîner, dit Ann.

– Je verrai, si je finis tôt et si je n'ai pas un coup de fatigue… »

* * *

« Écoutez, monsieur Germano, je vous le répète et je voudrais que cela soit parfaitement clair dans votre esprit. » Luís Bernardo était assis à son bureau dans son cabinet de travail, jambes reposant sur une montagne de papiers sur la table qui attendaient qu'il les étudie et les signe. « Dans moins de deux ans les premiers renouvellements de contrat vont commencer et cette fois les choses seront faites sérieusement.

– Comment ça, sérieusement, monsieur le gouverneur ?

– Ne faites pas celui qui ne comprend pas, Germano. Vous savez très bien ce qu'est un renouvellement sérieux de contrat et ce qui n'est qu'une pitrerie.

– Voulez-vous dire, monsieur le gouverneur, que ce qui a été fait jusqu'ici n'est qu'une pitrerie ?

– Si vous voulez mon opinion sincère, oui. Et cela ne se reproduira pas.

– Alors, comment suggérez-vous que nous procédions, Excellence ?

– Je vais vous le dire. Chaque contrat renouvelé devra arriver ici, sur mon bureau, non seulement avec la signature ou les empreintes digitales du travailleur, mais aussi avec la signature de deux témoins sachant lire et écrire le portugais et qui ne soient pas de la même exploitation que le titulaire du contrat. Et les témoins, y compris vous-même, devront attester, sous la foi du serment, que l'on a bien expliqué au travailleur, et que celui-ci a parfaitement compris, qu'il avait le droit de ne pas renouveler son contrat, de recevoir la somme déposée en sa faveur dans le Fonds de rapatriement et de retourner dans son pays d'origine aux frais de son employeur. Tout ce qui ne me parviendra pas ici dans ces conditions sera annulé par moi et je ferai répéter l'opération devant moi. Vous avez compris ?

– Je ne sais pas si Votre Excellence disposera des pouvoirs lui permettant d'agir ainsi... » Germano André Valente restait apparemment impassible, mais un léger rictus de rage déformait les coins de sa bouche et un imperceptible tremblement de ses joues trahissait sa nervosité.

« Que savez-vous de mes pouvoirs ? Quelle autorité avez-vous pour décider quels pouvoirs j'ai ou je n'ai pas ? » Contrairement à son interlocuteur, Luís Bernardo ne déguisait pas ses sentiments et ne faisait aucun effort pour dissimuler l'indignation reflétée dans sa voix et sur son visage.

« Comme vous le savez, monsieur le gouverneur – Germano adorait répéter cette expression « comme vous le savez » – la négociation des contrats de travail entre les exploitations agricoles et leurs travailleurs est un acte privé qui relève du droit civil, lequel ne fait pas partie des pouvoirs de contrôle du gouverneur, mais bien des miens, et uniquement *a posteriori*, s'il y a doute. »

Luís Bernardo se leva. Rouge de colère et martelant chaque mot, comme s'il bombardait l'autre :

« Écoutez un peu, monsieur Germano : pourquoi croyez-vous que je suis venu ici ? Pour que vous vous moquiez de moi ? Pour fermer les yeux sur les abus des planteurs ? Pour faire semblant de ne pas comprendre qu'un malheureux importé d'Angola, sans savoir ce qui l'attend et sans rien comprendre, veuille de son plein gré rester encore cinq ans à travailler de cette façon inhumaine et être traité plus mal que beaucoup d'animaux ? Peut-être n'attachez-vous plus aucune importance à tout cela, à un exercice honnête de vos fonctions – vous êtes ici depuis trop longtemps, vous avez fini par vous habituer et vous pensez sans doute qu'ainsi vous évitez les problèmes. Mais pas moi : ce n'est pas pour ça que je suis venu ici, ce n'est pas pour ça que l'on m'a envoyé ici. Écoutez bien ce que je vous dis : vous êtes le curateur des intérêts des travailleurs, pas de ceux des planteurs. Soit vous vous acquittez de vos obligations, soit vous allez vous attirer un tas d'ennuis que vous n'imaginez même pas. Je vous donne une dernière chance de comprendre par vous-même que les choses ont changé. Les choses ont changé, monsieur Germano !

– C'est Votre Excellence qui me semble avoir un peu changé, ces derniers temps, si vous me permettez de vous le dire… »

Luís Bernardo s'arrêta net. Livide de rage, mais faisant à présent un effort pour se contenir. À l'arrogance il réagissait par des cris, mais confronté à des menaces voilées il avait appris à avancer avec prudence pour mieux les cerner.

« Que voulez-vous dire ?

– Je veux dire que… – Germano s'interrompit un instant, se demandant s'il n'était pas allé trop loin. Mais il ne pouvait plus reculer – dernièrement, monsieur le gouverneur, vous êtes devenu plus exigeant dans ce domaine et même, si vous voulez que je vous dise, plus imprudent. Depuis que cet Anglais a débarqué ici…

– C'est cela que vous pensez, monsieur Germano ? » Luís Bernardo parlait maintenant d'une voix étonnamment basse et d'un ton presque normal.

« Et je ne suis pas le seul à le penser…

– Non ? Et qui d'autre, alors ?

– Tout le monde. C'est ce qu'on raconte.

– Et que raconte-t-on, au juste ?

– Mais ça, justement.

– Quoi ça ? » Luís Bernardo avait de nouveau haussé la voix.

« Que l'amitié de monsieur le gouverneur pour l'Anglais – vous êtes toujours fourrés ensemble, vous vous rendez fréquemment visite chez l'un ou chez l'autre –

vous a amené à vous incliner devant ses positions, contre nos positions à nous.

– Et quelles sont les positions de l'Anglais, je vous prie ?

– Oh, comme monsieur le gouverneur le sait très bien, il est ici pour déclarer à la fin de son séjour que nous faisons travailler des esclaves dans les plantations.

– Et nos positions à nous, quelles sont-elles, monsieur Germano ?

– Que c'est faux. »

Luís Bernardo sourit.

« Est-ce faux ou avons-nous intérêt à dire que c'est faux ? Vous, par exemple, pensez-vous qu'il y ait des esclaves dans les plantations ?

– Je n'ai pas à me prononcer là-dessus.

– Mais si, justement. C'est là que les choses ont changé pour vous. Cela fait partie de vos fonctions : s'il y a du travail forcé ou toute autre forme d'abus dans les plantations, vous êtes le premier à devoir le dénoncer. Ou bien avez-vous oublié la nature de vos responsabilités, monsieur Germano Valente ? »

Germano Valente garda le silence et Luís Bernardo comprit que ce silence était définitif. Il était allé jusqu'où son courage et son mépris pour le gouverneur le lui permettaient, sans courir le risque de se couler complètement. Maintenant il se lavait les mains de toute cette affaire. Que les puissants la résolvent, lui s'efforcerait de survivre à la bourrasque que depuis longtemps son flair sentait poindre à l'horizon.

« Très bien, monsieur le curateur, je pense très sincèrement que cela ne vaut pas la peine de perdre davantage de temps avec vous. Quand vous faites semblant de ne pas comprendre, il ne sert à rien d'essayer de vous expliquer les choses. J'ai également essayé d'expliquer ici à de nombreuses personnes que la situation avait changé, mais personne ne veut le croire. Dites-leur donc, lors de ces séances de clabaudage dans lesquelles vous semblez vous complaire, que les raisons de l'Anglais sont identiques aux nôtres et qu'elles ont été négociées entre nos deux gouvernements. Ce n'est ni moi, ni vous, ni le consul anglais, ni les propriétaires, ni les surveillants des plantations, qui ont établi la nouvelle règle du jeu. Et la nouvelle règle du jeu c'est que le travail forcé à S. Tomé est terminé, terminé une bonne fois pour toutes. Et si ce n'est pas le cas, si l'Anglais ne croit pas que c'est le cas, alors ce qui sera terminé ce sera plus de la moitié du marché des exportations de S. Tomé. Si vous voulez tous aller à la ruine, libre à vous, mais au moins vous aurez été avertis et vous aurez eu le choix. Et à vous aussi j'ai donné un dernier avertissement. Vous pouvez disposer maintenant. »

* * *

João arriva sur le *Zaire*, un samedi matin. L'été tirait pratiquement à sa fin et un manteau de brume humide et chaude flottait dans l'air du matin. Il débarqua légèrement nauséeux à cause du mal de mer, accablé par le climat et par la sensation angoissante qui assaillait tous ceux qui arrivaient pour la première fois à S. Tomé et qui se rendaient compte seulement alors des dimensions ridicules de ce bout de terre à la dérive aux confins de l'océan et du monde connu jusqu'alors.

« Pour l'amour de Dieu, Luís, dis-moi que la ville, la "capitale" de ce pays, bon sang, ce n'est pas ce que voient mes yeux ! Ce n'est pas dans ce trou que tu vis, n'est-ce pas ? »

Luís Bernardo sourit d'une oreille à l'autre. Il était heureux comme un enfant d'avoir son ami avec lui. Il le serra si longuement sur son cœur qu'il sentit les gouttes de sueur de João tomber sur son gilet.

« Ah, João, c'est toi qui as contribué de façon déterminante à mon exil ici, ou ne t'en souviens-tu déjà plus ?

– Pardonne-moi, pardonne-moi, mon pauvre Luís Bernardo, je n'avais aucune idée de ce que c'était !

– Viens, on va aller à la maison, je demanderai à ma sensuelle Doroteia de t'éventer sur la terrasse, de te servir une limonade et de te préparer un bain d'eau froide, et dès ce soir tu seras enchanté par le pays. Je te garantis que tu vas adorer S. Tomé, João. Tu pleureras de nostalgie et de remords quand tu repartiras et que tu me laisseras seul ici. »

Luís Bernardo avait raison. João Forjaz tomba amoureux de l'île dès la première nuit, quand, après un repas renforcé par les victuailles apportées de Lisbonne et que le voyage n'avait pas détériorées – perdrix marinées, fromage affiné de Serpa, vin rouge du Douro et cigares de la Casa Havaneza – ils s'assirent sur la terrasse face à la mer et discutèrent des nouvelles de Lisbonne tout en fumant un cigare dont ils avaient trempé la pointe dans leur verre de cognac français. Tout d'abord ce fut Luís Bernardo qui assaillit João de questions tant il était avide de tout savoir du climat politique, de la vie mondaine, des fêtes, de la saison au S. Carlos, des innovations techniques, des intrigues de café, des amours des uns et des autres, des mariages, des infidélités. Jusqu'au moment où, mine de rien, il mentionna Matilde.

« Matilde... ? » João Forjaz fixait le bout incandescent de son cigare, comme s'il venait d'y découvrir quelque chose de très particulier. « Matilde, apparemment, va bien. Cet intermède avec toi ne semble pas avoir laissé de séquelles. Je ne sais pas si cela te déçoit... Mais à vrai dire, chaque fois que je l'ai vue, elle était avec son mari et tous deux avaient l'air de fort bien s'entendre.

– Tu penses donc qu'il n'est au courant de rien ?

– Non, je ne crois pas, et d'ailleurs je n'ai jamais entendu qui que ce soit en parler. L'aventure a été brève et, au moins, tu as été prudent. C'est un secret partagé par quatre personnes qui, si Dieu le veut, l'emporteront dans la tombe. Et d'ailleurs elle est enceinte…

– *End of the story…* murmura Luís Bernardo, comme s'il se parlait à lui-même, c'est mieux ainsi.»

Ils se turent pendant quelques minutes, puis ce fut le tour de João de vouloir tout savoir du travail de Luís Bernardo à S. Tomé. Il était déjà au courant de bien des choses ou alors il les avait déduites des lettres que Luís Bernardo lui avait envoyées, mais maintenant qu'il était sur place il comprenait tout nettement mieux et il s'intéressa aux détails des problèmes que rencontrait son ami et à une description des personnages en cause dans cet imbroglio politico-sociologique. Luís Bernardo ne se fit pas prier : il s'épancha jusqu'à tard dans la nuit, parla des autorités de l'île, des hommes dans les plantations, de l'Anglais et de sa femme, de ceux à qui il pouvait faire confiance, une minorité, et de ceux qui étaient sûrement ses adversaires ou ses ennemis. Il avait enfin avec lui quelqu'un à qui il pouvait faire entièrement confiance, quelqu'un pour le conseiller et l'encourager, quelqu'un qui, venant de l'extérieur, pourrait l'aider à voir plus clairement les choses que lui-même. Il ne se tut que lorsqu'il remarqua que les questions continuelles de João commençaient à se faire plus rares, signe que son ami était recru de fatigue et qu'il avait eu sa dose pour la nuit. Il le conduisit dans la chambre destinée aux invités, vérifia que tout était en ordre, le lit fait et ouvert, la carafe d'eau et le verre posés sur la table de nuit, les bougies en nombre suffisant pour plusieurs jours, les vêtements de son ami rangés dans l'armoire, et alors seulement il le quitta et alla dans sa propre chambre, passant la nuit la plus réconfortante depuis son arrivée à S. Tomé. Pour une fois il n'était pas seul sur la petite île, face à la rumeur de l'océan infini au-dehors.

Les jours suivants, Luís Bernardo emmena son ami dans presque toute l'île. Ils partaient le matin à cheval et visitaient la ville ou les agglomérations et les plantations les plus proches. Au retour, ils s'arrêtaient toujours sur une plage – celle d'Água Izé, celle de Micondó, la préférée de Luís Bernardo, celles des Coquillages ou des Sept Vagues – et ils prenaient un long bain de mer dans ces paradis déserts où jamais personne, Noir ou Blanc, ne venait se baigner. Ensuite, ils s'étendaient sur le sable pour prendre le soleil et bavarder, conversation parfois interrompue par une brève ondée du ciel, annonçant déjà le début de la saison des pluies. Ils revenaient toujours déjeuner à la maison en début d'après-midi, dans la fraîcheur relative de l'office. Jour après jour, João s'habituait et aimait de plus en plus les plats préparés par Sinhá et servis par Sebastião avec un plaisir visible et des raffinements de véritable majordome. Pour tout le personnel du palais, la visite de monsieur le docteur João, « un distingué gentilhomme de Lisbonne, ami de monsieur le gouverneur et un familier de la Cour » (comme Vicente, à la suggestion de Sebastião, s'était chargé de le faire savoir à la ville entière), était l'occasion d'une animation subite et d'une joie retrouvée. La solitude et le mal du pays, parfois si lourds, de Luís Bernardo connaissaient enfin quelques jours de trêve, et une atmosphère nouvelle et plus détendue s'était installée de la cuisine au salon. Même Doroteia, qui brillait par son silence et glissait dans la maison comme une ombre inaccessible, était devenue plus visible et plus hardie, riant beaucoup et souriant encore plus aux compliments incessants que João lui adressait sans cérémonie. Un jour que Luís Bernardo les trouva dans le couloir, João lui adressant un quelconque propos galant, du genre « Je t'emmènerai avec moi à Lisbonne et je te ferai comtesse de S. Tomé», et elle de feindre l'embarras et de disparaître de son pas dansant qui faisait onduler ses hanches sous la fine robe en lin blanc, il ne put retenir un pincement de jalousie qui le surprit lui-même:

«Oh, João, vraiment...

– Quoi?

– Rien, rien.

– Serais-tu jaloux, monsieur le gouverneur?» Le sourire intentionnellement moqueur sur le visage de João ne pouvait qu'agacer Luís Bernardo.

«Canaille, profiteur! Tu profites de ce que tu es de passage.

– Laisse, Luís, quand je repartirai, tu auras ta petite Doroteia rien que pour toi. Je te prépare juste le terrain, car d'après ce que j'ai compris, et c'est certainement à cause des responsabilités inhérentes à ta fonction, monsieur le gouverneur ne s'est pas encore hasardé à mordre dans ce joli petit fruit, ou je me trompe?»

Luís Bernardo lui tourna le dos, marmonnant quelque chose à propos de la fidélité des amis dans les heures difficiles.

Habituellement, après le déjeuner, Luís Bernardo descendait à l'étage du bas, au secrétariat général du gouvernement, où il passait l'après-midi à expédier les affaires courantes, à consulter des documents et à recevoir les personnes qui avaient des questions à traiter avec lui. João en profitait pour faire la sieste, pour retourner en ville, qu'il arpentait avec un intérêt d'anthropologue, rapportant toujours une pièce en bois ou en écaille de tortue qu'il avait dénichée quelque part. D'autres fois, il partait avec Vicente, que Luís Bernardo avait mis à son entière disposition et à son service, il allait pêcher dans un bateau qu'il louait pour l'après-midi et d'où il revenait euphorique et chargé de poissons, car à S. Tomé il n'était pas nécessaire de s'éloigner de plus de quelques dizaines de mètres de la côte pour qu'un pêcheur amateur fasse la pêche de sa vie. João était visiblement rayonnant et heureux de ces vacances sur l'équateur, brûlé par le soleil et le sel de la mer, curieux de tout ce qu'il voyait et qui l'étonnait, et heureux aussi de sentir que sa présence égayait les journées de Luís Bernardo. En compagnie de ce dernier, il avait déjà visité deux plantations à l'intérieur de l'île – Monte Café et Bombaim – il était allé jusqu'à Ribeira-Peixe, à la pointe nord de l'île, ils avaient pénétré ensemble dans la forêt et il avait pu sentir sur sa peau le mystère et l'appel de l'*óbó*, les secrets enfouis dans cet univers inextricable et vert. Un matin, à l'aube, ils prirent le vapeur qui reliait les îles entre elles, et comme le courant jouait en leur faveur ils étaient arrivés sur l'île de Príncipe vers le milieu de l'après-midi, à temps pour assister au rassemblement des travailleurs dans la plantation Sundy où ils passèrent la nuit. Le lendemain ils visitèrent encore deux exploitations et la ville de Santo António, la capitale de l'île, qui n'était qu'une bourgade de trente maisons en briques et maçonnerie, construites autour de l'unique place où se dressait l'inévitable église. Pendant que João se distrayait à observer les choses en visiteur occasionnel, Luís Bernardo passa la journée à converser à voix basse avec le représentant du gouvernement dans l'île de Príncipe, le jeune António Vieira, dont il avait gardé une bonne impression depuis le jour de son arrivée à S. Tomé, lorsqu'il lui avait été présenté sur le quai. La timidité et la nervosité évidente de cet homme avaient éveillé chez lui une sympathie spontanée. C'était seulement la deuxième fois que Luís Bernardo allait dans cette île, et il lui sembla déceler une atmosphère légèrement tendue dans les plantations. Il y avait quelque chose de différent dans l'attitude des travailleurs, quelque chose de plus que la résignation et la tristesse coutumières dans leur regard qui l'impressionnaient toujours. Il questionna António Vieira, mais celui-ci lui répondit de façon évasive, se contentant de dire qu'il n'avait rien remarqué en dehors de certains conflits habituels, qui se résolvaient localement et sans difficulté majeure.

« Soyez vigilant ! Soyez très vigilant, et si vous remarquez quelque chose de bizarre ou d'inhabituel, ne manquez pas de me le signaler immédiatement. » Luís Bernardo regarda l'autre à la dérobée, mais, apparemment, celui-ci ne paraissait pas inquiet.

« Vous pouvez me faire confiance, monsieur le gouverneur. Rien n'est jamais complètement sûr, comme nous le savons, surtout ici dans cette île, qui est encore plus isolée que S. Tomé. Mais s'il devait y avoir des problèmes plus graves, j'espère m'en apercevoir à temps. »

Cette réponse ne rassura pas beaucoup Luís Bernardo, mais il ne disposait pas de davantage de temps pour confirmer ses appréhensions. Le bateau les attendait pour rentrer dans la capitale avant le coucher du soleil et ils avaient encore devant eux de longues heures de navigation nocturne.

Au milieu de la traversée, dans la nuit noire et sous un ciel dégagé, piqueté d'étoiles, João alla s'asseoir à côté de son ami pour rompre le silence pensif dans lequel celui-ci avait sombré depuis que les rares signes d'une présence humaine dans la ville de Santo António avaient disparu derrière eux à l'horizon.

« Qu'est-ce qui te tracasse, Luís ?

– Je ne sais pas. Dieu veuille que je me trompe, mais il y a quelque chose ici, à Príncipe, dans les plantations, qui ne me dit rien qui vaille.

– Quoi, au juste ? Je n'ai rien remarqué de particulier.

– Je ne saurais te dire, João, mais je sens quelque chose dans l'air. Quelque chose de différent dans le regard des Nègres. Si tu veux que je te dise la vérité, ils m'ont semblé être une bande d'esclaves à la veille d'une révolte organisée et généralisée.

– Mon Dieu, Luís ! Que c'est de mauvais augure ! Tu as vraiment cru ça ?

– Oui. Et, comme tu peux l'imaginer, c'est là un danger toujours en puissance, ici. Et ce serait une catastrophe que quoi que ce soit ressemblant à une révolte se produise maintenant, en présence du témoin que serait David Jameson. Comment pourrions-nous continuer à soutenir l'idée que le travail forcé n'existe pas ici ?

– Mais toi, tu penses qu'il existe, Luís ? » João paraissait sincèrement déconcerté par l'inquiétude de son ami.

« Ah, João… » Luís Bernardo poussa un profond soupir et regarda le ciel magnifique, qui semblait enclore un univers de paix. « C'est la question que je me pose à moi-même tous les jours, depuis que je suis arrivé ici. La réponse, pensais-je quand je venais ici, devait être évidente. Je croyais qu'il me suffirait de visiter les exploitations, de voir les conditions de travail des Nègres, de vérifier les horaires de travail, de consulter le registre des décès et des naissances, de m'assurer qu'il y avait une assistance médicale. Ou même encore moins que cela : les regarder dans les yeux et comprendre la vérité. Mais non, je me suis laissé emberlificoter dans un écheveau de raisons et d'arguments juridiques, de lois et de traités, de contrats passés ou à venir, de conditions de rapatriement, que sais-je, tout un embrouillamini où la raison juridique se confond avec l'observation des faits, si bien que je ne sais plus ce qui est le plus important, si c'est ce que je sens ou ce que j'ai le devoir d'argumenter. Comme si j'étais un avocat au tribunal. »

Il se tut. João le regarda dans la pénombre à peine trouée par la faible lumière des lampes à pétrole qui éclairaient le bastingage du navire.

« Voyons un peu, Luís. Essaie d'être rationnel : si la loi oblige les travailleurs à être couverts par un contrat, si le contrat a une durée limitée et qu'ils sont libres de s'en aller à l'échéance dudit contrat, qui pourrait parler de travail forcé ?

– Tu penses vraiment cela, João ? Les choses te paraissent aussi simples ? Je ne te savais pas aussi légaliste !

– Allons, Luís, j'ai fréquenté la même faculté de droit que toi. Tout ce que je sais, c'est que, tant que la loi n'est pas violée – et d'après ce que tu m'as expliqué, on ne peut pas encore le savoir, puisque la durée du contrat n'est pas encore écoulée – il n'est pas licite de supposer qu'elle n'est pas respectée ou qu'elle ne le sera pas. Et je n'ai vu aucun travailleur dans les fers ni fouetté pour qu'il travaille : je les ai vus se mettre en rang le matin pour aller au travail et revenir à la fin du jour, de leur propre gré, pour être comptés. Bon sang, Luís, tu ne peux pas être plus royaliste que le roi. Nous sommes en Afrique, dans une colonie et, par un hasard du destin qu'il ne nous appartient pas de juger, nous sommes les colonisateurs et eux les colonisés. Or, que je sache, la colonisation n'est interdite dans aucune loi, dans aucun traité international. Est-ce que d'aventure l'Angleterre, la France, l'Espagne, l'Allemagne, la Belgique, la Hollande n'exploitent pas aussi leurs colonies ? Et qui travaille dans les plantations de canne à sucre des Antilles ? Qui travaille dans les mines d'or du Transvaal ? »

Luís Bernardo ne répondit pas. Il contemplait le sillage de lumière à l'arrière du bateau, comme s'il renfermait une réponse claire à ses questions, flottant à la surface des eaux.

« Luís – João s'approcha de lui et passa un bras autour de son épaule – je suis ton ami, tu peux tout me confier, même les pensées les plus inavouables. Dis-moi sincèrement ce qui te préoccupe. »

Pour la deuxième fois, Luís Bernardo poussa un profond soupir. C'était un soupir de fatigue, un appel au secours silencieux.

« Ce qui me préoccupe, João, c'est de ne pas être à la hauteur des circonstances.

– Que veux-tu dire par là ? Quelles circonstances ?

– João, David Jameson n'a pas été envoyé ici pour prendre des vacances. Il ne me l'a pas dit et il n'avait pas besoin de le faire, mais je sais que sa mission est très simple : il doit conclure rapidement s'il y a ou non du travail forcé à S. Tomé et il doit le faire savoir à Londres. S'il conclut par l'affirmative, cela signifiera que j'ai échoué dans ma mission. S'il conclut par la négative, cela signifiera que j'aurai réussi à le tromper ou, du moins, à détourner son attention, et je ne sais pas comment je me sentirai alors vis-à-vis de ma conscience.

– Mais comment réussiras-tu à le tromper, Luís ? Les faits sont les faits, ou bien ils existent, ou bien ils n'existent pas !

– Comment ? Veux-tu que je te donne un exemple ? Si une révolte éclate dans une plantation, si l'on découvre qu'un travailleur ou une centaine de travailleurs ont été poussés à renouveler leur contrat de travail sans comprendre ce qu'ils faisaient, crois-tu que je vais me précipiter pour le raconter au consul d'Angleterre ? Non, le devoir m'oblige à essayer de lui cacher tout ce qui pourrait porter préjudice à nos intérêts. Comprends-tu maintenant ?

– Je pense que tu te fabriques une tempête dans un verre d'eau, et, pire encore, de façon anticipée. Il y a toujours des incidents et aussi des abus. Il y en a aussi au Portugal, dans nos fermes, dans nos usines, nous ne voyons jamais que la pointe de l'iceberg. Entre ça et du travail forcé, la distance est longue.

– Non, João, il s'agit de choses différentes. Au Portugal cela fait longtemps qu'il n'y a plus de serfs attachés à la glèbe. Les travailleurs peuvent être maltraités, mais ils sont toujours libres de partir, même si cela signifie très souvent mourir de faim. Mais ici ils sont à cinq mille milles nautiques de chez eux. Ils ne sont pas d'ici, João, comprends-tu la différence ? Pour pouvoir partir, il faut qu'ils ne tombent pas dans le piège de se laisser entraîner dans un renouvellement de contrat dont ils ne veulent pas et dont ils ignorent la signification, et il faut que nous les rapatriions par mer en Angola où nous sommes allés les chercher. Or, tout peut sembler tout à fait légal, le salaud de curateur qui devrait défendre les intérêts des travailleurs et qui, à l'évidence, a partie liée avec les planteurs, peut très bien me présenter des milliers de contrats renouvelés et des chiffres prouvant que, comme l'an dernier, seulement quatre – quatre, João – quatre travailleurs ont voulu rentrer chez eux. Et cela signifie quoi ? Pour moi, cela signifie tout simplement l'existence d'un travail forcé déguisé sous de la paperasse pseudo-juridique. Et tu oublies peut-être une chose, João, j'ai été invité à assumer les fonctions qui sont les miennes parce que je suis contre le travail forcé. Je l'ai dit et écrit. Et parce que toi, parmi d'autres, tu m'as expliqué que j'avais le devoir de conscience de mettre mes idées en pratique, puisque c'était précisément à cause d'elles que ce poste m'avait été offert. Je ne suis pas venu ici pour pactiser avec quiconque, ni pour tromper l'Anglais ou tricher avec ma conscience, bon sang de bonsoir, sinon je serais resté à Lisbonne qui, crois-moi, est bien plus confortable et agréable ! »

João Forjaz garda le silence, surpris par la véhémence des paroles de son ami. Voilà un Luís Bernardo qu'il n'avait pas connu à Lisbonne. Ce n'était pas à proprement parler l'ardeur avec laquelle il défendait ses idées et son point de vue – il l'avait vu le faire plusieurs fois, avec des amis, dans les salons, au cours des discussions politiques qui occupaient si souvent leurs dîners du jeudi à l'hôtel Central. Mais à présent le ton était différent, plus personnel, plus radical. S. Tomé avait transformé le Luís Bernardo qu'il connaissait. Il le regarda à la dérobée, pendant que son ami, de nouveau retombé dans le silence, contemplait les eaux sombres du détroit sur lesquelles le bateau avançait péniblement. Il voyait soudain un homme sociable devenu un solitaire ; un homme tolérant, qui adorait la controverse, être devenu étrangement intransigeant ; un homme détaché, et même futile à maints égards, qui se donnait maintenant des airs messianiques, comme si le monde entier avait les yeux fixés sur sa tâche obscure, ici, aux confins de la mer, dans ce simulacre de pays et de civilisation. Était-il prisonnier de l'importance qu'il attribuait à sa propre mission, de peur de se sentir totalement inutile dans ce pays, en train de perdre un temps précieux qu'il aurait pu passer ailleurs, à vivre ? Avait-il la cervelle dérangée par la solitude, par des nuits et des nuits passées à se parler à lui-même et à s'entendre divaguer tout seul ? Était-il égaré, avait-il perdu tout sens des proportions ?

« Luís, avance calmement. Nous savons tous que, théoriquement, la loi est égale partout, mais c'est une aimable fiction. Aucun empire ne s'est édifié ni maintenu ainsi : qui a autorisé Cortéz à faire de Moctezuma un prisonnier lorsqu'il a débarqué en Amérique ? Qui a autorisé Sa Majesté D. Carlos à soumettre et à emprisonner Gungunhana, qui était roi du Mozambique en vertu de droits beaucoup plus anciens que les siens ? Toutes les éthiques sont évolutives : ce qui aujourd'hui est normal demain sera odieux et ce qui aujourd'hui est un crime demain sera banal. Nous ne pouvons pas arriver ici et en une demi-douzaine de mois convaincre tous les Portugais qui vivent ici depuis plusieurs générations, qui supportent depuis toujours ce que tu endures depuis quelques mois, avec la contrepartie de pouvoir au moins faire fortune de leur vivant, que leur code de conduite, tout l'édifice qu'ils ont construit et dont ils vivent est erroné, parce que tu apportes de Lisbonne des décrets, des instructions ou des accords secrets avec l'Angleterre auxquels ils sont censés obéir du jour au lendemain. Tu as peut-être raison, mais cela demande du temps, Luís. Du temps et de la persuasion.

– Non, João – Luís Bernardo avait cessé de contempler la mer et parlait comme s'il était seul, comme il avait si souvent parlé de loin à João, comme si ce dernier avait pu l'entendre alors – tu ne connais pas ces gens, ils n'évolueront jamais, ils ne croiront jamais que l'esclavage déguisé qu'ils pratiquent dans leurs plantations n'est pas un droit naturel que la Providence leur a octroyé pour qu'ils en jouissent et en profitent. Ils attendent juste que David rédige son rapport et s'en aille, et que je me lasse et m'en aille moi aussi, afin que me succède quelqu'un d'identique aux gouverneurs dont ils avaient l'habitude et que la vie reprenne son cours normal. Est-ce cela que nous voulons en tant que nation, João ? Pourquoi alors appeler ces îles Provinces portugaises ? Pourquoi ne pas les dénommer plutôt Entrepôts portugais d'esclaves en Afrique ? »

Tous deux se turent. Le bruit monotone du moteur à charbon du navire déchirait la nuit sereine au-dessus d'une mer où des milliers d'étoiles se reflétaient. Devant le bateau et sur les côtés, des reflets scintillants de lumière signalaient la présence des poissons volants qui suivaient le navire. En direction de la terre, une clarté ténue, presque imperceptible, annonçait la naissance du jour à l'horizon et, en face, du côté de S. Tomé, maintenant à seulement deux ou trois heures de voyage, une fine ligne lumineuse à fleur d'eau marquait l'endroit précis où la nuit de la ville vers laquelle ils se dirigeaient mourait au soleil levant de ce matin à l'équateur.

Un frisson dû au froid poussa João à serrer davantage contre lui le manteau qui l'enveloppait. Il regarda de nouveau son ami du coin de l'œil, et le regard triste qu'il surprit, l'abandon presque physique qu'il y décela, les rides qu'il n'avait jamais remarquées et qui se voyaient maintenant nettement sur son visage à la première lueur de l'aube, tout cela le fit de nouveau frissonner de froid comme un instant plus tôt et il serra une nouvelle fois son manteau contre lui, comme s'il voulait se défendre contre un mauvais présage. Il éprouva pour Luís Bernardo une véritable tendresse d'ami, dont il n'avait jamais été conscient : il fallait le défendre, le protéger. L'emmener loin d'ici le plus vite possible.

* * *

David et Ann étaient venus dîner chez Luís Bernardo. Depuis que João était arrivé à S. Tomé, ces dîners, soit chez Luís Bernardo, soit chez le consul anglais, étaient devenus si habituels qu'ils n'avaient plus besoin d'être prévus d'avance. Au début, assez cérémonieusement, les dîners avaient été espacés, comme pour conserver les habitudes d'étiquette sociale auxquelles ils étaient accoutumés. Mais très vite et par un consensus général implicite, les dîners étaient devenus quotidiens ou presque, soit dans une maison, soit dans l'autre. Dès lors que la sympathie du couple anglais pour João avait été réciproque et immédiate, ces quatre êtres, qui se savaient appartenir à un sous-groupe unique dans ces parages, avaient décidé tacitement qu'aucune convenance ne les empêcherait sans raison plausible et déplacée dans ce pays de jouir mutuellement de la compagnie des uns et des autres. Surtout pour les « résidents », le bref séjour de João dans leur exil tropical était une rare occasion d'avoir des dîners et des soirées à quatre et non plus à trois – ce qui faisait toute la différence.

Comme d'habitude, Luís Bernardo avait fait servir le dîner dans l'office et non dans la salle à manger, qu'il continuait à trouver trop spacieuse, désagréable et trop solennelle, avec ses lourdes armoires indo-portugaises qu'il détestait tout particulièrement. En outre, l'office lui permettait d'ouvrir toutes grandes les portes qui donnaient sur la terrasse, faisant ainsi entrer la nuit et le jardin à l'intérieur de la maison. Et c'était une nuit particulièrement belle, avec un clair de lune et une brise tranquille qui apportait avec elle une chaleur fluctuante chargée d'une odeur de marée et de parfums de fleurs que Luís Bernardo n'aurait pas su identifier, mais qu'Ann connaissait très bien. Justifiant sa requête par un surcroît de travail, il avait demandé à Sebastião (diplomatiquement, pour ne pas l'offenser) de se faire aider par Doroteia pour le service à table. Il s'agissait d'une petite provocation à l'adresse de João, fasciné par les mouvements ondulants et silencieux de Doroteia, par son sourire, ses dents blanches et ses yeux noirs, tandis qu'elle évoluait autour de la table. Même debout, circulant et aidant à servir silencieusement à table, elle était la femme qui manquait au groupe et en fait sa présence n'était indifférente à aucun des hommes assis là. Luís Bernardo savourait avec une véritable volupté l'effet causé par Doroteia. Il avait envie de passer la main sur ses hanches quand elle changeait son assiette, de faire un geste indiquant aux autres qu'il était le propriétaire et l'usufruitier de cette panthère soyeuse taillée dans de l'ébène, dans de l'ivoire et saupoudrée de languides gouttes de sueur. Une fois, il fut sur le point d'accomplir ce geste irréfléchi, lorsqu'il remarqua que, assise à sa droite, Ann observait la scène avec l'attention instinctive que manifestent les femmes dans ce genre de situations. Sa main resta suspendue en l'air et il rougit comme un petit garçon surpris sur le point de faire une grosse bêtise.

Sinhá avait fait son extraordinaire soupe de poissons, qui n'avait pas son égale dans les îles, suivie d'un rôti de porc sylvestre entouré de bananes-pommes, ce qui lui donnait un goût raffiné et recherché, digne d'un *chef* français. Un pudding de coco et un sorbet à la mangue terminaient le repas, à propos duquel et de la dose copieuse de pili-pili dans la soupe de Sinhá, David déclara qu'il n'avait jamais compris pourquoi c'était dans les climats les plus chauds qu'on épiçait le plus la nourriture.

« Finalement, c'est vous, les Portugais, qui avez apporté le poivre des Indes en Europe, et il aurait été naturel que ce soit dans nos climats froids du Nord de l'Europe qu'il soit le plus apprécié, pour faire monter les calories du corps. Mais nulle part ailleurs que dans les tropiques – en Afrique, en Inde, au Brésil, dans les Antilles – la nourriture n'est aussi épicée. Pourquoi donc faire transpirer quelqu'un qui meurt déjà de chaleur ? »

João lui rétorqua qu'il avait lu quelque part que les mets piquants aidaient à combattre les effets de la chaleur – une thèse bien plus absurde que scientifique, comme le fit remarquer aussitôt David. Et à partir de là, tous deux se lancèrent dans une discussion sur la vie dans les tropiques qui déboucha rapidement sur une comparaison entre les tropiques et la civilisation et ce que Kipling avait appelé « la mission de l'homme blanc ». Déclarant qu'il vaudrait mieux poursuivre la conversation dehors, sur la terrasse, Luís Bernardo se leva et invita les autres à le suivre, mais Ann fut la seule à le faire, les deux autres restèrent plongés dans leur discussion.

Ann et lui s'assirent dehors, sur les chaises en osier de la terrasse, face à la mer illuminée par la lune qui y traçait une route allant de l'horizon à la terre. À part le pépiement occasionnel d'un oiseau de nuit ou un bruit passager en provenance de la ville proche, tout était serein et silencieux. Luís Bernardo alluma son cigare à une des bougies que Sebastião gardait toujours allumées jusqu'à ce qu'il aille se coucher, pendant les dizaines et les dizaines de nuits depuis son arrivée où il était resté à contempler la mer, à écouter sa musique et à fumer en tête à tête avec ses pensées. Mais cette nuit-là, il était heureux. Heureux, avec de la compagnie et détendu. Il était vêtu d'un simple pantalon noir en lin et d'une large chemise blanche, au col ouvert. Le seul signe de la vie qu'il avait laissée derrière lui était la Patek-Philippe en argent héritée de son père et qu'il avait glissée dans la petite poche sur le devant de son pantalon et dont la chaîne retombait sur sa jambe gauche. Ann était resplendissante avec ses cheveux blonds massés en arrière et des mèches qui encadraient son visage, et un éclat dans le regard qui semblait le reflet du clair de lune, une robe légère en coton bleu nuit, un corselet très haut et un décolleté généreux qui mettait en évidence une bonne partie de sa poitrine, déjà hâlée par le soleil de S. Tomé et humide de gouttelettes de sueur presque imperceptibles, comme de minuscules perles collées à la peau. Elle avait une voix chaude, lente, sensuelle, qui le faisait frissonner comme si des bras invisibles l'enserraient – comme Ulysse, prisonnier du chant des sirènes, égaré sur le chemin du retour. Ce n'était pas seulement maintenant, pas seulement cette nuit, dans la magie du clair de lune, qu'il se faisait cette remarque. Jour après jour, nuit après nuit, la présence d'Ann le troublait de plus en plus. Le jour, il était distrait dans l'attente de la voir et la nuit, après l'avoir vue, son sommeil en était bouleversé. Mais jamais, au grand jamais, il n'avait esquissé le moindre petit geste qui pût le laisser entendre.

« Luís – la voix d'Ann brisa soudain ce moment enchanté et il se réveilla instantanément, tous ses sens en état d'alerte – vous êtes un homme différent depuis que João est arrivé. Vous êtes un être humain normal, vous avez cessé de ressembler à une bête acculée. »

Il sourit.

« Je ressemblais à une bête acculée, Ann ?

– Luís, vous ne vous regardez jamais dans une glace ? On aurait dit un fakir marchant sur des poignards : guettant sans cesse le prochain guet-apens, le prochain poignard !

– Vous avez peut-être raison, Ann. Cela fera bientôt un an que je suis arrivé ici : ça a été une année très dure, une vie très différente de celle à laquelle j'étais habitué. Et sans personne, rigoureusement personne, à qui me confier, à qui parler, avec qui être comme nous sommes en ce moment, bavardant de façon détendue. L'arrivée de João est venue interrompre cela, mais je sais que cela n'aura été qu'un rêve éphémère : dans quelques jours il repartira et la vie reprendra son cours normal. Et son cours normal, Ann, est parfois difficile à supporter.

– Je sais, Luís, j'imagine que c'est vrai. Mais vous savez au moins que vous pouvez toujours compter sur moi et sur David. Nous vous aimons sincèrement et nous avons souvent parlé de votre situation. Nous, au moins, nous nous avons l'un l'autre, mais vous, vous n'avez personne. Ces nuits, cette terrasse, doivent souvent être difficiles à supporter. »

Luís Bernardo la regarda : elle était ravissante, presque irréelle. Il eut peur que, s'il tendait la main pour la toucher, elle disparaisse. Il décida d'essayer :

« Ann, je ne doute pas un instant de votre amitié. Mais, comme vous le savez, David et moi avons des missions différentes et, peut-être même, opposées. Le jour viendra probablement où nos missions respectives porteront atteinte à l'amitié que nous avons édifiée spontanément. Peut-être qu'il aurait mieux valu pour moi, ou pour chacun d'entre nous, que nous ne soyons pas devenus amis : en cas de crise, cela faciliterait les choses.

– C'est vrai, vous les hommes, vous adorez ce genre de conflits intérieurs. Par devoir de conscience, vous supportez les ennemis et vous abandonnez les amis. J'ai déjà vécu ça dans ma chair, autrefois... Mais écoutez donc, Luís, je suis une femme, je suis votre amie et je ne connais pas ce genre de conflits : dans la mesure où cela dépendra de moi, je vous abandonnerai pas. »

Il resta muet, sans savoir quoi dire. Il ne comprenait même pas bien ce qu'elle avait voulu lui dire. Il se sentit à la dérive, peut-être à cause du vin et du cognac, de la pleine lune, de la beauté dévastatrice de la peau d'Ann, de sa poitrine, de sa chevelure, de son regard. Il se sentit étourdi et se leva pour s'appuyer à la balustrade de la terrasse et respirer la brise qui venait de la mer et que la chaleur de la nuit ne parvenait pas à étouffer.

« Où allez-vous, Luís ?

– Moi ? » Il s'aperçut qu'il lui avait tourné le dos sans s'en rendre compte et il lui refit face. « Nulle part.

– Vous fuyez ?

– Je fuis ? Je fuis quoi ? »

Il se sentait tout à coup désemparé, à la dérive, incapable de raisonner, de dire quelque chose d'intelligent. Mais elle ne lui laissa pas de répit. Sa voix résonna de nouveau, grave, chaude, sensuelle. Et implacable :

« Moi. »

Le bruit de la discussion entre David et João arrivait maintenant en crescendo de la salle. Ils s'étaient embarqués dans une comparaison entre les colonisations anglaise et portugaise, et dans la chaleur du débat ils semblaient avoir complètement oublié la présence du couple resté seul sur la terrasse. Luís Bernardo profita de la chaleur de la discussion pour ne pas répondre à

Ann et il constata en passant, et avec un sourire intérieur, que João répétait avec véhémence tous les arguments favorables à la position portugaise à propos de S. Tomé. Il œuvrait pour lui et, apparemment, marquait des points dans la discussion. Cela lui permit de se feindre distrait, mais Ann le rappela à l'ordre.

« Je vous ai posé une question, Luís, mais je n'ai pas obtenu de réponse, ce qui est une forme de réponse. Très bien, puisque nous sommes ici dans un endroit loin de tout et dans des circonstances inattendues, je pense qu'il n'y a pas de place pour l'hypocrisie. Je serai franche : vous me fascinez, Luís. Je me suis demandé à moi-même mille fois ce qu'un homme intelligent, cultivé, éduqué, un homme séduisant et célibataire comme vous faisait ici, exilé du monde. Il y a quelques jours j'ai posé cette même question à João et il m'a donné la réponse que j'attendais : il est venu par sens du devoir, pour se sentir utile une fois dans sa vie, pour combler un vide, par défi intellectuel. Bref, le piège classique. Luís, vous n'êtes pas fait pour cela et vous le savez très bien. Vous êtes hors de votre monde et vous ne croyez pas dans les valeurs que vous êtes censé représenter et défendre. Mais maintenant vous vous sentez prisonnier et vous ne savez pas comment vous libérer. Quel crime avez-vous donc commis pour vous infliger pareille autopunition ?

– Et quel crime avez-vous commis, Ann, pour finir vous aussi ici ?

– Pas moi, mais mon mari, oui. Je vous ai promis de parler sans hypocrisie et je vais donc vous raconter l'essentiel. David a commis une bêtise terrible en Inde, un faux pas impardonnable, et c'est pour cela qu'il a été envoyé à S. Tomé, dans le poste le plus obscur qui ait été disponible dans la carrière des serviteurs du grand Empire britannique. N'importe quelle femme à ma place l'aurait quitté, à cause des avanies qu'il m'a fait subir et de l'avenir qu'il me réserve à ses côtés. Mais j'admire beaucoup mon mari, en dépit de ses erreurs qui n'effacent ni ne me font oublier tout le reste et l'homme brillant qu'il a été et qu'il est encore. Je l'ai beaucoup aimé jusqu'au jour où il m'a fait si mal et je l'aime toujours, mais d'une façon différente, lointaine et intime, que j'ai du mal à expliquer. J'aurais pu l'abandonner, mais j'ai estimé que je ne devais pas le faire à un moment où tous les autres le lâchaient. Comme vous voyez, moi non plus je ne suis pas exempte du sens du devoir. Mais il a été établi clairement entre nous que je suis une présence constante à ses côtés, que je suis encore sa femme à la face du monde et aux yeux de la loi, mais que je ne suis plus sa femme *de facto*, si je ne le veux pas. C'est là le prix à payer pour m'avoir ici. Je suis une femme libre, comme si j'étais une voyageuse qui avait débarqué avec lui à S. Tomé, où... – Ann s'interrompit un instant et le fixa droit dans les yeux – ... où je vous ai rencontré. »

Ils se turent et se regardèrent. Elle était encore assise sur sa chaise, lui était toujours debout, appuyé à la balustrade, tournant le dos à la mer et au clair de lune. Il était dans l'ombre, elle dans la lumière, exposée. Luís Bernardo tendit les mains vers elle. Lentement, Ann se leva et s'avança vers lui, jusqu'à l'ombre dans laquelle il se tenait, où seules ses mains tendues dans un appel muet bougeaient. D'où ils étaient maintenant on ne pouvait les voir de la salle où David et João poursuivaient leur interminable discussion. L'espace d'un instant, Luís Bernardo pensa que João avait tout deviné et qu'il alimentait la discussion avec David uniquement pour lui donner le temps et l'occasion de faire de cette nuit la plus décisive de toutes ses nuits, passées et futures, à S. Tomé. Et ce fut la dernière pensée qui lui vint avant de sentir la douceur du visage d'Ann s'appuyer lentement contre le sien, ses cheveux veloutés, légèrement parfumés, lui frôler la joue, son corps se coller peu à peu contre le sien, sa poitrine se gonfler et, haletante, aller à la rencontre de la sienne. Il eut le temps de la regarder et de voir le vert liquide de ses yeux, où la lune semblait se refléter, s'éteindre peu à peu tandis qu'elle fermait les yeux et lui tendait une bouche humide, avide, dont la langue chaude parcourait ses dents et s'enroulait autour de sa langue à lui. Le corps d'Ann était presque écrasé contre le sien, elle s'offrait à lui avec une passion ou un désir désespérés qu'il n'avait jamais connus chez aucune autre femme. Et, fermant lui aussi les yeux, il plongea dans cette bouche et dans cette passion, pendant un temps qui lui sembla être une éternité, jusqu'à la limite du supportable.

XII

Les îles sont des lieux de solitude et cela n'est jamais aussi apparent que lorsque repartent ceux qui sont seulement de passage et que demeurent sur le quai pour leur dire adieu ceux qui restent. À l'heure de la séparation, il est presque toujours plus triste de rester que de partir et, sur une île, c'est le signe d'une différence fondamentale, comme s'il existait deux espèces d'êtres humains : ceux qui vivent sur l'île et ceux qui y viennent et qui en repartent.

À S. Tomé et à Príncipe, où n'abordaient que deux navires par mois, l'un venant d'Angola et l'autre du Portugal, et où il n'y avait même pas de quai, mais juste une petite plage où passagers et cargaisons étaient transportés en direction et à partir des bateaux à l'ancre au large, toutes les arrivées et tous les départs étaient encore davantage ressentis et très souvent alourdis d'une charge d'émotivité et de désespoir qui continuait à flotter sur la plage et sur la ville longtemps après que le navire, qui était encore là récemment, se fut évanoui au loin à l'horizon. À l'arrivée, après avoir doublé le cap qui s'ouvrait sur la baie d'Ana Chaves, tous les navires faisaient retentir leur sirène de façon stridente, comme s'ils convoquaient la ville entière sur la plage. Mais de loin, du haut des plantations escaladant les montagnes, les bateaux avaient été aperçus depuis longtemps et la nouvelle se propageait d'homme en homme, de bouche en bouche, jusqu'à la ville. Et accouraient sur la plage non seulement les quelques personnes qui attendaient des parents ou des amis, celles qui attendaient des marchandises ou des cargaisons transportées à bord, mais aussi une foule de négrillons, de ménagères oisives, d'autorités qui n'avaient rien de mieux à faire et qui feignaient de venir là par devoir professionnel et tous ceux qui étaient simplement curieux, avec cette curiosité silencieuse et patiente propre à ceux qui ont l'habitude de voir les autres arriver et partir.

Quand le navire de Lisbonne arrivait, il était toujours chargé de « nouveautés » – vêtements à la mode, outils agricoles, remèdes pour des maux étranges et parfois même inconnus ici, revues et magazines qui apportaient le monde aux îles – et qui, le soir même, seraient commentées dans toutes les maisons, et le lendemain, dès le point du jour, disponibles dans les magasins du coin où l'on pourrait les admirer ou se les disputer. Et les passagers de Lisbonne débarquaient avec un air de gens du « monde » et une complaisance dans les regards qu'ils lançaient autour d'eux en mettant le pied à terre qui forçaient la petite foule de curieux à s'écarter à leur passage, comme honteux et encore plus confinés dans leur exil. Quand le bateau partait pour Lisbonne, ramenant là-bas les propriétaires des plantations qui étaient venus passer la saison sèche entre les plages et les maisons de maître au milieu de l'odeur du cacao séchant sur les plateaux – une odeur de fortune qui les enivrait – ramenant les fonctionnaires ou les militaires qui avaient terminé leur mission et qui aspiraient seulement à une mer plate et à un vent en poupe de façon à arriver le plus vite possible à la barre du Taje si désirée, ramenant ceux qui étaient venus faire des affaires et qui étaient donc de passage et pour qui chaque jour de plus était un cauchemar, la plage d'embarquement était infiniment plus triste pour ceux qui restaient, tête légèrement courbée par la résignation, mouchoirs nerveusement roulés en boule dans les mains, larmes furtives que les regards d'autrui empêchaient de couler librement à la lumière du jour. Et tous demeuraient immobiles et muets sur la plage, regardant les canots finir d'embarquer les passagers et les cargaisons de dernière heure, regardant le lourd vapeur activer ses chaudières, lever l'ancre avec un grincement d'adieu et se mettre en branle lentement et peu à peu gagner de la vitesse, comme s'il avait hâte de s'éloigner de ceux qui restaient, avant de faire retentir la sirène, comme le voulait la tradition, en passant devant le cap, disparaissant de la baie et de la vue de ceux qui n'avaient pas cessé de le suivre des yeux, espérant peut-être une subite et absurde manœuvre de repentir et de retour.

Luís Bernardo assistait rarement à ces cérémonies sur la plage. Par devoir professionnel il devait parfois être présent, quand le navire partait ou arrivait avec, à son bord, quelque haut fonctionnaire du gouvernement de l'Angola ou du ministère de Lisbonne. En dehors de cette obligation, il détestait les départs tout autant que les arrivées. Mais il était allé dire adieu à João le jour où celui-ci s'était embarqué pour Lisbonne. Ils s'étaient donné une longue accolade, un peu maladroitement, bottes enfouies dans le sable de la plage, et en voyant son ami partir Luís Bernardo avait eu l'impression qu'on lui arrachait quelque chose de la poitrine, tandis que João avait ressenti leur embrassade qui se défaisait, puis le lent éloignement de la chaloupe en direction du navire comme une trahison, un abandon sans explication, un poids immense sur la conscience. Le reverrait-il un jour ? Quand, comment, dans quel état et dans quelles circonstances ?

Quand le navire largua les amarres et se mit à gagner le large, Luís Bernardo n'attendit pas le mugissement habituel de la sirène signalant le départ de S. Tomé, il tourna les talons et s'avança vers sa calèche qui l'attendait. À mi-chemin, il sentit un bras se pendre au sien, un corps se coller au sien à la dérobée.

« De nouveau seul, Luís ? »

Ann. Il l'avait vue brièvement au début de l'embarquement, elle était venue avec David pour dire adieu à João dès que celui-ci était descendu de la calèche avec Luís Bernardo, mais ensuite, dans la petite cohue qui s'était formée, il ne l'avait plus revue et il avait supposé que le couple était reparti, une fois ce devoir d'amitié accompli. Mais non, elle était encore là et, regardant rapidement autour de lui, Luís Bernardo ne réussit pas à découvrir si David lui aussi était présent. Et il profita de son apparente absence :

« Quelqu'un m'a dit l'autre jour que, dans la mesure où cela dépendrait de ce quelqu'un, je ne serais jamais seul... »

Puis il se tut, remarquant que la couleur de la mer, assombrie par le soleil couchant, semblait se refléter dans les yeux d'Ann, un bleu soudain obscurci et chargé d'une tristesse subite. Mais la voix qui lui répondit était chaude, enveloppante, telle qu'il se la rappelait toujours, quand elle était absente.

« Luís, il y a une chose, une seule chose que vous devez savoir de moi et que vous devez croire : je ne mens pas, je ne fais jamais semblant et je n'oublie pas ce que j'ai dit, pour facile qu'il me soit d'en appeler aux circonstances ou au temps pour me disculper. Tout est entre vos mains. Luís, regardez-moi bien, nous sommes ici sur la plage, à la vue de tous, nous ne sommes pas seuls sur votre terrasse, une nuit de pleine lune et après avoir bu une demi-bouteille de vin et deux portos : tout est entre vos mains. La décision vous appartient. »

Et elle s'éloigna, comme si rien de particulier n'avait été dit. Finalement, David lui aussi était encore là, et elle alla rejoindre son mari et, le plus naturellement du monde, lui prit le bras. David lui adressa un signe d'adieu par-dessus l'épaule, et tous deux continuèrent à marcher bras dessus bras dessous jusqu'à la calèche qui les attendait. "Ils disparaîtront par mer ou par terre", pensa-t-il. D'une humeur de chien, lui aussi rentra chez lui. Il ne voulut pas dîner, renvoya Sebastião et s'installa sur la terrasse avec une bougie et un cigare qu'il alluma à l'aide de la bougie, et il resta là jusqu'à minuit passé, après avoir avalé une demi-bouteille de cognac, jusqu'à ce que le vol d'une chauve-souris le réveille de cette torpeur, de ce vide angoissé. Alors il se leva, titubant légèrement, et il se dirigea vers sa chambre à la lueur d'une chandelle, devinant la présence de Sebastião qui l'observait entre deux portes, veillant à ce qu'il ne mette pas le feu à la maison, et qui resta sûrement aux aguets en attendant de l'entendre entrer et sortir de la salle de bains et de percevoir le bruit de son corps s'effondrant sur le lit, tout habillé et plié en deux par le chagrin.

Il se réveilla fatigué et ayant mal dormi. Le sommeil réparateur qu'il avait attendu se réduisait finalement à un goût amer et désagréable d'alcool fermenté dans la bouche, à des muscles las et endoloris et une tête de déterré. Il se rasa et prit une douche qui ne dissipa nullement son profond malaise physique et moral. La chambre de João était vide, sa voix et son amicale complicité s'étaient envolées et voguaient quelque part sur l'océan, en chemin vers Lisbonne. Il restait le souvenir de la voix d'Ann, du vert ou du bleu, tantôt sombre, tantôt lumineux, de ses yeux, la saveur persistante de sa bouche et de sa langue. Il devait choisir un costume, une chemise, des chaussures. La routine l'attendait dans son bureau à l'étage du bas, avec d'obscurs fonctionnaires usés qui roulaient nerveusement leur chapeau dans leurs mains en quémandant la faveur d'une recommandation en vue d'une promotion qu'ils trouvaient justifiée ou l'octroi de vacances exceptionnelles dans la métropole. Il y avait le courrier de Lisbonne, les annonces à approuver et à publier dans le *Bulletin officiel* de la colonie, les amendes à appliquer, l'état du Trésor public local à vérifier, la décision à prendre à propos des crédits à partager pour les illuminations publiques de Noël et du Nouvel An, l'état des entreprises de travaux publics à étudier, les doléances, les pétitions, les requêtes à examiner. Il se regarda de haut en bas dans la glace en pied et il se vit tel qu'il était, nu, abandonné, chancelant, ne sachant s'il était vaincu par un mal obscur ou s'il était le vainqueur d'un obscur combat. Il se regarda attentivement et dit tout haut :

« Luís Bernardo Valença, nommé par le roi gouverneur de la colonie de S. Tomé et Príncipe, réveille-toi et va vaquer à tes devoirs. L'histoire ne se termine pas ainsi ! »

Il passa les deux jours suivants enfermé dans le secrétariat du gouvernement, réglant tous les dossiers, répondant à tout le courrier, recevant tous ceux qui avaient demandé une audience, mettant à jour le travail en retard, une fois même jusqu'à très tard dans la nuit, dans une obsession subite de revoir toute la comptabilité du gouvernement maintenant que la fin de l'année approchait et que les comptes devaient être clos et envoyés au ministère à Lisbonne. Ç'avait été une bonne année pour la récolte du cacao, S. Tomé avait écoulé quatre mille deux cents tonnes de plus que l'année précédente et Príncipe une tonne de plus. La douane avait collecté davantage de redevances, le gouvernement davantage d'impôts, la mairie davantage de taxes : de ce côté-là il pouvait être tranquille. Les travaux en cours ne dépassaient pas leur budget, les dépenses courantes étaient restées au niveau de l'année précédente et la colonie continuait à se suffire à elle-même, elle payait comptant tout ce qu'elle importait et accumulait des excédents, soit dans l'économie des plantations et dans le commerce local, soit dans l'équilibre entre les recettes et les dépenses du Trésor public. Un succès. D'ailleurs, s'il n'en était pas ainsi, pourquoi continuer à avoir des colonies ?

Un beau matin, il s'aperçut que les papiers avaient disparu de son secrétaire, que la poussière avait été nettoyée, que le travail était à jour, que plus personne n'attendait d'être reçu. Il remonta chez lui, but un jus de fruits et demanda qu'on lui selle le cheval bai qu'il utilisait pour se promener et il se changea. En sortant du portail il prit à droite, dans la direction opposée à la ville, et il avança, toujours au pas, sur la route longeant la côte, saluant d'un air distrait les rares passants qu'il croisait. Il continua sans savoir exactement jusqu'où il voulait aller, absorbé par ses pensées qui le renvoyaient à Lisbonne, aux dîners avec les amis, aux discussions, aux anecdotes, à certaines histoires devenues célèbres. Il pensa à Matilde et à ce que João lui avait raconté au sujet de sa nouvelle grossesse et de l'apparente harmonie conjugale du couple, se souvenant d'elle lors de leurs deux rendez-vous furtifs dans l'hôtel Bragança, de ses gémissements entre ses bras, pendant qu'au-dehors il distinguait chaque bruit dans la rue avec une netteté et une attention telles que c'était comme s'il était absent. Ce souvenir l'excita et l'emmena si loin que, lorsqu'il revint à la réalité, il avait déjà dépassé les dernières maisons à la sortie de la ville et qu'il se trouvait maintenant sur une route de sable qui menait tout droit à la plage de Micondó. Il pressa l'allure de son cheval et passa à un galop court, syncopé, comme si le vide de ce bout de route l'avait soudain effrayé. Il avait pensé revenir par le chemin du haut et rentrer en ville à l'heure du déjeuner mais, quand il arriva à la colline surplombant la plage, il ne put s'empêcher de s'arrêter à la vue de ce paysage magnifique. Un sable blanc, à peine ponctué par des noix de coco tombées, des morceaux d'écorce et des palmes arrachées aux cocotiers entourant toute la plage en forme de coquillage qui s'étendait en une douce déclivité jusqu'à l'écume paisible des vagues qui venaient mourir sur le sable et qui, même lorsqu'elles se brisaient, restaient transparentes comme toute la mer devant lui. Du haut de la colline on distinguait parfaitement le fond de la mer jusqu'à cinquante mètres du rivage, la forme des rochers submergés, les ombres mobiles de plusieurs tortues qui nageaient tout près de la grève, la couleur des poissons, des anémones de mer et des algues. Irrésistiblement, il tira sur la rêne gauche et se mit à descendre au pas vers le sable. Il mit pied à terre près des cocotiers, attacha le cheval à un tronc et commença à marcher sur la plage entièrement déserte, écoutant le gazouillement des oiseaux dans les cocotiers dont le bruissement se superposait au doux murmure des vagues se brisant tout doucement sur le sable.

Il s'assit à une dizaine de mètres de l'eau, enleva ses bottes et sortit une cigarette et des allumettes de la poche de sa chemise. Puis il fit un appui pour sa tête avec du sable et s'étendit pour fumer, contemplant le ciel anormalement pur pour la saison, traversé uniquement par quelques nuages presque immobiles. C'était comme si l'univers entier était concentré là et que lui-même avait abordé sur cette côte à la suite d'un naufrage ou qu'il était tombé du ciel, d'un nuage qui le transportait et d'où il avait glissé dans son sommeil, atterrissant sur cette plage que jamais aucun être humain n'avait foulée, semblait-il. Il ferma les yeux devant ce soleil qui l'aveuglait et il sentit la chaleur tendre la peau de son visage. Il termina sa cigarette et se mit debout, regardant stupidement autour de lui pour s'assurer que personne ne l'observait. Alors il se déshabilla et entra dans la mer, restant un bon moment avec de l'eau jusqu'à la taille à regarder les poissons qui nageaient devant lui. Ensuite il plongea tête la première dans cette eau tiède et translucide, les yeux bien ouverts, et il fit lentement quelques brasses en direction du large. Puis il émergea, respira profondément et replongea, nageant sous l'eau en direction de la terre. Il vit les poissons et une tortue s'écarter devant lui, il vit la forme svelte d'un barracuda aux dents en scie qui nageait d'un air soupçonneux, le regardant en coin, et il arriva ainsi jusqu'à la grève et ce ne fut qu'une fois arrivé à l'endroit où les vagues se brisaient sur sa tête et le corps enterré dans le sable qu'il releva la tête pour respirer. Il resta ainsi un bon bout de temps, la tête tantôt submergée et appuyée contre le sable, tantôt à demi relevée, le nez en l'air pour pouvoir respirer. Il allait se lever, quand la voix d'Ann, très calme et toute proche, le laissa pantois :

« Quel beau spectacle ! Le gouverneur de S. Tomé et Príncipe, au lieu d'être en train de travailler dans son bureau, se baigne tout nu sur sa plage privée ! Qui pourrait vous prendre au sérieux, mon cher gouverneur ? »

Ann était assise à dix pas, à l'endroit précis où il avait laissé ses vêtements et il remarqua qu'un peu plus haut, parmi les cocotiers, un autre cheval était attaché à côté du sien. Il était évident qu'elle s'était arrangée pour qu'il ne la voie pas pendant qu'il nageait sous l'eau. Instinctivement il recula de deux mètres dans la mer, mais il garda le silence, ne sachant quelle contenance prendre.

« Alors, Luís, je vous ai fait peur ? Vous avez perdu votre langue ?

– Non, je me demandais simplement comment j'allais sortir de là maintenant…

– Mais, de la même façon que vous êtes entré, tout seul. Ou avez-vous besoin que j'aille vous chercher ?

– Non, je peux très bien sortir seul. Le hic c'est que je suis entièrement nu, comme vous l'avez sans doute remarqué.

– Mais quelle perspective extraordinaire ! Quelle coïncidence fantastique ! Vous rencontrer seul à seul, sur une plage déserte, et par-dessus le marché nu dans l'eau !

– On dirait que c'est intentionnel…

– Non, on dirait plutôt que c'est la volonté du destin. Je vous jure que je ne vous ai pas suivi et que je passais par ici tout à fait par hasard lorsque j'ai aperçu un cheval attaché parmi les cocotiers. J'ai décidé de voir qui était l'habitant solitaire de la plage. Je dois avouer que je vous ai reconnu à votre cheval et non à votre postérieur au loin, plongeant et refaisant surface ! »

Elle éclata de rire, comme une petite fille qui venait de faire une bêtise, et il ne put s'empêcher de rire lui aussi en entendant son aveu.

« Bien, je vais donc sortir de l'eau. Détournez-vous légèrement ou alors préparez-vous à voir le gouverneur de S. Tomé émerger nu de la mer sous les yeux de la femme du consul anglais.

– Faites donc.

– Je ne peux plus. Plus maintenant.

– Pourquoi ? »

"Je le fais, je ne le fais pas ? J'avance et il en sera comme Dieu voudra, ou je n'avance pas ?" Luís Bernardo quêta une aide dans son regard, mais elle restait assise, le plus calmement et le plus naturellement du monde, avec juste un petit sourire malicieux sur les lèvres.

« Eh bien, Ann, il se trouve que, bon, en ce moment, comme vous pouvez peut-être l'imaginer, je ne sais comment dire, bref, je ne suis plus dans un état d'innocence anatomique. Me suis-je exprimé clairement ?

– Oui, je pense avoir compris, je vois votre problème. Mais il y a peut-être une solution.

– Pourriez-vous me passer mes vêtements ? demanda-t-il d'une voix anxieuse.

– Non. Dites-moi plutôt comment est l'eau ?

– L'eau ? Elle est magnifique, chaude. »

Assise sur le sable, elle retira ses bottes d'équitation avec une certaine difficulté et en jurant entre ses dents. Puis elle se mit debout et défit un à un tous les boutons de son corsage qu'elle ôta et jeta par terre, montrant le petit corselet qui retenait ses seins. Elle le déboutonna lui aussi, libéra ses épaules des bretelles, exposant une poitrine généreuse, voluptueuse, mais ferme, aux mamelons ronds et saillants. Puis elle déboutonna son pantalon sur le côté et le laissa glisser jusqu'à terre, secouant les talons pour s'en débarrasser. Elle avait des jambes longues et parfaitement dessinées, d'un ton de peau plus sombre qu'on aurait pu s'y attendre. Quand elle eut fini de se déshabiller et qu'elle fut nue et s'avança vers l'eau, Luís Bernardo fut incapable de continuer à examiner son corps en silence. Il regarda le visage d'Ann, ses yeux. Elle aussi le regardait, offerte à la vue, sereine, son sourire malicieux envolé, elle le contemplait sans autre expression que le même air de détermination silencieuse, presque de préméditation, avec lequel elle s'était déshabillée et avancée à sa rencontre.

Luís Bernardo se leva enfin de l'eau et la reçut debout, corps contre corps, sentant sa poitrine s'appuyer, s'écraser contre son torse lisse, ses cuisses s'enchevêtrer dans les siennes, sa bouche avide pénétrer la sienne, et ils restèrent ainsi un moment, son corps à lui se fondant dans celui d'Ann. Puis elle le poussa doucement aux épaules, il perdit l'équilibre et tomba en arrière, l'entraînant dans sa chute. Ils émergèrent de l'eau, agenouillés dans le sable, Luís Bernardo l'attira à lui, chercha de nouveau sa bouche, qui avait à présent un goût de sel et de miel, il sentit la texture de sa langue qui parcourait la sienne sans aucune pudeur et la furie avec laquelle elle s'offrait lui donna le vertige. Il abandonna sa bouche et se mit à embrasser son cou et ses épaules, qui étaient larges et qui formaient une ligne droite, ses mains cherchèrent ses seins, si abondants qu'ils ne tenaient pas dans ses paumes. Alors, fou de désir, il enfouit sa tête entre ses seins et en suça les mamelons, pendant que ses mains continuaient à palper sa poitrine, tantôt saisissant un sein comme pour en jauger le poids et la consistance, tantôt les écrasant contre ses paumes ouvertes. Mais Ann ne resta pas immobile, elle ne ferma pas les yeux, elle ne gémit pas, elle ne rejeta pas la tête en arrière, séduite et vaincue. Au contraire, elle continua à chercher sa bouche avec la même frénésie, puis une de ses mains descendit le long de son corps jusqu'à découvrir, sous l'eau, son sexe rigide qui pointait vers le haut, elle l'attrapa avec vigueur, le serra dans sa main, le parcourut, vers le haut, vers le bas. Luís Bernardo l'entraîna hors de l'eau, la plia à la taille dans le sable mouillé et l'étendit par terre. Il se perdit de nouveau entre ses seins, qui le rendaient fou, il les léchait, les pétrissait de ses mains grandes ouvertes, y enfouissait la tête, sentait ses cuisses écraser celles d'Ann et son sexe comprimer son ventre.

Ils s'écrasaient l'un l'autre comme des bêtes en rut rejetées sur le sable par la mer pour qu'ils y assouvissent leur désir. Luís Bernardo n'avait cessé d'être entraîné par ce courant dévastateur de désir pour cette femme voluptueuse et belle qui s'était dévêtue et qui était venue le rejoindre dans la mer. Maintenant, tout à coup, il sentait qu'il devrait lui dire quelque chose, être un peu plus qu'un mâle s'apprêtant à couvrir une femelle.

« Ann... » commença-t-il, sans très bien savoir quoi dire, mais elle l'interrompit aussitôt. Elle avait un sourire tendu sur les lèvres, la même détermination dans le regard, ses mains l'agrippèrent à la nuque et l'attirèrent encore plus près de son corps.

« Chut, Luís... *come. Come to me !* »

Sa main empoigna de nouveau son sexe, le serra avec force, le décolla de son ventre pendant qu'elle se penchait légèrement en arrière, qu'elle écartait les jambes et le glissait en elle. Alors il s'abandonna complètement à elle, repoussant toute autre pensée, et il entra en elle lentement, se retenant, mais il la sentit mouillée d'une écume épaisse qui n'était pas seulement celle de la mer et, avec un soupir presque inaudible, il pénétra tout au fond d'elle, il sentit le sable trembler comme le corps d'Ann, il sentit sa langue salée, quelque chose de plus qui s'ouvrait et se déchirait pour le recevoir. Quelque part, sous la terre, un volcan endormi rugit et il rugit aussi, avec le volcan, avec elle, un grondement sourd où tout se fondit soudain en une explosion où il ne voyait plus que des étoiles scintiller dans ses yeux et le bleu ou le vert des yeux d'Ann servir de ciel à tout ce chaos et même pendant la seconde avant de se perdre et de se laisser aller au plus profond d'elle-même et de lui-même, il eut encore le temps d'avoir un dernier éclair de lucidité qui lui donna la certitude absolue qu'il s'était perdu pour toujours dans le corps, dans le regard, dans l'abîme qu'était cette femme.

Un long moment après – une éternité pour quelqu'un comme lui qui se sentait un criminel sur le point d'être découvert – Ann se libéra de ses bras, déposa un doux baiser sur sa bouche et dit avec un soupir :

« Il faut que je parte, maintenant. »

Et elle commença à se rhabiller à la hâte, pendant qu'il voyait ce corps de femelle complète et parfaite se couvrir peu à peu et disparaître de sa vue, mais pas de son souvenir. Ils se dirigèrent vers l'endroit où se trouvaient les chevaux. Ann détacha le sien, s'approcha de lui en tenant sa monture par la bride et de nouveau appuya tout son corps contre celui de Luís Bernardo et elle lui donna un dernier long baiser. Il n'avait pas dit un mot depuis qu'il l'avait possédée sur le sable. Il la regarda s'éloigner en silence, alluma une nouvelle cigarette, et resta là, en haut de la colline, à contempler la mer, toujours aussi transparente, et regardant avec un serrement de cœur l'endroit précis marqué par des traces dans le sable qui rappelaient les instants inoubliables qu'il venait de vivre. Sans ces traces que la marée viendrait effacer bientôt, il aurait pu penser que tout n'avait été qu'un rêve.

* * *

Luís Bernardo était assis à sa table de travail, occupé à lire les derniers journaux reçus de Lisbonne. La grande sensation du moment dans la capitale était l'expansion, à présent tout à fait raisonnable, du nombre des premières automobiles et l'organisation des premières courses d'automobiles, dotées « d'un moteur à explosion, actionné par de l'essence, capables de transporter le chauffeur et les occupants à une vitesse de cinquante, soixante ou même de soixante-dix kilomètres à l'heure » ! Il se souvenait encore que la première à être commandée, il y avait quelques années, avait été une Panhard-Levassor, pour le comte d'Avillez, et, dès son voyage inaugural entre Lisbonne et Santiago do Cacém, l'on avait enregistré le premier accident mortel causé par une automobile, lorsqu'un naturel de l'Alentejo, monté sur un âne et surpris par l'apparition de cet engin étrange, s'était approché de trop près pour l'observer et avait été renversé par le chauffeur, entraînant la mort de l'âne. Le journal rappelait cet événement historique et racontait que dans les rues escarpées de Santiago do Cacém, l'été, quand le comte d'Avillez passait dans sa Panhard, il était précédé par un serviteur en livrée qui criait : « Éteignez vos feux, l'engin à essence arrive ! » Les savants portugais consultés par le journal étaient divisés à propos de l'avenir de ce moyen de transport : certains y voyaient le début d'une époque révolutionnaire qui détrônerait rapidement tous les autres moyens – comme cela avait été le cas des « tramways électriques » qui avaient remplacé les trams tirés par des mules – et d'autres lui prédisaient une vie brève, tourmentée et accidentée. Le professeur Aníbal Lopes, de la faculté des sciences, assura même qu'un « engin mû par un moteur à explosion ne pourrait avoir comme destin normal que celui que son nom indiquait : l'explosion ». D'autres, comme le professeur José Medeiros, voyaient dans le combustible utilisé – l'essence – la raison essentielle du manque d'avenir de cette machine, « à cause de la rareté mondiale de ce combustible, dont les quelques gisements existant sur la planète n'assureraient qu'un ou deux ans d'approvisionnement à cette découverte aussi inutile qu'éphémère ». Celui qui ne semblait pas partager ce pessimisme était monsieur Henrique Mendonça, « illustre colon et bienfaiteur des îles de S. Tomé et Príncipe », qui, informait le journal, avait loué récemment les remises à carrosses du palais du marquis da Foz, aux Restauradores, « où il se propose de monter le premier *stand* de vente d'automobiles au Portugal, pour le compte de la marque Peugeot ». Le même Henrique Mendonça qui, rappelait encore le journal, avait inauguré il y avait moins d'un mois sa magnifique demeure dans le Campo Santana qui dominait toute la ville du haut de la colline et dont la fête d'inauguration avait battu en faste, abondance et *glamour* tout ce dont Lisbonne avait l'habitude ces dernières années. Luís

Bernardo sourit intérieurement en pensant à ce spectacle, au faste, au *glamour* et aux qualités de bienfaiteur du propriétaire de la plantation Boa Entrada. Aura-t-il envoyé deux Noirs de S. Tomé, torches à la main, accueillir ses invités à la porte pour la fête d'inauguration de sa « magnifique demeure » ?

Comme d'habitude, il lut le journal d'un bout à l'autre, rien ne lui échappa, depuis les manœuvres politiques aux Cortes jusqu'aux moindres faits et gestes de la famille royale, en passant par le résultat des concours hippiques au Jockey et les descriptions des dîners au Turf et des principales fêtes de Noël. Il dévora les critiques de la saison lyrique au S. Carlos et il passa en revue le nom de tous ceux qui étaient morts, qui étaient nés, qui avaient été baptisés, qui s'étaient mariés, qui avaient voyagé ou qui étaient revenus de voyage. À distance, et même face à cette profusion de nouvelles – pour quelqu'un qui comme lui vivait dans un endroit où il ne se passait rien qui fût digne de figurer dans un journal – il lui semblait que rien d'essentiel n'avait changé dans les comportements et les idées de ses contemporains. L'atmosphère politique avait juste l'air d'être un peu plus crispée depuis que D. Carlos avait institué par décret la dictature de João Franco, lequel avait promis de « sauver le pays, l'institution royale et l'économie ». Les haines se déchaînaient librement et le parti républicain, qui bénéficiait d'une grande liberté de mouvement malgré le mot « dictature », se développait à vue d'œil, pas seulement à Lisbonne, mais aussi à Porto et en province. Le roi D. Carlos avait tout aggravé en expliquant dans une entrevue donnée à un journal français avec son habituel ton de dédain non déguisé qu'il avait institué la dictature à titre provisoire et uniquement pour que le pays puisse être remis sur les rails après des décennies d'incompétence totale de la part des hommes politiques. Republiée au Portugal, cette entrevue faisait maintenant l'objet de toutes les discussions et même d'insultes effrénées adressées au chef de la maison de Bragance.

Absorbé par la lecture du journal, Luís Bernardo n'entendit même pas qu'on frappait à la porte et ce ne fut qu'à la troisième tentative que son secrétaire fut invité à entrer.

« Que se passe-t-il ?

– Le consul anglais est dehors et demande à être reçu par monsieur le gouverneur. »

Luís Bernardo sentit un frisson lui parcourir l'échine. Se pouvait-il que… ? Non, Ann ne sera pas allée lui raconter ! Et pourquoi pas ? N'avait-elle pas donné à entendre, lors de cette conversation sur la terrasse de sa maison, qu'elle avait à se venger de son mari, qu'elle se sentait libre de le faire et que son mari s'y attendait ? Non, c'était impossible, si elle lui avait tout raconté, cela signifierait que pour elle tout ce qui s'était passé cette nuit-là et ensuite sur la plage n'était qu'une vengeance contre son mari et que lui, Luís Bernardo, n'était que l'instrument de cette vindicte. Il ne le croyait pas. Se pouvait-il alors que quelqu'un les ait vus sur la plage et qu'il se soit empressé de colporter la nouvelle, si bien qu'en moins de deux jours elle était déjà parvenue aux oreilles de David ?

Impossible de prolonger son doute : David était dehors et demandait à entrer. Luís Bernardo soupira tout bas et dit :

« Faites-le entrer, et il se leva pour le recevoir avec la cordialité habituelle.

– Bonjour, Luís ! Je passais par là et j'en ai profité pour voir si vous étiez là. »

Ils se serrèrent la main. Rien, apparemment, ne trahissait quoi que ce soit d'anormal dans la voix ni dans les gestes de David.

« Asseyez-vous, David, et dites-moi ce qui vous amène.

– Oh, il est inutile que je m'assoie, je ne serai pas long, je ne veux pas interrompre votre travail.

– J'étais juste en train de lire les journaux de Lisbonne…

– Bon, mais de toute façon, je ne reste pas. Je voulais simplement prendre rendez-vous avec vous, je voudrais vous parler d'une affaire personnelle, vous poser plusieurs questions. Que diriez-vous de venir dîner chez moi demain ?

– Demain ? Oui, pourquoi pas, très bien, je viendrai.

– À sept heures et demie, comme d'habitude, ça vous va ? »

Il lui serra de nouveau la main, fit demi-tour et s'en alla avec la même désinvolture qu'à son arrivée.

Luís Bernardo regarda pensivement la porte que David avait refermée derrière lui. Un rendez-vous officiel, fixé un jour d'avance – eux qui avaient l'habitude de s'inviter mutuellement au dernier moment, quand ils se rencontraient ? Une affaire personnelle ? Des questions à lui poser ? Et pourquoi lui fixer un rendez-vous à l'heure du dîner, en présence d'Ann ? Cela pouvait être une simple coïncidence ou alors une épreuve perverse à trois.

Quoi qu'il en soit, il comprit que désormais il ne cesserait plus de vivre dans cette angoisse. David était son ami, il l'aimait sincèrement, il avait éprouvé de la sympathie pour lui dès le premier instant, il avait toujours été loyal envers lui, et Ann et lui l'avaient beaucoup aidé à sortir de la solitude dans laquelle il vivait. Il est vrai qu'il les avait payés de retour du mieux qu'il avait pu, mais cela ne faisait qu'aggraver son cas : il avait donné à David le droit de lui faire confiance en tant qu'ami. Et la première chose que l'on exige d'un ami, c'est qu'il soit loyal – même si sa femme vous tombe dans les bras, même si elle vous affirme avoir le droit de se venger de son mari, un droit que ce mari lui reconnaît, même si elle vous surprend nu sur une plage déserte et si, au lieu de s'éloigner, elle se déshabille elle aussi et s'avance dans l'eau à votre rencontre. Les femmes des amis peuvent faire ce qu'elles veulent, pas les amis des maris. Mais la vérité était que tout ce qui ne devait pas se produire s'était déjà produit. C'était irrémédiable et le pire de tout était qu'il était amoureux d'Ann. Il en était éperdument amoureux, d'une passion qu'il savait désormais incurable et à laquelle il ne se sentait ni la force, ni la sérénité, ni la volonté de résister. Et ils étaient seuls, enfermés dans une île, où il n'y avait ni hôtels discrets ni amies pour servir d'entremetteuses et pour couvrir les amours entre un homme célibataire et une femme mariée. Dieu du ciel, dans quelle histoire s'était-il fourré ? Évidemment, il pouvait toujours fuir : c'était le prix à payer et la solution habituelle dans ces circonstances. C'est ce qu'il avait fait avec Matilde – il l'avait fuie en partant à S. Tomé. Et en grande partie ce prétexte tombé du ciel avait été une des raisons pour lesquelles il avait accepté cet exil. Mais le problème était que, cette fois-ci, il ne voulait pas fuir Ann. Rien que l'idée de la fuir et de la laisser derrière lui à S. Tomé était un crève-cœur. Non, cette fois-ci il ne voulait pas fuir. Pour rien au monde il ne voulait perdre cette femme. Était-il donc prêt à assumer les conséquences ? Non, il ne le voulait pas non plus. Quel mauvais tour le destin lui avait joué !

* * *

Le consulat d'Angleterre à S. Tomé était une petite maison à un étage, entourée d'un mur qui enfermait un petit jardin touffu de bégonias, de mûriers et de bananiers qui donnaient de l'ombre en été et un peu de fraîcheur pendant la saison des pluies. Les trois pièces à l'étage du bas donnaient toutes directement sur le jardin et les trois chambres et l'unique salle de bains se trouvaient au premier étage. Au fond du jardin, une annexe, séparée de la maison principale par une sorte de passage couvert, contenait la cuisine et l'office, la blanchisserie, la salle d'empesage, la remise pour les carrioles et les logements des domestiques – seulement deux servantes en dehors du jardinier qui venait s'occuper du jardin sous les ordres très stricts d'Ann, et de Bennaoudi, le Nègre de Zanzibar qui servait d'interprète à David et qui se présentait au travail chaque matin pour accompagner le consul dans ses déplacements et qui rentrait dans sa paillote en ville à la fin du jour. La chambre principale, où dormaient les maîtres de maison, avait un balcon donnant sur le jardin et autour duquel une liane qui dépassait déjà le toit s'enroulait. Ann, que la « rose-folle » fascinait, s'évertuait à cultiver sous le balcon une plate-bande de cette fleur dont les changements de couleur tout le long du jour lui serviraient de clepsydre pour mesurer le temps et dont le parfum envahirait sa chambre et la transporterait au loin.

La petite porte en bois au milieu du mur qui donnait accès au jardin du consulat n'était jamais fermée à clé, mais il y avait une petite cloche sur le côté qui permettait aux visiteurs de s'annoncer par courtoisie. Soit par distraction, soit pour une autre raison, inconsciente, Luís Bernardo ignora la cloche ce soir-là, il ouvrit simplement la porte, entra, et la referma derrière lui. Il se dirigea vers la maison devant laquelle il trouva Ann assise sur un siège d'osier et regardant le jardin d'un air absorbé. Elle n'avait pas remarqué son arrivée.

« Bonsoir, dit-il, s'arrêtant net, dès qu'il l'aperçut.

– Ah, c'est vous, Luís, entrez ! » Elle se leva, alla à sa rencontre, posa doucement une main sur sa poitrine et déposa un tendre baiser légèrement humide sur sa joue. Il ne put s'empêcher de regarder avec appréhension autour de lui et Ann, devinant ses pensées, le prit par la main et le mena vers les chaises, disant :

« David est en retard, mais il ne tardera pas. Nous allons l'attendre ici, dehors. Un *gin-tonic* ?

– Avec plaisir. »

Ann disparut à l'intérieur de la maison et il remarqua qu'en dépit de sa désinvolture apparente elle avait un air triste, une ombre voilait l'éclat habituellement lumineux de son regard. Il s'assit dans un des confortables fauteuils d'osier capitonnés qui, comme beaucoup de choses dans la maison, étaient venus avec eux des Indes. Des armoires, des tables, de la vaisselle, des vases, des fusils de chasse et des lances, des photographies de l'Inde éparpillées dans toutes les pièces du rez-de-chaussée, comme si apparemment ils cherchaient à se convaincre qu'un peu des Indes était venu avec eux jusqu'ici et qu'un jour, sur la même mer qui les avait amenés, eux-mêmes et tous ces objets retrouveraient la vie qui avait été la leur. Une nostalgie et une tristesse indicibles flottaient dans cette maison, comme de la poussière en suspens dans l'air. C'était peut-être la même tristesse que celle qui semblait habiter aujourd'hui les yeux d'Ann.

Il l'entendit revenir et se leva pour la recevoir. Elle apportait deux verres, un pour chacun d'eux, elle lui tendit le sien, qu'elle toucha légèrement avec son verre en un toast silencieux. Puis, soudain, elle l'attira à lui et l'entraîna vers le mur de la maison d'où ils ne pourraient être vus par les servantes. Elle colla son corps contre le sien comme elle avait fait sur la plage, elle plongea sa bouche dans la sienne avec cette frénésie avide qui le rendait fou.

« Luís, je mourais d'envie de vous voir, de vous tenir contre moi !

– Ann, s'il vous plaît, ne me dites pas cela ! Jamais aucun homme n'a eu autant envie de voir une femme que moi !

– Venez, allons nous asseoir, cela vaudra mieux. »

Luís Bernardo fit un grand effort pour se détacher du corps d'Ann et il alla s'asseoir, laissant prudemment une chaise vide entre eux.

« Ann, pourquoi David veut-il me parler ?

– Je n'en ai aucune idée, Luís. Il m'a simplement dit qu'il vous avait invité à dîner parce qu'il avait besoin de vous parler.

– Se peut-il qu'il ait des soupçons, qu'il ait découvert quelque chose ?

– Cela ne me paraît pas possible. Mais il a beaucoup d'intuition, il a peut-être deviné sans avoir découvert quoi que ce soit.

– Vous ne lui avez rien raconté, vous ne lui avez rien laissé entendre ?

– Non, Luís, je vous jure que non.

– Et vous n'avez pas l'intention de le faire ? »

Elle le regarda soudain comme si cette dernière question était la plus inattendue de toutes.

« Moi ? Je n'ai aucune intention. J'ai appris à ne pas en avoir. Je laisse les choses se produire. Je vis les jours les uns après les autres. Il y a toujours ainsi des jours tristes et des jours heureux. Si je planifiais les choses et si mes projets ne se réalisaient pas, tous les jours seraient tristes. Non, Luís, je n'ai pas l'intention de lui raconter quoi que ce soit… ni de cesser de vous voir, ni d'avoir des remords. »

Luís Bernardo garda le silence. Ils se turent tous les deux. La pluie, qui avait cessé de tomber depuis une demi-heure, avait réveillé le chant des oiseaux de nuit derrière eux, dans l'*óbó*. Du côté opposé, par-delà le mur du jardin, venait le bruit cadencé des vagues qui se brisaient sur la grève. La « rose-folle » imprégnait l'air de son parfum humide. Malgré l'espèce de découragement qui semblait s'être emparée de tous les deux, Luís Bernardo aurait voulu rester ainsi éternellement. Même à S. Tomé, avec Ann à ses côtés, dans un jardin parfumé de silence et d'humidité.

Quelques instants plus tard, ils entendirent la porte du jardin claquer et David appeler Ann.

« Je suis dans le jardin », répondit-elle, sortant de sa torpeur.

David était accablé par la chaleur, trempé par la pluie, et ses bottes étaient couvertes de boue.

« Ah, Luís, excusez mon retard. »

Il donna un baiser à Ann et salua son ami.

« Mon cheval s'est mis à boiter à l'entrée de la ville et il m'a fallu le mener par le licou. Je vois qu'Ann vous a donné quelque chose à boire, j'espère que vous ne m'attendez pas depuis trop longtemps ! » Et, se tournant vers sa femme, il continua :

« Mon amour, il faut que je me lave et que je me change. Tu pourras faire servir le dîner dans vingt minutes. Je reviens ! »

Et il entra dans la maison. Ann se leva et se dirigea elle aussi vers la maison.

« Bon, je vais m'occuper de tout ça. Luís, attendez donc dans le salon, il y fait plus frais. »

Le petit salon était plongé dans une semi-obscurité éclairée simplement par une lampe munie de deux ampoules et d'un abat-jour revêtu de tissu rouge qui mettait à profit les deux heures quotidiennes d'électricité à faible voltage de la ville. Luís Bernardo resta debout comme d'habitude et regarda les photographies de l'Inde dans des cadres en argent posés sur les tables. David lui avait tellement parlé des Indes qu'il reconnaissait sur ces photographies ce pays déjà presque familier qui le fascinait. "Est-ce qu'un jour, quand je sortirai de ce trou, quand je monterai à bord d'un navire pour dévorer le monde et pas uniquement pour retourner chez moi, j'aurai l'occasion d'aller en Inde ?" se demanda-t-il, et l'idée lui sembla soudain si impossible, si lointaine, que ce rêve le fit sourire.

Ann s'attardait et il commença à se sentir bêtement intrus, comme s'il était un hôte non désiré. Mais elle reparut au bout de cinq minutes et la tristesse qu'il avait cru déceler précédemment dans ses yeux semblait s'être dissipée maintenant.

« Tout est réglé, nous avons un quart d'heure rien que pour nous. Viens. »

Elle s'était adossée au mur entre les salons et elle lui tendait un bras, l'appelant. Elle le reçut de nouveau avec tout son corps, s'enroulant à lui, bouche entrouverte et humide de désir. Elle lui prit une main et la guida vers sa poitrine. Il sentit avec un frisson qu'elle ne portait rien entre sa peau et sa robe de coton légère. Ann défit deux boutons sur le devant de sa robe et y introduisit la main de Luís Bernardo. Il sentit de nouveau la consistance doucement spongieuse de ses seins et leurs mamelons se durcir quand il les effleura. Il abaissa davantage le haut de sa robe et plongea dedans sa langue et sa tête, tout en pétrissant chaque sein de ses mains avec une avidité de jeune garçon découvrant pour la première fois la poitrine d'une femme. Il sentit soudain la main d'Ann se glisser entre ses jambes et lui serrer le sexe, sur le point d'éclater dans le pantalon très ajusté. Les doigts d'Ann s'évertuaient à ouvrir les boutons de sa braguette et il crut qu'il allait exploser.

« Non, Ann, je vous en supplie ! C'est de la folie, quelqu'un peut entrer à tout moment, une servante ou David. Non, je ne peux pas, je suis chez lui !

– Chut ! » Sa main gauche ne lâchait pas son sexe, pendant que la droite continuait sa lutte pour ouvrir les boutons du pantalon. « David est dans la douche, j'en reviens à l'instant, et j'ai ordonné aux servantes de venir allumer les bougies dans la salle à manger seulement quand il descendrait. Nous avons le temps ! Je te veux maintenant, Luís ! Maintenant ! »

Elle avait réussi à ouvrir le pantalon et elle en avait extrait son sexe sans jamais le lâcher. De l'autre main elle releva sa robe presque jusqu'à la taille et elle plaça une main de Luís Bernardo entre ses jambes pour qu'il se rende compte qu'elle ne portait rien sous son vêtement. Luís Bernardo se dit alors que c'était ce qui l'avait retenue dans la maison, quelques instants plus tôt. Il la toucha entre les jambes, à la recherche de son ouverture et il sentit qu'elle était mouillée. Il la serra entre deux doigts, puis en introduisit un à l'intérieur, d'abord lentement, puis plus profondément et plus vigoureusement. Ann gémit doucement. Sa langue semblait prise de folie à l'intérieur de la bouche de Luís Bernardo, sa poitrine à demi nue haletait. Elle attrapa son sexe et l'achemina vers le centre de son désir.

« Viens, Luís ! Viens pour l'amour de Dieu ou j'éclate ! »

C'était de la pure folie ! Il ne réussirait plus à s'arrêter désormais, même si quelqu'un entrait et les surprenait ainsi. Il imagina David descendant l'escalier et eux continuant devant lui, comme des possédés. La robe d'Ann était maintenant déboutonnée jusqu'à la taille, leurs bouches semblaient collées l'une à l'autre depuis des siècles. Il la plaqua encore davantage contre le mur et d'un coup de reins, la main d'Ann continuant à lui indiquer le chemin, il se mit à la pénétrer, d'abord lentement, puis plus vigoureusement et plus profondément et ensuite presque brutalement, en poussées successives, jusqu'à exploser en elle, aussi profondément que possible, au moment précis où il sentit tout le corps d'Ann tressaillir contre le sien. Ils restèrent immobiles aussi longtemps que l'inconfort de cette position le leur permit. Puis il sentit peu à peu la respiration d'Ann redevenir normale, il sentit le désir qui l'avait rendu fou quelques instants plus tôt être remplacé par une tendresse inexplicable qui le subjugua. Mais il ne pouvait pas continuer plus longtemps à défier le sort. Il s'écarta d'elle aussi lentement que possible, repoussa avec douceur les bras qui tentaient de le retenir, se rajusta à la hâte, l'oreille aux aguets, abaissa la jupe d'Ann et la laissa reboutonner toute seule son corselet. Il lui donna un baiser suave sur la bouche et sur les deux joues et avant de reculer vers le canapé en face, comme un voleur se retirant de la scène du cambriolage, il murmura en portugais :

« Je t'aime. »

Elle continua à s'adosser au mur encore quelques instants. Sa respiration était encore agitée et la rougeur de son visage contrastait avec l'éclat liquide et intense de ses yeux. Elle le regardait en silence avec une expression indéfinissable, peut-être d'incrédulité, peut-être de satisfaction, peut-être de passion. À l'étage supérieur l'on entendait à présent distinctement les pas de David qui devait finir de s'habiller dans la chambre à coucher. Un bruit de voix et de casseroles provenait de l'annexe où se trouvait la cuisine. Le cri d'un « San Niclá », l'oiseau siffleur, arrivait du jardin. Tous les bruits de la maison, qui n'avaient d'ailleurs jamais cessé de se faire entendre, parvenaient de nouveau à leurs oreilles.

Quand il descendit pour dîner, David trouva Ann en train d'allumer les chandelles sur la table dans la salle à manger et Luís Bernardo, dans le petit salon à côté, plongé dans la lecture d'un numéro du *Times* vieux de plusieurs semaines.

Le dîner fut un supplice pour Luís Bernardo qui but plus, bien plus qu'il ne mangea. Il fut plusieurs fois distrait pendant que David parlait. Et de quoi parlait donc David ? Ah, oui, des visites qu'il avait commencé à faire seul dans les plantations. Il expliqua qu'il avait décidé d'y aller seul, même lorsqu'il devait passer la nuit là-bas à cause de la distance, car il avait constaté que la plupart des administrateurs de domaine n'étaient jamais accompagnés de leur épouse lors de ces dîners et qu'ils préféraient la compagnie du contremaître et des visiteurs de passage comme lui. Il aurait été inutile et même gênant d'exposer Ann à l'inconfort de ces voyages et à l'étiquette assez particulière de ces dîners. Luís Bernardo – qui était relativement au courant de tout cela – voulut néanmoins savoir comment le consul anglais était reçu dans les plantations.

« Oh, très bien, mon cher ! Et j'imagine, ajouta-t-il avec un sourire, que vous y êtes pour quelque chose. Je ne sais pas ce que vous leur aurez dit, mais je dois reconnaître que jusqu'à présent j'ai été fort bien reçu, tout en sentant que je ne suis le bienvenu que dans la mesure où mes questions et mes tentatives de me promener seul sur leurs terres ne les dérangent pas. Sinon, ils me tiennent discrètement à l'écart ou m'ignorent. »

Et David continua à parler, à monologuer, comparant les méthodes de récolte à S. Tomé et en Inde, comparant l'architecture coloniale de ces deux pays ou la mentalité de leurs colonisateurs respectifs. On eût dit un sociologue authentiquement intéressé par les découvertes qu'il faisait et, curieusement, comme Ann le remarqua, c'était lui qui, des trois personnes assises à cette table, semblait le mieux adapté aux îles ou le moins sujet à des crises de mélancolie ou de frustration. Ann admirait toujours chez son mari cette extraordinaire faculté d'adaptation à toutes les situations, comme si, depuis le jour lointain où il avait quitté son Écosse natale, il avait décidé d'affronter le monde avec une mentalité de résistant, où qu'il se trouvât et quels que fussent la tâche ou le statut qui lui étaient échus en partage : qu'il fût le représentant du roi et l'hôte d'honneur du raja de Goalpar ou un représentant exilé et solitaire de l'Angleterre dans deux obscures petites îles au large de la côte occidentale de l'Afrique. Elle regarda avec curiosité son mari de l'autre côté de la table, devant elle. Quelle part de cette force et de cette capacité de résistance lui était propre et indestructible et quelle part était due à sa présence à ses côtés, au fait qu'il savait qu'elle ne manquerait jamais à sa promesse de ne pas l'abandonner ? Et que serait-il resté de cette force et de ce flegme, s'il était descendu pour dîner cinq minutes plus tôt et s'il l'avait trouvée en train de faire l'amour debout contre un mur avec Luís Bernardo ?

Assis entre l'un et l'autre, Luís Bernardo essayait de suivre le plus attentivement possible les propos de David, ce qui lui permettait d'éviter de regarder Ann. Il se sentait encore mouillé d'elle, il sentait encore le volume de ses seins dans ses paumes, la saveur de sa bouche, il entendait encore ses gémissements dans son oreille, et le souvenir de ce qui s'était passé une demi-heure plus tôt l'excita de façon insupportable pendant qu'il regardait David, son ami, dont il venait de posséder la femme dans sa propre maison. Il ne notait aucune différence dans ses sentiments à l'égard de David : c'était le même homme intelligent et sincère, dont il appréciait la compagnie et l'amitié et dont nulle part et en aucune circonstance il ne dédaignerait l'amitié et la compagnie. Pourtant, il y avait à présent une différence subtile. Quelque chose – il le reconnut avec honte – qui ne venait pas de David, mais de lui-même : une insidieuse, une perverse rivalité. Une ombre de jalousie, indécente et injustifiée, comme si c'était David qui lui disputait cette femme, et non pas l'inverse. Il s'imagina plus tard, cette même nuit, dans la solitude de sa chambre, en proie au souvenir de cette scène, pendant qu'ici, dans cette maison, à l'étage du dessus, David ferait l'amour avec Ann – comme c'était son droit et sans doute leur habitude à tous deux. Il se rendit compte avec horreur que cette idée n'avait rien d'improbable, bien au contraire. Ann aimait faire l'amour, il s'en était déjà aperçu et il était certain qu'elle n'avait pas découvert les plaisirs du sexe avec lui. Une femme qui s'abandonnait comme elle ne le faisait sûrement pas seulement par amour. Serait-elle malgré tout capable de faire l'amour avec deux hommes la même nuit, de faire l'amour avec son mari en sentant encore les traces d'un autre homme en elle ? Il regarda Ann du coin de l'œil, tentant de lire la réponse dans son regard, mais elle se contenta de lui renvoyer un sourire vide de toute signification. Il se sentit un peu perdu, la tête lui tournait du vin qu'il avait bu, une angoisse lui monta de la poitrine, sa gorge se serra de terreur. Il avait envie de fuir, de respirer une bouffée d'air, peut-être même de vomir. Elle sembla enfin deviner son état.

« Bon, et si nous sortions dehors, maintenant qu'il fait plus frais ? »

Ils prirent le café dans le jardin. Ann servit un verre de porto à David et un *brandy* à Luís Bernardo. Elle bavarda cinq minutes avec eux, puis elle se leva :

« Vous m'excuserez, mais je vais vous abandonner. Vous avez des choses à vous dire et moi je meurs de sommeil. Je vais aller me coucher. »

Elle prit congé de David en lui donnant un baiser léger sur la joue et de Luís Bernardo en lui serrant la main, juste un peu plus longuement que d'habitude. Luís Bernardo la remercia silencieusement par un regard. Il eut l'impression qu'elle lui envoyait un message limpide : « J'ai deviné tes mauvaises pensées et donc, rassure-toi : aujourd'hui, tout au moins, j'ai été seulement à toi. » Cela suffit à lui rendre le courage qui l'avait complètement déserté quelques instants plus tôt. Le courage d'affronter David dès qu'ils furent seuls :

« David, moi aussi je suis fatigué, j'aimerais me coucher tôt. Que penseriez-vous si nous allions droit au sujet dont vous vouliez me parler ?

– Très bien, Luís, nous sommes tous fatigués. Nous en avons déjà parlé et vous savez que je vous tiens pour un ami et non pour un adversaire. Pour quelqu'un qui, à cause des vicissitudes de la vie qui nous ont amenés tous les deux ici, se trouve dans une position et une fonction qui pourraient se révéler avec le temps à l'opposé des miennes. Je pense que la question est claire et ne laisse pas place à des malentendus ?

– Oui, nous avons déjà parlé de tout cela. » Luís Bernardo commençait à se détendre : ce qu'il craignait le plus ne semblait pas s'annoncer.

« Très bien, Luís, ce que je voulais vous dire est simple et c'est l'ami qui parle : s'il arrivait un moment où je devais envoyer à Londres un rapport dont la conclusion essentielle serait "Oui, le travail forcé existe bien à S. Tomé", je n'ignore pas que cela signifierait pour vous, là-bas au Portugal, l'échec de la mission qui vous a été confiée. Il en serait bien ainsi, n'est-ce pas ?

– Oui. C'est plus ou moins ça.

– Bon. Je n'ignore pas non plus que vous n'avez pas l'intention de faire carrière en qualité de fonctionnaire colonial au service du Portugal. Vous aviez et vous avez une vie personnelle et indépendante, là-bas à Lisbonne, et pour des raisons qui vous appartiennent et que je respecte, vous avez jugé bon d'accepter cette mission, peut-être par vocation patriotique, peut-être aussi en partie par orgueil. Mais vous êtes un personnage atypique dans ce monde auquel j'appartiens et où je suis au service d'un autre pays. Je pense que vous ne méritez pas de conclure votre mission par un échec, vous exposant aux critiques faciles de ceux qui ne savent rien des difficultés auxquelles vous êtes confronté ici.

– Et alors ?

– Alors, voici ce que je voulais vous dire : au cas où ce moment arriverait, je conclus d'ores et déjà un pacte avec vous. Je m'engage à ne pas envoyer mon rapport à Londres sans vous en avertir au préalable de façon à vous donner le temps d'anticiper et d'envoyer votre démission : pas à cause de mes conclusions, mais à cause de vos propres conclusions.

– En échange de quoi ?

– En échange de quoi ? » David paraissait sincèrement choqué. « En échange de rien, Luís ! En échange de votre aide, de la compagnie que vous avez été pour nous, en échange du respect que vous m'inspirez, de l'amitié que j'éprouve pour vous. »

Luís Bernardo regardait la pointe de ses bottes. Dans le silence qui s'était installé, il entendait les bruits qui venaient de l'étage du dessus. De la chambre d'Ann et de David. Il n'avait pas prévu cela. Il ne savait pas quoi dire. Il sentait seulement qu'il était tard et que, curieusement, il avait envie d'être seul. Il éteignit son cigare par terre en l'écrasant avec la semelle de sa botte. Il poussa un profond soupir et se leva.

« David, je vous remercie. Je sais que vous êtes sincère et je me demande si je mérite votre offre, mais je l'accepte, évidemment. J'ai le mal du pays, la nostalgie d'un autre climat, d'un autre espace, d'une autre vie. J'aimerais pouvoir deviner quand et comment et quel sera le chemin du retour. Qui sait si votre offre ne sera pas la solution ? »

XIII

En mars 1907, Luís Bernardo était en poste à S. Tomé et Príncipe depuis exactement un an. Il décida de commémorer cette date en offrant un nouveau dîner au palais du gouvernement, cette fois sans bal, mais en réunissant les mêmes invités que l'année précédente. Sur les cent vingt personnes à qui il avait envoyé une invitation écrite, seules quarante vinrent. La moitié des manquants justifièrent leur absence par des travaux agricoles impossibles à remettre à plus tard, par des maladies subites ou des engagements antérieurs (comme si cela existait à S. Tomé !). L'autre moitié ne daigna même pas répondre et Luís Bernardo dut garder à tout hasard jusqu'au dernier moment plusieurs tables qu'il fit enlever lorsqu'il comprit que le dîner ne comprendrait que ces quarante personnes. Sa deuxième erreur fut d'inviter le consul anglais et sa femme. En réalité il avait longuement réfléchi à la question avant d'envoyer les invitations et il avait hésité entre suivre les règles habituelles du protocole en vigueur pour un gouverneur colonial – pour qui inviter les représentants officiels d'un pays étranger était une obligation – ou s'aligner sur ce qu'il devinait être les attentes cachées des « forces vives » de la colonie, à savoir que l'occasion soit célébrée uniquement entre Portugais, sans la présence de « l'ennemi » anglais. Il en arriva à envisager de demander à David un pacte d'amitié : il l'invitait, mais le consul répondait que, malheureusement, il ne pouvait venir. Il finit par estimer qu'il n'avait pas le droit de faire preuve de cette hypocrisie avec son ami ni de cette faiblesse dans l'exercice de sa mission. Le résultat de cet imbroglio fut désastreux. Comme tout se savait à S. Tomé, tout le monde apprit que l'Anglais viendrait avec sa femme. Et sur les quarante personnes présentes, seuls dix étaient des femmes, accompagnées de leurs maris respectifs. Et aggravant encore la situation, Luís Bernardo avait réparti les convives en cinq tables de huit personnes chacune et, ayant estimé avec une certaine sagesse qu'il ne devait pas placer le consul anglais à sa table afin de ne pas blesser les susceptibilités portugaises, il installa David et Ann à une autre table où il prit soin d'asseoir deux invités parlant un vague anglais de salon. Mais tout fut inutile : malgré les tentatives persévérantes de David et la passivité sereine d'Ann, qui arborait un inaltérable sourire de circonstance, les dames à sa table l'ignorèrent purement et simplement, lui lançant des regards torves et furieux à cause de sa beauté presque choquante et à cause de l'élégance parfaite et simple de sa robe en soie bleu clair, avec un modeste décolleté laissant voir un pendentif en saphir, qui contrastait avec leurs tenues prétentieuses, mal copiées par Delfina – la couturière officielle des dames de la colonie – dans un numéro de l'*Ilustração Portuguesa*. Quant aux messieurs assis à cette même table qui, au début par courtoisie et par curiosité, ou par opportunisme, avaient bavardé avec David et échangé un minimum de propos mondains avec Ann, ils se laissèrent vite intimider par leurs amis installés aux tables voisines qui les regardaient de travers et par leurs épouses respectives qui les fusillaient du regard chaque fois qu'ils osaient lever les yeux sur cette femme éblouissante ou lui adresser la parole.

Assis à deux tables d'intervalle – et par pure coïncidence, non par préméditation – dans une position où il pouvait voir Ann de face, Luís Bernardo, tout en remplissant à merveille son rôle d'amphitryon à sa propre table, ne perdit rien du petit drame qui se déroulait plus loin. Il souffrit pour ses amis, pour le manque d'égards flagrant avec lequel ils étaient traités, il souffrit pour David, qu'il sentait s'évertuer par amitié pour lui dans ce jeu de subtilités diplomatiques, et il souffrit surtout pour Ann, pour le mépris et l'humiliation, fruits de l'envie la plus mesquine, dont elle était l'objet. Il dut faire un effort surhumain pour ne pas regarder dans sa direction, ne pas croiser son regard, mais quand c'était plus fort que lui ou quand c'était elle-même qui quêtait désespérément son regard, alors tous deux se regardaient les yeux dans les yeux par-dessus les tables et il avait l'impression d'un rayon de lumière bleue scintillant dans une pièce peuplée d'ombres, de clowns fuyants, de bêtes rampantes et sombres, anéanties par l'éclat qui émanait d'elle. Il se surprenait à serrer l'accoudoir de son siège avec tant de force que ses doigts en devenaient blancs de rage et d'impuissance.

À la table de Luís Bernardo, le comte Souza Faro avait pratiquement fait tous les frais de la conversation. Il était une sorte de doyen, en ancienneté, en lignage et en connaissance de la colonie. Depuis le dîner de gala de l'année précédente, Luís Bernardo avait ressenti une certaine empathie avec le comte, administrateur d'Água Izé, et avant cela secrétaire aux travaux publics à S. Tomé. Le comte était indiscutablement l'homme le plus civilisé, le plus cultivé, le mieux élevé de tous les résidents de la colonie. À la fin de ce dîner, long et désagréable (comme il se repentait d'avoir prévu quatre plats et trois desserts !), Luís Bernardo prit le comte par le bras et lui dit :

« J'aimerais que vous m'accordiez quelques moments seul à seul. Serait-ce possible ?

– Bien sûr, mon cher gouverneur ! Vous m'offrez un cognac et un cigare ? »

Ils allèrent dans la petite pièce qui servait de bureau à Luís Bernardo et s'assirent dans les deux fauteuils qui s'y trouvaient. Ils avaient l'air de deux messieurs s'apprêtant à avoir une conversation d'affaires dans leur *club* à Lisbonne et, l'espace d'un instant, Luís Bernardo se sentit transporté dans son pays d'origine.

« Comte, j'aimerais vous poser une question sincère et je vous demande de bien vouloir y répondre vous aussi avec sincérité : à quoi dois-je ce manque de courtoisie de la part de la colonie ?

– Vous voulez parler des absences ?

– Innombrables, certaines sans même une explication. »

Souza Faro tira avec volupté une bouffée de son cigare avant de répondre. Visiblement, ce rôle de conseiller lui plaisait.

« Vous voulez que je vous dise la vérité, n'est-ce pas ?

– Oui.

– Eh bien, la vérité c'est que la colonie ne vous aime pas. Elle s'est toujours méfiée de vous, même avant que vous n'arriviez ici, et cette méfiance n'a cessé de s'accroître tout au long de l'année dernière. Je pense que cette antipathie est sans remède.

– Et pourquoi ?

– Parce que les gens pensent que vous êtes plus prêt à comprendre et à embrasser les raisons et les intérêts de nos ennemis que les nôtres.

– Et pourquoi, je vous le demande une nouvelle fois ?

– Bon, d'une part c'est évident et tout le monde voit que vous êtes tombé sous le charme de l'Anglais et de sa femme. Ils sont devenus vos amis par excellence à S. Tomé. Tout le monde le sait et il est tout à votre honneur de ne pas l'avoir caché.

– Et les gens croient, vous croyez, Souza Faro, que mes relations personnelles peuvent déterminer mon opinion et la façon dont j'exerce mon mandat.

– Vous voulez vraiment la vérité ? Les gens le croient et moi aussi je le crois. »

Luís Bernardo devint pensif : l'opinion de son invité l'intéressait, il y voyait un baromètre. La prudence lui conseillait de ne pas la sous-estimer.

« Concrètement, mon cher comte, en quoi pensez-vous que je puisse être influencé ou mené par les opinions de monsieur David Jameson ?

– Tenez, par exemple, vous avez dit au curateur que sa conclusion sur l'existence ou la non-existence du travail forcé dépendrait du nombre de travailleurs qui, à la fin de leur contrat de trois ans aux termes de la nouvelle loi, demanderaient à être rapatriés en Angola... »

Luís Bernardo sentit une bouffée de colère l'envahir en entendant ces paroles. Ce Germano Valente était vraiment un espion infiltré, au service des planteurs.

« Il vous a raconté ça ?

– Pas à moi personnellement. Mais c'est le bruit qui court.

– Et vous, Souza Faro, ne trouvez-vous pas que c'est un critère d'évaluation adéquat ?

– Allons, mon cher, vous n'êtes pas naïf à ce point, j'espère ?

– Que voulez-vous dire ?

– Vous ne vous attendez sûrement pas à ce que l'on demande à chacun des milliers de Noirs dont le contrat va s'achever conformément à la loi s'il veut continuer à travailler dans les plantations ou s'il souhaite être rapatrié en Angola – avec interprète, dossier individuel et signature certifiée par un notaire. Ou bien est-ce cela que vous voulez ? »

Luís Bernardo resta coi. Présentées ainsi, les choses semblaient impossibles, même ridicules. Mais comment faire autrement ?

« Écoutez, mon cher gouverneur – Souza Faro mettait à profit son silence – admettons qu'un tiers, simplement un tiers des travailleurs, déclarent vouloir être rapatriés, savez-vous quel sera le sort inéluctable des plantations, le destin de S. Tomé ? »

Luís Bernardo continuait à se taire.

« Ce sera la ruine, la faillite inévitable. Les plantations passeraient entre les mains des banques et je ne connais aucune banque qui sache ou qui veuille gérer une colonie africaine à l'équateur. Ces gens, dont vous vous plaignez qu'ils ne sont pas venus à votre dîner, sont des hommes qui ont sacrifié le meilleur de leur vie ici, qui ont trimé du lever au coucher du soleil, qui ont supporté l'ennui et les récriminations des femmes, la douleur d'avoir vu leurs enfants mourir du paludisme, l'incompréhension et les injustices des propriétaires qui leur demandent, installés confortablement à Lisbonne, pourquoi la récolte de cette année a donné mille tonnes de moins que l'an dernier et qui ne veulent rien savoir d'autre. Ce sont des brutes, je ne le nie pas. Et vous, qui parlez anglais et qui écoutez des opéras sur votre terrasse, vous êtes un prince à côté d'eux, et vous venez leur expliquer que leur façon de vivre et de survivre est dépassée – à cause de la force des idées nouvelles, des traités, des lois ou du désir qu'éprouve Sa Majesté le roi D. Carlos de continuer à être invité aux chasses de son cousin Édouard en Angleterre. Croyez-vous donc qu'ils devraient vous en être reconnaissants, qu'ils devraient vous admirer parce que vous êtes le messager des temps nouveaux ? »

À aucun moment le comte n'avait élevé la voix, à

aucun moment il n'avait semblé particulièrement enflammé par ses propres paroles. Au contraire, il parlait presque avec le ton ennuyé de l'homme qui doit expliquer des choses qui lui paraissent aller de soi. En l'écoutant, Luís Bernardo sentait qu'il avait raison. La situation était sans issue, il était enfermé dans un piège parfait. « Brouillé avec les hommes pour l'amour du roi, brouillé avec le roi pour l'amour des hommes. »

« Alors, que feriez-vous, Souza Faro, si vous étiez à ma place.

– Je ne suis pas à votre place, heureusement.

– Et si vous l'étiez ?

– Je nous défendrais nous autres, Portugais. Aucune place ne vous est réservée dans l'Histoire si, à tort ou à raison, vous prenez le parti d'une demi-douzaine de négociants de cacao anglais qui craignent la concurrence de ces misérables îles du Portugal. »

Le comte se leva et se dirigea vers le salon. Il se retirait sans hâte de la scène, en acteur consommé, conscient de ce qu'il a terminé avec brio son dernier acte. Luís Bernardo le regarda s'éloigner et essaya de ranimer son cigare endormi en soufflant dessus. S'il n'était pas honnête, du moins il avait été sincère. Il croyait à ce qu'il avait dit, et pourtant il y avait cette armée d'ombres, de fourmis noires en marche qui travaillaient du lever au coucher du soleil sous les yeux du comte et qui gagnaient à peine, au bout d'une année de labeur, de quoi payer une douzaine de havanes importés de Cuba, via Lisbonne, et fumés lors d'une conversation de salon entre deux messieurs au cours de laquelle leur sort était discuté avec tant de sagesse et de légèreté.

À la fin de la réception, lorsque tous les invités se furent retirés, Luís Bernardo raccompagna Ann et David jusqu'à la porte. David s'exclama :

« Votre dîner n'a pas été un grand succès, n'est-ce pas ? »

Luís Bernardo ressentit de la tendresse pour lui : David était perspicace, un ami proche. Comme il marchait entre eux deux, il passa un bras sur l'épaule de chacun et répondit :

« Non, David. Ce soir, j'ai l'impression d'avoir reçu une raclée. »

Puis, comme se parlant à lui-même, il murmura :

« Mais une année est déjà passée. Une année ! »

* * *

Deux travailleurs de l'exploitation Rio do Ouro s'étaient enfuis et avaient été capturés, mourant de faim et épuisés, par la police au bout de trois jours, près du bourg de Trindade. Luís Bernardo avait donné l'instruction expresse au commandant de la police de lui signaler immédiatement ce genre d'incident et d'amener les fuyards au tribunal pour qu'ils soient jugés et non de les renvoyer sans autre forme de procès dans la plantation d'où ils s'étaient enfuis. Voilà pourquoi, et malgré des protestations et les menaces du colonel Mário Maltez, l'administrateur de Rio do Ouro, la police avait refusé de lui livrer les fugitifs et le juge avait fixé une audience d'ici à deux jours.

Le matin du jour dit, Luís Bernardo se dirigea vers le bâtiment du tribunal. Il n'avait pas l'intention d'intimider le juge par sa présence, mais il estimait qu'il était de son devoir de constater personnellement comment en l'occurrence la loi serait appliquée. Et la loi stipulait que l'employeur pouvait opter soit pour le renvoi du travailleur qui perdait son droit à toucher les sommes qui lui revenaient, soit – autre solution – pour une prorogation de son contrat, à raison de deux ou trois jours – selon la décision du juge – pour chaque journée pendant laquelle il s'était enfui. Luís Bernardo avait suffisamment de raisons de croire qu'avant qu'il n'ait décidé que les fugitifs devaient être envoyés et jugés au tribunal, la pratique courante consistait à les renvoyer dans la plantation où ils étaient très probablement fouettés ou soumis à d'autres formes de châtiments physiques, après quoi le contrat était prorogé par l'administrateur de l'exploitation pendant tout le temps qu'il voulait, sans même que le curateur général prenne note de l'incident, sauf à signer avec une croix la prorogation du contrat.

Bien qu'il fût entré discrètement dans la salle des audiences et qu'il se fût assis à l'un des derniers rangs destinés au public, son arrivée ne passa pas inaperçue des quelques personnes présentes. Un murmure se fit entendre et le greffier qui attendait à sa table l'arrivée du juge disparut précipitamment derrière une porte intérieure. Le colonel Maltez, assis devant, se tourna sur sa chaise et regarda le gouverneur d'un air de défi. Luís Bernardo lui adressa un signe de tête auquel l'autre ne répondit pas, se tournant de nouveau de face et entamant une conversation avec son voisin, peut-être le contremaître ou quelqu'un d'autre venu de Rio do Ouro. Quelques instants plus tard, la porte au fond de la salle s'ouvrit et les coupables entrèrent, attachés l'un à l'autre par des chaînes aux pieds et poussés par deux gardes qui les placèrent devant le premier rang, à deux mètres de distance du banc du juge. Luís Bernardo constata qu'il n'y avait pas de sièges pour les accusés et que ceux-ci, qui ne semblaient pas avoir plus de vingt ans, présentaient un aspect pitoyable ; ils étaient pieds nus et les quelques vêtements qui les couvraient étaient sales et en lambeaux. Sur le dos de l'un d'eux on pouvait voir trois grandes balafres rouges sur lesquelles des croûtes commençaient à se former. L'autre paraissait boiter d'une jambe et il avait du mal à tenir debout, il s'appuyait légèrement contre l'épaule de son compagnon. Pendant les quelques instants où il put voir leurs traits, Luís Bernardo fut frappé par leur expression de totale déréliction, de tristesse indifférente à tout ce qui les entourait.

Le greffier reparut par la porte latérale. Il lança un coup d'œil furtif à Luís Bernardo, comme pour s'assurer qu'il était encore là, et alla s'asseoir à sa table. Quelques instants après, le procureur du roi entra, avec le visage déplaisant et piqueté par la petite vérole dont Luís Bernardo se souvenait très bien, suivi aussitôt du juge, le Dr Anselmo de Sousa Teixeira. L'assistance se leva immédiatement, y compris Luís Bernardo, et ne se rassit que lorsque le juge eut pris place. Ni le juge ni le procureur ne firent mine d'avoir remarqué la présence du gouverneur dans la salle. Le juge chaussa ses lunettes et ordonna au greffier :

« Commencez !

– Procédure criminelle n° 1427 dans laquelle le Ministère public de la région accuse Joanino, nom de famille inconnu, natif de Benguela, province d'Angola, et Jesus Saturnino, natif du même district et de la même province, tous deux travailleurs agricoles résidents et au service de la plantation Rio do Ouro, de fugue et de disparition de leur lieu de travail, en violation du contrat passé avec cette entreprise et en l'absence de toute raison justificative – délit prévu et puni par l'article 32, alinéa b, du Règlement général du travail agricole de cette colonie, approuvé par la Loi du 29 janvier 1903. Sont présents le très digne représentant du Ministère public, le plaignant, en la personne du colonel Mário Maltez, et les accusés – qui ne sont pas assistés par un avocat. Sont présents également les témoins convoqués par l'accusation, M. Alípio Verdasca, le commandant Jacinto das Dores et les soldats de la garde de cette ville, Tomé Eufrásio et Agostinho dos Santos. »

La litanie du greffier terminée, le juge, qui semblait

avoir écouté tout cela distraitement, se mit à dicter pour le procès-verbal :

« Je déclare la séance ouverte, dès lors qu'aucun élément essentiel n'est absent et n'empêche le procès de commencer. Et comme les accusés n'ont pas pris d'avocat, et comme il n'y a pas d'avocat, licencié en droit ou bachelier, présent dans la salle, je désigne comme défenseur d'office des accusés le curateur général de S. Tomé et Príncipe, M. Germano André Valente, ici présent. »

Ce n'est qu'alors que Luís Bernardo se rendit compte de la présence de Germano Valente, assis discrètement au deuxième rang, à l'opposé du colonel Maltez. Mais lorsque le curateur allait se diriger vers la table des avocats, Luís Bernardo se leva, mû par une impulsion qu'il fut incapable de contrôler. Or, un instant de réflexion lui eût probablement fait comprendre qu'il commettait là une erreur de stratégie. Il dit au juge :

« Je demande à Votre Excellence l'autorisation d'intervenir. »

Le juge le regarda par-dessus ses lunettes sans la moindre expression et lui répondit d'un ton tout aussi inexpressif.

« Monsieur le gouverneur, votre présence ici aujourd'hui, qui honore beaucoup le tribunal, ne vous confère cependant aucun droit différent de ceux de n'importe quelle autre personne présente dans l'assistance. Et sous aucun prétexte il n'est permis à ces personnes d'interrompre le déroulement des travaux de la séance.

– Je le sais, monsieur le juge, mais il s'agit d'une question de procédure.

– Une question de procédure ? » Le juge haussa les sourcils de surprise. Sa curiosité était maintenant bel et bien piquée.

« Oui. Comme Votre Excellence le sait probablement ou pourra le confirmer en consultant le dossier de ma nomination en qualité de gouverneur de S. Tomé, publié dans le *Bulletin officiel* de la colonie, je suis licencié en droit. Et c'est à ce titre que je m'offre à être le défenseur commis d'office des accusés, requête que Votre Excellence devra m'accorder, dès lors que, comme vous l'avez dit, il n'y a ici personne de plus qualifié. »

Un silence lourd se fit dans la salle. On pouvait entendre le bruit des conversations dans la rue, le roulement des charrettes, l'aboiement d'un chien quelque part. Le colonel Maltez se retourna pesamment sur sa chaise et dévisagea Luís Bernardo comme s'il se trouvait devant un fou. Le greffier était bouche bée de stupéfaction et le procureur, qui continuait à faire de son mieux pour avoir l'air d'ignorer la présence du gouverneur, finit par lever le nez des papiers qu'il feignait de lire et regarda lui aussi le gouverneur d'un air incrédule. Le juge retira ses lunettes et se mit à les nettoyer avec un mouchoir qu'il sortit de la poche de son gilet.

« Voyons si j'ai bien compris, Votre Excellence souhaite suspendre momentanément ses fonctions de gouverneur de la province pour exercer celles d'avocat ?

– Je ne vois aucune incompatibilité entre les unes et les autres, d'autant plus que, comme vous l'avez signalé vous-même, monsieur le juge, je n'exerce pas ici mes fonctions de gouverneur. Mais la loi me permet d'exercer mes fonctions d'avocat. »

Luís Bernardo était toujours debout et apparemment serein, encore qu'une certaine nervosité commençât à s'emparer de lui.

Le juge soupira. Il reprit son mouchoir et cette fois il épongea les gouttes de sueur qui s'étaient formées sur ses tempes et sur son front. Vieux renard de tribunal, dont deux jugements qui avaient mal tourné et qui, pour sa plus grande malchance, avaient été largement couverts par la presse, l'avaient conduit à S. Tomé, le

Dr Anselmo de Sousa Teixeira tenta de gagner du temps en interpellant le procureur du roi stupéfait :

« Vous avez une objection, monsieur le procureur ? »

Le Dr João Patrício, pour sa part, avait eu le temps de se remettre. Tout bien considéré, ce procès banal, dont la sentence était simple et déjà connue de tous, lui donnait une occasion inespérée de briller aux dépens de ce gouverneur arrogant qu'il avait trouvé antipathique dès que celui-ci avait débarqué il y avait un peu plus d'un an.

« Oui, monsieur le juge. Il est parfaitement vrai que monsieur le gouverneur est licencié en droit et que, à ce titre, il réunit toutes les conditions légales pour exercer la défense d'office qu'il a sollicitée. Mais il est également vrai que, quelle que soit la compétence qu'il revendique devant ce tribunal, il est aussi le gouverneur de la province et qu'il a prêté serment d'impartialité dans l'exercice de ses fonctions. Et l'on comprend mal comment pourrait se montrer impartial quelqu'un qui se propose de défendre devant un tribunal une partie contre une autre partie, comme si pendant ses heures de loisir un gouverneur pouvait aussi exercer des fonctions d'avocat. Je considère que nous serions là devant un cas de mépris gravissime du statut de gouverneur si Votre Excellence accédait à une requête aussi insolite et... comment dire... aussi révélatrice de la part de Son Excellence. »

Luís Bernardo sentit le sang lui monter au visage. Il fit un effort pour conserver son impassibilité, dans l'espoir que le juge interpellerait de nouveau le procureur.

« Votre objection me paraît fondée, commença timidement le juge. Qu'a Votre Excellence à répondre, monsieur le gouverneur ?

– Déterminer si le fait que je me sois offert à défendre deux habitants de cette colonie qui n'ont ni biens matériels ni connaissances pour se défendre par l'entremise d'un avocat constitue une violation de mon obligation d'impartialité en tant que gouverneur requiert une interprétation politique qui, sous réserve d'une opinion plus éclairée, n'est pas du ressort de monsieur le procureur, ni non plus de votre ressort, monsieur le juge, sauf le respect que je vous dois. Monsieur le procureur a son interprétation et vous pouvez vous y rallier, monsieur le juge. Quant à moi, j'ai une interprétation radicalement opposée. Mais ce n'est pas cela qui est en cause. Ce qui est en cause c'est purement et simplement l'interprétation de la loi. Ce tribunal n'est pas compétent pour juger la façon dont j'exerce mon mandat. Il a seulement la compétence de décider si moi, le citoyen Luís Bernardo Valença, licencié en droit par la faculté de droit de Coimbra, je suis qualifié ou non pour exercer la défense d'office de ces accusés. Si Votre Excellence réussit à citer une disposition de la loi qui m'en empêche, je retirerai ma requête. »

Et Luís Bernardo se rassit sur sa chaise, conscient qu'il laissait au juge le soin de prendre peut-être la décision la plus délicate de son magistère à S. Tomé.

Le juge renifla bruyamment et s'épongea de nouveau le front. Il regarda la salle, comme s'il espérait qu'une âme charitable lui vienne en aide dans cette situation difficile. Comme seuls le silence et plusieurs paires d'yeux qui le regardaient anxieusement lui répondirent, il se redressa et s'adressa au greffier :

« Je dicte pour le procès-verbal : À la demande du Dr Luís Bernardo Valença, licencié en droit et gouverneur de la province de S. Tomé et Príncipe, je le nomme défenseur commis d'office des accusés, étant donné qu'il est de tous les présents celui qui réunit le plus de qualifications pour ce faire et que rien dans la loi ne l'en empêche. »

Et levant les yeux, il s'adressa maintenant à Luís Bernardo :

« Dorénavant et jusqu'à la fin de la séance je m'adresserai à vous en vous appelant maître. Ayez l'obligeance de prendre place sur le banc des avocats. »

Ce que fit Luís Bernardo, traversant la salle et allant s'asseoir à la table perpendiculaire à celle du juge et en face de celle occupée par le procureur, lequel s'était replongé dans ses papiers comme s'il s'agissait d'un dossier extrêmement complexe. À ce stade des événements, sans doute avertie par une personne présente et anonyme, une foule occupait déjà toutes les places libres dans la salle, se tenait debout dans les corridors et débordait de la porte d'entrée. Le brouhaha des conversations était assourdissant.

Ayant repris les rênes du commandement et sentant qu'il ne s'en était pas mal tiré jusqu'alors, le juge hurla :

« Silence dans la salle ou je la fais évacuer au moindre bruit ! Vous, les deux gardes, ayez l'obligeance de fermer la porte du tribunal et de veiller à ce que personne n'entre. » Et, se tournant vers le greffier, il dit, cette fois d'un ton normal : « Ouvrez-moi toutes ces fenêtres, on étouffe là-dedans ! »

Et le jugement débuta par l'interrogation des accusés. Mais il suffit qu'ils commencent à répondre aux questions « habituelles » pour qu'il devienne aussitôt évident qu'ils ne comprenaient pas plus d'une demi-douzaine de mots en portugais. L'on fit venir l'interprète, qui était déjà de garde au secrétariat. Mais cela n'amena pas les accusés à parler, ils avaient l'air complètement indifférents à ce qui se passait autour d'eux. À la question du juge « Pourquoi vous êtes-vous enfuis de la plantation ? » ils restèrent silencieux, même après que l'interprète la leur eut traduite, comme s'ils ne comprenaient rien ou n'avaient rien à dire au tribunal. Quand vint son tour de les interroger, Luís Bernardo leur posa la même question, demandant à l'interprète de leur expliquer qu'il était là pour les défendre et qu'ils ne devaient pas avoir peur de dire la vérité et d'exposer leurs raisons au tribunal. Mais avant même qu'ils ne puissent ouvrir la bouche, le juge s'interposa, se dressant soudain sur ses ergots :

« L'interprète va ignorer cette recommandation que je considère comme offensante pour ce tribunal. Sachez donc, maître, que jamais aucun accusé, dans un jugement présidé par moi, ici ou dans les différentes régions du royaume par où je suis passé, ne s'est senti empêché de dire la vérité.

– Loin de moi l'intention de mettre cela en cause. Mais il me semble, monsieur le juge, que les accusés montrent clairement qu'ils ne comprennent même pas comment fonctionne un tribunal ni quels sont leurs droits. Ce n'est assurément pas la faute de Votre Excellence, mais il n'en reste pas moins que cela limite sérieusement leur possibilité de se défendre, raison pour laquelle il me semble juste que l'on essaie de leur expliquer un peu la situation.

– Traduisez simplement la question », ordonna le juge au traducteur, comme s'il n'avait pas entendu l'objection.

La question fut répétée et les accusés restèrent muets, regard fixé devant eux, sur un point quelconque du mur derrière le juge. Luís Bernardo revint à la charge :

« Demandez-leur s'ils ont fui parce qu'ils étaient maltraités dans l'exploitation Rio do Ouro. »

Nouveau silence et nouvelle question de Luís Bernardo :

« Demandez-leur s'ils travaillaient pendant de trop longues heures.

– Demandez-leur s'ils ne mangeaient pas assez.

– Demandez-leur s'ils ont été fouettés ou battus. »

Rien. Pas même un regard de la part des deux Nègres ne lui suggéra, fût-ce l'espace d'un éclair, qu'ils avaient compris ou qu'ils voulaient parler. Luís Bernardo soupira et insista une dernière fois :

« Je demande à l'interprète de s'adresser à l'accusé de ce côté-là – Saturnino, je crois – et de lui montrer avec la main les marques qu'il a sur le dos et de lui demander d'où elles viennent. »

Le Dr João Patrício, qui avait assisté jusque-là aux efforts de Luís Bernardo avec un air de mépris souverain, ne tarda pas à réagir cette fois :

« Je proteste, monsieur le juge ! La question est insidieuse et inutile d'ailleurs, vu que les accusés ont répondu précédemment par le silence, c'est-à-dire par la négative, à la question de savoir s'ils avaient été maltraités. En outre, si j'ai bien entendu ce que le représentant de la défense demande à l'interprète, c'est non seulement qu'il traduise sa question, mais aussi qu'il la complète par un langage gestuel et un contact physique avec les accusés – ce qui est une façon insolite d'essayer de suggérer la réponse à l'accusé. Vous devez refuser la question aussi bien que le geste théâtral et abusif.

– Avant de refuser ou non la question, commença prudemment le juge, j'aimerais savoir effectivement si l'illustre mandataire de la défense a une raison particulière pour demander que sa question soit accompagnée de gestes illustratifs. »

Luís Bernardo ne répondit pas immédiatement. Lui aussi avait commencé à transpirer abondamment. La chaleur qui régnait dans la salle le suffoquait. Mais surtout il se sentait acculé, pris bêtement au piège. Il avait effectivement une raison déterminante pour avoir demandé cela : il avait commencé à soupçonner de plus en plus fortement que l'interprète ne traduisait pas ses questions, qu'il disait des choses qui n'avaient aucun sens pour les deux accusés et peut-être même qu'il leur parlait dans une langue inconnue d'eux. Mais comment présenter un tel soupçon au tribunal ? Cela équivaudrait à dire qu'ils étaient tous de mèche, cela équivaudrait à attaquer de front l'honorabilité du juge, bref, c'était mener les choses à un point tel que, comme l'avait prévu le procureur du roi, son autorité de gouverneur pourrait bien sortir définitivement compromise de cette aventure dans laquelle son manque passager de lucidité et de calme l'avait lancé. Mais pouvait-il reculer, perdre la face devant tous, abandonner la défense qu'il avait commencée et sortir de cette salle la tête basse, devenu la risée de ses ennemis ?

« Maître... ? » Le juge, légèrement inquiet, sembla-t-il à Luís Bernardo, attendait sa réponse.

« Monsieur le juge, quant à la question que j'ai posée, l'absence de réponse de la part des accusés ne m'interdit pas de leur en poser d'autres, auxquelles ils pourraient même éventuellement vouloir répondre. La question n'est pas insidieuse, elle repose sur un fait concret : je demande à l'accusé d'où viennent ses balafres, je ne suggère pas qu'elles soient le fait de coups de fouet reçus dans la plantation Rio do Ouro, comme vous semblez l'avoir conclu hâtivement, monsieur le procureur – et il regarda en face le procureur, qui rougit. Quant à demander à l'interprète de s'adresser à l'accusé en désignant directement les marques sur son dos, c'est juste une façon de lui indiquer clairement que moi – et le tribunal aussi, certainement – ne sommes pas satisfaits de son manque de collaboration pour la détermination des faits. »

Telle fut la meilleure façon que Luís Bernardo trouva pour sortir du pétrin dans lequel il s'était fourré sans perdre complètement la face. Il sentit aussitôt le juge se détendre et comprit que celui-ci avait craint un instant qu'il ne dépasse les bornes qui leur permettaient à tous de sauver les apparences. Il lut clairement dans les yeux du juge : “Cet homme est arrogant, mais, Dieu soit loué, il n'est pas fou." Et comme il s'y attendait, sa décision fut salomonienne :

« Maître, les accusés sont libres de répondre ou non, cela dépend d'eux, et le tribunal n'a pas à les forcer de le faire, contrairement à ce que vous prétendez. J'ordonne donc à l'interprète de traduire simplement votre question, maître, et de rester tranquillement à sa place. »

Après le silence attendu des accusés qui accueillit cette question si controversée, Luís Bernardo s'adossa à sa chaise et garda le silence un long moment, comme s'il avait renoncé. Il vit défiler les trois témoins de la garde qui décrivirent les circonstances de la capture des accusés et le traitement « humanitaire » qui leur avait été accordé au poste de police et dans la cellule, en attendant d'être jugés. D'un simple signe de tête, Luís Bernardo signalait qu'il s'abstenait de les interroger – ce qui les soulagea visiblement. Puis il vit s'avancer vers la barre le dernier des témoins enrôlés par l'accusation : Alípio Verdasca, qui s'identifia comme étant le sous-contremaître de la plantation Rio do Ouro et le responsable du secteur où travaillaient les deux accusés. Tranquillement, comme un bon élève, il répondit aux questions du procureur : non, dans la plantation Rio do Ouro, les horaires de travail n'étaient pas excessifs, la nourriture était abondante, le repos suffisant et les soins médicaux une priorité ; de plus, tout châtiment corporel était rigoureusement interdit ; on pouvait considérer qu'à Rio do Ouro les travailleurs étaient traités de façon exemplaire, bien mieux que la loi ne l'exigeait, et pour cette raison même les fugues étaient rarissimes, de même que l'absentéisme ou les fausses maladies. Pour quelles raisons ces deux-là se seraient-ils enfuis, cela lui échappait complètement.

« Maître, souhaitez-vous interroger le témoin ? » Le juge s'apprêtait déjà à prononcer ses conclusions finales et il voyait avec satisfaction la fin du procès approcher sans trop de dommages. Le gouverneur, qui s'était offert de façon insolite à faire office d'avocat, ne pourrait pas l'accuser d'avoir manqué d'impartialité dans la conduite des débats ni trouver matière à critique dans sa sentence, tellement évidente qu'elle était déjà écrite dans sa tête et prête à être dictée. D'ailleurs, le gouverneur, après le début de la séance où manifestement il avait voulu montrer qu'il possédait des dons d'avocat, s'était enfermé ostensiblement dans une impassibilité qui l'avait mené à passer la dernière demi-heure l'œil fixé sur la fenêtre latérale, comme s'il souhaitait lui aussi mettre fin à tout cela et s'en aller. Mais, à la stupéfaction du juge, Luís Bernardo émergea de son silence prolongé et répondit, sans détacher les yeux de la fenêtre :

« Oui, monsieur le juge.

– Je vous en prie. » Le juge se pencha en avant. Il entendit le procureur s'agiter nerveusement sur son siège et vit le témoin regarder le colonel Maltez, comme s'il lui demandait des instructions, mais celui-ci lui adressa un simple signe de tête, une indication muette : "Reste calme, il n'y a pas de danger !" Luís Bernardo cessa enfin de regarder la fenêtre et fixa le témoin dans les yeux pendant quelques brèves secondes.

« Monsieur Alípio Verdasca, vu votre description convaincante des excellentes conditions de vie et de travail de ceux qui ont un contrat avec la plantation Rio do Ouro, il est difficile de comprendre pourquoi quelqu'un pourrait avoir envie de s'enfuir de là, n'est-il pas vrai ?

– C'est vrai, monsieur.

– Dans le cas concret de ces deux hommes, vous continuez à ne voir aucune raison pour leur fugue ?

– Oui, monsieur.

– Cela fait combien d'années qu'ils sont dans cette plantation ?

– Quatre ans pour Saturnino. Pour Joanino, je crois que ça fait sept ou huit ans.

– Et jamais auparavant ils n'avaient tenté de s'enfuir ?

– Non.

– Aucun des deux ?

– Non.

– Savez-vous par hasard si l'un d'eux a de la famille en dehors de la plantation ?

– Non.

– Vous ne savez pas ou ils n'en ont pas ?

– Non, ils n'ont pas de famille en dehors de la plantation.

– Comment pouvez-vous en être certain, monsieur Alípio Verdasca ? »

Pour la première fois l'homme hésita. Il toussa et commença à expliquer quelque chose que Luís Bernardo ne lui laissa pas terminer :

« Est-ce parce que aucun des deux n'est jamais sorti de la plantation depuis leur arrivée ?

– Heu… je ne sais pas.

– Qu'est-ce que vous ne savez pas ? S'ils ne sont jamais sortis de la plantation ?

– Je ne sais pas.

– Est-il commun que les travailleurs sortent de la plantation pour aller se promener en ville, par exemple ?

– Non.

– Non, n'est-ce pas ? Et vous ne savez pas si l'un de ces deux hommes qui font partie de votre brigade de travail est jamais allé en ville ?

– Non, je ne crois pas.

– Bien. Continuons. Ce n'est donc pas pour rendre visite à des parents en dehors de la plantation qu'ils se sont enfuis ?

– Non.

– Et ils ont de la famille dans la plantation ?

– Oui, monsieur.
– Tous les deux ?
– Oui.
– Encore une raison pour ne pas s'enfuir, vous ne trouvez pas ? »

Le témoin préféra ne pas répondre et Luís Bernardo poursuivit :

« Alors, voyons un peu, monsieur Verdasca. Deux travailleurs qui sont depuis quatre et sept ans dans une plantation où ils sont fort bien traités et où ils ont de la famille, qui ne parlent même pas le portugais et qui n'ont aucune raison de vouloir sortir de l'exploitation, tant et si bien qu'ils n'en sont jamais sortis, soudain, sans aucun motif, prennent la clé des champs, affrontant tous les dangers de la forêt et risquant d'être capturés, comme ils l'ont été, et d'être punis. Seraient-ils donc devenus fous – et tous les deux en même temps ? »

Ici, un éclat de rire spontané parcourut une partie de l'assistance et le murmure étouffé des voix devint parfaitement audible. Le colonel Maltez s'agitait sur sa chaise pendant que son sous-contremaître semblait vouloir quitter à toute force le banc des témoins et se tournait vers le juge comme pour le supplier de mettre un terme à son supplice. En cet instant le juge regardait Luís Bernardo avec un respect tout neuf : il savait reconnaître un bon avocat quand il l'entendait plaider.

« Silence dans la salle ou je la fais évacuer immédiatement. Continuez, maître, mais je vous rappellerai que nous n'avons pas toute la journée à notre disposition.

– Oh, monsieur le juge, ne vous faites pas de souci, même si nous avions toute la journée à notre disposition, à quoi cela servirait-il ? Le témoin est tellement désireux d'expliquer au tribunal la raison de la fugue des accusés que j'ai le sentiment que même si la totalité des travailleurs de Rio do Ouro décidait de s'enfuir, le témoin ne réussirait pas à découvrir de raison à la fugue d'un seul homme.»

Un nouvel éclat de rire en sourdine parcourut la salle, mais cette fois Luís Bernardo devança le juge et poursuivit :

« J'ai demandé au témoin, à la suite du récit qu'il nous a fait, si la seule raison possible pour expliquer la fugue des accusés pourrait être un accès subit de folie chez tous les deux, mais je m'attends déjà à ce que le témoin me réponde "Je ne sais pas", et donc, pour satisfaire à votre demande, monsieur le juge, je passe d'emblée à la question suivante et qui sera la dernière, j'imagine : à quoi pourraient bien être dues, de l'avis du témoin, les balafres sur le dos de l'accusé Saturnino ?

– Je ne sais pas.»

Avant que d'autres rires ne fusent dans l'assistance, le procureur fit entendre sa voix par-dessus le bruit de fond :

« Je proteste, monsieur le juge, le témoin ne peut pas être interrogé sur des conclusions concernant des faits qu'il ignore.

– Et comment savez-vous qu'il les ignore, monsieur le procureur ? s'empressa de rétorquer Luís Bernardo.

– Silence ! Vous ne pouvez pas dialoguer directement, messieurs. De toute façon le témoin a déjà répondu à la question en disant qu'il ne savait pas. Autre chose, docteur Valença ?

– Une question directe : ces balafres pourraient-elles avoir été causées par un fouet ?

– Je proteste, monsieur le juge.» Le procureur semblait maintenant furieux.

« Protestation acceptée. Veuillez terminer votre interrogatoire, docteur Valença.

– Ou ont-elles été causées...» Luís Bernardo parlait maintenant comme s'il déclamait de la poésie, pour accentuer encore davantage l'ironie de ses paroles

«… par des branches d'arbres pendant leur fuite qui ont fustigé le dos de l'accusé de façon si géométrique qu'elles font penser, curieusement, à des marques laissées par des coups de fouet et que…

– Je proteste, monsieur le juge ! La défense manque de respect à l'égard du tribunal !

– Docteur Valença, je suis d'accord avec ce que le Ministère public vient de dire. Je vous accorde une dernière question, avant de vous retirer la parole. Mais uniquement si c'est une question directe portant sur des faits concrets et non pas une question faisant appel à des opinions, des conclusions ou des spéculations déplacées de la part du témoin.

– Déplacées ? Déplacées, monsieur le juge ? Bien… soit ! Une question directe sur un fait concret : je demande à monsieur Alípio Verdasca, ici présent sous serment, si l'accusé Saturnino a été ou non fouetté dans la plantation Rio do Ouro, acte qui a motivé sa fuite ? »

Le bruit de fond qui régnait pendant les dernières minutes fut remplacé par un silence absolu dans la salle où la voix d'Alípio Verdasca n'en sembla que plus faible :

« Non.

– Je n'ai pas bien entendu la réponse. » C'était la dernière estocade de Luís Bernardo dont il ne manqua pas de profiter. « Veuillez la répéter à voix haute, s'il vous plaît.

– Non !

– L'interrogatoire est terminé, monsieur le juge. » Luís Bernardo rassembla les papiers sur la table et la dernière chose qu'il remarqua avant de se tourner de nouveau vers la fenêtre fut le regard de pure haine que lui lança le colonel Maltez.

« Le procureur du roi a la parole pour sa plaidoirie. »

Le Dr João Patrício, comme on pouvait s'y attendre, commença par des paroles ironiques à l'adresse de Luís

Bernardo, disant que c'était certainement la première fois que le tribunal de S. Tomé, et même tout autre tribunal dans une province portugaise d'outre-mer ou même dans n'importe quelle colonie d'un pays civilisé, voyait un gouverneur abandonner son travail, son statut et ses obligations pour s'amuser à faire l'avocat. « Ce fut la première fois et je m'aventurerai à prophétiser que ç'aura été aussi la dernière. » Puis il considéra comme prouvé que dans la plantation Rio do Ouro les travailleurs bénéficiaient de toutes les conditions garanties par la loi, et même davantage, ce qui expliquait le nombre très faible de fugues qui avaient eu lieu dans cette exploitation. Pourtant, inexplicablement, la défense s'était efforcée de prouver absurdement le contraire, dépassant les limites de la bonne foi, à savoir que si deux travailleurs s'étaient enfuis sans aucun motif c'était parce que les milliers de travailleurs de la plantation, qui eux n'avaient aucune envie de s'enfuir, étaient maltraités. En d'autres termes, on prenait deux brebis galeuses pour l'ensemble du troupeau et on essayait de transformer ces délinquants en héros ou en victimes. Ce qui était une circonstance aggravante pour les accusés – l'absence d'un motif plausible pour leur fugue – était pour la défense la raison même de leur innocence. Et comme l'argument était tellement inconcevable qu'en fait il impliquait de la mauvaise foi de la part du plaignant, la défense s'était évertuée à essayer de forcer un témoin à confirmer son insinuation malhonnête à propos de laquelle elle n'avait pas l'ombre d'une preuve et que le silence même des accusés avait démentie. « Et si les accusés eux-mêmes ont choisi le silence, c'est parce qu'ils savent qu'ils n'ont rien à invoquer en leur défense et ils ont préféré tout au moins ne pas aggraver leur cas. Pour cette raison et comme aucune circonstance atténuante ne joue en leur faveur, monsieur le juge, vous devrez donc ignorer les insinuations et les hauts cris poussés aujourd'hui devant ce tribunal par un avocat improvisé et appliquer aux accusés la peine maximum prévue par la loi pour ce genre de cas. Vous ferez ainsi justice, comme c'est d'ailleurs votre habitude, monsieur le juge. »

Quand vint son tour de plaider, Luís Bernardo avait déjà pris deux décisions. Être bref et ignorer complètement le procureur.

« Comme vous l'avez fort bien dit, monsieur le juge, commença- t-il, ici, dans cette salle, aujourd'hui, je n'ai pas été le gouverneur de S. Tomé et Príncipe, mais simplement un avocat défendant les personnes qu'il représente. Mais c'est le même homme qui exerce ces deux rôles, l'homme que je suis, avec ses idées, justes ou erronées, et son code de valeurs, juste ou erroné. Ce qui m'a poussé à m'offrir spontanément à défendre ces deux accusés contre tout ce qui jouait en leur défaveur – l'absence d'avocat qualifié, l'absence de témoins, l'ignorance de la part des accusés des moyens de défense à leur disposition et même leur ignorance de la langue portugaise, sinon même de tout ce qui se passe dans ce tribunal – est identique à ce qui a mené le gouvernement du Portugal et Sa Majesté le roi à m'inviter à exercer la charge que j'occupe aujourd'hui et qui m'a conduit à l'accepter. N'en déplaise à maintes consciences installées dans de mauvaises habitudes ou prônant des principes délétères, la raison pour laquelle je suis gouverneur des îles est la suivante : parce que je crois, et beaucoup sont du même avis – que le moment est venu pour le Portugal d'être non seulement un pays colonisateur, mais aussi un pays civilisateur. Que nous pouvons et que nous avons l'obligation de cueillir les fruits de notre travail et d'une richesse coloniale que nous devons à nos ancêtres, mais que rien ne nous exempte d'apporter en échange le progrès et la civilisation. Et il n'y a ni progrès ni civilisation là où la richesse produite résulte de l'assujettissement des indigènes à des méthodes de travail qui sont plus propres au Moyen Âge qu'au XXe siècle. Et si nous déclarons à ceux qui nous accusent à l'étranger de pratiquer de telles méthodes que pour nous tous ces travailleurs sont portugais – les uns vivant dans la métropole, les autres dans les colonies – nous ne pouvons pas avoir pour les travailleurs portugais de la métropole des syndicats libres et la liberté de se faire engager par contrat et continuer à appliquer aux travailleurs portugais des colonies la loi du fouet et le statut de serf attaché à la glèbe – même si c'est, comme je le pense et en suis convaincu, l'exception et jamais la règle. Les deux accusés ici présents aujourd'hui sont des citoyens portugais parce que nous l'avons voulu ainsi, parce que nous les avons définis ainsi et que nous l'avons proclamé ainsi au reste du monde. Il est vrai qu'ils sont noirs et qu'ils ne parlent même pas le portugais, mais ils sont aussi portugais que moi ou n'importe qui d'entre nous, portugais de la métropole, présents dans cette salle. Ma fonction, en ma qualité de gouverneur, est de défendre leurs droits tout autant que ceux de tous les habitants de cette province. Ma fonction, en tant que leur avocat, c'est de faire en sorte qu'ils soient jugés en respectant les mêmes règles et les mêmes droits que s'il s'agissait par exemple de monsieur Alípio Verdasca ou de monsieur le colonel Maltez, ici présents. Vous avez peut-être du mal à le comprendre, mais c'est bien de cela qu'il s'agit et monsieur le juge le sait mieux que quiconque et saura le traduire dans sa sentence. Cependant, je n'aimerais pas être à sa place : la loi établit une peine en cas de fugue et de rupture unilatérale de son contrat de travail par un travailleur dans une plantation – car telle est l'accusation qui pèse sur ces inculpés. Mais la loi dit aussi que, pour qu'il y ait une sentence condamnatoire et un châtiment, il est nécessaire d'établir que les accusés n'ont aucun motif valable, c'est-à-dire des mauvais traitements, susceptible d'expliquer leur fuite. Et quand je dis que je n'aimerais pas être dans la peau de monsieur le juge, c'est parce que je pense qu'il ne peut y avoir une sentence juste que lorsque les faits ont été clairement établis. Or, en plus du silence surprenant des accusés, pour moi totalement incompréhensible et jamais vu, est venue s'ajouter l'absence de volonté manifeste de monsieur Alípio Verdasca – l'unique témoin en mesure d'élucider les motifs du comportement des accusés – de collaborer à l'établissement des faits. Je crains donc que le tribunal ait à prendre sa décision sans avoir réussi à élucider pourquoi deux travailleurs, apparemment bien traités et sans aucune raison de se plaindre de leur sort, ont décidé de s'enfuir de la plantation Rio do Ouro. Et il devra décider sans avoir réussi à élucider pourquoi l'un d'eux présente sur le dos les balafres que nous voyons et qui d'après leur aspect, paraissent remonter exactement au jour où il s'est enfui de Rio do Ouro et qui semblent – je dis bien qui semblent – être la trace de coups de fouet. Je ne vois sincèrement pas comment vous pourrez, monsieur le juge, sur la base de ces faits, décider en conscience et en toute justice. Mais, quelle que soit votre décision, je ne vois pas comment, sauf s'il s'agit d'une décision d'acquittement, elle pourrait dépasser le minimum prévu par la loi. Et en tout état de cause, je me permets de suggérer, monsieur le juge, que dans l'éventualité où vous decideriez de renvoyer les travailleurs dans la plantation, avec le châtiment que vous jugerez bon d'appliquer, il conviendrait que vous rappeliez à son administrateur l'interdiction légale expresse d'ajouter à la condamnation décidée par vous toute autre forme de condamnation ou de châtiment, matériel, physique ou de toute autre nature. Et aussi que vous rappeliez à monsieur le curateur général qu'il lui incombe de veiller *in loco* à la stricte application de la loi et de la sentence que vous prononcerez. »

Luís Bernardo se rassit après avoir prononcé sa plaidoirie debout. Il regarda le juge. La salle entière avait elle aussi les yeux fixés sur lui. Le greffier avait la plume à la main, il était prêt à noter la sentence : il savait que le juge dictait ses sentences rapidement, presque instantanément, à peine la plaidoirie terminée. Mais ce matin rien ne se passait comme d'habitude. Et la dernière surprise vint du juge. Une fois de plus il tira son mouchoir de sa poche, nettoya les verres de ses lunettes, puis s'essuya le visage avec le même mouchoir. Lui aussi regardait à présent la fenêtre, tout en dictant :

« La lecture de la sentence aura lieu après-demain mercredi, à neuf heures. Jusque-là les accusés resteront détenus et aux ordres du tribunal. La séance est levée. »

Luís Bernardo fut un des premiers à se lever. Il salua le juge d'un signe de tête, ignora le procureur, le colonel Maltez, le curateur Germano Valente, tous les autres, et commença à se frayer un chemin dans la foule qui s'effaçait pour le laisser passer. Dehors, l'air était aussi étouffant, mais au moins il y avait de l'espace, un horizon, ce n'était plus l'enfermement physique du tribunal. Il se sentit respirer comme s'il sortait de captivité. La nouvelle de ce qui s'était passé entre ces quatre murs devait avoir balayé la ville comme un typhon : Vicente l'attendait à la sortie du bâtiment du tribunal avec la calèche et, chose extraordinaire, Sebastião était venu lui aussi et l'attendait debout à la porte de la voiture.

« Sebastião, que fais-tu ici ?

– J'ai pensé que monsieur le gouverneur devait être fatigué et nous sommes venus vous chercher.

– Non, Sebastião, je traverse la ville à pied. Vous me prendrez à la sortie.

– Monsieur le gouverneur…
– Docteur, Sebastião !
– Monsieur le dôteur, il vaudrait peut-être mieux…
– Quoi, Sebastião ?
– Que vous veniez avec nous.
– Non, Sebastião. Pour toi, je suis docteur. Pour eux, je suis le gouverneur. »

Et il se mit à avancer seul en direction de la place de la mairie. Il passa par la rue du Commerce, dont les magasins fermaient pendant l'heure du déjeuner. Il remarqua des petits rassemblements à la porte de certaines boutiques, des groupes qui se taisaient à son passage. Certaines personnes rentraient précipitamment dans les magasins, d'autres détournaient le regard, d'autres le saluaient, enlevant leur chapeau et murmurant : « Comment allez-vous, monsieur le gouverneur ? », d'autres le dévisageaient en silence. Il rendait leur salut à ceux qui le saluaient et leur silence à ceux qui se taisaient. Mais il fit appel à ce qui lui restait encore de combativité ce matin-là pour se forcer à les regarder tous en face, les uns après les autres, et à les obliger à se décider. Il ne s'est jamais arrêté, n'a pas ralenti son pas, a conservé son rythme de promenade, comme il l'avait fait si souvent à travers la ville. Il allait arriver sur la place de la mairie lorsqu'il heurta presque la silhouette familière de Maria Augusta da Trindade. Elle parut encore plus surprise que lui. Luís Bernardo, lui, fut content de la voir, presque soulagé de cette pause dans sa promenade qui ressemblait plutôt à un chemin de croix. Il lui tendit la main :

« Vous ici, Maria Augusta ? Vous avez quitté votre ferme pour descendre en ville ? »

Elle serra sans aucune chaleur la main qu'il lui tendait. Elle avait rougi, mais il n'aurait su dire si c'était de gêne ou non. Ils ne s'étaient revus qu'une seule fois depuis la nuit passée dans la plantation Nova

Esperança, quand il avait senti pour la première fois depuis son arrivée à S. Tomé le réconfort d'avoir une alliée, d'avoir été accueilli d'une façon désintéressée et amicale, à laquelle tous deux avaient ajouté, à la suite d'une décision silencieuse et dictée par les circonstances, telles des bêtes en rut, l'emportement d'une nuit de corps mêlés, de sueur et d'humidité partagées, un feu sexuel adulte, fruit d'une longue abstinence mutuelle, et non d'un amour subit et impossible. Et maintenant elle lui tendait une main complètement morte, comme si elle le reconnaissait à peine.

« Oui, Luís Bernardo, je suis descendue en ville et il semblerait que par hasard je sois venue en un jour particulier, n'est-il pas vrai ?

– Pourquoi particulier ?

– Le jour où vous vous êtes laissé vaincre par votre vanité, ou votre aveuglement, ou votre inconscience, ou Dieu sait quoi encore.

– Pourquoi dites-vous cela, Maria Augusta ?

– Mon pauvre, vous avez fait bien triste figure, là-bas au tribunal.

– Comment le savez-vous ? Y étiez-vous ?

– Non, et ce n'est pas ça qui est en cause. La ville entière ne parle que de ça et ça n'intéresse personne de savoir si vous êtes ou non un bon avocat. Je ne pensais pas que vous étiez venu à S. Tomé pour y faire carrière en tant qu'avocat, mais en tant que gouverneur. Un nouveau gouverneur, avec de nouvelles idées, mais qui était de notre côté. Je vous ai souvent défendu, Luís Bernardo. J'ai essayé d'expliquer à d'autres l'importance et la difficulté de votre mission. Je me suis portée garante de votre bonne foi et de vos bonnes intentions. Mais vous vous êtes chargé peu à peu de me démentir, et aujourd'hui, après vos rodomontades au tribunal, j'abandonne mes efforts. Vous êtes sûrement très fier de vous, mais moi, à votre place, je présenterais ma démission aujourd'hui même. Vous êtes fichu comme gouverneur : toute la colonie est contre vous.

– Vous aussi, Maria Augusta ?

– Moi aussi.

– Pourquoi ? Qu'est-ce qui a changé ?

– Vous. Vous avez changé.

– Moi ? En quoi ?

– Ne me demandez pas en quoi, car c'est évident : vous êtes passé dans le camp de nos ennemis, de ceux qui, à Lisbonne et en Europe, conspirent pour nous mener à la ruine, ici, à S. Tomé. Si vous le voulez, demandez plutôt pourquoi vous avez changé et je vous répondrai.

– Alors, pourquoi ?

– Vous ne le savez donc pas, mon cher ? Il faut vraiment qu'on vous le dise, face à face ? Personne ne vous l'a encore dit ?

– Je ne sais pas de quoi vous parlez, Maria Augusta.

– Ah, vous ne savez pas ? Ne savez-vous pas par hasard que ce qui vous a fait changer d'attitude et vous a discrédité à nos yeux à tous c'est d'avoir complètement perdu la tête à cause de cette putain d'Anglaise qui, pendant qu'elle trompe son mari avec vous, travaille pour ce même mari en achetant pour son compte le gouverneur en le mettant dans son lit. »

Luís Bernardo devint blanc comme un linge. Il sentit le sol se dérober sous ses pieds.

« Tout à fait entre nous, Luís Bernardo, répondez maintenant à une femme qui a couché avec vous : cette putain doit être de feu, n'est-ce pas, pour vous avoir mis dans cet état ? »

Luís Bernardo était effaré. Il cherchait quelque chose à dire, mais c'était comme si toute son éloquence et sa présence d'esprit l'avaient abandonné ce matin. Il fit un grand effort :

« Je ne m'attendais pas à cela de votre part, Maria Augusta…

– Il y a tant de choses auxquelles on ne s'attend pas de la part des personnes dans lesquelles on a cru un jour, n'est-ce pas ? Adieu, Luís Bernardo, portez-vous bien. »

Il la regarda s'éloigner, s'efforçant de retrouver ses esprits avant de poursuivre son chemin. Mais il ne voyait rien devant lui, ni les personnes qui le croisaient et qui le saluaient, ni celles qui changeaient de trottoir. Soudain tout lui paraissait sans importance. Désespéré, il regarda autour de lui et aperçut sa voiture qui l'attendait de l'autre côté de la place. Il fit un geste de la main pour l'appeler et Vicente, comme s'il n'attendait que ce signe, mit le cheval aussitôt au trot et vint prendre Luís Bernardo. Celui-ci monta et se laissa choir, épuisé, sur le siège de cuir du fiacre. Sebastião était assis à côté, dans l'ombre, et il le regarda sans mot dire. Ce ne fut qu'en arrivant chez eux, après dix minutes de trajet effectué en silence, que Sebastião lui dit :

« Dôteur, excusez-moi de vous appeler maintenant monsieur le gouverneur, mais je voudrais vous dire une chose : c'est un honneur de vous servir et de vous avoir comme gouverneur de S. Tomé. »

Luís Bernardo descendit de voiture sans rien dire. Il entra dans la maison comme s'il fuyait une tempête. Il se dirigea tout droit vers sa chambre et cria à Sebastião :

« Sebastião, jusqu'à nouvel ordre, je n'y suis pour personne. Personne ! Pas même pour le roi, s'il apparaissait ici en personne ! »

Mais, au lieu de disparaître, Sebastião le suivit jusqu'à la chambre, un papier à la main.

« Dôteur, vous allez m'excuser, mais j'ai un télégramme très urgent que le secrétaire général est venu apporter lui-même, il y a un moment. »

Luís Bernardo regarda le télégramme, qui était fermé et qui portait la mention « Confidentiel. Très urgent », et il le jeta sur le lit, sur lequel il s'effondra ensuite. Il contempla le télégramme, se demandant ce qu'il allait en faire. Il avait envie de le jeter par la fenêtre, de le flanquer dans les cabinets, de le brûler. Il ferma les yeux pour dormir et tout oublier, mais il changea d'idée. Il s'assit sur le lit, ouvrit le télégramme et le lut :

« Ministère de l'Outre-Mer, Cabinet du Ministre,

Au gouverneur de S. Tomé et Príncipe et de S. João Baptista de Ajudá

Le prince royal D. Luís Filipe et moi-même entreprendrons un voyage dans les colonies de S. Tomé et Príncipe, d'Angola, du Mozambique et du Cap-Vert en juillet prochain. STOP. Voyage commencera par visite de deux jours à S. Tomé et d'un jour à Príncipe. STOP. Détails suivront dans prochain envoi, mais devrez d'ores et déjà annoncer visite à population et mettre en marche préparatifs accueil digne d'un événement aussi historique. STOP. Le ministre Ayres d'Ornellas e Vasconcelos. »

Luís Bernardo regarda le télégramme comme s'il ne l'avait pas bien compris. Puis, dans un geste d'exaspération, il le froissa et s'exclama :

« Il ne me manquait plus que cela ! » Et se tournant sur le côté, il essaya de dormir.

XIV

En ville les événements se précipitèrent. D'abord il y eut les commentaires sur ce qui s'était passé au tribunal, accompagnés d'un récit – dans certains cas plus ou moins fidèle, dans d'autres purement fantaisiste – de la prestation du gouverneur transformé en avocat pour défendre les deux Nègres enfuis de leur plantation. Puis il y eut les affiches que le gouverneur avait réussi à faire rédiger et imprimer en un temps record et qu'il avait fait mettre en place dans différents points stratégiques de la ville pour annoncer la visite surprenante du prince héritier à S. Tomé en juillet prochain. Il s'agissait à peine de quatre phrases annonçant la visite du prince et du ministre de l'Outre-Mer et mobilisant d'ores et déjà la population en vue d'un « accueil qui soit à la hauteur de pareil événement historique ». Finalement, même les conversations de rue se concentrèrent toutes le lendemain sur cette nouvelle extraordinaire, puis on en apprit une autre qui vint lui disputer l'attention générale : ce matin, au tribunal, le juge Anselmo de Sousa Teixeira avait surpris tout le monde en décrétant l'acquittement des deux fugitifs de Rio do Ouro, ordonnant à tous les deux de retourner dans la plantation, étant bien entendu que leur contrat ne serait pas prorogé et qu'eux-mêmes ne pourraient être soumis à aucun type de châtiment, dans la mesure où il avait été impossible de prouver que leur fuite avait été justifiée, ni qu'elle ne l'avait pas été.

Certains, qui juraient avoir assisté à tout le procès, justifiaient la sentence inédite du juge en disant qu'elle était le résultat de la brillante prestation juridique fournie par le gouverneur; d'autres y voyaient le fruit d'une tentative d'intimidation du juge par le gouverneur qui aurait réussi; d'autres encore liaient la mansuétude inattendue du juge à la nouvelle de la visite du prince royal – ou au fait qu'il avait estimé que pareil événement exigeait la bienveillance générale des autorités de façon que cette visite soit un succès populaire, ou parce qu'il était convaincu que cet événement n'avait été rendu possible que grâce à l'influence manifeste du gouverneur sur le gouvernement et sur la maison royale. Et après la décision du juge l'opinion publique de la ville s'était divisée une fois de plus sur ce qu'il fallait penser du gouverneur. Une partie estimait qu'il avait outrepassé ses compétences et qu'il avait complètement renié l'indépendance qu'exigeait l'exercice de sa charge – ce que l'épisode du tribunal, ajouté à ses relations intimes avec le consul d'Angleterre et sa femme, confirmaient amplement – et une autre partie pensait qu'au contraire le gouverneur se bornait à respecter fidèlement les instructions qu'il avait apportées de Lisbonne, du gouvernement et du roi, et que la colonie avait du mal à comprendre en raison des changements qu'elles entraînaient dans la politique traditionnelle. D'une façon générale on pouvait dire que cette dernière opinion ne trouvait de crédit et de défenseur en ville et dans les agglomérations que chez certains commerçants, fonctionnaires et officiers de l'armée ou commandants de la police, et non chez les Portugais qui vivaient et travaillaient dans les plantations.

Étranger à tout cela, aux cancans qui allaient bon

train dans la ville et dont il était l'épicentre, le gouverneur n'avait été vu ni rencontré par personne depuis plusieurs jours. Le lendemain du procès, très tôt le matin, il était allé en personne à l'imprimerie « Ideal », la seule de la ville, où il avait rédigé le texte et fixé les dimensions et la composition graphique des affiches qu'il avait fait imprimer en toute priorité. Il voulait être le premier à annoncer la visite du prince, mû par un sentiment d'urgence qu'il était incapable de s'expliquer, il voulait que personne n'annonce la nouvelle avant lui. Il n'eut de repos que lorsqu'il vit les affiches imprimées et qu'il eut la confirmation qu'elles avaient été apposées dans les endroits stratégiques de la ville qu'il avait préalablement indiqués. Ensuite, il passa encore dans son bureau au secrétariat général du gouvernement pour vérifier si le dossier annoncé contenant les détails de la visite était arrivé, mais en dehors des journaux auxquels il était abonné il n'y avait qu'une lettre de João. Une lettre brève, arrivée par le vapeur du matin et expédiée de Lisbonne dix jours plus tôt :

« Il semblerait qu'Ayres ait l'intention de visiter les colonies d'Afrique, y compris S. Tomé, au début de l'été, et qu'il ait invité le prince héritier à l'accompagner. Je t'écris en vitesse pour te faire part de cette rumeur. Si elle se confirme, apprête-toi à tirer parti de ce qui me semble être une occasion excellente et inattendue de proclamer ta position, intérieurement comme extérieurement, c'est-à-dire, là-bas et ici. Un article est paru dans O Século *disant que S. Tomé avait un gouverneur "plongé dans la torpeur ou bercé par le chant de quelque sirène, apparemment incapable de choisir entre l'ancienne et la nouvelle politique, incapable d'apaiser l'animosité des Anglais ni de gagner la confiance des colons portugais". Tout cela me paraît de très mauvais augure et je te demande, en ami, de*

faire très attention. Que la visite annoncée, si elle se confirme, te trouve avec des idées claires dans la tête – comme je t'ai toujours connu. Fais mes amitiés à Ann et à David et je t'en supplie, écoute-moi : sois très prudent en matière de contacts, c'est quelque chose de terrible là-bas et de traître. Tu comprends ce que je veux dire et je sais que c'est facile à dire. Mais je veux te revoir ici intact. Mille amitiés. João.»

En se levant de table après le dîner, il se sentit soudain étourdi, la tête lui tournait et une sueur froide lui inonda la poitrine. Il se dit qu'un double cognac le remettrait d'aplomb, mais lorsque Sebastião le lui apporta et qu'il s'installa comme d'habitude sur la véranda pour le boire, il commença à sentir des frissons glacés et des tremblements dans tout le corps malgré la chaleur étouffante du soir et le feu de l'alcool dans sa gorge. À neuf heures il se mit au lit, pensant qu'une bonne nuit de sommeil le tirerait de cette indisposition. Mais il se réveilla à minuit inondé de sueur, son pyjama complètement trempé et avec une soif terrible. Il chercha à tâtons dans le noir le verre et la carafe d'eau qui étaient toujours sur la table de chevet et il but trois verres d'affilée avec avidité. Il n'eut pas l'énergie de faire autre chose et retomba sur son lit sans même avoir eu la force de se défaire de son pyjama trempé. Le matin il ne se réveilla pas à l'heure accoutumée, ni même une heure plus tard, et quand Sebastião se décida à regarder dans la chambre il le trouva brûlant de fièvre et en train de délirer. C'était sa première crise de paludisme.

Le Dr Gil, le généraliste de la ville, fut aussitôt appelé. Il trouva le malade inconscient, avec une température de quarante-trois degrés. Il lui administra une injection de quinine, demanda qu'on le dénude complètement et lui applique une serviette imbibée d'eau froide sur le front et sur la poitrine. Une demi-heure plus tard, la fièvre était descendue à quarante degrés et le malade paraissait plus reposé, sans toutefois être revenu à lui : il ouvrait les yeux de temps en temps, il prononçait des phrases incohérentes et incomplètes, puis il replongeait dans cette espèce de sommeil profond. Le Dr Gil se retira, promit de revenir en fin d'après-midi pour voir comment était le malade et lui administrer une nouvelle injection de quinine. Il recommanda à Sebastião de surveiller entre-temps d'heure en heure sa température, de lui appliquer la serviette mouillée chaque fois qu'elle dépasserait quarante degrés et de l'appeler s'il constatait que son état empirait.

« Il n'y a pas grand-chose à faire. Il faut espérer qu'il tiendra le coup. D'habitude, la première crise est la pire de toutes. »

Luís Bernardo passa toute cette première journée dans un état d'inconscience totale. Jamais il n'eut l'air de reconnaître qui que ce soit ni même l'endroit où il se trouvait. Toujours aidé par Doroteia, Sebastião passa la journée à changer ses draps trempés, à éponger sa sueur, à prendre sa température, à lui appliquer la serviette froide et à le forcer à s'asseoir pour boire de l'eau par une tige de roseau qu'il avait fait couper dans le jardin. Doroteia avait installé une chaise au pied de son lit et elle ne sortit pas un seul instant de la chambre. Chaque fois qu'il gémissait ou s'efforçait de parler, elle essayait de le calmer, en passant la main sur son front ou sur son visage. Elle n'en dit pas un mot à Sebastião, mais il était visible que l'état de prostration physique du malade l'impressionnait. Après la visite vespérale du médecin, ils décidèrent de veiller à tour de rôle le malade pendant la nuit. Doroteia eut le premier tour de garde jusqu'à deux heures du matin et Sebastião la remplaça jusqu'à l'arrivée du médecin, au début de la journée. Le Dr Gil trouva une légère amélioration dans l'état du malade, mais rien de définitif ni d'acquis. La température se maintenait aux alentours de quarante degrés, et les poussées au-dessus de ce chiffre étaient devenues moins fréquentes. Vers midi, ils réussirent à lui faire boire un jus de fruits et manger une demi-banane écrasée – le premier aliment depuis plus de trente-six heures. Dans l'après-midi, alors qu'il était seul avec Doroteia, il sembla donner le premier signe d'un retour à la vie : il gémit et Doroteia posa une main sur son front et se mit à chanter tout doucement une chanson créole apprise avec sa mère lorsqu'elle était enfant, quand elle-même avait été malade. Il ouvrit alors les yeux, la regarda fixement et parut écouter attentivement la mélopée qui sortait de ses lèvres. Puis, il prit la main posée sur son front et la plaça sur sa poitrine, contre son cœur, et mit sa propre main par-dessus. Il ferma de nouveau les yeux et replongea dans les profondeurs du monde naufragé dans lesquelles il avait sombré. Plus tard, en tentant de reconstituer ce qui s'était passé pendant ces jours-là, et sans avoir aucune idée du temps qui s'était ainsi écoulé, le premier souvenir que Luís Bernardo réussit à faire remonter à la surface fut cet instant en tête à tête avec Doroteia où il aurait pu jurer avoir vu deux larmes couler sur les joues de la jeune fille, ou alors cette impression était due à la brume à travers laquelle il voyait tout. Ce souvenir aviva la pénombre dans laquelle tout semblait avoir été plongé et il commença ensuite à se souvenir d'autres choses, qui s'étaient sûrement passées après cette scène. Il se souvint d'avoir entendu plusieurs fois la voix de Sebastião dans la chambre et d'avoir senti la présence d'une autre personne. Il ne savait pas qui c'était et on lui expliqua qu'il s'agissait du médecin. Il se souvint de la voix de Doroteia qui chantait tout bas chaque fois qu'il se réveillait et de ses mains sur son front, mais aussi sur son corps – le nettoyait-elle, le lavait-elle ? Que s'était-il passé exactement ? Il n'osa jamais le lui demander, il remarqua juste qu'elle baissait les yeux maintenant lorsqu'il la regardait, comme si elle gardait de lui un secret qui n'appartenait qu'à elle et qu'elle craignait qu'il ne la force à révéler.

À la fin de l'après-midi du deuxième jour, le médecin confirma l'amélioration qu'il avait pressentie dans la matinée : la fièvre avait nettement diminué, les pics au-dessus de quarante degrés s'étaient raréfiés et le malade ouvrait les yeux ou semblait reprendre ses esprits beaucoup plus souvent.

« On dirait que le pire est passé et que le malade résistera à la tourmente – dit-il à Sebastião – la quinine a fait de l'effet. Mais il ne faut pas relâcher la vigilance avant que la fièvre ait complètement disparu. »

Cette nuit-là, pendant son tour de garde, Sebastião constata que Luís Bernardo s'était réveillé plusieurs fois et qu'il paraissait faire un effort pour parler et être entendu. Sebastião tendait l'oreille, mais il ne réussissait pas à saisir quoi que ce soit qui fût compréhensible. À un certain moment, il eut même l'impression que le gouverneur parlait anglais, la même langue que celle dans laquelle il s'adressait au consul, Mr. Jameson. Parfois il parlait calmement, à d'autres moments il s'agitait, comme désespéré de ne pas obtenir de réponse ou de ne pas pouvoir se faire comprendre. Une fois, après encore bien des phrases incohérentes suivies d'un long silence, Sebastião n'entendit que la respiration de Luís Bernardo et ensuite un seul mot, prononcé clairement :

« Ann. »

Le troisième jour au matin, lorsque le médecin arriva, il trouva le malade presque sans fièvre, bien qu'encore prostré et épuisé. Luís Bernardo se réveilla et ouvrit les yeux. Il regarda autour de lui et parut reconnaître les lieux. Le médecin lui demanda :

« Comment vous sentez-vous ? »

Mais Luís Bernardo ne répondit pas, il se contenta de secouer la tête. Le Dr Gil lui fit une injection de quinine, sans réaction apparente de la part du malade, et ce ne fut qu'ensuite que celui-ci parla enfin, d'une voix fatiguée et péniblement :

« Qu'est-ce que j'ai eu ?

– Une crise de paludisme. Très grave. Mais à présent vous êtes hors de danger, à condition de vous montrer raisonnable pendant les prochains jours. »

Luís Bernardo ferma les yeux et se rendormit. Plus tard Sebastião et Doroteia parvinrent à lui faire prendre le premier repas sérieux depuis trois jours : un bouillon de poule avec du riz et des petits morceaux de viande effilochée et un jus de fruits.

Il se réveilla deux heures plus tard, au moment où le soleil se noyait dans la mer et où ses derniers rayons mourants entraient par la fenêtre de la chambre. Il sentit une main passer doucement sur son front et sur sa bouche et, avant d'ouvrir les yeux, il s'efforça de se rappeler où il était et pourquoi. Il se souvint de la conversation avec le médecin, mais sans réussir à la situer dans le temps. Il se souvint qu'il avait eu une attaque de paludisme et de la fièvre, mais il ne savait pas pendant combien de jours. Il se rappela son corps en feu, ses sueurs glacées, la présence devinée de Sebastião dans la chambre et celle de Doroteia, qui lui faisait des caresses et lui appliquait des serviettes fraîches sur le corps et qu'il se souvenait avoir vue penchée au-dessus de lui quand il reprenait conscience. Et quand le souvenir de tout cela lui fut revenu, il ouvrit lentement les yeux pour revenir à la vie.

« Doroteia… appela-t-il d'une voix encore faible.

– Chut ! *Don't talk now. It's me.* »

Alors, surpris, il tourna la tête et comprit que la main qui lui caressait le front n'était pas celle de Doroteia, mais celle d'Ann, assise sur une chaise à côté du lit.

Instinctivement, il regarda autour de lui et s'assura qu'ils étaient bien seuls dans la chambre. Deux bougies brûlaient dans les chandeliers posés sur la commode en face du lit, et leur lumière, qui était maintenant la seule à éclairer la chambre, projetait des signes indéchiffrables sur le plafond.

« Que fais-tu ici ?

– Ton employé, Sebastião, m'a appelée. Nous avons appris que tu étais malade il y a deux jours, mais je n'ai pas osé te rendre visite seule. Je suis passée ici hier avec David et j'ai appris que tu allais un peu mieux. Aujourd'hui, je m'apprêtais à venir seule et à rester à la porte, juste pour prendre de tes nouvelles, quand Sebastião a envoyé Vicente chez moi pour me demander de passer te voir.

– Pourquoi ? Qu'est-ce qui lui a pris ? »

Ann sourit. Elle continuait à lui caresser le visage et elle appuyait sur son front pour l'empêcher de lever la tête.

« Il dit que tu m'as appelée... cette nuit. »

Luís Bernardo était maintenant complètement réveillé et lucide. Il ne parvenait pas à se rappeler pendant combien de temps il avait été malade, seuls quelques détails dispersés affleuraient dans sa mémoire, mais le souvenir des jours précédant immédiatement sa maladie lui revint immédiatement à l'esprit. Il se souvint du jugement, du télégramme annonçant la visite du prince de la Beira et du ministre de l'Outre-Mer, il se souvint de la lettre de João, il se souvint que ce même soir il s'était couché en se sentant bizarrement fatigué et étourdi. L'inquiétude le prit aussitôt :

« Mais il ne faut pas qu'on te voie entrer ou sortir d'ici, Ann !

– Avec un peu de chance, personne ne me verra. Et si on me voit, quel mal y a-t-il à cela ? Je suis venue visiter un ami malade. D'ailleurs je vais dire à David que je suis passée te voir. »

Il allait lui répondre, mais elle l'en empêcha : elle lui prit la bouche et y plongea la sienne, pendant que sa main parcourait le corps à demi nu de Luís Bernardo sous le drap qui le recouvrait. Le sentant réagir et sans relâcher le baiser qui le clouait contre l'oreiller, en un instant elle se déshabilla et se glissa sous le drap, se collant contre Luís Bernardo qui essaya faiblement de la repousser :

« Non, Ann, c'est de la folie, pas ici !

– Si, mon amour, ici : il est sûr que personne n'entrera ici tant que je ne serai pas sortie. C'est même un des rares endroits où nous sommes en sécurité. »

Il ne fit plus aucun effort pour résister. Il se sentait vraiment trop faible pour prendre la moindre initiative. Il la laissa faire à sa guise. Et elle fit de lui ce qu'elle voulait, avec la même passion et la même véhémence que les autres fois, semblant retirer un plaisir accru de sa prostration. Assise sur ses cuisses, elle se poussait contre lui, lui offrant son corps magnifique et plein, comme un baiser de vie. Tout fut très rapide et très intense, puis elle se rhabilla à la hâte, le recouvrit et rajusta un peu les draps en désordre, restant à le regarder, assise au bord du lit.

« Mon pauvre chéri ! Ou je t'ai définitivement guéri ou je t'ai tué !

– Je pense que tu m'as tué ! murmura-t-il avec un sourire qu'elle effaça par un dernier baiser.

– Il faut que je m'en aille, sinon tes serviteurs s'étonneront de la longueur de ma visite. Fais semblant de t'être de nouveau endormi. Demain le médecin ne te laissera pas encore sortir du lit et je trouverai le moyen de te rendre une petite visite dans l'après-midi. »

Le lendemain, Luís Bernardo passa déjà la plupart du temps debout. Il prit son premier bain complet depuis quatre jours, il lut le courrier et dicta des lettres à son secrétaire qu'il fit monter d'en bas, du secrétariat. Vers la fin de la journée, quand le secrétariat était déjà fermé, il déclara qu'il était exténué et se remit au lit, juste un peu avant d'entendre Ann à la porte demander à Sebastião s'il était visible. Il l'entendit monter l'escalier et l'attendit comme on attend qu'une fenêtre s'ouvre pour laisser entrer la clarté d'un jour nouveau dans la pénombre d'un temps suspendu.

* * *

Le paludisme est une veuve noire qui épouvante et assaille sans préavis les vivants en bonne santé, faisant descendre sur eux une obscurité qui abolit la lumière du jour. Il débarque inopinément, venu de nulle part, il germe lentement dans le corps après une unique et décisive piqûre par un moustique femelle, laissant ses victimes prostrées, sans défense et sans volonté propre. Dans la majeure partie de l'Afrique et dans les tropiques, le paludisme se contente d'abattre et de mettre à genoux les malades, mais à S. Tomé et à Príncipe il les tue aussi, comme nulle part ailleurs. Il attaque le cerveau, il dévore les cellules, et en quelques jours, sans qu'aucun antidote soit capable de freiner ce fléau, il cueille la vie de l'homme qui était encore plein de vie et de force quelques jours plus tôt. Aux récits de Sebastião et du Dr Gil, Luís Bernardo comprit qu'il s'était approché de très près de cette frontière ultime d'où aucun retour n'est plus possible. Ann lui avait procuré un réveil violent et charnel vers la vie. Elle lui avait montré le chemin de retour le plus animal, si bien que son corps avait réagi avant ses sens. Ce ne fut qu'ensuite, quand il quitta enfin son lit et abandonna la chambre où il avait joué aux cartes avec le destin quatre longs jours et quatre longues nuits, qu'il comprit peu à peu combien il avait été près de la fin de tout. Ce fut en lisant avec tendresse le carnet où Doroteia et Sebastião avaient noté religieusement sa température d'heure en heure, pendant ces jours et ces nuits, qu'il se rendit compte qu'il s'était approché de très près de cette ligne ténue qui sépare l'obscurité définitive du retour à la lumière. Il avait été absent et sans défense et ils avaient veillé sur lui, heure après heure, minute après minute, le faisant revenir, revenir au corps d'Ann, au parfum du jardin, au bruit de la mer, à l'humidité en suspens au-dessus de la ville, aux cris des enfants à la sortie de l'école, revenir à la vie.

Quand il s'assit dans son bureau en bas, au secrétariat général, bien que les dossiers accumulés lui donnassent un sentiment d'urgence et d'anxiété, Luís Bernardo se consacra à la tâche lentement et presque voluptueusement, avec le calme et la lucidité de l'homme qui vient de comprendre la différence entre l'essentiel et l'accessoire. Mais les télégrammes le réclamaient et exigeaient des décisions : il y avait un télégramme du curateur adjoint sur l'île de Príncipe, dont il savait que les relations avec Germano Valente n'étaient pas des meilleures et qui peut-être pour cette raison même avait préféré s'adresser directement au gouverneur, sautant par-dessus son supérieur hiérarchique immédiat. « Atmosphère tendue et potentiellement dangereuse exige présence prochaine de Votre Excellence pour évaluer situation personnellement. » Luís Bernardo répondit sur-le-champ, lui demandant de se déplacer à S. Tomé pour lui parler ou, si son absence de Príncipe était déconseillée, de mieux préciser la situation et de justifier la nécessité d'un déplacement du gouverneur, tout en lui faisant comprendre qu'en ce moment le souci de la visite prochaine du prince héritier allait l'occuper entièrement à S. Tomé. Il télégraphia aussi au délégué du gouvernement sur l'île de Príncipe, le jeune António Vieira, lui disant que des rumeurs faisant état d'une atmosphère tendue dans les plantations lui étaient parvenues et lui demandant de l'informer à ce sujet. Dans sa réponse, le sous-gouverneur de Príncipe s'efforçait de rassurer le gouverneur général, reconnaissant que certains cas de désobéissance s'étaient effectivement produits, mais que l'ordre avait été promptement rétabli et que lui-même suivait de très près la situation et au jour le jour. Loin d'être tranquillisé, Luís Bernardo devint encore plus inquiet : il lui reprocha de ne pas l'avoir averti, le somma de préciser de quelles désobéissances il s'agissait et quelles mesures il avait prises, et il lui enjoignit de lui signaler immédiatement le moindre changement dans la situation. Sans le révéler au délégué de son gouvernement, Luís Bernardo décida qu'il se rendrait à Príncipe dès qu'il aurait mis en marche les préparatifs pour la réception de la suite royale.

Deux autres télégrammes provenant du ministère à Lisbonne contenaient des détails à propos de la visite royale. Son Altesse et le ministre voyageraient à bord du paquebot *África*, utilisant son service régulier entre la métropole et les colonies en Afrique. À un moment où les dépenses de la Maison royale étaient le principal cheval de bataille de l'opposition républicaine, le déplacement de l'héritier du trône pour un voyage de trois mois à bord d'un navire de ligne parmi les autres passagers était sans aucun doute une mesure de caractère politique destinée à produire des effets sur le plan intérieur. Cela s'ajoutait au nombre très réduit des personnes de la suite faisant le voyage, quatre avec le prince et trois avec le ministre. Jamais aucun prince n'avait voyagé où que ce soit aussi modestement. Or, c'était la première fois, en presque cinq cents ans de pouvoir colonial, qu'un membre de la famille royale visitait une colonie portugaise. D'ailleurs, tout semblait avoir été décidé très rapidement et sans trop de réflexion. Le prince et le ministre arriveraient à S. Tomé le 12 ou

13 juillet, c'est-à-dire dans un peu plus d'un mois. S. Tomé et Príncipe auraient l'honneur d'inaugurer le voyage royal qui se poursuivrait ensuite dans les colonies anglaises de l'Afrique du Sud, au Mozambique et, au retour, en Angola et au Cap-Vert. Dans l'archipel équatorial, ils passeraient les deux premiers jours et les deux premières nuits à S. Tomé et un jour et une nuit sur l'île de Príncipe. À S. Tomé, précisait le ministère, Son Altesse dormirait la première nuit dans le palais du gouverneur (où il fallait encore prévoir un logement pour son aide de camp et son officier d'ordonnance) et la deuxième nuit dans la plantation Rio do Ouro, dont le propriétaire, le comte de Valle Flor, se déplacerait directement depuis Paris à bord de son voilier privé afin de recevoir la suite royale dans son domaine. Le gouverneur devrait également s'occuper des détails de la visite de la suite pendant ce séjour dans les plantations d'Água Izé et de Boa Entrada, cette dernière appartenant à M. Henrique Mendonça qui ferait lui aussi le voyage pour recevoir D. Luís Filipe. Enfin, à Príncipe, la suite désirait visiter les plantations Infante D. Henrique et Sundi, prévoyant de passer la nuit dans cette dernière ou, si cela s'avérait impossible, à bord de l'*África*. Un troisième télégramme arriva le lendemain, classé « confidentiel » et traitant cette fois de questions politiques :

« Ministère de l'Outre-Mer, Cabinet du Ministre

Pour le gouverneur de S. Tomé, Príncipe et S. João Baptista de Ajudá

Espérant bien reçus mes télégrammes précédents contenant détails visite royale, espère que Votre Excellence a bien compris importance politique de cette authentique mission de souveraineté de SAR le prince de la Beira et de ma propre visite, en ma qualité de ministre. STOP. S. Tomé et Príncipe auront honneur et responsabilité d'être première colonie portugaise à jamais recevoir visite d'un membre de la famille royale et héritier du trône. STOP. Choix déterminé principalement par intensification campagne anglaise contre notre colonisation à S. Tomé, avec accusations redoublées d'un travail esclavagiste, comme Votre Excellence le sait et est au courant. STOP. Donc impérieux que visite soit succès populaire et politique, avec comptes rendus dans presse ayant écho en Angleterre et contribuant à démentir pareilles accusations. STOP. Grande attention portée à détails visite, participation populaire soutenue et atmosphère sociale et politique sera déterminante pour succès mission que je remets entre mains Votre Excellence. STOP. Devrez donner consul Angleterre grand relief protocolaire afin montrer clairement que nous ne fuyons pas son contact et que nous n'avons rien à cacher. STOP. Prince et moi-même réaffirmerons dans discours souveraineté portugaise et attachement aux traités conclus, sommes ouverts à critiques bonne foi, réaffirmons droits et assumons obligations. STOP. Dieu garde Votre Excellence, meilleures salutations, Ministre Ayres d'Ornellas e Vasconcelos.»

Malgré la disponibilité proclamée par le ministre, Luís Bernardo n'obtint aucune réponse concrète du ministère à sa demande d'un renfort de crédits pour financer les cérémonies et les dépenses nécessaires à l'accueil souhaité. D'après les estimations qu'il avait envoyées à Lisbonne, les frais oscilleraient entre quinze et vingt mille réis, or ce dont il disposait dans son budget, et à condition d'abandonner toute autre dépense extraordinaire, ne dépassait pas trois mille réis. L'absence de réponse de Lisbonne, pensa-t-il, était typique du gouvernement du pays, lequel voulait faire des omelettes sans casser d'œufs. Il souhaitait que le prince soit reçu dans l'euphorie, mais il ne voulait pas que l'opposition puisse dire que cette euphorie avait coûté de l'argent aux coffres publics. « Le pique-nique du prince de la Beira en Afrique » – comme l'appelait le journal républicain *A Lucta* – devait apparemment se financer tout seul, mystérieusement. Et ce fut ce que Luís Bernardo tenta de faire : il appela le maire, les commerçants de la ville et des environs, les administrateurs des plantations, les « forces vives » de l'île et il essaya de lancer parmi eux tous une campagne de collecte de fonds et d'aide, n'hésitant pas à répéter textuellement des phrases du télégramme confidentiel du ministre pour leur faire comprendre toute l'importance politique pour S. Tomé du succès de cette visite. « Messieurs, il est de votre propre intérêt que cette visite soit un succès ! » leur rabâcha-t-il jusqu'à les convaincre.

Il passa toute la semaine en des réunions et des inspections en rapport avec la visite du prince. Avec l'évêque, avec le commandant de la troupe et celui de la police, avec le maire, avec les administrateurs des trois domaines que la suite visiterait (dans le cas de Rio do Ouro, il se fit représenter par le secrétaire général), avec les propriétaires des magasins dans les rues principales de la ville, les convainquant de prendre à leur charge la décoration lumineuse des rues et des façades des édifices. Le secrétaire aux travaux publics fut encouragé à dépenser, si nécessaire, tout l'argent disponible jusqu'à la fin de l'année, pour essayer de réparer, repeindre et donner un visage neuf au quai de débarquement, aux places et aux jardins publics, et à tout le moins aux façades des principaux édifices de l'État. « N'oubliez pas, leur disait-il à tous, que nous devrons probablement attendre encore cinq cents ans avant qu'un membre de la famille royale remette les pieds dans les îles de S. Tomé et Príncipe ! »

Remis des fièvres, des haines et des intrigues qui sapaient sa mission, ressuscité de ses cendres et du découragement dans lequel il était tombé dernièrement, le gouverneur réussissait à galvaniser tout un chacun avec son énergie. Dès le début, Luís Bernardo avait vu dans cet événement inattendu l'occasion de réaffirmer son autorité et sa maîtrise de la situation, et il s'était efforcé de s'y cramponner des deux mains. Mais il avait également vu dans la visite de D. Luís Filipe et d'Ayres d'Ornellas une autre possibilité, et combien plus importante, s'offrir à lui : celle de clarifier la situation une bonne fois pour toutes, de parler au ministre et au prince héritier avec loyauté, mais aussi avec franchise, sans rien leur cacher de ses doutes et de ses désaccords de fond avec un grand nombre de colons. Il avait l'espoir, au moins en privé, de leur faire comprendre son dilemme entre les intérêts économiques et les intérêts diplomatiques en jeu, et alors, de deux choses l'une : ou bien il les engagerait dans ses choix politiques ou bien il les obligerait à le libérer de ses responsabilités. Il était prêt en tout cas à ne pas laisser cette opportunité se transformer en un simple « pique-nique en Afrique », un « voyage de souveraineté » vide de contenu et dénué de conséquences.

Au milieu de l'affairement de ces jours, il reçut la visite de David qui se fit annoncer de façon protocolaire. Ils avaient dîné tous les trois chez Luís Bernardo deux jours après que celui-ci eut repris le travail. À première vue, ce fut seulement un dîner entre amis pour célébrer le rétablissement de l'un d'entre eux : David avait même apporté une bouteille de champagne français, une Veuve Clicquot à laquelle Luís Bernardo ne put faire honneur, sur les conseils de son médecin. Tous trois bavardèrent jusqu'à presque minuit sur la terrasse, avec l'intimité décontractée qui avait toujours été la leur depuis que les circonstances les avaient réunis là et qu'ils avaient vite compris que l'amitié entre eux était une forme de résistance et d'assistance mutuelle dont aucun ne voulait plus se passer. David fit presque tous les frais de la conversation, parlant de l'Inde et même, fait inusité, de son gouvernement dans l'Assam. Luís Bernardo était fasciné et en même temps presque angoissé par sa capacité d'être là à l'écouter à côté d'Ann, à continuer à prendre plaisir à l'entendre, à converser avec lui, à être son ami, à avoir avec lui une relation d'hommes ayant un âge et des intérêts semblables, alors que brûlait en lui le feu de ce qui peut séparer le plus violemment deux hommes : la passion pour la même femme. Le lendemain, Ann lui fit parvenir un billet par une de ses servantes, lui demandant d'aller la rejoindre sur la plage à la fin de la matinée. Et quand il se rendit là-bas et qu'il commença à lui reprocher son manque croissant de prudence, elle lui tomba dans les bras et le serra contre elle :

« Mon amour, je ne peux pas rester sans te voir. C'est plus fort que moi ! Invente autre chose, invente une issue, invente n'importe quoi ! Car un de ces jours je n'y tiendrai plus ! Je ne vais plus supporter d'être chez moi avec David, de faire semblant que tout est normal, alors que je ne pense qu'à toi, à ce que tu es en train de faire, alors que j'ai envie de m'enfuir et d'aller te rejoindre, de le laisser là-bas penser ce qu'il voudra. Je ne supporte plus cette distance, ma maison maintenant est comme une autre île où je suis prisonnière : une île à l'intérieur de l'île, une double prison. Je meurs de désespoir, de l'envie de te voir, je meurs même de jalousie !

– De jalousie ? » Luís Bernardo rit. « Mais de qui donc es-tu jalouse ?

– Tu veux vraiment le savoir ? Eh bien de Doroteia. J'ai vu comment elle te regardait quand je suis entrée dans ta chambre l'autre jour, et j'ai vu le regard qu'elle m'a lancé quand Sebastião lui a fait signe de sortir. Il est évident qu'elle est folle de toi, qu'elle ferait n'importe quoi pour toi. Elle est ravissante, elle doit avoir dix-sept ans et tu es seul chez toi toutes les nuits et à vrai dire tu ne me dois rien, ni à moi ni à personne. D'ailleurs, ce serait bien plus commode pour toi de l'avoir pour maîtresse plutôt que moi. »

Luís Bernardo la regarda : elle était belle, elle était irrésistible. Aucun homme ne la troquerait contre aucune autre femme.

« Je te donne des idées ?

– Non, je n'envisageais pas de te troquer contre Doroteia. Ni même de vous cumuler. Je me demandais seulement comment t'avoir rien que pour moi et toi m'avoir rien que pour toi. Je me demandais si cela sera possible un jour… »

Elle s'étendit sur le sable à côté d'un bouquet de cocotiers et elle l'appela d'un geste. Les chevaux, attachés à côté, serviraient de gardiens à leur passion cachée du reste du monde. Ils s'aimèrent ainsi, dans le sable, à côté des bêtes. Comme font les bêtes.

La scène était encore très vivante dans son souvenir quand David entra dans son bureau le lendemain matin. Il sentait encore le corps d'Ann enchevêtré dans le sien, la saveur de sa bouche, le son de ses gémissements. Dans un éclair de terreur, il se demanda s'il avait encore sur lui des traces de son parfum et il évita instinctivement de trop s'approcher de son ami. Mais une autre pensée, encore plus terrible, lui traversa aussitôt l'esprit : et si c'était David qui portait des traces de son parfum ? David avait commencé à parler, mais Luís Bernardo ne l'écoutait pas. Il était absent, regardait par-delà David, faisant un effort pour secouer les pensées désordonnées qui défilaient dans sa tête. Que disait donc David ?

« … au fond, je me demande ce que votre prince vient faire ici. Vous libérer ?

– Comment ?
– Vous ne m'écoutez pas, Luís ? Je vous demande ce qu'il vient faire ici ?
– Mais enfin, pourquoi ne viendrait-il pas ? » Luís Bernardo avait retrouvé sa capacité d'attention. « Le prince de Galles ne va-t-il pas aux Indes et dans les autres colonies britanniques ?
– Les Indes ne sont pas S. Tomé…
– Chacun va dans ce qui est à lui. Lui va à S. Tomé, mais il va aussi en Angola, au Mozambique, au Cap-Vert.
– Pour l'Angola et le Mozambique, je comprends. Mais pourquoi S. Tomé, cette île minuscule sans aucune importance ?
– David, vous êtes un *snob*. Je sais que l'Empire britannique possède je ne sais combien de centaines ou de milliers d'îles minuscules. Mais pas le nôtre. Voilà pourquoi nous attachons tant d'importance à nos îles minuscules : nous y nommons même des gouverneurs ! »
David rit, mais ne se rendit pas.
« Allons, Luís, vous savez très bien ce que je veux dire : cette visite a des raisons plus secrètes et le ministre vous a sûrement instruit des motifs politiques qui la sous-tendent. »
Luís Bernardo garda le silence. Il croyait déceler un changement subtil dans l'attitude de son ami. Mais il avait l'impression (ou était-ce parce qu'il désirait qu'il en soit ainsi ?) que cela n'avait rien à voir avec Ann. C'était plutôt un sous-entendu qui les ramenait à leur rôle respectif, malgré toute leur amitié : David était maintenant le représentant officiel d'une puissance étrangère qui contestait la politique du gouvernement que lui-même, Luís Bernardo, représentait ici.
« Alors, vous ne dites rien ?
– Que voulez-vous que je vous dise ? Il est évident, et cela remonte à longtemps, cela ne date pas d'aujour-

d'hui, que le ministre correspond avec moi, comme avec n'importe quel autre gouverneur, et qu'il me transmet ses orientations politiques, auxquelles je réagis comme je l'entends.

– Oui, je comprends bien. Rassurez-vous, je ne vais pas vous demander de me révéler des secrets d'État, mais j'aimerais savoir ce que l'on attend de moi, au milieu de toute cette mise en scène.

– Quelle mise en scène ?

– Allons, voyons, mon cher, nous sommes amis, inutile de feindre que nous ne voyons pas ce qui est parfaitement visible.» David s'interrompit, regarda Luís Bernardo dans les yeux et continua du même ton apparemment détaché : «Parfois, lorsqu'on est amis, il vaut mieux feindre de ne pas voir ce qui ne doit pas être vu, même s'il nous en coûte beaucoup. Au nom de l'amitié ou au nom d'autres choses plus difficiles à expliquer. Mais il revient aux autres de comprendre que nous faisons seulement semblant de ne pas voir.»

Maintenant, Luís Bernardo était glacé. Son cœur bondissait dans sa poitrine. Il allait mettre fin à tout cela, il allait lui demander sans détour ce qu'il entendait par là. Le forcer à le lui dire. Il s'obligerait à faire face aux conséquences. Mais il dit seulement :

«Je ne sais pas à quelle mise en scène vous faites allusion…

– Mais voyons, cette frénésie qui s'est emparée de S. Tomé, ces préparatifs pour la visite du prince dont on dit que vous êtes le grand artisan, à quoi tout cela rime-t-il ? À l'évidence à donner à Son Altesse un bain de popularité et des marques de soumission, avec des effets politiques destinés à la consommation interne et externe. Ou est-ce que je me trompe ?»

Finalement c'était une fausse alarme. Ou alors David avait choisi délibérément de laisser passer l'occasion. Luís Bernardo respira profondément :

« Quel mal y a-t-il à cela ? Tous les gouvernements ne font-ils pas de même ? À quoi servent donc les visites d'État, ici ou dans le monde entier ?

– D'accord. Mais ce que je vous demande, ce que je voudrais savoir, c'est quel est mon rôle dans cette mise en scène, dans cette grande manifestation de souveraineté dont S. Tomé va être le théâtre ?

– Qu'est-ce que j'en sais, moi ? Cela dépend de vous. Je me bornerai, conformément aux instructions expresses du ministre, à vous donner toute l'importance protocolaire correspondant à votre charge, par exemple, vous placer à la table et vous asseoir à côté du prince lors du banquet qu'il offrira ici au palais du gouvernement, le soir de son arrivée. Êtes-vous satisfait ?

– Non, Luís, vous continuez à répondre à côté. Je ne veux pas savoir où je serai assis à table : ce n'est pas quelque chose qui me préoccupe, comme vous devez bien l'imaginer, me connaissant. Ce que je veux savoir c'est si l'on attend de moi que je m'asseye à table, que j'applaudisse et dise à Londres que la visite du prince a été un succès.

– Que voulez-vous exactement, David ?

– Rien. » David s'était levé et commença à se diriger vers la porte. « Je laisse à votre jugement et à votre sensibilité le soin de le deviner...

– David ! » Luís Bernardo s'était lui aussi levé. « Je vous le demande sincèrement et en ami : dites-moi ce que vous souhaitez !

– En tant qu'ami rien. Je ne vous demande pas de faveurs, ce serait ridicule en l'occurrence. Je m'adresse au gouverneur : vous êtes gouverneur, vous savez quelle est ma fonction ici, vous savez pour quel motif je suis ici et quelles raisons politiques séparent nos deux pays à propos de S. Tomé. Le prince héritier et le ministre responsable de votre politique arrivent ici. Réfléchissez en votre qualité de gouverneur à votre rôle et à l'intervention, si tant est qu'il y en ait une, qui m'est réservée dans ces circonstances. Rien de plus. »

Et il sortit en refermant doucement la porte derrière lui. Luís Bernardo remarqua qu'il n'avait même pas pris congé. Effectivement, quelque chose avait changé dans l'attitude de David. Et Luís Bernardo sentit avec des remords qu'il avait raison. Pas uniquement pour Ann. Il y avait autre chose – et dans ce domaine-là David continuait à avoir raison.

* * *

L'*África* était parti de Lisbonne le 1er juillet, transportant à bord la suite du prince héritier et du ministre de l'Outre-Mer pour leur visite dans les colonies de l'Afrique. Il arriverait à S. Tomé dans un peu moins de deux semaines. Une fois la machine des festivités locales mise en marche, Luís Bernardo avait aussi fait une visite d'inspection dans les trois plantations où la suite était censée se rendre. Il s'occupa aussi des préparatifs du banquet qu'il donnerait dans le palais du gouvernement le jour de l'arrivée et pour lequel il fallait prévoir plus de deux cents couverts et composer judicieusement les tables, de façon à ne blesser aucune susceptibilité. Il fallut également organiser tous les détails du séjour du prince pendant la nuit qu'il passerait dans le palais du gouvernement. Comme il n'y avait que trois chambres disponibles, il ne fut pas difficile de décider que D. Luís Filipe occuperait la chambre principale où João avait logé, l'officier d'ordonnance du prince, premier lieutenant de la flotte de guerre, le marquis de Lavradio, prendrait la chambre de Luís Bernardo et l'aide de camp la troisième. Luís Bernardo déménagerait entre-temps au rez-de-chaussée, où un simple lit installé dans son bureau lui permettrait ainsi de faire face à tout imprévu éventuel.

Le temps passait à présent extrêmement vite. David avait raison : Luís Bernardo avait pris en main la conduite directe et détaillée de ce que son ami avait appelé « la mise en scène ». Il pressentait que sa marge de manœuvre politique auprès du ministre et du fils de D. Carlos dépendrait en grande partie du succès de cette « mise en scène ». Ce n'était pas son avenir en tant que gouverneur qui le préoccupait, mais bien sa capacité de mener sa mission à bonne fin, avec autorité et honorablement. Il avait déjà donné dix-sept mois de sa vie à S. Tomé et Príncipe, et cela n'aurait de sens, cela n'aurait pas été du temps perdu, uniquement si, à son retour, personne ne pouvait l'accuser d'avoir trahi ses idées ou de ne pas avoir servi les intérêts du Portugal. Les princes et les puissants aiment les applaudissements de la foule. Il allait leur offrir cela pour pouvoir ensuite exiger d'eux une réaffirmation de son autorité et de sa légitimité. Ou alors il quitterait la scène en beauté, et qu'on s'arrange pour lui trouver un remplaçant. João avait entièrement raison dans sa lettre : c'était là une occasion à ne pas rater.

Toutefois, pendant ces journées intenses de réunions et d'inspections, la situation dans l'île de Príncipe ne lui sortit pas un seul instant de la tête. Quelque chose lui disait qu'il devait hâter son voyage dans l'île, non seulement pour surveiller sur place les préparatifs de la visite de la suite princière, mais surtout pour vérifier le bien-fondé des inquiétudes du curateur adjoint. Le silence ultérieur de ce dernier et l'insistance du gouverneur local sur un retour à la normalité ne l'avaient pas complètement rassuré, mais lui avaient donné l'impression que son voyage à Príncipe pouvait continuer à être différé de jour en jour au profit d'activités plus urgentes exigeant son attention à S. Tomé. Et quand le télégramme fatidique arriva en fin de matinée le 4 juillet, il ne se pardonna pas son manque de clairvoyance.

Le télégramme était signé par le vice-gouverneur, António Vieira, avec indication de l'envoi d'une copie à Lisbonne le même jour :

« Cinq cents travailleurs plantation Infante D. Henrique révoltés ont assassiné Blancs. STOP. Crains révolte générale. STOP. Demande envoi navire de guerre toute urgence. »

Luís Bernardo fit presque un bond sur sa chaise. Il demanda à son secrétaire d'appeler immédiatement le maire et le major Benjamim das Neves, commandant de la garnison militaire, et d'essayer de savoir où se trouvait actuellement le caboteur *Mindelo*, l'unique navire à faire la liaison régulière entre les deux îles, et, dès que celui-ci serait localisé, de lui amener aussi le capitaine.

Dès que le secrétaire eut disparu en courant, le secrétaire général, Agostinho de Jesus Júnior, passa la tête par la porte. Depuis leur première conversation, à peine avait-il débarqué à S. Tomé et compris qu'il avait dans cet homme un ennemi cynique et méfiant, Luís Bernardo évitait de traiter avec lui tout ce qui n'était pas strictement nécessaire. Le reste, les dossiers quotidiens, il les étudiait avec son secrétaire, Caló, qui était monté en grade auprès du gouverneur dans l'exacte mesure où il était devenu la cible des persécutions subtiles du secrétaire général. À présent, toutefois, en le voyant sortir en trombe du bureau du gouverneur, Agostinho de Jesus, quoique habitué à être mis à l'écart, ne put dominer sa curiosité :

« Y a-t-il quelque chose que je puisse faire pour aider monsieur le gouverneur ?

– Non, monsieur Agostinho, nous avons tout bien en main. Il faut que je me rende à Príncipe de toute urgence à cause de la visite royale, mais j'ai envoyé Caló s'occuper de cela.

– Je ne sais pas si Caló pourra s'occuper de tout : il y a énormément à faire ces derniers temps.

– Nous avons tout bien en main, monsieur Agostinho. Et si Caló est dépassé par les événements, je ferai venir des renforts.

– Comme vous voudrez, monsieur le gouverneur. Je suis juste venu offrir mes services. »

Une demi-heure plus tard, Caló revint en courant. Il avait déjà convoqué le maire et le major, qui étaient en chemin. Quant au *Mindelo*, il arrivait de Príncipe et on ne l'attendait qu'en fin de journée. Luís Bernardo confia à Caló la mission de guetter le navire et de prier le capitaine de se rendre au palais dès qu'il mettrait pied à terre. Le maire se présenta ensuite et Luís Bernardo lui expliqua que, puisque les préparatifs à S. Tomé étaient tous au point et dans une phase avancée d'exécution et qu'il se rendait compte que très peu avait été fait à Príncipe, il avait décidé de partir pour cette île dès que possible et il lui laissait donc le commandement des opérations jusqu'à son retour dans deux jours, trois au maximum, d'après ses prévisions.

Lorsque le major Benjamim das Neves entra, Luís Bernardo se chargea personnellement de fermer la porte derrière lui, pour s'assurer que personne n'entendrait la conversation.

« Monsieur le major, je vous demande la plus grande discrétion à propos de ce que je vais vous confier en confidence : une révolte a éclaté dans la plantation Infante D. Henrique à Príncipe. Je ne sais pas si le capitaine Dario, qui commande le détachement local, dispose ou non de forces suffisantes pour maîtriser la situation, dont j'ignore d'ailleurs les détails. Voilà pourquoi je désire que vous embarquiez avec moi aujourd'hui même, dès que le *Mindelo* arrivera, avec autant de soldats que le navire en contiendra et dont vous assumerez personnellement le commandement.

Nous embarquerons à la nuit tombée et le plus discrètement possible afin de ne pas provoquer de panique ici en ville. Je vous ferai savoir à quelle heure exactement l'embarquement aura lieu. Les soldats seront évidemment armés et dotés de suffisamment de munitions.

– Oui, monsieur le gouverneur. » Le major se mit au garde-à-vous, fit le salut militaire et sortit sans avoir fait montre de la moindre réaction.

"Comme j'aimerais pouvoir fonctionner comme les militaires !" se dit Luís Bernardo. Il télégraphia au vice-gouverneur António Vieira à Príncipe :

« Embarquerai pour Príncipe dès que Mindelo *disponible, accompagné par major Benjamim das Neves et soldats qui tiendront dans bateau. STOP. J'interdis formellement toute communication directe votre part avec Lisbonne. STOP. Devrez m'informer situation heure par heure jusqu'à embarquement. J'interdis formellement usage force militaire sauf si absolument nécessaire, de même qu'armement de civils ou actions des responsables plantations contre travailleurs. STOP. Devrez assumer personnellement dès maintenant maîtrise situation dans plantation jusqu'à mon arrivée. »*

Une demi-heure plus tard, il recevait la première réponse de Príncipe : *« Situation reste très tendue, mais stable. STOP. Capitaine Dario et trente-cinq soldats dans plantation. Travailleurs cantonnés intérieur. »*

À quatre heures de l'après-midi, un télégramme urgent du ministre Ayres d'Ornellas est arrivé de l'*África*, demandant à Luís Bernardo ce qui se passait exactement à Príncipe et quelles mesures avaient été prises. Luís Bernardo répondit en transmettant les renseignements fournis par António Vieira et en disant que le lendemain matin il espérait être en mesure de donner davantage de détails, qu'il recueillerait sur place. À six heures, le *Mindelo* jeta l'ancre en face de la ville et le commandant reçut l'ordre de débarquer immédiatement et de se rendre au palais du gouvernement. Là-bas, Luís Bernardo lui fit savoir que le bateau et son équipage étaient réquisitionnés pour repartir le soir même à Príncipe, sans passagers, mais avec toutes les places disponibles occupées par des soldats de la garnison locale – ce qui donnait vingt-cinq soldats, précisa le commandant, en plus du major Benjamim das Neves et du gouverneur lui-même. Il fut décidé qu'ils appareilleraient à neuf heures. Luís Bernardo monta chez lui, prit un bain et fit sa valise en y mettant deux tenues et son revolver, il mangea un morceau à la hâte et redescendit pour remettre deux télégrammes à Caló et envoyer deux courriers pour l'île de Príncipe et pour l'*África*, via Lisbonne, indiquant qu'il se mettait en route.

À dix heures du soir il était assis à la proue du *Mindelo*, contemplant les lumières de la ville de S. Tomé qui s'éloignaient à l'horizon. Il faisait une nuit presque sans lune et le navire glissait sur la mer paisible comme sur une route. Une légère brise soufflait, rendant la nuit agréable, et l'air était léger, signe qu'il n'était chargé d'aucune humidité et que l'été était revenu.

XV

À la première clarté de l'aube, la ville de Santo António do Príncipe se découpa à la proue du *Mindelo*, émergeant de la brume comme un radeau vert flottant à la surface désolée de l'océan. Il n'y avait pas d'éclairage public permettant à cette distance de distinguer nettement les contours de cette petite agglomération qui portait le nom de ville. Seuls quelques brasiers allumés se détachaient sur la colline surplombant le bourg, et leur fumée, en s'élevant dans l'air, se fondait aussitôt avec le brouillard qui recouvrait tout le haut de l'île, presque à partir des toits des maisons de la ville. Luís Bernardo fut surpris par cette vue paisible de l'île qu'il imaginait en état de révolte, sinon même en flammes. Au contraire, vue de la mer, à un kilomètre de distance, on aurait pu croire qu'un autre jour pacifique se levait sur cette terre minuscule perdue dans l'océan.

Le *Mindelo* fit retentir sa sirène en franchissant la barre et il glissa tranquillement jusqu'à son point d'ancrage sur la plage où l'on aperçut plusieurs personnes qui l'attendaient déjà. En mettant pied à terre, Luís Bernardo fut aussitôt accosté par le curateur adjoint, José do Nascimento, qui avait été le premier à l'avertir de la tension qui régnait dans l'île. Il apprit de sa bouche qu'apparemment la situation n'avait pas évolué pendant la nuit: en tout cas aucune nouvelle n'était parvenue en ville. Conformément aux ordres de Luís Bernardo, le vice-gouverneur était resté dans la plantation Infante D. Henrique où se trouvaient aussi depuis la veille au matin le capitaine Dario et trente-cinq soldats – presque la totalité de la garnison militaire à Príncipe. Quant à lui-même, il était resté en ville sur les ordres directs du vice-gouverneur, qui estimait que sa présence empêchait les esprits de se calmer.

« Voulez-vous dire que vous êtes soupçonné d'être l'instigateur de la révolte des travailleurs dans la plantation ?

– Non, monsieur le gouverneur, je suis accusé d'avoir voulu les défendre. »

Il soutint le regard inquisiteur de Luís Bernardo. Il y avait de la crainte, mais aussi une fermeté sereine, dans sa façon d'attendre le jugement du gouverneur.

« Racontez-moi donc ce qui s'est passé exactement.

– Il y a plusieurs semaines déjà, commença José do Nascimento, que couraient des bruits à propos d'une atmosphère extrêmement tendue dans l'exploitation D. Henrique, à cause des mauvais traitements physiques infligés de façon tout à fait habituelle par les surveillants et le contremaître, Ferreira Duarte. J'ai décidé d'aller dans la plantation voir de mes propres yeux de quoi il retournait, mais j'ai été pratiquement chassé par l'administrateur, l'ingénieur Leopoldo Costa, qui a nié qu'il y ait eu quoi que ce soit d'anormal ou que des mauvais traitements aient été infligés. Toutefois, à mon retour, j'en ai parlé au gouverneur António Vieira qui m'a dit de ne pas m'inquiéter car, si quoi que ce soit d'anormal se passait, il serait le premier à être au courant. Mais j'ai mes informateurs dans la plantation – j'estime que cela fait partie de mes fonctions – qui m'ont averti que la situation pourrait devenir explosive d'un moment à l'autre. C'est alors que j'ai envoyé un télégramme à Votre Excellence.

– C'est vrai, mais vous n'avez jamais précisé de quoi il s'agissait exactement, l'interrompit Luís Bernardo.

– À ce stade il était difficile de préciser quoi que ce soit : il s'agissait plutôt de rumeurs et d'informations disparates. Mais, quoi qu'il en soit, mardi dernier, à l'heure de partir au travail, les travailleurs ont refusé de bouger. Un natif d'ici, de la troisième génération, je crois, appelé Gabriel, était leur chef et il a expliqué à l'ingénieur Costa que les hommes ne reprendraient le travail que lorsque le contremaître et les deux surveillants, accusés de les fouetter, seraient écartés. L'ingénieur n'a rien répondu et la situation n'a pas changé jusqu'au lendemain. Les hommes sont rentrés chez eux et n'ont pas travaillé. Le lendemain matin, l'administrateur a fait appeler Gabriel, qui parle parfaitement le portugais, et il a dit qu'il était prêt à négocier avec lui à condition que les hommes partent travailler. Il semble que Gabriel ait discuté longuement avec eux jusqu'à les convaincre de reprendre le travail dans la forêt. Mais quand ils sont revenus le soir, il n'y avait pas signe de l'ingénieur ni de Gabriel, que plus personne n'a revu et dont personne ne sait s'il est mort ou vif. Je ne sais pas ce qui s'est passé ensuite, mais c'est alors que quatre d'entre eux ont pris au dépourvu le contremaître Ferreira Duarte et l'ont tué avec leurs coupe-coupe, en même temps que le surveillant Silva, accouru à son secours. Des Blancs ont tiré et cinq Nègres ont été tués ou blessés. Ensuite ils se sont tous réfugiés dans l'atelier de menuiserie où ils se sont barricadés et armés de coupe-coupe et de poignards. Alors l'ingénieur Costa a alerté la ville et le vice-gouverneur Vieira est monté dans la plantation, accompagné du capitaine Dario et de ses soldats. J'ai voulu aller moi aussi là-bas, mais il me l'a interdit expressément. Ça s'est passé hier après-midi, et comme Votre Excellence se trouve ici j'en conclus qu'il vous a averti et mis au courant des événements. Je ne sais rien d'autre depuis lors et, comme je vous l'ai dit, aucune autre nouvelle ne nous est parvenue ici en bas.»

Luís Bernardo garda le silence pendant quelques instants, réfléchissant à ce qu'il venait d'entendre. Puis, il donna ses ordres.

«Bien, vous allez monter avec nous à la plantation. S'il y a des problèmes avec les travailleurs dans une exploitation, la place du curateur des travailleurs est là-bas et non pas ici, à attendre le récit des événements fait par d'autres: quand tout cela sera fini, vous devrez présenter un rapport complet sur ce qui s'est passé, à moi et au ministère à Lisbonne. Major Benjamim das Neves! Envoyez deux ou trois hommes nous quérir des transports, peu importe lesquels, et envoyez aussi quelqu'un voir si on pourrait nous servir rapidement un repas, que je paierai. Je veux que nous nous mettions en route dans une demi-heure. Et faites tout cela le plus discrètement possible.»

Mais la nouvelle du débarquement du gouverneur et de la troupe venue de S. Tomé se répandit vite dans le bourg parmi ceux qui étaient déjà debout à l'aube et très bientôt une petite foule de curieux observa à une distance respectable le groupe rassemblé sur la plage qui bavardait à voix basse, les Noirs avec un regard craintif et les Blancs avec une expression dans laquelle on pouvait lire un sentiment de très net soulagement. Il y avait de la peur dans l'air parmi les Blancs: cela se voyait à l'œil nu, bien que Luís Bernardo, qui faisait les cent pas, feignît de ne s'apercevoir de rien. Il avait ordonné au capitaine du *Mindelo* de les attendre pour lever l'ancre et de se tenir prêt à partir à tout moment et il avait donné au major Benjamim das Neves des instructions afin que dès leur arrivée à la plantation

D. Henrique il place immédiatement sous son commandement les forces locales du capitaine Dario. Peu de temps après, un repas frugal pour la troupe apparut, fait de pain sortant du four, de bouillie de manioc, de fruits et de café. Les hommes du major Benjamim das Neves revinrent aussi avec deux carrioles destinées au transport de passagers, attelées à une paire de mules, qu'ils avaient réquisitionnées dans l'étable municipale. Ils se dépêchèrent de manger et Luís Bernardo donna l'ordre du départ.

La montée vers la plantation Infante D. Henrique dura presque une heure et demie sur de simples pistes ouvertes dans la forêt avec des coupe-coupe et au sol vaguement aplati par des rouleaux de pierre. La marche était si lente et si malaisée que Luís Bernardo descendit de carriole, préférant avancer à pied pendant une demi-heure. Le major Benjamim das Neves et plusieurs soldats avec leur arme en bandoulière suivirent d'ailleurs son exemple. En chemin ils croisèrent uniquement deux Nègres qui venaient de la plantation Sundi et qui, interpellés par le curateur sur l'ordre de Luís Bernardo, répondirent d'un air effrayé qu'ils se rendaient en service commandé en ville et qu'ils n'étaient pas au courant de ce qui se passait dans l'exploitation Infante D. Henrique.

Il était huit heures et demie quand ils aperçurent le périmètre des constructions de la plantation Infante D. Henrique. Luís Bernardo ordonna au major Benjamim de faire descendre tous ses hommes des carrioles et de les mettre en rang de marche. Le major se plaça à leur tête, Luís Bernardo et le curateur fermèrent la marche, suivis des carrioles vides. Un quart d'heure plus tard, ils entraient ainsi sur l'esplanade principale de la plantation. Luís Bernardo aperçut aussitôt un grand édifice latéral entouré de soldats dans une attitude d'attente, signe qu'il n'était pas arrivé trop tard.

Dès que les arrivants s'arrêtèrent, le capitaine Dario, dont le visage présentait les traces d'une nuit blanche, se précipita vers Luís Bernardo qui lui tendit la main et s'enquit immédiatement :

« Comment se présente la situation, capitaine ?

– Rien n'a changé depuis hier, monsieur le gouverneur. Conformément à vos instructions, qui m'ont été transmises par le vice- gouverneur, je me suis borné à placer mes hommes autour de la menuiserie où les travailleurs se sont retranchés depuis hier. Ils n'ont pas essayé d'en sortir et nous n'avons pas tenté non plus de les en expulser.

– Est-ce à dire que vos hommes n'ont pas tiré un seul coup de feu ?

– Pas un seul, monsieur le gouverneur.

– Et combien y a-t-il de victimes à la suite de la lutte entre Blancs et travailleurs qui a précédé votre arrivée ?

– Que je sache, et d'après ce qu'on m'a dit, il y a à déplorer la mort du contremaître, M. Ferreira Duarte, et du surveillant, Joaquim Silva, en plus de trois Nègres et d'un blessé, qui est à l'infirmerie, victimes du feu défensif du personnel de la plantation.

– Très bien, capitaine. Je vous félicite d'avoir exécuté au pied de la lettre les ordres reçus et d'avoir évité ainsi des maux encore pires. À partir de maintenant, vos hommes et vous serez sous les ordres du major Benjamim das Neves et à mon service.

– Oui, monsieur le gouverneur.

– Et maintenant, dites-moi où se trouvent le vice-gouverneur et l'administrateur du domaine ? »

Mais le capitaine Dario n'eut pas à répondre car la porte de la maison de maître s'ouvrit et l'ingénieur Costa, accompagné du vice-gouverneur de Príncipe, António Vieira, en sortit d'un pas pressé.

« Ah, monsieur le gouverneur, ce n'est pas trop tôt ! Comment allez-vous, major ? » L'administrateur de la plantation Infante D. Henrique n'attendit même pas les réponses à ses salutations et ne respecta pas le protocole, de façon à pouvoir être le premier à parler :

« Combien d'hommes avez-vous amenés, major ?

– Nous en avons amené vingt-cinq, s'interposa Luís Bernardo, et pourquoi cette question ?

– Bon, vingt-cinq, plus les trente-cinq du capitaine Dario et les vingt que j'ai réussi à armer, ça donne quatre-vingts armes à feu.

– Et pourquoi donc ? reprit Luís Bernardo.

– Pourquoi donc ? » L'ingénieur Costa paraissait authentiquement surpris par la question. « Mais, pour mettre fin à cette mutinerie, qu'est-ce que vous croyez ?!

– Avez-vous un plan, monsieur l'ingénieur ? » Il y avait une légère ironie dans la voix de Luís Bernardo, mais l'autre ne la détecta pas.

« Nous allons leur donner un délai pour qu'ils sortent et…

– Et s'ils ne sortent pas ? Proposez-vous que la menuiserie soit prise d'assaut ? »

L'administrateur de la plantation comprit enfin que le gouverneur et lui n'avaient pas des projets identiques pour faire face à la situation. Son visage et son ton avaient changé lorsqu'il répondit :

« Bon, j'avais pensé que s'ils ne sortaient pas dans le délai que nous leur aurions accordé, nous les forcerions à le faire en lançant à l'intérieur des torches enflammées.

– Et après ?

– Après ? » L'interrogatoire dérangeait visiblement l'ingénieur Costa. « Après, soit ils sortent et déposent leurs coupe-coupe et leurs couteaux et on verra ensuite, soit, s'ils sont fous, ils sortent et nous tombent dessus et ils n'auront aucune chance d'en réchapper face à quatre-vingts armes à feu.

– Ça non, je vois mal comment ils pourraient en

réchapper, dit Luís Bernardo d'un ton pensif. Et combien d'entre eux voulez-vous tuer, monsieur l'ingénieur ?

– Je ne veux tuer personne, monsieur le gouverneur. Mais, s'il n'y a pas d'autre solution, ceux qu'il faudra pour mettre fin à la révolte. Nous avons déjà fait preuve de beaucoup de patience !

– C'est curieux, monsieur l'ingénieur : dans toutes les plantations que je visite, les administrateurs se plaignent de manquer de main-d'œuvre. Vous, apparemment, ne voyez aucun inconvénient à liquider ce que vous jugerez bon de la vôtre ! »

L'ingénieur Costa recula comme s'il avait reçu un coup de poing. Il était rouge de colère, de désespoir, de haine accumulée au fil des jours et réprimée à grand-peine. Il ne put éviter de laisser transparaître dans le ton de sa voix, lorsque à son tour il interpella Luís Bernardo, les sentiments qui bouillonnaient dans sa poitrine :

« Avez-vous un plan qui soit meilleur ? »

Luís Bernardo le regarda avec un mépris non dissimulé :

« Oui, j'en ai un, j'ai un plan différent, qui ne vous plaira peut-être pas trop. Ou bien croyez-vous que je sois venu ici pour adjoindre mes forces aux vôtres et lancer une opération de massacre généralisé contre les malheureux enfermés dans cette baraque ? Regardez-moi bien : trouvez-vous que j'ai une tête d'assassin ? »

L'autre ne répondit pas. Il bouillait silencieusement de rage.

« Mon plan est très simple : il consiste à élucider ce qui s'est passé, à punir les responsables d'un côté ou de l'autre et à mettre fin à la mutinerie, comme vous dites, sans davantage d'effusion de sang. Sachez que la troupe ici est au service de l'autorité de l'État, que je représente, et non à votre service ou au service de votre soif de sang, déguisée sous une stratégie militaire ridicule.

– Et qui vengera la mort de Ferreira Duarte et de Silva ? J'ai vu comment ces animaux les ont déchiquetés en morceaux avec leurs coupe-coupe. Vous ne l'avez pas vu, vous ne savez pas ce qui s'est passé ici et ce qui pourrait se passer à l'avenir, si personne ne venge ces morts.

– La justice vengera ces morts. La justice du tribunal, pas la vôtre.

– Vos discours, monsieur le gouverneur – l'ingénieur Costa parlait comme s'il crachait les mots – sont du plus bel effet dans les salons à Lisbonne. Mais ici, on est en Afrique, dans l'enfer d'une île de merde où vous ne daignez même pas mettre les pieds, sauf en cas d'urgence ! »

Luís Bernardo estima qu'il lui avait déjà accordé trop d'importance et il lui tourna ostensiblement le dos en s'adressant au vice-gouverneur :

« J'aimerais savoir ce qui s'est passé ici exactement, selon vous.

– Bon, j'imagine que vous savez déjà l'essentiel, monsieur le gouverneur : avant-hier, avant le rassemblement du matin, les travailleurs ont refusé d'aller travailler.

– Et pourquoi ont-ils refusé ?

– Ça, je ne sais pas, je n'étais pas là.

– Et vous n'avez pas essayé de le savoir ? Cela vous paraît plausible qu'ils aient refusé d'aller travailler sans aucune raison ? »

Avant qu'António Vieira puisse répondre, l'intendant s'interposa une nouvelle fois.

« Je vais vous dire, moi, quelle raison ils ont invoquée : ils voulaient la mise à l'écart du contremaître et du surveillant Silva, les deux hommes qu'ils ont assassinés ensuite, et du surveillant Encarnación.

– Et ça, pour quel motif ? »

Cette fois ce fut José do Nascimento qui intervint.

Jusque-là sa présence avait été ignorée aussi bien par l'ingénieur Costa que par le vice-gouverneur de Príncipe.

« Pour le motif qu'ils étaient maltraités par eux. Qu'ils étaient fouettés et privés d'eau et de nourriture.

– Et c'était la vérité, monsieur António Vieira ?

– Je ne sais pas.

– Vous ne savez pas ? Vous n'avez jamais entendu parler de pareille chose ? Vous ne connaissez pas les conditions de travail dans cette plantation ?

– Je les connais et je n'ai jamais entendu parler de pareille chose.

– Monsieur le curateur, ici présent, ne vous a pas averti des griefs qui circulaient parmi les travailleurs de cette plantation et de l'atmosphère potentiellement explosive que cela favorisait ici ?

– Si, c'est vrai, il m'en a parlé, mais c'étaient des bruits non confirmés.

– Et qu'avez-vous fait pour les confirmer ? »

António Vieira garda le silence. Il regardait devant lui d'un air distrait, comme si la question ne le concernait pas.

« Vous voulez dire, monsieur António Vieira – Luís Bernardo parlait lentement, détachant chaque mot, comme s'il s'agissait d'un acte d'accusation – que vous avez été averti par qui de droit, le curateur des travailleurs, que la situation était susceptible de dégénérer à cause des mauvais traitements dont se plaignent les travailleurs de cette plantation, et qu'après avoir été averti vous n'avez rien fait, même pas essayer de savoir si cela correspondait à la vérité et si la situation pouvait devenir vraiment dangereuse ? Vous n'avez rien vérifié, vous ne m'avez rien signalé. Et ensuite, lorsque la révolte éclate et que vous êtes devant le fait accompli, sans même me consulter préalablement, vous tentez d'envoyer dans votre affolement un télégramme à

Lisbonne pour demander rien moins qu'un navire de guerre pour vous venir en aide ! Ai-je raison ou ai-je mal compris ce qu'on m'a dit et ce que vous n'avez pas fait ?

– C'est votre interprétation, monsieur le gouverneur...

– C'est la mienne ? Et la vôtre, quelle est-elle ?

– Moi, ce sont les faits tels qu'ils se sont produits ici qui m'intéressent, plus que les interprétations.

– Ah, les faits qui se sont produits ici ! » Luís Bernardo parlait sur un ton d'ironie fatiguée, comme si le fait de devoir expliquer des choses évidentes pour lui l'ennuyait. « Vous savez donc maintenant quels sont les faits qui se sont produits ici ? Il y a eu cinq assassinats, une révolte qui, si elle n'est pas maîtrisée d'urgence, pourrait s'étendre aux autres plantations de l'île et peut-être même jusqu'à S. Tomé. Et tout cela à quelques jours de l'arrivée du prince de la Beira et du ministre des Colonies, dont la visite ici, à Príncipe, devra bien entendu être annulée à cause de l'atmosphère qui a pu s'installer en raison de votre interprétation négligente des faits. Soyez assuré que je vous rendrai personnellement responsable de cela et de tout ce qui pourra éventuellement encore se produire ! »

Une petite foule constituée de tous les Blancs de la plantation s'était à présent rassemblée autour d'eux. L'atmosphère était clairement hostile à Luís Bernardo. Des yeux rougis par l'absence de sommeil, la colère ou d'anciennes fièvres le regardaient avec une animosité palpable ou même du dédain. L'air était chargé de violence réprimée, d'une odeur de sang à verser, de beaucoup de dureté, de beaucoup de fatigue, de nombreuses frustrations longuement étouffées. En cette heure d'affrontement et de danger, ils se seraient attendus à ce que le gouverneur soit avec eux : les Blancs contre les Noirs, les chrétiens contre les sauvages sans foi ni loi. Et voilà que débarquait ce politicien arrogant de

Lisbonne, à la parole facile et démagogique, qui parlait au nom de l'État et de la justice, comme si ces grands mots pouvaient avoir un sens pour eux qui n'étaient pas ici de passage, mais qui étaient condamnés à un enfer sans fin. Et maintenant même le plaisir fugace d'un jour de fête à l'occasion de la visite prévue du prince du Portugal leur avait été retiré avec une simple phrase prononcée par cet homme de pouvoir qui avait humilié sous leurs yeux le gouverneur de leur île et le contremaître de leur plantation. Maintenant ils savaient qu'il n'y avait pas quatre-vingts Blancs armés contre cinq cents Noirs qui s'étaient mutinés, mais quelque chose de beaucoup plus dangereux et glissant. La volonté d'un seul homme, s'appuyant sur la force militaire qui avait l'obligation de lui obéir.

Seul le major Benjamim das Neves semblait rester à l'écart et être indifférent au sentiment général de ce groupe : rien dans son attitude ou ses gestes ne trahissait les moindre opinion ou jugement personnels. Il avait disposé ses hommes autour de la menuiserie et avait intégré sous son commandement ceux du capitaine Dario comme Luís Bernardo le lui avait ordonné, et maintenant il paraissait simplement attendre les nouveaux ordres du gouverneur, auxquels il obéirait, quels qu'ils soient.

Luís Bernardo se tourna de nouveau vers l'ingénieur Costa :

« Où est le travailleur qui est, dit-on, le meneur de cette révolte et qui s'appelle, je crois, Gabriel ? »

Embarrassé, l'intendant regarda autour de lui comme s'il cherchait le Nègre des yeux. Luís Bernardo se rendit compte qu'il ne s'attendait pas à cette question, ni à ce que le gouverneur soit aussi bien informé. Luís Bernardo insista :

« Où est-il ? Il est mort ? »

L'intendant regarda le gouverneur en face, sans se

laisser intimider. Un rictus de profond mépris lui retroussa les lèvres quand il répondit :

« Non, il n'est pas mort, nous ne sommes pas des assassins ici. Il est seulement blessé.

– Blessé ? Comment a-t-il été blessé ?

– Il a été blessé lors des affrontements qui ont eu lieu. » Il gardait son ton et son expression de défi.

« Quels affrontements, monsieur l'ingénieur ? N'est-il pas vrai qu'il a été amené pour négocier avec vous avant-hier et que les affrontements n'ont débuté que dans l'après-midi, quand il était encore sous votre garde ? Comment a-t-il pu participer aux affrontements ? »

L'ingénieur Costa ne put éviter qu'un éclair de stupéfaction transparaisse dans son regard. Puis ses yeux balayèrent l'assistance et s'arrêtèrent sur le curateur de Príncipe, José do Nascimento : c'était lui le délateur, le traître, c'était sûrement lui qui avait fourni ces renseignements au gouverneur. Il le dévisagea avec haine et fit de nouveau face à Luís Bernardo :

« Il s'est jeté sur moi lorsque nous étions réunis. Nous avons dû le maîtriser par la force. Maintenant il est en détention. »

Luís Bernardo soutint son regard et répondit avec un calme surprenant :

« Eh bien, ordonnez qu'il soit relâché immédiatement et amenez-le-moi ici ! »

L'ingénieur Costa ne bougea pas. Il se tenait jambes écartées, mains sur la ceinture de son pantalon où un revolver était passé. Il cracha par terre et ne dit rien. Luís Bernardo répéta son ordre en martelant les syllabes.

« Vous avez entendu ce que je vous ai dit ? Amenez-le-moi ici immédiatement ou j'ordonne à la troupe de fouiller toute la plantation jusqu'à ce qu'elle le trouve. Et priez le Ciel qu'il soit effectivement vivant. »

L'ingénieur Costa ne bougeait toujours pas. Il s'efforçait d'évaluer ses chances dans ce bras de fer. Il regarda le major Benjamim das Neves qui fumait une cigarette et gardait le silence avec la même expression impénétrable depuis son arrivée. Luís Bernardo regarda lui aussi en coin le major: la même idée que celle qui était venue au gérant de la plantation Infante D. Henrique lui avait traversé l'esprit – pouvait-il compter sur le major, sur sa loyauté et son obéissance aveugle ? Depuis le début, depuis qu'il l'avait convoqué à S. Tomé pour qu'il l'accompagne à Príncipe, il avait tout misé sur cette loyauté et cette obéissance. Son instinct lui disait qu'il pouvait faire confiance à ce militaire, et de surcroît il y avait un autre facteur qui jouait en sa faveur: l'arrivée imminente du prince héritier et du ministre Ornellas. Aucune autorité dans les îles n'oserait défier maintenant le pouvoir du gouverneur et recevoir les dirigeants du Portugal dans un état de révolte contre l'autorité nommée par Lisbonne. Dans d'autres circonstances il se serait peut-être rebellé, mais pas à présent.

L'ingénieur Costa cracha de nouveau par terre. De l'index de sa main gauche il fit signe à deux de ses hommes qui assistaient à la conversation un peu à l'écart et il désigna une des maisons autour de l'esplanade. Ils acquiescèrent du chef et disparurent. Le reste du groupe attendit en silence. Luís Bernardo alla s'asseoir sur un banc de pierre adossé au mur de la maison de maître et alluma une cigarette, savourant le premier moment de paix de la matinée. Il ne savait pas quand il en aurait un autre, il était impossible de prévoir comment et quand tout cela finirait. Il savait seulement que tout recul ou tout compromis était impensable. Il fuma sa cigarette jusqu'au bout, sans que rien se passe, et il l'éteignait par terre avec sa botte lorsqu'un mouvement silencieux de tous les présents, y compris des soldats de garde autour de la menuiserie, lui fit lever les yeux et quitter le banc. Tous regardaient en silence les deux surveillants que l'ingénieur avait envoyés chercher le Nègre tenu pour le meneur de la révolte. Ils venaient d'émerger d'une dépendance latérale, traînant entre eux une forme pliée en deux comme s'il s'agissait d'un ballot de marchandises. Ils s'avancèrent avec elle jusqu'au centre du groupe et la laissèrent tomber par terre. Le Nègre resta assis sur ses pieds nus et gonflés, toujours replié sur lui-même. Ses vêtements étaient en lambeaux, sa chemise n'était plus qu'un chiffon ensanglanté collé à son corps. Des marques bleues de coups et du sang coagulé couvraient ses jambes et son dos exposé au soleil. Plusieurs blessures saignaient encore et sur la jambe gauche le tibia avait percé la peau et apparaissait nettement à la surface sous forme d'une fracture exposée.

Luís Bernardo s'avança lentement vers le centre du cercle, les autres s'écartèrent de mauvaise grâce pour le laisser passer. Il s'approcha du Nègre, mit un genou à terre pour être à la hauteur de ses épaules et tendit la main pour relever avec peine la tête de l'homme qui pendait sur sa poitrine. Ce qu'il vit le fit frissonner d'horreur : la tête du Nègre était littéralement en bouillie. Un œil était complètement fermé, du pus s'en échappait entre les paupières, trois dents de devant avaient été brutalement cassées, l'oreille droite semblait avoir été coupée en deux par un coup de couteau maladroit, des taches noires et du sang coagulé avaient transformé son visage en une grande plaie et un coup profond au-dessus du front exposait la chair sous le cuir chevelu d'où deux filets de sang continuaient à couler. Cet homme avait été rossé sauvagement et de diverses façons. Il était difficile de deviner pendant combien de temps et si c'était dans l'intention de le rouer de coups jusqu'à ce que mort s'ensuive ou de le laisser agoniser lentement. Luís Bernardo se retourna et chercha des yeux l'ingénieur Costa : la même expression de défi était toujours plaquée sur son visage. Cette fois ce fut Luís Bernardo qui cracha ostensiblement en le fixant des yeux. Puis il regarda de nouveau la loque noire affalée devant lui et il lui prit le menton pour avoir son visage au niveau du sien.

« Gabriel… »

Aucune réaction, rien n'indiquait que l'homme avait même entendu son nom.

« Gabriel, tu m'entends ? Je suis le gouverneur de S. Tomé et Príncipe. Je suis ici pour tirer au clair ce qui s'est passé et faire justice à tous, Blancs et Noirs également. Tu ne dois pas avoir peur, car personne ne te touchera plus et celui qui t'a fait ça va le payer. J'ai besoin que tu me parles seul à seul et que tu me racontes ce qui s'est passé. M'entends-tu ? Comprends-tu ce que je suis en train de te dire ? »

Un grand silence suivit, sans que l'homme réagisse. Luís Bernardo pensa qu'il était probablement dans le coma ou dans un état d'inconscience qui l'empêchait de comprendre ce qu'il disait. Mais soudain il se rendit compte que l'homme le fixait de son unique œil ouvert et qu'il faisait un léger signe de tête indiquant qu'il le comprenait. Luís Bernardo se releva et ordonna au major das Neves de demander à deux soldats de le transporter dans un endroit où ils pourraient parler en tête à tête.

Ils le prirent à bras-le-corps et le transportèrent sous un arbre à une vingtaine de mètres du groupe. Ils l'assirent en l'adossant contre le tronc et lui apportèrent un bol d'eau qu'il but difficilement, aidé par un des soldats. Luís Bernardo prit un petit banc de bois qui se trouvait par là et s'assit devant l'homme.

« Gabriel, tu m'entends maintenant ? »

Il répondit oui en inclinant légèrement la tête.

« Tu comprends ce que je te dis ? »

Nouveau signe de tête affirmatif.

« Que s'est-il passé quand on t'a amené devant l'intendant, l'ingénieur Costa, pour que tu lui parles ? »

Gabriel commença à répondre avec énormément de difficulté. Il parlait couramment le portugais, mais les mots avaient de la peine à sortir de sa bouche tuméfiée. Il énonçait les mots très lentement et s'interrompait de temps à autre pour boire un peu d'eau, aidé par Luís Bernardo. Mais il n'avait pas grand-chose à raconter : tout avait commencé, expliqua-t-il, quand le surveillant Joaquim Silva, le plus craint et le plus détesté par tous les travailleurs, avait appliqué un violent coup de fouet à un garçon qui n'avait pas plus de douze ans, lequel travaillait en plein soleil et avait abandonné sa tâche pour aller boire un peu d'eau. Les travailleurs qui assistaient à la scène avaient été révoltés et ils avaient tenu tête au surveillant qui était parti chercher le contremaître Ferreira Duarte. Tous deux étaient revenus avec cinq Blancs armés de revolvers ou de fusils. Le contremaître a écouté les explications des travailleurs, a regardé le dos du garçon marqué par le fouet et s'est borné à les menacer du même traitement pour tous s'ils ne reprenaient pas immédiatement le travail. Cette nuit-là, dans la *sanzala*, les plus vieux se sont réunis après le dîner et il a été décidé que le lendemain matin, quand le rassemblement aurait lieu et que l'ordre de partir travailler serait donné, personne ne bougerait de sa place et que lui, Gabriel, était chargé de demander qu'on fasse venir l'administrateur à qui il dirait qu'ils ne reprendraient le travail que si le contremaître et les surveillants Joaquim Silva et Custódio, dit le « Pilon », étaient démis de leurs fonctions. Il demanderait aussi qu'on fasse venir le curateur de la ville pour qu'ils puissent lui présenter leurs doléances. Ce qui fut fait le lendemain, et quand l'ingénieur Costa est venu sur l'esplanade il lui a ordonné d'entrer dans son bureau et il lui a dit qu'il était disposé à écouter les plaintes des travailleurs et à discuter la solution avec lui, Gabriel, mais pas dans une atmosphère de mutinerie : il ne négocierait avec eux que s'il les convainquait de partir travailler, pendant que tous deux discuteraient. Gabriel est retourné dehors pour parler à ses camarades qui estimaient qu'il s'agissait d'un piège, qu'il ne devait pas rester et qu'il fallait qu'ils se montrent intransigeants dans leur exigence de démission du contremaître et des deux surveillants. Finalement il a réussi à les convaincre et ils sont partis travailler. On l'a alors ramené dans le bureau de l'intendant qui s'est mis aussitôt à le menacer de briser la mutinerie avec des armes à feu si nécessaire et qui a essayé de l'obliger à signer un document selon lequel les travailleurs de la plantation s'étaient soulevés sans aucune raison. Il a refusé et a immédiatement été agressé par quatre ou cinq Blancs armés de gourdins et de casse-tête sous les yeux de l'ingénieur Costa. Il a essayé de se défendre, mais très vite il s'est retrouvé par terre et les coups ont continué à pleuvoir jusqu'à ce qu'il perde connaissance. Il ne savait rien d'autre : il était revenu à lui ce matin seulement et s'était retrouvé enfermé dans une dépendance vide, complètement dépourvue de fenêtre.

Luís Bernardo écouta tout sans l'interrompre. Il dut parfois attendre que l'autre reprenne des forces avec une gorgée d'eau pour pouvoir reprendre le fil d'un récit entrecoupé de sanglots qui n'étaient pas de faiblesse ni des geignements, mais de la pure souffrance physique. En dépit de la tuméfaction de son visage, on y distinguait un air de noblesse et d'intelligence expliquant pourquoi ses camarades l'avaient choisi pour être leur porte-parole et pourquoi les responsables de la plantation l'avaient considéré comme le meneur de la révolte. Et malgré la fracture exposée du tibia, malgré les blessures et les ecchymoses sur tout son corps, on voyait que c'était un beau Noir d'environ vingt-cinq ans, avec une peau plus claire que celle des Nègres d'Angola qui trahissait une présence de plusieurs générations dans l'île et peut-être même un croisement avec du sang blanc ou métis. Un animal blessé, gisant prostré aux pieds de Luís Bernardo. Mais il ne demandait pas miséricorde, il ne semblait pas effrayé non plus : c'était comme s'il avait accepté son destin sans protester. En revanche, Luís Bernardo sentit que le destin de ce malheureux travailleur d'une plantation à Príncipe était devenu pour lui un point d'honneur dans l'accomplissement de sa mission.

« Écoute-moi, Gabriel, commença-t-il, je te crois, je crois tout ce que tu m'as raconté. Mais il faut aussi que toi tu me croies. Je ne suis pas comme eux et je ne vais pas te laisser entre leurs mains, parce qu'ils te tueraient dès que j'aurais le dos tourné. Tu vas venir avec moi à S. Tomé puisqu'ils ne peuvent t'accuser d'aucun crime, tu seras sous ma protection et, si besoin est, dans ma propre maison. Je vais aussi emmener avec moi tes compagnons accusés d'avoir tué le contremaître et le surveillant. Eux sont accusés d'un crime grave et ils seront jugés à S. Tomé. Le contremaître Ferreira Duarte et le surveillant Silva, dont vous demandiez la démission, sont morts. Il reste le "Pilon" et je vais demander à l'intendant de l'écarter de la surveillance des brigades de travail. En échange, je veux que tu viennes avec moi dans l'entrepôt où sont barricadés les travailleurs et que tu les convainques de retourner au travail. Que me réponds-tu ? »

Gabriel le regarda, essayant de déceler chez lui un signe de duplicité. Il avait rarement vu un Blanc tenir une promesse faite à un Nègre. Dieu n'avait pas fait le monde pour que les Blancs prennent les Nègres en pitié ni leur reconnaissent des droits.

« Je ne sais pas…

– Qu'est-ce que tu ne sais pas ?

– Je ne sais pas si je vous crois.

– Tu n'as pas le choix, tu dois me croire. Si je te laisse ici ainsi que tes deux camarades accusés du meurtre du contremaître, vous serez morts avant la nuit. Et si je ramène avec moi les soldats que j'ai amenés de S. Tomé sans résoudre les difficultés inhérentes à la situation, les Blancs de la plantation et les soldats de Príncipe mettront le feu à la menuiserie et, quand tes camarades en sortiront, ils seront abattus à coups de fusil. Ceux qui resteront en vie accepteront d'aller travailler même à coups de fouet.

– Je ne sais pas s'ils vous croiront.

– Peut-être pas, mais ils te croiront toi. Si tu vas là-bas leur dire ça avec moi, ils te croiront. Mais il faut d'abord que tu me croies. Écoute-moi bien, Gabriel : il n'y a rien de plus que je puisse faire pour toi et les tiens ! »

Avant que Gabriel ne puisse répondre, l'on entendit le bruit du trot de deux chevaux qui tournaient au coin de la maison de maître et débouchaient sur l'esplanade de la plantation. Les conversations dans le groupe des Blancs cessèrent instantanément et tous les regards se tournèrent vers les nouveaux venus, un Blanc et un Noir, chacun sur son cheval. Luís Bernardo regarda lui aussi, et de loin la silhouette du cavalier blanc lui parut familière. Quand ce dernier s'arrêta et mit pied à terre, passant les rênes à son accompagnateur, Luís Bernardo reconnut enfin, avec un frisson de terreur, la silhouette de David Jameson qui descendait de sa monture avec l'aisance apparente de l'homme qui se rend à une réunion mondaine. Luís Bernardo se leva précipitamment et courut vers lui.

« David ! Que faites-vous ici ?

– La même chose que vous, Luís, j'imagine…

– Non. Je suis ici en tant que gouverneur, dans le cadre de mes fonctions.

– Et moi dans le cadre des miennes. Ou bien avez-vous oublié que la visite des plantations, que vous êtes censé faciliter, fait partie de mes fonctions ? »

Luís Bernardo était trop tendu et trop fatigué pour trouver du sel à l'ironie fine de son ami. "Zut alors, pensa-t-il, il n'y a rien de plus insupportable que la logique d'un Anglais, surtout quand elle intervient mal à propos !"

« David, vous n'allez pas me dire que vous arrivez ici par hasard, en visite de routine ?

– Non, je ne vous dirai pas ça. Je n'ai pas l'habitude d'être hypocrite, surtout avec mes amis. Il est évident que je ne viens pas ici par hasard. J'ai entendu dire avant-hier que quelque chose de grave se passait ici et hier j'ai profité du trajet régulier du *Mindelo* pour débarquer. J'ai cherché à voir le gouverneur de l'île, mais il était monté ici et pendant toute la journée d'hier je n'ai trouvé personne qui puisse me conduire. Bêtement, ce matin, j'ai dormi trop longtemps et à mon réveil j'ai appris que vous étiez déjà arrivé vous aussi, que vous aviez réquisitionné le bateau, que vous aviez débarqué avec une petite armée et que vous vous étiez aussitôt tous dirigés vers cette plantation-ci. Il m'a fallu ne pas lésiner sur mes livres sterling pour réussir à louer ces deux chevaux et ce guide et venir. C'est la vérité la plus pure. »

Luís Bernardo ne put s'empêcher d'admirer l'instinct de son ami et en même temps de ressentir de l'embarras devant la situation. Ainsi donc le consul anglais avait déchiffré les indices plus rapidement que lui-même et réussi à arriver sur le lieu des événements avant le gouverneur lui-même ! Mais comment avait-il fait ?

« Comment avez-vous su, David ? »

David Jameson baissa les yeux comme un enfant qui tient à garder un secret.

« Ça, Luís, je ne peux pas vous le dire. Cela fait partie de l'exercice de mes fonctions. Ou bien croyez-vous que je suis à S. Tomé uniquement à cause de sa vie mondaine ? »

Luís Bernardo siffla tout bas.

« Chapeau, David ! Mais votre persévérance et votre flair s'arrêtent ici. Si vous n'y voyez pas d'inconvénient, je vais devoir vous renvoyer en ville et dès que je repartirai pour S. Tomé, vous y retournerez avec moi.

– Est-ce un ordre, Luís ?

– Oui, c'est un ordre du gouverneur.

– Vous n'avez pas ce droit, Luís !

– Si, David, vous savez très bien que j'ai ce droit. C'est une affaire intérieure qui ne regarde que le gouvernement de la colonie et j'ai le droit de l'interdire à des yeux extérieurs – et remarquez que j'ai dit extérieurs et non pas étrangers.

– Cela me semble une décision de force et non de droit…

– David, pensez ce que vous voudrez. Je ne vous permets pas de rester ici et je sais qu'à ma place vous feriez de même.

– Qu'en savez-vous, Luís ?

– Je sais qu'à ma place vous agiriez de même.

– Vous vous trompez : lorsque je me suis trouvé dans un endroit semblable à celui-ci – mais, excusez-moi de vous le dire, incomparablement plus important – je n'ai jamais transigé avec la loi… pas même à mon profit. »

Luís Bernardo regarda son ami : il continuait à trouver que quelque chose avait changé entre eux et que ce quelque chose venait de David. Peut-être était-il injuste.

« Nous pourrons discuter de cela une autre fois, comme des amis ou comme vous voudrez. Mais maintenant, David, excusez-moi, mais je vais devoir vous renvoyer. J'ai des questions urgentes à régler.

– Dommage, Luís. Ne pas vouloir de témoins est toujours un mauvais signe. La façon dont vous allez faire face à tout cela était importante pour éclairer ma lanterne. Puisque vous me renvoyez, je suis autorisé à penser que vous allez transiger avec des choses graves. »

Luís Bernardo n'entendit plus, ou feignit de ne pas avoir entendu les paroles de son ami. Une fois de plus, il se laissait guider par son instinct. Pendant toute sa conversation avec David il avait été conscient que le groupe des Blancs suivait le dialogue à une distance leur permettant d'entendre ce qui se disait. Ils attendaient de voir ce qu'il ferait après l'irruption subite de l'Anglais. Il se tourna vers le major das Neves et éleva la voix pour que tous entendent bien :

« Major, vous allez me faire le plaisir de détacher deux hommes du contingent local pour escorter monsieur le consul d'Angleterre et son accompagnateur jusqu'en ville. Une fois là-bas, vous devrez vous assurer qu'il ne quittera pas la ville jusqu'à nouvel ordre. »

David remonta sur son cheval, salua l'assistance d'un grand coup de chapeau et se mit en route au pas, flanqué de son guide et suivi de deux soldats à cheval qui les rejoignirent presque à la sortie de la plantation. Après leur départ, Luís Bernardo revint d'un pas décidé auprès de Gabriel, toujours assis à l'ombre de l'arbre, à l'abri du soleil brûlant, maintenant très haut dans le ciel.

« Alors ? demanda-t-il, soudain pressé d'en finir avec tout cela. Vous venez avec moi ou non ?

– Allons-y », répondit Gabriel en s'efforçant de se lever.

Luís Bernardo ordonna qu'on lui apporte une canne et l'obligea à s'appuyer sur son épaule. Et ce fut ainsi, à tout petits pas chancelants, que le meneur de la révolte dans la plantation Infante D. Henrique entra, appuyé sur l'épaule du gouverneur, dans la baraque où cinq cents paires d'yeux blancs se détachant sur des corps noirs et un fond de semi-obscurité les reçurent dans un silence pesant.

L'odeur qui régnait là était nauséabonde, un remugle de sueur et d'excréments qui stagnait dans l'air raréfié de la baraque. Arrivant de la lumière crue de midi, Luís Bernardo commença par ne rien distinguer dans la pénombre, hormis une masse noire qui se mouvait avec lenteur, comme de la lave à l'intérieur d'un volcan. Une masse sombre, informe, de corps qui ondulaient lentement et respiraient pesamment. Gabriel réussit à imposer le silence à la rumeur grandissante des voix qui s'étaient tues lorsqu'il était entré. Il se mit à leur parler dans un dialecte incompréhensible pour Luís Bernardo, un créole où il distinguait seulement quelques rares mots : gouverneur, S. Tomé, et les noms du contremaître et du surveillant morts. Ensuite Gabriel répondit à plusieurs voix qui l'interpellaient au milieu de la foule, il y eut des altercations, des discussions sur un ton étrange, syncopé, comme s'ils chantaient. Un grand silence suivit et Gabriel se remit à parler. Il parlait lentement et doucement, comme à des enfants. Quand il se tut, un nouveau silence se fit, puis un vieillard dont la barbe blanche brillait dans la pénombre prit la parole et deux jeunes Nègres se détachèrent de cette masse indistincte de corps en sueur et s'avancèrent, se plaçant à côté de Gabriel. Un instant Luís Bernardo pensa que toute cette foule noire allait elle aussi avancer jusqu'à l'écraser contre le mur de l'entrepôt. Il connut un moment de frayeur, de peur à l'état pur, en se rendant compte à quel point il était sans défense devant cette foule d'ombres en sueur et bouillant d'une rage ancienne et longtemps contenue. La sueur coulait aussi tout le long de son corps, mouillant ses cheveux et collant ses vêtements à sa peau. Son cœur battait à se rompre et sa respiration était haletante : il n'aurait pas voulu qu'on le voie ainsi. Au bord de la panique, devant un peloton d'exécution qui discutait encore de son sort. Il sentit Gabriel taper sur son épaule.

« Oui ?

– Voici les deux qui ont tué le contremaître et le surveillant. Ils ont accepté de se livrer à vous pour être jugés à S. Tomé. Faites retirer la troupe maintenant et, si le "Pilon" est écarté des brigades de travail, ils rentreront tous chez eux et demain ils seront au "rassemblement" du matin pour aller travailler. »

Luís Bernardo passa quelques instants à essayer de se rajuster. Il essuya la sueur sur son visage avec sa chemise déjà trempée, il lissa ses cheveux avec ses doigts, respira un grand coup et sortit.

Il rejoignit l'intendant, le curateur adjoint José do Nascimento, le major Benjamim das Neves et le capitaine Dario dans les bureaux de l'administration de la plantation. Ils étaient tous debout et tous les regards étaient fixés sur lui, dans l'attente de ce qu'il allait leur dire. Luís Bernardo continuait à transpirer et il sentait encore dans ses narines et dans ses poumons l'odeur étourdissante qui régnait dans l'entrepôt bourré d'hommes, une odeur de peur et de tragédie sale. Il remarqua un calendrier absurde fixé au mur, arrêté au mois de mars de l'année précédente et qui montrait un paysage alpin couvert de neige, avec un couple skiant main dans la main le long des pentes de la montagne sous la légende « Saint-Moritz, saison des sports d'hiver ». Il eut envie de rire ou de pleurer. De partir, d'oublier tout cela, de fuir vers la neige, d'avoir froid, d'allumer un feu dans une cheminée et de faire l'amour éternellement avec Ann à l'abri de sa chaleur.

« Monsieur l'ingénieur, voici l'accord auquel je suis parvenu avec vos travailleurs : je prends avec moi Gabriel, sur qui aucune accusation ne pèse, au contraire, et j'emmène aussi les deux Nègres accusés de la mort de leur contremaître et de leur surveillant, afin qu'ils soient incarcérés et jugés. Leur autre surveillant, dit le "Pilon", auquel ils reprochent d'avoir le fouet trop facile, sera suspendu des brigades de travail et assumera d'autres fonctions. Il n'y aura de votre part ni châtiments, ni représailles, ni règlements de comptes d'aucune sorte. En échange, ils reprendront le travail demain matin et tout continuera comme avant. La troupe se dispersera à présent dans sa totalité et viendra avec moi, mais monsieur le curateur adjoint, ici présent, élaborera – pour moi, pour le vice-gouverneur António Vieira et pour le ministère – un rapport faisant état de tout ce qui s'est passé ici, des causes, des responsabilités de chacun et des mesures à adopter afin que des situations similaires ne se reproduisent pas ici ni dans d'autres plantations. C'est à prendre ou à laisser : ai-je votre assentiment et votre parole d'honneur que vous remplirez votre part de l'accord ? »

L'ingénieur Costa avait suivi tous les mouvements et toutes les réactions du gouverneur avec la même rage sourde que celle qu'il avait manifestée dès le début de la matinée. Il l'avait vu entrer avec une admiration involontaire dans l'entrepôt où s'étaient claquemurés les révoltés, mais en même temps avec l'espoir qu'il y reçoive la leçon de sa vie. Et maintenant le gouverneur ressortait de là avec une solution qui désamorçait entièrement la violence qui s'était installée et qui exigeait seulement de lui qu'il relève de ses fonctions un de ses employés. Cela l'agaçait énormément et il lui en coûtait de donner son accord au triomphe du gouverneur. La colère l'empêcha de bien juger la situation et il crut pouvoir lancer un dernier défi :

« Je ne peux pas vous répondre comme ça, au pied levé, monsieur le gouverneur. Vous êtes dans une exploitation privée et ce n'est pas vous qui commandez ici, mais mon patron, lequel se trouve à Lisbonne. Il faudra que je le consulte. »

Avant même de lui répondre, Luís Bernardo ressentit presque un sentiment de pitié pour lui. L'homme s'était exposé à être humilié, eh bien, il serait humilié.

« Ah, votre patron, monsieur le comte de Burnay ! Je connais très bien votre patron et vous venez de me donner l'idée de lui écrire directement et de lui relater ce qui s'est passé ici. Je me demande ce qu'il pensera si je lui raconte qu'à cause des mauvais traitements infligés aux travailleurs de cette plantation une révolte a éclaté et a causé la mort de cinq personnes, y compris le contremaître, ce qui a nécessité l'intervention de la troupe et a poussé le vice-gouverneur de Príncipe à télégraphier à Lisbonne pour demander l'intervention d'un navire de la marine de guerre. Cela a provoqué aussi l'arrivée précipitée du gouverneur de S. Tomé ici, l'obligeant à annuler la visite dans l'île de Príncipe de Son Altesse, le prince de la Beira, et de monsieur le ministre des Colonies. Et tout cela sera sans doute rapporté tel quel dans les journaux de Lisbonne à un moment où le Portugal s'efforce de convaincre le monde entier, et surtout l'Angleterre (dont le consul est venu ici lui aussi), que nous traitons les travailleurs des plantations aussi bien que n'importe quels autres Portugais ! Comment croyez-vous que votre patron accueillera ces nouvelles ? »

À mesure que Luís Bernardo parlait, le visage de l'ingénieur passait du pourpre au blanc et du blanc au livide. Lorsque Luís Bernardo se tut, l'ingénieur n'avait plus la moindre goutte de courage pour poursuivre la confrontation. Le comte de Burnay, qui passait pour l'homme le plus riche du royaume, possédait la plantation Infante D. Henrique avec la même nonchalance ou le même simple désir d'accumulation que bien d'autres possessions dont il oubliait même parfois qu'il était le propriétaire : banques, mines, domaines viticoles dans le Douro, propriétés agricoles en Angola, palais à Lisbonne, collections d'art et surtout sa médiation dans presque tous les prêts de la banque internationale à l'État portugais et la mine d'or qu'était le monopole du tabac sur tout le territoire national. Comme l'avait écrit Rafael Bordalo Pinheiro, son slogan était : « Achète, vends, troque, prête. Pose, dispose, impose, repose, vends à crédit, fais échouer et recommence. » D. Luís l'avait fait comte – pour le remercier des prêts constants consentis à la Maison royale – mais il était l'authentique symbole de la bourgeoisie mercantile, haï par la vieille aristocratie. Le comte avait tout, sauf deux choses qu'il ne parvenait pas à contrôler et qu'il désirait plus que tout : le respect de la presse et la sympathie de l'opinion publique. Luís Bernardo avait touché un point sensible et il ne lui restait plus qu'à s'assurer de la reddition inconditionnelle de l'ingénieur :

« Alors, que décidez-vous, monsieur l'ingénieur ? Ai-je votre parole d'honneur, devant ces quatre témoins, que vous allez respecter l'accord obtenu par moi, ou préférez-vous attendre l'avis de votre patron ?

– Vous avez ma parole. Mais écoutez donc une chose, gouverneur : vous n'irez pas loin, à S. Tomé. Vous n'êtes qu'un misérable maître chanteur, un intellectuel arrogant de Lisbonne, convaincu d'être plus intelligent, plus savant et plus noble que tout le monde. J'ai déjà vu des gens comme vous tomber de plus haut. »

Luís Bernardo ne lui répondit pas. Tout était terminé. Il se sentait à présent calme et délivré. Sa seule envie était de rentrer chez lui, de revoir Ann, de se reposer entre ses bras, d'oublier sur son épaule.

« Major, capitaine : réunissez la troupe, nous allons nous mettre en route immédiatement. Amenez les deux prisonniers et dénichez une civière pour Gabriel. Le vice-gouverneur et le curateur adjoint vont rester ici pour veiller au respect de l'accord conclu et ils commenceront à recueillir des témoignages pour leurs rapports qu'ils me télégraphieront dans trois jours au plus tard, et il ne serait pas mauvais que ces rapports concordent.»

Moins de douze heures s'étaient écoulées depuis que le gouverneur et son petit contingent militaire avaient débarqué dans l'île de Príncipe et de nouveau le *Mindelo* levait l'ancre pour retourner à S. Tomé, remmenant les hommes qu'il avait amenés, plus les deux prisonniers de la plantation Infante D. Henrique, plus Gabriel qui avait reçu un traitement sommaire des mains du médecin de Santo António, plus David Jameson que Luís Bernardo avait mandé quérir dans l'unique pension de la ville où il s'était replié. Ils embarquèrent quand il faisait encore jour, mais comme d'habitude sous les tropiques la nuit tomba tôt et rapidement. Luís Bernardo s'installa à la poupe de la petite embarcation à vapeur chargée à présent plus qu'il n'aurait fallu. Il était plongé dans un état de torpeur physique qui était aussi une forme de décompression de toute la tension des douze dernières heures. Il se sentait soulagé par le dénouement des événements et tranquille, conscient d'avoir agi de la meilleure façon possible, compte tenu des circonstances. Il fumait maintenant un cigare et savourait sa douce victoire. Une chose seulement l'angoissait : ne pas pouvoir se précipiter dans les bras d'Ann en arrivant pour tout lui raconter et tout oublier ensuite sur la douceur de sa peau, la tête lovée contre la courbe parfaite et nue de son sein. Ce privilège était réservé à David – qu'il l'exerçât ou non – et Luís n'avait jamais eu l'indélicatesse ni l'impatience d'interroger Ann à ce sujet. Mais la blessure, la jalousie et, surtout, la sensation d'impuissance de ne pouvoir jouir à la lumière du jour de ce dont David jouissait ou feignait de jouir lui étaient une douleur sans rémission ni remède.

Il regarda David, qui fumait une cigarette dans le poste de commandement situé au milieu du bateau et qui, avec son portugais pittoresque, était plongé dans une conversation cordiale avec le commandant. Il admirait profondément chez David cette capacité de s'adapter à toutes les circonstances, n'importe où et avec n'importe qui. Jamais il ne l'avait entendu se plaindre de son exil à S. Tomé ni du destin qui l'avait conduit d'une carrière glorieuse dans l'Empire britannique des Indes au poste le plus obscur que l'administration coloniale anglaise avait eu à lui offrir. Tout au plus, et parfois c'était visible, ce qui lui coûtait le plus c'était que ce retournement dans sa vie soit retombé aussi sur les épaules d'Ann qu'il regrettait très sincèrement de voir si loin de son milieu et de son univers, si loin de la vie qu'il avait eu l'intention de lui offrir quand il avait conquis son cœur et son poste à Delhi. Mais, hormis ce remords et cette douleur qu'on devinait toujours aussi poignants, David était fondamentalement un optimiste qui réussissait à tirer parti de tout et qui semblait ne jamais perdre son temps. En fait, tout paraissait retenir son attention, même ici à S. Tomé où les sujets d'intérêt étaient rares. Arrivé il y avait un peu moins d'un an, il savait déjà tout sur la culture du cacao ou sur l'administration des plantations, il savait tout sur le gouvernement des îles – y compris même sur le budget à la disposition de Luís Bernardo – il savait tout sur la géographie de l'île qu'il avait arpentée presque entièrement – montagnes, rivières, criques, vents dominants, faune de la forêt. En ce moment même il discutait avec le commandant du *Mindelo* le régime des courants entre S. Tomé et Príncipe et il était même allé inspecter le moteur sous le poste de commandement. Luís Bernardo ne doutait nullement qu'en cas de nécessité il serait capable de mener tout seul le bateau jusqu'à S. Tomé.

Depuis que Luís Bernardo l'avait appelé pour embarquer, les deux hommes n'avaient pas échangé un seul mot à bord : David s'était introduit dans le poste pour bavarder avec le commandant et Luís Bernardo s'était installé à l'arrière pour se livrer à son sport favori qui consistait à contempler les étoiles dans le ciel tout en fumant un Partagas. La fatigue due aux événements de la journée et de la nuit blanche précédente pendant la traversée entre les îles faisait son effet et il étendit les jambes et appuya la tête sur un rouleau de cordages pour somnoler un moment. Il venait de jeter son cigare par-dessus bord et il sentait ses yeux se fermer lorsqu'il s'aperçut que David s'asseyait à côté de lui.

« Un petit somme après la mission accomplie ? »

Luís Bernardo se rassit lui aussi. Dans l'obscurité il ne parvenait pas à voir si David avait ou non une expression d'ironie.

« Luís, je tiens à vous dire que je n'éprouve aucun ressentiment. Ici, en tête à tête, je reconnais que vous aviez raison là-haut : moi aussi, à votre place, je vous aurais chassé de là. Et donc je n'aurais pas dû dire ce que j'ai dit à propos du fait de ne pas vouloir de témoins.

– *No hard feelings*, David…

– Sérieusement, Luís, je pense que vous avez fait ce que vous deviez faire et je n'ai aucun reproche quant à votre façon de procéder.

– Mais cela n'adoucira en rien le rapport que vous allez envoyer à Londres…

– Peut-être que si. Je dirai sincèrement ce que je sens. À savoir qu'il y a ici beaucoup de gens pour qui le travail forcé et la loi du fouet ne sont pas encore passés de mode. Mais que S. Tomé a maintenant un gouverneur qui ne partage pas ces idées et qui, jusqu'à preuve du contraire, représente son gouvernement et bénéficie de son appui. »

Luís Bernardo soupira. C'était de nouveau le genre de conversations qu'ils avaient eues jusqu'à récemment. Chacun campant sur sa position, séparés par leur mission, mais unis par les mêmes idées et par la sympathie personnelle qu'ils éprouvaient l'un pour l'autre.

« Oui, David. Mais personne ne sait comment tout ça va finir. Qui d'eux ou de moi remportera la victoire.

– Ni de quel côté sera votre gouvernement à l'heure décisive... » ajouta David, devant le silence de Luís Bernardo. « Luís, il y a une chose que je peux prévoir, c'est que les choses se décideront assez vite. J'ai été informé qu'une réunion cruciale entre les importateurs anglais de cacao et les propriétaires des plantations de S. Tomé est prévue à Lisbonne d'ici à six mois, en novembre ou en décembre. C'est là qu'il sera décidé si le boycottage anglais des produits de S. Tomé aura lieu ou non. »

Luís Bernardo essaya de le regarder dans les yeux, malgré l'obscurité :

« À supposer que vos rapports soient décisifs pour l'attitude des importateurs, cela signifie-t-il que je dispose de moins de six mois pour vous convaincre que c'est moi qui vais gagner la partie ? »

David sourit et ce fut son tour de garder le silence. Il sortit une cigarette de son étui en argent qui l'accompagnait toujours, il la tendit à Luís Bernardo et en alluma une autre pour lui-même. Ils fumèrent leur cigarette en silence jusqu'au bout, puis Luís Bernardo déclara qu'il allait essayer de dormir. Mais David avait encore une chose à lui dire :

« Luís, j'ai pensé à ce Nègre à moitié mort des coups reçus et que vous avez arraché aux griffes de ces sauvages. Comment s'appelle- t-il donc ?

– Gabriel.

– Gabriel. Bien, que pensez-vous faire de lui ?

– À vrai dire, je n'ai pas encore réfléchi à la question.

Je pense que, si aucune idée ne me vient d'ici notre arrivée à S. Tomé, je l'emmènerai chez moi et je verrai ensuite.

– Luís, vous ne pouvez pas faire ça ! Vous ne pouvez pas emmener chez vous le meneur d'une révolte dans une plantation, même si aucun crime ne peut lui être imputé. Pour tous cela signifierait que le gouverneur a pris parti ouvertement pour un des camps : à la veille de l'arrivée de votre ministre, ce serait très dommageable pour votre position.

– Vous avez raison, mais quelle solution proposez-vous ?

– C'est à cela que servent les amis : je l'emmènerai chez moi. On pourra dire de moi que je protège les travailleurs en révolte, cela n'améliorera ni n'empirera mon image. Je le ferai soigner et je le garderai à mon service. Je trouverai quelque chose d'utile à lui faire faire, ne serait-ce qu'accompagner Ann dans ses promenades. Parfois ses balades à cheval dans l'île me préoccupent.

– David, je vous remercie infiniment. Vous me tirez une épine du pied dont je n'avais même pas conscience.

– Ne me remerciez pas, cela ne me coûte rien. Et comme je vous l'ai dit, un *escort-boy* pour Ann me tranquillisera un peu. »

Luís Bernardo réfléchit à la dernière phrase de son ami. Il hésita un instant, mais se décida à lui poser une question dont il devinait déjà et craignait la réponse :

« David, puis-je vous poser une question personnelle ?

– Bien sûr.

– Est-ce que vous supporteriez tout ça ici sans Ann ? »

David ne répondit pas immédiatement, comme s'il voulait d'abord bien peser ses mots.

« Il est difficile de répondre... la vie m'a enseigné

que notre capacité de résistance et de souffrance est toujours plus grande que nous ne le croyons. Je pense qu'à la limite, si je n'avais pas le choix, je supporterais S. Tomé seul, comme vous, Luís, le supportez. Ce que je n'aurais pas supporté c'est qu'Ann m'abandonne après l'Inde. Si elle m'avait quitté alors, je n'aurais pas survécu.

– Et si elle vous quittait maintenant ?

– Cela n'aurait pas de sens de me quitter maintenant. Mais, si elle le faisait, je la suivrais. Au bout du monde. Pourquoi me demandez-vous ça ?

– Pour rien. C'est la réponse à laquelle je m'attendais. »

Luís Bernardo s'étendit de nouveau pour dormir. Avant de fermer les yeux, il regarda une nouvelle fois les étoiles dans le ciel. Elles indiquaient toutes le chemin vers chez lui.

XVI

Préparée comme s'il s'agissait d'une opération militaire, la visite du prince héritier à S. Tomé fut le succès populaire que le ministre Ayres d'Ornellas avait tant souhaité et recommandé. Luís Bernardo, qui s'était découvert une vocation insoupçonnée d'organisateur de fêtes et de manifestations populaires, n'avait pas ménagé ses efforts, bien qu'en son for intérieur l'impression que le mérite de son gouvernement d'un an et demi à S. Tomé serait en grande partie évalué par le ministre en fonction du succès de la manifestation et de sa réception par le peuple l'agaçât considérablement. Mais il avait réussi à mobiliser l'enthousiasme du maire – avec qui il avait toujours eu de bonnes relations, encore que strictement officielles – et, avec sa collaboration, tous deux étaient parvenus aussi à susciter une sorte d'émulation collective entre les commerçants, les habitants de la ville et la population en général. Des magasins comme la Casa Vista Alegre, la Casa Braga et frère, la Casa Lima & Gama ou la brasserie Elite, point de rencontre de toute la ville, rivalisèrent entre eux pour la décoration de leur façade et les retouches apportées à une peinture que le temps, le sel et l'humidité avaient défraîchie. Dans les rues principales de la ville – la rue Matheus Sampaio, la rue

Conde de Valle Flor, la rue Alberto Garrido ou la rue General Cisneros, la mairie et les habitants avaient uni leurs forces, leur argent et leurs bras pour installer une décoration féerique qui incluait un arc de triomphe à l'entrée, normalement orné des armes royales, et une profusion de poteaux surmontés de drapeaux, de ballons, d'étoffes et d'arcs superposés et agrémentés de guirlandes de fleurs d'un coin à l'autre des rues. Les rues avaient été aplanies et nettoyées, les massifs de fleurs arrosés et réaménagés le matin même de l'arrivée du prince. Par manque de crédits c'était finalement la façade des édifices publics qui avait été le moins restaurée, à commencer par la cathédrale hideuse par laquelle le prince commencerait d'ailleurs sa visite.

L'*África* arriva comme prévu le matin du 13 juillet et le transbordement à terre s'effectua dans les chaloupes à rames du navire. D. Luís Filipe lui-même faisait office de timonier dans l'une d'elles. Depuis que D. João VI, cent ans plus tôt, s'était enfui au Brésil avec toute la cour pour échapper à l'invasion française de l'armée de Junot, jamais plus un membre de la famille royale régnante n'avait mis le pied dans un territoire portugais outre-mer, depuis l'île de Madère pourtant proche jusqu'à la très lointaine île de Timor, à l'exception d'un bref voyage de D. Luís quand il était encore infant.

L'héritier du trône des Bragance débarqua sur le ponton-quai de S. Tomé vêtu de ce qu'on appelait alors « l'uniforme colonial » de la marine – pantalon et souliers blancs, dolman blanc avec des boutons dorés, des épaulettes et un képi blanc. D. Luís Filipe venait d'avoir vingt ans, mais son visage était encore presque celui d'un garçon de dix-sept ans, dont les yeux bleus et les cheveux à reflets blonds trahissaient du sang venu d'Europe centrale. Il arriva avec le sourire, de bonne humeur et curieux de tout ce qui l'entourait, fidèle à sa réputation et à sa nature. Par une disposition protocolaire préétablie, le prince était attendu sur le quai de débarquement uniquement par le ministre Ornellas et sa petite suite, par Luís Bernardo, par le maire, Jerónimo Carvalho da Silva, et par les personnes qui recevraient Son Altesse dans les plantations qu'elle visiterait – le comte de Valle Flor, arrivé la veille à bord de son propre voilier en provenance du Havre, et monsieur Henrique Mendonça, à S. Tomé depuis une semaine.

Le groupe se dirigea aussitôt à pied vers la cathédrale le long d'une allée humaine délimitée par un cordon de policiers et de soldats chargés d'endiguer la foule qui criait : « Vive le prince héritier ! Vive notre roi ! » Dans la cathédrale, monseigneur Atalaia célébra un *Te Deum* pour remercier Dieu de la mer favorable qui avait amené Son Altesse jusque-là. La cérémonie fut rapide, mais très touchante, semble-t-il, aux yeux des dames de la colonie qui n'arrêtaient pas de renifler et de sortir leur petit mouchoir pour sécher des larmes d'attendrissement. À la sortie, le cortège monta dans six carrosses ornés de fleurs et dont le harnachement étincelait au soleil, et il se dirigea en une marche lente et freinée par la foule jusqu'au palais du gouvernement, escorté à chaque extrémité par un détachement de la cavalerie locale placé sous le commandement du major Benjamim das Neves.

Les domestiques et tout le personnel du secrétariat du gouvernement attendaient, alignés dans le jardin du palais et revêtus de leurs plus beaux habits du dimanche. D. Luís Filipe les salua tous d'un signe de tête et remercia pour les « Vive le prince » d'un geste de la main. Sebastião était posté à la porte, au garde-à-vous dans son uniforme blanc à boutons dorés, étrangement semblable à celui du prince, n'était l'absence de rubans de décoration. Luís Bernardo tint à le présenter personnellement à D. Luís Filipe qui sourit en entendant le nom de Sebastião Luís de Mascarenhas e Menezes et serra la main gantée de blanc de ce noble à la peau noire. Les yeux de Sebastião s'emplirent eux aussi de larmes pendant qu'il adressait un regard de gratitude muette à Luís Bernardo. "La monarchie est une chose bizarre !" pensa le gouverneur en pénétrant dans la maison derrière le prince de la Beira.

Des rafraîchissements furent servis dans le jardin et tous, assis sans aucune cérémonie sur des chaises, se reposèrent pendant une demi-heure. D. Luís Filipe avait hérité de son père – et non de sa mère française – une simplicité de manières attachante et un goût réel pour la nature. Il demanda à Luís Bernardo le nom des arbres du jardin, voulut savoir ce qu'on pêchait et chassait dans l'île. Le moment de repos fini, et comme convenu, le prince reçut les hommages de tous les notables de l'île, les uns après les autres : un défilé de quarante hommes, militaires, magistrats, fonctionnaires du gouvernement et commerçants de l'endroit que Luís Bernardo présentait, parfois avec un certain embarras, comme dans le cas du représentant du Ministère public, du curateur ou du secrétaire général du gouvernement. Mais personne ne put se plaindre d'avoir été oublié par le gouverneur, ni pendant cette séance de présentation, ni lors du banquet officiel qui eut lieu le soir.

Les présentations terminées, et après que D. Luís Filipe fut monté se changer dans ses appartements, le prince, le ministre, le gouverneur et l'officier d'ordonnance de Son Altesse, le lieutenant et marquis de Lavradio, déjeunèrent en privé. Sebastião servit avec distinction l'excellent déjeuner léger de salade de langouste bouillie et de poulet au citron que Luís Bernardo avait imposé à la cuisine, malgré les protestations de Mamoun et de Sinhá, pour qui un déjeuner de prince ne pouvait comporter moins de six ou sept plats. Mais il n'avait pas cédé et les invités lui donnèrent raison, mangeant avec un plaisir évident et louant la sage décision de n'avoir rien prévu de lourd par cette chaleur. D. Luís Filipe continua à faire les frais de la conversation, montrant une curiosité infatigable pour tout ce qui concernait l'île que Luís Bernardo faisait de son mieux pour satisfaire. Ayres d'Ornellas, que Luís Bernardo connaissait seulement de nom et par les trois ou quatre télégrammes qu'il avait échangés avec lui depuis l'accession de ce dernier au ministère, parlait peu et semblait jauger le gouverneur de ses petits yeux pénétrants. Il avait participé aux campagnes de Mouzinho, lequel avait déjà placé deux de ses anciens compagnons d'armes au gouvernement de l'Angola et du Mozambique. Il avait hérité Luís Bernardo du ministre précédent et surtout du choix du roi. Mais il était bien renseigné sur ce que Luís Bernardo avait fait à S. Tomé par les rares échos élogieux à propos du gouverneur qui lui étaient parvenus de la colonie et par les nombreuses critiques et haines qu'il semblait provoquer sur place. Cependant, en homme avisé qu'il était, il souhaitait connaître d'abord le personnage avant de se rallier entièrement à ce qui lui paraissait être des critiques fondées émises par une certaine presse à Lisbonne « de la politique zigzagante, sans but ni avantage apparent pour le Portugal » du gouverneur de S. Tomé. Quand le ministre intervenait dans la conversation, il se bornait à s'enquérir de faits concrets intéressant le gouvernement de la colonie et il semblait éviter délibérément les questions délicates de nature politique. Ou peut-être attendait-il que Luís Bernardo aborde ces sujets.

Celui-ci, à son tour, hésitait aussi sur la voie à suivre. À son retour de l'île de Príncipe, cinq jours plus tôt, et une fois la révolte locale maîtrisée, il avait envoyé au ministre à bord de l'*África* un télégramme pour lui rendre compte du dénouement de la mutinerie et en même temps pour déconseiller l'envoi du navire de guerre sollicité par le gouverneur de Príncipe ainsi que le maintien de l'escale dans l'île du groupe venu de Lisbonne, après son départ de S. Tomé. La seule réponse qu'il avait reçue lui demandait de considérer comme annulée la visite dans l'île infréquentable et de faire en sorte que cette affaire ne s'ébruitât pas à S. Tomé. Depuis qu'il avait débarqué et sûrement parce qu'il n'en avait pas eu l'occasion, le ministre ne lui avait pas touché un seul mot de ce sujet. Et maintenant Luís Bernardo ne savait pas s'il devait attendre qu'il le fasse ou s'il devait prendre l'initiative et quand et comment – en présence de D. Luís Filipe ou en tête à tête avec Ayres d'Ornellas ?

Ses pensées furent interrompues par une interpellation directe du jeune prince :

« Vous ne pouvez imaginer le plaisir que j'éprouve à me trouver ici ! Ce que signifie pour moi, pour mon père et je pense pour le pays tout entier le fait de pouvoir les représenter ici sur ce morceau de Portugal si lointain et si différent, mais qui est aussi et ô combien, d'après ce que j'ai pu deviner, le Portugal !

– Je crois le savoir, car je connais les idées de monsieur votre père à propos de l'importance des colonies et je ne doute pas qu'elles correspondent à celles de Votre Altesse. C'est un jour historique pour S. Tomé et pour le Portugal, nous en sommes tous conscients.

– Vous savez que mon père vous tient en haute estime, gouverneur. Avant mon départ il m'a parlé de vous. Il m'a dit combien la mission qui vous a été confiée était ardue, délicate et importante pour nos intérêts. Nous espérons tous que vous la mènerez à bonne fin et nous sommes convaincus que vous êtes l'homme qu'il faut pour ce faire. N'est-ce pas, monsieur le ministre ? »

Ayres d'Ornellas sembla pris au dépourvu, mais il réagit vite :

« Absolument. Nous espérons tous que le gouverneur Valença saura mener le navire à bon port. » Il fit une pause délibérée et poursuivit : « Avec du doigté, du bon sens et tout en maintenant l'équilibre nécessaire entre les différents intérêts en jeu. »

Et il regarda Luís Bernardo qui rougit légèrement et se contenta de baisser la tête en signe d'assentiment.

« Mais nous parlerons de ces questions plus tard, continua le ministre, entièrement maître de la situation. D'ailleurs, au milieu du programme des visites, le gouverneur et moi devrons nous rencontrer pour un entretien de travail.

– Bon, alors sortons dans la rue pour aller au-devant du peuple qui doit attendre avec impatience que nous ayons fini de déjeuner ! » conclut D. Luís Filipe d'un ton jovial en se levant de table. Tous le suivirent.

La ville tout entière attendait le prince de la Beira dans les rues. D. Luís Filipe et sa suite descendirent de carrosse et s'avancèrent au milieu de la foule. Accompagnés du maire qui débordait d'orgueil et d'émotion, ils parcoururent longuement les rues décorées avec zèle et à grands coups de dépenses municipales. Le prince s'arrêtait à chaque pas pour saluer les badauds, pour répondre à quelqu'un qui lui disait bonjour, pour parler aux commerçants sur le seuil de leur boutique. Après le tour dans les rues qui dura bien deux heures, D. Luís Filipe visita la mairie où il but un porto d'honneur, reçut les clés de la ville des mains du maire, signa le Livre d'or et écouta un bref discours de bienvenue bredouillé par celui-ci. Puis le prince voulut encore visiter le marché en plein air où il acheta plusieurs objets de fabrication artisanale, après quoi le cortège princier remonta en carrosse pour aller voir la forteresse de S. Sebastião qui surplombait la baie d'Ana Chaves. Vers six heures de l'après-midi, le prince, son officier d'ordonnance et l'aide de camp revinrent au palais du gouvernement où ils étaient logés, afin de se reposer, de prendre un bain et de se changer pour le dîner, tandis que les autres, parmi lesquels le ministre Ornellas, retournèrent à bord de l'*África* où ils passeraient la nuit. Luís Bernardo profita de l'intervalle de deux heures dans le programme officiel pour vérifier les derniers préparatifs du banquet qui aurait lieu dans la salle de bal au rez-de-chaussée, comme lors de sa propre arrivée. Mais cette fois il avait opté pour un simple banquet, sans bal, pour deux cents personnes – ce qui incluait pratiquement toute la communauté blanche de l'île et une demi-douzaine de Noirs. Toutes les autorités locales et de Príncipe avaient été conviées, tous les administrateurs des plantations, tous les principaux commerçants, les officiers de l'armée et de la police, l'évêque et les curés, les médecins, les magistrats, les ingénieurs des travaux publics, bref, tous ceux qui étaient quelqu'un dans ce Portugal lointain, comme l'avait appelé le prince.

Le prince avait été placé à un bout de la table d'honneur et Luís Bernardo à l'autre. Deux femmes seulement étaient assises à cette table (en plus de l'évêque que l'on pouvait considérer comme appartenant à un sexe neutre), l'épouse du maire et celle du consul d'Angleterre. Comme le voulait le protocole, D. Luís Filipe avait à sa droite l'épouse du maire et à sa gauche le consul d'Angleterre, et Luís Bernardo à sa droite Ann et Ayres d'Ornellas à sa gauche. Le comte de Valle Flor fut assis à droite d'Ann et monsieur Henrique Mendonça à côté de l'épouse du maire. L'évêque, le juge et le reste de la suite venue de Lisbonne complétèrent la table avec le comte de Souza Faro, administrateur résident de la plantation Água Izé. D. Luís Filipe mobilisait l'attention de tous, mais Ann attirait tous les regards masculins, surtout ceux des jeunes officiers de la suite princière. Elle était resplendissante dans sa robe légère en soie blanche qui dénudait ses épaules, ses bras et son décolleté étourdissant où étincelait un pendentif en saphir au bout d'une chaîne en or ouvragé. Ses cheveux retombaient sur ses épaules en une cascade de boucles blondes et un trait léger autour des cils accentuait le contour et l'éclat incandescent de ses yeux. Tous, y compris Luís Bernardo, étaient troublés par sa présence et sa beauté. Le prince à une extrémité de la table et la reine à l'autre. Et à sa droite, multipliant les attentions et les regards obliques, le comte de Valle Flor lui jurait qu'il n'avait rencontré à Paris d'où il était arrivé la veille sur son voilier privé aucune femme plus élégamment vêtue qu'elle. Luís Bernardo remarqua que tous les regards des convives assis aux tables à la ronde convergeaient vers la leur. Ils se portaient d'abord sur le prince, observé avec curiosité et ravissement, et aussitôt après sur elle, sans pudeur et sans complaisance. Les hommes sans pudeur, les femmes sans complaisance. Rien n'est plus libidineux que le regard qu'un homme marié à une femme laide lance à la dérobée sur une jolie femme ; et aucun regard n'est plus meurtrier que celui que lance la femme mariée laide sur l'objet des regards de son mari. Toutes les dames présentes, exilées du monde et de ses contingences subtiles, avaient investi du temps, des souffrances, de l'argent et des angoisses dans les préparatifs de leur toilette pour ce soir-là. Elles avaient cru trouver la solution dans la Casa Parisiense, rue Matheus Sampaio, dans les derniers modèles et tissus en vogue dans toute l'Europe. Et soudain la simple vue d'Ann dans sa robe à bretelles en soie blanche, de son dos, de ses épaules et de sa gorge altière dénudée, du saphir dans un décolleté qui était tout un univers de promesses, avait suffi pour anéantir et jeter à terre tous leurs artifices. Car aucun artifice ne résiste à l'évidence d'épaules droites, d'un dos nu à la peau douce, d'une poitrine exubérante et rehaussée, défiant les conquérants telles des montagnes. Ann détruisait tout autour d'elle avec son sourire modeste, comme si elle s'excusait publiquement d'être aussi belle et aussi inexorablement désirable.

Assis exactement en face d'elle, Ayres d'Ornellas était l'exception. Il semblait la regarder, non pas avec des yeux de mâle en rut comme tous les autres, mais avec la perspicacité de l'homme politique qui, *noblesse oblige*, est un être asexué en public.

À ce moment précis, le comte de Valle Flor s'efforçait de satisfaire la plus naturelle des curiosités : à l'évidence loin de son milieu dans ce pays, comment réussissait-elle à occuper ses journées dans ce lieu d'exil où il n'y avait même pas quatre personnes pour constituer une table de bridge ?

« *My dear count*, et Ann lui lança un sourire en coin capable de faire fondre un iceberg en plein hiver arctique, j'ai vécu en Inde, jamais en Europe. J'ai appris qu'il fallait s'adapter aux circonstances et qu'il y avait partout matière à trouver de l'intérêt aux choses. Ce sont les gens qui font les lieux et non pas le contraire. »

Et, tandis que sa main droite se posait dans un geste de coquetterie négligent sur le bras d'un comte déjà complètement séduit, sa jambe gauche avait rencontré celle de Luís Bernardo sous la table et restait là, glissée entre ses cuisses, en une provocation silencieuse à la limite du supportable.

« Ah, que dites-vous de cette réponse, Ornellas ? » Le comte arborait un sourire heureux de conquérant, tout faraud d'exhiber aux yeux du monde l'objet de sa perdition. « Quand la beauté s'allie à l'intelligence, que pouvons-nous faire, nous autres simples mortels, sinon respirer son parfum éphémère ? »

Ornellas considéra la question avec toute la gravité requise par une affaire d'État :

« Eh bien, tout ce que je puis dire, mon cher comte, c'est que l'Angleterre nous a demandé l'autorisation d'envoyer ici un consul résident, mais elle ne nous a pas prévenus que celui-ci serait accompagné d'une dame de cette beauté et de cette intelligence, comme vous avez dit.

– Si elle vous en avait avertis, le gouvernement aurait accepté, n'est-ce pas ? » Le comte continuait à badiner, mais le ministre, lui, étrangement, ne s'était pas départi de son sérieux :

« Sûrement pas, nous aurions mesuré le danger. »

Luís Bernardo sentit une sueur froide sourdre de tout son corps, d'autant plus qu'ensuite vint le moment des toasts, et il dut se débarrasser de la jambe d'Ann enchevêtrée dans les siennes pour pouvoir se lever et, comme prévu dans le programme protocolaire, adresser un discours de bienvenue au prince héritier. Il avait préalablement répété son discours, mais ayant choisi de parler sans papier, il oublia un certain nombre d'idées qu'il aurait voulu évoquer. Les formalités terminées, il répéta l'idée que le prince Luís Filipe représentait son père le roi, dont lui-même, Luís Bernardo, connaissait bien la pensée politique à propos des colonies en Afrique, pensée qu'il partageait et qu'il s'efforçait de mettre en œuvre. C'était la partie politique de son discours et, bien qu'il lui fallût continuer à être ambigu pour ne pas gâcher la fête, il balaya d'un regard circulaire le prince, le ministre et l'assemblée des convives de la colonie et aborda le vif du sujet :

« J'espère et je suis convaincu qu'au cours de ce voyage, et pas uniquement à S. Tomé et à Príncipe, Votre Altesse royale et Votre Excellence, monsieur le ministre, vous rendrez compte que tous les Portugais résidant dans ces colonies africaines, et qui s'efforcent de survivre ici dans des circonstances d'une dureté et d'une difficulté que beaucoup ont du mal à imaginer, ont conscience que ce faisant ils servent aussi le Portugal. Qu'ils sont les héritiers et les continuateurs de l'œuvre immense que furent la découverte, la défense et le peuplement de ces territoires par nos ancêtres, et qu'ils savent qu'aujourd'hui, à l'aube du XXe siècle, en cette ère de merveilles comme le téléphone, l'électricité et les automobiles – qui ne sont pas encore parvenues jusqu'ici – les empires ne se justifient plus seulement par le droit de la découverte, mais aussi par un effort de civilisation, et qu'ils ne se défendent plus simplement par l'épée ou par le canon, mais surtout par la raison et par la justice. Voilà pourquoi d'autres puissances, qui ne possèdent pas de titres de découverte ou de conquête, revendiquent aujourd'hui des droits sur ce que nous considérions comme nous appartenant et étant acquis en se fondant sur les nouvelles conceptions humanistes et civilisatrices de ce siècle. Mais je suis certain, et Votre Altesse est sûrement de cet avis, que personne ne pourra raisonnablement nous donner des leçons dans ce domaine. Je suis certain que, par-delà toute divergence de stratégie ou de toute autre nature, ici, par exemple, dans cette colonie de S. Tomé et Príncipe qui vous appartient, tous, depuis le plus humble des fonctionnaires jusqu'au gouverneur, ont conscience que leur tâche essentielle est la défense des intérêts du Portugal à la lumière de ce qu'est aujourd'hui le droit international reconnu par les nations civilisées. Dont nous avons toujours fait partie et dont nous continuerons assurément à faire partie. »

Après les toasts et une fois l'hymne chanté, quand tous se levèrent de table, Ornellas retint un instant Luís Bernardo par le bras et sans que celui-ci comprenne si ses paroles étaient ironiques ou sincères, il lui dit à mi-voix :

« Un beau discours ! Il est fatal qu'après cela, si vous le souhaitez, une belle carrière politique vous attende à Lisbonne. »

Le prince, lui, ne montra par aucun signe qu'il avait interprété, bien ou mal, les messages codés contenus dans ce discours. Contrairement à Ann qui profita de la confusion qui se produisit quand tous se levèrent de table pour lui serrer longuement et vigoureusement la main et contrairement à David qui le rejoignit pour lui dire à la dérobée dans le creux de l'oreille :

« La moitié des présents qui ont saisi le sens de vos paroles ne me semblent pas les avoir beaucoup appréciées. Quant à votre prince, je n'ai pas encore compris si quelqu'un l'a mis au fait de toute la complexité de la situation... »

Les convives se dispersèrent dans le jardin et bavardèrent en petits groupes jusqu'à presque dix heures du soir. Ensuite, le prince, suivi de tous les autres, monta dans le carrosse mis à sa disposition et s'en fut voir l'illumination nocturne de la ville qui avait coûté tant d'efforts et d'argent au trésor public de la municipalité et au budget du gouvernement général. Mais ce ne fut pas peine perdue : depuis la baie où des centaines d'embarcations, de pirogues et de bateaux de cabotage étaient illuminés, jusqu'au quai de la douane et à toutes les principales places et rues de la ville, un éclairage sans précédent dans tout l'équateur africain saluait le prince D. Luís Filipe. Une mer de petites lampes dans des noix de coco, de barriques de pétrole qui brûlaient ou de brasiers spontanés au coin des rues faisait de S. Tomé un radeau illuminé dérivant entre le ciel et l'océan. À plusieurs reprises, D. Luís Filipe tint à descendre de voiture et à marcher au milieu de la foule euphorique qui le saluait. La police avait du mal à frayer un chemin à la suite du prince. Euphorique lui aussi, Ayres d'Ornellas se retourna soudain et, attrapant Luís Bernardo par le bras, s'exclama :

« Toutes mes félicitations, mon cher ! Le maire et vous avez toutes mes félicitations ! »

Il était minuit largement passé lorsqu'on laissa le ministre sur le quai pour qu'il puisse regagner l'*Africa*, tandis que Luís Bernardo raccompagnait le prince et les deux officiers de sa suite au palais du gouvernement. Luís Bernardo resta debout jusqu'à trois heures du matin pour préparer la maison, organiser le petit déjeuner et prendre les dispositions logistiques pour la visite princière dans les plantations le lendemain. Il ne dormit guère plus de deux heures : à six heures du matin il était déjà debout, vêtu, et de nouveau il supervisait tout.

La deuxième journée de la visite du prince héritier et du ministre des Colonies à S. Tomé commença par la visite de la plantation Boa Entrada, située au nord de la ville, près de la bourgade de Santo Amaro. Le court trajet jusqu'à l'exploitation, le long de la côte et autour de la baie et de la plage du Lézard, se fit de façon décontractée dans des calèches et à cheval. Le cortège comprenait une trentaine de personnes qui furent saluées tout le long du chemin par une population enthousiaste. Le choix avait été judicieux : la plantation de Boa Entrada qui appartenait à Henrique Mendonça, lequel attendait les visiteurs à la limite de son domaine, pouvait être considérée presque comme un modèle du point de vue de sa gestion et du traitement de ses travailleurs. Henrique Mendonça, arrivé à S. Tomé une vingtaine d'années auparavant comme employé de la douane, avait épousé la propriétaire de la plantation qu'il avait rapidement fait prospérer, au point de devenir un des hommes les plus riches de Lisbonne. Bien que sa richesse fût aussi spectaculaire que celle du comte de Valle Flor, il était plus cultivé que ce dernier et avait été le premier planteur de S. Tomé à se préoccuper du bien-être social de ses travailleurs, pour qui il avait fait édifier un hôpital dans son domaine et construire les maisons de la *sanzala* en briques blanchies à la chaux, avec des toits de chaume. La plantation avait une superficie de sept cents hectares où, en plus du café et du cacao, il cultivait aussi l'arbre à caoutchouc et où de longues rangées de bananiers, de cocotiers, d'avocatiers, de jacquiers et de manguiers s'alignaient. La visite se prolongea pendant trois heures car D. Luís Filipe débordait de curiosité et d'enthousiasme, entraînant toute sa suite derrière lui au pas de course. Henrique Mendonça avait fait installer une vaste couverture en feuilles de palmier au-dessus de la grande esplanade et ce fut là, à l'ombre et à l'air libre, qu'il fit servir le déjeuner pour une soixantaine de personnes, y compris, à la demande expresse du prince, un généreux échantillon des poissons de S. Tomé, arrosé par un excellent vin blanc de Colares, apporté de Lisbonne dans ses bagages. Luís Bernardo fut assis à côté du ministre qui l'interrogea discrètement sur l'état des plantations, les relations du gouvernement local avec les administrateurs, la situation sur l'île de Príncipe et les perspectives de renouvellement des contrats passés avec les travailleurs, lequel, d'après la loi de 1903, devait commencer au début de l'année suivante. « Le grand test de notre colonisation ici et que nous ne pouvons pas nous permettre de rater ! » dit le ministre. À un certain moment, Ayres d'Ornellas demanda combien d'autres plantations se préoccupaient comme Boa Entrada des conditions de vie de leurs travailleurs et Luís Bernardo lui répondit avec sincérité que c'était la meilleure, sinon l'unique dont la gestion pouvait être considérée comme acceptable dans ce domaine. Le ministre le regarda en coin d'un air méfiant, mais ne dit rien.

Le déjeuner fini, ils remontèrent à cheval ou en voiture et poursuivirent leur chemin plus au nord, vers la plantation de Rio do Ouro, le joyau des propriétés à S. Tomé du comte de Valle Flor. Cette plantation avait dix-sept kilomètres de long, depuis le mont Macaco jusqu'à la plage de Fernão Dias. Au total, les quatre plantations du domaine Valle Flor à S. Tomé employaient plus de cinq mille travailleurs – ce qui faisait de cet homme, débarqué dans l'île comme simple employé de commerce, maintenant et après moult retournements de la chance (toujours en sa faveur), le plus grand propriétaire agricole et le plus grand employeur de main-d'œuvre de la colonie.

Après la visite des différentes dépendances de la plantation et de plusieurs champs de cacaoyers où le comte offrit à la suite princière, d'après le récit qu'en fit ensuite l'*Ilustração Portuguesa*, une « réception aussi noble que l'esprit du personnage et aussi éblouissante, naturellement, que son immense fortune le lui permet ». Il en fut effectivement ainsi : le comte servit, entiers et à la broche, des agneaux, des porcs, des veaux, des langoustes, des crevettes géantes, des perches de mer, des tortues et des requins. Des gâteaux à la noix de coco, à la mangue, à la papaye, à la banane, à l'ananas et même au chocolat. Du champagne français à table, du vin blanc de Palmela et du rouge de Cova da Beira, du porto *Vintage* de la Quinta do Vesúvio et des havanes authentiques, apportés directement de Paris. Sur l'esplanade autour des salons de la maison de maître où le banquet fut servi, il fit dîner autour de brasiers, encore qu'avec un menu différent, les deux mille travailleurs de la plantation et à la fin il fit exploser en l'air un feu d'artifice qui fut aperçu de la baie d'Ana Chaves et de la ville elle-même et qui laissa tous les présents, et surtout les Nègres, ébaubis et partagés entre l'éblouissement et la frayeur. Impressionné comme tous les autres, Luís Bernardo ne put éviter de comparer la modestie de sa réception de la veille avec le luxe spectaculaire du dîner à Rio do Ouro : “C'est toute la différence, pensa-t-il avec ironie, entre le budget de l'État dans ses colonies et le budget privé de monsieur le comte.” Il ne pouvait s'empêcher non plus de penser que les deux malheureux travailleurs de Rio do Ouro qu'il avait eu l'occasion de défendre au tribunal étaient maintenant assis quelque part, séduits par le dîner substantiellement amélioré et par le feu d'artifice auquel le comte leur avait permis d'assister, ce qui les changeait de la routine quotidienne à laquelle le colonel Maltez les avait habitués.

Au moment des toasts, le prince se leva pour remercier de l'hospitalité dont il avait été l'objet ce jour-là aussi bien de la part d'Henrique Mendonça que du comte de Valle Flor. Enthousiasmé par l'atmosphère et par la splendeur de la fête, « le prince a dit exactement ce qu'il fallait dire », avait déclaré Ayres d'Ornellas. Il affirma que « très souvent il s'était senti orgueilleux d'être portugais, mais jamais comme aujourd'hui, en voyant l'œuvre de la colonisation portugaise ». Tous applaudirent debout, lançant des vivats au prince, au roi et au Portugal. Tous arboraient de grands sourires émus, que le *Vintage* de la Quinta do Vesúvio, en plus de tout le reste, rendait obliques et liquides. Seul celui du gouverneur, pour un observateur attentif, était un peu crispé. Deux mois après cette visite en Afrique, Sa Majesté le roi, sur proposition du prince héritier et de son ministre des Colonies, remercierait dûment les amphitryons de son fils à S. Tomé : le comte de Valle Flor conquerrait grâce à sa fête inoubliable le titre de marquis de Valle Flor. Quant à Henrique Mendonça, les choses furent plus compliquées : ayant refusé, à cause du ridicule de cet anoblissement, le titre de comte de Boa Entrada, il finit par n'être nommé que pair du royaume et recevoir la grand-croix du Christ.

Le prince, le ministre et leurs accompagnateurs furent logés cette nuit-là dans la plantation Rio do Ouro. Luís Bernardo dut encore faire le trajet nocturne de deux heures à la faible lueur de deux lampes à pétrole de part et d'autre de la banquette du cocher dans le carrosse du gouverneur qu'il utilisait pour la deuxième fois. David en profita pour lui demander de le ramener en ville, ce qui fit du voyage un supplice encore plus pénible. Luís Bernardo était là dans le noir, dans l'espace exigu de la voiture, avec David et Ann – si près et si loin d'elle qu'un simple frôlement de genoux dû aux cahots du chemin devenait un supplice presque insupportable. Heureusement, pour ne pas rendre les choses encore plus éprouvantes, ils firent presque tout le voyage en silence, tellement ils étaient tous épuisés. Comme sa chambre et celles des invités étaient encore occupées par les bagages du prince et de ses accompagnateurs, Luís Bernardo dut dormir une nuit de plus au rez-de-chaussée, sur le matelas installé dans son cabinet de travail au secrétariat général du gouvernement. Et de nouveau il lui faudrait se lever au point du jour pour être à huit heures et demie à Água Izé où la suite princière était attendue car elle arrivait directement de Rio do Ouro en bateau.

Dans la plantation d'Água Izé, qui avait appartenu au vicomte de Malanza, ils furent reçus par le général et comte de Souza Faro au nom des propriétaires actuels, un consortium dénommé Compagnie de l'île de Príncipe, réunissant encore quelques-uns des créanciers de la masse en liquidation du baron défunt et ruiné. Après avoir fait visiter la plantation et servi un déjeuner sur la plage contiguë aux dépendances et par où s'écoulait l'intégralité de la production des sept mille hectares de l'exploitation, le comte de Souza Faro prononcerait le discours le plus politique et le plus franc de tous ceux qui avaient été entendus jusqu'alors, allant directement et sans cérémonie au cœur même de la question de la main-d'œuvre angolaise. Après avoir énuméré les avantages dont jouissaient à son avis les travailleurs importés des forêts de l'Angola où « ils étaient assujettis à toutes sortes d'outrages d'une sauvagerie féroce, gémissant sans défense sous la domination de fer des potentats locaux », le comte-général-administrateur, à qui Luís Bernardo avait quand même attribué un esprit libéral contrastant avec la mentalité des hommes de sa classe sociale dans l'île, conclurait à l'intention du prince, du ministre, du gouverneur et du consul d'Angleterre :

« Dans ces conditions, l'on comprendra aisément que le rapatriement obligatoire de nos colons, réclamé par les adversaires de notre immigration dans un but purement intéressé, serait un acte d'une violence inqualifiable qu'aucun gouvernement ne pourrait sanctionner d'un cœur léger. Nous pouvons affirmer à Votre Altesse royale et à son noble ministre avec la vérité qui leur est due que parmi nos colons angolais, ceux qui ont constitué ici une famille, et c'est le cas de presque tous, il ne se trouve pas un seul qui souhaite abandonner de son plein gré la patrie qu'ils ont adoptée, pour la simple raison qu'ils disposent ici de tout ce qu'ils peuvent ambitionner. Et tout le monde sait que là où l'on est bien, là se trouve la patrie. »

Une ovation enthousiaste de presque tous les Blancs présents accueillit le discours de l'administrateur d'Água Izé. Le prince applaudit sans faire montre du moindre signe apparent de désaccord. Luís Bernardo eut l'impression que le ministre applaudissait chaleureusement. David Jameson, assis de l'autre côté de la table, se borna à regarder Luís Bernardo et à sourire. Quant à ce dernier, il garda une expression de sphinx, les mains posées ostensiblement sur la table.

Dès que tous se levèrent, Luís Bernardo se dépêcha de rejoindre Ayres d'Ornellas, lui indiquant par un signe de tête qu'il souhaitait lui parler en privé. Celui-ci s'éloigna avec lui de quelques pas et haussa un sourcil interrogateur. Luís Bernardo écumait de rage intérieurement, mais il réussit à conserver le calme dont il avait fait preuve à table :

« À propos de ce discours, Excellence, et de tout le reste dont il faut absolument que je vous parle de vive voix, j'aimerais que vous m'accordiez une audience en tête à tête.

– Très bien, mon cher. Comme vous le savez, nous embarquons à sept heures du soir. Nous aurons un entretien au palais à six heures. »

Et il se dirigea vers le comte de Souza Faro que plusieurs des personnes présentes saluaient.

À six heures du soir, Luís Bernardo fut appelé par le secrétaire du ministre dans son cabinet au rez-de-chaussée du palais où Ayres d'Ornellas se trouvait dans un état de nerfs frisant la crise. Luís Bernardo contourna l'angle de l'édifice pour y pénétrer par la porte principale et en entrant il rencontra inopinément David qui sortait.

« David ! Que faites-vous ici ?

– Je me trouve ici dans l'exercice de mes fonctions, et il lui fit un petit salut ironique. Je suis venu parler à votre ministre.

– Quoi ? Ce type vous a parlé sans que je sois présent et sans même m'avertir ?

– Calmez-vous, calmez-vous ! Vous n'avez pas été trahi : c'est moi qui ai demandé à être reçu en tête à tête.

– C'est vous qui le lui avez demandé ? Et vous trouvez que je n'ai pas été trahi ? Que je n'ai pas été trahi par vous ? Vous, qui êtes mon ami, vous qui connaissez ma situation ici, qui avez entendu le discours que ce Souza Faro a prononcé à mon nez et à ma barbe ! ? Je n'ai pas été trahi ? Alors pourquoi avez-vous voulu parler à mon ministre hors de ma présence ? »

Tous deux se faisaient face devant la porte. Luís Bernardo était complètement hors de lui. David était serein, avec une expression presque de pitié. Il le regarda au fond des yeux, l'écarta doucement avec le bras et lui dit :

« Et c'est vous qui me parlez de trahison, Luís ?… Avec votre permission. »

Luís Bernardo le regarda s'éloigner, sortir par la porte du jardin. "Voilà la fin d'une amitié !" pensa-t-il. Le secrétaire du ministre l'appela une nouvelle fois : Son Excellence l'attendait.

Le ministre l'attendait seul dans ce qui était en fait le bureau de Luís Bernardo. Ses tableaux se trouvaient là, ses livres, ses photographies, son gramophone et ses disques. Ce qui avait été son petit monde, son monde minuscule, pendant ces terribles dix-sept mois se trouvait là. Il fut pris d'une sensation étrange : l'autre le recevait comme s'il était le propriétaire de ce qui lui appartenait. Ayres d'Ornellas l'invita à s'asseoir d'un geste.

« Alors, mon cher Valença, de quoi vouliez-vous me parler ?

– Je viens de croiser le consul d'Angleterre à la porte. Avant d'aborder un autre sujet, monsieur le ministre, j'aimerais que vous me disiez de quelle question vous avez parlé, si secrète que vous m'en avez tenu à l'écart. »

Ayres d'Ornellas le dévisagea avec intérêt. C'était de nouveau le regard froid, inquisiteur, de l'homme habitué à essayer de lire dans l'esprit de ses interlocuteurs, avant qu'ils ne parlent ou ne gardent le silence.

« C'est votre ami, monsieur David Jameson, qui a demandé à être reçu en tête à tête, et je n'ai vu aucune raison de lui refuser cette requête. Mais rassurez-vous, non seulement je n'ai pas l'habitude de manquer à la solidarité devant des étrangers envers les personnes sous mes ordres, mais de surcroît votre ami anglais n'a trahi aucun secret vous concernant. En fait, il ne m'a rien dit que je ne sache déjà.

– Et que vous a-t-il dit, monsieur le ministre ? Puis-je le savoir ?

– Bien sûr que oui, il n'y a aucun secret là-dedans. Ce que le consul d'Angleterre est venu me dire, c'est qu'à son avis le travail forcé existe à S. Tomé. Que les travailleurs ne restent dans les plantations que contraints et forcés et parce qu'ils n'ont aucun moyen de s'enfuir, et que, si le renouvellement des contrats se faisait sérieusement comme la loi le prescrit, tous ou presque tous s'en iraient. Le contraire de ce que nous venons d'entendre le général Souza Faro affirmer et que bien d'autres proclament. »

Luís Bernardo garda le silence. Il se souvint que David lui avait promis un jour de ne pas entreprendre cette démarche sans l'avertir au préalable et sans lui permettre d'avoir d'abord recours à la solution honorable consistant à présenter sa démission : mais c'était déjà du passé.

« Je suppose – Ayres d'Ornellas parlait posément – que c'est aussi votre avis ? »

L'heure de la vérité était arrivée. Luís Bernardo sentait un tourbillon d'idées et d'émotions s'emparer de sa tête, mais au tréfonds de lui-même il avait l'impression qu'il restait très peu de choses à sauver. Son honneur, certainement ; pour son orgueil, c'était déjà sûrement trop tard, pour le succès dont il avait rêvé, c'était indéniablement trop tard. Par conséquent, quitte à avoir tout perdu :

« Pas dans tous les cas. Mais d'une façon générale, oui, c'est aussi mon avis. »

Le ministre soupira. Ces trois journées de visite à S. Tomé l'avaient lui aussi épuisé. Il aspirait à la vie paisible, même monotone, à bord de l'*África*, à la navigation sur des eaux calmes jusqu'au Mozambique, au refuge de sa cabine où il pourrait écrire à sa femme et prendre des notes dans son journal.

« Bon, s'il en est ainsi, Valença, je ne sais pas très bien quoi vous dire. Nous vous avions fait confiance et nous espérions que vous pourriez changer lentement la situation pour qu'elle devienne plus raisonnable sans que cela entraîne la ruine des exploitations agricoles, lesquelles, je pense que vous le savez aussi bien que moi, ne sont pas en mesure de survivre à un exode en masse de leurs travailleurs. Je conviens qu'il s'agissait là d'un équilibre difficile à gérer, mais nous avions pensé que, s'il y avait quelqu'un capable de le faire, c'était bien vous. Et maintenant vous me dites que rien n'a changé…

– Il est difficile de changer quoi que ce soit lorsque la résistance installée ne permet aucun changement. Et lorsque la personne en première ligne, le curateur général, qui devrait défendre les droits des travailleurs dans les plantations, a partie liée avec les planteurs les plus rétrogrades. Vous vous souviendrez, monsieur le ministre, que j'ai consigné tout cela dans le rapport que je vous ai envoyé peu après votre nomination.

– Oui, oui, je me souviens de votre rapport. Si vous me permettez de vous le dire, il était très grandiloquent, mais peu pratique sur le plan des solutions concrètes.

– Mais quelles solutions concrètes ? Je ne vis pas dans les plantations, je ne les gère pas, je ne surveille pas directement les conditions de travail de la main-d'œuvre – cela relève de la compétence du curateur. Puisque ni lui ni les administrateurs des plantations ne jugent nécessaire de changer quoi que ce soit et que la seule chose qui semble les préoccuper, comme nous venons de l'entendre de la bouche de monsieur le comte de Souza Faro, c'est que le gouvernement ne permette pas le rapatriement en Angola des travailleurs, que puis-je faire, moi ? Je les ai reçus ici, je leur ai rendu visite à tous dans les plantations, je leur ai parlé, je leur ai écrit, je leur ai expliqué que, quelles que soient leur opinion ou la mienne, ce qui importait c'était l'opinion du consul anglais. Que puis-je faire, dès lors qu'après tout cela il m'a fallu encore aller de toute urgence à Príncipe avec une force militaire réunie en catimini pour mettre fin, sans effusion de sang ni scandale, à une révolte de travailleurs menés à coups de trique dans une plantation, où, de surcroît et par malchance, j'ai rencontré le consul anglais qui avait assisté à l'incident ?

– Justement, Valença, c'est là une des choses dont on m'a parlé : comment se fait-il que le consul anglais se soit trouvé sur les lieux ? »

Luís Bernardo se sentit insulté :

« Vous n'êtes tout de même pas en train d'insinuer, Excellence, que c'est moi qui l'aurais averti ?

– Je n'insinue rien du tout. Mais le simple fait que quelqu'un me l'ait insinué montre bien, Valença, à quel point vous avez donné l'impression de vous être rangé du côté de l'Anglais et contre nos colons. Bref...

– Excellence – Luís Bernardo bouillait intérieurement – tout cela est horriblement injuste et même insultant. Je ne me suis rangé d'aucun côté. Tout ce que je voulais, c'était m'acquitter convenablement de ma mission – laquelle m'a été décrite par Sa Majesté D. Carlos à Vila Viçosa comme consistant à convaincre le monde, et à commencer par le consul d'Angleterre, que le Portugal ne pratique pas le travail forcé à S. Tomé et Príncipe. C'est cela qui m'a été demandé et c'est cela que j'ai accepté de faire. Rien de plus.

– Non : on vous a également demandé de prendre en considération les conditions particulières de l'économie de S. Tomé et le fait que la prospérité de la colonie ne peut se maintenir sans main-d'œuvre.

– Réduite en esclavage ?

– Non, elle n'est pas réduite en esclavage ! » Ce fut le tour d'Ayres d'Ornellas de s'énerver et de hausser le ton. « Non, il ne s'agit pas d'une main-d'œuvre réduite en esclavage ! Mais entre cela et l'hypocrisie humaniste des Anglais qui ne se soucient que de la concurrence commerciale que nous pouvons faire à leurs propres colonies, comme vous le savez parfaitement, il y a une grande différence. Et c'est à propos de cette différence que vous auriez dû travailler l'Anglais au corps au lieu de miser sur un monde parfait qui n'existe pas ici, qui n'existe pas en Afrique, qui n'existe dans aucune colonie de Sa Gracieuse Majesté britannique. On vous demandait de la sensibilité et du bon sens. Or, vous avez tenté de prôner la révolution séance tenante et vous avez laissé l'Anglais, séduit par votre charme, attendre que vous réussissiez votre miracle ! »

Luís Bernardo s'arrêta net, abasourdi. Il venait enfin de comprendre exactement ce que l'on attendait de lui. Il avait fallu qu'arrive de Lisbonne un homme politique intelligent, doué d'une vision coloniale stratégique, pour qu'il perçoive la nature réelle de sa mission.

« S'il en est ainsi, monsieur le ministre, je pense qu'il ne me reste plus qu'à présenter ma démission, que je vous prie d'accepter, avec effet immédiat. »

Ayres d'Ornellas ôta ses lunettes embuées par l'humidité, souffla sur les verres et entreprit de les nettoyer lentement avec un mouchoir qu'il sortit de la poche supérieure de son paletot de couleur crème.

« Écoutez-moi bien, jeune homme. Je vais être complètement sincère : nous avons un problème grave sur les bras, sans solution apparente, mais ce n'est pas pour autant que je recherche votre démission ou votre humiliation. Je n'accepte pas votre démission, car elle ne résoudrait rien et n'entraînerait aucune amélioration de la situation, ni pour vous ni pour nous. Pour vous, ce serait une reddition honteuse ; pour nous, il nous serait impossible d'ici à la fin de l'année de trouver qui que ce soit de mieux placé que vous pour tenter de faire en sorte que le rapport que monsieur Jameson enverra à son gouvernement porte moins préjudice à nos intérêts et nous fournisse encore une possibilité de négociation et de compromis. Votre mission n'est pas terminée : elle est simplement sur le point d'échouer et je vous donne une dernière chance de réduire les dégâts au minimum.

– Monsieur le ministre, je doute de pouvoir encore influer en quoi que ce soit sur les conclusions de monsieur Jameson…

– C'est possible, mais pas certain. Cette visite du prince héritier a été un succès politique notoire dont nous vous sommes redevables. Dans la colonie cela joue en votre faveur, même parmi vos ennemis, et sur le plan international cela joue en notre faveur. Vous pourrez encore mettre à profit cette marge de manœuvre étroite si vous savez cultiver auprès de monsieur Jameson des relations en accord avec la situation. »

Luís Bernardo l'écoutait à présent avec beaucoup d'attention : le ministre n'était nullement un imbécile. Il s'efforçait peut-être enfin de lui offrir une échappatoire que seule l'arrogance pourrait l'amener à dédaigner :

« Quel genre de relations suggérez-vous donc, Excellence ?

– Vous n'allez pas vous sentir offensé si je vous réponds sincèrement ?

– Je n'ai plus rien à perdre, monsieur le ministre.

– Si, vous avez encore des choses à perdre, mais de toute façon vous feriez bien de m'écouter. Je comprends qu'un homme cultivé comme vous, qui menait une vie agréable et confortable à Lisbonne, ait noué ici, dans ce désert végétal, des liens d'amitié, et même d'amitié intime, avec la seule personne qui vous ait paru de votre monde. Qu'il fût le représentant des intérêts opposés aux nôtres ne constituait même pas, en principe, un obstacle. Au contraire, séduire le consul que l'Angleterre a envoyé ici pour nous nuire semblait même de bonne politique.

– Qu'est-ce qui a été une erreur, alors ?

– Ce qui a été une erreur, mon cher gouverneur, c'est que vous ne vous soyez pas contenté de séduire l'ennemi : vous avez séduit aussi, au sens littéral du terme, sa ravissante épouse. »

Pas un muscle du visage de Luís Bernardo ne tressaillit. Il laissa le ministre poursuivre, tel un père morigénant son fils :

« Et, ce faisant, vous avez transformé un ami en ennemi. Je l'ai vu il y a un instant et je peux l'attester. Vous savez sûrement pour quelles raisons, au lieu de vous trouer la peau, ce qui malgré tout aurait été pour vous une mort honorable par amour, il a préféré me menacer d'envoyer un rapport dévastateur pour nos intérêts et pour le prestige de votre mission. »

Luís Bernardo était entré dans la pièce pour s'entretenir avec le ministre en proie à une fureur qui lui paraissait capable de soulever des montagnes. Et il en ressortait comme un assaillant pris à son propre piège. Tout bien considéré, il choisit de se rendre au ministre, dans l'intimité de ce bureau, plutôt que de capituler devant le monde entier, à la lumière du jour :

« Que suggérez-vous que je fasse, Excellence ?

– Que vous accomplissiez votre mission jusqu'au bout, comme vous vous y êtes engagé devant votre roi. Que vous continuiez à défendre devant les colons ce qui vous paraît juste et approprié. Et que vous ayez avec votre ex-ami, monsieur Jameson, une relation loyale, d'homme à homme, qui le place dans l'obligation morale de relater des faits et non des sentiments, de décider rationnellement et non poussé par le dépit. »

Une heure plus tard, Luís Bernardo était sur le ponton en bois qui servait de quai de débarquement à la ville et à l'île pour prendre congé du ministre, du prince et des cinq autres membres de la suite en visite dans les colonies de l'Afrique. Au moment d'embarquer, D. Luís Filipe le prit par le bras et lui dit :

« Monsieur le gouverneur, je ferai part à mon père de l'accueil exceptionnel que vous nous avez réservé à S. Tomé et Príncipe. Je suis certain qu'il sera reconnaissant et heureux de s'entendre confirmer qu'il a fait le choix le plus sage pour ce poste si difficile à occuper. Au nom du Portugal, je tiens à vous remercier d'avoir été à la hauteur de la tâche et d'avoir même dépassé ce que nous attendions de ces journées historiques où, pour la première fois depuis presque cent ans, un membre de ma famille a foulé le sol d'un territoire national outre-mer. »

Luís Bernardo s'étonna à nouveau de l'air presque enfantin du prince : son discours était en accord avec son âge et avec l'éducation de gouvernant qu'il avait reçue depuis presque le berceau, mais pas avec son visage d'enfant qui semblait dire merci pour les jours de fêtes qui lui avaient été offerts.

« C'est moi qui remercie Votre Altesse, au nom de tous les habitants de S. Tomé et Príncipe, de l'honneur inoubliable que vous nous avez fait et de la joie infinie de tous ces gens dont Votre Altesse a été le témoin direct. C'est pour moi un immense motif d'orgueil que les hasards de la chance et les desseins de monsieur votre père et de mon roi m'aient réservé l'honneur insigne d'avoir pu accueillir Votre Altesse en ma qualité de gouverneur de ces îles. Je vous prie de bien vouloir transmettre à votre retour à Sa Majesté que pas un jour ne passe sans que je me souvienne de la conversation que nous avons eue à Vila Viçosa et de la mission dont elle m'a chargé.

– Votre message sera transmis, je vous le promets. »

D. Luís Filipe lui tendit la main et serra la sienne avec vigueur. Il salua une dernière fois à la ronde de son bras levé, monta dans le canot et, comme à l'arrivée, prit le gouvernail et donna l'ordre du départ. Ayres d'Ornellas salua depuis l'embarcation d'une inclinaison de la tête et d'un geste que Luís Bernardo prit pour un signe d'encouragement. Puis ces trois jours infernaux prirent fin.

Luís Bernardo resta sur le ponton pour assister aux manœuvres et aux préparatifs de départ de l'*África*. Le soleil était exactement en train de disparaître à l'horizon lorsque le navire blanc et noir se redressa pour se diriger vers la sortie de la baie, fit retentir trois fois sa sirène et mit le cap sur le ponant, en direction de la haute mer et à la rencontre de la nuit maritime. Luís Bernardo resta jusqu'à la fin, tout seul, plus seul que jamais, comme si soudain toute l'île s'était dépeuplée et que parmi les signes d'abandon et de solitude il cherchait les traces du passage d'Ann pour ne pas mourir de folie.

XVII

Les dernières illusions de Luís Bernardo s'étaient évanouies avec la disparition du sillage de l'*África*. S'il avait attendu du ministre, ou même du prince héritier, un appui ferme et explicite à sa politique de gouverneur face à la résistance et à l'hostilité des colons, cet espoir s'était écroulé. Non pas que le ministre, en public ou en privé, eût condamné le moins du monde sa façon de gouverner. Mais en l'occurrence son silence équivalait pour le moins à une absence d'appui. Il permettait à l'impasse de se perpétuer, au bras de fer entre lui et les administrateurs des plantations auxquels s'associait le curateur Germano Valente de se poursuivre comme précédemment. Luís Bernardo avait manqué de l'atout décisif à présenter en faveur de sa politique, or seul cet atout aurait pu garantir ou faire espérer que, grâce à ses efforts, le rapport qui serait présenté par David ne réduirait pas à néant les attentes du gouvernement portugais. Mais David lui avait coupé l'herbe sous les pieds. Par dépit, par vengeance personnelle, avait dit le ministre. Pareille éventualité n'était jamais venue à l'esprit de Luís Bernardo qui avait toujours cru que David, même s'il en venait à présenter un rapport négatif pour le Portugal, le ferait par conviction et non pas mû par des raisons personnelles l'impliquant lui, Luís

Bernardo. Pas tellement à cause de leur ancienne amitié, mais peut-être à cause d'une espèce d'« honneur de *gentleman* » pour qui les deux plans ne peuvent pas se mélanger. Oui, il était vrai qu'il avait trahi son ami en séduisant sa femme. Mais, pour une fois, il ne l'avait pas fait par légèreté ou caprice, par vanité ou simple désir, mais bien par passion. Quelqu'un pouvait-il le condamner pour être tombé follement amoureux d'Ann ? Combien d'hommes ne se seraient pas épris d'une femme aussi extraordinaire, surtout ici où tout était différent, depuis l'urgence des sens jusqu'aux règles du comportement social ? Ici, où tous les instincts étaient voraces, où le désir grandissait comme les plantes qui se transformaient en arbres du jour au lendemain, où les Nègres se promenaient presque aussi nus que les bêtes, où la chaleur, la lassitude et l'éloignement diluaient peu à peu ce qui ailleurs eût été endigué par des règles et des conventions respectées sans effort ? Ici, où chaque femme finissait par devenir désirable aux yeux d'un homme seul, où la simple présence et la personne d'Ann étaient une torture pour n'importe quel homme ? Oui, évidemment, entre le désir et son assouvissement la distance est grande – une distance morale avant d'être conventionnelle. Mais David savait que son mariage était particulier – et cela Luís Bernardo ne pouvait l'expliquer ni au ministre ni à ses détracteurs. David avait sûrement vu, pressenti, deviné que c'était Ann qui avait provoqué leur relation. Elle ne se sentait prisonnière d'aucune obligation dans ce domaine et c'était sa liberté qui avait entraîné Luís Bernardo. C'était là le prix que David avait accepté de payer pour conserver Ann auprès de lui, car, si le critère était moral, David avait perdu Ann de fait lorsqu'il l'avait déshonorée en Inde. Elle ne l'avait pas abandonné – comme elle l'avait promis – et lui, en contrepartie, n'avait rien fait pour s'opposer à sa relation avec

Luís Bernardo. Tel était le contrat implicite entre tous deux et sur lequel reposait leur mariage. Pouvait-il alors reprocher à Luís Bernardo ce qu'il ne pouvait reprocher à sa propre femme ? Et si entre-temps elle aussi était tombée amoureuse de Luís Bernardo, lequel des deux, finalement, se comportait le plus mal : l'ami qui était devenu l'amant et l'objet de la passion de sa femme, sans qu'il puisse moralement l'en empêcher, ou lui-même, qui la gardait enchaînée à son engagement, tout en sachant qu'elle appartenait à un autre, par le corps et par le cœur ? Pourquoi était-ce Luís Bernardo qui devrait renoncer à Ann ? Et au nom de quoi, en échange de quoi – le vague espoir que cela rende David plus bienveillant à l'égard des intérêts politiques du Portugal et des intérêts professionnels de Luís Bernardo ? Quel nom portait ce renoncement intéressé, cette tractation indigne que le ministre lui avait conseillés ?

* * *

La fin d'une fête est toujours triste. Ceux qui étaient venus du royaume s'en étaient retournés à Lisbonne par la compagnie de navigation régulière, cependant que la suite du prince poursuivait son long périple de trois mois qui la mènerait ensuite en Angola, au Mozambique, en Afrique du Sud et de nouveau, lors du trajet de retour, en Angola et enfin au Cap-Vert. S. Tomé fut pris d'une nostalgie générale après ces trois jours de fête et à mesure que la ville se défaisait de ses ornements et des récipients utilisés pour assurer l'éclairage public féerique de ces nuits. L'on en revint à l'obscurité des rares lampes à pétrole sur la façade de certaines maisons ou au coin des rues, l'on débarrassa le sol du tapis de fleurs qui avait vite pourri au soleil, l'on démantela et remisa les arcs en bois qui avaient décoré l'entrée des artères principales. L'île était de nouveau seule, écrasée par l'équateur, dans l'attente des prochains navires et livrée à son sort habituel.

Tout comme la ville qui se défaisait de sa vêture de fête, Luís Bernardo lui aussi avait sombré dans une torpeur mélancolique. Il avait retrouvé avec une certaine satisfaction sa chambre à l'étage supérieur qui, pendant ces jours-là, avait été au service du marquis de Lavradio et il avait vu la maison retourner très naturellement à la routine des jours habituels, à ses heures de clarté ou d'ombre, à ses bruits et à ses silences et aux nuits d'été désormais pures. Il ressentait un vide de précipice, une tristesse absolue et visqueuse qui lui collait aux os comme une maladie. Il ne sortait même plus de la maison, errant à l'intérieur comme une âme en peine oppressée par l'interminable passage des heures et à qui la terrasse, le soir, ne parvenait même plus à restituer l'air dont elle manquait. Il se traînait sans but, sans direction, sans horizon. Si tout se déroulait normalement, il lui restait encore dix-huit mois de mission à accomplir, exactement la moitié de son temps d'exil : il lui faudrait survivre jusque-là.

Un soir, après le dîner, il s'assit à son secrétaire et décida de lancer un SOS à João par-delà les mers :

« Cher ami,

Je pense que de toute ma vie je n'ai jamais eu autant besoin de toi, besoin d'un ami auprès de moi. Excuse-moi de t'implorer avec cette franchise, mais dis-toi bien que je ne le ferais pas si je ne me sentais pas à la limite de ce que je peux encore supporter. Il me reste encore dix-huit mois de ce bannissement, ma mission s'achemine vers un échec retentissant, la femme dont malheureusement je me suis épris comme jamais jusqu'à présent m'est devenue inaccessible en raison des intérêts supérieurs de la nation et l'île n'a désormais plus de secret ni de mystère pour moi. Il ne me reste plus que la douleur et le mince réconfort de savoir qu'elle au moins, la femme hors d'atteinte, est également ici, qu'elle respire le même air que moi et se désespère du même manque d'air que je ressens. João, je t'en supplie par tout ce que tu as de plus cher, si tu voyais la moindre possibilité de me consacrer une partie de tes vacances, même au prix du sacrifice que cela représente, fais un saut ici – ne serait-ce que pendant quinze jours, une semaine, entre deux bateaux, juste pour me rendre l'espoir qu'il existe une vie après cela. Ne te préoccupe pas de l'aspect financier : je t'offre le billet et c'est, crois-moi, un prix minime pour ma survie.

Dis-moi par retour du courrier si je peux compter sur cet espoir ténu ou si je dois me jeter aux requins par une de ces nuits angoissantes où je ne supporte plus de voir cette mer sans fin devant ma fenêtre.

Ton ami le plus équatorial et le plus solitaire,

Luís Bernardo. »

Le simple fait d'avoir écrit cette lettre lui redonna un peu de courage et le lendemain il se réveilla dans une tout autre disposition. Tout comme il s'était laissé envahir par la résignation, il fut pris d'un désir subit d'agir et de profiter du temps qui lui restait pour associer son passage et son nom à l'histoire des îles – fût-ce par vanité, fût-ce par simple oisiveté. Deux projets auxquels il avait vaguement pensé précédemment lui revinrent à l'esprit, mais à présent avec un désir réel de les réaliser : doter la ville d'un réseau électrique et construire un nouvel hôpital pour remplacer le taudis indigne qui en faisait office. Ayant constaté que le maire était un homme entreprenant et plus enclin aux réalisations tangibles qu'aux intrigues politiques locales, il le convoqua à une réunion avec le secrétaire aux travaux publics et il leur fit part de ses projets. Malheureusement, la presse républicaine de Lisbonne ne mentait pas quand elle faisait état du coût du voyage princier : dans le cas de S. Tomé, ledit voyage avait laissé les coffres vides, ceux du gouvernement de la province aussi bien que ceux de la mairie. Luís Bernardo ne se laissa toutefois pas abattre par ce premier obstacle : il fit dessiner les plans d'architecture et d'ingénierie du futur hôpital et il en fit évaluer le coût, de même que celui de l'électrification de la ville, depuis le quai de débarquement jusqu'au palais du gouvernement. Ensuite il assaillit Lisbonne de télégrammes hebdomadaires, demandant que le budget de son gouvernement soit au moins réalimenté de la somme dépensée pour l'accueil du prince de la Beira. Simultanément, il contacta directement plusieurs banques à Lisbonne ainsi que la Compagnie d'électricité pour voir s'il ne serait pas possible d'en obtenir des crédits destinés à l'électrification de la capitale de la colonie, crédits qui seraient ensuite amortis grâce aux bénéfices de l'exploitation du réseau électrique par des particuliers et des sociétés. Il discuta avec le maire des emplacements possibles où l'hôpital et la centrale électrique pourraient être construits, il rencontra le responsable de la santé et les deux médecins de la ville pour planifier le futur hôpital, il exigea de la diligence et des progrès quotidiens et visibles dans les projets d'architecture et d'ingénierie. Entre-temps, il expédia aussi tous les dossiers en suspens avec une furie homicide, il signa et visa tous les comptes et toutes les factures relevant de la responsabilité du gouvernement, il étudia et décida toutes les questions administratives, douanières et concernant le personnel. Il absorbait le travail comme une éponge, tout dossier reçu le matin dans son cabinet faisait l'objet d'une décision dès l'après-midi, à un rythme que le secrétariat lui-même n'arrivait pas à suivre. Quand il ne restait plus rien sur sa table de travail, il faisait seller son cheval et partait se promener vers le nord où il savait qu'il était peu probable qu'il rencontrât Ann.

Elle lui avait envoyé deux billets entre-temps, demandant dans le premier qu'ils se retrouvent sur la plage habituelle. Il répondit à la petite Négresse qui avait apporté le billet qu'il ne pouvait pas à cause de son travail, par trop absorbant. Trois jours plus tard, elle lui fit tenir un second billet, l'implorant de lui dire où et quand ils pourraient se rencontrer. Il répondit qu'il l'aviserait dès qu'il le pourrait. Mais un après-midi, presque à la nuit tombée, alors qu'il revenait à pied de la ville, il la croisa au coin de la place en face du palais du gouvernement. Ann était à cheval, en pantalon et bottes d'équitation, accompagnée à quelques pas derrière par Gabriel, lui aussi à cheval. Luís Bernardo n'aurait su dire si elle l'attendait ou si elle passait simplement par là. Ils s'arrêtèrent net, l'un en face de l'autre, lui à pied, elle à cheval. Ann sourit, ironiquement ou tristement.

« La ville n'est pas si grande que cela, Luís ! Combien de temps encore allais-tu continuer à essayer de m'éviter ? »

Elle parlait anglais et avant de lui répondre Luís Bernardo regarda dans la direction de Gabriel, qui s'était arrêté à une courte distance. Il semblait guéri de ses blessures, il avait l'air soigné et en bonne santé et Luís Bernardo remarqua de nouveau que c'était un beau Noir, grand, avec un torse aux muscles saillants qui brillaient sous la chemise entrouverte et des yeux intelligents, bien fendus, avec de grandes pupilles noires sur un fond blanc. Il salua Ann de la tête, mais s'adressa d'abord à Gabriel :

« Comment vas-tu, Gabriel ? Je vois que madame et monsieur Jameson t'ont bien traité...

– Je vais bien, merci, monsieur le gouverneur. Oui, j'ai été bien traité. Je vous remercie de m'avoir laissé chez monsieur Jameson.»

Luís Bernardo acquiesça d'un signe de tête. Mais Ann intervint:

«Rentre à la maison, Gabriel. Je retournerai seule... ou monsieur le gouverneur m'accompagnera.»

Il sembla hésiter l'espace d'une seconde, puis il tourna les rênes de son cheval et salua:

«Bonsoir, monsieur le gouverneur.

– Au revoir, Gabriel.»

Entre-temps, Ann avait mis pied à terre et tenait à présent son cheval par la bride. Elle attendit que le Nègre s'éloigne suffisamment et de nouveau elle fit face à Luís Bernardo:

«Que se passe-t-il, Luís?»

Luís Bernardo poussa un profond soupir. Il aurait voulu en cet instant qu'elle ne soit pas aussi inexorablement belle, il aurait voulu ne jamais s'être épris d'elle ni elle de lui, ne pas garder sur son corps, comme des cicatrices inguérissables, la marque et le souvenir du corps d'Ann. Mais maintenant c'était trop tard pour ce genre de regrets.

«Tu veux la vérité, Ann?

– Je veux la vérité, Luís. Je pense que je la mérite. Non?

– La vérité, c'est que je t'aime plus que jamais. La vérité, c'est que cela n'a pas de remède. La vérité, c'est qu'il n'y a pas un jour, un matin, un soir, une nuit entière où tu ne me manques pas désespérément. Et la vérité, c'est qu'il n'y a qu'une solution à tout cela: que tu prennes le prochain bateau et que tu t'enfuies avec moi. Mais tu ne le feras jamais, n'est-ce pas?»

Ann le regarda comme si elle ne le reconnaissait pas.

«C'est cela le prix à payer? C'est du chantage, Luís?

– Non, Ann, ce n'est pas du chantage. C'est notre

dernière chance. C'est l'unique chose qui pourrait encore avoir un sens, l'unique chose qui pourrait encore nous sauver.

– Luís, je ne t'ai jamais menti, je t'ai tout raconté. Tu sais que j'ai promis à mon mari de ne jamais l'abandonner.

– Moi aussi, j'ai promis beaucoup de choses, Ann. À moi-même et aux autres, des promesses que je ne peux pas tenir ou des choses auxquelles je serais prêt à renoncer pour toi.»

Un groupe de trois personnes les dépassa et les salua dans la quasi-obscurité qui s'était déjà installée. Luís Bernardo leur répondit si distraitement qu'il ne remarqua même pas si c'étaient des Blancs ou des Noirs, des connaissances ou des inconnus. Il vit seulement que les yeux d'Ann étaient embués de larmes, que le soleil s'enfonçait dans la mer derrière elle et que la lumière du ponant déposait des reflets dorés sur sa chevelure.

«Oui, Luís, je peux laisser David pour toi. Je sais que je peux le faire, je sais que je t'aime suffisamment pour le faire, je sais que c'est mon désir le plus profond, de chaque jour et de chaque nuit, comme tu dis. Mais je ne peux pas le faire maintenant. Il y a une différence entre le laisser et l'abandonner. Je pourrai le laisser quand il aura terminé sa mission ici, quand son châtiment arrivera à son terme et quand, en Inde ou en Angleterre, il pourra reprendre une vie décente et être de nouveau une personne respectée et admirée pour ses qualités. Je pourrai le laisser quand je sentirai qu'il a retrouvé son amour-propre et qu'il est de nouveau capable de se défendre lui-même. Mais si je le quittais maintenant, si je prenais ce bateau avec toi et si je le laissais seul ici à S. Tomé, je l'abandonnerais, je le lâcherais sans défense et je sais qu'il n'y résisterait pas. Si tu m'aimes vraiment, Luís, comprends-le, je t'en supplie !

– Et je continuerai à être ton amant, à le saluer comme si de rien n'était, sachant que toute la ville raconte derrière notre dos que nous le trahissons, sachant aussi que je le trahis de jour, de temps en temps, sur notre plage, et qu'il me trahit toutes les nuits ou quand il le veut, dans ton lit ?

– Tais-toi, tais-toi, Luís, tu n'as pas le droit, tu ne sais pas ce que tu dis. » Ann pleurait maintenant ouvertement, éperdue, elle parlait en sanglotant et pour la première fois il la voyait dans une lumière différente, comme jamais auparavant.

« Je ne sais pas ce que je dis ? Aurais-je dit par hasard quelque chose qui ne serait pas vrai ?

– Ah, la vérité, Luís ! David et toi, excuse-moi de te le dire, vous vous ressemblez beaucoup : de grands principes et des sentiments plutôt faibles ! Que sais-tu donc de la vérité ? Crois-tu être le seul à souffrir ? Crois-tu que je ne souffre pas, moi, plus que tous, crois-tu que David ne souffre pas, peut-être plus encore que moi ?

– Oui, il souffre, je sais qu'il souffre. Je sais même qu'il souffre tellement qu'il a laissé entendre à mon ministre que c'était à cause de notre relation qu'il allait envoyer un rapport à Londres disant que le travail forcé est pratiqué ici, me condamnant ainsi à rentrer à Lisbonne vaincu et calomnié. Étais-tu au courant de cela, par hasard ?

– Non, je n'étais pas au courant. Mais cela ne m'étonne pas : c'est naturel qu'il lutte pour me garder avec les armes dont il dispose…

– Et mes armes, Ann, quelles sont mes armes pour lutter afin de te garder ?

– Tu as mon amour.

– Ton amour… Sais-tu à quoi il sert, ton amour ? À ce que ton mari insinue à mon ministre que c'est à cause de lui qu'il va nous en faire voir de toutes les couleurs et à ce que le ministre me suggère en conséquence de m'éloigner de toi pour le bien de la patrie et de ma réputation, afin de voir si ensuite ton mari changera d'avis et nous décrira avec davantage de bienveillance. Voilà de quoi dépend le résultat de ma mission, le résultat de cette année et demie passée à moisir ici : de la jalousie de ton mari !

– Non ! Tu ne connais pas David : David ne ferait jamais ça. Il ne rédigerait jamais un rapport qui ne serait pas fondé sur sa conviction.

– Peu importe qu'il le fasse ou non : c'est ce qu'il a laissé entendre au ministre et celui-ci l'a cru. Le ministre pense que si nous sortons perdants de ce différend avec l'Angleterre, ce sera dû non pas au fait que David estime sincèrement que le travail forcé est pratiqué à S. Tomé comme je le pense moi, mais au fait que je sois l'amant de sa femme. Bref, pour une histoire de jupons j'aurai flanqué ma mission en l'air et trahi la confiance qu'on avait placée en moi. »

Ann s'arrêta pour le regarder avec perplexité. Soudain, tout était devenu clair dans son esprit :

« C'est donc pour cette raison que tu m'évites ?

– Oui. »

Elle se retourna sans mot dire. Elle saisit le cou de son cheval par la crinière, plaça son pied gauche dans l'étrier et, prenant son élan, elle se hissa sur la selle dans un mouvement parfaitement synchronisé. Une fois juchée sur sa monture, elle le dévisagea de nouveau :

« C'est ton dilemme, Luís. J'ai le mien. David a le sien. Chacun de nous a le sien. Je ne peux pas t'aider. Je ne prendrai pas le prochain bateau avec toi, mais je le ferai peut-être un jour. Mais si tu m'aimes, Luís, il faudra que tu luttes pour me garder. »

Elle tourna la bride de son cheval et s'éloigna. D'abord au pas, puis en adoptant un trot court et, arrivée au bout de la place, elle se lança dans un galop syncopé et disparut peu à peu dans l'obscurité, les sabots de son cheval résonnant avec un martèlement sourd dans la poitrine de Luís Bernardo.

* * *

João répondit à la lettre de Luís Bernardo par retour du courrier, comme celui-ci le lui avait demandé. Toutefois, il ne pouvait pas venir cet été. Le travail dans son bureau ne l'autorisait à prendre qu'une semaine de vacances sur la plage de la Granja où il avait déjà réservé une chambre d'hôtel. De toute façon une semaine ne lui permettrait même pas d'arriver à S. Tomé. « Je viendrai peut-être à Noël, écrivit-il, et d'ajouter : Tiens bon jusque-là ! » À la lecture des journaux qui lui arrivaient de Lisbonne, Luís Bernardo conclut que, malgré les intrigues politiques qui fleurissaient là-bas, le pays qu'il connaissait était tranquillement en vacances, comme toujours. Les uns aux bains de mer, d'autres installés dans leurs propriétés à la campagne où les domestiques, les meubles de famille et les petites notabilités locales les attendaient d'une année à l'autre, et d'aucuns encore prenaient les eaux dans des stations thermales. Sa Majesté D. Carlos, à cause de qui il s'attardait et étouffait dans ces tropiques, passait lui-même, en cet été de 1907, un mois paisible de vacances dans la station thermale de Pedras Salgadas où il avait pris ses quartiers avec sa suite – dont ne faisaient partie ni la reine ni ses enfants – dans l'hôtel local, passant son temps à ingurgiter de l'eau aux vertus curatives, à tirer la tourterelle, à se balader dans sa nouvelle automobile, une Peugeot de 70 chevaux, à jouer au bridge le soir, à écouter du piano ou à fréquenter d'occasionnels bals de village. La presse monarchique louait la « simplicité naturelle » du monarque en contact avec le peuple et les gens du pays ; la presse républicaine ne perdait pas une seule occasion d'attirer l'attention de ses lecteurs sur la répugnance naturelle du souverain à se préoccuper d'autre chose que de mondanités et de futilités. Et Luís Bernardo était enclin à lui donner raison. Malgré les paroles d'adieu du prince héritier en quittant S. Tomé, Luís Bernardo sentait que monsieur son père qui l'avait envoyé ici l'avait très vite oublié.

Son été, plus solitaire et plus dépourvu de sens que jamais, traîna en longueur. Même les promenades sur la plage, qui naguère avaient toujours servi de dérivatif à ses soucis et lui avaient redonné une sorte de joie instinctive d'enfant, étaient devenues à présent pénibles et nostalgiques. Il se surprenait à parler tout seul, comme s'il était avec Ann, il se voyait lui-même de l'extérieur, comme s'il était Ann, jouant un rôle sur une scène de théâtre à l'intention d'un public invisible, plongeant dans l'eau et émergeant soudain pour retourner aussitôt sur la grève dans l'espoir absurde qu'elle soit là, assise sur le sable et l'observant, comme la première fois. Mais quand il se retournait, il apercevait seulement la plage déserte, nulle trace des pas d'Ann ne marquait le sable, aucun cheval n'était attaché à un arbre auprès de sa monture à lui, aucune voix ne brisait le silence, rien sinon une lointaine image embuée de larmes qui se mêlaient au sel de la mer et qui troublaient sa vue.

Du matin au soir, une image l'assaillait sans cesse, tournait dans sa tête, déviait son attention, le paralysait, l'oppressait. Un cri se perdait dans un abîme sans fond et résonnait moins distinctement de jour en jour, comme un écho qui peu à peu se dissipe – la phrase qu'Ann lui avait lancée : « Si tu m'aimes, Luís, il va falloir que tu luttes pour me garder. » Mais lutter comment, jusqu'à quand, avec quel espoir, quel horizon ? S. Tomé était si petit qu'il semblait incroyable que des semaines, des mois puissent s'écouler sans qu'ils se rencontrent. Mais la vérité était que c'était possible – il n'y avait pas de lieu de promenade publique, pas de restaurants, pas de clubs ni de bals où les gens puissent se fréquenter. Pour deux amants officiellement clandestins, il n'y avait d'occasion d'amour que dans la clandestinité elle-même. Au bout de plusieurs semaines, Luís Bernardo ne supporta plus le vide, le silence, la plage déserte, les promenades à cheval à proximité de la demeure d'Ann dans l'espoir de la croiser sans jamais y parvenir. Il s'imagina qu'à cause de sa franchise il l'avait perdue pour toujours, qu'il l'avait forcée à prendre une décision et que par peur elle avait reculé. Que par commodité, pour avoir la paix elle avait décidé de renoncer à lui et de sauver son mariage avec David. Il l'imaginait apaisée, peut-être triste, mais réconciliée enfin avec elle-même, ayant réglé ses comptes et vengé son orgueil, étant retournée à la seule chose sûre et solide qu'était son mariage. Il avait été un rêve et avait représenté une aventure incertaine et un fragile espoir de bonheur qui, pour prendre corps, devait se fonder sur une souffrance infligée à autrui ; David incarnait un passé qui avait été heureux et exaltant et un avenir dans la sécurité, où il serait toujours à ses côtés et où tout aurait un sens chaque fois qu'elle dirait « mon mari ». Il n'y tint plus et lui écrivit une brève lettre où chaque phrase, chaque mot avait été écrit et réécrit d'innombrables fois, de façon à pouvoir être interprété comme étant une déclaration d'amour qui ne soit pas une supplication, une menace voilée avec un parfum d'ultimatum :

« Ann,

Tu m'as dit que si je t'aimais, je devrais lutter pour te garder. Je t'aime, je désespère de te voir, maintenant et toute la vie. Je sais et je comprends pourquoi tu ne prendras pas le prochain bateau avec moi, mais j'ai besoin de savoir si tu prendras au moins le dernier – le bateau qui m'emmènera d'ici vers une vie qui n'aura de sens que si elle est vécue avec toi. Sachant cela, j'accepterai tout ce que tu voudras : continuer à nous voir pour un temps de transit vers une relation qui n'aura plus à être vécue cachée de tous, ou cesser de te voir au nom d'un avenir meilleur que ce présent douloureux et jusqu'au jour où tu prendras ce bateau avec moi. La décision t'appartient.»

Il confia le billet à Sebastião, avec ordre exprès de ne le remettre qu'en main propre à Ann et il reçut le lendemain une réponse apportée à Sebastião par une servante :

« Cher Luís,

Moi aussi je désespère de te voir – tous les jours et toutes les nuits. Je ne connais même pas de trêve pendant le sommeil. Je voudrais pouvoir te dire "Viens !" ou "Éloigne-toi !" mais je me sens incapable de te dire l'une ou l'autre chose. Ce que je désire le plus ardemment c'est la paix – la paix des décisions irrémédiables d'où tout retour en arrière est exclu et dont on a le sentiment que le choix fait était le seul possible. Mais cette décision ne m'incombe pas – ou alors c'est moi qui ne peux pas ou ne veux pas la prendre. Voilà pourquoi je t'ai dit que je pourrais laisser mon mari un jour, mais que je ne pouvais pas l'abandonner. Dans mon esprit, les deux choses sont différentes et cette différence est le fondement moral sans lequel je ne serai pas en mesure de commencer quelque chose de nouveau avec toi. Voilà pourquoi je t'ai dit aussi que tu devras lutter pour me garder, même si je suis incapable de te dire comment ni même de te garantir qu'en fin de compte je prendrai un bateau avec toi, dût-il être le dernier. Je sais que rien de cela ne t'aidera, ni ne te donnera l'espoir dont tu as besoin pour savoir s'il vaudra la peine de lutter pour me garder, mais sache que c'est le reflet de mes sentiments, du déboussolement dans lequel je vis et dans lequel je me perdrai peut-être et perdrai tout. Pardonne-moi, mon bien-aimé, c'est là toute l'aide que je puis t'offrir. Je t'ai aimé et je t'aime avec lucidité et pas seulement avec passion – et cela, au moins, est réel, cela existe et résiste à tout le reste.»

* * *

Lorsque les premières pluies revinrent, Luís Bernardo fut pris du désir nostalgique de monter une nouvelle fois dans les plantations, de revoir la forêt vierge, l'*óbó*, d'entendre de nouveau la chanson des ruisseaux qui se forment pendant la nuit, de respirer l'odeur des arbres humides, de se baigner dans les lagunes aux eaux sombres et effrayantes surgies soudain au milieu des bois, entre le chant des oiseaux et le frôlement sinueux des serpents qui terrifiaient son cheval et hérissaient de peur tous les poils de son corps. Il voulut parcourir de nouveau les sentiers où son cheval avait du mal à passer et où les branches fustigeaient son visage comme si elles saluaient son retour dans ce monde obscur et mystérieux. Il eut envie de débarquer au milieu des plantations, sur leurs vastes esplanades où des feux étaient allumés à la tombée du soir dans l'odeur du cacao qui séchait sur des plateaux, dans l'odeur du café grillé et de la sciure fraîche qui alimentait les fours. Et il monta de nouveau dans les plantations, poussé par la nostalgie de toutes ces odeurs de l'Afrique qui, il le savait maintenant, ne cesseraient jamais de vivre en lui pendant tout le restant de ses jours, où qu'il se trouvât. Et il revit ainsi la géométrie précise et pure de l'architecture des maisons dans les plantations, leurs toits familiers aux tuiles rondes de la Lusitanie, la blancheur de la chaux des murs qui se mêlait sur le sol à la terre brune et humide, le bruit de ses pas sur les planchers aux longues lames de bois, le cantique des Nègres en fin de journée quand ils rentrent dans leurs cases après le « rassemblement » du soir, les dîners dans la maison de maître dans de la vaisselle rose de Sacavém et sur des nappes brodées de Castelo Branco, avec un *brandy* dégusté sur la véranda entourée par les bruits nocturnes et sibyllins de la forêt, laquelle commençait immédiatement au détour de la maison de maître.

Il visita ainsi une nouvelle fois plusieurs plantations où il fut reçu avec étonnement, méfiance ou une animosité mal dissimulée. Et un jour, sans parvenir à s'expliquer à lui-même pourquoi, il décida d'aller à Nova Esperança sans se faire annoncer. Comme la première fois, il arriva en fin de matinée et il trouva Maria Augusta dans la remise, en train d'aider à ferrer un cheval. Elle se retourna, stupéfaite, en le voyant se détacher contre la porte de la remise. Elle avait le visage empourpré à cause de l'effort et de la chaleur, sa peau était couverte de gouttes de sueur et des brins de paille étaient accrochés dans ses cheveux ébouriffés. Elle n'avait pas l'air très contente de le voir là ou dans ces circonstances :

« Vous ici, Luís Bernardo ?

– Je visite des plantations et mes pérégrinations m'ont amené à Nova Esperança. Mais, me souvenant de la teneur de notre dernière rencontre, je reconnais que ma présence est peut-être importune. Un mot de vous et je repars. »

Elle le dévisagea avec curiosité. Elle semblait s'efforcer de deviner ce qui l'avait véritablement amené là et, à voir son expression qui peu à peu se détendait, il paraissait qu'elle comprenait.

« Non, non, restez déjeuner. Cela me fera plaisir. »

Comme la première fois, elle le reçut comme si elle l'attendait et elle improvisa un déjeuner qui lui rappela l'accueil courtois et sans prétention des fermes dans le nord du Portugal. L'après-midi, ils parcoururent de nouveau les rangées des plantations et inspectèrent les équipes au travail. Quand ils rentrèrent à la maison, Luís Bernardo accepta l'invitation à prendre un bain, à se changer et à rester pour le dîner. Toutefois, Maria Augusta, elle, ne se changea pas et ne se pomponna pas pour lui. Elle se borna à servir de nouveau un bon dîner et un bon porto et à diriger la conversation au milieu du silence prolongé et hostile de son contremaître, monsieur Albano. Quand ce dernier se retira, ils restèrent de nouveau en tête à tête sur la véranda. Luís Bernardo n'était pas pressé, il se sentait bien et il était visible – elle le vit – qu'il était plus seul et plus désemparé que jamais. Il inspirait tendresse et pitié, mais elle n'était pas disposée à tomber deux fois dans le même piège. Et donc elle lui demanda avec ironie :

« Alors, monsieur le gouverneur, comment vont vos amours ?

– Et vous, Maria Augusta, comment vont les vôtres ? »

Elle rit. Et son rire, comme tout le reste chez elle, était franc et ouvert, le rire de quelqu'un qui ne devait rien à personne :

« Ah, mes amours ne seront jamais célèbres et n'alimenteront jamais les conversations ! »

Luís Bernardo la regarda comme s'il la voyait pour la première fois. C'était un regard cru, qui la déshabillait, qui la jaugeait. Un regard de mâle en rut, mais aussi – et c'était ce qui agaçait le plus Maria Augusta – un regard de petit garçon perdu dans la forêt.

« Vous avez de la chance, Maria Augusta ! Et c'est précisément pour cette raison, ou parce que pour vous je n'ai plus guère de secrets, que je me hasarde à vous poser une question directe, ce que je n'oserais jamais faire dans des circonstances normales : puis-je rester ici cette nuit et coucher avec vous ? »

Elle éclata d'un rire légèrement forcé, mais – et ce fut tout ce qu'il remarqua en cet instant – qui lui souleva la poitrine de plusieurs centimètres au-dessus du corselet de la robe. Il se souvint de cette poitrine généreuse, haletante et offerte qu'il avait connue et soudain il désira désespérément qu'elle ne le repousse pas maintenant. Qu'elle le caresse comme l'autre fois entre la poitrine et les cuisses, avec une faim sourde et des cris étouffés, et qu'elle lui fasse tout oublier, tout le reste, y compris le corps incomparable et inoubliable d'Ann.

« Ah, mon pauvre Luís Bernardo, que vous a donc fait l'Anglaise ? Elle s'est bien amusée avec vous et elle est retournée à son mari ? C'est une histoire aussi vieille que le monde ! Vous voulez que j'efface son souvenir ? Un contrat équitable : vous assouvissez mon désir, j'anesthésie vos regrets ? Mais pour qui me prenez-vous donc : pour un succédané de la maîtresse mariée du gouverneur de l'île ? »

Luís Bernardo ne répondit pas et Maria Augusta dut prendre la situation en main :

« Tout bien considéré, pourquoi pas ? Nous serons les seuls à savoir ce qu'il en est ! Nous n'avons rien à perdre et malgré tout cette perspective est plus riante que la frustration de vous voir déguerpir sans que je profite de la situation. Venez, nous noierons nos chagrins respectifs dans une chose qui ne laisse pas de traces – juste une heure de plaisir, comme font les Nègres là-bas, dans la *sanzala*. »

* * *

Le grand dénouement politique allait débuter. Le résultat de la mission courageuse de presque deux ans de Luís Bernardo à S. Tomé et Príncipe allait se faire sentir. Muni des informations recueillies localement par monsieur Burtt et consignées par le consul David Jameson dans son rapport, le représentant des sociétés importatrices du cacao de S. Tomé en Angleterre, monsieur William A. Cadbury, avait fixé un rendez-vous à Lisbonne à une délégation de propriétaires de plantations à S. Tomé et Príncipe. Le ministère avait averti Luís Bernardo de la tenue de cette réunion et, à la distance d'un océan, celui-ci avait attendu, impuissant et angoissé, le résultat de cette rencontre où le destin de S. Tomé et le sien, personnellement, allaient se jouer en son absence.

La première rencontre eut lieu le 28 novembre 1907 au Centre colonial et consista en la lecture des rapports combinés de Joseph Burtt et du consul David Jameson faite par monsieur Cadbury, accompagné de Burtt lui-même et devant une représentation des planteurs portugais constituée du marquis de Valle Flor, d'Alfredo Mendes da Silva, de José Paulo Monteiro Cancela, de Francisco Mantero, de Salvador Levy et de Joaquim de Ornellas e Matos. Au cours de cette réunion l'on commença par écouter la lecture faite par Cadbury, dont les conclusions principales furent envoyées à Luís Bernardo par le ministère :

« La grande majorité des indigènes angolais importés à S. Tomé sont conduits sur la côte de l'Angola et embarqués dans les îles contre leur gré.

Les bonnes lois qui prévoient un rapatriement demeurent encore lettre morte car, à l'exception de Cabinda, le rapatriement des indigènes de S. Tomé en Angola n'a jamais eu lieu. En plus des preuves évidentes et des statistiques vitales en notre possession, il se produit et il continuera à se produire, aussi longtemps que la liberté du travail ne sera pas introduite, d'innombrables outrages contre la personne des indigènes qu'il est impossible de mettre en évidence, mais qui sont la conséquence inévitable du système actuel.

Il est patent pour nous qu'il n'y a pas de rapatriement des travailleurs en Angola dès lors que les vapeurs chargés d'indigènes en partance pour S. Tomé n'en ramènent aucun dans leur pays d'origine. Tant que cette situation ne changera pas, aucun argument ne pourra convaincre le monde qu'il s'agit là d'un travail libre.

Nous souhaitons cependant souligner qu'il nous a été très agréable de pouvoir constater que le traitement des travailleurs dans de nombreuses plantations, comme celle de Boa Entrada, était excellent, mais même dans cette plantation exemplaire le taux de mortalité est effrayant, en dépit des efforts de son propriétaire. Le système en vigueur produit une mortalité très élevée et le taux de natalité est si bas qu'il faut importer chaque année des milliers de travailleurs pour remplacer ceux qui meurent. Et nous désirons également faire remarquer que, ainsi que cela nous a été rapporté par le consul d'Angleterre résident, la politique assumée et publique de l'actuel gouverneur des îles, monsieur Luís Bernardo Valença, consiste à mettre un terme à cet état de choses et à défendre les droits des travailleurs indigènes contre les abus dont ils sont les victimes. Nous sommes certains que les abus encore pratiqués sont les derniers vestiges d'un système pernicieux que Vos Excellences déplorent toutes et qu'elles extirperont d'une main vigoureuse, nous en sommes convaincus, afin que l'on ne puisse plus jamais associer le mot esclavage au nom glorieux du Portugal.

Nous avons toujours acheté le cacao de S. Tomé et, dans l'espoir de maintenir encore pendant de longues années notre amitié commerciale, nous conseillons de nouveau à Vos Excellences de procéder aux réformes nécessaires, à commencer par un rapatriement effectif, à partir du mois de janvier prochain, des travailleurs qui, en vertu de la loi sur le rapatriement de 1903, arrivent à la fin de leur contrat de cinq ans. Bien qu'il nous en coûtera de cesser d'acheter l'excellent cacao de S. Tomé et sachant que cela nous causera des préjudices, parlant au moins au nom de ma propre société, je dois dire que notre conscience nous empêchera de continuer à acheter ce cacao si nous n'avons pas la certitude qu'il sera produit désormais par un système de travail libre. »

Le 4 décembre suivant, William Cadbury reçut à l'hôtel Bragança où il était descendu la réponse officielle des planteurs de cacao de S. Tomé au rapport qui leur avait été présenté et que Luís Bernardo reçut, envoyé par le ministère, une vingtaine de jours plus tard. Cette réponse ne contenait pas la moindre concession aux raisons avancées par Cadbury, aucun désir manifeste de changer de cap. Simplement une contre-argumentation qui reproduisait le sempiternel formalisme juridique. Après une réfutation de certaines données factuelles mineures, l'essentiel de l'argumentaire de la partie portugaise se présentait comme suit :

« L'on ne peut pas comparer le taux de mortalité à S. Tomé avec ce qu'il est en Grande-Bretagne. Il faut prendre en considération la situation géographique du pays à l'équateur et comparer ce taux avec ce qu'il est dans des pays similaires.

Les châtiments corporels signalés par monsieur Burtt ne sont pas appliqués et d'ailleurs lorsque ce dernier a été invité à préciser de quels châtiments il s'agissait et dans quelles plantations il en avait été le témoin, il a refusé de présenter des faits précis ainsi que le nom de ses informateurs.

Le fait que les travailleurs ne recevaient que les deux cinquièmes de leur salaire était dû à la raison suivante : aux termes de la loi sur le rapatriement, les trois cinquièmes restants étaient déposés sur un compte à leur nom et leur seraient restitués quand ils termineraient leur contrat et demanderaient à être rapatriés.

Outre leur salaire mensuel, les travailleurs dans les plantations disposaient des autres avantages prévus par la loi : nourriture trois fois par jour, deux vêtements complets tous les six mois, un logement hygiénique, des soins médicaux, des médicaments, le voyage aller dans les îles et de retour dans leur pays s'ils souhaitaient y retourner. Ils ne sont pas assujettis au service militaire, ils ne paient pas d'impôts, ils n'ont pas de frais et ont droit à un avocat gratuit dans les procès criminels où ils sont impliqués, cet avocat étant le curateur général à qui la loi impose cette obligation. Avec tous ces avantages et ces privilèges, ces travailleurs qui ont joui d'un bien-être qu'ils étaient loin de connaître dans leur pays de naissance préfèrent rester dans les îles à la fin de leur contrat plutôt que de retourner en Angola, ce qui est la raison de leur non-rapatriement. Il n'y en a pas d'autre.

Tout cela prouve que les travailleurs angolais qui renouvellent leur contrat à S. Tomé ne le font pas contre leur gré et sont encore moins des esclaves. L'an prochain, dès le mois de janvier, les premiers contrats signés en vertu de la loi de 1903 viendront à échéance et loyalement et ouvertement, comme ils l'ont toujours fait, les agriculteurs les laisseront librement choisir entre retourner dans leur pays ou signer un nouveau contrat dans les îles.

Les agriculteurs réaffirment ainsi qu'ils sont sincèrement animés des mêmes sentiments humains et libéraux que monsieur Cadbury et qu'ils seraient très heureux que certains travailleurs rentrent chez eux pour y diffuser la bonne nouvelle du traitement dont ils ont bénéficié dans les îles. »

Luís Bernardo lut les dépêches envoyées de Lisbonne avec un sentiment à mi-chemin entre le rire ironique et l'agacement. « Quels idiots ! Ils sont profondément et irrémédiablement idiots ! Ils vont tout gâcher ! » – et il asséna un coup de poing sur la table.

Il convoqua officiellement le curateur Germano Valente et alla droit au but :

« Combien de contrats de travailleurs arrivent à échéance en janvier prochain en vertu de la loi de 1903 ?

– Je n'ai pas le chiffre en tête, monsieur le gouverneur. » L'expression du curateur était un mélange non déguisé d'indifférence et de mépris.

« Mais vous avez bien une idée, non ?

– Comme ça, au débotté, non.

– Combien, monsieur le curateur : cent, cinq cents, mille, cinq mille ?

– Je ne peux pas l'évaluer...

– Évaluez, c'est votre devoir ! Ou alors, passez-moi tous les dossiers et j'évaluerai moi-même.

– Ça, comme vous le savez car nous en avons déjà parlé, je ne peux pas le faire, je ne dois pas le faire et je ne le ferai pas. À moins d'en recevoir l'ordre exprès de Lisbonne.

– Très bien, gardez vos secrets. Mais je suis le gouverneur et j'ai le devoir et l'obligation de savoir comment se déroulera le processus de rapatriement. Je viens de recevoir de Lisbonne le compte rendu de la réunion entre les importateurs anglais du cacao de S. Tomé et les propriétaires portugais des plantations. Les Portugais se sont engagés à procéder à un rapatriement complètement libre et loyal. Et il m'incombe de signaler au ministère s'il en a été bien ainsi ou non. Et donc pour ce faire je vous demande une nouvelle fois à combien vous estimez le nombre des travailleurs dont les contrats s'achèvent en janvier ? »

Germano Valente hésita, cherchant un argument qui lui permettrait de fonder un nouveau refus. Mais il ne sembla pas en trouver et il dut s'incliner :

« Peut-être cinq cents.
– Pas plus ? »

L'autre ne répondit pas : sa première réponse avait été plus que suffisante. Mais Luís Bernardo ne se tint pas pour battu :

« Voyons un peu, vous estimez à cinq cents le nombre de ceux qui terminent leur contrat en janvier et moi j'estime à au moins la moitié de ce nombre ceux qui voudront retourner en Angola. Il est à prévoir que dans les mois qui vont suivre, votre estimation grimpera considérablement, ou alors il nous faudrait conclure qu'il n'y a pas trente mille travailleurs angolais dans les plantations de S. Tomé et Príncipe, mais à peine six mille – un chiffre ridicule qu'il sera impossible de faire avaler à qui que ce soit. Mais, me fondant sur votre estimation pour janvier, je vais réquisitionner à partir de la deuxième semaine de ce mois-là le vapeur *Minho* qui peut contenir quatre-vingts passagers afin de procéder à un rapatriement une fois par semaine jusqu'à la fin du mois. Et j'espère bien que le bateau ne reviendra pas vide... »

Germano Valente se leva, fit un vague signe de tête et sortit sans dire un seul mot.

* * *

Ce Noël-là fut particulièrement difficile à vivre pour Luís Bernardo. Il avait beau faire, le symbolisme de cette date le poursuivait et lui montrait combien il était misérablement seul. Il fit tout de même un effort pour se secouer. Il avait reçu par le vapeur de Lisbonne le cadeau de Noël de João pour compenser son absence car cette fois non plus il n'avait pas pu venir : deux kilos de morue séchée, une bouteille de champagne français et une bouteille de porto *Vintage*, un sac de noix, deux éditions récentes de la Gramophone Company et une cravate en soie bleue de la Casa Elegante, dans la rue Nova do Almada. Il chargea Mamoun de dénicher une dinde en ville, ce que celui-ci parvint à faire non sans difficulté. Il planifia alors le dîner du réveillon, commandant à la cuisine de la morue cuite avec des choux du jardin et de la dinde au four farcie avec les abats et de l'ananas séché, accompagnée de *matabala* frite et d'une espèce de beignets qui s'avérèrent un désastre. Il ordonna, insista et dut finalement se fâcher pour que tous, toute sa maisonnée, s'assoient à la table du réveillon. Ils étaient tous là, six paires d'yeux brillants dans des visages noirs qui le regardaient, embarrassés et silencieux : Sebastião, Vicente, Tobias le cocher, Doroteia, assise à sa droite et plus tentatrice que jamais, Mamoun et Sinhá. Tous refusèrent d'un air gêné le champagne qu'il voulut servir à la ronde et le résultat fut qu'il but la bouteille à lui tout seul pendant le dîner. À la fin il se trouvait entre la mélancolie et la lucidité et il se leva pour prononcer un discours avec une larme au coin de l'œil, mais tout ce qu'il réussit à dire fut :

« À cette table où ont déjà été assis un prince, un ministre du royaume et plusieurs gouverneurs, à cette table où vous m'avez servi si souvent, j'ai tenu à vous avoir tous aujourd'hui, en cette nuit de Noël, car vous êtes, que vous le vouliez ou non, la seule famille que j'aie au monde. »

Puis il fondit en larmes et s'enfuit sur la terrasse, les laissant tous muets et gênés, à s'entre-regarder.

À dix heures du soir, la clochette du portail retentit. Vicente alla ouvrir et revint avec une lettre cachetée que, conformément à l'ordre hiérarchique établi, il remit à Sebastião, lequel la déposa sur un plateau d'argent et s'en fut la porter sur la terrasse. C'était un billet d'Ann :

« Luís,

Comme toutes les nuits, mais encore plus en cette nuit-ci, je pense à toi et je me demande à quoi tu penses et ce que tu ressens. Je te souhaite un heureux Noël, mon bien-aimé, sachant que de toute façon c'est le dernier Noël que tu devras passer seul. »

Il revit Ann dans la nuit de la Saint-Sylvestre, lors de la fête qu'il avait organisée en collaboration avec le maire. Il avait fait allumer ce qui restait des illuminations publiques pour la réception du prince, il avait lancé des fusées au-dessus de la baie au son des douze coups de minuit sonnés par la cloche de la cathédrale et il avait convaincu l'orchestre de la garnison militaire de jouer pour un petit bal sur la place où se trouvait le kiosque à musique, la brasserie Elite faisant office de bar pour que les dames et les messieurs puissent se rafraîchir de la chaleur de la nuit et de la danse. Appuyé à l'angle de la brasserie, un verre de bière à la main, Luís Bernardo observait la scène sur la piste de danse et saluait ceux qui le saluaient au passage. Soudain il aperçut Ann qui s'avançait vers la brasserie au bras de son mari, mais le regard fixé sur lui, comme s'ils étaient tous les deux seuls. Elle fut la première à parler :

« Luís, que se passe-t-il ? Vous ne dansez donc pas, comme il incomberait au gouverneur ? »

La phrase se voulait peut-être ironique, mais le ton ne mentait pas : il était triste, la phrase venait d'un abîme de tristesse. Il ne dansait pas et elle avait l'air de flotter, entraînée par le bras de son mari, au-dessus de tout cela, de la fausse gaieté, des vaines célébrations de la vie.

« Je n'ai pas trouvé de cavalière. » Il soutint son regard, sans faire d'effort pour déguiser l'expression douloureuse de ses yeux. Puis il ajouta, tournant la tête :

« Bonsoir, David.

– Bonsoir, Luís. »

Tous trois restèrent immobiles ainsi, à la porte de la brasserie, sans savoir comment se sortir de cette situation et sachant qu'en cet instant tous les regards à la ronde étaient fixés sur eux. David réagit, entraînant Ann à l'intérieur :

« Entrons donc boire un verre. À plus tard. »

Luís Bernardo inclina légèrement la tête et resta dans la même position, adossé au mur, regardant devant lui comme si quelque chose de particulièrement intéressant monopolisait son attention. Puis il posa discrètement son verre sur une table voisine et se faufila le long du mur jusqu'à disparaître dans l'obscurité de la rue à l'angle de la brasserie. Il alluma une cigarette dans le noir et rentra chez lui.

* * *

Lors de son premier voyage, le *Minho* ramena en Angola soixante-dix-huit travailleurs angolais avec leurs familles respectives dont les contrats étaient arrivés à échéance. Le bateau revint une semaine plus tard, la troisième de janvier, et emmena encore vingt-cinq Angolais rapatriés. Lors du troisième voyage, Luís Bernardo se trouvait le matin sur le quai pour assister à l'embarquement : cinq travailleurs, trois femmes et quatre enfants montèrent à bord. Luís Bernardo tourna le dos à la scène et se trouva nez à nez avec Germano Valente qui prenait des notes dans un carnet noir, très pénétré de l'importance de ses fonctions. Il salua Luís Bernardo d'un signe de tête et se replongea dans ses griffonnages, comme si de rien n'était. Luís Bernardo sentit le sang lui monter au visage.

« Écoutez ! Je croyais qu'il était entendu qu'il s'agissait d'un rapatriement sérieux et non d'une bouffonnerie de plus. »

Germano Valente leva les yeux de son carnet et repondit le plus tranquillement du monde :

« Que voulez-vous que je fasse ? Que je les oblige à embarquer de force ? »

Luís Bernardo eut envie de l'empoigner par le collet et de l'étrangler sur place. Il fit deux pas et s'arrêta beaucoup trop près de l'autre :

« Vous vous moquez de moi, n'est-ce pas ?

– Vous trouvez ? »

Luís Bernardo s'approcha encore d'un pas, tandis que Germano Valente ne bougeait toujours pas, impassible, lui faisant face.

« Je peux vous garantir une chose : aujourd'hui même et sans plus tarder Lisbonne devra choisir entre vous et moi. Et l'un de nous deux devra partir d'ici, la queue entre les jambes.

– C'est peut-être le sort qui vous attend, monsieur le gouverneur… »

Luís Bernardo serra les poings jusqu'à ce que les articulations de ses doigts en deviennent blanches et il cracha les mots suivants :

« Demain vous connaîtrez la réponse, espèce de fils de pute vendu aux planteurs ! »

Il lui tourna le dos, détacha le cheval qu'il avait attaché à un poteau sur le quai et rentra au galop chez lui. Une fois arrivé, il commanda le déjeuner à Sebastião et alla s'enfermer dans son bureau où il rédigea le télégramme qu'il enverrait à Lisbonne dès l'après-midi, adressé au ministre et contenant un *ultimatum* très simple : ou bien le curateur était démis immédiatement de ses fonctions ou bien lui-même présentait irrévocablement sa démission à partir du jour même. Si tout cela était une tromperie stupide et grossière, il ne s'y associerait pas un seul jour de plus. Lisbonne devait choisir maintenant, tout comme elle avait choisi un mois auparavant à la demande des administrateurs des plantations de Príncipe en révoquant le curateur adjoint local, accusé d'être le fauteur de l'instabilité et de la révolte latente parmi les travailleurs de l'île, simplement parce qu'il avait pris au sérieux ses obligations et l'appel de sa conscience.

Il rédigea quatre ou cinq versions du télégramme qu'il déchira successivement car aucune ne lui semblait suffisamment incisive et inattaquable. Il lui fallait trouver une formule susceptible de faire ensuite l'objet d'une fuite discrète dans la presse de Lisbonne et dont la publication ne laisserait aucun doute dans les esprits qu'il avait défendu les intérêts nationaux et le bon renom du Portugal, mais qu'il s'était heurté à une bêtise et à une mauvaise foi à toute épreuve. Qu'il avait lutté seul et qu'il avait été trahi par l'hypocrisie et le manque d'appui du gouvernement.

Le déjeuner interrompit ses tentatives infructueuses de découvrir la formule parfaite et il décida de suspendre cet exercice pour aller se restaurer, dans l'espoir de se calmer et d'éclaircir ses idées. Il s'apprêtait à reprendre le travail après le déjeuner lorsque Sebastião vint lui annoncer la visite plus qu'inattendue du procureur, João Patrício. Depuis ce long matin au tribunal, ils ne s'étaient reparlé par obligation professionnelle qu'au cours de la cérémonie de présentation des autorités locales au prince D. Luís Filipe. La seule chose qui les unissait désormais, c'étaient la haine et le mépris réciproques.

Après l'avoir accueilli dans sa salle à manger, Luís Bernardo lui fit signe de s'asseoir et lui indiqua d'un geste de la main qu'il attendait qu'il l'informe de l'objet de sa visite. Ce que fit le procureur :

« Je pense que vous savez, monsieur le gouverneur, que je considère que vous avez trahi votre devoir ainsi que les intérêts du Portugal par la façon dont vous vous êtes acquitté de votre mission. De nombreuses personnes pensent comme moi, des gens qui vivent ici et aiment vraiment S. Tomé et Príncipe, qui ne sont pas de passage ici et ne jettent pas sur tout un regard hautain et méprisant.

– Vous souhaitez que j'applaudisse ? » Après sa discussion avec le curateur, Luís Bernardo était prêt à s'amuser de l'assaut inattendu de cet autre adversaire.

– Non, je suis juste venu vous dire que nous…

– Nous ?

– … ne sommes pas disposés à continuer à supporter votre arrogance, votre trahison et les torts que vous avez l'intention de nous causer. Votre exhibition au tribunal a été plus que suffisante, vos fanfaronnades dans l'île de Príncipe, les rapports que vous envoyez à Lisbonne pour dire pis que pendre de ceux qui s'opposent à vos volontés et à vos tics de libéral irresponsable.

– Et vous avez décidé quoi ? De m'éliminer ?

– Non, de vous freiner. De faire obstacle au préjudice que votre comportement irresponsable peut causer aux plantations et à l'économie tout entière des îles.

– C'est une idée intéressante… Et comment vous y prendrez-vous pour me freiner ?

– C'est très simple, mais cela dépend de votre coopération, pour le bien de tous : vous allez convaincre votre ami anglais (je ne sais pas si le mot ami est actuellement le plus approprié) d'envoyer un rapport à Londres certifiant que le rapatriement des travailleurs en vertu de la loi de 1903 se passe normalement. C'est-à-dire qu'un pourcentage, disons de trente à quarante pour cent – il ne faut pas exagérer – des travailleurs dans les plantations embarquent pour l'Angola après avoir reçu, comme le prévoit la loi, la somme destinée au rapatriement à laquelle ils ont droit. Et vous direz la même chose à Lisbonne. C'est tout. »

Luís Bernardo avait perdu toute envie de rire de la situation. Il y avait quelque chose dans le ton assuré et menaçant du procureur qui le mit instinctivement sur ses gardes.

« C'est tout ? Et à supposer que j'accepte de prendre part à cette escroquerie, comment croyez-vous que je réussirai à convaincre le consul d'Angleterre de s'associer à ce genre de mensonge ? Pensez-vous qu'il ne sait pas combien de travailleurs ont été rapatriés jusqu'à présent ?

– Bien entendu qu'il le sait. Il est au courant de tout ce qui se passe. Je ne sais pas comment il se débrouille, mais la vérité c'est que rien ne lui échappe. Pourtant, avec votre collaboration, il pourrait peut-être se laisser convaincre d'oublier ce qu'il sait.

– Ah oui ? Alors qu'avez-vous prévu pour me convaincre préalablement, avant que je ne le convainque lui ? »

Le procureur le regarda avec l'expression de commisération propre à l'homme qui doit faire un sale travail et qui a presque pitié de son interlocuteur.

« L'alternative serait très déplaisante pour tout le monde…

– Arrêtez d'essayer de me faire peur et cessez ces mystères idiots : dites-moi une bonne fois pour toutes en quoi consiste votre chantage !

– Si d'ici demain monsieur Jameson n'envoie pas ce rapport à Londres, je reviendrai ici pour vous arrêter.

– Pour m'arrêter ? » Luís Bernardo lâcha un éclat de rire fort peu spontané.

« Oui, comme vous le savez, j'ai le pouvoir légitime d'ordonner au nom du tribunal l'arrestation de n'importe qui sur le territoire, y compris du gouverneur lui-même.

– Et sur quel chef d'accusation envisagez-vous de motiver mon arrestation ? Ne me dites pas que c'est celui de trahison de la patrie ?

– Non, c'est celui d'adultère.

– D'adultère ?» Luís Bernardo sentit la tête lui tourner, il ne savait pas si c'était de rage ou de terreur.

« Oui, d'adultère. Comme vous le savez, l'adultère avec une femme mariée est un crime public : il suffit qu'il y ait des dénonciations, des indices suffisants pour que le Ministère public puisse requérir un emprisonnement préventif et le jugement des suspects – en l'occurrence Votre Excellence et l'épouse du consul d'Angleterre. Je devrai vous arrêter tous les deux. L'île entière est témoin – le mari lui-même sera peut-être cité à comparaître comme témoin... »

Luís Bernardo ne parvenait pas à se ressaisir tant il était stupéfait et en proie à un instinct homicide. Il mit du temps à se reprendre et réussit tout juste à articuler les mots suivants :

« Vous me menacez de nous arrêter pour adultère, la femme du consul d'Angleterre et moi, si son mari et moi ne cédons pas au chantage infâme que vous nous proposez ? J'ai bien entendu, c'est bien ce que vous avez dit ?

– Exactement.

– Hors d'ici, canaille ! Hors d'ici, avant que je ne vous démolisse le portrait à coups de fusil ! Hors d'ici, misérable canaille abjecte ! Disparaissez de ma vue ! »

Cette fois, Luís Bernardo ne se contint plus : il contourna sa table de travail si vite que le procureur n'eut pas le temps de réagir. Il l'attrapa par le col, le traîna jusqu'à la sortie, ouvrit la porte et le jeta dehors avec tant de violence et de cris que Sebastião et Doroteia accoururent pour voir ce qui se passait et assistèrent à la scène avec stupéfaction.

Luís Bernardo claqua la porte de son bureau et s'enferma à l'intérieur. Il alluma une cigarette et se mit à arpenter la pièce comme un fauve en cage. Il tremblait de rage et d'impuissance, il se sentait capable de tuer, il ne s'était jamais rendu compte que la haine pouvait être un sentiment aussi dévastateur. Ce qui le mettait le plus hors de lui, c'était de penser que ses ennemis avaient été capables de s'organiser et de monter ensemble un plan contre sa personne. Derrière tout cela se cachait le « nous » auquel le procureur s'était référé : lui-même, le curateur, le colonel Maltez, l'ingénieur Costa dans l'île de Príncipe et peut-être également le vice-gouverneur de là-bas, António Vieira. Et certainement aussi plusieurs administrateurs de plantations : il s'était fait assez d'ennemis pendant ces presque deux années. Et donc ils s'étaient organisés, ils avaient ourdi à froid un plan pour le faire tomber, un plan si efficace qu'il englobait aussi Ann et David, en plus de lui-même. Il ne s'agissait pas seulement de le mettre hors de combat, mais aussi de le faire de la façon la plus indigne et la plus ignoble possible, entraînant dans cette humiliation la femme qu'il aimait et le mari de celle-ci, innocent de tout. C'était un plan parfait. Le procureur pouvait effectivement les arrêter, Ann et lui, et même si un recours adressé à la Relação de Lisboa décrétait cette arrestation illégale et ordonnait leur remise en liberté, des mois s'écouleraient avant qu'un jugement ne soit prononcé. Même si le ministre ou le roi lui-même intercédaient et ordonnaient au procureur de les relâcher, cela prendrait une semaine, alors qu'un seul jour d'emprisonnement suffirait pour qu'ils soient traînés dans la boue des rues de S. Tomé. Une fois sorti de prison, il ne lui resterait plus qu'à présenter sa démission – dans des conditions tout à fait indignes. David verrait sa carrière détruite une fois de plus par un nouveau scandale dont il ne serait pas responsable et Ann devrait ensuite rester auprès de son mari pour expier l'humiliation qu'elle lui avait infligée. Ils avaient concocté tout cela avec beaucoup d'inventivité et sans le moindre scrupule, alors que ce qu'il avait envisagé de plus extrême lui-même, c'était d'obliger le ministre à choisir entre sa démission en tant que gouverneur et le renvoi du curateur. Quelle idiotie de s'imaginer que les choses se passeraient à découvert, que c'était lui qui menait le jeu et que sa nomination par le roi le mettait à l'abri de coups aussi bas !

Il fuma cigarette après cigarette, essayant de se calmer, cherchant à voir clair au milieu du chaos qui s'était installé dans sa vie et à se concentrer avec sang-froid sur la meilleure façon de sortir de ce piège. Il devait bien y avoir une issue, une riposte de dernière minute comme dans la guerre, quand un peloton est encerclé par un ennemi plus fort et qu'il ne lui reste plus qu'à se laisser exterminer ou à se lancer dans une attaque désespérée qui réussit parfois parce que les assiégés n'ont plus rien à perdre. Mais la solution miraculeuse ne lui venait pas à l'esprit parce que, aveuglé par la rage, il ne parvenait pas à penser calmement.

Il fit seller son cheval et décida de sortir pour s'éclaircir les idées. C'était déjà le milieu de l'après-midi, la pluie en suspens dans l'air attendait l'heure de s'abattre sur l'île et d'ensevelir la chaleur impitoyable dans la fraîcheur ou de noyer dans les larmes les malheurs sans remède. Il tourna instinctivement à gauche en sortant de chez lui et s'engagea sur le chemin menant à la plage de Micondó, guidé davantage par le pas de son cheval que par sa propre volonté. Le trajet dura une demi-heure, toujours au pas. Luís Bernardo ne croisa personne sur la petite route bordée d'arbres surprenants qui paraissaient incliner leurs branches vers lui en un geste de réconfort ou de compassion. Des oiseaux traversaient constamment son chemin, sautant d'arbre en arbre de part et d'autre du sentier, et l'odeur enivrante et familière de la chlorophylle semblait produire enfin en lui son habituel effet apaisant. Malgré la solitude de ces deux années, malgré l'ennui interminable des jours, malgré le climat suffocant, malgré le fait que ce soit le pays de son amour angoissant pour Ann et la terre où il avait appris à lire la haine dans les regards d'autrui, il aimait cette île, le vert de la forêt, le bleu de la mer et le gris translucide de la brume qui l'enveloppaient, comme s'ils le protégeaient entre leurs bras de sève, de sel et de brouillard. Maintenant que son univers d'autrefois s'était mué en un souvenir ancien, alimenté par les nouvelles dans les journaux ou dans les rares lettres d'amis, ce paysage des îles était tout ce qui lui restait d'intime, de familier, de bien à lui. Maintenant que tout semblait approcher de la fin, il comprenait pour la première fois ce qui lui avait toujours paru incompréhensible : l'attachement de tant d'hommes blancs à l'Afrique, ce lien désespéré et presque maladif qui avait enchaîné pour toujours tant d'êtres à ces îles d'où ils ne pensaient qu'à partir, mais dont ils ne parvenaient pas vraiment à se détacher.

Le pas de son cheval le mena à la plage de Micondó. Il mit pied à terre, sans se soucier d'attacher son cheval à un arbre, le laissant en liberté au milieu des palmiers. Il entendit alors des voix au loin et il s'aperçut qu'étrangement il n'était pas seul sur la plage : plus loin, près de l'endroit où les vagues se brisaient, deux hommes, un Blanc et un Noir, s'attachaient à charger des objets à l'intérieur d'un petit bateau à voile retenu par une ancre enterrée dans le sable. Dans l'homme blanc qui s'affairait autour de l'embarcation il crut reconnaître David et il plissait les yeux pour s'en assurer quand celui-ci l'appela d'un grand geste de la main. Luís Bernardo s'avança sur le sable parsemé de débris de branches sèches de palmier et de noix de coco tombées des arbres jusqu'à se convaincre que c'était bien David qu'il avait reconnu de là-haut. Il s'approcha de lui et lui tendit la main, que David serra. Il se rendit soudain compte qu'il éprouvait vraiment de l'affection pour David. Ils auraient pu être les meilleurs amis du monde si lui-même n'avait pas gâché cette amitié – et tout le reste – à cause d'Ann. David avait le visage hâlé par le soleil, ses yeux brillaient de détermination et d'un étrange bonheur, et ses gestes et les ordres qu'il donnait au travailleur noir qui l'accompagnait étaient empreints d'une joie enfantine. Il était vêtu d'un épais pantalon de flanelle, avec de hautes bottes de toile au-dessus du pantalon, et d'un vieux pull-over taché de sel. Un ciré était par terre à ses pieds comme si David se trouvait dans son Écosse natale.

« Que faites-vous ici, David ?

– Je pars pêcher, comme vous voyez. Je passerai la nuit à pêcher avec Nwamba, qui vient de Namibie, près du désert de Moçâmedes, et qui connaît la pêche comme personne dans cette île.

– Et vous prenez la mer maintenant ?

– Oui, nous allons hisser la voile et naviguer jusqu'à cent brasses de distance. Ensuite nous jetterons l'ancre, nous allumerons les lampes, nous mangerons à bord le pique-nique qui est dans le panier et nous passerons la nuit à pêcher jusqu'au lever du jour : des barracudas, des perches de mer, des tortues, peut-être un ou deux requins. Ces derniers temps, ça a été mon occupation favorite. »

Pour la millième fois, Luís Bernardo regarda son ami avec admiration (« Je ne sais pas si le mot ami actuellement est le plus approprié », avait dit le procureur). Si, ami était le mot juste. Un ami est quelqu'un dont on apprécie la présence, pour qui l'on éprouve de l'admiration, avec qui l'on apprend des choses. Luís Bernardo admirait tout chez David : sa capacité de toujours tirer parti de n'importe quelle situation, le plaisir avec lequel il vivait la vie et tout ce qui lui arrivait, le calme et la détermination avec lesquels il encaissait les coups du sort et leur faisait face, la simplicité linéaire de son code moral de conduite, sa totale absence d'angoisse devant l'effritement du temps car il ignorait complètement la notion de temps perdu et chaque jour de vie était pour lui un don qu'aucun chagrin et aucun revers de fortune ne pouvait troubler. S'il était en Inde, il chassait le tigre ; s'il était à S. Tomé, il pêchait des barracudas ou des requins. S'il était gouverneur de l'Assam et responsable de trente millions d'âmes, il s'acquittait de ses fonctions sans relâche ni repos ; s'il était consul à S. Tomé, dans ce lieu d'un ennui mortel, il se bornait à accomplir son devoir avec minutie et sérieux. À la guerre, il combattait ; à une table de jeu, il jouait – jusqu'au bout et même jusqu'au désastre, s'il le fallait. À présent, cependant, sans que David en ait conscience, son destin était entre les mains de Luís Bernardo. Aucune distraction, aucune occupation ne pourrait l'amener à accepter l'ignominie de voir sa femme traînée dans les rues de S. Tomé et emprisonnée pour adultère « avéré et notoire », selon les termes humiliants de la loi. En sa qualité d'ami, Luís Bernardo avait-il l'obligation de l'informer au moins de la tractation qui lui avait été proposée ? Ou bien devait-il lui épargner cette dernière offense et le laisser partir tranquillement pour une nuit de pêche et revenir le lendemain pour le jour le plus humiliant et le plus désespérant de sa vie ?

« David, puis-je vous poser une question qui est un peu hors de contexte ici ?

– Bien sûr, posez-la !

– Avez-vous envoyé un rapport à Londres concernant le nombre des rapatriements ? »

David regarda son ami : il croyait savoir ce que celui-ci pensait. C'était un ultime appel au secours.

« Non, je ne l'ai pas encore envoyé. J'attendais de voir comment les choses se passeraient. Je l'enverrai demain.

– Et que direz-vous ?

– Allons, voyons, Luís ! Que voulez-vous que je dise ? Ce que j'ai vu, ce que vous avez vu, ce qui s'est passé. J'étais sur le quai ce matin : huit travailleurs ont embarqué, femmes et enfants inclus.

– Vous étiez là ? Je ne vous ai pas vu…

– Mais moi je vous ai vu… Je vous ai même vu discuter bruyamment avec ce fantoche de curateur et je pense que vous vous êtes rendu compte vous-même qu'il n'y a rien à faire avec ces types : ils ont eu amplement le temps de choisir le lit dans lequel ils souhaitent se coucher et ils l'ont choisi.

– Alors… Il n'y a plus rien à faire. Laissons le destin s'accomplir… » Luís Bernardo avait l'air soudain absent, comme si le sujet ne l'intéressait plus.

« Oui. Bon, il faut que je parte avant que le soleil ne se couche. Au revoir, Luís.

– Au revoir, David. Bonne pêche ! »

David monta rapidement sur le bateau dont la voile avait déjà été hissée par Nwamba, il s'installa au gouvernail pendant que Nwamba levait l'ancre, poussait la petite embarcation et sautait aussitôt après dedans, se baissant pour éviter la bôme et allant s'asseoir à l'avant. David dirigea le bateau droit sur les vagues qui se brisaient à une demi-douzaine de mètres de la plage, l'embarcation franchit les deux premières avec élan et grâce, puis navigua après dans des eaux tranquilles. Debout sur la grève, Luís Bernardo assista à la manœuvre comme s'il regardait le sable couler dans un sablier : le temps fuyait, l'embarcation s'était déjà éloignée du rivage d'environ vingt-cinq mètres, bientôt tout serait irrémédiable.

« David ! » cria-t-il, sa voix se superposant au fracas des vagues. Mais David paraissait ne pas l'avoir entendu. Luís Bernardo cria une autre fois, agitant les bras. David se tourna sur le côté depuis le banc arrière, mais sans suspendre sa course en avant.

« *Yes… ?* » La réponse avait l'air de venir de très loin, il était évident qu'il était trop tard pour tout. Luís Bernardo signifia avec le bras que cela n'avait pas d'importance. Puis il adressa un geste d'adieu à son ami. Il vit le bras droit de David se lever aussi pour lui dire adieu, puis David se tourna de nouveau vers l'avant, le dos légèrement courbé, la proue en direction du large, pendant que le soleil disparaissait d'un seul coup d'un ciel annonciateur de pluie et que Nwamba allumait la première lanterne à pétrole. Très vite, les deux hommes se fondirent avec les embruns en suspension dans l'air et le haut du mât se confondit avec la ligne d'eau.

Luís Bernardo se mouilla le visage avec de l'eau de mer, se servant de ses deux mains incurvées, puis il but une gorgée de cette eau comme si elle était sacrée, une de ces eaux qui guérissent les maladies et les plaies, les maux de l'âme et le mauvais œil. Il marcha lentement sur le sable dans le crépuscule, il trouva son cheval qui l'attendait tranquillement là où il l'avait laissé, il l'enfourcha et cette fois, comme s'il voulait s'éloigner à tout jamais de la plage de Micondó, il se lança dans un long galop continu, jusqu'à arriver chez lui avec une monture à la bouche écumante et aux flancs inondés de sueur. Il la laissa à Vicente et entra dans la maison, déclarant à Sebastião qu'il n'avait pas faim et ne dînerait pas et qu'il se passerait de ses services jusqu'au lendemain. Il se claquemura de nouveau dans son bureau, tirant son canapé de cuir devant la fenêtre dont le balcon donnait sur la mer. Dehors, sous la pluie qui tombait à verse, les lanternes des bateaux de pêche brillaient au large et parmi elles il devait y avoir celle de l'embarcation de David. Il resta ainsi un long moment, peut-être une heure ou deux, fumant devant la fenêtre. Plus il contemplait la mer, plus il voyait nettement que c'était là, et seulement là, que se trouvait l'unique voie vers le salut. Il était arrivé à la fin de

S. Tomé. Il fallait partir – fuir, oui, il ne devait pas avoir peur des mots. Et tout de suite, sans plus tarder. Le lendemain matin, justement, le vapeur partait pour Lisbonne – c'était le dernier bateau. Il n'y en aurait pas d'autre, il n'aurait pas d'autre occasion de partir. Ann et lui devaient embarquer sur ce vapeur à l'aube. Avant que David ne rentre, avant que le procureur du roi ne vienne les arrêter comme des malfaiteurs. Devoir, orgueil et honneur. Amitié, loyauté et sens de la mission. Il ne restait que l'amour de l'un pour l'autre, l'unique chose qu'il y avait encore à sauver. Tous deux arriveraient à Lisbonne, lieu de transit vers un ailleurs – vers l'Inde, le pays natal d'Ann, ou vers l'Angleterre, la patrie qu'elle ne connaissait pas encore. Vers Paris, vers le Brésil, vers n'importe où. Même s'il ne trouvait aucune occupation dans les premiers temps, il avait assez d'argent pour qu'ils vivent plusieurs années sans se faire de souci. Il rendrait compte au roi par lettre de l'échec de sa mission ; sur son orgueil ou son nom souillé il s'expliquerait avec ses amis et seuls ceux qui comprendraient continueraient à l'intéresser. Et David tiendrait le coup. Au moins il ne connaîtrait pas la honte de voir sa femme emprisonnée et accusée publiquement d'adultère dans une obscure colonie portugaise en Afrique équatoriale. Il aurait assez de force pour reprendre sa vie et sa carrière sans Ann, chassant le tigre ou pêchant le barracuda, où que le mène son extraordinaire capacité de vivre et de rebondir.

Il n'y avait pas d'autre issue. C'était maintenant, cette nuit même. Le dernier bateau. L'ultime possibilité d'être de nouveau libre et heureux.

Il se leva et descendit l'escalier à pas de loup, s'efforçant de ne réveiller ni Sebastião ni Doroteia qui dormaient au fond de la maison principale. Il portait un chandelier avec une bougie allumée et il sortit par la porte de devant, se dirigeant vers l'écurie. Il posa le chandelier sur une planche et se mit à harnacher silencieusement son cheval, le caressant pour le calmer et lui murmurant à l'oreille : « Eh oui, mon ami, nous devons de nouveau sortir. C'est une nuit vraiment particulière. J'ai rendez-vous avec le destin et c'est toi qui vas m'y mener. »

Il sortit de l'écurie en tenant le cheval par la bride et il franchit le portail en faisant le moins de bruit possible. La sentinelle du palais était endormie dans sa guérite et ne s'aperçut même pas de son départ. Il continua à pied sur une centaine de mètres en tenant le cheval par la bride et ne monta dessus qu'après. Il se dirigea à un trot silencieux vers la demeure où vivait la femme qu'il aimait, pour qui il avait tout sacrifié et pour qui à présent il voulait tout abandonner. Son cœur battait à se rompre dans sa poitrine, mais il avait la certitude qu'Ann viendrait avec lui. Ce n'était pas cela qui l'inquiétait, mais plutôt l'idée qu'il était arrivé dans l'île en qualité de gouverneur par un matin ensoleillé et à la vue de tous et qu'il en repartait comme un cambrioleur, caché de tous, comme si véritablement il avait trahi il ne savait quoi.

Il arriva à l'angle de la maison de David et mit pied à terre. Il alla attacher le cheval à un arbre à l'écart du chemin. Il lui passa la main sur la croupe et lui chuchota à l'oreille : « Attends-moi ici bien tranquillement, je reviens tout de suite ! » Il se coula le long du mur en direction du portail menant au jardin. Il cherchait des yeux les lumières allumées dans la maison. David n'était pas là, mais il se pouvait qu'un serviteur ou Ann elle-même soient encore réveillés. Mais il n'aperçut aucune lumière. Il s'arrêta à côté du portail et tendit l'oreille un instant, guettant un bruit éventuel venu de la maison. Pas le moindre son et, fort heureusement, David et Ann n'avaient pas de chien. Il se demandait comment il sauterait par-dessus le mur, mais par acquit de conscience il essaya la poignée de la porte, laquelle tourna librement, il n'eut qu'à soulever la clenche. Il ouvrit, entra dans le jardin et referma la porte derrière lui. Il fit trois pas et s'arrêta de nouveau dans l'obscurité, l'oreille aux aguets. Tout était silencieux et apparemment endormi. Il se dirigea vers la véranda où se trouvait la chambre d'Ann et de David. Il se souvint du jour où il avait fait l'amour avec Ann dans le salon en bas, debout contre le mur, tandis qu'il entendait les pas de David en haut dans la chambre où celui-ci s'habillait pour le dîner. L'horrible remords d'être de nouveau ici en train de voler ce qui appartenait à autrui, à un ami, l'assaillit encore. Mais cette fois il était trop tard pour les remords. Tous les dés étaient jetés – d'autres, pas lui, avaient forcé le jeu et lancé les dés. Lui ne faisait que réagir, se prévalant de son unique possibilité de gagner. S'il n'agissait pas de la sorte, s'il n'avait pas le courage d'aller la voir pour lui dire que l'heure du dernier bateau avait sonné, il ne se le pardonnerait jamais et elle non plus ne le lui pardonnerait pas.

Un arbre était presque appuyé contre la véranda de l'étage supérieur, d'où il semblait facile de sauter. Luís Bernardo se hissa en haut de l'arbre, grimpa prudemment sur une première branche, s'assura qu'elle résistait à son poids, puis il atteignit avec les mains la branche au-dessus d'où il pourrait sauter sur la véranda. Se cramponnant solidement, il plaça d'abord un pied sur la branche, puis l'autre : il était à la hauteur de la véranda, à un demi-mètre de distance. Il tendit la main et s'accrocha à la balustrade. Il passa une jambe par-dessus, puis l'autre. Il se laissa retomber sur la véranda sans faire de bruit et de nouveau s'immobilisa, tendant l'oreille. Au début il n'entendit rien et s'imagina qu'Ann dormait. Mais ensuite il lui sembla percevoir un son étouffé en provenance de la chambre à quelques mètres de distance. Quand ses yeux se furent habitués à l'obscurité, il remarqua qu'une faible lueur émanait aussi de l'intérieur, probablement celle d'une unique bougie allumée. Il vit aussi les franges d'un rideau en soie blanche voleter de temps en temps à la porte de la chambre donnant sur la véranda, signe que celle-ci était ouverte. Un nouveau bruit étouffé venant de la chambre lui fit tendre l'oreille. Le son suivant lui parut être un gémissement – un gémissement de femme, d'Ann.

Luís Bernardo évalua la distance qui le séparait de la porte de la chambre – une dizaine de mètres. Il fit trois pas en avant silencieusement et pendant ce mouvement il entendit un nouveau gémissement. C'était Ann, indéniablement, il reconnaissait ce gémissement, on dirait... mais non, ce n'était pas possible... Mais quand il arrêta d'avancer, son cœur s'emballa : maintenant les gémissements d'Ann s'accompagnaient de sons étouffés et forts, émis par un homme. Ann faisait l'amour. Oui, il reconnaissait ces sons, ces gémissements, elle les avait poussés pour lui, exactement de la même façon, exactement comme maintenant, et il avait cru alors ou voulu imaginer qu'elle ne s'abandonnait ainsi qu'avec lui. Mais non, voilà que David, pour une raison ou pour une autre, était revenu de la pêche alors qu'il faisait encore nuit et était allé directement au lit où elle l'avait reçu et s'était donnée à lui. Et lui, Luís Bernardo, se trouvait bêtement là, comme un voleur dans une demeure, un voleur au cœur ouvert et ingénu, qui venait tendre la main à la maîtresse de maison pour qu'elle se libère enfin de son mari et s'enfuie avec lui afin qu'ils soient heureux jusque dans l'éternité ! La phrase de Maria Augusta lui revint soudain en mémoire : « L'Anglaise s'est bien amusée avec vous et maintenant elle est revenue à son mari. Ah, cette histoire est vieille comme le monde ! » Quel imbécile naïf il était ! Mille fois imbécile ! Il comprenait à présent pourquoi Ann était incapable de se décider, pourquoi elle se perdait dans ces jeux de mots qui lui avaient semblé si profonds et si sensibles : « Je peux le laisser, mais je ne peux pas l'abandonner. » Il comprenait maintenant le calme et l'assurance dont, contre toute attente, David avait toujours fait preuve : il savait qu'à la fin il l'emporterait infailliblement. Que, pour romantiques et passionnées que semblent les rêveries de sa femme, il lui suffirait de rentrer de la pêche avant l'heure, de pénétrer dans sa chambre, sentant peut-être encore le sel et le sang de requin, de la réveiller et de la faire gémir dans ses bras. Combien de fois en avait-il été ainsi, alors qu'il imaginait Ann souffrant de son absence, faisant traîner la nuit en des dialogues pénibles avec son mari, résistant avec tact, mais fermeté, à ses avances sexuelles ? Qui sait même combien de fois elle n'était pas allée directement de son corps à lui à celui de David ?

Il s'appuya au mur tant il chancelait sur ses jambes. Tout s'achevait là et de la façon la plus sordide et la plus absurde : il l'avait surprise cette nuit en pleine extase entre les bras de son mari et demain tous les deux seraient arrêtés pour adultère. Quelle fin mesquine, dépourvue de grandeur et de sens, pour sa mission à S. Tomé ! À qui pourrait-il raconter la véritable histoire de ce qui lui était arrivé ? Qui le croirait ? Qui pourrait l'écouter sans se tordre de rire ? Soudain il fut pris d'un désir impatient de s'enfuir de là, d'être de nouveau seul chez lui, de descendre sur la plage pour se baigner dans l'obscurité et se laver de cette souillure et de tous ces mensonges. Il était sur le point de faire marche arrière lorsqu'il entendit distinctement la voix d'Ann, sa voix de femelle dans l'acte sexuel, la voix qui l'avait perdu, qui l'avait fait confondre le corps avec le cœur, le désir avec l'amour :

« *Yes, yes, come !* »

Et ce fut plus fort que lui. La jalousie est irrationnelle : elle se nourrit de sa propre souffrance et c'est comme si elle ne parvenait à se satisfaire et à s'apaiser que lorsque tout ce qu'elle a imaginé de pire est devenu réel, précis et visible. La jalousie est un doute maladif qui se développe comme un chancre et auquel seule la certitude qu'il n'y a plus aucune place pour le doute peut au moins apporter le baume de la fin de cette angoisse, de cette humiliation qu'est le fait de vivre en guettant constamment les signes de la trahison. Plus la preuve est choquante, plus la réalité de la trahison est éclatante, plus la jalousie se sent récompensée, rachetée, quasiment digne de respect. Voilà pourquoi Luís Bernardo franchit les derniers pas qui lui restaient à faire pour pouvoir épier ce qui se passait dans la chambre à travers le rideau. Et donc, pas à pas, il s'avança à la rencontre de son destin, comme il en avait eu l'intention.

Ann était étendue sur le lit, entièrement nue, les cheveux épars et en désordre sur l'oreiller, le visage légèrement empourpré, les yeux clos et un doigt dans la bouche, sa poitrine magnifique dressée vers le plafond, les jambes écartées, l'une d'elles pendant au bord du lit. Elle gémissait tout bas et son corps s'agitait au rythme de l'homme qui la pénétrait. Il était assis sur elle, ses jambes sous celles d'Ann, le tronc bien droit et le dos luisant de sueur, pendant qu'il se poussait en elle avec furie. Mais son dos n'était pas blanc et ses cheveux n'étaient pas blonds. L'homme qui faisait l'amour avec Ann n'était pas venu d'Écosse et n'avait jamais été son mari. C'était un Noir d'Angola qui s'appelait Gabriel et que Luís Bernardo, conjointement avec David, avait sauvé d'une mort certaine sur l'île de Príncipe.

Il sauta de la véranda sur l'arbre, son cœur battant la

chamade. Ses gestes étaient désordonnés, il rata la branche supérieure, tomba sur celle d'en bas, s'égratignant le visage, et il dégringola par terre sans pouvoir se retenir, sentant qu'il s'était fait une entorse au pied. Cela ne l'empêcha pas de courir en boitant jusqu'au portail et de l'ouvrir. Il ne respira qu'une fois dehors. Il se plia en deux pour pouvoir souffler plus facilement car l'air lui manquait et il se traîna en chancelant jusqu'au lieu où il se souvenait d'avoir attaché son cheval. Il se hissa péniblement sur la selle, fit faire demi-tour à la bête en direction de chez lui, lâchant les rênes et laissant sa monture le guider à travers cette espèce de brouillard dans lequel il avait sombré. Mais il entendit soudain un bruit dans les buissons sur sa gauche et une silhouette noire émergea de l'obscurité. « Une attaque ! » réussit-il encore à penser, et l'idée d'une attaque là, à cette heure, lui fut si indifférente qu'il ne regarda même pas la silhouette en question. Celle-ci vint se placer à côté de son cheval dont elle saisit les rênes. Luís Bernardo tourna alors la tête et malgré l'obscurité il reconnut le visage de Sebastião.

« Que fais-tu ici, Sebastião ? » Sa propre voix lui parut venir de très loin, de si loin que c'était comme si quelqu'un d'autre avait posé la question.

« Je vous ai suivi, patron. Depuis que vous êtes sorti de la maison, cet après-midi, après avoir reçu le procureur. Je vous ai suivi jusqu'à la plage, puis je vous ai suivi quand vous êtes revenu à la maison et après je vous ai suivi jusqu'ici.

– Et pourquoi te donnes-tu toute cette peine, Sebastião ?

– Pardonnez-moi, patron. C'est parce qu'il y a quelque chose qui ne va pas. Il y a du malheur dans l'air.

– Sebastião, je suis docteur, pas patron.

– Oui, dôteur.
– Tout va bien, Sebastião. J'avais seulement des doutes. Ces doutes ont disparu maintenant. Tout est mort là-bas, dans cette maison.
– Cette femme, cette Anglaise, patron, elle va vous détruire. Je l'ai toujours senti.»
Luís Bernardo se tourna vers lui avec curiosité :
«Pourquoi dis-tu ça ? Pourquoi dis-tu que tu l'as toujours senti ?
– Depuis la première fois où je l'ai vue entrer dans votre maison. Je n'avais jamais vu une femme aussi belle de toute ma vie.
– Et alors ?
– Une femme trop belle annonce le malheur sur terre.
– C'est quoi ça, un proverbe ?
– C'est une chose que j'ai apprise, patron.»
Ils avancèrent en silence, lui sur le cheval, comme un poids mort, Sebastião à côté de lui et tenant les rênes. En apercevant la maison, Luís Bernardo rompit le silence :
«Tu n'as plus de raison de t'inquiéter, Sebastião. Le mal que cette femme pouvait causer, elle l'a causé.
– Et ça va, patron ?
– Si ça va ? Oui, ça va, je te le jure. Je me sens en paix. Ne te fais pas de souci : je veux que tu ailles te coucher, tu m'entends ? Je vais encore écrire quelques lettres que je voudrais envoyer demain par le vapeur, mais toi, va dormir car demain sera un jour chargé, tu m'entends ?
– Oui, patron.
– Dis : je le promets, docteur.
– Je promets.»

* * *

Luís Bernardo gravit les marches menant à sa chambre. Une bougie était allumée sur la commode dans le couloir et une autre sur la table de chevet dans la chambre. Il se défit de sa chemise déchirée et sale et enfila une autre en lin blanc qu'il sortit de la commode. Il prit la bougie et alla dans la salle de bains où il se lava le visage et longuement les mains et où il nettoya son écorchure à l'aide d'un coton imbibé d'eau oxygénée qui se mit à mousser et provoqua une sensation de brûlure. Il se lava de nouveau les mains et sortit, éteignant la bougie.

Dans le couloir, la bougie n'était plus posée sur la commode : elle était dans la main de Doroteia, adossée contre le mur dans sa robe en coton blanc presque entièrement ouverte jusqu'à la poitrine, une poitrine ferme d'adolescente aux mamelons dressés et à la peau satinée qui brillait dans la pénombre. Son visage parfait aux pommettes saillantes et à la bouche sensuelle entrouverte, aux dents blanches, était illuminé par des yeux brillant comme des perles à la lumière vacillante de la chandelle. Elle se tenait immobile au milieu du couloir, comme une vestale, éclairant le chemin de son maître. Luís Bernardo s'arrêta devant elle et la contempla. Elle ne prononça pas un mot et ne baissa pas les yeux : elle les plongea dans ceux de Luís Bernardo qui sentit la tendresse infinie qui émanait d'elle, une tendresse faite du désir de le servir. Il s'approcha d'elle et posa ses deux mains ouvertes de chaque côté de son visage. Il passa un doigt sur sa bouche qui s'ouvrit un peu plus, puis il glissa ses mains le long de son cou svelte et les descendit doucement sur ses épaules et sur sa poitrine qu'il sentit haletante et dure comme deux petites pierres. Doroteia ne bougea pas, ne dit rien. Une goutte de cire tomba du bougeoir qu'elle tenait d'une main tremblante et brûla le poignet de Luís Bernardo. Il se pencha vers elle et déposa un baiser léger entre ses lèvres et ses dents. Il se redressa :

« Ah, Doroteia, tu es encore trop jeune pour comprendre

que le destin de certains hommes est de ne jamais aimer qui ils devraient aimer ! »

Il lui prit le bougeoir des mains et s'éloigna dans le couloir en direction des salons pour se claquemurer de nouveau dans son bureau. Sebastião ou Doroteia en avait fermé la fenêtre après son départ à cause des moustiques, mais il la rouvrit et retrouva la mer en face de lui.

Il s'assit derrière son secrétaire, sortit une feuille à l'en-tête du gouverneur de S. Tomé et Príncipe, vérifia la plume et l'encre bleue de son stylo et se mit à écrire. Il savait exactement ce qu'il voulait dire et n'eut pas besoin de faire de brouillon ni de ratures :

« À Sa Majesté le roi D. Carlos

De la part du gouverneur de S. Tomé, de Príncipe et de S. João Baptista de Ajudá

Majesté,

C'est avec la douleur de l'homme qui sait qu'il ne va pas vous transmettre une bonne nouvelle que je vous écris cette lettre qui sera la première et aussi la dernière.

Je suis arrivé ici en mars 1906, nommé par Votre Majesté gouverneur de ces îles, avec le mandat – si je l'ai bien compris et si j'ai bonne mémoire de vos paroles à Vila Viçosa – de montrer au monde que l'ignominie de l'esclavage n'existait pas dans cette colonie ni dans les autres colonies portugaises.

Comme vous le savez, je n'ai ni brigué ni désiré ce poste et cette fonction qui ne m'ont apporté aucune satisfaction. Je les ai acceptés pour servir mon roi et mon pays. Je comptais sur le fait que votre gouvernement et vous-même sauriez évaluer à distance la diffi-

culté d'une mission consistant à faire comprendre aux agriculteurs locaux que d'autres méthodes de production que le travail forcé devraient être mises en pratique, en sorte que l'Angleterre et le consul qu'elle a envoyé ici ne doutent plus qu'il en était bien ainsi ou allait en être ainsi. Pendant ces presque deux années de mission, je me suis efforcé de faire comprendre cela à nos colons, tout en m'attachant aussi à convaincre le consul anglais que la situation était en train de changer, lentement, certes, mais sûrement, jusqu'au résultat final escompté. Ici, aussi bien qu'à Lisbonne et à Londres, nous avons toujours su que le test définitif aurait lieu maintenant, lorsque, en vertu de votre loi de janvier 1903, les contrats de cinq ans des travailleurs dans les plantations viendraient à échéance et que les travailleurs qui le souhaiteraient pourraient librement solliciter et obtenir leur rapatriement.

Ce rapatriement a été ordonné par moi à partir de ce mois-ci et les résultats à ce jour ainsi que les perspectives d'avenir montrent que rien d'essentiel n'a changé ni ne changera dans le régime de travail pratiqué dans les plantations de S. Tomé et Príncipe. De même, l'argumentation avancée par les agriculteurs des îles au cours de leur rencontre à Lisbonne, l'an dernier en novembre, avec les représentants des sociétés importatrices du cacao de S. Tomé en Angleterre prouve éloquemment que ces agriculteurs n'ont pas sérieusement l'intention de changer quoi que ce soit, se bornant à insister sur une rhétorique juridique dépassée qui ne convainc plus personne. Et j'ai toujours senti la même volonté, ou absence de volonté, dans mes contacts avec le gouvernement de Votre Majesté pour qui il importait davantage de ne pas nuire à la prospérité commerciale de S. Tomé que de mettre fin aux abus existants. La cécité politique est telle que votre gouvernement refuse de voir que cette prospérité dépend du marché importateur anglais et que celui-ci ne continuera à commercer avec S. Tomé que si ces abus prennent fin.

Bref, j'ai échoué dans la mission dont Votre Majesté m'a chargé : tant auprès du consul d'Angleterre que je ne suis pas parvenu à convaincre du sérieux de nos intentions de changer l'état de choses actuel, qu'auprès de nos agriculteurs que je n'ai pas réussi à convaincre de la nécessité de ces changements.

Voilà la seule raison qui me pousse à vous écrire à présent pour vous présenter ma démission de ce poste, avec effet immédiat. Je sais que d'autres voix se feront entendre auprès de Votre Majesté, insinuant d'autres raisons que celle-ci à ma démission et à l'échec de ma mission. Elles n'hésiteront pas à me vilipender et à calomnier d'autres personnes, vous relatant des choses injurieuses et mensongères, mêlant à tout cela différents éléments qui ne m'ont jamais influencé ni déterminé.

Cependant, avant même que cette lettre ne parvienne entre vos mains, Votre Majesté recevra d'autres nouvelles me concernant. Elle comprendra alors que personne n'a le droit de douter de la vérité de ce que je vous dis à l'heure précise où j'écris cette lettre.

Je présente donc ma démission parce que j'ai failli à mon mandat qui consistait à mettre fin au travail forcé à S. Tomé et à Príncipe – régime contre lequel je me suis toujours élevé publiquement, ce qui m'a d'ailleurs valu l'honneur d'être choisi par Votre Majesté avec la mission d'y mettre fin.

Majesté,

Les conditions dans lesquelles vivent et travaillent à S. Tomé et à Príncipe les travailleurs angolais transplantés ici contre leur gré, et que nous appelons citoyens portugais à des fins purement diplomatiques, sont indignes d'une nation civilisée, indignes du nom du Portugal et indignes de l'État qu'il m'incombe de représenter. Aucune argumentation pseudo-juridique ne pourra jamais déguiser l'évidence de la vérité pure et crue que j'ai vue de mes propres yeux et dont ma conscience m'ordonne de témoigner auprès de vous.

Je demande à la Providence que ma démission et les circonstances qui l'entourent puissent servir de sujet de réflexion à toute la nation et, plus particulièrement, à son roi. Il s'agit de bien davantage que de la prospérité de quelques-uns. Il s'agit de laver cette tache honteuse qui ternit le nom du Portugal.

En vous disant cela, je crois avoir au moins servi ma conscience, dès lors que je n'ai pas pu mener à bonne fin la mission que Votre Majesté m'avait confiée.

Que Dieu garde Votre Majesté.

Luís Bernardo Valença, gouverneur. »

* * *

Contrairement aux ordres de Luís Bernardo, Sebastião n'était pas allé se coucher. Il était resté dehors, dans le jardin, assis à côté d'un arbre, et il dodelinait de la tête en surveillant la lumière dans le bureau de Luís Bernardo. Il n'irait pas dormir tant que cette lumière ne s'éteindrait pas. Doroteia aussi attendait, assise sur une chaise dans le couloir à l'étage du haut, une autre bougie éteinte entre les mains, mais avec une boîte d'allumettes prête à servir dès que la jeune fille entendrait Luís Bernardo traverser le couloir pour aller se coucher.

Le coup de feu les fit sursauter tous les deux. Ils s'étaient presque endormis. Bien que dans le cas de Sebastião ce fût plus le bruit de la détonation que sa signification qui le surprit. Il se leva et regarda la fenêtre du bureau où la lumière était toujours allumée. Il se signa et murmura en regardant le ciel sans étoiles : « Que Votre volonté soit faite ! » Alors seulement il rentra dans la maison d'un pas lourd et lent et se dirigea vers le bureau où Doroteia pleurait déjà en étreignant le corps inerte de Luís Bernardo. Il s'était tiré une balle directement dans le cœur, assis sur le canapé, et une immense tache rouge s'étalait sur sa chemise blanche. Sa main droite, qui avait tiré, pendait sur ses jambes et tenait encore le revolver avec un seul doigt. Ses yeux ouverts étaient tournés vers la fenêtre. Sebastião se pencha et lui ferma les yeux. Il remarqua par terre une feuille de papier où était écrit en lettres énormes : « Sebastião, lis cela avant de faire quoi que ce soit ! » Il lut : il y avait deux lettres sur le secrétaire : l'une était adressée au comte d'Arnoso, secrétaire particulier de Sa Majesté le roi, dans le palais des Necessidades ; l'autre était pour João, à Lisbonne, et contenait son testament, dont il lui rendait compte d'ores et déjà : il léguait à João tous ses meubles et ses objets personnels, il laissait un legs en faveur de Mamoun, de Sinhá, de Vicente et de Tobias, et tout le reste de sa fortune allait en parts égales à Sebastião et à Doroteia, João étant nommé exécuteur testamentaire. Les deux lettres devaient être gardées immédiatement par Sebastião, avant l'arrivée des autorités, et déposées sans faute à bord du vapeur partant le matin pour Lisbonne. Si quelqu'un leur posait la question, ils devraient répondre que le gouverneur n'avait laissé aucune lettre, aucun billet, rien qui pût expliquer un geste aussi insensé.

Sebastião glissa les deux lettres et le papier dans la poche de son gilet et il ordonna à Doroteia et aux deux autres serviteurs qui étaient déjà accourus de ne toucher à rien. Il envoya Vicente chez le procureur du roi pour le réveiller et il déclara à haute voix, comme s'il se parlait à lui-même :

« Le vampire est donc revenu dans cette maison ! » Puis il regarda l'horloge au mur : il était trois heures vingt-cinq du matin en ce jour du vingt-neuf janvier 1908. Et d'ajouter :

« C'est l'heure des vampires. »

Épilogue

Le 1er février 1908, le roi D. Carlos et le prince héritier D. Luís Filipe, de retour de Vila Viçosa, parcouraient le Terreiro do Paço à Lisbonne dans un landau découvert lorsqu'ils tombèrent dans une embuscade et sous les balles de deux assassins qui furent identifiés et qui faisaient partie d'une conspiration plus vaste, laquelle ne fut jamais divulguée au grand jour pour des raisons de convenance politique. Avant de mourir, D. Luís Filipe put encore tuer avec le revolver dont il était armé l'assassin de son père, Alfredo Costa, avant de tomber transpercé par deux balles envoyées par un autre tireur, Buiça. Si les funérailles royales furent impressionnantes, celles des assassins ne le furent pas moins, reflétant bien l'atmosphère politique du Portugal à cette époque. Légèrement blessé à l'épaule pendant l'attentat, le jeune prince survivant, D. Manuel, deviendrait ce même jour le roi D. Manuel II qui gouvernerait pendant à peine vingt mois, jusqu'à l'instauration de la République.

À la demande de la reine veuve, le secrétaire particulier de D. Carlos, Bernardo de Pindela, comte d'Arnoso, conserva ses fonctions pendant encore quelques semaines afin de mettre en ordre les papiers et la correspondance du roi assassiné. Un matin, alors qu'il était assis à sa table de travail dans le palais des Necessidades, son secrétaire,

José da Matta, lui tendit une lettre qui lui était adressée en disant :

« Une lettre pour vous, du gouverneur de S. Tomé. N'est-ce pas le type qui s'est tué là-bas ?

– Si, il s'est tué trois jours avant que le roi et le prince ne meurent : on dirait qu'il l'avait pressenti…

– Mais on raconte qu'il s'est tué à cause d'une Anglaise dont il était l'amant, la femme du consul d'Angleterre…

– Oh, on raconte beaucoup de choses sur les morts, qui ne sont plus là pour se défendre… » Bernardo de Pindela soupira et ouvrit l'enveloppe avec un petit coupe-papier en argent. Une autre enveloppe adressée à « Sa Majesté le roi D. Carlos » se trouvait à l'intérieur avec un court billet qui lui était destiné :

« Cher ami Bernardo de Pindela,

Vous ne rejetterez pas ma requête à titre posthume de faire parvenir la lettre ci-jointe entre les mains de Sa Majesté, sans autre intermédiaire.

J'aimerais aussi que vous sachiez que très souvent, tout au long de mes deux années douloureuses à S. Tomé et Príncipe, je me suis souvenu de vos paroles à Vila Viçosa pour appuyer la demande du roi, afin de m'amener à accepter la mission qu'il souhaitait me confier : "Qu'est-ce que la vie pourra vous offrir de plus grandiose ?" Voici donc la réponse : j'ai laissé ma vie ici ; que pouvais-je offrir de plus grandiose au roi ?

Croyez-moi, avec le respect et l'amitié de toujours.

Luís Bernardo Valença »

Le comte d'Arnoso soupira et ouvrit la lettre adressée à D. Carlos. Il la lut en parcourant la pièce. Quand il arriva à la fin de la missive, il se trouvait devant la fenêtre d'où l'on apercevait le Tage et une frégate anglaise qui franchissait la barre en direction du large – sûrement un des navires de Sa Majesté britannique venus pour les funérailles royales. Il resta ainsi un moment, plongé dans ses pensées, la lettre ouverte à la main.

« Alors, que dit-il ? » José da Matta était curieux. « Quelque chose qui puisse encore avoir un intérêt ?

– Qu'est-ce qui pourrait encore avoir un intérêt maintenant ? Tout est fini ou sera bientôt fini : c'est la fin d'une époque. Ce qui m'angoisse, c'est de penser que c'est moi qui ai suggéré le nom de ce garçon au roi, c'est moi qui l'ai convaincu d'accepter cette mission à S. Tomé. Si je ne l'avais pas fait, il serait toujours en vie. »

Bernardo de Pindela semblait encore plus abattu que pendant ces derniers jours.

« Allons, monsieur le comte, il n'est pas mort de sa mission, il est mort d'amour. Et de cela il est l'unique responsable... »

Bernardo de Pindela l'éconduisit presque avec dédain :

« Qu'en savez-vous, José da Matta ? Auriez-vous lu cette lettre avant moi, par hasard ?

– Non...

– Alors, respectez les raisons qui ont poussé cet homme à un acte aussi tragique que celui de mettre fin à ses jours. Seuls Dieu et lui connaissent les vraies raisons. L'autre homme qui aurait pu connaître une partie de ces raisons est mort, et l'autre qui vient d'en prendre connaissance, c'est-à-dire moi, gardera le secret pour lui. »

Il se dirigea vers la cheminée où un feu brûlait et d'un geste résigné il y jeta la lettre de Luís Bernardo au roi et regarda les flammes la dévorer lentement. Et pendant que le papier se consumait, il se dit à lui-même avec philosophie :

« Bref, la lettre d'un homme qui est mort après l'avoir écrite, adressée à un autre qui est mort avant de l'avoir lue. Comme ils sont morts à des dates très rapprochées, qui sait, ils se rencontreront peut-être là-haut et pourront s'expliquer ! »

* * *

Le 22 mai 1908, *O Século*, dans sa rubrique « Nouvelles des colonies », annonçait que le consul d'Angleterre à S. Tomé et Príncipe, David Jameson, sa mission ayant été considérée comme achevée, avait été nommé chef du gouvernement provincial à Colombo, à Ceylan, et avait embarqué avec sa femme à bord du *HMS Sovereign of the Seas*, en passant par Le Cap.

Le 14 mars 1909, les sociétés anglaises Cadbury Bros, de Bournville, J.S. Fry & Co., de York, et Rowntree & Co., de Bristol, au nom de toutes les compagnies anglaises importatrices de cacao, décrétèrent officiellement le boycottage des importations en provenance de la colonie portugaise de S. Tomé et Príncipe.

REMERCIEMENTS

Adressés à :

Ana Xavier Cifuentes, qui a accepté avec enthousiasme et générosité de m'aider dans mes recherches historiques pour ce livre et qui, de Vila Viçosa à S. Tomé et Príncipe, s'est montrée infatigable, méticuleuse et toujours stimulante. Sans son aide tout aurait été infiniment plus difficile.

Mes éditeurs, António Lobato Faria et Gonçalo Bulhosa, de l'Oficina do Livro, qui se sont avérés être des éditeurs au sens plein du terme. D'abord en me convainquant et en m'encourageant à écrire, ensuite en m'empêchant de renoncer pendant les seize mois qu'a duré cette entreprise et, enfin, en se prêtant à une révision critique et détaillée de tout le livre, facilitant ainsi considérablement mes propres révisions.

Francisco Xavier Mantero, dont la passion ancienne pour S. Tomé et Príncipe m'a insufflé l'envie de connaître ces îles et dont un livre, donné en cadeau il y a plusieurs années, m'a inspiré cette histoire. C'est la preuve que l'on n'offre pas en vain un livre à un ami.

Ma femme, Cristina, qui a toujours tenu, même à distance, la main qui a écrit ce livre.

Les organismes qui ont aimablement accepté de collaborer au travail de recherche et de documentation :

Fundação da Casa de Bragança, Arquivo Histórico de S. Tomé e Príncipe, Automóvel Clube de Portugal, CP et EDP.

Bibliographie

ALEXANDRE Valentim, *Os sentidos do Império. Questão nacional e questão colonial na crise do Antigo Regime português*, Edições Afrontamento, Porto, 1983.

BASTO António Ferreira Pinto, *Viagens por terra com El-Rei D. Carlos*, Chaves Ferreira Publicações SA, Lisbonne, 1997.

BREYNER Thomaz de Mello, *Memórias*, vol. I, II et III, Parceria António Maria Pereira, Lisbonne, 1930, et Oficina Gráfica, Lisbonne, 1934.

BREYNER Thomaz de Mello, *Diário de um monárquico*, vol. I, II et III, Edição de Gustavo de Mello Breyner Andresen, Porto, 1993-2003.

CAMPOS Ezequiel, *Melhoramentos públicos na ilha de S. Tomé*, Edição C. M. S. Tomé, Lisbonne, 1910.

CESAR Amândio, *Presença do arquipélago de S. Tomé e Príncipe na moderna cultura portuguesa*, Edição C. M. S. Tomé, 1968.

Comissão do centenário de Mouzinho de Albuquerque, *Cartas de Mouzinho de Albuquerque ao conde de Arnoso*, Lisbonne, 1957.

CORPECHOT Lucien, *Souvenirs de la reine Amélie de Portugal*, Pierre Lafitte Éditeur, Paris, 1914.

Dicionário de geographia universal, Edição dos Correios e Telégraphos, Lisbonne, 1978.

ENNES António, *A Guerra de África em 1895* (éd. act.), Prefácion, Lisbonne, 2002.

FERNANDES Filipe S., *Fortunas & negócios. Empresários portugueses do século XX*, Oficina do Livro, Lisbonne, 2003.

GRAMOPHON, *The Centenary Edition, 1897-1997 : Hundred Years of Great Music*, Éd. The Gramophon Company, Londres, 1998.

LAPIERRE Dominique et COLLINS Larry, *Cette nuit la liberté*, Robert Laffont, Paris, 1975.

LAVRADIO Sexto (Marquês de), *Memórias*, Ática Editores, Lisbonne, 1947.

LOUREIRO João, *Postais antigos de S. Tomé e Príncipe*, édition de l'auteur, Lisbonne, 1999.

LOUREIRO João, *Memórias de Luanda*, édition de l'auteur, Lisbonne, 2002.

MANTERO Francisco, *Obras completas*, vol. I : *A mão-de-obra em S. Tomé e Príncipe*, Edição Carlos Mantero, Lisbonne, 1954.

MARTINEZ Pedro Soares, *História diplomática de Portugal*, Verbo, Lisbonne, 1985.

MARTINS Rocha, *D. Carlos. História do seu reinado*, édition de l'auteur, Lisbonne, 1926.

MÓNICA Maria Filomena, *Eça de Queirós*, Quetzal, Lisbonne, 2001.

NOBRE Eduardo, *Família real : Álbum de fotografias*, Quimera, Lisbonne, 2002.

ORNELLAS Ayres d', *Cartas d'África. Viagem do príncipe real*, Agência-Geral das colónias, Lisbonne, 1928.

ORNELLAS Ayres d', *Colectânea das suas principais obras militares e coloniais*, Agência-Geral das colónias, Lisbonne, 1936.

SCHWEINITZ Jr. Karl de, *The Rise & Fall of British India. Imperialism as Inequality*, Routledge, Londres, New York, 1989.

SILVA Fernando Emygdio da, *O Regime tributário das colónias portuguesas*, Typographia universal, Lisbonne, 1906.

STRACKEY John (Sir), *India and its Administration and Progress*, Londres, 1911.
VALENTE Vasco Pulido, *O Poder e o povo. A revolução de 1910*, D. Quixote, Lisbonne, 1974.
VICENTE Ana et VICENTE António Pedro, *O Principe real Luís Filipe de Bragança*, Edições Inapa, Lisbonne, 1998.

JOURNAUX ET REVUES (1904-1908)

Boletim Oficial de S. Tomé e Príncipe
Diário de notícias
Ilustração portuguesa
Jornal das colónias
O Século

RÉALISATION : PAO ÉDITIONS DU SEUIL
IMPRESSION : CPI FRANCE
DÉPÔT LÉGAL : FÉVRIER 2007. N° 91411-4 (2038720)
IMPRIMÉ EN FRANCE

Collection Points

DERNIERS TITRES PARUS

P1050. Le Stade de Wimbledon, *Daniele Del Giudice*
P1051. La Deuxième Gauche, *Hervé Hamon et Patrick Rotman*
P1052. La Tête en bas, *Noëlle Châtelet*
P1053. Le Jour de la cavalerie, *Hubert Mingarelli*
P1054. Le Violon noir, *Maxence Fermine*
P1055. Vita Brevis, *Jostein Gaarder*
P1056. Le Retour des caravelles, *António Lobo Antunes*
P1057. L'Enquête, *Juan José Saer*
P1058. Pierre Mendès France, *Jean Lacouture*
P1059. Le Mètre du monde, *Denis Guedj*
P1060. Mort d'une héroïne rouge, *Qiu Xiaolong*
P1061. Angle mort, *Sara Paretsky*
P1062. La Chambre d'écho, *Régine Detambel*
P1063. Madame Seyerling, *Didier Decoin*
P1064. L'Atlantique et les Amants, *Patrick Grainville*
P1065. Le Voyageur, *Alain Robbe-Grillet*
P1066. Le Chagrin des Belges, *Hugo Claus*
P1067. La Ballade de l'impossible, *Haruki Murakami*
P1068. Minoritaires, *Gérard Miller*
P1069. La Reine scélérate, *Chantal Thomas*
P1070. Trompe la mort, *Lawrence Block*
P1071. V'là aut' chose, *Nancy Star*
P1072. Jusqu'au dernier, *Deon Meyer*
P1073. Le Rire de l'ange, *Henri Gougaud*
P1074. L'Homme sans fusil, *Ysabelle Lacamp*
P1075. Le Théoriste, *Yves Pagès*
P1076. L'Artiste des dames, *Eduardo Mendoza*
P1077. Les Turbans de Venise, *Nedim Gürsel*
P1078. Zayni Barakat, *Ghamal Ghitany*
P1079. Éloge de l'amitié, ombre de la trahison
Tahar Ben Jelloun
P1080. La Nostalgie du possible. Sur Pessoa
Antonio Tabucchi
P1081. La Muraille invisible, *Henning Mankell*
P1082. Ad vitam aeternam, *Thierry Jonquet*
P1083. Six mois au fond d'un bureau, *Laurent Laurent*
P1084. L'Ami du défunt, *Andreï Kourkov*
P1085. Aventures dans la France gourmande, *Peter Mayle*
P1086. Les Profanateurs, *Michael Collins*
P1087. L'Homme de ma vie, *Manuel Vázquez Montalbán*
P1088. Wonderland Avenue, *Michael Connelly*
P1089. L'Affaire Paola, *Donna Leon*

P1090. Nous n'irons plus au bal, *Michelle Spring*
P1091. Les Comptoirs du Sud, *Philippe Doumenc*
P1092. Foraine, *Paul Fournel*
P1093. Mère agitée, *Nathalie Azoulay*
P1094. Amanscale, *Maryline Desbiolles*
P1095. La Quatrième Main, *John Irving*
P1096. La Vie devant ses yeux, *Laura Kasischke*
P1097. Foe, *J.M. Coetzee*
P1098. Les Dix Commandements, *Marc-Alain Ouaknin*
P1099. Errance, *Raymond Depardon*
P1100. Dr la Mort, *Jonathan Kellerman*
P1101. Tatouage à la fraise, *Lauren Henderson*
P1102. La Frontière, *Patrick Bard*
P1103. La Naissance d'une famille, *T. Berry Brazelton*
P1104. Une mort secrète, *Richard Ford*
P1105. Blanc comme neige, *George P. Pelecanos*
P1106. Jours tranquilles à Belleville, *Thierry Jonquet*
P1107. Amants, *Catherine Guillebaud*
P1108. L'Or du roi, *Arturo Pérez-Reverte*
P1109. La Peau d'un lion, *Michael Ondaatje*
P1110. Funérarium, *Brigitte Aubert*
P1111. Requiem pour une ombre, *Andrew Klavan*
P1113. Tigre en papier, *Olivier Rolin*
P1114. Le Café Zimmermann, *Catherine Lépront*
P1115. Le Soir du chien, *Marie-Hélène Lafon*
P1116. Hamlet, pan, pan, pan, *Christophe Nicolas*
P1117. La Caverne, *José Saramago*
P1118. Un ami parfait, *Martin Suter*
P1119. Chang et Eng le double-garçon, *Darin Strauss*
P1120. Les Amantes, *Elfriede Jelinek*
P1121. L'Étoffe du diable, *Michel Pastoureau*
P1122. Meurtriers sans visage, *Henning Mankell*
P1123. Taxis noirs, *John McLaren*
P1124. La Revanche de Dieu, *Gilles Kepel*
P1125. À ton image, *Louise L. Lambrichs*
P1126. Les Corrections, *Jonathan Franzen*
P1127. Les Abeilles et la Guêpe, *François Maspero*
P1128. Les Adieux à la Reine, *Chantal Thomas*
P1129. Dondog, *Antoine Volodine*
P1130. La Maison Russie, *John le Carré*
P1131. Livre de chroniques, *António Lobo Antunes*
P1132. L'Europe en première ligne, *Pascal Lamy*
P1133. Les Nouveaux Maîtres du monde, *Jean Ziegler*
P1134. Tous des rats, *Barbara Seranella*
P1135. Des morts à la criée, *Ed Dee*
P1136. Allons voir plus loin, veux-tu ?, *Anny Duperey*
P1137. Les Papas et les Mamans, *Diastème*
P1138. Phantasia, *Abdelwahab Meddeb*

P1139. Métaphysique du chien, *Philippe Ségur*
P1140. Mosaïque, *Claude Delarue*
P1141. Dormir accompagné, *António Lobo Antunes*
P1142. Un monde ailleurs, *Stewart O'Nan*
P1143. Rocks Springs, *Richard Ford*
P1144. L'Ami de Vincent, *Jean-Marc Roberts*
P1145. La Fascination de l'étang, *Virginia Woolf*
P1146. Ne te retourne pas, *Karin Fossum*
P1147. Dragons, *Marie Desplechin*
P1148. La Médaille, *Lydie Salvayre*
P1149. Les Beaux Bruns, *Patrick Gourvennec*
P1150. Poids léger, *Olivier Adam*
P1151. Les Trapézistes et le Rat, *Alain Fleischer*
P1152. À livre ouvert, *William Boyd*
P1153. Péchés innombrables, *Richard Ford*
P1154. Une situation difficile, *Richard Ford*
P1155. L'éléphant s'évapore, *Haruki Murakami*
P1156. Un amour dangereux, *Ben Okri*
P1157. Le Siècle des communismes, *ouvrage collectif*
P1158. Funky Guns, *George P. Pelecanos*
P1159. Les Soldats de l'aube, *Deon Meyer*
P1160. Le Figuier, *François Maspero*
P1161. Les Passagers du Roissy-Express, *François Maspero*
P1162. Visa pour Shanghai, *Qiu Xiaolong*
P1163. Des dahlias rouge et mauve, *Frédéric Vitoux*
P1164. Il était une fois un vieux couple heureux
Mohammed Khaïr-Eddine
P1165. Toilette de chat, *Jean-Marc Roberts*
P1166. Catalina, *Florence Delay*
P1167. Nid d'hommes, *Lu Wenfu*
P1168. La Longue Attente, *Ha Jin*
P1169. Pour l'amour de Judith, *Meir Shalev*
P1170. L'Appel du couchant, *Gamal Ghitany*
P1171. Lettres de Drancy
P1172. Quand les parents se séparent, *Françoise Dolto*
P1173. Amours sorcières, *Tahar Ben Jelloun*
P1174. Sale temps, *Sara Paretsky*
P1175. L'Ange du Bronx, *Ed Dee*
P1176. La Maison du désir, *France Huser*
P1177. Cytomégalovirus, *Hervé Guibert*
P1178. Les Treize Pas, *Mo Yan*
P1179. Le Pays de l'alcool, *Mo Yan*
P1180. Le Principe de Frédelle, *Agnès Desarthe*
P1181. Les Gauchers, *Yves Pagès*
P1182. Rimbaud en Abyssinie, *Alain Borer*
P1183. Tout est illuminé, *Jonathan Safran Foer*
P1184. L'Enfant zigzag, *David Grossman*
P1185. La Pierre de Rosette, *Robert Solé et Dominique Valbelle*

P1186. Le Maître de Pétersbourg, *J.M. Coetzee*
P1187. Les Chiens de Riga, *Henning Mankell*
P1188. Le Tueur, *Eraldo Baldini*
P1189. Un silence de fer, *Marcello Fois*
P1190. La Filière du jasmin, *Denise Hamilton*
P1191. Déportée en Sibérie, *Margarete Buber-Neumann*
P1192. Les Mystères de Buenos Aires, *Manuel Puig*
P1193. La Mort de la phalène, *Virginia Woolf*
P1194. Sionoco, *Leon De Winter*
P1195. Poèmes et chansons, *Georges Brassens*
P1196. Innocente, *Dominique Souton*
P1197. Taking Lives / Destins violés, *Michael Pye*
P1198. Gang, *Toby Litt*
P1199. Elle est partie, *Catherine Guillebaud*
P1200. Le Luthier de Crémone, *Herbert Le Porrier*
P1201. Le Temps des déracinés, *Elie Wiesel*
P1202. Les Portes du sang, *Michel Del Castillo*
P1203. Featherstone, *Kirsty Gunn*
P1204. Un vrai crime pour livres d'enfants, *Chloe Hooper*
P1205. Les Vagabonds de la faim, *Tom Kromer*
P1206. Mister Candid, *Jules Hardy*
P1207. Déchaînée, *Lauren Henderson*
P1208. Hypnose mode d'emploi, *Gérard Miller*
P1209. Corse, *Jean-Noël Pancrazi et Raymond Depardon*
P1210. Le Dernier Viking, *Patrick Grainville*
P1211. Charles et Camille, *Frédéric Vitoux*
P1212. Siloé, *Paul Gadenne*
P1213. Bob Marley, *Stephen Davies*
P1214. Ça ne peut plus durer, *Joseph Connolly*
P1215. Tombe la pluie, *Andrew Klavan*
P1216. Quatre soldats, *Hubert Mingarelli*
P1217. Les Cheveux de Bérénice, *Denis Guedj*
P1218. Les Garçons d'en face, *Michèle Gazier*
P1219. Talion, *Christian de Montella*
P1220. Les Images, *Alain Rémond*
P1221. La Reine du Sud, *Arturo Pérez-Reverte*
P1222. Vieille menteuse, *Anne Fine*
P1223. Danse, danse, danse, *Haruki Murakami*
P1224. Le Vagabond de Holmby Park, *Herbert Lieberman*
P1225. Des amis haut placés, *Donna Leon*
P1226. Tableaux d'une ex, *Jean-Luc Benoziglio*
P1227. La Compagnie, le grand roman de la CIA, *Robert Little*
P1228. Chair et sang, *Jonathan Kellerman*
P1230. Darling Lilly, *Michael Connelly*
P1231. Les Tortues de Zanzibar, *Giles Foden*
P1232. Il a fait l'idiot à la chapelle !, *Daniel Auteuil*
P1233. Lewis & Alice, *Didier Decoin*
P1234. Dialogue avec mon jardinier, *Henri Cueco*

P1235. L'Émeute, *Shashi Tharoor*
P1236. Le Palais des Miroirs, *Amitav Ghosh*
P1237. La Mémoire du corps, *Shauna Singh Baldwin*
P1238. Middlesex, *Jeffrey Eugenides*
P1239. Je suis mort hier, *Alexandra Marinina*
P1240. Cendrillon, mon amour, *Lawrence Block*
P1241. L'Inconnue de Baltimore, *Laura Lippman*
P1242. Berlinale Blitz, *Stéphanie Benson*
P1243. Abattoir 5, *Kurt Vonnegut*
P1244. Catalogue des idées reçues sur la langue
Marina Yaguello
P1245. Tout se paye, *George P. Pelecanos*
P1246. Autoportrait à l'ouvre-boîte, *Philippe Ségur*
P1247. Tout s'avale, *Hubert Michel*
P1248. Quand on aime son bourreau, *Jim Lewis*
P1249. Tempête de glace, *Rick Moody*
P1250. Dernières nouvelles du bourbier, *Alexandre Ikonnikov*
P1251. Le Rameau brisé, *Jonathan Kellerman*
P1252. Passage à l'ennemie, *Lydie Salvayre*
P1253. Une saison de machettes, *Jean Hatzfeld*
P1254. Le Goût de l'avenir, *Jean-Claude Guillebaud*
P1255. L'Étoile d'Alger, *Aziz Chouaki*
P1256. Cartel en tête, *John McLaren*
P1257. Sans penser à mal, *Barbara Seranella*
P1258. Tsili, *Aharon Appelfeld*
P1259. Le Temps des prodiges, *Aharon Appelfeld*
P1260. Ruines-de-Rome, *Pierre Sengès*
P1261. La Beauté des loutres, *Hubert Mingarelli*
P1262. La Fin de tout, *Jay McInerney*
P1263. Jeanne et les siens, *Michel Winock*
P1264. Les Chats mots, *Anny Duperey*
P1265. Quand j'avais cinq ans, je m'ai tué, *Howard Buten*
P1266. Vers l'âge d'homme, *J.M. Coetzee*
P1267. L'Invention de Paris, *Eric Hazan*
P1268. Chroniques de l'oiseau à ressort, *Haruki Murakami*
P1269. En crabe, *Günter Grass*
P1270. Mon père, ce harki, *Dalila Kerchouche*
P1271. Lumière morte, *Michael Connelly*
P1272. Détonations rapprochées, *C.J. Box*
P1273. Lorsque la nature parlait aux Égyptiens
Christiane Desroches Noblecourt
P1274. Les Réquisitoires du Tribunal des Flagrants Délires 1
Pierre Desproges
P1275. Les Réquisitoires du Tribunal des Flagrants Délires 2
Pierre Desproges
P1276. Un amant naïf et sentimental, *John le Carré*
P1277. Fragiles, *Philippe Delerm et Martine Delerm*
P1278. La Chambre blanche, *Christine Jordis*

P1279. Adieu la vie, adieu l'amour, *Juan Marsé*
P1280. N'entre pas si vite dans cette nuit noire
António Lobo Antunes
P1281. L'Évangile selon saint Loubard, *Guy Gilbert*
P1282. La Femme qui attendait, *Andreï Makine*
P1283. Les Candidats, *Yun Sun Limet*
P1284. Petit traité de désinvolture, *Denis Grozdanovitch*
P1285. Personne, *Linda Lê*
P1286. Sur la photo, *Marie-Hélène Lafon*
P1287. Le Mal du pays, *Patrick Roegiers*
P1288. Politique, *Adam Thirlwell*
P1289. Érec et Énide, *Manuel Vázquez Montalbán*
P1290. La Dormeuse de Naples, *Adrien Goetz*
P1291. Le croque-mort a la vie dure, *Tim Cockey*
P1292. Pretty Boy, *Lauren Henderson*
P1293. La Vie sexuelle en France, *Janine Mossuz-Lavau*
P1294. Souvenirs obscurs d'un Juif polonais né en France
Pierre Goldman
P1295. Dans l'alcool, *Thierry Vimal*
P1296. Le Monument, *Claude Duneton*
P1297. Mon nerf, *Rachid Djaïdani*
P1298. Plutôt mourir, *Marcello Fois*
P1299. Les pingouins n'ont jamais froid, *Andreï Kourkov*
P1300. La Mitrailleuse d'argile, *Viktor Pelevine*
P1301. Un été à Baden-Baden, *Leonid Tsypkin*
P1302. Hasard des maux, *Kate Jennings*
P1303. Le Temps des erreurs, *Mohammed Choukri*
P1304. Boumkœur, *Rachid Djaïdani*
P1305. Vodka-Cola, *Irina Denejkina*
P1306. La Lionne blanche, *Henning Mankell*
P1307. Le Styliste, *Alexandra Marinina*
P1308. Pas d'erreur sur la personne, *Ed Dee*
P1309. Le Casseur, *Walter Mosley*
P1310. Le Dernier Ami, *Tahar Ben Jelloun*
P1311. La Joie d'Aurélie, *Patrick Grainville*
P1312. L'Aîné des orphelins, *Tierno Monénembo*
P1313. Le Marteau pique-cœur, *Azouz Begag*
P1314. Les Âmes perdues, *Michael Collins*
P1315. Écrits fantômes, *David Mitchell*
P1316. Le Nageur, *Zsuzsa Bánk*
P1317. Quelqu'un avec qui courir, *David Grossman*
P1318. L'Attrapeur d'ombres, *Patrick Bard*
P1319. Venin, *Saneh Sangsuk*
P1320. Le Gone du Chaâba, *Azouz Begag*
P1321. Béni ou le Paradis privé, *Azouz Begag*
P1322. Mésaventures du Paradis
Erik Orsenna et Bernard Matussière
P1323. L'Âme au poing, *Patrick Rotman*

P1324. Comedia Infantil, *Henning Mankell*
P1325. Niagara, *Jane Urquhart*
P1326. Une amitié absolue, *John le Carré*
P1327. Le Fils du vent, *Henning Mankell*
P1328. Le Témoin du mensonge, *Mylène Dressler*
P1329. Pelle le Conquérant 1, *Martin Andersen Nexø*
P1330. Pelle le Conquérant 2, *Martin Andersen Nexø*
P1331. Mortes-eaux, *Donna Leon*
P1332. Déviances mortelles, *Chris Mooney*
P1333. Les Naufragés du Batavia, *Simon Leys*
P1334. L'Amandière, *Simonetta Agnello Hornby*
P1335. C'est en hiver que les jours rallongent, *Joseph Bialot*
P1336. Cours sur la rive sauvage, *Mohammed Dib*
P1337. Hommes sans mère, *Hubert Mingarelli*
P1338. Reproduction non autorisée, *Marc Vilrouge*
P1339. S.O.S., *Joseph Connolly*
P1340. Sous la peau, *Michel Faber*
P1341. Dorian, *Will Self*
P1342. Le Cadeau, *David Flusfeder*
P1343. Le Dernier Voyage d'Horatio II, *Eduardo Mendoza*
P1344. Mon vieux, *Thierry Jonquet*
P1345. Lendemains de terreur, *Lawrence Block*
P1346. Déni de justice, *Andrew Klavan*
P1347. Brûlé, *Leonard Chang*
P1348. Montesquieu, *Jean Lacouture*
P1349. Stendhal, *Jean Lacouture*
P1350. Le Collectionneur de collections, *Henri Cueco*
P1351. Camping, *Abdelkader Djemaï*
P1352. Janice Winter, *Rose-Marie Pagnard*
P1353. La Jalousie des fleurs, *Ysabelle Lacamp*
P1354. Ma vie, son œuvre, *Jacques-Pierre Amette*
P1355. Lila, Lila, *Martin Suter*
P1356. Un amour de jeunesse, *Ann Packer*
P1357. Mirages du Sud, *Nedim Gürsel*
P1358. Marguerite et les Enragés
Jean-Claude Lattès et Éric Deschodt
P1359. Los Angeles River, *Michael Connelly*
P1360. Refus de mémoire, *Sarah Paretsky*
P1361. Petite musique de meurtre, *Laura Lippman*
P1362. Le Cœur sous le rouleau compresseur, *Howard Buten*
P1363. L'Anniversaire, *Mouloud Feraoun*
P1364. Passer l'hiver, *Olivier Adam*
P1365. L'Infamille, *Christophe Honoré*
P1366. La Douceur, *Christophe Honoré*
P1367. Des gens du monde, *Catherine Lépront*
P1368. Vent en rafales, *Taslima Nasreen*
P1369. Terres de crépuscule, *J.M. Coetzee*
P1370. Lizka et ses hommes, *Alexandre Ikonnikov*

P1371. Le Châle, *Cynthia Ozick*
P1372. L'Affaire du Dahlia noir, *Steve Hodel*
P1373. Premières armes, *Faye Kellerman*
P1374. Onze jours, *Donald Harstad*
P1375. Le croque-mort préfère la bière, *Tim Cockey*
P1376. Le Messie de Stockholm, *Cynthia Ozick*
P1377. Quand on refuse on dit non, *Ahmadou Kourouma*
P1378. Une vie française, *Jean-Paul Dubois*
P1379. Une année sous silence, *Jean-Paul Dubois*
P1380. La Dernière Leçon, *Noëlle Châtelet*
P1381. Folle, *Nelly Arcan*
P1382. La Hache et le Violon, *Alain Fleischer*
P1383. Vive la sociale !, *Gérard Mordillat*
P1384. Histoire d'une vie, *Aharon Appelfeld*
P1385. L'Immortel Bartfuss, *Aharon Appelfeld*
P1386. Beaux seins, belles fesses, *Mo Yan*
P1387. Séfarade, *Antonio Muñoz Molina*
P1388. Le Gentilhomme au pourpoint jaune
Arturo Pérez-Reverte
P1389. Ponton à la dérive, *Daniel Katz*
P1390. La Fille du directeur de cirque, *Jostein Gaarder*
P1391. Pelle le Conquérant 3, *Martin Andersen Nexø*
P1392. Pelle le Conquérant 4, *Martin Andersen Nexø*
P1393. Soul Circus, *George P. Pelecanos*
P1394. La Mort au fond du canyon, *C.J. Box*
P1395. Recherchée, *Karin Alvtegen*
P1396. Disparitions à la chaîne, *Åke Smedberg*
P1397. Bardo or not Bardo, *Antoine Volodine*
P1398. La Vingt-Septième Ville, *Jonathan Franzen*
P1399. Pluie, *Kirsty Gunn*
P1400. La Mort de Carlos Gardel, *António Lobo Antunes*
P1401. La Meilleure Façon de grandir, *Meir Shalev*
P1402. Les Plus Beaux Contes zen, *Henri Brunel*
P1403. Le Sang du monde, *Catherine Clément*
P1404. Poétique de l'égorgeur, *Philippe Ségur*
P1405 La Proie des âmes, *Matt Ruff*
P1406. La Vie invisible, *Juan Manuel de Prada*
P1407. Qu'elle repose en paix, *Jonathan Kellerman*
P1408. Le Croque-mort à tombeau ouvert, *Tim Cockey*
P1409. La Ferme des corps, *Bill Bass*
P1410. Le Passeport, *Azouz Begag*
P1411. La station Saint-Martin est fermée au public
Joseph Bialot
P1412. L'Intégration, *Azouz Begag*
P1413. La Géometrie des sentiments, *Patrick Roegiers*
P1414. L'Âme du chasseur, *Deon Meyer*
P1415. La Promenade des délices
Mercedes Deambrosis

P1416. Un après-midi avec Rock Hudson
Mercedes Deambrosis
P1417. Ne gênez pas le bourreau, *Alexandra Marinina*
P1418. Verre cassé, *Alain Mabanckou*
P1419. African Psycho, *Alain Mabanckou*
P1420. Le Nez sur la vitre, *Abdelkader Djemaï*
P1421. Gare du Nord, *Abdelkader Djemaï*
P1422. Le Chercheur d'Afriques, *Henri Lopes*
P1423. La Rumeur d'Aquitaine, *Jean Lacouture*
P1424. Une soirée, *Anny Duperey*
P1425. Un saut dans le vide, *Ed Dee*
P1426. En l'absence de Blanca, *Antonio Muñoz Molina*
P1427. La Plus Belle Histoire du bonheur, *collectif*
P1429. Comment c'était. Souvenirs sur Samuel Beckett
Anne Atik
P1430. Suite à l'hôtel Crystal, *Olivier Rolin*
P1431. Le Bon Serviteur, *Carmen Posadas*
P1432. Traité de savoir-vivre à l'usage des jeunes Russes
Gary Shteyngart
P1433. C'est égal, *Agota Kristof*
P1434. Le Nombril des femmes, *Dominique Quessada*
P1435. L'Enfant à la luge, *Chris Mooney*
P1436. Encres de Chine, *Qiu Xiaolong*
P1437. Enquête de mor(t)alité, *Gene Riehl*
P1438. Le Château du Roi Dragon. La Saga du Roi Dragon I
Stephen Lawhead
P1439. Les Armes des Garamont. La Malerune I
Pierre Grimbert
P1440. Le Prince déchu. Les Enfants de l'Atlantide I
Bernard Simonay
P1441. Le Voyage d'Hawkwood. Les Monarchies divines I
Paul Kearney
P1442. Un trône pour Hadon. Le Cycle d'Opar I
Philip-José Farmer
P1443. Fendragon, *Barbara Hambly*
P1444. Les Brigands de la forêt de Skule, *Kerstin Ekman*
P1445. L'Abîme, *John Crowley*
P1446. Œuvre poétique, *Léopold Sédar Senghor*
P1447. Cadastre, *suivi de* Moi, laminaire…, *Aimé Césaire*
P1448. La Terre vaine et autres poèmes, *Thomas Stearns Eliot*
P1449. Le Reste du voyage et autres poèmes, *Bernard Noël*
P1450. Haïkus, *anthologie*
P1451. L'Homme qui souriait, *Henning Mankell*
P1452. Une question d'honneur, *Donna Leon*
P1453. Little Scarlet, *Walter Mosley*
P1454. Elizabeth Costello, *J.M. Coetzee*
P1455. Le maître a de plus en plus d'humour, *Mo Yan*
P1456. La Femme sur la plage avec un chien, *William Boyd*

P1457. Accusé Chirac, levez-vous !, *Denis Jeambar*
P1458. Sisyphe, roi de Corinthe. Le Châtiment des Dieux I
François Rachline
P1459. Le Voyage d'Anna, *Henri Gougaud*
P1460. Le Hussard, *Arturo Pérez-Reverte*
P1461. Les Amants de pierre, *Jane Urquhart*
P1462. Corcovado, *Jean-Paul Delfino*
P1463. Hadon, le guerrier. Le Cycle d'Opar II
Philip José Farmer
P1464. Maîtresse du Chaos. La Saga de Raven I
Robert Holdstock et Angus Wells
P1465. La Sève et le Givre, *Léa Silhol*
P1466. Élégies de Duino *suivi de* Sonnets à Orphée
Rainer Maria Rilke
P1467. Rilke, *Philippe Jaccottet*
P1468. C'était mieux avant, *Howard Buten*
P1469. Portrait du Gulf Stream, *Érik Orsenna*
P1470. La Vie sauve, *Lydie Violet et Marie Desplechin*
P1471. Chicken Street, *Amanda Sthers*
P1472. Polococktail Party, *Dorota Maslowska*
P1473. Football factory, *John King*
P1474. Une petite ville en Allemagne, *John le Carré*
P1475. Le Miroir aux espions, *John le Carré*
P1476. Deuil interdit, *Michael Connelly*
P1477. Le Dernier Testament, *Philip Le Roy*
P1478. Justice imminente, *Jilliane Hoffman*
P1479. Ce cher Dexter, *Jeff Lindsay*
P1480. Le Corps noir, *Dominique Manotti*
P1481. Improbable, *Adam Fawer*
P1482. Les Rois hérétiques. Les Monarchies divines II
Paul Kearney
P1483. L'Archipel du soleil. Les Enfants de l'Atlantide II
Bernard Simonay
P1484. Code Da Vinci : l'enquête
Marie-France Etchegoin et Frédéric Lenoir
P1485. L.A. confidentiel : les secrets de Lance Armstrong
Pierre Ballester et David Walsh
P1486. Maria est morte, *Jean-Paul Dubois*
P1487. Vous aurez de mes nouvelles, *Jean-Paul Dubois*
P1488. Un pas de plus, *Marie Desplechin*
P1489. D'excellente famille, *Laurence Deflassieux*
P1490. Une femme normale, *Émilie Frèche*
P1491. La Dernière Nuit, *Marie-Ange Guillaume*
P1492. Le Sommeil des poissons, *Véronique Ovaldé*
P1493. La Dernière Note, *Jonathan Kellerman*
P1494. La Cité des Jarres, *Arnaldur Indridason*
P1495. Électre à La Havane, *Leonardo Padura*
P1496. Le croque-mort est bon vivant, *Tim Cockey*

P1497. Le Cambrioleur en maraude, *Lawrence Block*
P1498. L'Araignée d'émeraude. La Saga de Raven II
Robert Holdstock et Angus Wells
P1499. Faucon de mai, *Gillian Bradshaw*
P1500. La Tante marquise, *Simonetta Agnello Hornby*
P1501. Anita, *Alicia Dujovne Ortiz*
P1502. Mexico City Blues, *Jack Kerouac*
P1503. Poésie verticale, *Roberto Juarroz*
P1506. Histoire de Rofo, clown, *Howard Buten*
P1507. Manuel à l'usage des enfants qui ont des parents difficiles
Jeanne Van den Brouk
P1508. La Jeune Fille au balcon, *Leïla Sebbar*
P1509. Zenzela, *Azouz Begag*
P1510. La Rébellion, *Joseph Roth*
P1511. Falaises, *Olivier Adam*
P1512. Webcam, *Adrien Goetz*
P1513. La Méthode Mila, *Lydie Salvayre*
P1514. Blonde abrasive, *Christophe Paviot*
P1515. Les Petits-Fils nègres de Vercingétorix
Alain Mabanckou
P1516. 107 ans, *Diastème*
P1517. La Vie magnétique, *Jean-Hubert Gailliot*
P1518. Solos d'amour, *John Updike*
P1519. Les Chutes, *Joyce Carol Oates*
P1520. Well, *Matthieu McIntosh*
P1521. À la recherche du voile noir, *Rick Moody*
P1522. Train, *Pete Dexter*
P1523. Avidité, *Elfriede Jelinek*
P1524. Retour dans la neige, *Robert Walser*
P1525. La Faim de Hoffman, *Leon De Winter*
P1526. Marie-Antoinette, la naissance d'une reine.
Lettres choisies, *Évelyne Lever*
P1527. Les Petits Verlaine *suivi de* Samedi, dimanche et fêtes
Jean-Marc Roberts
P1528. Les Seigneurs de guerre de Nin. La Saga du Roi Dragon II
Stephen Lawhead
P1529. Le Dire des Sylfes. La Malerune II
Michel Robert et Pierre Grimbert
P1530. Le Dieu de glace. La Saga de Raven III
Robert Holdstock et Angus Wells
P1531. Un bon cru, *Peter Mayle*
P1532. Confessions d'un boulanger
Peter Mayle et Gérard Auzet
P1533. Un poisson hors de l'eau, *Bernard Comment*
P1534. Histoire de la Grande Maison, *Charif Majdalani*
P1535. La Partie belle *suivi de* La Comédie légère
Jean-Marc Roberts
P1536. Le Bonheur obligatoire, *Norman Manea*

P1537. Les Larmes de ma mère, *Michel Layaz*
P1538. Tant qu'il y aura des élèves, *Hervé Hamon*
P1539. Avant le gel, *Henning Mankell*
P1540. Code 10, *Donald Harstad*
P1541. Les Nouvelles Enquêtes du juge Ti, vol. 1
Le Château du lac Tchou-An, *Frédéric Lenormand*
P1542. Les Nouvelles Enquêtes du juge Ti, vol. 2
La Nuit des juges, *Frédéric Lenormand*
P1543. Que faire des crétins ? Les perles du Grand Larousse
Pierre Enckell et Pierre Larousse
P1544. Motamorphoses. À chaque mot son histoire
Daniel Brandy
P1545. L'habit ne fait pas le moine. Petite histoire des expressions
Gilles Henry
P1546. Petit fictionnaire illustré. Les mots qui manquent au dico
Alain Finkielkraut
P1547. Le Pluriel de bric-à-brac et autres difficultés
de la langue française, *Irène Nouailhac*
P1548. Un bouquin n'est pas un livre. Les nuances des synonymes
Rémi Bertrand
P1549. Sans nouvelles de Gurb, *Eduardo Mendoza*
P1550. Le Dernier Amour du président, *Andreï Kourkov*
P1551. L'Amour, soudain, *Aharon Appelfeld*
P1552. Nos plus beaux souvenirs, *Stewart O'Nan*
P1553. Saint-Sépulcre !, *Patrick Besson*
P1554. L'Autre comme moi, *José Saramago*
P1555. Pourquoi Mitterrand ?, *Pierre Joxe*
P1556. Pas si fous ces Français !
Jean-Benoît Nadeau et Julie Barlow
P1557. La Colline des Anges
Jean-Claude Guillebaud et Raymond Depardon
P1558. La Solitude heureuse du voyageur
précédé de Notes, *Raymond Depardon*
P1559. Hard Revolution, *George P. Pelecanos*
P1560. La Morsure du lézard, *Kirk Mitchell*
P1561. Winterkill, *C.J. Box*
P1562. La Morsure du dragon, *Jean-François Susbielle*
P1563. Rituels sanglants, *Craig Russell*
P1564. Les Écorchés, *Peter Moore Smith*
P1565. Le Crépuscule des géants. Les Enfants de l'Atlantide III
Bernard Simonay
P1566. Aara. Aradia I, *Tanith Lee*
P1567. Les Guerres de fer. Les Monarchies divines III
Paul Kearney
P1568. La Rose pourpre et le Lys, tome 1
Michel Faber
P1569. La Rose pourpre et le Lys, tome 2
Michel Faber

P1570. Sarnia, *G.B. Edwards*
P1571. Saint-Cyr/La Maison d'Esther, *Yves Dangerfield*
P1572. Renverse du souffle, *Paul Celan*
P1573. Pour un tombeau d'Anatole, *Stéphane Mallarmé*
P1574. 95 poèmes, *E.E. Cummings*
P1575. Le Dico des mots croisés.
8 000 définitions pour devenir imbattable, *Michel Laclos*
P1576. Les deux font la paire.
Les couples célèbres dans la langue française
Patrice Louis
P1577. C'est la cata. Petit manuel du français maltraité
Pierre Bénard
P1578. L'Avortement, *Richard Brautigan*
P1579. Les Braban, *Patrick Besson*
P1580. Le Sac à main, *Marie Desplechin*
P1581. Nouvelles du monde entier, *Vincent Ravalec*
P1582. Le Sens de l'arnaque, *James Swain*
P1583. L'Automne à Cuba, *Leonardo Padura*
P1584. Le Glaive et la Flamme. La Saga du Roi Dragon III
Stephen Lawhead
P1585. La Belle Arcane. La Malerune III
Michel Robert et Pierre Grimbert
P1586. Femme en costume de bataille
Antonio Benitez-Rojo
P1587. Le Cavalier de l'Olympe. Le Châtiment des Dieux II
François Rachline
P1588. Le Pas de l'ourse, *Douglas Glover*
P1589. Lignes de fond, *Neil Jordan*
P1590. Monsieur Butterfly, *Howard Buten*
P1591. Parfois je ris tout seul, *Jean-Paul Dubois*
P1592. Sang impur, *Hugo Hamilton*
P1593. Le Musée de la sirène, *Cypora Petitjean-Cerf*
P1594. Histoire de la gauche caviar, *Laurent Joffrin*
P1595. Les Enfants de chœur (Little Children)
Tom Perrotta
P1596. Les Femmes politiques, *Laure Adler*
P1597. La Preuve par le sang, *Jonathan Kellerman*
P1598. La Femme en vert, *Arnaldur Indridason*
P1599. Le Che s'est suicidé, *Petros Markaris*
P1600. Les Nouvelles Enquêtes du juge Ti, vol. 3
Le Palais des courtisanes, *Frédéric Lenormand*
P1601. Trahie, *Karin Alvtegen*
P1602. Les Requins de Trieste, *Veit Heinichen*
P1603. Pour adultes seulement, *Philip Le Roy*
P1604. Offre publique d'assassinat, *Stephen W. Frey*
P1605. L'Heure du châtiment, *Eileen Dreyer*
P1606. Aden, *Anne-Marie Garat*
P1607. Histoire secrète du Mossad, *Gordon Thomas*

P1608. La Guerre du paradis. Le Chant d'Albion I
Stephen Lawhead
P1609. La Terre des Morts. Les Enfants de l'Atlantide IV
Bernard Simonay
P1610. Thenser. Aradia II, *Tanith Lee*
P1611. Le Petit Livre des gros câlins, *Kathleen Keating*
P1612. Un soir de décembre, *Delphine de Vigan*
P1613. L'Amour foudre, *Henri Gougaud*
P1614. Chaque jour est un adieu *suivi de*
Un jeune homme est passé, *Alain Rémond*
P1615. Clair-obscur, *Jean Cocteau*
P1616. Chihuahua, zébu et Cie.
L'étonnante histoire des noms d'animaux
Henriette Walter et Pierre Avenas
P1617. Les Chaussettes de l'archiduchesse et autres défis de la prononciation
Julos Beaucarne et Pierre Jaskarzec
P1618. My rendez-vous with a femme fatale.
Les mots français dans les langues étrangères
Franck Resplandy
P1619. Seulement l'amour, *Philippe Ségur*
P1620. La Jeune Fille et la Mère, *Leïla Marouane*
P1621. L'Increvable Monsieur Schneck, *Colombe Schneck*
P1622. Les Douze Abbés de Challant, *Laura Mancinelli*
P1623. Un monde vacillant, *Cynthia Ozick*
P1624. Les Jouets vivants, *Jean-Yves Cendrey*
P1625. Le Livre noir de la condition des femmes
Christine Ockrent (dir.)
P1626. Comme deux frères
Jean-François Kahn et Axel Kahn
P1627. Equador, *Miguel Sousa Tavares*
P1628. Du côté où se lève le soleil, *Anne-Sophie Jacouty*
P1629. L'Affaire Hamilton, *Michelle De Kretser*
P1630. Une passion indienne, *Javier Moro*
P1631. La Cité des amants perdus, *Nadeem Aslam*
P1632. Rumeurs de haine, *Taslima Nasreen*
P1633. Le Chromosome de Calcutta, *Amitav Ghosh*
P1634. Show business, *Shashi Tharoor*
P1635. La Fille de l'arnaqueur, *Ed Dee*
P1636. En plein vol, *Jan Burke*
P1637. Retour à la Grande Ombre, *Hakan Nesser*
P1638. Wren. Les Descendants de Merlin I, *Irene Radford*
P1639. Petit manuel de savoir-vivre à l'usage des enseignants
Boris Seguin, Frédéric Teillard
P1640. Les Voleurs d'écritures *suivi de* Les Tireurs d'étoiles
Azouz Begag
P1641. L'Empreinte des dieux. Le Cycle de Mithra I
Rachel Tanner